关 怀 现 实 ， 沟 通 学 术 与 大 众

葛剑雄文集

(9)

也是读书

葛剑雄 著

广东人民出版社
·广州·

图书在版编目（CIP）数据

也是读书 / 葛剑雄著. -- 广州：广东人民出版社，2025.3. --（万有引力书系）. -- ISBN 978-7-218-18289-6

Ⅰ.I267

中国国家版本馆CIP数据核字第20240P1J95号

GE JIANXIONG WENJI ⑨ YESHI DUSHU
葛剑雄文集⑨　也是读书
葛剑雄　著　　　　　　　　　　　　版权所有　翻印必究

出 版 人：肖风华

策　　划：肖风华　向继东
责任编辑：钱　丰　梁欣彤　龚文豪
营销编辑：黄　屏　常同同
责任技编：吴彦斌

出版发行：广东人民出版社
地　　址：广州市越秀区大沙头四马路10号（邮政编码：510199）
电　　话：（020）85716809（总编室）
传　　真：（020）83289585
网　　址：http://www.gdpph.com
印　　刷：广州市岭美文化科技有限公司
开　　本：787毫米×1092毫米　1/16
印　　张：35.5　　字　　数：508千
版　　次：2025年3月第1版
印　　次：2025年3月第1次印刷
定　　价：118.00元

如发现印装质量问题，影响阅读，请与出版社（020-85716849）联系调换。
售书热线：（020）87716172

葛剑雄

复旦大学文科特聘资深教授、中国历史地理研究所博士生导师

香港中文大学（深圳）图书馆馆长、人文学院兼职教授

中央文史研究馆馆员

上海市文史研究馆馆员

《中华人民共和国国家历史地图集》第二、三册执行主编

2015 年后著作

《葛剑雄写史：中国历史的十九个片断》，上海人民出版社，2015 年
《近忧远虑》，华夏出版社，2015 年
《葛剑雄演讲录二集》，三晋出版社，2015 年
《四极日记》，复旦大学出版社，2016 年
《行万里路：葛剑雄旅行自选集》，商务印书馆，2016 年
《那一刻谁影响了历史》，华东师范大学出版社，2016 年
《悠悠我思》，香港城市大学出版社，2017 年
《悠悠长水——谭其骧传》（精简版），文汇出版社，2018 年
《中国的教育问题还是教育的中国问题》，学林出版社、上海人民出版社，2018 年
《天人之际》，九州出版社，2018 年
《古今之变》，九州出版社，2018 年
《天地史谭》，上海辞书出版社，2018 年
《读万卷书：葛剑雄自选集》，鹭江出版社，2018 年
《也是读书》，鹭江出版社，2018 年
《海纳百川：上海源》，学林出版社，2019 年
《极简上海史》，上海人民出版社，2019 年
《黄河与中华文明》，中华书局，2020 年
《唯有人文足千秋》，陕西人民出版社，2021 年
《御风万里：非洲八国日记》，山东画报出版社，2021 年
《不变与万变：葛剑雄说国史》，岳麓书社，2021 年
《葛剑雄写史：中国历史的二十个片断》，上海书店出版社，2022 年
《葛剑雄说城》，河北教育出版社，2022 年
《复旦大学历史地理学术经典·葛剑雄卷》，上海教育出版社，2022 年
《中国人口三千年》，北京日报出版社，2024 年
《往思录》，上海财经大学出版社，2024 年
《四海之内：中国历史四十讲》，人民文学出版社，2024 年
A Concise History of China's Population，Routledge, Taylor & Francis Group，2024
《中华大典·历史地理典·政区分典》（主编），西泠印社出版社，2017 年
《中华大典·历史地理典·山川分典》（主编），西泠印社出版社，2017 年
《中华大典·交通运输典》（主编），上海交通大学出版社，2017 年

选编小记

本书是《葛剑雄文集》的第九卷，有两部分。

第一部分《也是读书》是在原书基础上增补的。2006年，我接受梁由之兄的建议，将本拟编入《读万卷书》的序跋单独汇编为《也是读书》，约23万字，2018年由鹭江出版社出版。当时确定用这个书名，一则因此书是《读万卷书》的副产品，一则是因为序跋文字本身是读书的产物。全书也是按"读书"的类别分为四部分——"读自己的书"（自序、前言）、"读我编的书"（以主编身份所作序跋）、"读他人的书"（为他人所作序跋）和"读研究生的书"（为研究生的书所作序跋）。

这次增补的是此书出版后我写的序跋或类似文字，最后的一篇是前几天刚写成的。原书的类别完全适用，故分别编入，以写作的时间为序。

原书有两条编例，此次沿用：

"所收序跋中有两篇是出版社所约，但一家出版社计划取消，另一家大概只出了第一批就中止了。考虑到拙文的具体内容多少能使读者获益，不必依赖所序之书，故仍收录，且不改原名。"这次增补的也有几篇，因种种原因，原书或尚未出版，或已取消出版，考虑到我的序跋的内容和观点并不以原书是否出版为前提，也照样收录。

"作者或出版社在采用时或有少许文字改动，本书收录时一仍原稿。"

原书中有一篇《苹果里的五角星——〈系列世界地图〉诞生纪实》序，已收入《文集》第五卷《追寻时空》，自应删除，以避免重复。《马孟龙〈西汉侯国地理〉序》一文附有《马孟龙后记：致我的复旦求学岁月》，现序文收入我自己的文集，附文自不必保留。

第二部分《悠悠我思》也是在原书的基础上增补的，只是删去的篇幅更多。原书是应郑培凯教授之约，于2007年5月编成，同年由香港城市大学出版社出版，2022年由广西师范大学出版社在内地出版发行。其中有些文章已编入第八卷《何以中国》，既然是个人的文集，自不应重复，故在这一部分就做了删减。还有一些文章与"何以中国"这个主题相差较大，就编入了本卷这一部分。原书大致按内容分为"议古·论今""历史·地理""学者·藏书"和"书序·回忆"四编，经过此番增删，各篇间相差悬殊，还有些文章找不到相应的编类，因此不保留原编形式，改为大致按内容分组编排，不列编名。

因第一部分是本卷的主体，且原来的书名亦符合文集的旨趣，本卷即名为《也是读书》。

2024年7月于香港中文大学（深圳）

目 录

也是读书

读自己的书

003　我的1978年
　　　——《后而立集》代序
011　七十而思
　　　——《我们应有的反思》自序
014　《葛剑雄写史——中国历史的十六个片断》序
017　旧作新版
　　　——《葛剑雄写史——中国历史的十九个片断》序
019　《葛剑雄写史》再版弁言
021　《书人集》后记
022　《看得见的沧桑》自序
024　《看得见的沧桑》再版后记
026　《碎石集》自序
028　《临机随感》自序
030　《梦想与现实》自序
032　《梦想与现实》再版后记
033　《人文千秋》小序

035　《统一与分裂：中国历史的启示》（繁体字版）再版后记
036　《中国人口发展史》再版后记
037　《行万里路》自序
041　《人在时空之间》新版序
043　《御风万里——非洲七国日记》前言
047　《说城》致读者
048　《往思录》校后记
050　《四海之内》前言

　　读我编的书
052　《中国历代王朝兴衰启示录》总序
055　《中国历代王朝兴衰启示录》再版前言
057　《地图上的中国历史》总序
060　《沧桑河山》总序
062　《沧桑河山》再版序
064　《中国制度文化丛书》总序
067　《吾祖吾宗》总序
070　《中华大典·交通运输典》序
074　《老照片·复旦大学》序
076　《中国顶尖学科出版工程·复旦大学历史地理学科》序

　　读他人的书
079　张之《安阳考释》序
083　何炳棣《1368—1953 中国人口研究》译文三联书店版后记
085　我对学术批评的态度
　　　　——答《中国历代人口统计资料研究》编委会
093　何炳棣《明初以降人口及其相关问题 1368—1953》译者再记
095　《河流文明丛书》序
099　人说山西好地方
　　　　——《人说山西》的魅力

102	行万里天涯路　念天地之悠悠？
	——《旅游与探险经典文库》序
107	读《厦门市志》
113	严其林《京口文化》序
116	侯甬坚《历史地理学探索》序
119	读姜鸣《天公不语对枯棋》
123	《话说中国千古之谜系列》序
126	《复旦大学图书馆藏稀见方志丛刊》序
128	《文明的垂顾：汪涌豪人文讲演录》序
130	《中国移民文化丛书》总序
133	《近代学术名家大讲堂》总序
135	《清代常州文化简史》序
138	《中国历史地理文献辑刊》序
140	《中国历史文化地图册》序
143	《建德市地名志》序
146	《晋商史料集成》序
150	《浦东历代文献丛书》序
153	成吉思汗影响着今天的世界吗
	——介绍《成吉思汗与今日世界之形成》
157	让智慧的声音更加响亮
	——文汇讲堂《智慧的声音》序
160	《图书馆的故事》序
162	大师之外有大楼
	——《傲然风骨——大学里的老建筑》序
165	《上海一角·课植园》前言
167	《繁花几度：江南十三城记》序
169	《感动中国的绍兴名人》序
172	《南浔名人》序
174	《中国世界遗产影像志》前言

180	《世界探险史》再版序
183	梁二平《谁在地球的另一边：从古代海图看世界》书后
186	蒋高明《以自然之力恢复自然》序
190	孔子应该是怎样的
	——读钱宁新作《圣人》
193	陆剑《好个新世界——南浔邱氏百年往事》序
196	《中国琉球文献史料集成》序
198	《图溯上海》序
201	《清朝地图集》序言
203	《槜李诗文合集》序
207	扬子江水利系列刊物
	——近代长江档案文献的珍藏
211	孙俊《战国秦汉西南民族地理的格局与观念研究》序
214	《看见金山书系》序
219	《湖州近代人物珍贵手札》序
225	《南风浔韵——门楼里的家风》序
227	《民国才子张乃燕》序言
231	《国立中央大学首任校长张乃燕博士文献资料汇编》序
233	《中国近代史地文献丛刊》总序
235	《中国黄河文化大典》序
240	山东人民出版社《微阅读》序
244	《悦读南浔》序
246	张建智《西塞山前白鹭飞》序
248	宋昌斌《中国官制漫谈》序
251	《小天下·中华文明》丛书序
253	读《齐梁文化研究丛书》
257	新闻和文学作品能成为历史吗
	——向继东《善待肉身》序

261	文如其人，书如其人
	——读来学斋《学斋集》
265	何以端《琼崖古驿道》序
270	杨煜达主编《中国千年区域极端旱涝地图集》序
276	张子欣书读后感言
278	什么样的城市使生活更美好
	——建筑·民居·文化
280	《粮食的故事》序
283	《陈桥驿学术论文选编》序
288	李大海《文本、概念与政治过程——金元明清时期政治地理新探》序
292	《陈桥驿致靳生禾手札集（附致寒声信）》序
295	《陈桥驿书信选》序
298	"戈十八"感言
	——代《成年礼：戈18》序
300	《光明之城》不"光明"
304	愿阁楼里永远有这盏灯
	——读沈昌文《阁楼人语》
308	连清川《曹操的自白书》序

读研究生的书

313	家山何止大槐树
	——安介生《山西移民史》序
317	创建考古地理学的有益尝试
	——高蒙河《长江下游考古地理》序
320	张根福《抗日时期浙江省人口迁移与社会影响》序
322	苏新留《民国时期河南水旱灾害与乡村社会》序
325	葛庆华《近代苏浙皖交界地区人口迁移研究：1853—1911》序

328	王卫东《融会与建构——1648—1937年绥远地区移民与社会变迁研究》序
331	杨蕤《西夏地理研究》序
334	胡云生《传承与认同：河南回族历史变迁研究》序
337	郑发展《民国时期河南省人口研究》序
339	路伟东《清代陕甘人口专题研究》序
343	孙宏年《中越关系研究（1644—1885）》序
345	夏增民《儒学传播与汉晋南朝文化变迁》序
348	吴滔《清代江南市镇与农村关系的空间透视——以苏州地区为中心》序
351	胡云生《中国共产党巡视制度研究（1921—1949）》序
355	吴轶群《清代新疆边境地区城市对比研究——以伊犁、喀什噶尔为中心》序
358	王大学《明清"江南海塘"的建设与环境》序
361	王加华《被结构的时间：农事节律与传统中国乡村民众年度时间生活——以江南地区为中心的研究》序
364	郑维宽《清代广西生态变迁研究——基于人地关系演进的视角》序
367	李强《伪满时期东北地区人口研究》序
369	谢湜《高乡与低乡：11—16世纪江南区域历史地理研究》序
372	张宏杰《曾国藩的收入与支出》序
376	马孟龙《西汉侯国地理》序
378	《成蹊集》序
382	张靖华《湖与山：明初以来巢湖北岸的聚落与空间》序
386	鲍俊林《15—20世纪江苏海岸盐作地理与人地关系变迁》序
389	鲍俊林《气候变化与江苏海岸的历史适应研究》序
391	《环湖名镇长临河》序
393	王大学《政治、技术与环境：鱼鳞大石塘形成史的考察》序
396	安介生《中国历史民族地理》序

400	《从金山到上海：金山区历史地理研究》序
403	胡列箭《广西瑶人分布（1644—1955）》序
406	侯杨方《重返帕米尔：追寻玄奘与丝绸之路》序
408	刘春燕《茶：一片树叶的社会生命》序

悠悠我思

415	抵抗外敌入侵是中华民族的光荣传统
	——在"传统文化与民族精神"论坛的主旨演讲（记录稿）
418	成都，成"都"？
422	地名、历史、文化
	——2015年5月28日在《光明日报》"光明论坛"的演讲
433	文化在新城市中的作用
	——在西咸新区五周年国际论坛上的演讲
438	惟有人文足千秋
441	行政区划的合理和稳定是国家长治久安的基础
444	人文学科的科学与人文
451	为什么要报考历史专业
454	科学、人文与跨界融合
	——在上海自然博物馆"跨年论坛"上的演讲
457	问题意识、创新精神、学术规范
	——学术写作的基础
466	《逝年如水——周有光百年口述》读后
470	《中华人民共和国国家历史地图集》第一册问世
474	不同文化应该相互理解和欣赏
478	己所欲，如何施于人？
	——中国文化如何走向世界

481　是什么导致传统文化断裂

484　存在与影响：历史上的中外文化交流对"一带一路"建设的启示

490　古代地图上的"中国"

492　移民史研究的精细化和地域化
　　　——2016年7月21日在重庆荣昌填川移民文化学术研讨会上的发言（记录稿）

496　我对海派文化的几点看法

499　释"小官巨贪""清水衙门"

502　择校与"学区房"

505　仰望星空　依托大地
　　　——复旦大学学生会"星空讲坛"5周年寄语

507　枫桥三贤文化馆后记

509　我对上海通志馆新馆的一点期望

511　为南京拟《世说新语》推介

512　藏书的归宿（一）

516　藏书的归宿（二）

520　未建成的施坚雅文库

524　图书馆的难题

528　我为藏书找到了归宿

533　童年生活中的江南"粪土"

537　乘飞机——当年的梦想与记忆

也是读书

读自己的书

我的 1978 年

——《后而立集》代序

1977 年,当高校重新招生的消息传出后,我上大学的愿望死灰复燃。但看到具体规定后,我发现对考生年龄的规定是 30 周岁,而当时我已满 31 足岁。抱着一线希望,我又去招生处询问,得知对"30 周岁"的解释是"不满 31 足岁",我已失去报名资格,看来这辈子与大学无缘了!

我是 1964 年从上海市北中学高中毕业的,但在此以前,我的大学梦已经破灭。那是在 1962 年的 5 月,我正读高二,在学校的一次体检透视中,我被发现患了开放性肺结核。经过拍片复查,确诊无误,医院通知我立即病休,三个月后复查。拿着这张诊断书,我不知是如何从福建北路闸北区结核病防治所回到家中的,也不知是如何回答母亲的询问的,直到晚上睡在床上才开始考虑自己的前途——不得不面对这残酷的事实。进高中不久,我就已瞄准北京大学古典文献专业,也是语文、历史、英语等教师心目中最有希望的学生,一直享受着他们的格外关照——可以到教师阅览室看书,能通过教师借书,上历史课时不必听讲而可看我自己的书。尽管在政治学习或讨论时我也表态"一颗红心,两种准备"(准备考大学,但也准备考不上大学时服从分配,到边疆或农村去),实际却只有一种准备。要是不能在三个月内治愈,它将影响报考大学,这一切都完了。于是我将一切希望寄托在治疗和休养上,按时服药，严格按时间表作息，每天早上去公园学太极拳。当时主副食品都是计划供应，居民每10天配售2两肉，但凭患肺结核的证明可到菜场办一张"照顾卡"，凭卡增购肉和鸡蛋若干，还可订一瓶牛奶。我尽量补充营养，以便及早康复。但是每3个月一次的复查都是一次新的打击——我一直无法进入钙化期，因此不能复学。直到1963年11月，同班同学早已毕业，绝大多数考入大学，我才在休学一年半后获准复学，转入下一届高三"试读"。可是到第二年5月高考报名体检时，我的肺结核还没有完全钙化，不符合报考条件。

在老师的劝说下，我暂时放弃了继续报考大学的打算，因为医生说像我这样的病情，很难保证下一年就能通过体检，而且我作为一名新团员，服从组织分配是起码的要求，于是我接受了参加上海教育学院（今华东师范大学）师资培训的安排，留在母校市北中学实习，1965年8月被分配到古田中学当英语教师。不过我并没有放弃上大学的打算，心想即使工作10年，我还符合报考大学的年龄，总能找到机会。所以当年就报名考上了上海外国语学院夜校部二年级，进修英语。但"阶级斗争"这根弦越绷越紧，连我自己都开始怀疑，一心上大学是不是"成名成家"的资产阶级个人主义在作祟，所以不仅自己公开暴露思想，还一次次进行自我批判。到了"文化大革命"时期，这些都成了大字报中揭发批判的内容。"文革"期间，毛主席在对调查报告《从上海机床厂看培养工程技术人员的道路》做批示时发表最新指示"大学还是要办的"，曾经给我带来一线希望，但希望马上破灭，因为毛主席特别指出"理工科大学还要办"，而且随后开始的招生，都是由各单位推荐"工农兵学员"，在职教师显然没有资格。

有了这样的经历，我对1977年的意外遭遇相当平静。而且当时"文革"结束不久，我对"成名成家"的资产阶级思想心有余悸，所以尽管报名处的工作人员曾建议我凭"上海市教育战线先进工作者"和新当选的上海市人大代表的身份争取在年龄上破格，我也不敢一试。

到1978年公开招收研究生时，报考年龄放宽到40足岁，而且为了"不拘一格"，对学历没有任何规定。我再也无法抵制大学的诱惑，但一点也没有把握，所以在单位开证明时还要求领导给我保密，再三说明只是想检验一下自学的结果，以免这种异想天开在学校引起不良影响。

报考研究生是要选定专业和导师的，对这些我几乎一无所知。我首先想重温旧梦，选择北大。但当时新婚，小家庭新建，到外地读书显然不现实。上海的大学选择余地有限，特别是经过"文化大革命"，我不想选与意识形态关系密切或者有"政治风险"的专业，最后选定复旦大学历史系谭其骧教授指导的历史地理专业。其实我当时还不知历史地理专业的性质，只是以为历史和地理都是我喜欢的，并且在工作期间一直有所积累。对谭其骧教授，记得"文革"前曾在南京路上海先进模范的光荣榜中见过他的照片，我初中的历史教师向我介绍过谭其骧教授在编中国历史地图。在不久前召开的上海市人民代表大会上，选举的全国人大代表中就有他的名字。我不知天高地厚，根本没有考虑或打听报考哪所大学、哪个专业、哪位教授的难度如何，有多少人报名，反正只是试一试，倒也没有什么包袱，所以考前还是像平时一样工作，只是在晚上和星期天稍稍做些准备。

在报名时，我遇见了高中母校市北中学的历史教师W。1963年我病休时常去教师阅览室看书，W刚由上海师范学院（今上海师范大学）毕业分配来校当教师。我与他相识后常去他宿舍聊天，留校实习时还有来往。我离开市北后听说他因"犯错误"而被调往海滨农校（后已撤并），已经多年没有音讯。W问我报什么专业，原来他也报了历史地理。当时他显得很紧张，事后有人告诉我，他得知我与他报考同一专业，连称"多了一个竞争对手"。

那年报名的考生很多，初试就近举行，我的考场在上海工学院（今上海大学延长校区），离我工作的古田中学不远，骑自行车不过10分钟。我对考试完全没有把握，既不想惊动同事，又不愿影响日常工作。我把考试这3天要上的课调了一下，每天早上还是像平时那样到广播室，在升旗后的早读时间里对全校同学简单讲话，然后骑车前往考场。在五门考试中，政治是我最熟悉的，因为这些年我一直教政治，像"无产阶级专政条件下的继续革命""拨乱反正，抓纲治国""三个世界理论"等内容讲得很熟，只要注意答得规范就行了。至于英语，我有上海外国语学院夜校部二年级的基础，加上"文革"期间不时在学《毛泽东选集》英文版，看《北京周报》，给学生上英语课，拿到题目后觉得很容易。古汉语和历史我自以为是强项，虽然对问答题中的"魏晋玄学"一题不大有把握，但不会离题太远，因为我主要根据翦伯赞主编的《中国史纲要》复习，里面专门有一段。历史题中有一个名词解释是"谭绍光"。我正好看过由复旦大学历史系编的一套近代史小册子，上面提到太平天国后期的将领慕王谭绍光，我记得他是忠王李秀成的下属，驻守苏州，所以也答出了。出了考场，又遇见W，他神情紧张，问我谭绍光是什么人。听了我的回答，他连说"完了完了"，匆匆离场。地理试卷中有的名词解释我没有见过，只能据字面意思猜想，瞎蒙几句，估计得分最低。

待收到复试通知，我不得不认真对待了。一方面，我有了一定的信心，尽管那时还不知道初试的成绩，但毕竟证明我能与大学毕业生一争高下，离大学的目标又近了一步。另一方面，复试时肯定会侧重于专业，而这一方面我的知识几乎空白。当时规定参加复试的考生可以向单位请10天公假，我向党支部书记提出，他爽快地答应了，还说如果时间不够可以再通融。

我不知道应该如何根据历史地理专业的要求复习，只能去上海图书馆找资料。到那里的参考阅览室后才发现，里面坐着的大多数是考生，报考复旦大学的占了大部分。一天下午，我正在看《中国历史地理要籍选读》时，有人过来问我是否报考历史地理专业，得知他也是报考复旦大学历史系，但是世界史专业。他又给我介绍了两位报考历史地理专业的考生——顾承甫和杨正泰——后来是我的同届同学。询问我的是顾晓鸣，以后是我们同届研究生中的活跃人物。交谈中我暗自吃惊，他们都毕业于复旦大学，顾承甫、杨正泰两位还出自历史地理专业。但到这时我也顾不得多想，只有临阵突击，多多益善。复试前上海连续高温，正好那年我的新家买了一台华生牌台式电风扇，那还是通过在市百一店工作的我的岳父托熟人买到的。晚上在斗室中复习，有风扇降温，在当时已是异常优越。

到了复试那天,我早早来到复旦大学,找到大礼堂(现在的相辉堂)。所有考生的笔试都集中在礼堂内,按专业分组,我们坐在靠主席台前的左侧。座位前没有桌子,只有一块翻起来的搁板,写字很不方便,有的搁板还吱吱作响。幸而那天气温不是很高,几百人集中在礼堂内还不算太热。主持的老师(后来知道他是研究生处的杨波洲)坐在台上,用他的宁波普通话宣布:"现在开始考试。"各系的监考老师给考生发下试卷,并在周围巡查,我们专业来的是周维衍、邹逸麟。上、下午各考一门,小题目已记不得了,大题目是《史记·货殖列传》中的一段话,要求今译并论说,另一段大概是《天下郡国利病书》中论述明朝建都北京的。题目中没有什么意外,考下来自我感觉还不错。走出考场,见外面等了不少人,都是考生的家属。有一位女士手持保温瓶,里面装着冷饮;有的立即送上毛巾、扇子;有的问长问短。这也难怪,听说好几对夫妇将夫妻团聚、迁回上海或另谋出路的全部希望寄托在这次考试上,能不格外重视吗?

第二天是导师面试,因为我们的导师谭其骧教授正住在龙华医院治疗,周维衍通知我们早上到复旦大门口搭车。次日五位考生会齐,我第一次见到毕业于福州大学探矿专业、来自湖南岳阳煤矿的周振鹤和毕业于南京大学历史系、来自浙江长兴的周曙。我们搭乘的是学校一辆厢式货车,先要送毕业生行李去秣陵路铁路货运站,然后再送我们去龙华医院,不仅花了很多时间,而且我们坐在货厢中一路颠簸,疲惫不堪。周维衍与邹逸麟让我们五人抽签决定次序,周曙抽在我前面,但他被颠得脸色苍白,急需休息,自愿与我对调。

我事先只见过谭其骧先生的照片,走进他的病房才第一次见到,想不到正在治疗中的他精神很好,声音洪亮。他很随和地问了我的经历,然后问我看过什么书,对什么问题感兴趣。在我提到钓鱼岛的归属时,他又问我可以举出什么证据,我尽自己所知谈了。其他还谈了些什么已经记不清,但从以后我们五人都被录取看,大概主要是了解我们的情况,而不是严格挑选。

复试过后，我感觉到成功的希望很大，开始担心学校能否同意我离开。我在古田中学已工作整整13年，负责学生的管理工作已近10年，开始是管"差生"，后来又当了"红卫兵团"辅导员，团组织恢复后改任团委书记。从学校的领导、师生，到周围街道里弄的干部和居民，所属公安局、派出所和附近单位，几乎都知道我——只要找到我，古田中学再厉害的学生也能制服。"文革"期间秩序再乱，只要我在场，学生就不敢闹事。"文革"结束后，我于1977年"五四"被评为闸北区团员标兵，接着又被评为闸北区先进教师，由上海市革命委员会（相当于市政府）评为教育战线先进工作者，当选为上海市人大代表。在这种情况下离开，我自己也觉得有些不妥。想不到党支部书记曹德彬告诉我：区教育局钟一陵局长明确表示，如果你能考上研究生，证明你有这个能力，也说明国家更需要你，学校应该无条件地支持。记得当时的报纸曾发表过多篇评论，强调要"不拘一格"招收研究生，要求考生所在单位不得留难。但还是有不少考生因种种原因，或无法报名，或受到"政审""鉴定"的影响，或因单位不许离开而放弃。比起他们来，我实在是幸运的。

10月初，我收到复旦大学发出的录取通知。这时曹德彬告诉我，他早已肯定我会被录取，并提前向区教育部门做了汇报，对接替我的人做了安排。原来复旦大学派往古田中学对我做政审的教师孙锐，在闸北区读中学时曾在课余到区少年宫服务，那时曹德彬是少年宫主任，认识了孙。遇到熟人，孙向曹透露了我考分居全系第一的底。此事在我所在的中学和闸北区中学界引起不小的轰动，本来认识我的人就不少，加上我是该区中学界唯一的市人大代表，一时间产生了不少传说。第二年，中学教师中报考研究生的人数大增，其中也包括没有大学学历的。后来我曾经遇见其中一位，他也考上了研究生。他告诉我，1978年他没敢考，但得知我的情况后，下决心在1979年报考，终于如愿以偿。我的高中同学得到消息，纷纷与我联系。他们有的是"文革"期间的大学毕业生，1978年时担心自己没有上完大学课程，怕考不上，所以没有报考。有的是"老三届"，"文革"中进了工厂，没有上过大学。听了我的介绍后，就开始做报考准备，并经常来我家复习政治和英语，第二年都考上了，现在都是各自领域的知名学者。

10月下旬，我到复旦大学报到，搬进了第10号宿舍楼210室。同室六人，除了周振鹤与我以外，其他四位是李妙根、施忠连、汤奇学、吴嘉勋，都是历史系中国思想史方向的，导师是蔡尚思教授。汤奇学是本校历史系的"工农兵学员"，尚未毕业，提前报考。吴嘉勋是"文革"期间的中学毕业生，原在宝山县粮管所工作。

在我们这届研究生中，没有上过大学的有好几位，原学历最低的只相当于初中毕业。有几位是尚未毕业的"工农兵学员"，还有的从"文革"期间的外语培训班毕业，如国际政治系的王沪宁。同学间年龄也相差很大，最年长的出生于1939年，最年轻的大概出生于1957年，比我小12岁。当时的政策，凡原来已有工作的可保留关系，仍在原单位发工资，每年由学校发一笔书报费。我继续担任市人大代表，直到5年任满，一些同学经常戏称我为"代表"。一位理科的女同学不仅是市人大代表，还是市革命委员会委员，不知是否有同学称她"委员"。

在开学典礼上，校长苏步青特别强调，研究生不论年纪多大、资历多高，一定要当好学生，"资料室里最年轻的资料员都是你们的老师"。他又强调要遵守学校的规章制度，后来才明白也是有所指的——因为他坚持晚上10点半一定要熄灯睡觉，所以，所有的学生宿舍楼中，除了走廊、厕所、盥洗室和专职辅导员的房间可以开灯外，其他房间一律切断电源，而图书馆、资料室和所有教室到10点钟全部关门。但无论是年龄和生活习惯，还是所面临的学习任务，研究生都无法适应。多数研究生外语水平很低，必须恶补。每天熄灯后，走廊里顿时热闹起来，一片读外语声。与厕所相通的盥洗室里也是看书的同学，顾晓鸣干脆搬了一张桌子，几乎每天晚上在盥洗室学到后半夜。

"文革"虽已结束，复旦校园内疮痍未复，大草坪上依然种着庄稼，大字报、大幅标语随处可见，一些知名教授尚未恢复名誉，或者还不能正常工作。图书资料严重不足，不少同学在吃饭时到食堂买几个馒头就去图书馆、资料室抢占座位和书刊。"工农兵学员"与新招的本科生、研究生形成明显差异，往往意见相左。但是新事物、新思潮不断在校园中出现，终于迎来了解放思想、改革开放的新阶段。

谭其骧先生招收的五位研究生，正好每人相差一岁：周振鹤（1941年出生，福州大学探矿专业毕业）、杨正泰（1942年出生，复旦大学历史系毕业）、顾承甫（1943年出生，复旦大学历史系毕业）、周曙（1944年出生，南京大学历史系毕业）和我（1945年出生）。周曙原在浙江长兴县当中学教师，已在长兴安家。入学后因无法照顾家庭，中途退学，回原中学任教，后任长兴县副县长等职。我们四人于1981年毕业，顾承甫去出版社工作，杨正泰与我留校工作。

1982年春，谭先生招收首届博士生，周振鹤与我被录取，我是在职攻读。1983年8月，周振鹤与我经教育部特批提前毕业，通过论文答辩。9月，我们获历史学博士学位，为全国首批文科博士。

1985年我被提升为副教授，1991年晋升教授，1993年被增列为博士生导师，1996年任中国历史地理研究所所长，1999年兼任教育部重点研究基地复旦大学历史地理研究中心主任，2007年改任复旦大学图书馆馆长。

好几家媒体对我做过采访，或要我发表谈话，有两点看法我记忆犹新：

成功固然离不开自己的努力，但也取决于机遇。要是没有拨乱反正、改革开放，要是没有高考和研究生考试的恢复，绝不会有我的今天。

大多数我的同龄人、同代人就没有那么幸运，他们成了时代的牺牲品。我们在取得成功的时候，不要忘了他们。

2010 年

七十而思

——《我们应有的反思》自序

2007年，复旦大学出版社贺圣遂社长策划了一套"三十年集"系列，邀我参与。"三十年"，是指1977年恢复高考与1978年恢复招收研究生至此已30年，因此他想在这两年或稍后考上大学或研究生的人中物色一些人各编一本集子。集子的体例是每年选一两篇文章，学术论文与其他文章均可，再写一段简要的纪事，逐年编排成书。我按体例编成一书，取名《后而立集》。"三十而立"，可惜我到33岁刚考取研究生，学术生涯开始得更晚，能够编入此书的任何文字都产生在"而立"之后。

到了今年，梁由之兄得知12月将是我七十初度，极力怂恿我续编至今年，重新出版。他又主动接洽，获贺圣遂先生慨允使用《后而立集》的内容。于是我仍按原体例，续编了2008年至2014年部分，同样每年选了两篇文章，写了一段纪事。新出版的书自然不宜沿用旧名，由之兄建议以其中一篇《我们应有的反思》的篇名作为书名。开始我觉得题目稍长，在重读旧作后就深佩由之兄的法眼，欣然同意。

"三十而立，四十而不惑，五十而知天命，六十而耳顺，七十而从心所欲，不逾矩。"每到逢十生日，总免不了用孔子的话对照。但圣人的标准如此之高，每次对照徒增汗颜，因为自知差距越来越大，年近七十，不仅做不到不逾矩，而且离从心所欲的境界远甚。这些旧作基本都是我在 40 岁以后写的，谈不上不惑，相反惑还很多。但毕竟有幸躬逢改革开放，特别是当初倡导解放思想，拨乱反正，否则我不可能在 1988 年写出《统一分裂与中国历史》这样的论文，并且能入选"纪念党的十一届三中全会十周年理论讨论会"并获奖。这些文章在学术上未必有多少贡献，差堪自慰的是我始终在反思，所以尽管时过境迁，对今天及以后的读者还有些意义。

就以《我们应有的反思》为例，那是为纪念抗日战争胜利五十周年在 1995 年写成的。由于此文的重点是反思，有些观点和说法与主流有差异，发表过程还颇有周折。有幸发表后引发了不小的反响，包括日本的舆论在内，后来一位日本学者还专门到复旦大学找我讨论，一位旅日学者发表赞同我观点的文章后还引发激烈争论。19 年后，面对中日关系的复杂形势，我认为我的反思不是过头了，而是还不够，但基本是正确的。去年和今年，我两次向政府建议应隆重纪念抗日战争胜利七十周年，是当年反思的继续。但当年的反思也有两点失误：一是没有料到中国的经济发展会如此迅速，以致不到 20 年经济总量已超过日本，而我对中国的评价与预测都偏低；二是当时尚未了解历史真相，还沿用了蒋介石、国民党不抗日的陈说，涉及历史的一些说法在今天看来多有不妥。还有一点，当时不知道中日建交后日本究竟给了中国多少援助，政府赠款有多少，日元贷款有多少，直到 2002 年中日建交三十周年时政府才公布总数为 1900 多亿人民币，并向日本政府表示感谢。我支持我国政府的立场，这笔援助对中国的改革开放和现代化建设的确起了很大作用，该感谢的还是应该感谢，不能将援助与战争赔偿混为一谈。

在其他方面，包括在学术上也是如此。我在研究生期间开始研究历史人口地理、人口史，此后发表了《中国人口发展史》，合著了《中国移民史》《中国人口史》《人口与中国的现代化（一八五〇年以来）》，参与撰写《中国人口·总论》，也发表了相关的论文，参加过多次专题讨论会。由于这也是一个反思的过程，所以在 1995 年我提出，国家计划生育政策应及时做出调整，从独生子女改为"鼓励一胎，允许二胎，杜绝三胎"。但今天看来还不够，从中国人口的发展趋势，从上海等大城市已经出现的变化看，还应进一步调整到"确保一胎，鼓励二胎，允许三胎"。除了政策调整外，还应从传统文化中寻找资源，那就要赋予孝道新的内容，教育青年将生儿育女当作自己对家庭、对社会和对国家应尽的责任，当作真正的孝道。

先师季龙（谭其骧）先生一直鼓励我们要超越前人，包括要超越他。他也一直在反思自己以往的研究成果，给我们树立了榜样。在他留下的最后一篇未完成的论文中，他还极其坦率地承认他的成名作《晋永嘉丧乱后之民族迁徙》一文中对移民数量估计的失误。在他的鼓励下，我也质疑他的某些观点。例如，在编绘《中国历史地图集》的过程中，他形成的观点是"18世纪中叶以后、1840年以前的中国范围是我们几千年来历史发展所自然形成的中国，这就是我们历史上的中国。至于现在的中国疆域，已经不是历史上自然形成的那个范围了，而是这100多年来资本主义列强、帝国主义侵略宰割了我们的部分领土的结果，所以不能代表我们历史上的中国的疆域"。而我近年来的看法是，如果说1840年前的中国疆域是"自然形成"的话，那么此后到今天的中国疆域也是"自然形成"的。

我当然希望自己有一天能达到"从心所欲"的境界，但只有不断反思，方有可能。只要不断反思，即使永远达不到这一境界，也能逐渐接近，所以在年近七十时，我想到的是"七十而思"。这并不是说以前没有思过，而是思得不够，要永远思下去。

2014年7月7日

《葛剑雄写史——中国历史的十六个片断》序

我自幼对中国历史有兴趣，凡与历史有关的文字都有阅读的兴趣。但等自己从事历史研究后，却对现有的历史书越来越不满意，特别是那些普及性、通俗性的历史书。这倒不是狂妄自大，看不起那些作者，也不是说中国没有高质量的历史著作。我不满的不是历史专著，而是普及性的学术著作，或者是通俗性的历史书。中国不乏高质量的专著，但往往缺乏将这些专著的观点和内容普及，能适应广大中等文化程度读者的需要，让他们喜爱读又读得懂的书。

更使我惊奇的是，多数非历史学界的人士，包括社会精英、专业人士、中高级官员，对中国历史的了解基本还停留在中学教科书的水平，局限于20世纪五六十年代的观点和结论。就是历史学界比较年轻的同行，也往往不了解其他分支和领域的基本知识和概念。至于民间流传的历史，更多的是来自影视"戏说"、小说、戏剧和媒体上的文章。

不过仔细一想，这也是很正常的。社会分工和学科分类越细，多数人对专业以外的知识了解越少。专业研究的成果越高深，专业以外的人就越难了解。如果只有这一类著作，其他专业或行业的人就不得其门而入，更不用说普通读者。这方面我有切身体会，我对本专业以外的知识，包括历史学的其他分支的了解也很有限，但想花不多的时间了解某一分支或某一方面的最新知识，往往也苦于找不到合适的书。

其实，历史是最容易吸引读者的。这不仅由于人类对往事与生俱来的兴趣，也是因为历史渗透到人类社会的各个方面，历史事实可以演化成无数内容丰富、情节生动、感情充沛的故事，识文断字的人都能接受。但中国的历史那么长，涉及的范围那么广，有了解不完的史实，讲不完的故事，没有人能够穷尽。如果只是为了娱乐和了解，固然多多益善，但如果想比较系统或比较概括地了解中国历史，就不得不有所选择，并根据不同的需要采用不同的标准。

偶然了解到的图像压缩和识别技术的基本原理，给了我新的启发。一个连续的动作，要将它完整地拍摄下来，每秒钟至少需要拍一二十张照片。如果拍摄的速度再快些，照片拍得更多些，动作会更准确清晰，占用的信息量也越大，成本越高。但这些照片中并不是每一部分都需要的，在一个动作的过程中，并不是每一部分或每一个点都在发生变化的，或者虽有变化却很微小，完全可以忽略不计。同样，每个人的相貌都不相同，同一个人在不同时间或场合下的相貌也不会完全相同，但机器在识别时，不必比较每一个点，只要记住一个人的基本特征就可以了，特别是那些在相当一段时间内基本保持不变的要素。这样的处理，不仅可以过滤大量的无效信息，节省了处理时间和工作量，还可以使结果更可靠。如果能将这一原理用于普及历史，那么只要选择最富有特色或最稳定的片断，就能在有限的信息量之内，比较科学地重现历史。

十几年来，我陆续写了一些普及性的历史文章，一般都是就中国历史上的某人、某事、某一现象，比较详细地叙述来龙去脉，包括某些容易被人忽略或歪曲的细节，当然也免不了做一番议论。撰写时并没有通盘考虑，首先是从自己的兴趣出发。因为我想，连我自己都没有兴趣的人或事，是不可能写得让人家有兴趣读的。除非是写一本书，有时因为某一部分内容不可或缺，非写不可。这也是写单篇文章的好处，不必为"完整""系统"而写自己不想写或写不了的内容。其次是要此人、此事具有特色或代表性，能具有"图像压缩"的功能。再者，在史实以外还能发些议论，多少能给读者一些启发或思考。还有一类题材具有一定的颠覆性，即指出某些习以为常的说法、视为定案的结论其实并非如此。但这不同于翻案文章，主要是澄清事实，或揭示矛盾，未必是黑白之争、是非之辩。

我曾经答应陆灏兄,写一本普及性的中国历史著作,甚至已经想好了一个书名《国人国史》,但至今仍在设想之中,一直没有动笔。所以当他提出将我这些文章汇编成书时,我就难以拒绝,以便减轻些长期未能兑现承诺的歉疚。

这些文章只能称为中国历史的某一个片断。由于写之前没有什么计划,所以并没有覆盖中国历史的各个时期、各个方面,或各类人物、事件、制度。这自然与我的知识和兴趣有关,比如我对蒙元史研究得太少,至今没有写过一篇文章,秦汉时期就写得较多。还有的题目酝酿已久,如霍光,却因杂事缠身,拖了几年尚未写成。好在这些文章都是片断,没有严格的数量规定。如果写得出来,读者又有兴趣,那就留在下一本吧!

2006年7月7日于京华旅次

旧作新版

——《葛剑雄写史——中国历史的十九个片断》序

8年前,在自编《看得见的沧桑》一书时,我确定了一个原则,即我已经在报刊发表过和从没有发表过的文章,自己都只结集出版一次。所以从1998年来,我陆续出版的自选集《行路集》《碎石集》《临机随感》和《梦想与现实》都是不重复的。这样做主要是为了尊重我的读者,让他们在购买、阅读我的书时,不必为重复的内容而浪费金钱与时间。

但这些年来,我不断收到认识的或不认识的编者或出版者的来信,请求我授权他们将我的文章编入其他集子,有几篇文章已被收多次。对这些请求,我一般都会同意。既然别人遵守著作权的法律,尊重作者,我就没有拒绝的理由。读者是否需要购买、阅读这些书,完全可以自己根据内容来判断,不会因为我是作者之一而产生误解,也不会将这些书当成我写的或我编的。这些书是否有足够的读者和销路,自然也与我无涉。至于数以万计的电子版,除少数是在事前或事后得到我的授权外,其他都是我无法控制的,自然也不需要我承担责任。

但这本书有些特殊,是专门为我编的,所收文章全是我写的,都是已发表过的旧作。最初出于王为松兄的建议,又得到陆灏兄的响应,并由他担任编者。他们认为,我这类文章都可以被理解为中国历史的一个片断,单独读固然也能有所得,但如在每个历史阶段选取若干个片断,合在一起,就能显示中国历史的不同阶段或方面。由于各篇的涉及面和侧重点不同,能使这个小小的历史舞台更加多样,更有代表性,这本书也会更有可读性。我曾担心这本书会不会有销路,会不会成为出版社的负担,为松兄却不在乎;我也顾虑会不会让陆灏兄的努力成为无效劳动,他也不计较。既然如此,我就没有拒绝的理由了,只是希望在出版时向读者们交代清楚,让他们知道这是旧作新编,不要误以为是我的新作。

这些文章基本都发表于1994年至2002年,由于事先没有计划,只是有了想法或找到合适的史料后就写一篇,并没有考虑时间、空间和内容方面的分布,在中国历史上未必有典型性或代表性。有的朝代比较多,有的一篇也没有,这当然与我的兴趣和知识结构有关。如汉朝的有好几篇,因我对历史地理和历史的研究是从秦汉时期开始的;元朝是空白,因为我有自知之明,对蒙元时期了解最少。好在这些文章都独立成篇,不必前后呼应,而且编辑的宗旨就是提供历史的片断。

文章发表后得到过不同的反应,有的还引发了激烈的争论,甚至延续至今。为保持原貌,我请陆灏兄只改正明显的错字,其他都一仍其旧,也算是保留我思考过的片断吧!

2015 年

《葛剑雄写史》再版弁言

《葛剑雄写史——中国历史的十六个片断》2007年由上海书店出版社出版，2015年由上海人民出版社再版时增加了三篇，书名改为《葛剑雄写史——中国历史的十九个片断》。之所以不改书名，仅将"十六"改为"十九"，就是因为我不希望钟爱我的读者误以为这是我出的一本新书而重复购买。今年上海书店出版社又向我提出再版的建议，得知自己一二十年前的旧作（有几篇首次发表的时间更早）还会有新的读者，自然感到欣慰，但我还是坚持沿用原来的书名。但隔了6年，总得稍有增添，于是补充了一篇《宝船远航——郑和究竟为何下西洋》，书名也改动了数字，成为《葛剑雄写史——中国历史的二十个片断》。《宝船远航》一文原来以《郑和为何下西洋》为题发表过，这次增补了一些内容。与上次再版一样，所有文章都未做大的修改，仅改正了若干错字。

一二十年前写的文章，为什么不趁再版之机增补改写呢？这倒不是因为我过于怠惰或自负，而是这些文章的类型性质所致。这类文章共同的特点，都是对历史上某一人物、某一事件、某种制度、某一现象做出钩稽、挖掘、辨析、重构、复原为事实，在此基础上或在此过程中我发表自己的意见，做出自己的评判，表明自己的态度，或者只讲事实，让事实本身说话。

其中的历史事实部分，属于科学，只有一种标准答案，理论上说都是可以验证、可以重复的。在缺乏最低限度的基本史料的条件下，无法找到标准答案，只能推测。但再严密的推理都不能取代事实的重构，更不能成为标准答案。对于我文章中的这一部分，无论是我自己发现，还是读者指出，只要存在错误，无论大小，都得无条件地修改。例如，《江陵焚书》（原名《江陵焚书一千四百四十周年祭》）一文在《读书》杂志发表时，我将"项羽重瞳"注为"项羽有两个眼珠"。不久就有一位懂眼科医学的读者来信指出，"重瞳"是指有两层眼珠，是见于临床报告的罕见病例，而有两个眼珠的病例尚未见记录，显然不存在。在此文再次发表时我就改为"项羽有两层眼珠"。

另一部分则是看法、观点、评论、评价，属于人文，不存在标准答案，完全可以见仁见智，异说并存。只要自己认为是正确的，完全可以坚持。对别人的议论批评，既可以公开答复，或做出反批评，也可以置之不理，不做无谓的争论。《冯道长乐》（原名《乱世的两难选择——冯道其人其事》）一文在《读书》发表后，曾引起激烈争论，有人发表文章对我做不指名的批判。我认为他故意曲解我的观点，并且都是陈词滥调，不值一驳，没有做出回应。我始终坚持自己的看法，至今一字未改。

有些内容，因撰写和发表时受到某种局限，或不得不做了些删节。今天看来显得不足，或语焉不详，或有片面性，却反映了当时我的实际。既然是谈历史的文章，本身可能也是今后历史的一部分，还是保持原状为好。

不知读者诸君以为然否？

2021 年 12 月 1 日

《书人集》后记

去年，当我收到上海科学技术出版社的邀请，以图书馆馆长的身份编一本小册子时，以为是一般性的征稿，自问并未发表过多少与图书馆业务或馆长专业有关的文字，所以迟迟没有响应。有感于出版社的盛情和同仁敦促，考虑到不久将结束馆长任期，觉得能为这7年留下一点记录，向同仁、读者与公众做个交代，不失为有意义的告别。

本书的主要部分是我在任职期间接受媒体采访的记录和我自拟的馆务文字。因我并非图书情报专业出身，虽忝任馆长，却没有能够登堂入室，所以没有从事过这方面的研究，没有发表过这方面的论著。本书的其他部分只能选了几篇与古籍、古文献、地图、图书馆、大学、纸等有关的文章。所幸都与图书馆有关，不至于有充数之嫌。

书编成后，确定书名却颇费踌躇。图书馆和馆长都离不开书，书名中不能没有一个"书"字。馆长与书的关系是什么？爱书，守书，护书，借书，购书，藏书，读书，哪一个字都有关，都可用，却没有一个字能表达全面。于是我想到，什么字都不用加了，只要将书与人结合，称为"书人"即可，故自命为《书人集》。

我已于3月20日卸任复旦大学图书馆馆长，返回中国历史地理研究所，继续科研与教学，正好将此书作为7年工作的体会与汇报，敬呈前同仁和读者。

2014年6月

《看得见的沧桑》自序

上海教育出版社王为松兄嘱我编一本集子，收入《学人文丛》，承他的好意，我在近年来所写的杂文、散文、随笔、札记中选出自己认为尚可保留的，编成这本小册子。凡已收入《往事和近事》（生活·读书·新知三联书店《读书文丛》，1996年11月版）的，一概不取。

这些文章长短不一，最短者数百字，最长者逾万言。内容也相当杂，古今中外，都有涉及。要说共同性，只有一点——都不是按照学术规范撰写的正规论文。这是因为在写这些文章时已经考虑到了阅读的对象，希望它们能有一定的可读性，能让更多学术界和专业圈以外的朋友也能看懂。

正因为如此，这些文章的分类和编排颇使我为难，最后还是采取了相当随意的原则：或按内容，或按类型，或按初次发表处，大致分为四组。

第四组一辑《会海一勺》，本是以笔名分期发表在《文汇读书周报》上的。之所以不用真名，是恐怕有人会因我参加过的会议而对号入座，引起不必要的误解。实际上，文章所写虽都有事实根据，但均移花接木，或张冠李戴，已非真人真事，读者视为小说可也，千万不要过于认真，非找出某会某人来。为了再保险一点，我愿在此声明：本文纯属虚构，凡我参加过的会议和相识不相识的会友均与此文无关。

个别文章做了一些删节，纯粹是为了避免重复，以免浪费读者的时间和购书钱。凡是做了删节的部分都可以在本书的其他文章中读到，就得麻烦读者多翻几页或者再看一篇配全了。另一些文章则比初次发表时有了增加，其实只是恢复原状，即补全了当时被删节的部分。有的部分编辑删得很有必要，我就不再补全了；有的则纯粹是为了迁就可能提供的版面，但这样一来，文章的原意原味就打了一个折扣。例如，我讲北魏孝文帝的那篇文章，第一部分是排比史实，以便读者了解孝文帝为迁都与实行汉化所做的艰巨而又细致的努力，但杂志有 8000 字的限制，只好在这部分删去了 3000 字。现在将这部分恢复，至少能使自己想表达的内容和意思完整地与读者见面了。

对于这样一本相当杂的集子，要按内容来取一个书名实在非我所能，我想了几个，没有一个能使自己满意。想着想着，总算给我找到了一个共同点——这些文章几乎都是在后半夜写的，因为我的最佳写作时间是每天晚上 10 点至次日凌晨 2 点，那么就称为《中宵漫笔》吧！但为松兄认为这书名缺乏特色，建议将书中两篇的题目作为书名，即《看得见的沧桑》或《来自历史的梦》。我赞同他的建议，就选了《看得见的沧桑》。

这篇短文本来是讲上海地区的海陆变迁的，即海成为陆和陆沦于海都发生在并不太长的历史年代中，并且正在发生。如果推而广之，看我们所处的时代和社会，沧桑巨变就发生在我们这一代，就作用于我们的身边，就呈现在我们的眼前，我们就生活在沧桑巨变之中，或者就是它的一部分，岂止是看得见而已？想不到一篇短文的题目歪打正着，成了这本小册子的书名，当然得感谢为松兄的法眼。

1998 年

《看得见的沧桑》再版后记

《看得见的沧桑》出版于1998年，16年后，我当初自购备用的书已赠送殆尽，只剩下几本了。但有时还有读者拿来书要我签名，问他们购于何时，大多是出版不久时买的，居然还有近年在网上拍的。我一度动过请出版社再版的念头，但一则杂事多而未能联系，二则考虑到是否需要再版出版社自有标准，对市场是否有需求比我了解得更清楚。所以当得知上海人民出版社有意再版，我即欣然同意。

友人曾建议我换个书名，例如，恢复我一度想用的《中宵漫笔》，商量下来觉得不妥。买过原书的读者如果误以为是我的新作而再买，岂不是欺骗他们？如果有读者翻阅后发现与原书稍有不同，替换了几篇文章，或者只因版本不同就愿意购买，我只能对他们表示感谢，却不致因让他们上当而内疚。

既然是再版，为什么不一仍旧章，还要替换几篇呢？

因为有几篇文章是有时效的，如议论新世纪、跨世纪的，现在已过去十多年了，要等下一次新世纪、跨世纪还得等好几代人。还有像《会海一勺》所记录的会议百态，如今也成陈迹，但要作为史料又不够格。有的同一题目此后又有略有长进的新作，替换后能在同样的篇幅中给读者更多、更新的信息。我相信这样做能得到新老读者的理解。

16年的时间对沧桑陵谷而言实在微不足道,但处于中国前所未有的巨变中的16年,却胜过处于相对停滞时期的160年甚至数百年,已经产生了看得见的沧桑。至于我个人,正是在这16年中从中年不可抗拒地进入老年,更不胜人世沧桑之感。

2014 年 7 月

《碎石集》自序

我在 1988 年写完《普天之下——统一分裂与中国政治》一书时，在后记中写下了这样几句话："按照中国的传统，我应该说这是抛砖引玉。但是我要坦率地说，尽管我知道不是一块玉，我却不希望是一块砖，但愿能是璞。因此希望朋友们、读者们一起来敲打琢磨，去掉它粗糙、丑陋的杂质。如果敲打下来只是一块小小的顽石，用之于铺路，也就物尽其用了。"10 年过去了，这本书虽然早已扩展成我的另一本书《统一与分裂：中国历史的启示》和几篇论文，却远没有成为玉。不过使我稍感欣慰的是，看来它有可能不成为顽石，但已经起了一些铺路的作用。

由此我想到了铺路的碎石。

1989 年我第一次访问日本，发现庭院或名胜区的道路，甚至整个场地，大多是用小的碎石铺就的，所以既无风吹后尘土飞扬之苦，也没有下雨后泥泞之累，还比整块的水泥地更富美感，据说走在上面还有益于健身。要铺就和维持这些碎石路面或许并不比铺水泥或石板路面便宜，因为碎石虽小，看来也不是所有的石料都能充当的，但好在日本到处有山，成本不至于太高。

去年 11 月来日本做客员教授，共有 5 个月时间，有机会踩更多的碎石路，想到的地方也更多了。今年初游北海道，一片白雪世界，除了经过人工除雪的公路外，几乎看不到路面。就是在大沼、洞爷湖等国立公园的路上，踩着的也是厚厚的积雪，丝毫没有碎石的感觉。但现在院里的樱花已经开放，遥想北海道的路面，积雪化尽后肯定依然是碎石。

其实我当时踩的也是碎石，只是隔了一层积雪，而真正支撑着游人的还是碎石。

碎石的个体是坚硬的，尽管体积很小。碎石的团体是灵活而富有韧性的，可以随着人们的意愿而重新组合，也会随着脚的踩下而变形，却又很容易恢复原形。碎石可以一时被尘土或积雪覆盖，但尘土和积雪不能持久，而碎石永远存在。

所以我将新编成的小册子命名为《碎石集》，愿这些长短不一的文章成为一块块碎石，起到铺路的作用。我当然希望其中会有小小的璞，但即使如此，用于铺路也不降低它的身份，何况这些文章本来就只是我的思想或感想的碎片，不是比较完整的成果，不敢有成玉的奢望。

感谢王学泰学长的盛情，邀我编一本小册子，所以我就将近年来尚未结集出版的一些学术论文以外的文章，包括还没有发表过的，稍加整理，汇编成书。我 1996 年前的文章大多已编入《往事和近事》（生活·读书·新知三联书店，1996 年）、《天地玄黄》（浙江人民出版社，1997 年）和今年将由上海教育出版社出版的《看得见的沧桑》。收入本集的文章全部发表于最近这一两年，最新的一篇是今天上午刚写完的，所以与前面三册的文章没有任何重复。

由于在报刊发表时往往要经过编者的删节——这当然是必要的或不得已的，因而往往不能完整地表达自己的本意，甚至引起某些误解。例如，我曾经告诉一位朋友，我在一篇文章中提到了一位陪同我参观的人，可是等文章发表，这一段话正好给编者删掉了，以致她的名字根本没有出现，使我颇为尴尬。现在收入集子，就都恢复了原状，只是顺便改正了一些错字，应该更能代表我的思想和感情。有的题目，编者为了能吸引更多的读者而做了改动，一部分的确比我原来的题目好，我就接受了，其他的也恢复了原名。至于编排，只是按内容或形式相近，大致分为七组，并无深意，只是希望读者看时方便一些。

1998 年 3 月 30 日于日本京都
大枝山麓国际日本文化研究中心

《临机随感》自序

这本小册子是我自1998年下半年至2001年7月初完成的大部分是非专业性文章的选编。所谓"非专业性文章"是指不一定根据专业的规范而写的,并以非专业读者为主要对象的文章。其中少数文章是在学术会议上提交的论文,或为学术刊物写的文章,但考虑到它们的读者比较广泛,绝大多数读者阅读时也不会有什么困难,所以也收录了。

这些文章多数曾发表于报刊,少数是第一次发表。此前没有发表的原因大多不是作者方面的,但也有文章是写好后自己觉得需要修改,或者已经过了预约的时间。不过,即使发表过的文章,读者们还是可以读到一些新内容,因为报纸和杂志的编者必定会受到编辑宗旨或篇幅的制约,不得不做一些修改或删节,现在收录时就能完全恢复原状。为了恢复原状,除了错字外我没有做任何修改,即使某些文章或其中的某些段落现在读起来有点不合时宜。

这几年不时见到读者批评某些作者将自己的文章编为不同的集子,反复出版,我很赞同这些批评。1996年我出版《往事和近事》后,另一家出版社约我编一本自己的书,考虑到内容的特点,我收入了一部分已经收入《往事和近事》的文章,因此造成了一定的重复。事后我十分懊悔,感到对不起看得起我的读者。因此自己定下规矩,今后不管什么性质或类型的集子,只要是由我自己编的,就不应有任何重复,所以编入本书的都是自《碎石集》编定后的文章。也出于这样的考虑,自1998年以来的三类文章没有编入本书:一是读历史的文章,我已答应一家出版社汇为专集,而目前未结集出版的这类文章篇幅还不足,所以先留着再说;二是有关南极的文章,在我预先与出版社约定的专书出版以前,这些文章也不宜编入集子;三是纯学术的文章,或按学术标准撰写的文章。

由于这些文章的内容很杂,只能大致按内容分为几组。各组内的编排也全无定规,只是自己觉得合适而已。

也由于内容杂,给集子命名是一个难题。一种通行的办法是从收入集子的文章中找一篇名。我那本《看得见的沧桑》就是编辑帮我从所收文章中找出来的。大概是我平时写文章及发表时就不讲究命名,这次的数十篇文章中竟然找不出一个自己满意的题目来。但没有书名,等于是在计划经济年代报不上户口,或者领不到出生证。在编完目录时总算想到了现在的名字——临机随感。

此机之"机",非商机、战机、时机,而是计算机(电脑)。自1988年开始用四通机输入文字,1990年正式用个人电脑,特别是1991年使用笔记本电脑以来,我的绝大多数文字都出自电脑。近年来键盘已成唯一的"写字笔"了(签名除外),"临机"自然成了这些文章的共同特点。

《碎石集》是由(王)学泰兄一手促成的,这本集子又是如此,深情隆谊,无任铭感。

2001年7月23日

《梦想与现实》自序

自从2001年底在天津古籍出版社出版了《临机随感》以后，这几年来我没有编过自选集，一则是忙于科研、教学与其他方面的杂事，再则是我以为近年来媒体越来越发达，特别是互联网上无所不有，我已经发表过的文章大概已包罗无遗，是不是再出集子已经无所谓了。

不过事实证明，经过编辑、加工或删节后发表的文章，与自己的原文毕竟是两回事，哪怕有时只是一些很小的改变。而且互联网上发表的文章基本上都没有得到我的直接授权，更没有经过我的审定。有时别人出于自己目的所做的随心所欲的改变居然成了其他人批评的根据，甚至我再想改都改不过来。例如，我在《新京报》发表过一篇题为《中国不止一朵茉莉花》的短评，从题目上也可以明白，我的前提是肯定"茉莉花"的，只是希望多一些"茉莉花"。大概是为了"吸引眼球"，某网站在发表此文时，擅自将题目改为《民间小调茉莉花岂能代表中国文化》，后果不言自明。有的网友责问我：难道还有哪一首曲子能代表全部中国文化？上海某君还从这个题目出发，接连发表文章加以批评，却根本不查一下原文的题目是什么。更令人啼笑皆非的是，当我在自己的博客上将这篇文章恢复到原名时，居然有人在帖子下评论，以为我是在评论的压力下不得不做这样的改变。

还有些修改删节是媒体发表时不可避免的，有时限于篇幅，有时格于形势，或者为了媒体本身的需要，甚至出于编辑个人的旨趣。而且既然自己与媒体之间在事先没有"不许改一字一句"的协定，编辑的改动一般也不太大，自然应该接受这样的结果。但对作者来说，这毕竟是一种遗憾。

有些话本来完全可以在一篇文章中说完，但为了媒体发表的使得，只能分为两篇或多篇，因此免不了说些重复的话。有些文章是围绕着一个专题说的，但由于分别发表在不同的媒体或者在同一媒体不同的时间，所以多数读者未必都能看到，会有不完整甚至片面的感觉。我曾经收到读者来信，向我指出应该在哪方面再说些话，或者希望得到哪方面的观点，而实际上这些已发表在其他文章中。

还有少数文章最终没能发表，或者因不合时宜，或者因形势比人强、比人快，或者因为与媒体间阴差阳错，等发现时已过了时效。

所以如果有机会让自己的文章按本来的面目与读者见面，并且按自己的意愿编排，既能弥补自己的遗憾，也能满足读者的需要。正因为如此，当上海远东出版社向我提出结集的建议后，我乐意从命，也正因为如此，我确定了两项编选原则：

已经在媒体发表过的文章，自己只能编入一种集子。个别文章因为专题的需要，或者具有背景意义，必须再编入第二种的，应说明原因，以免误导读者。

已经发表过的文章，一律恢复到本来面目，无论今天看来是否正确，必要时另外加一段说明。错字和笔误（严格说是键误）不在此例，包括那些已经"躲过"了编辑和读者的错误。

由于另一家出版社也希望我能编一本集子，所以我对 2001 年底以后的作品做了分类，以便有相对集中的主题，并符合我自己的编选原则。

每次编完集子，往往苦于想不到一个合适的书名。所以只能采取最简单的办法，找几个比较抽象的词合起来，使它们大致能覆盖本书的范围。我曾经在三联书店出过一本《往事和近事》，这次就命名为《梦想与现实》。本书收入的文章无非是这两方面，一方面是我对现实的记录和反应，另一方面是我对过去的追忆和未来的梦想。将它们（梦想、现实）合在一起，无非是希望美好的追忆和浪漫的梦想能成为现实。或许这也是一种梦想，但要是连梦想也没有，我们将如何面对未来？

本书的问世离不开上海远东出版社的努力，谨致谢忱！

2006 年 2 月

《梦想与现实》再版后记

拙著《梦想与现实》初版于2006年，上海远东出版社通知我将要再版，甚感欣慰。这本书中的文章基本写成于2002年至2006年初，十年八年前的文章还能重印，说明多少会有读者，也说明出版社不怕印出来的书卖不出去，或者认为有些亏损也值得。

所以当编辑就是否需要修改或调整篇目征求我意见时，我决定不改不变。因为我在当初确定过两项编选原则："已经在媒体发表过的文章，自己只能编入一种集子。个别文章因为专题的需要，或者具有背景意义，必须再编入第二种的，应说明原因，以免误导读者。""已经发表过的文章，一律恢复到本来面目，无论今天看来是否正确，必要时另外加一段说明。"这些文章中相当一部分是对时政、社情、世风的评论，代表当初我的看法，如果用今天的看法去改，岂不失去了真实？即使今天的看法已经改变，还不如另写新篇，完全不必修补旧作。

内容不改，题目就更不能改了，否则有的读者还以为是我的新书。好在这个题目并不过时，或许还有赶时髦之嫌。我当时的想法是"将它们（梦想、现实）合在一起，无非是希望美好的追忆和浪漫的梦想能成为现实"。现在举国在谈中国梦，追中国梦，正是希望梦想成真。我这本书记录的不仅有我的梦想，也有先人和友人心心念念的梦想，自然也是中国梦的一部分。

2013年6月6日

《人文千秋》小序

以往陈平原兄约我编书，有过愉快的合作。此次平原兄邀我加入香港三联书店"三联人文"书系计划，我自然欣然应命。差不多同时，李辉兄为复旦大学出版社策划编辑"三十年集"，将我列入名单，我义不容辞，也答应了。待到在电脑前检索旧稿时，方才发现这两套书都是以"三十年"为选辑的范围，并且都要求以本人有代表性的学术性文字为主。

其实，对我们这一代学人来说，"三十年"几乎就是学术生命的全部。我是过了而立之年才从中学进入大学，中学毕业后当中学教师十多年后才有机会读研究生。到1979年方将自己的文字变成铅字印刷品，1980年方使自己的名字登上学术刊物。"三十年集"等于是自己全面的选集，要同时编两种颇使我为难。好在两种书的宗旨和篇幅稍有不同，经过考虑，我总算理出一个头绪，确定了并行不悖的选编办法："三十年集"自1978年至2008年，每年选一篇，以学术论文为主，兼及其他，如回忆、评论等，自1979年起每年都有"纪事"一项，全面反映30年来的学术和人生，近30万字；"三联人文"也以时间为序，只选个人学术专著所涉领域以外的学术文章，共10万余字。两书所选各异，无一重复。

在以往30余年间，我在人口史、移民史、统一和分裂、历史疆域、地图测绘、环境变迁等方面的研究成果，已通过若干专著或普及性学术著作发表。本书所选内容，都是在这些专著之外的。除学术方面外，还涉及教育、信仰等社会问题，但也是从学术视角出发的，自问符合"最能体现自家学术心得及贡献""有较大的接受面"的编撰体例。

本书名为《人文千秋》，一方面是呼应"人文"书系，另一方面是考虑到所收文字涉及的范围基本属历史人文地理。在"人文"后加上"千秋"二字，说明这些都属历史，都属过去。即使所议社会问题发生在今天，其实都是从遥远的过去演变而来的。取这个书名，也源于一段往事。2006年秋，我随"重走玄奘路"的车队翻越天山，进入吉尔吉斯斯坦，经过伊塞克湖（唐代热海）、碎叶城遗址、乌兹别克斯坦的塔什干（唐代大宛都督府）、撒马尔罕（唐代康居都督府）、唐代铁门关，进入阿富汗，翻越兴都库什山，到达喀布尔（唐代细柳州），沿喀布尔河而下，越过开伯尔山口。一路所经，都曾是唐朝的疆域，如今早已是异族异国，当年的赫赫武功和恢宏建制已难觅踪影。感慨之余，写了一篇短文，题为《惟有人文足千秋》。

这些文章都是公开发表过的，遵编撰体例，均于文末注明原刊的名称和时间。除纠正了个别错、漏以外，未做修改，以存本来面目。

所编《著述年表》，按年收集了已发表的专著、论文集、随笔集、杂文集、时评集、译书，但为节约篇幅，未列入所编书。

辛卯年元宵于浦东寓所

《统一与分裂：中国历史的启示》（繁体字版）再版后记

《统一与分裂：中国历史的启示》作为《中华文库》的一种，是由北京三联书店与台湾锦绣文化企业合作出版的。1992年首先在台湾出版，是用繁体字排印的。1994年三联书店出了第一版，自然是用简体字。此后三联书店曾重印过，2008年版权转让给中华书局，当年出了增订版，2009年重印一次。2013年起版权转让给商务印书馆，至去年已印了8次。但繁体字版再未重印，国内和海外的书店中早已不见踪影。有时习惯看繁体字的读者向我打听或索购，我也无能为力。所以得知香港中华书局有意出版，我喜出望外，也替这些热心的读者表示感谢。虽去年已签过延长版权的协议，但商务印书馆慨允香港中华书局出繁体字版，嘉惠读者，功德无量。

此版内容与中华书局增订版相同，据商务印书馆2017年第8次印刷本排印。

2018年4月

《中国人口发展史》再版后记

《中国人口发展史》于1991年由福建人民出版社出版，一直没有重印或再版。2014年方收入我的个人文集《葛剑雄文集》第二卷《亿兆斯民》，由广东人民出版社再版。承蒙四川人民出版社垂注，以为读者仍有需求，慨予再版。

我一直认为，再版书必须保持原书面目，如做修订应标明为"修订本"，以免误导读者，此次也不例外。感谢编辑极其认真仔细的审校，改正了几处原版就存在的错讹。

原版附有多幅地图，考虑到小比例尺的地图显示疆界、人口分布和密度时很难精确，而如采用大比例尺地图又会增加印制装订的困难，因此此版未予保留。只能烦请读者查阅《中国历史地图集》（谭其骧主编，中国地图出版社1982年版）中的相关地图和《中华人民共和国国家历史地图集》第一册（中国地图出版社、中国社会科学出版社2012年版）中的《人口图组》（葛剑雄、奚国金主编）。

本书的《余论》部分涉及"现状"（1991年）和中国的计划生育政策，此次也未做修改。可堪自慰的是，这些论述和观点基本上是正确的。而随着形势的变化，我也在不断探索并形成新的观点和意见，并不时发表。如在1994年7月我就在《世纪》（1994年5月第三期）发表《中国人口：21世纪的忧思和希望》，提出"可以适当调整生育政策，逐步改为'鼓励一胎，容许二胎，杜绝三胎'"。所以对《余论》也完全不必修改，保持原貌，尊重历史，我问心无愧。

2019年8月25日

《行万里路》自序

"航旅纵横"网上显示,从2011年开始至今,我乘坐国内航班的里程已经超过60万公里。如果加上此前乘的和乘坐外国航班的里程,再加上使用汽车、火车、轮船等其他交通工具,我的行程肯定已超过百万公里。古人将行万里路当作人生的目标,托现代交通工具之福,今人已可轻易做到。当然如果只计步行所及,多数人反不如古人,我自己的步行里程一定离万里远甚。

1945年我出生在浙江省吴兴县南浔镇(今属湖州市南浔区)。尽管这是一个以"四象、八牛、七十二墩黄狗"众多巨富著称的千年古镇,我家却是从父亲开始迁来的孤零外来户。离外婆家不远就是汽车站,自幼就远远听到汽车喇叭声,或看着汽车绝尘而去。离我家不远的"大桥"(通济桥)下是码头,每天都有几班轮船停靠或出发。到1950年初,我才第一次有机会离开出生地,就是在"大桥"下乘的船。失业在家的父亲回绍兴故乡过年,想卖掉祖屋作为谋生的资本,之所以带上我是因为我已能自己行走又不需要买车船票。记得那天一早我随父亲坐上轮船,忽然见在岸上送别的母亲与其他人向后退去,就这样我开始了平生的首次旅程。船到杭州,换乘汽车到萧山,再乘轮船到离故乡最近的马鞍镇,步行到家。返程乘船到西兴,乘渡轮过钱塘江到杭州,再乘船回南浔。但我直到1956年迁往上海,就再也没有外出的机会,连县城湖州也没有去过。

或许是5岁时的首次旅行激发了我对外界的兴趣,我对一切描述外界的文字和图画都会贪婪地阅读。偶然获得一本通过一个小学生随母亲乘火车从上海去北京的过程介绍铁路旅行常识的小册子，看了不知多少遍。以致1966年第一次乘火车经南京到北京，我竟对火车上的一切和沿途设施似曾相识。

转学到上海后，见闻渐广。特别是进了中学，可以凭学生证到上海图书馆看书，以后又找到外借的机会，可以随心所欲地找书读了。记不得在哪本书、哪篇文章中见到了"读万卷书，行万里路"这句话，它立即给我留下深刻印象，并且让我产生了强烈的愿望。但与在南浔镇上一样，直到1966年11月，尽管那已是我正式当中学教师的第二年，我还是没有踏出上海一步。11月间，我所在中学的党组织已经失控，"革命小将"与"革命教师"纷纷去北京接受毛主席的"检阅"，或投入"革命大串连"，我也挤上北行火车，在北京西苑机场见到毛主席。但那时一心"革命"，到了北大，连不远的颐和园都不想去，见了毛主席后就赶回上海继续"革命"。

1967年，学校继续停课，"造反派"夺了权后，我这个"保皇派"无所事事，住在空教室里当起了"逍遥派"，整天练英文打字（用的是英语版《毛泽东选集》或《毛主席语录》）、游泳（响应毛主席号召），晚上悄悄装裱从地摊上淘来的旧碑帖。"文革"初"破四旧"时，为避免损失，我与图书室管理员将一些容易被当作"封资修"的书籍刊物转移到储藏室。此时我从中拣了一册《旅行家》的合订本，不时翻阅，眼界大开，却只能心向往之。

当年秋，学校成立革命委员会，为"清理阶级队伍"设立"材料组"（或称为专案组），吸收我为成员。以后"军宣队"（中国人民解放军毛泽东思想宣传队）和"工宣队"（工人毛泽东思想宣传队）进驻，接管材料组，我被留用。我校的审查对象中有一位中华人民共和国成立前当过记者，交游广，经历复杂，还涉及中共高干与上层统战对象。为了查清他的问题，我先后去广州、重庆、内江、成都、西安、铜川、石家庄、保定、邢台、北京、天津等地，还去了好几个县城和劳改农场。有几位审查对象原籍苏北，还有一位原籍山东，中华人民共和国成立前在山东当过警察，我几乎跑遍了苏北各县和大半个山东。我严格遵守外调纪律，绝不趁机游山玩水，仅顺便参观过革命纪念地，如重庆的红岩村、石家庄的白求恩墓。另一方面，各地的名胜古迹、自然景观不是遭破坏就是被封闭，也无处可去。但我一般随身带着那套《旅行家》，至少预先看过与沿途和目的地有关的内容，增加了不少知识，有时还纠正了其中的错误。

1978年成为复旦大学谭其骧教授历史地理专业的研究生，才有了专业考察的机会，第一年在地理、考古教师指导下去南京、扬州实习，第二年去内蒙古、山西、陕西、山东考察。1982年我与周振鹤成为首批博士生，9月去新疆、青海考察，研究生院特批我们从上海乘飞机去乌鲁木齐和喀什。1981年起我担任谭先生的助手，直到他1991年最后一次去北京，除了我去美国一年外，他绝大多数外出都是由我陪同的，10年间我又到了以前未涉足的昆明、贵阳、遵义、都江堰、三峡、武汉、壶口瀑布、沈阳、抚顺、长春、长白山、南宁、中越边境、桂林、洛阳、郑州、安阳、济南、曲阜、包头等地。我自己也有了各种参加学术会议、工作会议、讲学、评审、考察参观的机会，如1986年在兰州召开的历史地理年会组织了从兰州沿河西走廊到敦煌的考察，1987年夏天我与同学专程去青海、西藏、四川考察。到21世纪初，我已到过全国各省、市、自治区，香港、澳门和台湾地区，包括与越南、缅甸、尼泊尔、巴基斯坦、塔吉克斯坦、吉尔吉斯斯坦、哈萨克斯坦、蒙古、俄罗斯、朝鲜接壤的边境。

1985年我40岁时首次走出国门，去美国哈佛大学访学，至今已到过五大洲49个国家。改革开放的机遇、个人的努力和幸运还使我获得了几次可遇不可求的旅程：

1990年8月去西班牙马德里参加国际历史学大会，我从北京往返，全程乘坐火车，历时一个月，到了莫斯科、柏林、巴黎、马德里、巴塞罗那、海德堡、科隆、法兰克福、慕尼黑、维也纳、日内瓦、洛桑、布达佩斯等地，由二连浩特出境，从满洲里入境。

1996年6—7月，由拉萨出发去阿里地区，详细深入考察了札达等处的古格遗址、土林和冈仁波齐神山。

2000年12月至2001年2月，以人文学者身份参加中国第17次南极考察队去南极长城站，途经智利、阿根廷。

2003年2—5月，应中央电视台和香港凤凰卫视之邀，我担任《走进非洲》北线嘉宾主持，在摩洛哥、突尼斯、利比亚、埃及、苏丹、埃塞俄比亚、肯尼亚七国采访拍摄，其中从卡萨布兰卡至亚的斯亚贝巴基本都乘越野车经行。

2006年10—11月，我参加中央电视台组织的"重走玄奘路"文化交流活动，由新疆喀什出发，乘车经吉尔吉斯斯坦、乌兹别克斯坦、阿富汗、巴基斯坦，到达印度新德里和那烂陀寺遗址。

2011年7月，应邀至俄罗斯摩尔曼斯克，乘坐核动力破冰船"五十年胜利号"到达北极点。

2015年2月，专程去坦桑尼亚登非洲最高峰乞力马扎罗山，到达4750米处。

这些都是我幼时做梦也不会想到的，也一次次超越了我成年后和中年后的梦想。

我曾经将游踪与感受写成《走近太阳——阿里考察记》（东方出版中心，1999年版）、《剑桥札记》（鹭江出版社，2000年版）、《千年之交在天地之极：葛剑雄南极日记》（鹭江出版社，2003年版）和《走非洲》（作家出版社，2005年版）等书和长短不一的文章，通过数十次演讲与听众分享。"行万里路"的收获则与"读万卷书"的成果交融，支撑着我的学术研究、教学教育和社会活动，丰富我的人生，滋养我的精神，不断引发我回忆和思索。

在友人的鼓励和支持下，在这些书以外，我选编出版了《读不尽的有形历史》（岳麓书社，2009年版）和《四极日记》（复旦大学出版社，2016年版），也将这些书修订编入《葛剑雄文集·南北西东》（广东人民出版社，2014年版）。但梁由之兄一再怂恿我编一本《读万卷书行万里路》，在编成初稿后又建议我将读书和行路方面的文章分编为两本，于是产生了这本《行万里路》和另一本尚在选编的《读万卷书》。趁本书问世之际，写下这些文字，作为以往行路的介绍，也为了向所有鼓励、支持、帮助我行路的人表达感激，并感谢梁由之兄和出版界的友人。

2016年4月

《人在时空之间》新版[①]序

2006年间,我将从2001年7月后写的数百篇文章分别结集出版,其中文史方面的评论、散文、杂文、随笔交给中华书局,经祝安顺兄悉心编辑,至2007年出版了《人在时空之间》。大概还受读者欢迎,安顺兄又嘱我出续集,于是将此后两年内写的同类文章收集起来,由安顺兄与责编按同样体例编辑,在2010年初出了《人在时空之间》二集。

近年来,梁由之先生一直垂注拙著,已帮我出了好几本新著旧作,询得此两书交中华书局的版权期已过,而中华书局未要求续约,遂力荐交九州出版社再版,我自欣然从命。

由于两书原来是先后结集的,所收文章写成于数年之间,且非同时编辑,所以同一主题的文章有时会出现于两处,栏目虽同一,内容却一分为二。一集所收为四年间所作,二集所收不足二年,自然不如一集充实。由之与黎明建议将两书篇目重新编排,新设栏目,同类文章按内容重组,分为两册。结果两书不仅篇幅均衡,自成体系,且排列有序,面目一新。

至此,由之与黎明建议不再沿用《人在时空之间》原名,两书分别命名为《天人之间》和《古今之变》。我虽赞赏二位的创意,感谢他们的盛情,却颇有顾虑。要是厚爱我的读者看到后以为是我的新作,买去后却发现与原来两书内容相同,我岂能辞其咎!但另一方面,经由之先

[①] 分别编为《天人之间》和《古今之变》。

生与黎明先生这番努力,并赐予新名,这两书的确并非简单的重版。于是我请求二位同意署编者之名,一则使名实相符,一则减少我未沿用旧名之责。

2017 年 11 月 30 日

《御风万里——非洲七国日记》前言

2002年11月底,凤凰卫视邀我参加中央电视台与凤凰卫视联合摄制的《走进非洲》摄制组,担任北线队的嘉宾主持。12月3日,钟大年来北京饭店(我在京开会住地)与我具体商定。16日在北京开了新闻发布会,就开始做各项准备工作,包括办理各种手续,如报批、申领护照、签证、接种疫苗、买保险等。2003年1月18日专程到北京,与本队其他成员讨论准备,19日我还以主持人的身份去友谊宾馆专家楼采访一位伊拉克专家,由本队摄影师拍摄、编导制作了一段样片。其间正值我按原定计划于1月23日起在香港城市大学讲课3个月,除与香港城市大学商定将课程压缩在2月20日前上完外,不得不来往于香港、上海、北京间,尽可能兼顾非洲之行的准备工作。

2月21日晚上到达北京,22日晚上在钓鱼台国宾馆参加"起步礼"(出发会),23日上午开始"走进非洲",乘飞机经阿姆斯特丹到达摩洛哥的卡萨布兰卡。此后,历经摩洛哥、阿尔及利亚、突尼斯、利比亚、埃及、苏丹、埃塞俄比亚、肯尼亚八国,于5月29日从内罗毕乘飞机,经迪拜、香港,于30日回到上海。全部旅程98天,在非洲时间96天。其中,除由卡萨布兰卡至阿尔及利亚、从阿斯旺往返于阿布辛拜勒、从亚的斯亚贝巴至内罗毕和从内罗毕往返于拉穆岛这四段是乘飞机的外,其他旅程都是乘越野车。

这是我第一次去非洲,第一次也是唯一一次连续到8个国家,第一次也是唯一一次如此连续地乘长途汽车旅行,第一次也是唯一一次当那么长时间的电视节目嘉宾主持。还创造了我除长期出访外最长的出国纪录，超过了我从2000年12月18日至2001年2月参加中国第17次南极考察队去南极长城站的时间（全部旅程69天，在长城站停留59天）。还有很多更具体的"第一"和"最"的纪录。

当时我正担任复旦大学中国历史地理研究所的所长，教育部重点研究基地复旦大学历史地理研究中心的主任、教授、博士生导师，学校虽然破例批准我请假3个月，但明确不能影响行政、教学与科研工作，我也做了这样的承诺。尽管日常工作由副所长和办公室主任代劳，同仁们也支持配合，但不少事是别人帮不了忙的。我有8位在读的博士生，其中4位的博士学位论文当年6月要答辩，须由我审阅改定后才能送评阅。我主编并撰写的《中国人口史》第一卷刚出校样，等着付印。我只能委托博士生周筱赟代看，但遇到重要校改，还得由我自己决定。我们所与复旦大学历史系、北京的东方历史研究中心准备在9月召开的国际会议已发了一号通知，后续的筹备工作不能停顿。我主持的与哈佛大学等合作的"中国历史地理信息系统"（CHGIS）、我主持的及我们所承担的科研项目也不能停顿。

我还承诺在旅途为《北京晨报》、上海《外滩画报》等报刊写报道，为后方网站提供稿件，与作家出版社约定回来后出书。

这些都离不开通信联系和信息传递，但在当时却有我们今天意想不到的困难。那时还没有智能手机，只能通话，而且收费昂贵，每分钟的通话费要10—15美元。我们一个队只有领队黄海波配了手机，只有公务才能用。私事基本不能用，只是后来国内"非典"（那时我们在国外都称为"SARS"）疫情严重，才增加了问候电话的次数。所以每到一地，得赶快找网吧收发邮件，因为多数旅馆无法上网，能上的收费都很贵。非洲国家网吧的绝大多数电脑是不能显示中文的，个别情况下允许先下载中文接收软件，但这本身就得耗费不少时间，而且往往不成功，所以基本上都只能将邮件用U盘（那时叫USB插件）下载到自己的电脑上读出，发邮件时只能事先写好拷在U盘上，到时以附件方式发送。或者只能事先约定，双方都用英文写邮件。而除了领队配了一台笔记本电脑外，只有我自带的一台笔记本电脑。发照片更麻烦，一张不到1兆的照片有时花半小时也发不了。

外出期间，国内"非典"暴发，疫情加剧。我们得不到确切消息，只能从国外新闻中分析真相。当北京已成"空城""死城"、上海已出现死亡等消息传来，由不得我们不担忧、不思念家人。外界风声鹤唳，也给我们带来困扰。进肯尼亚前就听说一架国航飞机被机场禁止下客，原机返航。到内罗毕机场时，海关人员一定要我们测体温，甚至扬言要隔离，我们让他们仔细查验护照上的出入境记录，证明我们在2月已经离开北京，才顺利过关。

3月20日我们在突尼斯时，美军对伊拉克开战，到4月9日美军攻占巴格达时，我们刚离开利比亚进埃及。为了增加安全系数，我们特意在车上贴了醒目的标志——用阿拉伯文写上"中国"。到非洲后住的第一家酒店——卡萨布兰卡君悦酒店，在我们离开后发生炸弹爆炸。我们在阿尔及利亚的全部行程，都在警察的严密保护之下。原来计划开车经埃塞俄比亚南部进入肯尼亚，却因水灾与安全问题而取消，改乘飞机。进入肯尼亚前一度收到恐怖活动警报，结果倒是太平无事。

离开突尼斯边境，还没有踏上利比亚的土地时，就见卡扎菲的巨幅画像。在利比亚的12天中，更是无时不感受到这位领袖无所不在的影响。我们采访拍摄了展示和学习他著作的"绿皮书中心"、他下令建造的号称"世界第八大奇迹"的人工运河工程、他的家乡即利比亚的"政治首都"的宏大设施。在拍摄他上学的小学时，还让我坐在他曾经使用的课桌椅上采访他当时的同学。在的黎波里的兵营深处，当我们拍摄被美国炸毁的卡扎菲的住所时，还让我们产生"领袖"会突然现身的悬念。16年后再看当时的记录，真有隔世之感。我一直把自己的行走看成目击历史、感受巨变的机会，这无疑是一个可靠的证据。

这次"走进非洲"，我有较详细的日记，旅途中还写了一些报道。这些报道大多已在报刊发表，其后结集，由作家出版社出版了《走非洲》一书。卡扎菲政权被推翻后，我曾将在利比亚这12天的日记整理出来，在《历史学家茶座》上发表。近日翻阅这些日记，发现还有不少内容没有包括在那些报道中。近年来到过这些国家的中国人越来越多，摩洛哥、突尼斯、埃及更成了旅游热点，但我们的独特经历绝大多数人不可能重复，我们到过的一些地方多数人还是无法到达的。所以我将全部旅程的日记整理出来，与大家共享。

2020 年 2 月

《说城》致读者

去年接到韩建民先生的电话，说河北教育出版社的朋友建议我将有关城市的文章汇编起来，出一本专门"说城"的书。我听了颇有点意外——我真的发表过那么多"说城"的文章吗？又有些犹豫，因为我给自己定过这样一条原则：已经发表过的文章，自己一般做一次结集，如需要再版，不能改变书名，以免关注钟爱我的读者误以为我又有新书问世。我请韩先生代谢他们好意的同时，转达我的意见：我自己觉得没有必要，文章都已发表，需要的读者不难找到。而且我对能否编成这样一本书没有把握，更不知道读者是否有需求。如果他们认为有必要，不妨请他们先搜集起来，再分析一下是否可能。

等打开他们发来的压缩文件，居然有长长短短上百篇。我一一翻阅，有的连我自己都已经忘记什么时候发表在哪里了。在电脑上检索，又找到了一二十篇他们没有发现的。既然如此，看来汇编出版还是可以使读者查阅起来更方便。不过我还是提醒出版社的朋友，毕竟不是新著，得做个市场调查，究竟会有多大需求。

这些文章撰写发表于以往三四十年间，这次汇编，除改正了若干错字及删除个别不合时宜的词句外，均保持原貌。但因当时是根据不同需求在不同书刊中发表的，内容往往有不同程度的重复。如完全删除又会影响单篇文章的完整性，或影响文章的逻辑性，所以除有2篇做了删改并在标题上注明外，其他都未删改，请读者谅解。

于壬寅元宵

《往思录》校后记

承黄磊学棣的好意，他将我记录个人经历、叙往忆旧的文字搜集汇总，编辑成书，不久我就看到了校样。看完校样，几乎没有发现什么错漏，却引发了感慨，不禁要写下一些话。

这些文字最早是写于20世纪80年代，也就是我40多岁时，大多写在我五六十岁时，离现在不过二三十年时间，在历史上只是一个极短暂的瞬间，如今读有些旧作居然恍如隔世，或感到当时自己竟如此守旧无知，或惊叹如此斗胆妄言居然还能发表，庆幸正好遭逢了一段改革开放的好时光，获得了中国历史上最好的机遇。

经常看到前人、名人对自己的早年旧作抱愧的说法，我却相反，经常将自己的一些旧作当作他人的佳作，感叹当时竟写得那么好，以后却再也写不出来，如今更不敢存奢望。这说明一个人的写作不可能始终在进步，而且有些文章只能在最合适的机遇下才能写成，方可发表。我一直怀疑有些名人没有说真话，即使他们自己的写作能力始终在进步，精力体力都能长盛不衰，难道一辈子都能获得最好的机遇？

这些文章大多在报刊或其他公开出版物上发表过，也有一些只在网上发表，而其中有的网站已不复存在。有几篇始终停留在我的电脑上，至今未发表过。有的是应约写的稿，写成后"约"却因种种原因取消了。个别是在写成后，原来的发表窗口已经关闭。有的则是偶然的意外，如《忆旧还是难》一文是回应黄裳先生，杂志主编或许认为此文发表会得罪黄先生而婉拒，我理解他的难处，而且一位热心的第三者已经在网上发表了感言，几乎把我的意思都表达了，就没有将此稿另投他处。

其中《人生之始》是最近写的，是首发。这是在听到黄磊的建议后，我在翻检旧文时又见到前两年南浔的陆剑兄在当地档案中发现的我家 1946 年户籍登记表的扫描件。那个年代当地还没有用出生证，这应该是我留在这个世界上的最早记录。于是，我结合一直保持着的最早记忆，写成这篇《人生之始》，列为首篇，正好弥补了下一篇回忆小学生活之前的空白。

十年前，我在自己的编年选集《我们应有的反思》的自序中写过这样两段话："'三十而立，四十而不惑，五十而知天命，六十而耳顺，七十而从心所欲，不逾矩。'每到逢十生日，总免不了用孔子的话对照。但圣人的标准如此之高，每次对照徒增汗颜，因为自知差距越来越大，年近七十，不仅做不到不逾矩，而且离从心所欲的境界远甚。""我当然希望自己有一天能达到'从心所欲'的境界，但只有不断反思，方有可能。只要不断反思，即使永远达不到这一境界，也能逐渐接近，所以在年近七十时，我想到的是'七十而思'。这并不是说以前没有思过，而是思得不够，要永远思下去。"

今天我要在后面加几句话：

当我年近八十时，越来越明白，自己永远不能达到孔夫子那样"从心所欲"又能"不逾矩"的圣人境界，那就只能八十再思，让思永远伴随着生命。

书编成后曾想过几个书名，都不理想。黄磊建议"往思"，实深获吾心，遂定为《往思录》。

2023 年 12 月 15 日，79 岁初度

《四海之内》前言

1994年起，在《读书》主编沈昌文先生和编辑赵丽雅女士的热情诱导和巧妙催促下，我在研究和教学之余，陆续在《读书》发表了一些读史札记、评论和以历史为主题的叙述、散文。1995年8月，又在赵丽雅女士建议和帮助下，将这些文章选辑入我的第一本非学术性文集《往事和近事》，于1996年11月由三联书店出版。

1997年，长春出版社邀我主编一套普及性的中国历史丛书，以断代方式讲述历史。丛书共8种，每种选择一个在中国历史上影响较大的朝代或时期，在该时段中选择一二十个题目，通过具体的史实，提出作者的看法和见解。我自己写汉代，题为《泱泱汉风》，除一篇综述外，写了11篇。我还为写宋代的《文盛武衰》提供了1篇。这套名为《中国历代王朝兴衰启示录》的丛书于1997年由长春出版社出版。丛书的修订版《千秋兴亡》于2000年出版，2005年再版，以后又有重印。

2007年，我从历年所写历史类文章中选了16篇，编为《葛剑雄写史——中国历史的十六个片断》，由上海书店出版社出版。2015年再版时增加了3篇，书名改为《葛剑雄写史——中国历史的十九个片断》。2021年，出版社又提出再版建议，我再增加一篇，书名也成了《葛剑雄写史——中国历史的二十个片断》。

这些年间，还在其他刊物、网络上发表过一些同类文章，长短不一，共有百来篇，有的已陆续收入我的选集、文集。

2019年9月，秦青兄邀我为三联中读制作一套讲历史和历史地理的音频课程，50集，每集15分钟。为更切合听众的需要，我与他商定，由我提供内容，一起选定题目，请他们团队编排并拟出纲目，我最终审定。这套节目于2020年2月上线，名为《葛剑雄·不一样的中国史——50个关键词，俯瞰历史风貌》。据说颇受欢迎，他们又建议将音频内容整理成书出版。由于我录制时仅用简单提纲，并无完整讲稿，只能请编辑团队根据音频记录稿整理，并编辑成书。我命名为《不变与万变：葛剑雄说国史》，2021年由岳麓书社出版。

2022年8月，悦悦书店的罗红女士介绍并大力促成哔哩哔哩网站为我制作一套讲历史的视频节目。开始我担心已有《葛剑雄·不一样的中国史》音频节目和《不变与万变》在前，有些内容难免会重复，但制作方认为，根据市场调查，收听音频的听众与收看视频节目的观众基本不同，可适应不同要求。而且视频每节是30分钟，比音频长一倍，即使是同一题目，也有详略的差别和侧重点的不同。于是商定了40集的题目和内容，每集30分钟。当时疫情尚未完全解封，罗红女士提供拍摄场所，使录制顺利完成。"哔哩哔哩课堂"制作团队精心完成后期制作，《千秋兴亡：葛剑雄讲中国史》于2022年11月上线。

现在，"哔哩哔哩课堂"及制作人圆媛女士、王梦熊女士等对视频记录稿悉心编辑，整理成书。她们不但准确记录了我所讲的全部内容，还核对原文，查阅原始史料和权威的工具书，不仅改正了文字讹误，还校正了我一直未发现而长期沿用的若干错字，一并表示衷心的感谢。

考虑到长春出版社出版的那套我主编的丛书曾用《千秋兴亡》的书名，此书不宜沿用视频课程的名称。我这40个题目中虽有个别涉及境外，但基本都发生在历史中国的范围之内，亦即"四海之内"，故即以此为书名。

尽管这几种书是针对不同层次和需求的读者，即使相同的主题也详略不一、表述方法有异，但毕竟有一定重复。因此请已经买了《葛剑雄写史》和《不变与万变》的读者慎重选择，并再一次向所有读者表示我由衷的感谢！

于2024年元旦

读我编的书

《中国历代王朝兴衰启示录》总序

北宋元丰七年（1084年）十一月，经过近19年的努力，司马光和他的助手们终于在西京洛阳完成了354卷历史巨著——《资治通鉴》。在呈报给皇帝的表文中，司马光希望这部书能使皇帝"鉴前世之兴衰，考当今之得失，嘉善矜恶，取是舍非，足以懋稽古之盛德，跻无前之至治，俾四海群生，咸蒙其福"。可是，不久继位的哲宗和以后的徽宗辜负了司马光的一片苦心，并没有吸取这部书中所提供的历史经验和教训，更没有赢得"稽古之盛德"和"无前之至治"，就在《资治通鉴》问世后的42年，金朝的大军兵临开封，宋朝失去了半壁江山，连徽宗和他的儿子钦宗都当了俘虏，"四海群生"遭遇的不是福，而是无穷的祸。

但《资治通鉴》的价值并没有随着北宋的覆灭而丧失，相反，随着时间的推移，越来越受到历代统治者的重视。今天，包括《资治通鉴》在内的古代优秀历史著作，依然是我们值得珍视的宝贵遗产。

我们之所以重视《资治通鉴》一类的历史著作，一个重要的原因是它们不仅给人们提供了历史事实，而且明确地表达了作者对历史的看法和他所总结的历史经验。尽管由于时代不同了，我们不会完全同意他们的见解，或者只能将他们的看法作为批判的对象。但有一点是可以肯定的：他们所总结的一些具体的历史经验，具有永恒的价值。

历史发展有其基本的规律，这是不以人们的意志为转移的，是必然的。但任何一个社会发展阶段、任何一个朝代、任何一位君主、任何一个事件，都有其偶然性，不可能都按照某一种具体的规定出现或消失，兴盛或衰亡。在很大程度上，直接影响到这些人或事的，是人事，而不是天命；是偶然因素，而不是必然性；其结局往往千变万化，而不是只有一种可能性。

就拿中国历史来说，封建社会占了目前我们所知道的历史时期的大部分。如果只研究封建社会的一般规律，只看到这个社会从产生、发展到消亡的大过程，就无法解释各个朝代的兴衰。在封建社会处在上升的阶段，在地主阶级被称为新兴阶级的时期，照样有王朝衰落以至灭亡，而另一个勃兴的新朝并没有摆脱封建社会的特性，另一批成功的君主也不可能不代表地主阶级的利益。为什么同样是封建王朝，有的能持续三四百年，有的却只存在了一二十年，甚至胎死腹中？为什么同样是地主阶级，有的君主能开疆拓土，有的却只会割地赔款？有的可能清心寡欲，有的却一定要穷奢极侈呢？为什么在同一个阶级中也有忠奸贤愚，而同样是忠臣，结果却截然不同呢？

我们当然应该特别重视对历史发展总体性和规律性的研究，只有这样，才能把握住历史的大方向，才能对我们的事业有必胜的信心和执著的追求。但这并不意味着可以忽视具体的、一般性的历史经验，因为如果我们不重视这一类经验，我们的追求就未必能取得预期的结果。而且，对个人和一个部门来说，这类经验更具实用性和启发性，更易形成自己的智慧，更易转化为自己的财富。

本着这样的目的，在复旦大学程天权教授和长春出版社领导同志的共同策划下，在长春出版社的大力支持下，我们一起撰写了这套丛书，希望能给读者提供一点历史事实、历史经验和历史智慧。

丛书共 8 种，每种选择一个在中国历史上影响较大的朝代或时期，在该时段中选择一二个题目，可以是人物、事件、制度、观点、阶段等，通过具体的史实，提出作者的看法和见解。有时，通过史实的叙述，道理已不言自明，作者自然就不必多说了。

我们不是写中国通史，所以只能写每本书涉及的阶段，但也不限于一朝一代，可以兼及前后左右。我们也不是一朝一代的通史，只是从这一朝代或阶段中选取我们认为意义较大、便于表达而作者又有较好研究基础的题目。见仁见智，在所不免，读者或许会对自己认为重要的题目没有入选感到遗憾，那就只能请大家谅解了。

因为希望我们的书有更多的读者，在每一种书的开始都有一篇概述。这主要是为对该阶段的通史不太熟悉的读者准备的，也是为了使读者能对下面这些题目的相互关系和背景有一定的了解，具有这方面基础的读者完全可以不看。由于每篇都有相对的独立性，尽可以挑自己感兴趣的先看，不必照编排的顺序。我自己看书时常常如此，看了有味道的文章往往会不止看一遍，而不感兴趣或看了开头就乏味的文章从此不再看。当然，作为这套书的主编和作者之一，我还是希望书里的每一篇都能吸引尽可能多的读者。

说到主编，我还得说明一下。作者大多是复旦大学的同仁，与天权教授和我都熟悉，大概因为我是最年长的，所以推我为主编。其实，我只是对撰写的原则提了几条意见，其他都是大家讨论决定的，然后就是分别撰写了。我只看过两种书稿，并且都没有看全，也没有提多少意见。倒是责任编辑张樱女士做了大量本职以外的工作，付出了辛勤的劳动，在丛书问世之际，理应表示衷心的感谢。

1997 年 3 月 16 日

《中国历代王朝兴衰启示录》① 再版前言

这套《中国历代王朝兴衰启示录》丛书由长春出版社在1997年出版，丛书的修订版《千秋兴亡》又由该社在2001年、2005年两次再版，并在2008年与我主编的其他书汇集为《大哉中华》再版，前后已经出过4次了。去年一位出版界的友人认为读者还有需求，此书有再版的必要，向出版社推荐，广东人民出版社慨允出版。作为原书的主编，付印之前自应做一说明。

这次再版，完全按原版排印，仅根据作者的要求，做了个别文字上的修改。一则不能让钟爱我们的读者误以为是一本新书，二则作者都认为没有重写或全面修改的必要。

为什么写在23年前的旧作不需要改写，就能直接供给读者呢？一方面这是作者的自信，20多年来自己和读者都没有发现什么讹误不妥之处，自然保持原貌为好。另一方面，这也是历史类书籍的优势——以历史事实为基础，只要这部分正确，书就有其长久的价值。所以我在本书的《总序》中说，完成于900多年前的《资治通鉴》的价值"并没有随着北宋的覆灭而丧失，相反，随着时间的推移，越来越受到历代统治者的重视"。到了今天，你可以不赞成《资治通鉴》所传达的价值观念和它所总结的经验教训，但改变不了它们曾经受到历代统治者的高度重视，也为中国当代政治家所重视的事实。你可以不看书中"臣光曰"的

---

① 本书再版时改名为《爱上历史丛书》。——编者注

大段议论，但如果要了解历史事实，特别是唐后期和五代期间的史实，就必须读《资治通鉴》。

多年前，师兄周振鹤教授提出"历史是介于科学与人文之间"的观点，我深以为然，并且经常运用演化。过去曾经存在的一切人和事都是客观存在，是事实，研究并复原它们属于科学的范畴，应该只有唯一正确的答案。如果客观条件具备，这一过程完全可以重复，而且可以得到验证。但现存的历史都是后人有意识、有选择的记录，而人的意识和选择属于人文，不必也不可能用科学的标准来衡量。至于人们的历史观念和对历史的评价纯属人文，更不必也不可能找到唯一的标准答案。

我在《总序》中说明，作为普及性的历史书，这套书的目的是向尽可能多的读者提供一点历史事实、历史经验和历史智慧。对于历史事实，我们可以根据自己的研究成果，或是吸收他人已有的可靠的研究成果，做如实的叙述。如果不得不涉及至今尚未被揭示的，或存在争议的事实，一般都会加以说明，或者做出自己的判断。对这一部分，如果出现错误，即使是次要的、细节的，也要及时纠正。就在交稿前，有网友在我的微博上指出，我在《汉魏故事》一文中称曹丕为"建安七子"之一是错的。看到后，我颇感意外，曹丕是"三曹"之一，当然不属"建安七子"，但翻到那一页，我当初就是这样写者，20多年来居然没有发现。要不是那位读者发现并指出，这次再版还会错下去。

但如果是这套书提供的"历史经验""历史智慧"部分，那基本都属于人文，并没有标准答案，作者与读者之间完全可以有不同的见解和观点，见仁见智，何妨求同或求异！所以这部分就不必修改了。

这套书初版时，我和全体作者都属中青年，最年长的我也还不满六十。如今，最年轻的两位作者都已接近我当时的年龄，而作者之一、复旦大学法学院的姚荣涛教授不幸已于2020年6月因病逝世。本书的再版也是对姚教授的纪念和慰藉。

于庚子岁末

《地图上的中国历史》总序

这套书名为《地图上的中国历史》，包括《疆域与政区》《古都与城市》《交流与交通》《民族大迁徙》4种，顾名思义，是以地图为纲，讲述中国历史的某一方面。

前贤总结的学习历史的方法，强调要抓住几个"W"，其中一个就是"WHERE"（哪里）。因为任何历史事实，无论是人物、制度还是事件，无论是物质的还是精神的，都是与一定的空间范围联系起来的，都发生或影响于地球表层的某一个点、线、面。正如先师季龙（谭其骧）先生所言："历史好比演剧，地理就是舞台；如果找不到舞台，哪里看得到戏剧！"

空间因素对历史的作用如此重要，是了解和研究历史的重要内容，也是理解历史不可或缺的因素。但一个人的时间和精力总是有限的，不可能亲自考察全部空间。即使能够身临其境，也未必能发现特定空间的概貌和特征，所以地图的重要性不言而喻。即使在测绘技术还不发达、绘制地图相当困难的古代，学者也已经充分认识到地图的运用对于学习和研究历史的重要性，形成"左图右史"的传统。地方志的前身"图经"就是有图有经，其中的图主要是地图。其他一些史籍也往往附有地图，并形成专门的读史地图集和历史地图集。早在公元3世纪，杜预就曾按《左传》等书的内容编成《春秋盟会图》。1905年问世的杨守敬所编《水经注图》，采用朱墨套印、古今对照，是历史专题地图的集大成之作。1136年刻石的《禹迹图》是贾耽《海内华夷图》的简略版，并且立于州学之内,显然是用于教学。

随着卫星遥感、信息技术和网络的进步,人们往往以为有了GPS(全球定位系统)和GOOGLE MAP(谷歌地图)等精确的遥感图像,地图的作用已经不如以前,甚至可以被取代了,这是一种误解。谷歌地图实际上不是地图,而只是遥感图像,所显示的只是地球表层的实际状况。尽管这些图像精确、逼真至极,每个点都可以显示具体的经度和纬度,却无法代替能够综合地、抽象地显示特定地理要素的地图。因此,在较大范围的空间内进行观察、分析和研究时,还是需要该区域的普通地图或专题地图,或者相应的电子地图。

何况了解历史所需要的地图并非今地图,而是相关时代的地图即历史地图。由于地理环境的变迁,那时的自然地理和人文地理要素或多或少会与今天不同。即使自然地理状况变化不大,人文地理要素也必定会有相当大的差异,有些要素甚至已完全消失,有些要素则当初根本还不存在。这些历史地图必须由研究者按照历史事实和相关的地理状况专门绘制。

舟曲发生泥石流灾害后,电视台在发布这条消息时就配了一幅地图,使观众知道了它在中国和甘肃省内的位置,也明白了它与省会兰州、定西、四川省、白龙江等地名的关系,否则,不熟悉地理的观众往往无法理解有关新闻的意义。要理解历史,更需要配上相应的地图,否则,即使有注释,非专业的读者也不可能形成正确的空间概念,无法复原出很多今天已经不存在的地名或已经改变了的地形地貌,有不少历史现象就变得难以理解。

例如,中学语文课本曾选了唐朝诗人岑参的《白雪歌送武判官归京》,根据作者的描述,他是在轮台目送武判官进天山的。今天的轮台离天山数百公里,无论如何都看不到天山。但如果了解唐朝的轮台是在今乌鲁木齐附近,这个疑问就不存在了。又如,北宋覆灭后,赵构在南京即位,又在金兵的追逼下到达扬州,再渡过长江。如果以为这个"南京"就是今天的南京,就无法理解当时的军事形势:既然金兵是从北向南进军的,赵构为什么还要从南京北上扬州?实际上,北宋的南京是在今天河南商丘，由此南下，沿着当时的汴渠到达扬州，这样的路线顺理成章。如果将这些内容用地图来显示，标上当时的地名，岂不一目了然？

更复杂的历史现象和研究成果也能通过地图而明确。例如，先师曾详细收集了今河北、山东相邻地区已经发现的考古发现和文化遗址的地点，将它们一一标在地图上，发现其间存在着一片扇形的空白，这一范围内没有公元前4世纪之前的遗址，而这一带正是当时黄河河道的下游。结合周围的地形地貌，先师确定，在黄河两岸筑堤前，河道不受约束，曾经在这一范围内反复摆动，以至人类无法定居。这些情况找不到文献记载，也无法根据今天的地形地貌做出判断，地图却提供了可靠的研究手段。

作为一种新的尝试，作者们不是简单地将地图当作插图，而是通过一系列地图提纲挈领，以地图为这套书的重要组成部分，力图更完整、准确地讲述历史。因此，我们选了四个与地图关系比较密切的专题——疆域和政区、古都与城市、交流与交通、民族大迁徙，每个专题都涉及大量古地名和其他地理要素，离开了历史地图，即使增加再多的文字，也未必能帮助读者确立准确的地理坐标，形成完整的空间概念。如果读者鉴定认为行之有效，我们还将扩展到其他专题，形成系列。

承蒙作者们与江苏人民出版社推我为主编，在这套书出版之际，我必须说明我做的工作：与作者、编辑讨论确定了这套书的主题和各个专题，对全书的体例，特别是地图的运用提出了要求，对各书的内容和结构提出一些意见，并写了这篇序。

2010 年 9 月 1 日

《沧桑河山》总序

就自然景观而言，地球上的各个部分都有其特色，不能互相取代，也难分优劣。但一般来说，领土辽阔的国家会拥有较多独特的自然景观。中国有960万平方公里的领土，还有约300万平方公里的领海，而清朝在19世纪中期的疆域更达到1300多万平方公里。尽管中国领土的面积不如俄罗斯的大，但大部分位于北半球的中纬度，就多样性、独特性而言，并不比俄罗斯差。

但自从有了人类的活动，纯粹的自然景观越来越少，人文景观却越来越多，越来越丰富多彩。即使是以自然要素为主的景观，往往也离不开人类活动的影响，离不开人文景观的点缀，更多的景观则兼有自然和人文两方面要素，这正是中国得天独厚之处。

中国历史悠久，是世界文明古国之一。尽管中国的历史并非世界之最，但基本是延续的，所以就中国的主体文化而言，无疑是世界上延续时间最长的。但这并没有影响中国不断吸收外来文明，并不影响华夏诸族（以后的汉族）不断吸收其他民族、其他国家的人口，因而在中华大地上汇聚了数十个民族、世界上有代表性的文明、主要的宗教，形成了千姿百态、色彩斑斓的地域文化。这一切都在岁月的沧桑中与自然景观融为一体，构成了中国的历史和文化不可或缺的组成部分。其中相当大一部分已是闻名遐迩的名胜古迹或旅游景点，即使沉寂多年，或仅存断垣残壁、荒烟蔓草，也会引发人们的思古幽情和人文情怀，同样受到重视，得到保护。

古往今来，巍巍五岳、浩浩四渎、淼淼五湖、茫茫九州之间，有多少通都大邑、宫阙楼台、金城雄关、巨津广梁、邮路驿站、古刹名寺、洞天福地？又有多少骚人墨客、奇才志士、征夫戍卒、游宦行贾、高僧外道、蕃客商胡，挂沧海云帆，循悠悠丝路，历名山大川，穷天涯海角！

凡此种种，无论是自然景观，还是人文景观，是来自记载，还是得诸考察，已名闻天下，还是鲜为人知，都值得记录传播。也必定会引起读者的兴趣。以中国疆域之广、历史之长、人口之多、民族之众、文化之丰、景色之美，任何人都不可能遍历亲涉，如能仿古人"卧游"之意，一册在握，一图在手，指点江山，品味人事，追忆旧游，遐想未来，其乐无穷，岂不快哉！

有感于此，谨与同仁于中国历史地理中选取若干专题，每题一册，集中介绍一种或数种类型的景观，并且以景观为载体，讲述与此有关的历史故事、文化要素、重要人物、风土人情、民间传说，或纵贯古今，或集中于某一阶段、某一区域，不拘一格。文字力求清新流畅，明白可读，配以地图、照片、图画、书影，编写成这套《沧桑河山》（共8种）。是为序。

2006年国庆

《沧桑河山》再版序

《沧桑河山》于 2007 年出版后，颇受读者欢迎，现在经过作者的修订，即将再版了。作为主编，我自然感到欣慰，说明作者们的努力得到了读者的肯定，产生了预期的社会影响。这当然是全体作者和编者辛劳的结果，但更主要的，是因为这套书要告诉读者的内容是大家所需要的，又是很容易接受的。

不久前，有网友在微博上问我，为什么古代一些关会起那么大的作用呢？难道真的是"一夫当关，万夫莫开"吗？这样的问题，我不止一次被问过，特别是在现场。我到过中国大部分名关，还到过今天已在境外而在中国历史上曾经赫赫有名的关，每次都会被同行者问到类似的问题。因为多数人到了现场都有些失望，甚至大失所望——与他们读过的史书中的描述，与他们吟诵过的名句名篇，与他们想象中的雄关险隘差距太大了。记得 2007 年深秋，我们"重走玄奘路"的车队在乌兹别克斯坦南行，在进入阿富汗的前一天途经铁门关。当我们停车摄影时，我甚至找不到一个稍显险要的地点，但见公路通过一个并不狭窄的山口，两边虽有逶迤的山岭，但并不陡峭，更谈不上巍峨。在公路两旁转了一圈，我甚至想象不出当初的关隘和城墙是建在哪里的。

但如果我们从历史地理的角度加以观察和分析，这样的疑惑大多能迎刃而解。

在历史自然地理方面，由于地形、地貌、水文、植被、土壤、气候等各种因素的综合作用，呈现在我们面前的景观早已今非昔比。例如，由于河流改道或水源枯竭，原来的河道已起不到阻碍或防卫作用；因水土流失，沟壑发育，险峻的土峡深沟已成宽谷；原始植被消失后，山川一览无遗，已无藏身之地。

而历史人文地理方面的变迁更大，由于今天人类所具备的能力已经远远超出了前人的想象，因此，如果我们不能复原出当初的人文景观，站在当时人的立场，肯定是无法理解的。例如，用工业化后和热兵器时代的尺度去衡量古代的关隘等军事设施，似乎都不堪一击；当公路甚至高等级公路取代以往迂回曲折的道路，千年雄关早已被"从头越"了。有的关城虽然不高，但要在一片戈壁荒漠上找到或制造一架梯子绝无可能，而如果要从数百里外运来，又谈何容易。长途用兵最难的还是粮食保障，一座关隘只要能阻滞敌军，即使他们毫发无伤，也会因为粮食耗尽而束手待毙，因此只能铩羽而归。

其实，我们今天能考察、观赏到的其他自然遗产和历史文化遗存，无论是巍巍五岳、浩浩四渎、森森五湖、茫茫大漠，还是通都大邑、宫阙楼台、金城雄关、巨津广梁、邮路驿站、古刹名寺、洞天福地，了解它们的历史地理背景，不仅能了解历史，理解文化，掌握知识，也增添了无穷的乐趣。

这就是我们希望提供给各位的，也是这套书再版的目的。

2001 年

《中国制度文化丛书》总序

几年前,我和本丛书的一部分作者应长春出版社之约,撰写了一套《中国历代王朝兴衰启示录》的丛书,以断代的方式综述一个历史时期与治乱兴衰关系重大的史实,兼及该时期的事件、人物、制度及相关因素。由于那套丛书在注重学术质量的同时,兼顾普及性,通过简洁而明白的语言,选择基本而典型的内容,寓经验教训于史实之中,出版以后颇受读者欢迎。以后经修订增补,出版了题为《千秋兴亡》的新版,于2001年荣获"中国图书奖"。

这不仅是对出版社和全体作者的鼓励,也是对这种学术普及化方向的充分肯定。为此,出版社希望我能组织合适的作者,继续这样的努力方向,以适应新世纪的新要求,报答读者们的厚爱。因此,我找了几位原来的作者,并根据新选题的要求,约请了几位新的作者,做到每一种书的作者都是相关方面的专家,或成绩卓著的青年学者。他们都有各自繁忙的科研和教学任务,有的身兼政府要职,有的是大学重点研究基地的负责人,有的正游学国外,但他们都尽心竭力,及时完成书稿,保证本丛书及时问世。

在出版之际,作为主编,我应该向读者们汇报一下,我们为什么要写这些书,这些书对各位有什么用。

所谓"制度",是指在一定的条件下形成的法令、礼仪、习俗等规范。早在《周易》中就有这样的话:"天地节,而四时成。节以制度,不伤财,不害民。"根据孔颖达的解释:"王者以制度为节,使用之有道，役之有时，则不伤财，不害民也。"说明统治者必须依靠制度的制定和执行，才能保证对百姓的统治符合道的原则，徭役的征发适时，结果就能既不浪费钱财，也不加重百姓的负担。统治者是否能取得这样效果自当别论，但至少说明了统治者对制度的重视。

当然这还只是制度的一部分，实际上，夏、商、周三代以降，特别是在公元前221年秦始皇建立起统一的中央集权制政权以后，大到国家的疆域、政区、职官、军事、财政、赋役、刑法、农田、水利、漕运、邮驿、工商、民族、藩属，小至婚丧嫁娶、衣食住行，没有哪一样离得开当时当地的制度，又没有哪一样不需要制度。有的制度只存在了很短的年代，或者只影响到很小的范围，但有些制度却在中国的绝大部分地区延续了千年以上，在形式上消亡以后往往还起着不可轻视的作用。有的制度还被周边国家学习模仿，甚至原封不动地移植过去，有的至今还在实行。

要了解中国历史，当然可以从具体的事件、人物、朝代入手，但比起纷纭复杂的事件、形形色色的人物和此兴彼衰的朝代来，制度无疑具有更普遍的意义。从了解制度入手，就能抓住历史发展的脉络，提纲挈领，事半功倍。

本丛书所指的制度是广义的，即不仅包括政治、经济、军事、文化等方面关系国计民生的由政府或政治势力制定并执行的制度，也包括那些约定俗成、在民间起着实际作用的规范和习俗；不仅包括制度的成文的书面内容和官方理论上的解释，也包括不成文却实际起作用的，在实际执行中为官方认可、默许或无法禁止的惯例、成规、变通或瞒上不瞒下的做法；既包括中央的、汉族的、正式设置行政区域的地区，也包括地方的、少数民族的、尚未正式设置行政区域的地区。每种书选择一种或相近、相似的几种制度，概述其具体内容和来源、形成和发展过程、重大的人物和事件、对以往和现实的影响等。

需要说明的是，本丛书不是要写成一部中国制度史，而是要将制度或习俗放在中国历史的大范围中来写，全面反映一项或一方面制度的理论和实际，特别要注意反映那些在实际上起着作用却不见于明文记载的制度，以及与此相关的人和事。但正如前面已经提到的，中国历史上的制度极其丰富，也相当复杂，有关的史料更浩如烟海，我们只能选择其中一小部分。而且由于受到作者的人选和他们的专业背景的影响，有的本来应该列入的选题只能暂付阙如。

为了便于阅读，作者们一致认为应该用明白流畅的语言、夹叙夹议的方法来撰写，除制度原文或十分必要的背景材料外，一般不用注释，必要的参考书目或文献可附于书后，或在后记中做简要交代。对一项或一方面的制度，不求面面俱到，可以在时间、地点、内容上有所取舍，有所详略。有可能的话还应配上相关的照片、图画、地图、表格等，但考虑到实际困难，不便强求一致。

我给主编规定的责任是确定和设计选题，协助出版社聘请作者，与作者商定内容提纲，提出书中应予以注意的问题，抽阅部分样稿。除样稿看得太少外，其他各项基本都做到了。当然另一项是不可缺的，即为本丛书写一篇序言，于是有了上面的文字。

2003 年 10 月

《吾祖吾宗》总序

上古时，姓和氏是两个不同的概念。所谓"男子称氏，妇人称姓"，说明氏起源于父系，而姓则来自母系。但秦汉起姓氏不分，以后人们就只有姓，而没有氏了。今天如果提到姓氏，一般就理解为姓名了。

二千多年来，姓已经成为华夏——汉族人民家族的标志性称号。在华夏文化的影响下，很多少数民族和一些周边国家也采用了以姓为家族标志的制度，有的还直接采用了汉姓。发展到今天，绝大多数中国人，包括生活在海外的华人、华裔，都有自己的姓，而且一般都沿用本家族的姓。

姓既然是标志家族的称号，由于家族地位的差异，就是在同一个姓内，也会有高低贵贱之分。魏晋后讲究门阀，出身高门大族成为获得政治和社会地位的先决条件。到了唐朝，姓望、郡望应运而生，姓望或郡望成了区别门第高下的标准。如同样姓王，太原王氏门第最高，琅琊王氏次之，其他地方的王氏等而下之，排不上姓望的就只能算寒门素族了。在这种情形下，要想当官入仕，出人头地，就只能攀龙附凤，以至不惜编造谱系，将本家族与本姓的郡望联系起来。流风余韵，历久不衰。北宋编《百家姓》列皇族赵姓为第一，明朝的《千家姓》用朱姓开始，而清朝康熙年间的《御制百家姓》大概不便将满族的"爱新觉罗"与"赵钱孙李"并列，改以孔姓居首。

《百家姓》所收录的姓实际不止100个，明朝洪武年间的吴沈已收集到1900多个姓。据最近的调查，中国人现在还在使用的汉姓达3000

个之多。而使用最多的 100 个姓，其人口约占总人数的 85%；较为常见的姓也有 300 个左右，其人口则占人口总数的 99% 以上。不过，时至今日，人们还是习惯于用"百家姓"来代表众多的姓，"百家姓"已成为中国诸姓总和的代名词。

在"百家姓"中，人口最多的几个姓已有上亿，一些大家族的后裔超过千万人，但一些稀姓的人口很少，或者只分布在很小的范围。有的姓的历史可以追溯到两三千年以前，有的姓则是近代才产生的。多数姓出于华夏诸族和汉族，也有些姓源于少数民族，甚至来自遥远的外国。多数姓有共同的祖先，另一些姓则出于不同的祖先。同一个家族的成员和后裔一般都沿用同一个姓，但由于过继、入赘、赐姓、改姓等种种原因，在特殊情况下，同姓可以变为异姓，完全没有血缘关系的人也可能采用同一个姓。每个姓的产生、发展和传播过程就是一部内容生动的历史，更不用说其中各家族和成员的兴衰荣辱、悲欢离合。

一个姓的历史、家族的历史是中国历史的一部分，也是中国文化的一部分。它当然无法取代中国史和中国文化，但因为它具体而微，无不有自己鲜明的特色。一些在中国史中没有必要或无法显示的事件或内容，却是一姓一族有决定意义的要事、大事，因而需要详细记载，让子孙后代永志不忘。也正因为有了这些记载，中国的历史和文化才能那么源远流长、丰富多彩。

每个人都希望了解自己和家族的来源，了解本姓的历史，而且由于这历史与自己有密切的关系，其中一部分就产生在自己熟悉的人物和地点之间，必定会倍感亲切，更受教益。只要摆脱了狭隘的宗族观念，敬祖爱家与热爱祖国完全可以并行不悖，了解本姓、本族的历史与学习祖国的历史就能相得益彰。本着这样的目的，上海文艺出版社组织专家学者，编撰了这套《吾祖吾宗》丛书，以适应社会各界的需要。

名为"百家姓"，实际并不以哪百家为限。但如此多的姓又无法一一写来，所以只能选其中一部分，陆续出版。选择的标准不一，或因人数多、影响大，或因历史悠久、内容丰富，或因有代表性、特殊性，或因有合适的作者。只要有需要和可能，还可以不断地编下去，以便形成一个比较完整的系列。

各姓的史料相差悬殊，有的只能撷取极少一部分，有的却要千方百计地收罗；有的在史书中有详尽记载，有的却只见于家谱或传说，甚至只有民间故事或神话可供参考。写入书中的内容未必都是信史，但都在一定程度上反映了历史的一个方面。为了增加可读性，我们要求作者尽可能以精练的文字、简洁的语言，生动地描述，辅之以插图、照片、地图，以便让尽可能多的读者能够轻松愉快地阅读。

每一个姓、每一个家族的成员都免不了有忠奸贤愚之别，但每姓每族都有大量值得后人永远纪念的杰出人物。限于篇幅，每册中介绍的只是有限的代表性人物。有些人在今天的知名度或许不高，但都在中国历史上起过积极作用。他们不仅是一姓一族引为自豪的祖先，而且是中华民族优秀传统的组成部分，是全体中国人的骄傲。

当人类即将进入新的一千年之际，我们缅怀先人，回顾历史，更重要的是为了面向未来。任何一姓一族，如果囿于血统，固守先人庐墓，不随历史而进步，就只能走向衰落和消亡。而一些大量吸收异姓甚至异族，不惜背井离乡到处迁徙，不断弃旧图新的族姓却能兴旺发达，长盛不衰。祖先是圣君贤人、贵族名流固然是家族的光荣，先人名不见经传，或者是穷人、流民、异族其实更值得自豪，因为他们必定有异乎寻常的生命力和适应性，才能在艰苦的条件下繁衍出一姓一族。在振兴中华，走向世界的伟业中，我们所凭借的不是祖先的高贵，不是过去的辉煌，不是优厚的物质条件，而是这种生生不息、开拓进取的精神。我们不仅要寻一姓一族的根，更应该守护中华民族共同的根，才能使这棵参天大树在世界民族之林中根深叶茂，永葆青春。

承蒙上海文艺出版社和作者诸君厚爱，让我担任丛书的主编。但我所做的只是参加了几次总体设计的讨论，提出了一些看法，看过少量的书稿。不过既然当了主编，就得对丛书的编撰宗旨说几句话，并且应该对可能存在的错误负责。

2000 年 6 月

《中华大典·交通运输典》序

流动是人类的天性,迁移是早期人类赖以生存繁衍、逃避天灾人祸的有效途径。在长期的迁移中,人类利用天然的交通工具,进而发明和运用了人造的交通工具和运输手段,在天然通道的基础上进而开辟交通路线,设置交通设施,实行交通管理。

《史记·五帝本纪》:"天下有不顺者,黄帝从而征之,平者去之,披山通道,未尝宁居。东至于海,登丸山,及岱宗。西至于空桐,登鸡头。南至于江,登熊、湘。北逐荤粥,合符釜山,而邑于涿鹿之阿。迁徙往来无常处,以师兵为营卫。"《史记·夏本纪》又载大禹治水时"陆行乘车,水行乘舟,泥行乘橇,山行乘檋"。这些在相当程度上反映了当时的部落或部落集团已经有了很大的活动范围和频繁的迁徙,已经能够"披山通道",涉江渡河,具备了必要的交通工具和设施,也有了大量运输人员和物资的能力。

在3200多年前的商王后妇好墓中出土的和阗青玉器物,证明当时已经开通由今南疆的昆仑山通向中原的交通路线。原产于西亚的小麦传入中原,公元前2世纪张骞出使大夏时已能找到胡人向导,这都说明中原与域外的交通路线存在已久。《史记·夏本纪》载"五服"制度:"令天子之国以外五百里甸服:百里赋纳总,二百里纳铚,三百里纳秸服,四百里粟,五百里米。甸服外五百里侯服:百里采,二百里任国,三百里诸侯。侯服外五百里绥服,三百里揆文教,二百里奋武卫。绥服外五百里要服,三百里夷,二百里蔡。要服外五百里荒服:三百里蛮,二百里流。"这虽不可能是夏代已经形成的事实，却说明在分封制时代交通路线和里程对于维持统治的重要性。

正因为如此，早在春秋战国时期，各国都已有了专门的机构、人员负责或管理交通运输工具和设施的制造、修建和维护。秦始皇灭六国后，实行"车同轨"，统一全国的道路标准，在此基础上建成高标准的驰道，由首都咸阳通向全国各地。随着中央集权制度的巩固，秦汉以降的历朝无不重视遍及全国的驿传系统和道路网的建设和维护。到清朝最终完成统一的18世纪中叶，在1000多万平方公里的国土内形成了联通每个县级行政区和重要居民点的驿传和道路系统。晚清时铁路的建成和轮船的使用，揭开了中国交通运输史新的一页，对中国产生了空前的影响。

西周初，被灭的商朝的一批遗民迁入洛阳，利用那里适中的位置和四通八达的道路从事货物贸易，成为专业商人。商业的发展促成物流的增加和商品集散地、交通枢纽的形成，一些诸侯国的都城成为繁盛的商业、手工业中心，聚集了大批商人和商品。《史记·货殖列传》："夫山西饶材、竹、谷、纑、旄、玉石；山东多鱼、盐、漆、丝、声色；江南出楠、梓、姜、桂、金、锡、连、丹沙、犀、玳瑁、珠玑、齿革；龙门、碣石北多马、牛、羊、旃裘、筋角；铜、铁则千里往往山出棋置；此其大较也，皆中国人民所喜好，谣俗被服饮食奉生送死之具也。"勾勒出一幅当时全国的商品产销物流图，而支撑着这一商业物流系统的就是遍布全国的商道。由于重要的水陆干道优先保证国家公用或军事目的，民间往往不得不另辟商道，逐步构成了一个完整的商道网络。明、清以降，留下不少实用、翔实、详细的全国性商路资料、手册、地图。

随着疆域的扩展，政治中心与经济发达地区的分离，军事与边疆对粮食和物资的需求增加，政府对粮食和物资的调拨量也不断增加，范围不断扩大。特别是为了保证首都的粮食供应，历代都设置了专门的交通工具、设施、路线，并有专门机构和人员予以管理、支持和维护。春秋时期已开凿运河，沟通不同水道和水系，充分发挥水运的便利。西汉、隋、唐的长安都离不开关东的漕运，京杭大运河的开通和维持保证了元、明、清北京的首都地位，运河的维护和漕运制度成为国家不可或缺的基础，直到近代才为海运和铁路所取代。

春秋时期的先民已经开辟了海上航线，孔子曾表示想"乘桴浮于海"，徐福带领数以千计的少年、农夫、工匠移民海外，西汉时从徐闻、合浦出发的航线可驶至南亚的黄支国，唐宋的广州、泉州、宁波、扬州等地成为繁荣的外贸港口，郑和的庞大船队更远达东南亚、南亚、西亚、东非，16世纪以降东南沿海不断有人由海路外迁。"五口通商"和西方轮船军舰的来航形成新的海港，洋务运动与早期的民族工业使中国有了自己的海轮、海港，现代海运的雏形显现。

周穆王西游的传说反映了先民的地理观念，《山海经》的记载则显示了更广泛的地理知识和对外界的了解。公元前2世纪，张骞及其使团的足迹覆盖了中亚、南亚，东汉的甘英已经到了波斯湾畔。此后，法显、宋云、玄奘深入印度和南亚各地，鉴真和尚六次东渡终抵日本，杜环在中亚被大食军俘至巴格达又返回中国。清朝被迫开放后，外交使节、学者、游客往返于欧、美、亚、澳，足迹远超前人，留下一批宝贵的记录。

中国疆域辽阔，幅员广大，地形地貌复杂多样，既有高山峻岭、峡谷岩洞、戈壁荒漠，也有江河湖沼、榛莽丛林、海洋岛屿，还有平原丘陵、水乡泽国、沃土良畴。先民筚路蓝缕，以启山林，创造了各种交通运输工具，开凿各条道路，架设各类桥梁，设置各处津渡港口，疏通各地航道，在前工业化时代长期保持着世界上最大规模的交通工具、设施和道路系统。

由此形成的丰富文献记载，不仅是我们了解和研究中国古代交通运输业的重要依据，而且是了解和研究中国古代史和古代文明的重要源泉。但除少数例外，这些资料一般分散于浩瀚的古籍之中，其中间接的零星记录更难查找。为此，《中华大典·交通运输典》按交通路线和里程、驿站、交通工具、交通设施等专题，将传世历史文献中的有关资料收集、辑录、标点和整理。

根据《中华大典》的体例，本典所辑录的范围是1911年前用文言撰述的书籍、档案。对个别跨1911年但以1911年前为主的资料，也酌情收录其1911年后部分，以保持资料的完整性。对肯定完成于1911年前的资料，虽出版于1911年后仍予收录。外国人来华以文言撰写的资料、外国人以文言撰写的行程记录的中国境内部分同样收录。晚清以来外国著作的翻译本一律不收，但已经国人翻译改编的译著、译述则视其内容的重要性酌情收录。部分资料附有插图、地图，则视其重要性和清晰程度酌情收录。

2017年9月

《老照片·复旦大学》序

山东画报出版社的《老照片》要出一套《我的大学》，邀我编复旦大学卷，我欣然从命。《老照片》以其原始性、真实性、形象性见长，具有卓越的信誉与广泛的社会影响，通过《老照片》为我们学校记录历史，树碑立传，传播信息，扩大影响，正是同仁与我所求所愿，我当然乐意利用这一良机。

复旦大学成立于1905年，至今已有117年。而我是1978年考上研究生才进入复旦的，至今虽已有44年，但长度只占校史的约38%。在百年累计的复旦人中，我更只是渺小的数十万分之一。虽然因我自1980年至1991年间随侍先师季龙（谭其骧）先生，每于謦欬间得聆以往20多年间校内故事及前辈师长嘉言懿行，毕竟见闻有限，经历更缺，自思难负主编重任。老友周桂发兄毕业于本校历史系，曾任校宣传部副部长、校档案馆馆长、新闻学院党委书记，现任退管会常务副主任，于校史关节无异亲历，举档案秘闻如数家珍，对耆宿前辈敬若师尊；二三十年间大事要务，常在现场，每有实录；海内外知名复旦人物，大多相识，兼做采访。周兄实在是主编此书的不二人选，得到他的慨允，我才有了完成任务的信心。

以老照片为载体，复旦大学可以传世的内容很多，如以往发生的重大事件，出现过的动人场面，形成了的重要成果，获得过的崇高荣誉，建设成的典雅建筑，养护着的精致园林，但我们确定选择人物，以及与人物有关的事和物，因为这一切都是复旦人创造出来的，都因复旦人而问世，都因复旦人而闻名，都因复旦人而传世。

限于所用照片必须是20年以前的规定，目前已成各方面、各部门骨干中坚的中年同仁，比较年轻的院士、教授，获得杰出成就的青年才俊，大多无法入选。这虽不无遗憾，却符合《老照片》的宗旨——"老"需要时间的累积，只有"老"到一定程度才能成为历史。但只要这套书一直编下去，他们必定会在以后的各册中陆续出现。

最后选定的人物中，有德高望重的老校长，名闻中外的科学家，著作等身的专门家，教书育人至百岁的老教师，也有复旦大学在各界的杰出校友，最年轻的资深教授，曾经的研究生、本科生。在体例允许的范围内，尽可能多地反映复旦的历史，体现复旦的精神，延续复旦的传统，弘扬复旦的价值观念。

我自己也专门写了一篇，并提供了相应的照片。这倒不是我利用主编的特权，而是因为我这一段经历不仅是复旦历史上独一无二的，在全国大概也是唯一的。我记录的是我的在职博士研究生经历：我于1980年底毕业于历史系，获硕士学位，留系工作；1982年3月被录取为在职博士研究生，1983年与周振鹤一起提前毕业获博士学位。在我们之前获得博士学位的18名理科生是以硕士论文或其他论文确定其博士资格的，并未真正经历博士研究生阶段；周振鹤并非在职生，因此我有幸是复旦，也是全国最早获得博士学位的在职研究生。

至于编辑出版此套书的意义和价值，陈平原兄的《总序》中已有阐述，无须赘言。

2022年10月

《中国顶尖学科出版工程·复旦大学历史地理学科》序

上海教育出版社策划出版《中国顶尖学科出版工程》，将复旦大学历史地理学科系列列为第一辑。复旦大学中国历史地理研究所欣然合作，组成编委会，我受命主编。现在，列入计划的11本书已经完成，即将出版，其余4种学术传记也将在明年出版。

本所之所以乐意合作，并且动员同仁全力以赴，是因为这是一项非常有价值、有意义并具有紧迫性的工作，也是我们这个学科点自己的需要。通过这套书的编撰，可以写出学科的历史，汇聚已有成果，总结学术经验，公布经典性论著，展示学术前沿，供国内外学术界和公众全面了解，让大家知道这个学科点是怎样造就的，评价一下它究竟是否够得上顶级。

复旦大学的历史地理学科的起点，是以谭其骧先生于1950年由浙江大学移席复旦大学历史系为标志的。而谭先生与历史地理学科的渊源，还可追溯至1931年秋他与导师顾颉刚先生在燕京大学研究生课程的课堂外有关两汉州制的学术争论。1955年2月谭先生赴京主持重编改绘杨守敬《历代舆地图》，1957年"杨图"编绘工作移师上海，1959年复旦大学在历史系成立中国历史地理研究室，1982年经教育部批准成立中国历史地理研究所，1999年组建的复旦大学历史地理研究中心成为教育部首批全国重点研究基地。

这一过程长达70年，没有一个人能全部经历。学科创始人谭先生已于1992年逝世，1957年起参加"杨图"编绘并曾担任中国历史地理研究所所长10年的邹逸麟先生已于去年逝世，与邹先生同时参加"杨图"编绘的王文楚先生已退休多年。现有同仁中，周振鹤教授与我是经历时间最长的。我与他同时于1978年10月成为复旦大学历史系的研究生，由谭先生指导。我于1982年入职中国历史地理研究室，1996年至2007年任中国历史地理研究所所长，1999年至2007年任历史地理研究中心主任。由于我自1980年起担任谭先生的学术助手，又因整理谭先生的日记，撰写谭先生的传记，对谭先生的个人经历、学术贡献以及1978年前的情况有了一定了解。但70年的往事还留下不少空白，就是我亲历的事也未必能保持准确的记忆。

一年多来，同仁曾遍搜相关档案资料，在上海市档案馆和复旦大学档案馆发现不少重要文件和原始资料，也向同仁广泛征集，但由于种种原因，有些重要的事并未留下本应有的记录，或者未能归入档案，早已散失。

因此，本丛书的第一种就是《复旦大学历史地理学科学术史》（以下简称《学术史》），希望通过此书的编撰为这70年留下尽可能全面准确的记载。

第二种是《复旦大学历史地理学科论著总目》，实际上是《学术史》中学术成果的具体化。要收全这70年来的论著同样有一定难度，因为在电子文档普遍使用和年度成果申报制度实施之前，有些个人论著从一开始就未被记录或列入索引，所以除了请同仁尽可能详细汇总外，还通过各种检索系统做了全面搜集。从谭先生开始，各人的论著中都包括一些非本学科或非历史学科的论著，还有些普及性的论著。考虑到一个学科点对学术的贡献和影响并不限于本学科，对前者全部收录；而一个学科点还有服务社会的功能，对具有学术性的普及论著也同样收录，对非学术性的普及论著则视其重要性和影响力酌情选录。

在复旦大学其他院系，尤其是在历史系，也有一些历史地理的研究者，其中有的一直是我们的合作者，或者就是从这里调出的，他们的历史地理论著应视为本学科点的成果，自然应全部收录，但不收录他们离开复旦大学后的论著。本博士、硕士学科点所招收的研究生在读期间发表的论著,与本单位导师合作研究的博士后在流动站期间完成的论著均予收录,本学科点人员离开复旦大学后的论著不再收录。历史地理研究中心所外聘的研究人员在应聘期间按合同规定完成的论著,按本中心人员标准收录。

本丛书的第二部分是4种学术传记和4种相应的学术经典。考虑到学术经验需要长期积累,学术成果必须经受时间的检验,我们按年资选定了四位:谭先生,邹逸麟先生,周振鹤教授和我。本来我们还选了姚大力教授,但他一再坚辞,我们只能尊重他本人的意见,留在下一批。

我们确定的"经典"标准,是在本人论著中最高水平和最有代表性的部分,具体内容由本人选定。谭先生那本只能由我选,但我自信大致能符合谭先生的意愿。我曾协助编辑谭先生在1987年出版的自选论文集《长水集》,他的《长水集续编》虽出版于他身后,但他生前我已在他指导下选定篇目,我大致了解谭先生对自己的论著的评价。

除谭先生的学术传记不得不由我撰写外,其他3本都由本人自撰。当时邹逸麟先生已重病在身,但为了学术传承,他以超人的毅力,不顾晚期癌症的痛苦与身体的极度虚弱,在病床上完成了口述,并由他的学生段伟整理成文。

丛书的第三部分是5种青年教师或研究生的新著。称之为"学术前沿",是因为它们在选题、研究方法、表达方式上都有一定新意,反映了年青一代的学术旨趣和学术水平。其中有的或许能成为作者与本学科的经典,有的会被自己的或他人的同类著作所取代,这是所有被称为"前沿"的事物的必然结果。

由于没有先例可循,这三部分15本书是否足以反映复旦大学历史地理学科的全貌和水平,我们没有把握,只能请学术界方家和广大读者鉴定。我们将在可能条件下,争取修订再版。这套书反映的是我们的过去,如果未来的同仁们能够保持并发展历史地理学科的现有水准,那么若干年后肯定能出版本书的续编和新版,我与大家共同期待。

2021 年 6 月

读他人的书

张之《安阳考释》序

我第一次得知张之先生的名字，是在季龙（谭其骧）先师收到他寄赠的《红楼梦新补》后。先师曾对我说："这位张先生续得不错。"我在随先师外出途中翻过几段，觉得果然与原著神似。当时只知道张先生是河南安阳人，并且有一个很好记的地址：××巷×号。因此在我的想象中，张先生必定是一位风流倜傥的才子。但以后先师又收到了他寄来的研究古邺都的论文，我才发现张先生不仅是才子，还是一位博学多闻、治学谨严的学者。直到1986年秋，我随先师去安阳参加古都论证会，才见到景仰已久的张先生，原来他是一位睿智而朴实的学者，又是一位十分谦和而令人尊敬的长者。

此后，张先生不断有新作寄给先师，都是研究古都安阳的专题论文，有的发表于《历史地理》，有的由先师提出一些修改意见，我也曾受命代先师回复过几封信。1991年10月先师最后一次病后，已不能说话和写字，但曾经有一段时间可以短时间阅读，从他的反应看似乎也能听懂我们对他说的话。我曾经告诉他，张先生又来信了，但他已经无法表达对张先生论文的意见了。令人遗憾的是，当张先生的论文结集出版之际，先师离开我们已有一年多了，没有能为这本集子写下他本来乐意写的话。

我这样说并非拘泥于礼节，或是出于对张先生的尊敬的私心，也不是现在想当然，而是根据先师生前对张先生所做研究的关注和重视。

早在60年代,在给复旦大学历史系历史地理专业学生讲课时,先师就提出了"七大政治中心",用以区别于当时流行的"六大古都"的提法,以后他逐步形成"七大古都"的想法,在70年代末的学术报告中已多次提及,并撰写成《中国历史上的七大首都》(上、中)二篇,发表于《历史教学问题》1981年第1、3两期上。原计划的下篇,除了将中篇中"七大首都何以先后被选为首都"续完(中篇只写了长安、洛阳、邺),还准备做一总结,但由于工作繁忙,虽已命我据讲课内容整理成一草稿,却一直没有能改定写出。1986年秋,安阳市请先师去参加古都论证会,他在会期又具体论述了对将安阳列为七大古都之一的看法。1988年8月,中国古都学会召开年会,一致赞成"七大古都"说,并决定编写《中国七大古都》,请先师作序,他才利用作序的机会,做了一个简短的补充(见《中国七大古都》,载《中国历史地理论丛》1989年第2期)。

先师认为,古都是历史的产物。既然是讲历史,首先当然应该看这个都城在中国历史上的地位,它在建都时所起的实际作用和影响。有没有资格称大,首先也应该这样来分析。讲中国史一般从夏、商、周开始,但夏的历史目前还没有完全得到证实,而且即使从文献记载看,夏的首都也是经常迁移的;就是商朝,在迁都殷以前也是经常迁都的。所以殷是中国史上第一个长期延续的首都,时间又有200多年,是相当重要的。讲历史当然也不能不看名义,但更主要的是要讲实际。东汉末年名义上的首都是许,但实际的政治中心是在魏都邺。邺在当时的重要性不仅在许之上,也在其他割据政权的政治中心之上。

针对学术界一些不同意见,先师还指出:历代统治者择都的条件是多方面的,主要是军事、政治、经济三方面,但在不同历史条件下的侧重点是不同的,实际上并没有十全十美的首都,就是用当时的标准看也是如此。有时强调了军事上的需要,经济条件就不理想;有时迁就漕运,就只能放弃山河之险。就是中国历史上最重要的古都,在当时也只是具有综合优势,并不是各方面都是最优的。所以我们今天讨论古都,也应该综合起来看,不能一条条死扣标准。拿杭州和安阳比,用今天的地位是无法比的，但在历史上，安阳的地位至少不在杭州之下。宋高宗选择杭州，而不选更有利于恢复的建康，主要是满足于偏安的局面。杭州的优势主要也是经济、文化，包括名胜风景，一定要说军事上、政治上或者地理条件如何如何好，是说不通的。不过因为杭州一直是全国闻名的城市，把它列为古都之一就很容易为人们所接受，安阳就没有这个条件。但我们研究历史地理的人不能这样看，应该综合分析。

在倡议将安阳列为中国七大古都之一的过程中，先师也深感当时对安阳古都的研究还相当薄弱，能够运用的成果实在太少。他说："这也是安阳的一个弱点，从邺城失去首都的地位以后，在全国的影响日渐下降，学者的研究也越来越少。要让大家接受安阳列为七大古都，就一定要加强对安阳的研究。像安阳与殷、邺的关系，就是搞历史地理的人也不一定清楚，自然就不会认识安阳就是殷、邺的后身。"

正因为如此，在收到张之先生研究古邺城的论文时，先师非常兴奋，立即仔细阅读，认真提出意见。在安阳市的论证会上，先师希望当地学者特别要加强这方面的研究，充分利用当地的条件，将文献研究与实地考察结合起来，用历史事实来重现安阳古都的风采，让世人了解安阳。在与张先生的交谈中，先师又提到了古邺城、安阳、大名三地变迁消长的关系问题，希望张先生能写出专题论文。以后张先生果然撰成《说三邺三魏》一文，1991年初发表于《安阳社会科学》创刊号上；另一篇《邺之初筑是否在古邺城处》发表于《历史地理》第九辑上。张先生先后寄送先师的论文有六篇，先师读后大多提出过具体意见。他曾对我说："现在吃古都饭的人不少，但像张之这样做踏实研究的人却还不多。安阳也好，其他古都也好，不能讲来讲去那么几句话，要有新内容。各地的学者都像他这样，古都研究才会有进步。"记得还有一次，先师告诉我，张先生介绍安阳一种方志中转录的资料很有用。

现在，张先生研究古都安阳的论文即将结集出版了，要是先师还健在的话，一定会感到十分欣慰，必定会乐意为这本集子作序。大概是因为我曾随侍先师去安阳，并曾受命代先师回复过张先生的信，了解这些情况，张先生一定要我为集子的出版写上几句话。我觉得有义务将先师的看法公之于众，所以冒昧地应了张先生之命。

张先生的论文，一部分以前已经读过，另一部分是这次才拜读的。收入这部《安阳考释——殷、邺、安阳考证集》的23篇论文，无论是近3万字的长文，还是3000余言的小考，都凝聚着先生数十年的心血和对故乡的无限深情，正如他在自序中所说："盘庚之宅，魏武之都，煌煌赫赫，众所艳称，况余生于斯、长于斯，沐其余辉，岂有不倾心而爱之者乎？以是，每常左史右志，相伴中宵，神驰于三千年中，与前贤晤对。复于春秋暇日，裹糇出城，探名胜，寻古迹，登山临水，访耆问宿。每值古与今会，便欣欣然自得其乐，其或荒烟蔓草，遗踪难觅，则不禁颓然嗒然，如失至宝。数十年来，多曾揽物疑生，检书歧出，兴之所至，锐意穷搜，必获其解而后已。"读了这段话，我们一定能够明白，为什么张先生会有如此坚忍不拔的毅力，能做出这样引人瞩目的成绩。我也更理解了，为什么先师会对张先生的研究寄以那么殷切的期望。

我虽曾追随先师十多年，并亲炙先师有关七大古都的教诲，却并未致力于古都研究，对安阳和邺更无发言权可言，因而不敢对张先生的论文妄加评论。但拜读后感到，这些论文或发前人所未发，如《邺之初筑是否在古邺城处》；或集前贤诸说而取舍增益，如《安阳城移徙增改考》；或以实地考察辩证史料，如《黄泽与内黄》；或于旧史中发现新意，如《殷末别都朝歌地望考》。对张先生的具体结论，或许仁智互见；但对他细致踏实的学风和孜孜不倦的求实精神，我想是不会有异议的。去年见到一篇反对七大古都说并反对将安阳列为"大古都"的文章，除了逻辑上的自相矛盾之外，作者似乎对安阳的历史和历史地理状况也不甚了了。如果这位先生能认真读一下这本论文集，或许能更实事求是地讨论安阳能否列为七大古都的问题。相信本书的出版必定会进一步促进安阳古都的研究，有助于学术界对七大古都说的认同。

1994年6月30日于复旦大学寓所

何炳棣《1368—1953 中国人口研究》译文三联书店版后记

1980年,我还在读硕士研究生时,从一篇报道中读到王业键教授在一次学术报道中转述何炳棣先生《1368—1953 中国人口研究》一书的主要论点,感到非常重要。为了看到这本书,我不仅自己在上海图书馆等地寻找,还请先师谭其骧先生写信给北京的熟人在中国科学院图书馆等处检索,结果都劳而无功。因为此书没有中文译本,而英文原版书,特别是人文社会科学方面的,在当时的大陆还少得可怜。

1985年夏到了美国哈佛大学做访问学者,我要读的第一本书就是此书。读后不禁感慨万千,原来在此书涉及的中国历史人口研究方面,我们至少落后了20多年。1980年,我所在大学的学报上发表了一位本科生的文章,指出清代史料中的"丁"不等于"口",有人撰文称这是一项重要的新发现,但不久就有人撰文指出,萧一山、孙毓棠早有此说。接着争论的焦点转到"丁"与"口"的关系,究竟一个"丁"相当于几个"口"。到我出国时,这场争论还没有得出结论,以后也不乏这方面的论文发表。但早在1959年,何先生就在此书中以令人信服的证据做出过这样的结论:"丁"在明清时代的绝大多数年代只是一个赋税单位,根本不是人口数据,与"口"或实际人口数量当然没有任何比例关系。这一观点早已为西方汉学界所接受,此书也被公认为经典之作。所以当我在美国一些大学中问那些中国学研究生时,他们几乎都知道"丁"的真正涵义是"fiscal unit"(赋税单位),而不是"population number"（人口数量）。

一个国家的学术研究不可能什么都先进，即使是研究中国古代史，中国学者也不可能处处领先。重要的是及时学习外国的优秀成果，不必要也不应该重复别人已经做过的工作，将远远落后于世界水平的成果当成新发现。如果我们在引进和翻译方面多花些工夫，至少能够减少很多无效劳动和低水平的重复。所以当时我就萌发了将此书翻译为中文的念头。1986年春，我去芝加哥参加美国亚洲学会的年会，会后多次拜谒何先生，承蒙他在百忙中赐教，并慨允授予我此书的中文翻译权。同年秋何先生来华讲学，在上海陪同他期间，我向他请教了翻译中的一些问题，以后又请他校阅了大部分译稿。1989年，《1368—1853中国人口研究》中译本由上海古籍出版社作为"海外汉学丛书"的一种出版。

此书只印了1000册，对于这样一本经典著作，如此少的数量自然远远满足不了学术界的需求。书店很快售完，不久出版社的少量存书亦告罄，只能将读者求书的来信转到我这里来。这本书成了我最珍贵的赠书，连我的博士研究生也未必能得到。

海外曾有出版社表示过出版意向，但为便于国内读者，何先生和我都希望能在国内再版。现在承蒙三联书店出版，此前又得到上海古籍出版社支持，同意作者收回版权，此书得以再次问世。

更重要的是，何先生亲自校阅了全书，改正了译文中的错误，并做了一些重要的修改。虽然原译文也经何先生校阅，但事先他告诉我，由于不习惯看用横式稿子写的简体字，所以不可能看得仔细。

将用英文撰写的有关中国古代史的著作译为中文，本来就非易事，对英文水平有限的我来说自然更加困难。何况作为译者，我只能按照字面的含义来揣摩作者的本意，即使词义无误，也未必符合作者的原意。现在由何先生自己校定，书名已由何先生改译为《明初以降人口及相关问题：1368～1953》，无疑为此书提供了一个最可靠的中文文本，其意义自无须赘言。

2000年3月3日

我对学术批评的态度

——答《中国历代人口统计资料研究》编委会

《历史研究》1998年第6期发表了《中国历代人口统计资料研究》编委会（以下简称"编委会"）的《学术讨论应当是科学、积极和健康的》一文，对我与曹树基《是学术创新，还是低水平的资料编纂？》（载《历史研究》1998年第1期，以下简称《书评》）的批评做出了回应，这正是我们所期待的。实际上，去年我在接受《中华读书报》记者采访时，已经表明了欢迎反批评的态度，现在理应做出我们的回答。

首先，我接受编委会对我们的《书评》所用的语言的批评。《书评》发表以后，在有关的报道和采访中我看到过这方面的意见。批评的目的是要对方接受，而不是要伤害对方的感情。尽管我主观上并无这样的目的，但既然给对方产生了这样的影响，就应该认真反省，所以我愿向编委会表示歉意。虽然我们并没有进行"人身攻击"，但如果使用平和的语言，就更能为对方和学术界所接受，这是应该吸取的教训。

其次，对"非专业人员"的概念没有说清楚，使对方或读者产生误解。我们的本意是要说明，《中国历代人口统计资料研究》（以下简称《资料》）及对此书的鉴定都没有达到专业水平。这一结论是根据《资料》和鉴定的内容，而不仅是根据作者或鉴定者原来从事的专业做出的。但强调了"非专业"后，却使因果倒置了，客观上产生了因人而异的标准。我接受编委会这方面的批评，也希望编委会接受我的澄清，今后我们的讨论或批评应该注重内容和实质，而不要再纠缠于参与者或对方属于什么专业，或是否为"专业人员"。

但我们的错误不能成为拒绝批评的理由，更不能因此而歪曲事实，因此编委会的基本态度不能不使我感到惊讶和遗憾。

是谁将《资料》变成了"人口史专著"

编委会指责我们"全然不顾课题组的实际情况"，"将《资料》定位于'一部大型的人口史著作'"，"并在特定之处给予不切实际的高捧"；"最贴切的解释只能是为他们全盘否定《资料》一书，一棍子打死所有编著者、参与评审的专家及有关单位制造'立论'依据，以此来展开他们的所谓学术批评"。

这倒使我糊涂了，将《资料》变成"人口史专著"的究竟是我们，还是该书的评审专家和主编杨子慧先生？

"专家评审意见"之一称："该专著……是中国历史人口学方面的一部大型的权威性基础专著。""该专著是目前我国关于自上古至历代的第一部历史人口学方面的著作。具有开创性和重要的学术价值，填补了我国人口学史研究的空白。"之二称："大型专著《中国历代人口统计资料研究》是填补我国社会科学研究领域内一项空白的力作。"之三称："这样系统完整论述的人口史书是迄今唯一的断代史类的人口学术著作，填补了我国历史人口学研究的空白。"之四称：该书为"系列专著"。之五称：该书"具有重要的理论价值和实际意义"，"填补了我国人口史学研究的空白"。《中国社会科学院人口研究所学术委员会评审意见》称："是目前国内关于上古至现代的第一本历史人口学专著，填补了一项学术空白。"杨子慧先生在后记中说："……分门别类地汇集归纳成一套系统、完整、全面的系列专著，作为我为历史人口学的研究基础，现在总算如愿以偿了。……尽管这部巨著洋洋三百余万言……"也是以"系列专著""巨著"自居的。

这些评语已经远远超出了"一些溢美之词"的范围，完全确定了该书的性质。如果编委会不同意，为什么要刊登在该书前面呢？读者究竟应该听编委会现在的解释，还是相信这些评语？当然编委会现在要与这些评语划清界限也是可以的，但总不能把"不切实际的高捧"归咎于我们吧！至于编委会说明的"课题组的实际情况"，包括立项的经过，在该书中无任何披露，在我们的《书评》发表之前也从未公开，别人又如何了解？要怪我们不顾这些"实际情况"，不是有点过分吗？

而且，直到今天，编委会对该书的性质和要求的解释还是与原定目标矛盾的。编委会说："具体到本书的研究，主要体现在资料的搜寻、取舍、筛选、归类和必要的订正，以及对分章资料的综合分析。"但该书总论中规定的原则却是："本课题采用了综合抽象的研究方法，即在搜集历史人口数据资料的基础上，对一定时期的人口现象，从其全部总和及联系中进行综合抽象，概括出最基本的规律或特点，从而得到一个较为全面、完整的认识，反映出研究者的学术观点和研究发现，为尔后的研究起到抛砖引玉的作用。"（《资料》第10页）全书古代部分66章，共有66份概述，实为66篇"反映出研究者学术观点和研究发现"的文章。相反，却见不到编委会所说的对资料的分析。大家不妨看一下原书，就不难判断，究竟是我们曲解了该书的性质，还是编委会现在改变了原定的宗旨？我还是要强调，现在改变也是允许的，但不要将责任推到别人头上。

《资料》是否"错误百出"

我们的确批评了《资料》"占全书72%的古代各篇，只是一个低水平的、错误百出的资料编纂"，《书评》发表至今，我曾反复考虑这样的批评是否过了头？这次又认真读了编委会的文章，但我还无法改变原来的看法，并且认为编委会没有回答我们的主要批评。

编委会认为我们在《书评》列出的"若干条错误，大体可分为两类，一类是资料的错误，另一类是错别字。第一类的错误中，有的是编著者造成的，有的却需要查对原因。例如归类不准确，原因就比较复杂。因为每条资料独占一页稿纸，也没有装订，究竟是编著者删减时归错了类，还是其他原因？不经查对，难以分清责任"。那么请问编委会，造成错误的原因该由谁来查对呢？查出来的责任又由谁来分清呢？难道要编委会以外的人来查，来负责吗？再说，无论是哪一方面的责任，错误总是事实，我们不批评主编和这本书，又批评谁？

再说，编委会只列出"归类不准确"这类错误，未免太轻描淡写了。

例如，《书评》指出第 33 页《西汉时期的农业》中注明"《汉书》卷二八《地理志》"的一段百余字的资料有三项错误：实际出于《汉书·食货志》；中间做了多处删节却未加省略号或说明；将后人的解释混同于原文。这段资料该是"独占一页稿纸"的吧！再怎么装订也不会新产生错误吧！这些错误是谁的责任呢？

又如，《书评》指出第 105 页上《西汉的人口迁移·政治因素的迁移》中已引《史记》《汉书》的资料，还要引南宋人朱熹至少有两点错误的一段话；在两汉部分经常大量引用《册府元龟》《通典》《通考》《东汉会要》，甚至《古今图书集成》这类清人编的类书。现在编委会解释，《上古至秦汉编》原稿约 120 万字，砍掉了 50 万字，仅保留了 50 万字左右。那么为什么像这样没有史料价值的第二手甚至第三手资料倒不砍掉呢？

《资料》将《汉书·地理志》中"定襄、云中、五原，本戎狄地，颇有赵、齐、卫、楚之徙"一段放到西周、春秋、战国部分了，所以我们批评"编者根本没有看懂原意，就糊里糊涂地编入书中"。编委会指责我们用了"糊里糊涂"一词是"近乎人身攻击"，那我就收回这句话。但编者根本没有看懂原意是事实，大概不知道"赵、齐、卫、楚"的地名还能用到西汉，想当然地归入了先秦。这样的"归类不准确"显然已经不是一般的技术错误，而反映了编者的史学水平。

《书评》中举出的同类例子还有：将"汉王屯荥阳，萧何发关中老弱未傅者悉诣军"一条归入"休养生息"（《资料》第 164 页）。还有第 155 页第一节《上古的人口政策》中两条，我不得不先照原样抄下：

一、增殖

已！若兹监，惟曰："欲至于万年惟王，子子孙孙永保民。"（屈万里：《尚书》，《尚书·梓材》）

二、养老抚幼

皇帝清问下民鳏寡有辞于苗（帝尧详问民患皆有辞怨于苗民清问马云清讯也）。（《尚书》卷十二《吕刑》）

无论从史料的理解、选择、归类，还是断句、标点、出处、校对来看，编者都缺乏起码的常识和必要的责任心，当然不仅是"归类不准确"的问题。

我们还批评了《资料》将安息、大月氏、大夏、条支、康居、奄蔡等都列入西汉时期的"少数民族"，说明编者如果不是不知道历史疆域的概念，就是过于粗心，因为该书后面就附有《西汉形势图》，上面明明没有包括这些民族或政权。其实我们没有举到的还有，像东汉时期将"倭"（今日本一部分）也列为"少数民族"，说明这类错误并非偶然。

编委会对我们这些批评居然不置一词，而这些正是我们批评的重点所在。我要郑重声明：这一类"硬伤"在《资料》中还很多。如果编者到现在还不承认，或者还不能自己发现的话，那只能证明他们的学术水平和学术道德都是不合格的。

对第二类错误，即错别字，编委会的答复是："稍有阅读和出版知识的人都明白，错误出在什么环节上。退一步讲，即使我们再'低水平'，也不至于低到如此地步吧！想不到葛、曹把此类错误也算在编著者的头上，一股脑儿斥之为'低水平''错误百出'。"看过《书评》的人都知道，我们绝不是仅仅根据错别字来批评《资料》"低水平"和"错误百出"的，主要还是根据前面举出的例子。但作为一本资料书，出现这么多的错字（我们在《书评》中用了"惊人"和"不胜枚举"来形容，现在还是这样认为），难道还能算是高水平或合格吗？排印出错，当然主要是出版社的责任，但编者校过没有？如我们指出的第49

页上将四处《册府元龟》全部错成《州府元龟》一类的错何至于都校不出来？

退一步说，即使不考虑错字问题，说《资料》错误百出也是事实。据编委会称"'上古秦汉编'经主编审阅，至少前后修改过三次"，却还是这样的结果，不知编委会和主编能做何解释？

关于学风和学术规范

编委会提出"学术讨论必须具备良好的文风"，我完全赞成，并接受对《书评》用语过于尖刻的批语。对我们"曲解原意"的批评可以商榷，但对我们"打击别人，抬高自己"的指责就不敢苟同，因为他们回避了问题的前提和实质。

《书评》涉及我的两种著作，即《西汉人口地理》和《中国人口发展史》。照编委会所说，我们批评《资料》，就是为了"自我炫耀"，为了抬高这两本书的地位，并宣布有人计划就《中国人口发展史》与我商榷。可是，编委会却完全没有解释，为什么《资料》明明使用了我的研究成果，却不注明出处，或故意写成其他出处。我选的是最能说明问题的数字，可谓铁证如山：《资料》第70页对西汉人口密度的概述完全采用《西汉人口地理》的数据，但在第80—81页却用了梁方仲的表格；第125—126页对东汉初人口数量的概述用了《中国人口发展史》的结论，也没有注明出处。

我们在《书评》中就说过，如果编者认为我的书质量不高，完全可以不用，但现在的事实是明明用了却不愿承认。在拙著出版之前，从来没有哪一种论著提出过这些数据，更没有哪一种原始资料中有这些数据。这样的错误属于什么性质，"稍有阅读和出版知识的人都明白"，是绝对回避不了的。我指出拙著被你们悄悄引用了的事实，就有"自我炫耀"和"抬高自己"之嫌，莫非对这种行为应该不闻不问、三缄其口才是？

编委会现在说各分册原来都列有参考书目，是为了不增加出版补贴才遵从出版社的意见而删掉的。果真如此，为什么不在出版时做一说明？这能成为拒绝批评的理由吗？况且事实并不尽然，例如书中20幅地图旁有的是空白处，即使每幅图注明出处也绰绰有余。而我前面举出的两处，也不是列出参考书目的问题，完全应该在正文中说明。

必须指出，正是由于编者不尊重别人的劳动成果，不愿意采用已有的研究成果，或者不懂得学术规范，才造成了不少"概述"的低水平或从现有水平倒退。关于这一点，《书评》已经指出，并举了具体例子，不知为什么编委会不做丝毫答复，似乎根本不当一回事。这倒使我不得不怀疑，一些编者或许至今还没有意识到这方面的错误，也使我想起了一件往事。三年多前，承蒙一位编委的好意，他寄给我一本他的著作，在附信中说"多次拜读你的人口史大著，获益匪浅"。但是在他的书中，却没有任何参考文献，当然也没有提到拙著。最近我将此书从头到尾翻了一遍，发现全部注释都只注原始史料，除了注明一种日本学者的著作外，竟没有一种近现代人的论著。这是一本涉及整个"封建社会"的书，跨度自先秦至清，难道作者所用的史料都是自己直接发现的？难道没有受过其他论著的启发或使用过它们的成果？我相信这位朋友不是有意这样做，也没有意识到有什么不妥，要不就不会将书和信一起寄给我。但从学术规范来看，这是不妥当的，是不能允许的，希望他今后能学懂必要的规范，更不希望他和其他编委因为我们的批评而意气用事，我行我素。

拙著出版于1986年（《西汉人口地理》）和1991年（《中国人口发展史》），只能代表我当时的水平。对其中某些部分我自己也已不满意了，当然欢迎包括编委会在内的所有人加以批评，但希望不要将这与我们的《书评》联系起来，将反批评与对批评者著作的批评扯在一起。即使批评者自己的书并不高明，也不影响他批评的权利。判断批评是否准确的标准只能是批评本身，否则，谁还有批评的资格？

欢迎批评与坚持真理并不矛盾，所以我不接受编委会"自我炫耀"的指责。的确，我在《书评》说过《西汉人口地理》"是国内外公认的第一本中国断代人口历史研究专著"，这是针对评审意见称《资料》为"迄今唯一的断代史类的人口学术著作"而言的。且不说《资料》根本不具有这样的性质（这也是编委会现在的观点），即使是，也总有个先后吧！如果这话也算"炫耀"，那么请举出在拙著出版之前国内外有哪一本中国断代人口历史研究专著？我也说过，"凡是《西汉人口地理》已经涉及的部分，《资料》没有哪一方面能够超过"。这是指拙著涉及的范围而言，并非指《资料》全书。编委会如认为不对，也请举出具体例子。但是我们也举了赵文林、谢淑君的《中国人口史》，姜涛的《中国近代人口史》等多种其他著作，国内外已出版的中国人口史专著基本都已列举，为什么编委会不顾事实，有意给读者造成我们"自我炫耀"的错觉？难道我们遗漏了什么更重要的著作吗？

至于说到国际研究水平，我们固然不应盲目自大，但也不必妄自菲薄。是否达到国际水平，是比较而言的，比如说我们研究 2000 多年前的西汉时代的人口，可以与西方学者的同类研究比较，如他们对同一课题的研究，或对罗马帝国人口的研究。实际上，西方学者建立在历史文献基础上的人口史研究的成果相当有限，远不能与依靠人口统计数据所进行的历史人口统计学研究的丰富成果相比。中国与世界水平的差距主要在后者，而不是前者。我曾与美国、法国、日本、韩国等国和剑桥小组的学者交换过意见，他们大多同意我的观点。而且由于西方的历史人口学者基本都不懂中文（如目前剑桥小组中除了一位中国留学生外就没有一个人懂中文），所以对中文著作的实际水平根本不了解，也无法对其水平做出评判。编委会如不同意我的评价，不妨说出具体理由，举出具体例子。

我很赞赏编委会在文章最后表明的态度，但希望他们将这样的态度落实在学术规范上，加以具体化。在"评"我们的《书评》时，正视我们指出的错误，回答我们提出的问题。

这篇答复本应由曹树基与我合写，考虑到一些方面涉及拙著，不必将他牵扯在一起，还是由我自己写为宜。但文章写成后经他看过，他完全同意。

2000 年 2 月 17 日

何炳棣《明初以降人口及其相关问题 1368—1953》译者再记

拙译何炳棣《明初以降人口及其相关问题：1368～1953》一书由三联书店于2000年出版，十多年后已一书难求。此次中华书局根据何先生生前授权出版全集，本书又有再版机会，必定会受到学界重视和欢迎。责编李静女士精心编校，又发现多处原版未校改出的舛误，使新版的质量更高。遗憾的是何先生已归道山，未能像对三联版那样亲自校阅。

此书的英语原版出版于1959年，半个世纪来，何先生对中国人口史与相关问题的探索孜孜不倦，陆续发表了新的成果，如对宋金时期人口的估计，对南宋以来土地数字的考释和评价等。前者已作为附录收入本书，后者已另出专著。何先生治学精益求精，自然希望用最新的成果中的观点或数据取代旧说。但就如何处理译文这一问题时，我与何先生产生了分歧。何先生希望我直接更改原文而不加注释，我认为译者只能忠于原文，除非作者自己修改并做说明。对此何先生颇不以为然，并向何承明先生等人表明对我的译文的不满。

例如，对第六章第三节中卜凯对浙江省土地数的估计，何先生曾要我改写，我坚持在三联版中保留原文，另加译注：作者在本书撰写时曾持卜凯对浙江省总数的估计失之过低的看法，但在最近的研究中，已根据浙江传统耕地面积的膨胀因素相当大的特殊情况对此做了修正。作者指出：这并不是说卜凯和《统计月报》对所有省份耕地面积的估计都一律失之过低。例如，浙江的传统土地数字已经证明失之过高。卜凯和《统计月报》虽对一些浙江县份的耕地做了修正，但所估全省耕地仍是 41 209 000 市亩，即使折成中华人民共和国成立后的 38 000 000 市亩，也还是不合理地高过 1979 年呈报的耕地面积 27 433 000 市亩。详见《南宋至今土地数字的考释和评价（下）》(《中国社会科学》1985 年第 3 期)。书出版后，并未再听到何先生的批评，授权中华书局收入全集出版时也未再提出，显然已为他所接受。因此，新版未做任何实质性的改动。

2013 年 7 月 16 日

《河流文明丛书》序

我生在江南水乡，从小就离不开河水。那时，家里喝的、用的水是河里打来的，淘米、洗菜、洗衣、洗马桶都在河里，出门不到百米就得过桥，上小学的路上要过三座桥。镇上虽然已通公路，但主要的交通工具还是靠人力摇橹撑篙的木船。镇上的主要街道都傍河而建，白天河道里都停满了大大小小的船只。其中最多的是客货混装的"航船"，早上从乡村某地摇往镇上，下午返回。家里在清明节上坟（扫墓），或去乡下吃喜酒，都是搭乘航船。但即使是在夜晚，或在冷僻的小河上，偶然也会听到"咿呀"的摇橹声。镇边的河上还停着一些渔船，渔民大多住在船上，被称为"船上人"。有的小渔船会沿河而行，卖新鲜鱼虾。除了各种鱼虾蟹外，还有菱、莲蓬、藕、莼菜、螺蛳，一般都很便宜。当时有一种说法，"一百元（旧币，相当于1分人民币）可以买一碗荤菜"，因为螺蛳只要1分钱1斤。河水也给我们带来恐惧，每年夏天，长辈都要告诫或禁止小孩去河里游泳，几乎少不了有人溺水身亡的传闻。所以一个人到河边时会很害怕，据说"落水鬼"会出来找替身。

1950年春节，父亲带我回绍兴原籍，从南浔镇乘轮船去杭州。当我与岸上的亲人挥手告别时，突然发现他们飞快地后退，岸上的房屋和树木也一起在后退，接着是一座座桥、一条条河，而轮船两头的河是那么长，直到当天傍晚船停在杭州，河还没有尽头。这是我第一次通过河流离开家乡，看到外面的世界。1957年夏天，我又乘着轮船进入黄浦江和苏州河，在第二天清晨到达上海。在以后的40多年间，我有机会遍历中国的大江大河，看到了世界的一些大河。其中印象特别深的是，1986年在美国游密西西比河，1990年乘火车横跨苏联、欧洲期间经历的大河，2000年在空中俯瞰亚马孙河，2003年溯尼罗河直到青尼罗河的源头。还有在南极乔治王岛上那些无名小河——昨天还是冰下的汩汩潜流，今天已成湍急的小河，只能涉水而过，明天可能又会被冰雪所覆盖。

我与河流有与生俱来的缘分，但真正重视河流的作用还是在进入历史地理研究领域之后。在探索文明的源流时，谁也不能无视河流的作用，这种作用在人类文明之初往往是决定性的、无可替代的。尼罗河、幼发拉底河、底格里斯河、恒河、黄河、长江，都孕育过伟大的文明，都是今天世界文明的重要源头。我们固然可以在河流流域以外的地方发现早期文明，但只有形成于河流流域的文明才有可能壮大发展成为在时间、空间上都具有重大影响的文明。一条大河，从源头到河口，一般都流经高原、山脉、丘陵、平原，滋养了森林、草原和各种动植物，不可避免的水土流失和河水泛滥还造成了冲积平原和肥沃的土壤。先民无论是从事采集、农耕、养殖，还是从事狩猎、畜牧，都能在河流旁获得适合的场所。充足的水源使人们可以聚居，形成聚落，发展为城市。河流不仅为人类提供了生活和生产所必需的水源和物资，而且也是人类迁移的主要通道。高山密林往往能将人类阻隔，但河流却能穿越峡谷或荒漠进入另一个谷地，为人们找到新的开拓空间。特别是在生产力低下、地理知识贫乏的年代，要在榛莽未辟、禽兽出没或荒无人烟、寸草不生的陆地上做长途迁移是相当困难的，顺河流而下却要方便得多，并且不会迷失方向，便于保持与原地的联系，是人类拓展生存空间最有效的手段。溯流而上也不失为一种可行的选择，往往是一个群体、一种文明从下游向中游、上游延伸的主要途径。汇入海洋的河流为人类提供了更加广阔的天地，在内海和近海地区更是如此。

非洲的东非大裂谷是公认的人类主要发祥地，在那里形成和繁衍的人类之所以能分布到世界大多数地方，一个重要的因素就是尼罗河的存在。基本南北向的尼罗河受地球引力的影响较小，河流顺直，水势平缓，成为早期人类外迁的天然途径。由尼罗河进入地中海后，又能在较短的距离内到达沿岸各地，再迁往欧洲、亚洲其他地方。在尼罗河下游和地中海沿岸，埃及、巴比伦、亚述、腓尼基、希腊、罗马等多种文明交相辉映，世界其他地区望尘莫及。尼罗河三角洲每年泛滥留下的沃土，构成古埃及农业生产的基础，支撑了绵延数千年的埃及、希腊、罗马、拜占庭、伊斯兰文明。

黄河在中华文明的形成和发展过程中起着无可替代的、最重要的作用。尽管考古发现已经证明，古代文明如满天星斗，遍布中国各地，但这些文明大多没有延续到今天，不是中断了，迁移了，消失了，就是被来自黄河流域的文明所融合、所替代，或者影响范围有限，发展程度不高。这是由于形成和发展于黄河中下游的文明具有巨大的优势，较早成为中华文明的主体。而这一优势的物质基础正是黄河中下游的特殊地理条件——黄土冲积平原最适合早期的农耕，当时气候温和湿润，黄河及其支流水量充沛，使华夏诸族得以拥有东亚最大的农业区，形成了最发达的文化。

当然，河流总会决溢，造成生命财产的损失。水上运输也有风涛之虞，免不了会有人葬身鱼腹。各个民族几乎都有洪水、水神、治水英雄的古老传说，还有大量防洪、治水的历史记载。在水网地带生活的先民形成"披发文身"的习俗，原因之一就是为了阻吓水禽，保障自身的安全。大禹治水，西汉的贾让提出"治河三策"，东汉初王景治河，北宋时河工高超堵口合龙，元朝贾鲁治河，明朝潘季驯实行"束水攻沙"，清朝靳辅、陈潢治河，在黄河史上留下了重要篇章。另外，就像尼罗河每年的泛滥给埃及农民带来下一年的丰收一样，黄河挟带的泥沙也是两岸大量农田的基础。在人口稀少的古代，黄河下游没有堤岸约束，河道摆动，泛滥无常，先民也相应进行休耕轮作，充分利用淤泥形成的肥力。

河流因所处地势地形、地质地貌、流经地域、流速流量、河道河床等诸方面的差异，形成了不同的景观、河性、水情，造就了千姿百态的自然风光和丰富多彩的人文现象。世界上找不到两条完全相同的河流，同一条河流的不同流域或河段也各有特色。一方水土养一方人，也养成了一方的风俗文化。

文明因河流孕育，受河流滋养，随河流流淌，与河流共存。

受惠于河流的人类离不开河流，应该与河流和谐相处。

这就是我们要出版这套记录和赞美河流的书的原因，也是我要写上这些话的原因。

2006 年

人说山西好地方

——《人说山西》的魅力

说到中国的文物大省，总少不了山西。到目前为止，中国地面文物保存最多的省份，非山西莫属。中国的文明史虽然未必只有五千年，但由于绝大多数建筑物都是土木结构，千年以上的建筑物已屈指可数，而最早、最完整的建筑也出在山西。悠久的中国历史，从一开始就与山西有缘。在发展的过程中，山西始终是一个有声有色的舞台。对此，先师谭其骧先生还专门写过一篇题为《山西在国史上的地位》的论文，指出："在历史上，曾经有过好几次，山西在全国，至少在黄河流域，占有突出的地位，其重要性有过于今天的山西。"金元之际，山西曾经是北方文化最发达的地方，今天幸存下来的雕塑、壁画、戏台、寺庙之多之精，国内罕有其匹。牧业民族和少数民族的内迁往往以山西为孔道和基地，历史上山西多次形成农牧并存、胡汉杂居的局面，也经常成为军事前沿，留下了丰富多彩的民族文化和边塞景观。山西还是中国北方很多人的故乡，"山西洪洞大槐树"虽然更多的是一种文化符号，并不一定是真正的移民发源地或集散地，但移民史证明，山西的确曾经是明初北方主要的移民输出地，山西移民的后裔遍布北方，散处各地。到了19世纪后期，山西又向内蒙古输出大量移民，以致今天内蒙古流行的汉话还是山西方言。

说到自然风光，山西也堪称一绝。黄河最精彩的一段就是由山西与陕西分享的，包括名闻遐迩的壶口瀑布。太行山、王屋山、中条山、吕梁山、芦芽山、五台山、恒山、绵山、介山，名山辈出，胜景迭出。

山西有如此好的人文和自然景观，位置并不偏僻，交通也还方便，但旅游事业的规模和水平却并不相称。除了管理和设施方面的原因外，我以为，推介不力，缺乏高质量的导游读物，也是一个重要原因。这不是说，目前没有山西的导游书，相反，数量还不少，只是质量和内容还不理想。一些作者对山西并不真正了解，只是根据第二手资料拼凑，有的甚至胡编乱造。有时游客在现场根本找不到书上写的内容，或者发现根本不是那么回事。这样的书不仅起了误导作用，还会影响游客的旅游热情。

从国际上看，任何一个成熟的景点景区，必定会有一种或一整套成熟的导游书，适应各种游客，覆盖全部景区。可以这样说，一流的景点必须和一流的导游书相配，否则就不称其为一流景点。世界上几种知名的导游系列书之所以能长盛不衰，靠的都是内在质量。有的书中每一段介绍，都是广泛征集导游和游客的作品，精心挑选出来的，自然能做到内容精确可靠，文字精彩可读。

有感于此，当阎晶明、苏华与山西古籍出版社酝酿编写出版《人说山西》系列时，我很赞成，并希望这套书能成为理想的山西导游书。现在这套书的第一批十多种已经问世，第二、第三批也已着手编写或规划。从第一批书看，这样的目标基本达到。

《人说山西》的魅力何在？首先是作者合适，都对景点有深入细致的了解，有的长期生活在当地，有的已做过专门观察和研究，有的就是主管人员，所以娓娓道来，如数家珍。书中的照片大多由作者亲自拍摄，有的还是在编写时专门拍摄的。稍有经验的人都明白，有的照片就如文章天成，妙手偶得，可遇不可求。还有很多不见于史料记载的口头资料、民间资料，不是轻易能发掘收集到的。

导游的内容往往会遇到历史与传说的矛盾。很多与景点有关的内容在正规的史书上完全找不到根据，或者过于简略，不用说讲故事，就连前因后果都说不清，游客自然不会有兴趣。但如果只根据民间传说，就可能不符合历史事实,甚至荒诞不经。当初我与作者商量,要尽量做到既尊重历史事实,又不排斥当地或民间的传说。有的传说虽然找不到事实根据,却是游客喜闻乐见的,那就应该理解为景点的人文资源和文化传统的一部分,可以加以开发利用,只要说清楚不是历史事实就行了。

导游书要讲求实用,所以每一种书都有配套的资讯,包括旅游者必需的住、食、行、乐等各方面的内容。我曾告诉作者我的亲身经历:在西藏定日县的公路上,几位外国游客突然要求下车。原来在他们使用的导游书上写着,在离定日多少公里、第几号路标处下车,向西南几度走多少公里,就可到达最适宜观察珠穆朗玛峰的地方。但一直往返于这条公路的司机却一无所知。相反,有的城市电话早已增加到八位数字,而导游书上的电话号码只有五位数,这样的书还有谁相信,有谁会用?目前书后所收内容基本上避免了这类现象。

一本好的导游书本身就是一件优秀作品,完全可以单独作为文学艺术作品来欣赏,并不限于为游客服务。古人就意识到人本身的局限,"名山恐难遍历",只能"卧以游之",足迹不出门而周知天下。如果这套书能成为"卧游"的载体,将能使更多暂时到不了山西的人了解山西,进而产生去山西旅游的愿望,而山西的旅游事业也将随着山西知名度的不断提高得到扩展。

2005 年 2 月

行万里天涯路　念天地之悠悠？
——《旅游与探险经典文库》序

好奇是人类的天性，求生是人类的本能。原始时代的人类生产能力极其有限，生存能力低下，只能经常性地、无目的地迁徙。在此过程中，应该有大量自觉与不自觉的探险经历。可惜年代久远，当时又没有文字记载，所以即使是世界上一些文明古国或拥有辉煌古代文明的民族，也没有留下早期的探险记录。

司马迁在《史记·五帝本纪》中称黄帝"东至于海，登丸山，及岱宗。西至于空桐，登鸡头。南至于江，登熊、湘。北逐荤粥，合符釜山，而邑于涿鹿之阿。迁徙往来无常处，以师兵为营卫"。黄帝的踪迹东至山东半岛，西至今甘肃，北至今内蒙古，南至湘江流域。如果将此记载看成一个以黄帝或其部落为首领的部落联盟的活动的话，其中应该有不少探险事迹，只是当事人未必有自觉的意识，或者虽有而未留下记载。

不过从《山海经》的内容可以看出，古人并非没有探险，也不是完全没有记录。学者对《山海经》的成书年代分歧很大，但普遍认为最迟不会晚于西汉，其中包含的原始资料则可以追溯到很早的时代。一般认为，《山海经》所记述的地理空间基本不超过今国界，但涉及的范围却相当广阔，自然包括了不少境外的奇闻趣事，其中总该是有得于记录者直接的经历的。从这一意义上说，《山海经》是中国早期探险记录的汇编。如果认为《山海经》的内容过于荒谬，那么在内地，甚至沿海发现的和田玉是实实在在的存在，说明早在新石器时代，已经有人将产于昆仑山的玉石运到数千公里之外，其中肯定有不少探险故事。

《穆天子传》尽管未必是周穆王的经历或当时的记载，但至少反映了先秦时代中原人对西方的向往。而其中记录的内容，也或多或少显示了当时人的地理知识和丰富想象。昆仑山、西王母被神化，固然与人们的愿望有关，但不能完全脱离现实的基础，说明当时的人还习惯于向外界寻求精神和物质财富。生活在战国后期的屈原，尽管游踪有限，但从他的作品中不难看出他的探险精神。

在公元前221年完成一统大业的秦始皇，虽然正式建立了中央集权的皇帝体制，却是皇帝中为数不多的旅游和探险爱好者，对自己统治范围以外的地方也有浓厚的兴趣。在灭六国后，他几乎没有停止过全国性的巡游，最终死在途中。在他的鼓励和支持下，一批方士扬帆远航，虽然他们始终没有为秦始皇找到不死药和神仙，却由徐福完成了一次至少有数千人的大规模移民。

汉武帝时代的开疆拓土一度激活华夏诸族的外向意识，被誉为中国第一探险家的张骞，正是奉武帝的政治使命，尝试联络已迁至中亚的月氏夹击匈奴，才意外取得"凿空"——通西域的伟大成果，将中原人的足迹远推到大宛、乌孙、大月氏、大夏、康居、安息、身毒等地（今中国新疆地区，哈萨克斯坦、吉尔吉斯斯坦、塔吉克斯坦、阿富汗、伊朗、印度、巴基斯坦等国），所了解的地理知识范围更大。而武帝本人也步秦始皇后尘，在国内广泛巡游，并且特别钟情于边境和海滨，显示了他对外界的强烈向往。

但秦始皇、汉武帝式的帝王从此成为千古绝响，随着中央王朝的巩固和疆域的扩展，由皇帝到臣民，对境外的兴趣越来越淡薄。从政治、经济、文化、地理等各方面因素考察，这种现象的出现不是偶然的。从汉朝至清朝中期，中国都是亚洲乃至世界最强大、疆域最辽阔的国家。特别是在东亚汉字文化圈内，朝鲜、越南、琉球等政权都是中国的藩属，日本也深受中国文化的影响，直到明治维新时还无法望中国的项背。太平洋、青藏高原、横断山脉、欧亚大草原给中国提供了一个相对封闭的地理环境。直到16世纪西方的远洋船接近中国之前，还没有外来势力构成对中国的威胁。北方的牧业民族虽然曾不止一次成为军事上的征服者而入主中原，但最终无不成为文化上的被征服者。虽然中国的人口在12世纪突破1亿，17世纪突破2亿，19世纪突破4亿，但完全可由本国产的粮食供养。除少数奢侈品外，中国的物产能够满足全国的需要，对外贸没有依赖。所以直到英国向乾隆皇帝提出在北京设立常驻贸易代表时，理所当然被断然拒绝，除了体制上从无先例外，一个重要的依据是"天朝无所不有，无需仰赖外人"。儒家的"夷夏之辨"和"五服"学说，更加深了这样一种观念：天下再也没有比中国更文明富裕的地方，除了华夏诸族和中原王朝的疆域之外，其他地方都是蛮夷之邦和要荒之地。

长期处在这样一个环境，中国人自然失去了向外寻求财富和文明的动力，更不会想到去境外旅游或探险。就是在汉唐盛世，号称中国历史上最开放的时代，也只是敞开大门让境外的人进来，而不是同时允许甚至鼓励自己的臣民走出去。外贸发达的唐宋时代，主要的外贸商人也来自外国。当西方商人已经敲响中国的大门时，明朝的反应是"片板不许下海"的禁令，以致福建沿海的商人只能采取武装走私的手段而成为"海盗"，甚至雇佣日本武士形成"倭寇"。尽管600年前郑和率领当时世界上最庞大的船队七次"下西洋"，远达西亚、东非，却连完整的档案都没有保存下来，更没有像哥伦布那样导致新大陆的"发现"。

与中国悠久的历史、强大的国力、众多的人口、发达的文化极不相称的一个现象，是直到进入现代社会以前，中国始终没有出现职业旅行家和探险家，现存的有关境外的记录都是非职业旅行家和探险家的副产品。例如，张骞、《中天竺国行记》作者王玄策、《真腊风土记》作者周达观、《西域行程记》作者陈诚和《异域录》作者图理琛是外交官，《佛国记》(《法显传》)作者法显、《魏国以西十一国事》作者宋云和《大唐西域记》作者玄奘是往西域取经的虔诚佛教徒，《经行记》的作者杜环是怛罗斯之战的俘虏，《长春真人西游记》的作者李志常是奉召谒见成吉思汗的道士丘处机的随员。他们的记载往往是世界上现存最早的或唯一的，如《大唐西域记》中有关今阿富汗境内巴米扬大佛的描述，不仅证实了大佛建造于公元7世纪，而且还给今人提供了附近另有一尊卧佛的重要信息。要是没有《真腊风土记》对吴哥城的记载，这座古城会在继续掩埋在热带丛林中。这些记载的产生和保存也有偶然性，如玄奘返国后就要翻译佛经，要不是唐太宗专门下令，就不会撰写《大唐西域记》。《岛夷志略》作者汪大渊或许是例外，他是因"好游"才多次出国的，不过他有幸搭乘外国商船，否则就只能梦游或卧游了。

真正的异数是徐霞客，他是唯一称得上职业旅行家和探险家的人物，并且留下了具有非常高的地理学成就的著作《徐霞客游记》。但他的成就得益于一系列特殊因素：科场失意使他不得不绝意功名，富裕的家境使他能有充足的旅费，能干的母亲使他无家累之忧，对知识分子的优待使他能在旅途享受不少公费或私人接待，友人中的名流使他的著作能在身后流传，现代地质学家丁文江的发现和表彰使徐霞客的地理学成就得到肯定和发扬。这些因素只要缺少一点，或许就没有今天大家所了解的徐霞客了。不过徐霞客的足迹没有超出当时两京十三布政使司的范围，连西藏也没有到，更不可能出国探险，这也是历史的局限所致。

这并不是说中国古代不具备实施探险的能力。至元十七年（1280年），元世祖忽必烈想查清黄河的源头，在那里建一座供吐蕃商人与内地贸易的城市，并设立转运站，下令都实与阔阔出两人率队考察。他们于当年四月从河州（今甘肃临夏市东北）启程，四个月后到达河源，冬天返回。此后潘昂霄根据阔阔出的口述写成《河源记》，将黄河的正源确定在星宿海西南百余里处，对黄河最上游的水文、地形、地貌和人文景观的记录已相当具体准确。乾隆四十七年（1782年），阿弥达受命探寻河源，以便就地祭祀河神。这次的探险将黄河正源定在星宿海西南的阿勒坦郭勒，即卡日曲，与1978年青海省政府组织的考察结果完全一致。这证明中国长期缺乏探险传统、中国人不能去境外探险的根本原因，还是缺乏现实的需要。

反观世界上一些航海、探险发达的国家，探险的范围最广、产生探险家最多的民族，无不有其深远的传统和迫切的需要。例如，古代地中海沿岸国家无不以对外贸易为致富手段，以对外殖民和扩张为立国之本，其前提是这些国家的本土一般幅员不大、资源匮乏、耕地有限，甚至连水源也不足。而穿越地中海的航行并不困难，海外的土地、资源和人口自然具有巨大的吸引力。以后，阿拉伯、西欧、北欧一些国家致力于航海和外贸，大批航海家、探险家不顾艰险寻找环球航路，发现新大陆，也无一不是出于国内的生存压力和扩张需求，无不以夺取土地、奴隶、黄金、木材、矿产、市场、要塞、殖民地为目的。连早期的南极考察也是如此，甚至是为了猎杀企鹅获取制皂的油脂，出售海豹的皮肉牟利。但正是这样卑鄙邪恶的目的，促成了新大陆和南极的真正"发现"，造就了不少杰出的航海家和探险家，也在一些国家和民族中形成了探险的传统。在这样的条件下，职业探险家，包括一些纯粹出于人文和科学目的的真正的探险家应运而生，有的不惜为之献身，成为人类的骄傲，他们的记录和著作成为人类共同的财富。

世界上任何一个国家或民族都不可能在所有方面都拥有优势或长处，也不能始终先进，所以都必须向其他国家或民族学习。应该承认，直到今天，中国的探险事业还比较落后，中国人在世界上的探险还很有限。2000年我参加中国第十七次南极考察队去长城站期间，就受到很大的震动。当然，中国人正以前所未有的速度走向世界，在地球的两极、全球所有的高峰、五大洲、七大洋都已留下了当代中国人的足迹，世界一流的探险家出现在中国指日可待。但历史无法重复，了解人类以往的探险经历和经验不可或缺。而且由于自然和人文环境的变迁，以往探险家记录的现象有的已永久消失，只能从他们的书中领略了。

至于这些探险记录涉及范围之广泛、记载内容之丰富、情节之生动惊险、描述之细致传神，只有读过的人才有体会。无论是为了科学研究、积累知识，还是为了陶冶性情、欣赏休闲，都会开卷有益。与一般读者相比，我的游踪或许较广，但我自知对这套书中涉及的地方，大多是这辈子到不了的。2001年从南极返回途经智利时曾想去复活节岛，因多种原因未去成，不知今后是否再有机会？好在第一辑中就有《复活节岛的秘密》一书，多少能够弥补我的遗憾。

2005年6月5日

读《厦门市志》

知道厦门的名字还是在四五十年前。首先是来自历史课,讲郑成功收复台湾,就是以厦门为基地,从厦门出发的。其次是钢琴,从报上看到著名的钢琴家殷承宗出生在厦门鼓浪屿,又从《旅行家》杂志上看到对这座音乐之岛的介绍。1961年陈嘉庚逝世时,从各种报道得知他与厦门的关系,以及他创建的集美学校。尽管直到20世纪80年代初我才有机会亲历厦门,可以说是向往已久。此后到过厦门多次,事先知道的地方都一一参观。我的游踪颇广,国内名山大川、城市乡镇到过不少,对多数地方的印象往往还不如看介绍。但厦门属少数例外,身临其境后觉得比别人介绍的还好,每次都觉不虚此行。

因此,当我收到五大册《厦门市志》时,就急于要翻翻,还有哪些我没有到过的地方,哪些我不了解的情况。不过,当葛向勇兄要我对《厦门市志》做评论时,我却迟迟不敢动笔。对这样一部大批专家学者、专业和业余的方志工作者花费20年时间精心编纂的巨著,在没有认真看完这600多万字之前,我是没有资格对全书做出评论的。但对这样一部高质量的新编地方志,以及这样一批敬业尽责的地方志工作者,引为同好、同道的我自然不应无动于衷。即使无法对《厦门市志》做总体性的评价,也要写下几点读后随感。

一

先师季龙（谭其骧）先生在时，我曾有幸多次随他参加全国性的地方史志会议或学术活动。1981年7月，中国地方志协会在太原召开成立大会，先师应邀做了学术报告，事后整理成《地方史志不可偏废，旧志资料不可轻信》一文，发表在多种刊物，在地方史志学界有广泛影响。在比较地方史与地方志的差异时，先师指出地方志"是以记叙现状为主的，当然也需要追溯一下过去"。地方志"至少是对自然和社会两者并重的，应将当地的地形、气候、水文、地质、土壤、植被、动物、矿产等各个方面都科学地记载下来。同时对社会现象的记载也与地方史不同：史以大事为主要线索，记录政治、军事、经济、社会、文化等方面的重大变化，志则分门别类，面面俱到；史的体裁接近于纪事本末体，志则用书志体，对农、林、牧、副、渔、工、矿、交通、人口、民族、风俗、制度、职官、文化、教育、人物、古迹等，一一予以叙述"。

先师的意见，在当时并非没有争议，但方志学界逐渐统一认识，实际上全国已经完成的新修地方志基本上都采用了这样的原则，即新修地方志应以现状为志，追溯过去，其内容应该包括该政区所辖空间范围内自然、人文、社会各方面的状况，是当地的一部百科全书。

《厦门市志》从结构看，完全符合这样的原则。在《总述》和《大事记》外，49卷正文覆盖自然、人文、社会的全部领域，厦门市辖境内的包罗无遗。以《自然环境》为例，虽然仅占一卷，但7章涵盖了地质、地貌、气候、水文、土壤、野生动植物、自然灾害，如地貌一章下设陆地、海域两节，海域节中有海域划分、海岸与滩涂、海岛与岩礁、海底地貌与沉积。此外还附有人物、附录及编纂始末。在体裁上根据需要和可能，分别采用述、记、志、传、图、表、录7种不同形式，以最简洁明了的方式记载最大限度的信息。

《厦门市志》这样的结构和形式，既满足了存史、资治内容多多益善的要求，也便于读者按图索骥，根据自己的兴趣和需要，获得某一具体领域的详尽资料。对于想要一般性地了解和时间有限的读者来说，完全可以用不多的时间读一下《总述》，或者在《大事记》中获得线索。

以往的文人往往从自己的兴趣出发，或者只考虑文采和欣赏价值，一味强调地方志要简，被他们树为样板的《朝邑县志》《武功县志》等，有的甚至只是一篇长文章。其实，这样的志书即使能成为文学名篇，也不会是一种合格的地方志，因为它们连地方所需要的基本内容都不具备。如果都像这些方志那样编纂，中国历史，特别是地方史的很多内容、重要原始资料就会因此而失传。

到了今天这样的信息时代，我们又会为信息爆炸所困扰。互联网固然方便，只要键入关键词或词组，相关的网页就会像潮水般涌来。但如何从信息的海洋中找到有用的部分，如何总结归纳出最重要的基本内容，还得靠相关专家的编纂。如要了解20世纪及此前的厦门，《厦门市志》无疑是胜过任何网页和搜索引擎的最佳工具书。

二

地方志不同于总志。关于这一点，先师于1984年4月在洛阳所做的报告中指出："地方志顾名思义是记载一个地方的事情的。地方志所记载的地方可大可小，大的一个省一种志，古代的大到一个州一种志，小的不管是一个县、一个镇，也可以有县志或镇志。尽管可大可小，但总而言之是一个地方一种志。"

既然是地方志，其重点自然应该在本地，所以涉及全国性的内容而并非本地特色的，就可以适当简略，一般只要记载与本地有关的部分，只要知其然，而不必知其所以然。一个人物、一个事件、一种制度、一次运动、一个民族、一个社会阶层，本身往往是全国性的，或者虽是地方性的，却涉及好几个政区。作为地方志就要处理好这些关系，掌握主次，该详则详，当略则略。凡与本地无关的，或属全国性、大区域性的，只要交代来龙去脉，点到即止。而对本地的内容，只要有保存和参考价值，就应不厌其详，尽量不要遗漏。

所以地方志中最宝贵的，是地方特色。在这一方面，《厦门市志》也没有让我们失望，除了在各卷中都注意体现地方特色外，还专门设立了《华侨》《厦台关系》《厦港关系》三卷，《民俗》《方言》《文化》《文物》《宗教》等卷也都有强烈的地方色彩。

厦门人移居海外，自元末明初即见于记载。至1995年，移居东南亚和欧美等43个国家和地区的厦门籍华侨、华人有45万人，居住在厦门的归侨和华侨、华人眷属达25万人。厦门的历史和社会都离不开华侨、华人，近代华侨、华人对厦门的发展具有举足轻重的作用。对这样一个极其重要的因素，《厦门市志》设立专卷是完全必要的。这一卷的内容包括华侨移居海外的过程、分布、侨居地社团，华侨在海外创业的经商、经营种植业、创办工业与交通运输业、创办金融与房地产业，创办学校、报刊等，也包括归侨和侨眷的数量、组织等基本状况，还以突出的篇幅记载了华侨报效祖国，如参加政治斗争、经济活动、文化与社会公益活动的巨大贡献，对侨务机构、保护归侨侨眷合法权益、安置救济与组织生产、奖励与辅导回乡投资、辅导侨生升学、接待联谊活动也做了全面的概述。本卷还附有不少精确实用的表格，如1875—1949年厦门口岸出国人数情况表，1969—1995年厦门出入境的华侨、华人情况表，1950—1959年厦门和同安县华侨在国外分布情况比例表，1980—1989年厦门籍华侨、华人居住地分布情况表，1935—1940年厦门新加坡和槟榔屿华侨人数统计表，1947—1949年自厦门赴新加坡和马来亚华侨人数统计表、若干年份自厦门赴印尼的华侨人数统计表，1950—1990年厦门市侨汇金额指数一览表，1951—1988年同安县侨汇金额指数一览表，1979—1995年难贫侨救济情况表等，这些资料和数据都是弥足珍贵的。我与同仁在研究和撰写《中国移民史》时，对海外移民那部分常常苦于找不到可靠的资料，特别是缺乏必要的统计数字。如果各地的新方志都能编纂得像《厦门市志》那样，这一难题在很大程度上能得到破解。

又如，在《厦台关系》卷中，对厦门与台湾两地间的迁徙有较全面的叙述。两地间的迁移叙述都包括移民的迁出地点、出发地点、迁移的过程、移民定居的地域和职业分布等方面，完全符合移民史研究的要求。所附表格不仅包括一些非常重要的数字和内容，而且显示了厦门的地域特点。如民国15年（1926年）台湾北部大陆移民祖籍分布情况表，列出了台北市及邻近地区大陆移民祖籍地前七位的百分比。厦门移民冠籍地名和冠姓地名表罗列台湾桃园、屏东、台北、台南、台中、彰化、新竹、云林、高雄等地所存厦门路、厦门街、同安村、同安里、彭厝、苏厝、溪湖等地名。这些都是研究厦台移民史的宝贵资料。

三

这样一部卷帙浩繁、成于众手的巨著免不了会出现某些通病，如体例还不够一致，繁简标准不够统一，某些章节的文字稍嫌粗糙，有的分类不太恰当。虽然瑕不掩瑜，但如能精益求精，则定能更臻上乘。

由于我还来不及通读全文，只能就注意到的列举一二。

如《宗教》卷第二章《道教》后附《道教经典》，介绍了《道德经》《太上感应篇》《保生大帝真经》《太上说慈济真君救世妙经》《太上说慈济仙姑救产妙经》。这些并非厦门地区所特有，不必专门介绍。而且其他宗教各章后都没有这项内容，在体例上也不一致。

《厦台关系》卷中叙述了日本侵占台湾期间厦门在台移民与返回厦门的台湾人士的反抗斗争，这当然非常重要。但据我了解，在此期间日本侵台当局也利用厦门和厦门籍台湾人士进行侵略破坏，有的罪恶活动就在厦门进行。对此，《厦门市志》也应有所涉及，以全面复原历史，达到存史、资治的目的。

本书《凡例》第八条规定"本志综合性数据一般采用厦门市统计局提供的相关资料，行业（部门）数据采用各撰稿单位上报的资料"；第十条说明"本志资料均采自历代正史、方志和各类档案、图书、报刊。为减少篇幅，除引文和个别有争议的资料注明来源外，一般不注明出处"。这样的体例并无不妥，但在运用时还应具体掌握。如有些涉及历史内容的表格或数据，如能简要注明出处，就能具有史料价值。有些表格显然并未出于一处，已经过编纂者综合加工，如能略加说明，也便于读者理解和引用。

2003 年 10 月

严其林《京口文化》序

改革开放以来，思想解放破除了人文地理研究的禁区，而各地经济文化的发展又为地域文化研究的繁荣提供了机遇，文化地理和地域文化的研究成果不断涌现。随着现代化和城市化的进展，如何在发掘和保护的前提下开发利用历史文化资源，提升城市和区域的文化品位，促进旅游乃至经济文化的可持续发展，已经成为文化地理和区域文化研究的重要课题。对有着深厚文化积淀的历史文化名城来说，这样的课题具有更加重大的意义。正因为如此，在读了严其林所著《京口文化》后，我很乐意写这些话。

不少人读过王安石一首脍炙人口的名诗《泊船瓜洲》：

> 京口瓜洲一水间，
> 钟山只隔数重山。
> 春风又绿江南岸，
> 明月何时照我还。

诗中的"京口"就是指今天的镇江，不过王安石用的是古称，实际上隋朝时已将京口改称延陵，而从唐朝开始，延陵改称丹徒，是润州的治所，直到南宋时改润州为镇江府，才有沿用至今的镇江地名。在镇江众多的古称中，作者选择了京口，我想大概是因为京口是镇江发展史上一个关键性的阶段，即从一个普通聚落一跃而成为全国知名的重要城市。

　　三国时,在今镇江的位置出现了一个称为京城的聚落,至西晋时改名京口,从地名的含义和地理位置看,这里应该是长江南岸的重要渡口。不过由于附近就是毗陵郡的治所,加上整个江南在全国的政治、经济、文化地位还很低,京口虽有交通便利的条件,却一直没有发展的机会。公元4世纪初出现的"永嘉南迁"迅速改变了京口的地位,大批中原移民沿淮水而下,又从邗沟到达京口对岸的江都(今扬州),再渡过长江,京口成为北方人口重要的渡口和集散地。京口一带是北方移民最集中的地方,聚集了很多北方迁来的世家大族、名人学者,成为南方政权重要的根据地,所以从东晋到南朝,京口一直是徐州和南徐州的驻地。南朝宋时,由于京口是开国皇帝刘裕的故乡和发祥地,一度被称为"北京"。正如先师谭其骧先生在他的名作《晋永嘉丧乱后之民族迁徙》一文中指出:

> 南徐州所接受之移民最杂、最多,而其后南朝杰出人才,亦多产于是区,则品质又最精。刘裕家在京口(镇江),萧道成萧衍家在武进之南兰陵(武进),皆属南徐州。故萧子显称南徐州曰:"宋氏以来,桑梓帝宅,江左流寓,多出膏腴。"南徐州之人才又多聚于京口,今试于列传中查之,则祖逖范阳遒人,刘穆之东莞莒人,檀道济高平金乡人,刘粹沛郡萧人,孟怀玉平昌安丘人,向靖河内山阳人,刘康祖彭城吕人,诸葛璩琅邪阳都人,关康之河东扬人,皆侨居京口。

　　大量高素质的移民为京口注入了强大的动力,使之成为经济文化发达地区和地区性的政治中心,也奠定了持续发展的基础。祖冲之的两项重大科学成就——《大明历》和圆周率,就是他在南徐州任上完成的。以《文心雕龙》闻名的刘勰是京口人。主持编纂《文选》的梁昭明太子萧统也选择在京口筑坛读书。

　　所以,尽管从隋朝开始,全国的政治中心又回到了北方,原来驻在今天南京的地区性中心扬州迁到了长江北的广陵（今扬州），京口这一地名也已变成历史，但这座城市并没有就此衰落，而是逐渐发展成为以商业、手工业和交通运输业为主的港口城市。特别是在大运河开通后，地处吴头楚尾的镇江又是运河江南段的起点，更成为贯通南北、连接长江东西的交通枢纽。"楼船夜雪瓜洲渡，铁马秋风大散关"，陆游的名句显示，在南北分裂时，镇江是长江天险上的重要据点，也是江南的屏障。不过，镇江在历史上更多留下的还是文化和科技的成就。在世界科技史上占有重要地位的名著——沈括的《梦溪笔谈》就完成于镇江的梦溪园。北宋画家米芾移居润州，创立墨染山水画技，在中国绘画史上开了文人画的先河。苏轼、陆游、辛弃疾等诗人都在镇江留下了不朽的诗词。明清京口三山（金山、焦山、北固山）宛如万里长江上浑然天成的盆景，名闻遐迩，成为千古登临胜景。

明清以降，镇江虽然依然是人文荟萃之区，并一度是江苏省的省会，但在发展区位上却面临着一系列不利的因素：附近的南京是江南长期的政治和文化中心，隔江相望的扬州集中了大量的财富和文人，运河漕运的废止、水运的衰退和铁路的通车影响了镇江的交通枢纽地位，近代大都会上海的兴起和辐射区域的扩大使周围的传统城市黯然失色。改革开放以来，苏南经济的崛起，新的交通路线的开通，外来资本和人才的引进，苏北的发展前景，旅游和第三产业的开发，既使镇江面临着严峻的挑战，也给镇江提供了前所未有的机遇。所以，对镇江历史和文化的研究，不仅有其学术价值，也有其不可估量的现实意义。

其林先生毕业于复旦大学历史系，是我的学长，多年来潜心研究地方历史文化，对镇江更是桑梓情深。他与人合著的《京口文化》贯通古今，内容丰富，文字清新，格调高雅，既是了解镇江历史文化的普及读物，也是一项包含了作者独到见解的研究成果。

在本书出版之际，我自然希望其林先生能以此为新的起点，为故乡镇江，也为地方历史和文化的研究做出新的贡献。

2001 年

侯甬坚《历史地理学探索》序

甬坚兄将自己研究历史地理学的论文结集出版，正好我去西安开会，他将编成的论文集《历史地理学探索》(以下简称《探索》)交给我，要我作序。我自以为既没有资格，又没有能力，迟迟不敢应命。但甬坚的态度既诚恳又坚定，谈及他从事历史地理研究以来的甘苦，回忆我们二十余年的交往，使我难以推却。5月4日来美国加州大学伯克利分校开会，旅途中就带着这本论文集，到今天居然基本看完了。以前也看过甬坚的一些论文，但他近年的论文大多没有看过。为了完成甬坚交给我的这个难题，倒给了我一个认真了解他的学术观点和研究结论的机会。经过这番研读，还真有些话要说。

《探索》的第一组《理论探索》有八篇文章，涉及历史地理学科理论和一些分支如历史自然地理、历史交通地理、区域历史地理、古都选址、方志等方面。我知道，甬坚一向重视理论研究，用力甚勤。将这组文章放在首位，既反映他的学术旨趣，也说明理论研究在他心目中的地位。1992年，我在复旦大学召开了一次小型学术讨论会，探讨地理环境对中国历史与文化的影响，邀甬坚参加。在此期间，我们做过相当深入的交谈，谈到理论研究的前景，甬坚坦言他十分钟爱，也颇感困惑，理论研究不易见效，往往花了很多的时间和很大的精力，不过在某一方面稍有进展，但不是不为人重视，就是被人滥加批评。我也有同感，记得当时曾说过：研究一个具体问题，要批评你不容易，至少要有这方面的基础，或者做过这方面的研究。但理论问题不同，似乎谁都能说上几句，所以根本不做这方面研究的人也会进行批评，但进一步研究却不会有人做。当时我曾劝甬坚，不妨将理论方面的工作放在以后做，先集中于某一具体方面以取得成绩。不过，这一组中仍有几篇文章完成于1992年之后，说明甬坚的努力并未中止，理论探索仍在进行，但在他总的研究量中已不占主要地位，而且更侧重于若干具体方面，似乎他更注重厚积薄发，这显然与他学术生涯的一次重要转折——1994—1996年赴日本名古屋大学文学部东洋史研究室访学有关。

正如他在后记中所说："访日研究的主要收获，是深感治学从细部着眼之益处，'穷尽资料，细绎覃思'之做法踏实可靠，对不同语言文字资料的收集、鉴别、整理、研讨，尤其是为满足各种研究需要精心编排的图表和索引，着实令人赞叹和为之所动。"两年访日的成果反映在《探索》的第二、三组，其方法与风格的确与前一组不同。这些文章集中于两个方面，一是历史地理学术史，二是西汉政区地理与《中国历史地图集》中的相关问题，恰巧也是我有兴趣并且花过一些功夫的。但相比之下，我感到甬坚的研究要做得更加精细。比如我在撰写有关中国历史地理学形成与发展过程的文章与先师季龙（谭其骧）先生的传记时，只提及"历史地理"一词传自日本，只注意到1935年《禹贡》杂志的英译改为HISTORICAL GEOGRAPHY，却没有进而研究其背景。而甬坚的研究相当深入，不仅详细考察了此名词由日本传入中国的经过，还论证了沿革地理向历史地理转换的过程。

又如对《汉书·地理志》，我自以为是比较熟悉的，因为读研究生时先师专门给我们讲过，我也认真读过先师的《〈汉书·地理志〉选释》，《中国历史地图集》第二册更是案头常备的工具书，不知翻了多少遍。对《汉书·地理志》中郡国排列的次序，对那种似是而非、介于有序与无序之间的状况我也曾做过一番思考和试验，却无功而止。甬坚对《汉书·地理志》体例的研究和整理就很有新意，在前人的基础上起了"向前推移"的作用。由于如今历史地理学界不少人对传统的沿革地理不够重视，而在前人已做了大量研究的条件下要再进一步实在不容易，所以往往视为畏途。另外，即使取得成果，也不大可能形成长篇大论，更不会引起什么轰动效应。甬坚却能潜心钻研，不计得失。不过我以为，他的选择是明智的，因为对他来说，这种努力更是对自己的一种基本训练，厚积薄发，为此后的开拓准备更充分的条件。

甬坚以不惑之年师从中国科学院地球环境研究所所长安芷生院士，攻读第四纪地质学专业，于2002年获理学博士学位。这样大跨度的转移自然需要他付出不小的代价，但也将他的研究提升到了新的境界。历史地理的学科属性决定了它的地理学本质，也决定了它离不开历史学的研究方法。但在历史地理学界，真正能将地理学与历史学完满地结合起来的人并不多，甬坚的努力更属难能可贵。正因为如此，我对他的最后一组《环境变迁史研究》的文章尤有兴趣。

根据甬坚自己的说明，这组文章是他在陕西师范大学西北历史环境与经济社会发展研究院工作期间发表的。从注明的发表时间看，基本都在2000年后，是在他攻读博士学位和获得理学博士学位之后。一个明显的进步，就是他的视野更宽阔了，更注意将历史文献的复原与科学原理结合起来，因而他的概括或综述全面而平实，他的推导或结论合理而可信。这些文章基本都涉及西北地区环境的变迁，从老一辈历史地理学家开创这一领域的研究以来，已经发表了大量论著，有些结论已得到普遍承认，甚至已成为高层领导的决策依据。但在自然科学界一直存在着完全相反的结论，往往不为人文社会科学的学者所了解或承认。更可惜的是，很少有人真正兼通自然、人文、社会科学，从而具备全面正确的判断能力。从我有限的研究出发，我认为至少应该从科学原理的角度、多种因素综合的角度重新审视以往的结论。这不仅是中国历史地理学向前突破的需要，也事关国运民生。如果西北本来就不存在秀美山川，又如何能再造？耗费巨大人力物力会有什么结果？近年来一些局部试验已经证明，退耕后根本还不了林，也还不了草，最好的效果倒是还荒，听其自然。所幸科学决策、民主决策之风渐兴，不同意见也有发表的可能。我与甬坚做过比较深入的讨论，在很多方面有共同的看法。所以，尽管我深知我们目前的进展离目标尚远，而且历史记载的缺失或许永远无法克服，但我还是寄希望于甬坚，期待着他不断取得的新成果。

2004年5月于美国旅次，6月12日改定

读姜鸣《天公不语对枯棋》

刚进入历史研究领域时，我一直有一种误解，认为研究近现代史要比研究古代史容易。原因之一，是20世纪50年代起陆续出版了多种近代史资料汇编，如《鸦片战争》《太平天国》《洋务运动》《戊戌变法》等，都有一二十本，相关资料基本齐备，不像研究古代史那样，一般都得自己一条条找，一字一句地辨。而且这段历史离今天不远，有的还有遗迹、遗址、遗物可考，有的亲历者，或了解他们的后人还在，既便于了解，又不至于有什么弄不明白的地方。但以后我的看法逐渐改变，特别是在自己涉及一些史实后，才发现问题没有那么简单。如果说，古代史研究苦于资料太少，近代史研究则既有资料不足之苦，更多的是资料泛滥之灾。从文字角度看固然不大有不明白的地方，但看得懂的文字背后却是玄机重重，甚至真伪莫辨。

更麻烦的是，近代史连着现代史、当代史，一些事件、人物、制度不可避免地延续或影响到当今，在某些人的眼中更是等于当今。由此产生的种种禁忌形成了近代史研究的种种禁区，一不小心就成为"政治""立场"问题。十一届三中全会推倒了"两个凡是"，但近代史研究中几乎每个领域都有"凡是"，稍一触动就有人用以往的说法来阻挡，却不管这些说法是否是事实，是否符合马克思主义的历史唯物史观。一旦历史与商品结合，经济效益、地方利益、旅游资源、后人的体面就会成为某些人"研究"的目的，由此产生的"成果"会是什么就不言自明。

而且，讨论古代史往往会局限于学术界或知识界，除非是在"文化大革命"或以往的政治运动中，因为其他人或者不感兴趣，或者没有能力。但讨论近代史时，却谁都会有兴趣，谁都以为自己有资格，尽管一些人根本不懂得什么是历史，也不知道如何研究历史，却可以凭自己从陈年教科书上得来的印象，或者不知如何形成的概念信口雌黄，批这个评那个。

正因为如此，近年来我不仅已经改变了原来的误解，而且对优秀的近代史著作十分佩服。我以为，能写出一部实事求是、符合历史唯物主义观点，又能为学术界所接受的近代史著作，实在太难了。前几年读到茅海建的《天朝的崩溃》，尽管有人持强烈批评的态度，我却以为庶几近之，所以虽然没有写过正式的书评，却在多种场合表明了我的态度。但对公众而言，《天朝的崩溃》这样的书未免太专门，近日读到姜鸣的《天公不语对枯棋》，觉得更适合推荐给广大读者。

《天公不语对枯棋》收辑了作者19篇文章，其中一部分曾在报刊发表，并收入作者于1996年出版的《被调整的目光》（上海人民出版社出版）。10年后作者对其中大部分做了修订或补充，又加入几篇新作，汇为本书。这些文章都是写给大众看的，所以没有写成学术论文，并且都非常可读、耐读。即使对历史兴趣不大的人，也可以当知识、散文、故事来读。要写出这样的文章并不容易，需要作者有多方面的条件，而姜鸣恰恰都符合。

姜鸣毕业于复旦大学历史系，受过严格的专业训练，毕业后从未中断近代史研究，对中国近代海军史研究卓有成绩，发表过《龙旗飘扬的舰队——中国近代海军兴衰史》《中国近代海军史事日志》这两本颇有影响的专著。他与复旦的师友一直保持密切联系，不断得到师友们的帮助和研讨。但他又不是专业研究人员，所以可以不受近年盛行的"量化"指标、论文和刊物级别的影响，不必为项目、评奖、职称所左右，也无须为稿费、津贴而折腰。虽然只能利用业余时间和精力，却能专心致志，细水长流，精益求精。

正因为他有专业眼光，所以所写的对象，无论是近代史上风云煊赫的大人物如李鸿章、翁同龢、康有为、恭亲王奕䜣，还是以往史家留意较少的张佩纶、珍妃、赛金花，无论是像戊戌变法、公车上书、丁戊奇荒那样的大事，还是军机处的陈设、坤宁宫的装潢、帝后的膳食之类的小处，或者是从圆明园、孔庙、大克鼎到八大胡同、西堤、塔之类可大可小的题目，都能融入当时的社会和文化，当作大历史的一部分来写。

　　无论是哪个题目，姜鸣都会尽量找到合适的史料，以充分的事实来说话。如果说这方面是史家的常识的话，那另一方面只能说他得天独厚——他到过所有涉及的现场，做过细致的调查考察，有的还去了多次。这或许有偶然性，早在1968年，他只有11岁时，他母亲就给他安排了第一次北京之行，书中还收录了一张当时他摄于圆明园废墟前的照片，可见从一开始就当了有心人。而这一二十年间他又能多次前往北京寻踪访古，使他了解了不少一般老北京都不了解的掌故，记录下了一些目前已经消失的景观。所以这些经历不仅能纠正以往某些人仅凭书本或印象而产生的错误，又能娓娓道来，使读者有身临其境之感，缩短了读者与史实间在时间和空间上的差距。

　　当然这并不意味着姜鸣没有自己的见解，实际上他对以往影响很大，甚至被视为定论的说法提出了挑战，他前一本书取名为《被调整的目光》就很明白地显示了他的取向。但他都是通过具体的史料和调查结果来复原史实，而不是像某些人那样"以论带史"——先下结论，再用经过精心选择甚至曲解的所谓"史实"来证明。这一点我认为是最重要的，我一直主张要将历史研究与研究成果的解释和运用区别开来，在研究阶段应该首先将历史事实查清楚，然后才能做出正确的解释，才能掌握如何运用。如果连历史事实都不能尊重，还谈得上什么唯物主义？哪里还有辩证的前提和基础？

　　姜鸣的文章写得很精细，细节也不放过。姑举一例：在《难与运相争》一文结尾处谈到恭亲王奕䜣的相貌，以往有"仪表堂堂"，"仪表甚伟，颇有隆准之意"的说法，他却认为，"从传世的照片看，奕䜣长得一点也不漂亮，面目中还带有点苦相"。对《恭亲王奕䜣大传》作者引何德刚"恭亲王虽甚漂亮，然究系王子，生于深宫之中，外事终多隔膜"为证，他指出此处的"漂亮"是指"行事的手腕和气度"，而不是指相貌。

茅海建对本书的评价是："很海派，也很京味；很专业，也很好看。上海人眼中的京华掌故，史学行家写的散文作品。发旧思而生新意。"我完全赞成，就用这段话作为本文的结束。

2006 年 2 月

《话说中国千古之谜系列》序

如果说,世界上有一门无人不参与、无人不受影响的学问的话,那就是历史。

每个人,无论他(或她)是否愿意,实际上都是人类历史的组成部分,他(或她)的一切活动都是历史的一部分,尽管不一定被以文字记录下来,甚至没有留下任何可供复原的信息。即使是完全没有历史意识的人,也避免不了历史的影响,一般来说,他(或她)在一生中总要追溯家族或个人的往事,也不能不受到这些往事的影响。一个人的经历再丰富,所处的时代再重大,与人类悠久的历史及其壮阔的波澜相比就显得极其渺小,微不足道。正因为如此,历史能给人的理念、知识、智慧、乐趣、享受,是其他学问所无法替代的。另外,要了解一个人、群体、社会、民族、国家,以至全人类,也必须从其历史入手。不了解其历史,就无法理解其现状,也难以产生真实的感情,维持必要的信念。所以梁启超曾有这样的说法:"史学者,学问之最博大而最切要者也,国民之明镜也,爱国心之源泉也。"

但到目前为止,时间还是不受人类控制的客观存在。除了少量遗迹、遗物外,人们无法直接观察过去存在的事和人。尽管历史是过去曾经出现过的事实,但想了解历史,只能通过能够显示或反映这些存在的信息,主要还是文字记载。随着资讯的发达,文字以外的信息如图像、音像、实物等今后也会占越来越大的比重。但无论如何,历史都不可能是以往直接、简单的复原,只能是后人有意识、有选择的记录。所谓

"意识"和"选择",不仅是指历史的叙述者,而且也应该考虑历史的接受者。同样的史实,不同的叙述者完全可能选择不同的角度,采用不同的侧重点,运用不同的叙事方法,寄托不同的感情,同时也应该考虑针对不同的对象。

历史学者应该明白,绝大多数历史爱好者了解和学习历史的目的不是研究历史,而是获得信念、知识、智慧和乐趣,所以必须根据他们的需要,提供他们便于接受、乐意接受的读物,而不能一味强调学术性和专业性。近年来戏说历史充斥于影视,固然使历史学家不无忧虑,但另一方面正说明民众对历史有十分浓厚的兴趣。如果我们"正说"历史时也能写得生动可读,引人入胜,何愁缺乏读者?也就不必担心真正的历史不为人所知了。

这套《话说中国千古之谜系列》共9册,300万字,分别是张剑光、周志明所编《大唐王朝之谜》,杨师群所著《大宋王朝之谜》,吴强华、黄清所编《大明王朝之谜》,宋佩等所著《大清王朝之谜》,王晓华、张庆军所著《中华民国之谜》,陆求实等所著《中国宫廷之谜》,王廷洽所编《中华国宝之谜》,张剑光等所编《中国王陵之谜》和张剑光等所编《中国帝后之谜》。作者都是上海高校的历史教师,我与他们虽然素不相识,但了解了这套书的概况后,感到他们做了一件很有意义的工作,尽了一位历史教师的职责——不但要在课堂上教历史,还应该向全社会普及历史。

或许有人以为,近年来图鉴、故事体的历史普及读物已经出版过不少,如上海就有上海辞书出版社的《中华文明传真》、上海人民出版社的《中华文明通史图鉴》,最近出版的《话说中国》更已产生相当大的影响。这些高质量的读物大多简明扼要,图文并茂,雅俗共赏,备受读者欢迎。它们的共同特点是:在尊重历史事实的前提下,根据不同读者的需要加以选择;在确保学术水准的同时,尽可能采用生动活泼的叙述方式;在增强爱国主义教育的基础上,注重知识性和趣味性。只要做到了这些,这类书应该多多益善。而对我们这个拥有上亿读者的国家来说,对我们这个有着数千年文明史的中华民族来说,已经出版的这些书是远远不够的，何况不同的作者和不同的读者都会做出自己的选择！所以我相信这套书也会受到读者的欢迎。

至于书名所用的"谜"，只是一种叙述的方法，作者提供的还是"谜底"——历史真相。其实有的谜早已不成其谜，已有公认的答案；有的却不止一个谜底；还有的至今尚无谜底，或许永远不会有谜底。这不是作者偷懒，或故意留一手，而是历史就是这样——是千古遗憾，也是永恒的魅力。读者有兴趣，不妨自己找找谜底！但历史本来就是个大迷宫，小心别走进死胡同。

2005 年 7 月 31 日

《复旦大学图书馆藏稀见方志丛刊》序

我第一次得知方志很有价值是在读中学时，那时看到一篇介绍中国方志的文章，在说了方志如何有用后，又提到日本在侵略中国前曾派人大量收集中国的方志，因此将中国的底细了解得一清二楚。当时真想马上找一部方志来看看，究竟里面记载了什么内容。另外，心中也不无疑惑：要是方志中真有那么多秘密，为什么不藏起来？日本人能利用，为什么我们自己反而不利用呢？

直到我成为历史地理专业的研究生，师从先师季龙（谭其骧）先生后，才第一次看到真正的方志，并将方志中的材料运用于研究，原来的神秘感也随之消失。1981年7月我随先师去太原参加中国地方史志协会成立大会，先师在会上做了一次学术报告，着重谈了地方史与地方志的区别，比较全面地阐述了方志的价值。1982年先师在成都拜访任乃强先生，我随侍在侧。任先生谈到他被武警黄金部队聘为顾问，除了因为他有在西康地区的亲身经历外，还得益于他熟悉各种方志，而这些方志中有不少有关金矿的记载。这更使我加深了方志是一个地方百科全书的概念。

此后的20多年间，特别是在研究中国人口史、移民史的过程中，方志是重要的史料来源。尤其是在正史和全国性的史书中无法找到最低限度资料的情况下，查阅当地的方志是必不可少的，并且经常是唯一的来源。任乃强先生可以通过方志发现找金矿的线索，而要了解中国的过去，方志这种地方百科全书本身就是最宝贵的金矿。

在使用方志的过程中，我也深感查阅一些珍稀方志的困难。在翻译何炳棣《1368—1953中国人口研究》一书时，对于何先生原书中引用的方志照例要根据原文核对抄录。但他在美国使用的大多是缩微胶卷，原书却散见于国内各处，有的在上海没有收藏。1987年时连复印都相当困难，更没有文献传递的服务，为了那么几句话，只能到外地查原书。有的还因属善本，或者收藏单位有意刁难，始终无法见到。

正因为如此，我所在的研究所曾不惜巨资，全套购买了台湾影印的方志丛刊和其他各种方志丛刊。但在使用中发现，总有一些珍稀方志被有意或无意地遗漏。影印的质量也实在无法恭维，有时原书缺了几页，或者某页缺了一半，甚至某页被折了一个角而遮去一些字，都照印不误，不做任何弥补或加工。近年来更有一些大部头的丛书或丛刊，售价动辄数千上万，其中十之八九都是常见书籍或史料，只一二成是珍稀方志、手稿或未刊资料。拿到这样的订单，作为图书馆馆长和研究人员，我左右为难。买吧，就那几种珍稀资料而言，简直是天价，买来的大量复本连放的地方都没有。要不买吧，又如何满足读者和同仁的需要？也有悖于"一流"的目标。

近年来数字化技术飞速发展，网络日新月异，大量纸本图书为数据库和网络资源所取代，并且在日益增加。但根据我的经验，珍稀书籍的影印出版还有其必要。因为这些书的读者相当有限，一般公共图书馆也未必收藏，商业性的数据库往往不愿收录。有些数据库为了便于检索，不采用图像扫描，却因准确性没有保证，不为专业研究人员所信用。

复旦大学图书馆经过近百年几代人的努力，特别是古籍部同仁长期的收集、保护和研究，已拥有4万余种古籍（其中善本7000余种），方志馆藏2000余种（其中善本210种）。这些善本、珍稀古籍是不可再生的文物，应该妥善保管。但这些书籍的内容、所包含的信息应该尽可能广泛、便捷地被应用，才能发挥它们应有的作用。此次41种《复旦大学图书馆稀见方志丛刊》影印出版，对于馆藏善本方志的保护、普及与利用，是一件很有意义的事。

2009年6月6日

《文明的垂顾：汪涌豪人文讲演录》序

初次见到汪涌豪兄的名字是在报纸上，有一篇报道介绍他研究司空图的成果，属本校学术新星。后来从师弟王妙发处得知，涌豪是他的好友，增添了亲切感。再在报刊上见到他游学执教东瀛期间写的短篇，觉得他对日本人与日本文化观察入微，颇具新见。近年他先后出任文史学院副院长和《复旦学报》主编，我们才在本专业以外有所交往。但就像复旦多年同仁间"淡如水"的关系一样，彼此并无密切过从，甚至从未深谈过一次。因此当他将已定稿的《文明的垂顾：汪涌豪人文讲演录》交我索序时，不无突兀之感。虽觉盛意难违，心里却颇感茫然。待看完目录，翻阅数篇后，我就感到应该写，乐意写，几乎立时形成腹稿。

涌豪兄的讲演涉及广阔的时空和丰富的内容——从上古、春秋至当代以至未来，从孔子、老庄、道教文化、侠文化、传统文化、世博会、莫言、当代文学、教育，到社会和谐、幸福观、人文关怀、城市文化、乡土意识、医学伦理，演讲的场合也遍及国内和日本、德国、俄罗斯各地的大学、图书馆、博物馆、党校、孔子学院、商学院、国际研讨会、公共论坛、MBA课程、电信公司、出版社、医院，听众不限于学术界和大学，也包括党政干部、企业界、专业人士和社会大众。我自然钦羡涌豪兄的博学多才，尽管我无缘感受他讲演的现场，却深信这些讲演的魅力，不过最感佩的还是他"经世致用"的精神和"诗意垂顾"的气度。

我一直认为，知识分子与专业人士的区别不在于学术水准或专业领域，而在于对社会和公众的影响，是否具有公共性。作为知识分子，必须关注社会和公众，而不仅仅是自己的专业和学术领域。但知识分子的关注不同于政治家、社会活动家、评论家、媒体人或一般公众，他们的基础是自己的学术见解和研究成果，并尽可能运用自己的学术专长，进行学理分析。即使是传播知识、普及原理、阐述观点，也应体现批判精神，讲究实事求是，切忌颂圣谀时。

我无意贬低纯粹的专业人士的作用，更尊重终身贡献于科学和学术的专家学者的精神和人格。不能要求每个人在社会发挥多方面的作用，历史本来就是众人合力创造的。如传播学术、普及知识、提升文明的工作也可以由另一部分专业人士利用科学和学术的成果来做，就像大多数教师是根据教材施教，不可能只教自己亲自研究出来的结果。但本来有条件，或经过努力能够具备这些条件的人能够同样发挥这两方面或多方面的作用，其效果肯定更好。对某一方面的专业学者而言，知识分子的地位庶几近矣。

至于"诗意垂顾"，我只能心向往之，因自知力不足。而涌豪兄却能在文苑讲坛顾盼自如，游刃有余，显然是出于他的诗人气质和诗学积累，也离不开他的长期实践。正因为如此，我期待他的第二本讲演录，以体会更醇厚的诗意和更殷勤的垂顾。

2014 年 4 月 30 日

《中国移民文化丛书》总序

大家都知道,世界上有些国家,如美国、澳大利亚等,都是移民国家,它们的绝大部分人口是移民或移民后裔。但说到中国与移民有什么关系,可能只会想到在海外的华侨和华人。其实,移民就是在一定的距离内改变了居住地的人口,并不限于国家之间,我国的地区之间、各省之间的迁移距离,往往会比欧洲一些国家之间的距离还大。中国既有大量海外移民,也是世界上内部移民数量最多的国家。

中国的历史就是一部移民史,中国的社会就是一个移民社会,要了解中国历史和社会就必须了解移民的历史。

中国的历史就是从先民的迁移开始的,早期的人类就是在不断的迁移中进步的。考古发现和文献记载都已证明,早在四五千年前,我们的先人就在中国的境内外进行过频繁的迁移。在生产力低下的情况下,要不是不断迁移,就很难抵御天灾人祸。

汉族的祖先华夏诸族是在多次迁移后才在黄河流域定居的,以后大批华夏(汉族)移民迁往各地,他们不仅传播了华夏文明,还吸收了大量其他民族成份。与此同时,边疆和境外民族不断迁入中原,这些移民大多逐渐融合于汉族。汉族能成为世界上人口最多的民族,分布于全国各地和海外,就是几千年来不断移民的结果。移民对少数民族也有重大影响,不少民族都是经过反复迁移才在今天的居住地定居下来,有的民族就是在迁移中产生和发展的。

中国历史上疆域的扩大和巩固,都离不开及时而有效的移民。从秦始皇时代对岭南的移民到近代对边疆的移民，都为中国疆域的形成和统一做出了决定性的贡献。面对沙皇俄国的侵略，清政府没有及时实施移民措施，改变边疆地区人口稀少的局面，是导致国土沦丧的重要原因。而东北和台湾今天依然是中国的神圣领土，数千万大陆移民做出了不可替代的贡献。

对一个地区的开发和经济文化的发展，移民所起的作用是显而易见的。人口是文化最活跃的载体，移民的过程也是文化传播的过程。来自先进地区、高素质的移民带给迁入地的不仅是劳动力、物资、资本，而且是先进的物质文明、精神文明、制度文明。落后地区的移民迁入相对先进的地区，也会因环境的变化而有较快的进步。移民众多、五方杂处的地方，各种文化能在竞争和融合中发展为兼收并蓄、集各家之长的新文化。

一般说来，经济文化发达、资源丰富、社会安定、自然环境适宜的地方会对外来人口具有吸引力，产生对移民的拉力；相反就会产生推力。但当移民过多，造成当地人口密度太高，以致生活、生产条件恶化时，也会产生推力，促使人口外迁。所以移民使人口的分布更加合理，也有利于提高人口的素质。

城市的形成和发展主要依靠移民。像上海、天津这类近代兴起的大城市，唐山、石家庄、鞍山、蚌埠这类工矿或交通枢纽城市，移民及其后裔是人口中的多数，有的城市人口几乎全部由移民构成。移民的来源和素质往往决定了城市的发展水平和方向。

移民的历史并不只是遥远的过去，还一直延续到今天，也影响着未来。今天，很少有一个地区、一个阶层、一个单位，甚至一个家庭，不存在移民或不受到移民的影响。实现现代化的过程必定是一个人口和资源重新配置的过程，必定会伴随着大规模的移民，在中国这样一个国土辽阔、人口众多、资源分布不平衡、地区差距较大、城市化程度很低的国家尤其是如此。

正因为如此，移民文化贯穿于整个中国社会，深入每一地区，以至每一个社会细胞。所谓移民文化，我以为就是指一切与移民有关的文化现象，无论是物质的还是精神的。所以移民数量越多，素质越高，影响越大，分布范围越广，持续时间越长，离今天越近，相应的移民文化也越丰富多彩，越为人们所关注。

尽管这套丛书名为《中国移民文化丛书》，但要全面介绍移民文化显然是不可能的。在对近代中国影响最大的几次移民运动中，编者选择了"闯关东""走西口"和"下南洋"这三次，作为本丛书的首批，是颇有见地的。

这三次移民运动主要发生在以往一百多年间，有的一直持续到当今。当年的移民筚路蓝缕，栉风沐雨，艰苦卓绝，在经济开发、巩固边疆、文化交流等方面创造了辉煌的业绩。如今他们的后裔已经繁衍至上亿，广泛分布在东北、内蒙古、西北各省，也分布在东南亚和世界其他地区，其中涌现出无数杰出人物，为人类做出了重大贡献。

无论是"闯关东""走西口"，还是"下南洋"，都出于自然和人类的驱使，对绝大多数人来说都是无可奈何的选择，包含了多少悲惨的故事——慈母泪，寡妇恨，游子情，还有生离死别，涉险闯关，埋骨荒原，葬身怒海，命丧丛林，梦断家山。唯其如此，这段历史才显得那么凝重而珍贵，值得子子孙孙永远铭记。

这段历史的一小部分已经载入文献，但大部分只是口耳相传，散落在民间，留存于岁月。所以，仅仅依靠史料还不足以了解移民的历史，必须做深入的实地考察，用社会学、人类学等多种方法加以研究，才能复原历史的真相。这正是三种书的作者所做的努力，尽管他们的侧重点有所不同，表达的方法也有所不同，但都给读者描绘了一幅生动的移民长卷。

大概是因为我与同仁撰写过《中国移民史》的缘故，编者要我为本丛书的出版写几句话。利用这个机会，我希望引起大家对移民历史的重视，也希望有更多的读者读这几本书，以便进一步了解我们的祖国、我们的民族、我们的文化、我们的社会、我们的家族。

我相信这也是编者、作者和广大读者的愿望。

1999 年 11 月 30 日

《近代学术名家大讲堂》总序

学术研究需要长期的积累,也需要一代又一代的传承。有了前人的成果,后人才能有发展的基础。如果没有前人的成果,后人不得不重复前人的研究,而且未必能达到前人的高度,广陵绝响是人类学术史上经常不得不面对的千古遗恨。要是人类的学术研究成果始终能得到传承,人类能取得的进步肯定要大得多。

秦始皇时代,多数儒家经典被付之一炬,或者被禁止传播。博士伏生将《尚书》藏在墙壁间,秦汉之际的战乱过后大部分已经遗失,只剩下 29 篇。伏生就以此为基础,终身传授《尚书》。在他 90 余岁时,汉文帝派晁错去他家学习。此时伏生已口齿不清,由他女儿转述才大致完成传授。尽管由于双方所操方言的差异,导致晁错的一些误解,但基本内容还是得以流传。"薪尽火传",靠的是火种不灭。中华文明能够长盛不衰,并发扬光大,靠的就是一代代的火种。

印刷术的发达在很大程度上保证了书籍的流传,但人为的破坏还是会使有些书籍从此毁灭,往往使一门学问后继无人。而且,对严谨的学者来说,总会有一些研究的心得或某项具体成果来不及整理成文,或者因种种原因没有发表,只能靠口耳相传。

从孔子杏坛讲学,到现代大学开设的各种课程,讲课一直是传授学术的重要途径。学者的论著当然应该以自己的研究成果为主,重在创新;但讲课的目的是向学生传授,应该系统总结某一方面的学术史和全部成果,并不限于教师本人的研究领域和成果。中国的学术传承过程中，相当多的学者毕生从事教学，并没有留下什么个人著作，却使学术的薪火代代相传。而且，以传授学问为目的的讲稿或著作会较多注意受众的接受能力，更适合普及的要求。

20世纪是中国学术史上承上启下的关键时代，中国的现代学科都是在这一阶段建立起来的，中国的传统学术也在这一阶段实现了现代化转型，或者在现代学科中得到延续。但20世纪前期天灾人祸频仍，加上种种学术以外的原因，不少学术成果无法正常传播，有些虽未失传，却长期无人问津。直到近年，还有些自以为颇有发明创新的论著，其实只是由于没有充分了解前人的学术积累而做的无效重复。还有些学术论著虽曾发表，但流传不广，今天更不便查阅，没有发挥应有的作用。

近年来，社会对传统文化的学习和研究提出了更迫切的要求，整理和出版（包括重版）名家的讲义、讲稿及普及性的学术论著成为当务之急。凤凰出版社编辑出版这套《近代学术名家大讲堂》，就是出于这样的目的，相信会受到读者的欢迎。

2009年9月

《清代常州文化简史》序

早在 1986 年，先师季龙（谭其骧）先生就强调了中国文化的时代差异和地区差异。他指出："中国自古以来是一个多民族的国家，各民族在未完全融合为一体之前，各有本族独特的文化。""汉族文化几千年来是在不断演变中的，各个不同时代各有其不同体貌，也不能认为古往今来或整个封建时代一成不变。""任何王朝也都存在着好几个不同的文化区，各区文化不仅有差别，有时甚至完全不同。"所以要研究或了解中国文化，宏观的通史固然重要，但微观或中观的区域史、阶段史更重要。

近些年来，中国文化通史类的新著作数量不少，但真正有见地、有突破、有创新的并不多，原因就在于很多区域和阶段的文化史研究还没有新的进展，甚至还是空白，综合性的通史就成了少米或无米之炊。我们经常说，中国文化源远流长，博大精深，但是往往不能用具体的内容或例子来说明，究竟博在哪里，精于何处，某种文化源在何方，又如何流传至今。更不易将这些内容和道理本土化、具体化。另一方面，如果没有具体的时间和空间范围内文化现象的研究，特别是缺少在此基础上的量化分析，对中国文化的认识只能停留在普遍性的描述，无论对内对外，都无法做有说服力的比较研究，优势无法被认同和肯定，缺陷难以被发现和弥补。

区域文化的研究虽已受到重视，但选择的空间范围往往过大，并且囿于古代的概念，而没有充分注意到其本身存在的时间和空间差异。如华夏文化、秦文化、楚文化、吴文化等,在不同历史阶段,其空间范围变化很大,或等于大半个中国,或跨今天好几个省区,或仅限于一个特定的区域。其典型性与保存程度也迥然不同,有的延续至今,有的荡然无存,有的特色鲜明,有的踪迹难觅。

正因为如此,选择一个空间范围明确、内部结构稳定的文化亚区作为研究样本,并集中在一个有代表性又史料丰富的历史阶段,是区域文化史研究取得成功的前提。具体而言,唐宋以降的县以上政区,且在明清形成一个稳定的府,大多是一个合适的文化亚区。这类府在自然地理方面或有相似的条件,或属一个较完整的区域。更重要的是,由于中国长期实行中央集权制度,行政权力在人文地理环境中起着决定性的作用,府治所在一般就是该府的文化中心,属县在文化上的内向交流和传播优先于外向,内部的共同性明显而稳定。

以本书研究的空间范围常州为例,从隋朝的毗陵郡、唐朝的常州、元朝的常州路和江阴军,到明清的常州府,辖境基本不变。一个地区一千多年来在同一个行政区的管辖之下,又有一座城市长期作为行政中心、经济中心和文化中心,是一个极富典型性的研究样本。早在一千年前常州就已跻身中国最发达地区,清代是其传统文化发展的巅峰,为近代文化奠定了高水准的基础。清代常州的传世文献又最丰富,大量口碑资料、遗物遗址、民间影响保留至今。这些都为当代学者的研究提供了极其有利的条件。

但要将这些资源转化为成果,还离不开扎实的调查、归纳、分析,以及综合和深入的研究,所幸本书的作者充分发挥各自的专长,分工合作,完成了这部有价值的著作。

本书虽称"简史",内容却相当丰富,并且富有特色。如清代常州的科举、教育、宗族、文学、学术等方面不仅居全国前列,而且有不少独特的要素和执牛耳的人物。常州虽是一个稳定的政区,但包括不同的地理环境,内部的梯度差异也很明显。外部因素对常州文化演变的影响很明显,如开埠后的上海、太平天国战争等,引发大规模的移民,这在方言的分布和变化中都有反映。诸如此类,都已包括在本书之内,并得到恰当的安排和处理。

江南和常州一直是学术界研究的重点，其历史、文化也为世人瞩目，对作者和这一题目也必然会有更高的要求。比如，常州的传统手工业、民间工艺素称发达。民间的音乐、艺术也有其特色，如近代二胡天才华彦钧（瞎子阿炳）、一度在上海也风行的锡剧，都应有其渊源。这些方面如能得到增补，读者对常州文化的了解会更全面丰富。

晚清文化与现代文化一脉相承，常州名人辈出，群星灿烂，期望本书的作者能继续努力，续写新篇。

2014 年 8 月

《中国历史地理文献辑刊》序

至迟在战国时期，流传至今的中国第一篇地理著作《禹贡》已经问世。两千多年来，各类地理著作构成了中国典籍的重要部分。在传统的四部分类中，史部专门设有地理类。单篇的地理著作更多，尤其是清代乾嘉学者，几乎都曾从事地理考证，留下丰富的成果。散见于其他古籍中的地理资料更浩如烟海，广泛存在于经部、子部和集部之中。在八千多部地方志中，地理资料也占了很大部分。

中国拥有世界上最丰富、基本延续、覆盖面广的历史资料，是中国历史地理学最珍贵的、不可或缺的资源，为全方位地开展历史人文地理和历史自然地理的研究提供了优越的条件。一般来说，由于自然地理现象的变化比较缓慢，必须有长时段的观察或观测纪录，方能进行研究。而研究的时段越长，就越有可能得出有说服力的结论。例如，对气候的变迁，根据中国从甲骨文开始的文献记载，就能得出在以往的三四千年间已经发生过多次寒暖交替变化的结论。又如，根据东周以来的文献资料，可以复原出黄河下游河道的几次主要的改道。但对只有数百年史料记载的区域来说，气候的变迁或许尚未完成一个完整的周期，有限的事实自然无法推导出可信的结论，更难由此探求未来变化的规律。在一个较短的时段内，或许根本没有发生一次河流改道，岂能由此判断黄河下游的变化规律？

就是对历史人文地理的研究，中国古籍中极其丰富的资料也具有举世无双的优势。尽管这些史料大多缺乏精确的数据，也未必符合现代地理考察或抽样调查的要求，但内容的多样、题材的广泛和描述的细致，足以弥补这些不足。中国历史人文地理研究能够开创如此多的分支，运用现代人文地理学的理论和方法，取得引人瞩目的成果，不能不归功于这一有利条件。

中国古籍中的地理专著，包括正史的地理志（郡国志、州郡志）、地理总志、专志，已有浩繁卷帙，由于内容集中，且大多已整理出版，较易收集。但散见于其他书籍中的资料就不易查找，而且往往被忽略。如查阅《四库全书》的人，一般不会漏掉史部中的地理类，却未必会注意在经部、子部、集部中的地理资料。清代学者曾大力辑佚，将散见于古籍中的文字，无论是整篇整段，还是片言只语，都巨细无遗，分书汇集，贡献甚大。但如果能够将那些分散的历史地理资料汇集起来，同样是历史地理学者和相关的专业人士所期待的。

四川大学李勇先教授经过长期努力，编成《中国历史地理文献辑刊》70册，完成了本学科这项最巨大的资料汇编工作，其价值不言而喻。上海交通大学出版社以支持学术、服务社会为己任，及时予以出版。我有幸事先翻阅，并得与勇先教授讨论，一得之见亦蒙采纳。是以不揣浅陋，写下这些话，就教于学术界同仁，也乐意作为本书的推介。

2009 年 10 月

《中国历史文化地图册》序

中国历史悠久、疆域辽阔、民族众多、文化灿烂，给今天的历史研究提供了丰富的材料，但如何学习和了解中国的历史和文化，特别是让我们的青少年和广大民众了解中国历史和文化的基本知识，也一直是一道难题。在资讯越来越发达的今天，如何让学生或读者花不太多的时间，用比较轻松的方式，比较牢固地掌握中国历史和文化最基本的知识和概念，不仅是历史教师的愿望，也是全社会对历史学科的要求。

以往的历史学家和历史教师十分推崇历史教学中的几个W——WHO、WHEN、WHERE、WHAT、WHY，即什么人，什么时候，什么地点，做了什么事（或发生了什么事），什么原因，将这五个W当作学习历史的五把钥匙。这样总结或许还不够全面，但的确抓住了历史教学的关键。在这五项中，前四项都是历史的基本内容，无论是人物、事件、制度、史料，都是发生在特定的时间和空间范围之内的，因此离开了WHEN和WHERE，WHO和WHAT就失去了存在的基础，就不可能有明确的概念，而WHY也就无从谈起。

年表是列明历史时间的重要工具，因此早已得到历史学家的重视，并已得到广泛应用。而要显示历史的空间范围和空间分布，最有效的工具莫过于各种地图。重视地图的作用是中国史学界的优良传统，目前传世的中国最早的石刻地图之一，上石于刘豫政权阜昌七年（1136年）的《禹迹图》缩本，就是当时的岐州学官用于教学的。这幅地图大致采用1比150万的比例尺，绘有政区名380个，标注名称的河流约80条、山脉 70 多座、湖泊 5 个。

近代以来，各种教学用的地图广泛应用于学校，流行于社会，在中国历史的普及中发挥了很大的作用。这类普及性的地图内容虽然比较简便，但对地图的学术性和精确性的要求并没有降低。因此只有先用高水平、高质量的历史地图作为底本，内容的精确和质量的上乘才能得到保证。所幸长期以来，特别是中国的改革开放以来，一批高质量的历史地图集先后问世。其中最著名的无疑要数由先师季龙（谭其骧）先生主编的《中国历史地图集》，这部凝聚着三代中国历史学家、历史地理学家和大批专家学者二三十年心血的巨著至今仍是世界上最高水平的中国历史地图集。此外，不少专题地图集、分省（市、区）地图集、断代地图集也充分反映了相关学科和相关领域的研究成果。

但这些地图集毕竟是以专家、学者、专业人士、行政人员和中等以上文化程度的读者为主要对象的，一般篇幅较大、内容较多。要使这些研究成果能为广大读者和青少年所用，就离不开对这些地图集的普及，包括改编成实用的普及性地图和教学地图。这同样是一件非常有意义的工作，不仅要求编者充分掌握相关的学术成果，而且要了解有关的教学要求和青少年读者的特点和兴趣，编出既简明实用又准确明了的教学和普及性的地图。

就是五把钥匙中的 WHO、WHAT 和 WHY，也可以充分运用比较直观、形象的方法，如图画、照片等。将图画、照片与地图配合起来，不仅能使读者获得地图上无法显示的直观形象，还能启迪读者的智慧，使他们能举一反三，从抽象的点、线、面中产生丰富的联想。现代的资讯手段固然可以提供高保真的声音和图像，使受众产生身临其境的感觉，但中国历史上的绝大部分内容已经无法通过这些手段来复原，所以从小就要培养学生能在文字描述的基础上，通过抽象的地图和有限的典型形象，产生丰富的联想，自己复原历史。无论我们的学生今后从事何种工作，这样的能力都会使他们终身受益无穷。

由新大陆工作室编的这套《中国历史文化地图册》（上、下册），精选编绘了从石器时代到当代中国的疆域、政区、经济、文化、军事、中外关系等方面的地图，辅之以遗址、实物、现场的图画和照片，包括多幅由编者自己拍摄或发现的照片，附以三种实用的索引和表格，这正是我所期待的一种能满足青少年学生和大众需要的地图册。所以我乐观其成，希望它能在普及中国历史和文化的过程中发挥更大的作用，拥有更多的读者。

2003 年 2 月 18 日于香港

《建德市地名志》序

地名是人们给一个在特定的时间范围内的特定地理空间的专有名称。

已经命名的地名无所不在，远至宇宙、银河系、太阳系、月球、小行星，近至本国、本省、本市（区、县）以至家门口，大至世界、大洲大洋、国家，小至某一具体地点，从悠远的先民时代到我按下键盘这一刻，存在着无数地名，也消失了无数地名，而新的地名又随时在产生。但无论哪一个地名，都应该是专有的，唯一的。所谓相同的地名，实际只是它们的某一或某些方面相同，而不可能完全相同，否则就失去了存在和使用的意义。

地名一般是由专名与通名组成的，并且都与特定的时间概念和空间概念联系在一起。以建德市为例，建德是专名，市是通名。作为专名的建德，可以追溯到魏文帝黄初二年（221年）吴王孙权封孙韶为建德侯。按照当时的制度，会划定一块地方作为孙韶的封邑，被称为建德侯国。因此而形成的地名"建德侯国"中，建德是专名，侯国是通名，其地理空间是固定的，即建德侯国的法定范围。至吴大帝黄武四年（225年）置建德县，专名未变，通名已由侯国变为县，其地理空间也随之变化，一般会有所扩大，但限于史料无法确证。隋大业（605—617年）末（确年无考）废，唐武德四年（621年）复置，武德七年（624年）复废，永淳二年（683年）复置。1992年撤县建市，其专名由县变市。在通名变化的过程中，其地理空间也有变化的可能。即使在其专名不变的年代，也不能排除其地理空间有过调整变化的可能性。在法定的"建德县"被废的年代，作为专名的"建德"和作为地名的"建德县"还可能存在并被使用。

另外，建德这个专名又被用于其他通名。如南宋咸淳元年（1265年），以严州置建德府，治所即在建德县。元至元十四年（1277年）又改为建德路，至明（建于1368年）初又改名严州府，其间治所亦在建德县。1949年设第四专署，旋改建德专署，1950年3月撤销。1955年重设建德专署，至1959年撤销。通名的不同，意味着建德府、建德路、建德专区、建德专署的地理空间不同于建德县，而建德府与建德路、建德专区与建德专署的地理空间是否相同需要根据其法定范围辖境来确定。

专名与通名完全相同的地名在一定的时间范围和空间范围内可能出现重复，如五代十国吴顺义年间（921—927年）改至德县为建德县，在今安徽东至县，1914年改置为秋浦县。这个建德县与前述建德县在时间与空间范围内的位置完全不同。县以下的地名中，专名与通名完全相同的现象比比皆是，必须严格区分。即使就建德县这个地名本身而言，在不同的时间范围内也还有隶属和管辖的变化。在不同的历史阶段，建德县分别隶属于三国吴的吴郡，西晋和东晋吴郡，南朝宋、齐、梁、陈吴郡，唐遂安郡、东睦州、睦州、新定郡，五代吴越睦州，宋两浙路睦州、严州、新定郡、遂安军、建德军、建德府，元江浙行省建德府安抚司、建德路，明浙江布政使司建安府、建德府、严州府，清浙江省严州府、严州军政分府，民国浙江省金华道、浙江省、第六行政督察区、第四行政督察区、第十一行政督察区，中华人民共和国浙江省第四专署、建德专署、金华专署、杭州市。建德县、市的辖境所占的空间范围也在变化，在此范围内部还有县治的迁移、辖区名的变化和辖区范围的调整，这还没有包括其间自然地理要素的变化。

地名的通名既来自人文和社会因素，也来自自然因素。人文和社会因素中最普遍的是行政区划，如郡、县、国、侯国、邑、城、州、府、道、镇、路、军、监、堡、寨、司、省、都司、卫、所、将军、伯克、佐领、专区、区、市（特别、院辖、直辖、省辖）、自治区（州、县）、盟、旗等，还有县以下的聚、乡、亭、镇、务、都、图、村、屯、站、里、坊、保、甲、街道、社区、团、苏木等，还有不少聚落性的或地域性的专名，如胡同、街、路、巷、弄、里、铺、卡、窑、坝、院、组、场、连、队等。至于由人工设施、人造景观所形成的地名就更多、更丰富了，如建德的桥、渡、亭、寺、院、庵。自然因素的专名不仅有山、水、河、湖、泊、淀、溪、源、潭、峰、岭、岗、峦、洞、崖、岩、峡、壁、口、泉、瀑、海、洋、岛、屿、矶、沙、沟、湾、港、汊、曲、戈壁、山口、雅丹、岩溶、石林、土林等，还有不少富有地域特征的地名，如建德很普遍的坞、坪、坑、塔、源、蓬、墩等，南方一些地方的浜、港、泖、浦、荡、漾、滩等。

地名的专名部分字数不一，有仅一字者，也有多至数字以至十余字者。专名中固然不乏古今中外唯一的，或没有任何地理坐标以外意义的，或虽有而目前已经无从考证者，但更多的是由有具体意义，特别是有地域特色的词构成的。如建德的地名专名中就有本地的姓氏、植物、矿物、吉祥语、人物、数字等因素，其他地名专名中更会有历史、社会、文化、经济、政治、民族、宗族、祥瑞、祈愿、天象、灾异等各方面的因素。由这些专名与通名组成的地名，不仅是一个特定的时间范围内的地理空间的特定名称，也从不同角度和程度反映了与此地名有关的历史和文化，是当地历史和文化不可或缺的一部分，也是宝贵的文化遗产。

地名的准确定位和记录是地理信息的基本单位，也是地理信息系统的基础数据。地名的收集、记录、考证、汇编，对于国情调查、行政区划、环境保护、经济建设、发展规划、社会保障、科学研究、国家安全都具有重大意义，由政府主管部门定期编纂地名志是一项必要的制度。

建德市历史悠久，文化灿烂，经济发达，山川秀丽，在其古今地名中有充分反映，地名资源得天独厚。在建德市委和市政府的重视和指导下，地名工作者广泛收集，深入调查，认真研究，严格规范，准确定位，编成这部《建德市地名志》，是建德市市情调查、地理信息、地名规范和文化建设的重大成就。是以不揣浅陋，稍抒管见，以应主事者雅命。

2015 年 7 月 9 日

《晋商史料集成》序

由山西省收藏家协会会长、著名钱币专家刘建民先生倾三十年心力，收集、编辑、整理的《晋商史料集成》（以下简称《集成》）即将问世，索序于我。初则惶恐，继则欣然，终则不揣浅陋，率尔操觚。

惶恐者何？晋商为明清以来中国重要的商业集团，与徽商北南呼应，是中国经济史、商业史、金融史、社会史、文化史和山西地方史不可或缺的重要篇章，影响巨大，但我所知甚少。偶有所考，亦仅从历史地理角度出发，难窥全豹。山西虽多次涉足，皆走马观花，未做调查考察。贸然发表意见，岂不贻方家之笑？

何以又欣然？待见到《集成》详细介绍，了解此书之编纂宗旨与收罗范围，发现其内容之广泛，分类之精细，收集之全面，资料之详尽，数据之精确，远超我的想象，正是我理想中的史料汇编，正可解我心头多年之惑，自然乐意告诉读者，并受教于刘建民先生。

对晋商历史的研究本来应该由历史学者承担，对晋商的评价也应该建立在历史研究成果的基础上。非专业人士与公众自然也可以做研究，但他们的成果应由相关学术界鉴定，并非凡有说法都应肯定，都可称之为新发现，更不能就此认作定论。改革开放以来，学术界拨乱反正，以往因片面强调阶级斗争、路线斗争、政治运动而被否定、湮没的历史得到彰显，获得实事求是的重新评价。对传统文化和地方文化的重视，使历史上的晋商群体在学术界、文化界、经济界、商界和山西省备受关注，不仅成为一时显学，也与徽商一样成为长盛不衰的文化资源和公众话题。一度井喷式扩张的媒体和影视作品推波助澜，电视的普及使主持人和嘉宾拥有最大的社会话语权，凡在电视节目中发表的意见、观点、故事传诵一时，为老幼妇孺所津津乐道。与此同时，学术界却少有作为，在恢复性阶段过后，在一些长期积累的成果发表之后，后继无力，缺乏质的提升和新的突破。于是晋商成了媒体、作家、官员、商家、明星或其后人可以任意塑造的偶像、随便运用的符号和取之不竭的资源。以致在公众的心目中，晋商或是儒商、创业者、金融家、慈善家、管理大师、道德楷模；少数败类则是冒险投机，黑白通吃，勾结官府，挥霍无度。其兴盛的原因离不开地瘠民贫，诚信为本，管理严密，勤俭朴实；其衰落的理由也无不归咎于经营环境的恶化，外国银行与官僚资本的压力，管理的松懈，后代的腐败。

某电视台曾播出过一台节目，请晋商与徽商的后人与学者一起讨论晋商、徽商兴衰的原因，并做出评价。其实，这些后人的年龄决定了他们中间没有一个人曾有过晋商、徽商时代的经历，他们的专业背景也说明他们基本不具备在这一领域进行研究的能力，而比之于普通人，他们往往摆脱不了家族情结、个人感情和选择性记忆，所以他们的说法大多很难做到客观公正，只是按制片人的意图，在主持人的引导下表演。但由于这家电视台的权威地位和全国性的高收视率，其影响远远超过学术研究的结论和专家学者的观点。

这些现象的出现当然有复杂的历史原因和社会背景，但学术界的失语、失职也难辞其咎。而学术界的难处之一，正是缺少新的、有价值的和更加详细、精确、具体的史料。相比之下，徽商研究的史料不仅原来的积累多，而且近年来不断得到扩大、充实和深化。现在有了这部《集成》，就在很大程度上弥补了晋商研究史料的不足，无论是数量还是质量，无论是普遍性还是独特性，它比之于徽商史料和其他专题史料毫不逊色，在内容的集中、详细程度上已多有超越。以前我们常感叹中国缺乏《满铁调查》那样的资料，以致要研究中国近代史的很多领域都离不开当初日本人的调查记录。从田野调查、实地考察不可再现而言，的确是永久的遗憾。但只要我们珍惜现存的一切史料，切实加以收集、保护、整理、利用,这样的缺憾不是不能弥补的。这部《集成》增加了我的信心,我可以大胆预言,今后要做晋商研究,要研究中国近代,特别是山西和华北的经济史、金融史、商业史、会计史、社会史,都可以从中发现其他地方找不到的资料,开发出新的研究领域和课题。

以往对晋商的一些评价或形成的概念,往往并没有必需的根据。如称晋商讲究诚信,所举事例却仅见于本人自述或请人写的传记,或者只是若干大同小异的故事,甚至只是商号门前"买卖公平,童叟无欺"之类的店招广告。又称晋商中多儒商,所以才不同于一般商人,但根据只是一些商人捐了官,买了顶戴,有人赞助文化教育,有的家族办了家塾,后人中出了教授、博士。

《集成》包含的史料极其丰富,有合约、股票、万金账;信件、信稿,包括商号信件和商人亲友、家庭信件两个部分,商号信件又分为票号信件、当商信件、一般商号信件等;簿记,包括账册、凭折、清单三个部分;票据,包括借约、发票运单、商号发行钱票、金融类票据等四个部分;规程,包括各办货规程、集市规程、铺规、举荐、担保书等;商业知识,分为平码银色、粮油斗头、坛规、算学读本、外语读本、商业尺牍等;信息,分为行情单、价目单和其他信息;诉状、呈文,包括诉状抄本、呈文抄件;广告、商标、包装;著述,包括生意论述、专题论述、日记、自述、杂记;商人家庭,包括族谱选、墓志、行状、分家书、遗嘱、家族收支账、婚丧礼账;其他相关资料,包括楹联、盐业资料、会馆资料、商号改组倒闭清算资料、商铺代办报捐资料等;附录,主要收集了几种与晋商经营密切相关的刻本,如《商人通识》《筹饷事例条款》等;仅信函就有9000多封。

凭借如此丰富广泛的史料,我们就有可能具体研究某一个人、某一商号、某一行业的经营理念和状况,交易的经济和社会效益,流传的诚信故事是神话还是事实。也可以查清晋商中有多少"儒商",官商关系的真相,晋商对文化教育的贡献,其后人中出现"儒"到底与其商业行为有无关系。也有可能查清或证实晋商究竟有多少财富,在山西、华北和中国的商业、金融、财政、财富中究竟占多大的份额,起过多大的作用。

又如《集成》所收蔚长厚重庆分号光绪三十三年（1907年）的账册中可以统计到该号每月收回的款项有67万两，全年总放款额超过70万两，一年收取利息为15 800两，但全年吸收的存款只有15 400两。由此可见当时的票号与银行的根本差别在于，票号基本不吸收存款，能贷出的款项主要是暂时积存的应兑付款，只能利用客户存入与异地兑付之间的时间差。在电报尚不普及、银钱运输不便的情况下，每一分号（兑付点）都必须保持充足的"准备金"，放款额有限，且以短期为主。蔚长厚重庆分号当年的放款额与收回数基本持平，毛利仅约2.25%。这样的业绩如何能与银行比？这样的经营方式如何能与银行竞争？可见票号最终衰败，不得不退出历史舞台的主要原因，还是没有及时转化为银行。

中国的文字可以追溯到3700年前的甲骨文，2世纪就有了实用的造纸技术，9世纪后印刷术普遍，19世纪后期又引入现代造纸和印刷技术，产生过世界上最多的文字史料。但保存至今的只是沧海一粟，除了被毁于天灾人祸外，还在于人们普遍缺乏自觉保存文献的意识，或当初不具备大量保存史料的物质条件。现存最早的户籍资料之一，是由于它被当作废纸处理后被人利用剪了鞋样，随葬入墓室。敦煌宝藏要是没有出于不知什么原因被密封在暗洞里，肯定早已湮灭无存。时至今日，中国人既有了保存条件，又有了收藏意识，文献的厄运应该可以终结了。上海一位家庭主妇20多年的完整"豆腐账"已为国家博物馆收藏，并被确定为高等级文物。但是有些收藏家往往只注重藏品的经济价值，一旦觅得，就居为奇货，坐待升值，使一些重要史料不为人知，无法为学术界和社会所利用。甚至在学术界、图书馆、博物馆、档案馆，也有人出于一己私利或小团体利益，将本来应该供公众利用的资料秘而不宣，或者以各种手段牟利。而刘建民先生将自己的珍贵收藏全部公开，堪称义举；商务印书馆和三晋出版社合作，将共13个部分约88册的《晋商史料集成》一次性推出，学术界受惠匪浅，值得赞扬。

2016年元月

《浦东历代文献丛书》序

改革开放以来,浦东以新区的设立和其日新月异的发展面貌闻名于世,而此前还只是一个附属于上海的地名。但这并不等于浦东的历史是从 20 世纪 90 年代才开始的,更不意味着此前的浦东没有自己的文化积累。

由于今上海市一带至迟在公元 10 世纪已将河流称为"浦",如使上海得名的那条河即为上海浦,一条河的东面就能被称为"浦东"。因而"浦东"可以不止一个,但只有其中依托于比较大的、重要的"浦"而得名的"浦东"方能成为一个专用地名,并且能长期使用和流传。这个"浦"自然非黄浦莫属。

广义的浦东是指黄浦江以东的地域,自然得名于黄浦江形成之后,但在 2000 多年前的秦汉时期已经开始成陆,此后不断扩大。黄浦这一名称始见于南宋绍兴二十八年(1158 年),是指吴淞江南岸的一条曾被称为东江的支流。此后河面渐宽,到明初已被称为大黄浦。永乐年间(1403—1424 年)经夏原吉疏浚,黄浦水道折向西北,在今吴淞口流入长江。正德十六年(1521 年),经疏浚后的吴淞江下游河道流入黄浦,此后,原在黄浦以东的吴淞江故道逐渐湮没,吴淞江成为黄浦的支流,而黄浦成了上海地区最大河流。

南宋以降,相当于此后黄浦以东地的地方属两浙路华亭县。元至元二十九年(1292 年)析华亭县置上海县,此地大部改属上海县,南部仍属华亭县,北部一小块自南宋嘉定十年(1217 年)起属嘉定县。在明代黄浦下游河道形成后，黄浦以东地的隶属关系并无变化。清雍正三年（1725年）宝山县设立，黄浦东原属嘉定县的北端改属宝山。雍正四年（1726年），黄浦以东地的大部分设置了奉贤县和南汇县。嘉庆十五年（1810年），以上海县东部滨海和南汇北部置川沙抚民厅（简称川沙厅），民国元年（1912年）建川沙县。但上海县的辖境始终有一块在黄浦之东，宝山县也有一小块辖境处于高桥以西至黄浦以东，故狭义的浦东往往专指这两处。

1843年上海开埠后，租界与华界逐渐连成一片，形成大都市。1927年上海设特别市，至1930年改上海市，其辖境均包括黄浦江东部，一般所称浦东即此。1958—1961年一度设县，即以浦东为名。川沙、南汇二县虽属江苏，但与上海市区关系密切，故仍被视为浦东，或称浦东川沙、浦东南汇。1958年二县由江苏划归上海市后更是如此。

改革开放后，浦东新区于1992年成立，辖有南市、黄浦、杨浦三区的黄浦江以东地区，上海县三林乡、川沙县撤销后全部并入。至2009年5月，南汇区也撤销并入浦东新区，则浦东已臻名实相符。

故浦东虽仍有上海市域最年轻的土地，且每年续有增加，但其历史文化仍可追溯1000多年。特别是上海建镇、设县以后，浦东地属江南富裕地区，经济发达，文教昌隆，自宋至清产生进士100多名和众多举人、贡生和秀才，留下大量著作和诗文。上海开埠和设市后，浦东作为都市近邻，颇得风气之先，出现了具有全国影响的人物和著作。

据专家调查，浦东地区1937年前的人物传世著作共有1389种，其中收入《四库全书》者12种，列入《四库全书存目》者10余种，在小说、诗文、经学和医学中均不乏一流作品。但其中部分已成孤本秘籍，本地久无收藏。大多问世后迄未再版，有失传之虞。由于长期未进行搜集汇总，专业研究人员也难窥全貌，公众不易查阅了解，外界更鲜为人知。

浦东新区政府珍惜本地历史文化，重视文化建设，满足公众精神需求，支持政协委员提案，决定由新区政协文史资料委员会、地方志办公室和档案馆联合编纂《浦东历代文献丛书》。计划以3年时间，选取整理宋代至民国初年浦东人著作 100 种，近千万字，分 30 册出版。此举不仅使浦东乡邦文献得以永续传承，也使新老浦东人得以了解本地历史和传统文化，并使世人更全面地认识浦东新区，理解浦东实施改革开放的内因和前景。

长期以来，流传着西方人的到来使上海从一个小渔村变成了大都会的错误说法，完全掩盖了此前上海由一聚落而成大镇、由镇而县、由县而设置国家江海关的历史。这固然是外人蓄意误导的结果，也是本地人对自己的历史和文化了解不够、传播较少所致。浦东开放以来，外界也往往只见高新技术产品密集于昔日农舍田畴，巨型建筑崛起于荒野滩涂，而忽视了此前已存在的千年历史和郁郁人文。何况新浦东人不少来自外地和海外，又多科研、理工、财经、企管、行政专业人士，使他们全面深入了解浦东的历史文化，更具现实和长远的意义。

我自浦西移居浦东 10 余年，目睹浦东发展巨变，享受优美环境，今又躬逢《浦东历代文献丛书》编纂出版之盛事，何其幸哉！是为序。

2014 年 6 月于浦东康桥寓所

成吉思汗影响着今天的世界吗

——介绍《成吉思汗与今日世界之形成》[1]

我从小喜爱历史,从1978年报考历史学的研究生后更离不开历史,但我有自知之明,对蒙古和元朝历史总是敬而远之,能不碰尽量不碰。实在回避不了时,如我写《中国人口发展史》,讲人口发展总不能缺蒙元一段吧,我也尽量参照已有研究成果,再做分析推断。

我想,在历史学界像我这样的人大概还不少,整个社会上就更多了。这倒不是我不重视蒙元这一段历史,其实在1978年前,或者在我读小学、初中上历史课时,就知道有成吉思汗,有蒙古大帝国,有元朝。20世纪60年代学毛泽东那首著名的《沁园春·雪》,"一代天骄,成吉思汗,只识弯弓射大雕"的词句背得很熟。"反修(苏联修正主义)"学习时,《九评》中曾经引用鲁迅的话批驳"苏修"的"攻击"。针对"苏修"以蒙古军队曾经侵略东欧一事指责中国历史上好战,中方的驳斥是中国人民与俄罗斯人民一样,是蒙古军队侵略的受害者。到了"文化大革命"时批"苏修"称中国历来以长城为边界时,又得强调中国历史上的边界远远在长城之外,蒙古也曾是中国历史上的一部分。《文天祥传》和文天祥的《过零丁洋》早已选入中学语文课本,他的对

---

[1] 杰克·威泽弗德:《成吉思汗与今日世界之形成》,温海清、姚建根译,重庆出版社2005年版。——编者注

立面元朝自然只能留下负面的印象。

不过，非专门研究人员要了解正确的蒙元历史，还真不容易。一般人未必看得懂《元史》，看《蒙古秘史》）（以下简称《秘史》）又不见得有兴趣。英国人霍渥斯（Henry H. Howorth）的五卷本《蒙古人史》（History of the Mongols）、法国人格鲁塞（René Grousset）的《蒙古帝国史》（L'Empire mongol）、瑞典人多桑（A. C. M. D'ohsson）的《蒙古史》（Histoire des Mongols）等虽然在学术界久享盛名，但对中国的一般读者来说，毕竟相距甚远。据我所知，就是专业人员，也遇到过直接史料太少的难题，所以不少方面无法深入，甚至根本不了解，另一方面又不能将史实叙述得生动活泼。公众对蒙元史的忽视与误解，与专业人员无法提供有吸引力的历史书不无关系。

所以在友人告诉我美国人类学家杰克·威泽弗德（Jack Weatherford）所著《成吉思汗与今日世界之形成》（Genghis Khan and the Making of the Modern World）一书值得一读后，我立即看了起来。我为作者写这本书所付出的异常努力所感动，惊叹一位人类学家居然能如此细致入微地复原出已经消失在人们记忆中的历史，也庆幸蒙元史增加了一本适合公众阅读的佳作。

作者并不因为他只是想"讲述"成吉思汗的"故事"而满足于现有的史料，而是首先进行了广泛的实地考察。作者穿越了俄罗斯、中国、蒙古、乌兹别克斯坦、塔吉克斯坦、吉尔吉斯斯坦和土库曼斯坦，用一个夏天的时间沿着突厥部落在古代迁移的路线行走，从中国蒙古远至地中海的波斯尼亚，然后大致遵循马可·波罗的海上航线，从中国华南到越南，穿越马六甲海峡到印度、波斯湾的阿拉伯国家，最后到达威尼斯。当他于1998年到达蒙古时，本以为这是一个收尾和短暂的旅程，结果却长达5年！在此期间，他与蒙古的考古、军事、语言、地理学者紧密合作，将来自12种语言的最重要的第一手和第二手文本，跟《秘史》中的记载进行比较。然后他们对照《秘史》，尽可能复原出历史场景，将断续的故事联系起来。通过大量具体而微的考察，作者比其他学者更深刻地理解了仅有的史料。例如他指出：

尽管我们对成吉思汗出生地——斡难河边的小山丘——的准确特征存有争议,例如,显然,有很多沼泽而又长着繁茂树木的河流地带,与宽阔空旷的草原相比是很不一样的,草原是大多数游牧民生活的地方,也是大部分历史学家认同的成吉思汗的成长地。这种区别使得他与其他的游牧民之间的差异变得相当明显。我们随即就可明白,为什么《秘史》在成吉思汗的童年时期经常提及的是狩猎而非放牧。地理条件本身将成吉思汗的早年生涯与西伯利亚文化更为紧密地联系起来,《秘史》所言蒙古人即发源于这种文化,而不是与空旷平原的突厥部族联系在一起。反过来,这些信息大大地影响了我们对成吉思汗战争方式的理解,并影响了我们去认识他是如何将敌对平民视作被驱赶的牲畜,而又如何将敌方士兵视如被追捕的猎物的。

但是作者与合作者 5 年间所经历的艰辛也是常人所难以想象的:

2001 年 1 月,我们来到霍洪纳格(Khorkhonag)草原,那里的气温变化幅度超过 80℃——从没有遮蔽的广阔地面的 38℃左右的高温,到 -46℃的低温。在这样的地区,我们经历着旅行中遇到的各种各样的灾难与幸运。我们的交通工具被围困在冬天的冰雪中,被阻滞在春季的泥淖里,或者陷入夏季的沙石中;甚至有一次被暴发的山洪冲走。很多次,我们的帐篷被风雪破坏,有时也被烂醉的狂欢所毁坏。在 20 世纪最后的几个夏季,我们尽情地享受无限的牛奶、羊肉。然而,在 21 世纪的头一年里,我们也经历了牲畜饿毙所带来的最糟糕的年份,这个动物饥荒称为"阻德"(zud,蒙古语,指自然灾害,或更准确地说,是指使牲畜长时间无法靠近牧场的各种自然灾害的组合——译者注),那时我们周围的马和牦牛全部倒毙,夜间所有的大小动物都直挺挺地被冻死。

正因为如此，作者对很多原来无法依靠文献解决的疑问做出了合理解释，在此基础上，作者最终回答了书名提出的问题：

> 虽然成吉思汗出现在古老的部落时代，但他却塑造出现代世界的商业、交通和大量长期存在的国家，仅这一点就超过其他任何人。在动员专业化战争、促进全球商业和制定持久的国际法准则方面，成吉思汗完完全全是一个现代人。历史以游牧人与农夫之间的残酷战争为开端，以蒙古人融合各种文化为结局。随着年龄的增长，在认识到不同生活方式后，成吉思汗变得更有远见，他努力为他的人民创造出一些全新的、更美好的东西。通过拆除那些使一个个文明隔绝开来的城墙，并将各种文化结合在一起，蒙古军队破坏了周边文明的单一性。
>
> ……
>
> 成吉思汗离开历史场景已经很长时间了，但他的影响将持续地萦绕在我们这个时代。

正如姚大力教授在中译本的序言中所指出的，这本书并非十全十美。在如此有限的史料条件下，要完全准确地重建蒙元历史本来就是不可能的。作者本身的局限，例如他与他的合作者显然还不大理解中文，对中国和元朝的历史也不太熟悉，而且作为一位人类学家，他对历史的理解也有一定的片面性。不过，读者可以不同意他的观点和结论，甚至可以推翻他精心构成的故事，却不能不相信他的真诚——他绝不会像某些"戏说"的作者那样，自觉地糊弄读者，至少他自己是极其认真地写出了书中的每句话，他的学术良心对得起读者。

2006 年

让智慧的声音更加响亮
——文汇讲堂《智慧的声音》序

听报告，对我们这一代人来说再熟悉不过了。读小学时是否听报告，现在已记不清。但 1957 年进初中后就经常要听报告，校会、少先队活动或者什么专题报告会，经常会有。由于那个中学没有大礼堂，一般只能坐在教室听广播。内容吸引人的报告本来就少，加上广播中不是杂音，就是声音忽大忽小，即使想认真听也听不清多少，维持秩序成了老师的苦差。到了高中，听报告已与政治表现联系起来，所以不仅要认真听，还要记笔记。那时倒有大礼堂了，但坐在长条凳、搁在腿上记笔记的味道并不舒服，只是因为要表现出要求进步、重视政治，才会忍受着冗长无味的时光。

不过也有例外，就是听形势报告。不管是学校的党支部书记，还是从区里来的领导，都会讲一点报上看不到的内容，或者传达一点上级的"精神"。后来知道，有些内容只是《参考消息》登的，连"大参考"上的消息也不会有。偶然有机会到市里听报告，更会被看作一种政治待遇，坐在平时没有机会进去的会场，直接听更高的领导讲别人听不到的内容，印象特别深刻。我曾担任《青年报》的通讯员，有一次报社请团市委书记给我们做报告。他讲到苏联因为搞修正主义，经济一团糟，人民生活困难，连番茄也买不起，更吃不到肉。不久前，苏联一个歌舞团来访，请他们参观食品厂，一进午餐肉车间他们就深呼吸。工厂送给他们肉罐头，团长说他们是歌唱演员，不能吃脂肪太多的食物。马上有团员报告团长："我是吹小号的。""文革"期间还有一些"内部报告"，今天想起来有的内容很可笑，但当时却信以为真，甚至因此而大受鼓舞。

真正将听报告作为生活和工作的一部分，是在1978年考入研究生之后。特别是十一届三中全会之后，大学内外的各种报告讲座或振聋发聩，或引发激辩，或大开眼界，或闻所未闻。复旦校园内经常有一些教室被挤得水泄不通，稍晚到的人连过道旁的窗口都挤不到，只能听断断续续传出来的演讲声音和掌声、笑声，但还是舍不得离开。记得地理学家吴传钧教授访美归来，我从复旦赶到华东师大听他的报告，仿佛看到了另一个世界。

20世纪90年代初，一些大学开始举办人文社会科学类的讲座，我也被邀做报告。这些讲座以大学师生为主要听众，以报告者的专业为基础却不限于专业，兴起后就长盛不衰。凤凰卫视得风气之先，开设《世纪大讲堂》，通过电视传播，影响所及，轰动一时。节目的形式也颇有新意，一般以大学为拍摄场所，大学生为听众，有主持人介绍，与报告人对话，主题演讲，提问互动。我讲的几次分别由阿忆、王鲁湘等人主持，其中一次是在清华大学的老礼堂，古朴典雅，令人神往。以后中央电视台的《百家讲坛》盛况空前，风靡全国。我偶然讲了几讲，居然至今还有人将我介绍为"央视《百家讲坛》讲师"，居复旦大学特聘教授之右，俨然成为终身殊荣。

近年来，各种各类讲座、讲堂、论坛如雨后春笋，遍及学校、研究机构、企业、政府部门、公共文化单位、报刊、电视、网络、社区。虽然也有的旋生旋息，有的逐渐被淘汰，但大多数还是得以生存发展，并且形成了不同的特色，适应了不同层次、不同专业、不同喜好的听众。如《百家讲坛》注重普及，走的是大众路线，曾要求我将听众定位为初中以下文化程度占70%，而大学的一些讲座显然是以大学本科生为起点的，专题的学术讲座则不仅起点更高，而且会更前沿、更专门。《文汇报》办的"文汇讲堂"则突出"智慧声音"，围绕社会和新闻热点，邀请权威高端人士，追求雅俗共赏，兼顾普及与提高，借某一领域的具体事件，讲透某一行业的发展趋势和动态，或者纠偏某些似是而非的观念，立足上海，着眼全球，已形成自己的特色和风格，在众多讲堂中独树一帜。

我有幸成为欧阳自远院士那次讲堂的对话嘉宾，在他演讲结束后发表一点个人意见，并参与讨论，也听到了听众的问题和回应。我的专业背景和从事的研究与欧阳院士的专业和研究领域相差甚远，听众的背景和兴趣肯定更多样，但这并不影响我们之间的交流和理解。而且我也了解到欧阳院士原来是研究陨石的，但一旦事业需要，他就出色地完成了这样一项宏大的航天工程的总体设计和协调。我忽然想到，这不就是讲堂所追求并希望传播的智慧吗？真正的智慧才能突破各种人为的藩篱，使不同的人都能受益。据讲堂的策划者介绍，这是讲堂追求的特色之一——视角多元，希望各种角度的观点有所交集，启发更开阔的思路，我非常赞同这样的追求。

现在，讲堂的内容经过整理完善，以汇编的方式出版成书。编委们还和每位演讲者一起对当年刊登在《文汇报》上的演讲稿做了批注，有些是补充最新的发展，有些是将浓缩的观点注明了出处，有些介绍了时下不同的观点，这些工作倾注了大量的时间，更可贵的是有科学的精神在做支撑，这也是智慧的要素之一。让人眼前一亮的是，此书还将在现场做成"小电影"播放的嘉宾简介的文字稿首次公之于众，这是主办方研究传播规律的特色产品，既有嘉宾成功的人文要素提炼，也有学科发展的时代背景展现，读来如同小传记，既传神也励志，这彰显了平面媒体的文笔优势，也是智慧含量所在。在这些要素的聚合下，我想，这本演讲汇编已经能实现多次传播的价值，其智慧的声音将更加响亮，传播得更远更广。

大概因为我与讲堂有点关系，编者要我在此书问世之际写几句话。谁知这引发了我的回忆和感慨，讲了不少与讲堂无关的话。

2011 年 3 月底于京华旅次

《图书馆的故事》序

看这本书的读者大概都知道博尔赫斯的名言:"这世上如果有天堂,天堂应该是图书馆的模样。"但图书馆应该是什么模样,就只能根据自己的经历和想象来设定。

1958年我进入初中,有了学生证,可以凭证进上海图书馆看书了。当我第一次进入它的目录厅,随意翻着一个个书目卡片箱时,简直无法想象馆里竟藏了那么多的书。进入高大宽敞的阅览室时,我虽然没有马上联想到天堂,却立即视为乐园,此后它经常出现在梦中。不过,直到1978年成为复旦大学的研究生,之后又留校任教,我才有机会走进真正的书库。尽管那时的书库夏天闷热不堪,冬天冰冷彻骨,还有无处不在、无孔不入的灰尘——怪不得馆里的工作人员进书库都会穿上深蓝色的工作服。1985年第一次出国,第一次见识哈佛大学怀德纳图书馆,才知道"天堂"的模样。1997年我到坐落在日本京都近郊山上的国际日本文化研究中心当客座教授,尽管此前我已参观过几十座世界著名的图书馆,但在仰望这座图书馆大厅的穹顶时,还是不得不为它精巧的设计和完美的功能所折服。

在担任先师季龙(谭其骧)先生的助手期间,我得知他曾在研究生的最后学年开始当过3年国立北平图书馆(国家图书馆的前身)馆员,而他的族伯谭新嘉(志贤)先生还是该馆的元老,与他亦师亦友的前辈学者中有好几位都是当初的馆员或编纂委员,如向达(觉明)、贺昌群(藏云)、刘节(子植)、王庸(以中)、谢国桢(刚主)、赵万里(斐云）、王重民（有三）、孙楷第（子书）等，更加深了我对图书馆人的敬意。

2007年，在我当了11年中国历史地理研究所所长后，意外地被学校任命为复旦大学图书馆馆长。从一个图书馆的读者变为主管——拥有450余万册图书、200余位员工，为3万多名师生服务，我没有像一些朋友所羡慕的那样有更多的时间看书，特别是看一般读者看不到的书（实际上我已规定全部藏书都向读者开放），但对图书馆还是有了更多的了解。6年来，我也有机会到过更多世界著名的大学图书馆和公共图书馆，结识了国内外一批图书馆馆长和优秀的馆员，听到了图书馆的名人轶事。但在读了马修·巴特尔斯（Matthew Battles）的《图书馆的故事》（*Library: An Unquiet History*）后，仍感获益匪浅，使我所知的"天堂"片断连接成一段世界图书馆的简明历史。作者以他丰富的经验和学识，以生动明了的语言，叙述了从古老的美索不达米亚的泥板、亚历山大图书馆到作者因长期服务而最为熟悉的哈佛大学怀德纳图书馆的故事。难能可贵的是，这些故事还包括秦始皇焚书坑儒，司马迁编纂《史记》和房山石刻佛经，这在西方的同类著作中往往是被忽略的。

近年来，随着信息和网络技术的飞速发展，有人预测纸质图书和现在形式的图书馆即将消失。我认为，这样的预言者只知道图书馆的工具功能，却不理解图书馆传承文化的作用。作为工具的图书馆被更新、更便捷、更强大的工具所取代是完全正常的，但作为文化传承的图书馆却会与人类的需求共存，并且为后代所继承。看了这本《图书馆的故事》，我有了更坚定的信心。

2013年4月13日于哈德逊河畔旅次

大师之外有大楼

——《傲然风骨——大学里的老建筑》序

近年来在评价大学时,论者往往会引用清华大学原校长梅贻琦的话:"所谓大学者,非谓有大楼之谓也,有大师之谓也。"并且大多是用此话来批评当今的大学纷纷建大楼。不过梅贻琦此话的本意,只是强调大师对于一所大学的重要性,就轻重缓急而言,大师应放在最优先的位置,大楼一时没有还可以克服,而要是没有大师,就不称其为大学了。但他并没有将大师与大楼完全对立起来,更不意味着大学有了大楼就不能出大师,或者将大楼拆了大师就应运而生。

实际上,在梅贻琦当校长期间清华大学就有了很好的大楼。20世纪80年代初,我去清华图书馆查古籍,第一次走进老图书馆,以后又有机会在小礼堂做讲座,在老建筑中录制节目,不禁惊叹清华的"大楼"竟有那么高雅,那么宽敞,而那时的清华才2000多名学生。这更证明,将大师与大楼对立起来,绝非梅贻琦的本意,更不是中国大学的传统。相反,只要稍有条件,中国的大学就会兴建或改善"大楼"——校园、校舍和各种设施,毕竟这是学校安身立命的场所,也是师生须臾不可或缺的条件。

但此"大楼"不是彼"大楼",不是贵族的府邸、巨贾的豪宅、名流的雅舍,更不是帝王的宫殿、宗教的神坛、官僚的衙署,也有别于喧腾的市廛、闭塞的村落、摩天的高楼,而是一座与"大学"这个名字相称的真正的"大楼",有自己的功能、自己的特色,更有自己的风骨。

这些"大楼"都称得上大,无不气度恢宏。前些年去武汉大学,看到复建的校门,突出在校园之外,以为这就是原来校园的范围。后来才知道,20世纪30年代建校就规划的校园比这范围更大。我一直抱怨我们复旦大学校园的拥挤局促,有一次在讨论学校规划时得知,国权路、政肃路一带原来都是学校已购置的土地,到了"大跃进"时才用来支援生产队养猪、搞生产,让居民建住房。不少老大学都是在20世纪前期规划建设的,有些大学还是私立的,学校师生数量不多,初创时往往少得可怜,那时的中国很穷,政府穷,民众更穷,却舍得为大学花钱,花大钱,还留下那么大的发展余地!

这些"大楼"充分体现了尊师重教、以人为本的宗旨。国立大学、教会大学,甚至省立大学,在学校的建筑、设施和功能方面大多以一流为目标,直追欧美苏,以充分满足师生教学、科研、实验、实习、体育、娱乐、生活各方面的需要。如燕京大学画栋雕梁、曲径小院的仿古建筑内,电灯、电话、暖气、热水、浴缸、抽水马桶等当时最先进的设施一应齐全。清华、燕京等校当时的教师宿舍至今令教授追忆或艳羡。复旦在1956年建了一批教师宿舍,先师季龙(谭其骧)先生时年45岁,迁入了一套四大一小,带厨房、浴室、走廊、阳台的教授房。为陈望道校长和两位副校长建的是独用小楼,校方还宣布今后将为教授们建与副校长住所类似的小楼。陈寅恪在中山大学有宽敞的住宅,助手可以来家工作,也可在家为青年教师讲课。为了让双目几近失明的他能在甬道散步,还专门将甬道漆成白色。

这些"大楼"并不追求豪华辉煌,却为体现人文、传承文化、适应环境而刻意求工,中外建筑师由此创造了很多不朽的建筑。燕京大学的校舍校园是美国著名建筑师墨菲设计的,一座座殿堂院落在湖光山色、古树名木中错落有致,宛然当初皇家园林。连一座现代水塔,也以宝塔造型成为画龙点睛的重要景观。即使一些完全西式的校舍校园,也不显得突兀张扬,在异国情调中融入了中国元素。

中国近代和当代的大师,相当一部分就曾经在这些"大楼"中工作和生活，做出了他们学术生涯中最重要的贡献，度过了他们一生中最美好的时光。从这些大楼中走出的莘莘学子，已经成为国家栋梁、社会中坚、专家学者、教授、院士、学术大师、诺贝尔奖得主。这些"大楼"是中国大学史、教育史、文化史、社会史的构成部分，是值得珍惜的文化遗产。

岁月流逝，人事沧桑，这些"大楼"或已是风烛残年，或已受到人为破坏，大多已难完好。有的甚至已不复存在，人们只能依靠老照片和回忆录来想象它们当年的风采。所以当我读到顾嘉福与陈志坚先生主编的《傲然风骨——大学里的老建筑》一书后，情不自禁地写下了这些文字，作为对两位有心人的感谢，也希望将本书介绍给更多读者。

2013 年 7 月 21 日

《上海一角·课植园》前言

上海作为现代化城市的历史始于 1843 年的开埠。尽管上海县设置于 1292 年，而作为聚落的上海还可以追溯得更早，但这座现代化城市的兴起不是聚落—县城自然发展的结果，而是租界这个外来因素所致。

由于在今天上海市辖境中发现了 6000 年前的文化遗址，因而上海有了 6000 年历史的说法，广富林、福泉山等遗址也成了上海市范围内的文化之根。

以前往往将上海说成是从小渔村变成了大城市，或忽略了从渔村到聚落、县城的发展过程，未免过于简单。而将 6000 年前的遗址直接联系到上海这座城市，也显得有些牵强。要是没有 6000 年以来，特别是最近 2000 年来的历史，要是没有遍布上海市辖境内众多的聚落、市镇、县城的形成和发展的过程，6000 年前的文化早就断绝了，就像大多数类似的遗址或某种文化类型一样，而 100 多年前才形成的这座城市也就失去了人文地理的基础和优势。

朱家角镇就是其中之一。这个形成于宋代的聚落，与得名于上海浦的聚落的出身大致相仿，尽管最终未能升格为县，却一直与其他古镇、县城珠联璧合，成为这片肥沃的水网地带一个长盛不衰的区域中心和交通枢纽，直到开埠以后、工业化和计划经济年代才因偏离了陆上交通干线、新兴城市和行政中心而相形见绌。

朱家角千余年的繁荣正与中国经济重心的南迁和江南的经济发达重合，并在优越的自然条件下臻于极致。精耕细作的农业提供了充足的粮食和经济作物,日益增强的人口压力不仅造就了勤劳务实的民风,又为商业、手工业的发展准备了丰富的人力和广阔的市场,密如蛛网的河道与大小湖泊构成了便捷的交通线和优美的风景区。

早期移民传入的华夏文化早已为当地居民所接受,集中体现为耕读并重的传统。在商业、手工业发达的同时,农业始终被视为根本。生活水准提高的同时,读书求学成为历久弥新的风尚,农人工匠、贩夫走卒也以识文断字为乐为荣。

对这一传统和地域文化,历史文献、地方史志和档案材料中保留着大量记载,口碑传说,流风余韵至今不绝,幸存的百年课植园更是一个样板和一座专题博物馆。无论是耕还是读,无论是创造财富还是享受生活,无论是守旧还是创新,园主和这座园林本身都不愧为成功的典型。

今天,当朱家角以新的面貌和功能重新为世人所瞩目,课植园的旧地也成了新的园林、文物、课堂和舞台,《上海一角》的编撰出版适逢其时。朱家角这一角不仅是上海以往千余年发展史中不可或缺的,也是江南经济、文化、社会发展史中重要的篇章,还可望为未来上海城乡一体、经济文化并重、守旧与创新兼顾、自然与人类和谐相处提供经验。

2012 年 10 月

《繁花几度：江南十三城记》序

星球地图出版社邀几位年轻学者编写了一本《繁花几度：江南十三城记》，嘱我写一点推介文字。对这本书的质量我是有把握的，毕竟作者都是受过历史地理专业训练的，而且都写得很认真。翻了样稿，我就更放心了——文字清新可读，插图秀美传神，地图简洁准确，内容详略适度。读者既可用于了解这些江南名城的概况，又可当作导游手册。如果一时没有机会去这些城市又心向往之，无妨翻阅一遍，权作"卧游"。

我原来最担心的是，他们会像时下多数人和多数场合那样，将城混同于市。所幸作者也掌握得很好，他们记的，是真正的城，使读者能充分领略这些江南名城的历史和现状，景色与风韵。

为什么我特别要强调这一点呢？因为城、城市与在中国作为行政区划单位的各级市或区是完全不同的概念，但近一二十年来却被混淆了，并且越来越混乱，看来错误的概念即将取代正确的概念。

在中国古代，城与市是不同的概念，两者有严格的区别。但到了近代，"城市"成为现代学科一个标准名词，得到广泛运用。20世纪20年代，中国政府开始设置称为"市"的行政区，但限于城市，至多包括近郊。到了今天，称为"市"的行政区已经包括从省级至县级，正式与非正式的（以是否见于《宪法》为界）市有：中央直辖市、省辖市、副省级市、计划单列市、较大的市、地级市（区）、县级市（区）。这些市的绝大部分都还不是真正意义上的城市，多数的辖区还是以农村为主。

将行政区划的市混淆于城市，已经造成相当大的混乱，甚至闹出笑话。例如重庆建直辖市时，某家有国际影响的通讯社就发布消息，称重庆已取代上海成为中国人口最多的城市，而采用的却是重庆直辖市的全部人口。又如近年该市提出建"森林重庆"，有些地方却提"森林城市"或"城市森林"，实际上两者含义完全不同，前者是指提高该市行政辖区内的森林覆盖率，树可以种在山区、农村和城市空地，后者则意味着要使城市的主要部分成为森林。

如果在介绍一座城市的历史时也分不清它与今天的市的关系（不少出版物已经有意无意地在这样做），除了能够给读者一个实际并不存在的"历史悠久，文化发达，景色优美"，甚至能拥有世界文化或自然遗产的错误概念外，离历史真实却更远了。例如，古人讲究籍贯，明清以来一般都以县为单位，同属苏州的也会分清吴县、长洲，更不会与昆山混淆，现在却因为同属苏州市而都被列为苏州的人物。又如，在没有机械交通工具的条件下，古人出游的路程不会太远，因此一座城市的景点大多在城内或城郊，最远不出县境，现在却将一个市的景点都列在这个市的名称下。加上地名的随意更改，原来颇有地理知识的人也会不知所云。

对本书将扬州也列入"江南十三城"，我曾专门询问过编者。因为就历史自然地理而言，扬州始终处于长江以北。听了编者的解释，我倒觉得并无不可，因为从历史人文地理而言，扬州与江南城市的相似性远高于其与江北城市的相似性。而且扬州南临长江，为大运河所经，自元朝以来处于南北交通冲要，受江南的影响更大，将扬州视为江南文化的延伸地亦无不可。相信这样做也会受到希望更全面地了解江南城市和江南文化的读者的欢迎。

2012 年 4 月 15 日

《感动中国的绍兴名人》序

《感动中国的绍兴名人》收录了71位"绍兴名人"感动中国的事迹。翻阅之初,我有些怀疑自己的常识,因为其中有些人似乎不是绍兴人。但了解本书的选择标准后,我十分赞同编者的良苦用心。

本书选择的标准,首先自然是"名人",并且是全国性的名人,否则就不可能感动中国。无论是列名《后汉书·循吏传》的东汉清官孟尝,还是近年成功创业的企业家,他们的影响所及都已超出绍兴和浙江。他们身份不同,地位不同,从事的工作不同,贡献的大小也不同,但都以各种形式推动历史进步,并有利于民生。

编者选择"绍兴人"的标准有三条。

一是生于斯、长于斯、贡献于斯的绍兴人。以这些人中的名人代表绍兴,自然当之无愧,也是最合适的。

不过这样的人毕竟有限,因为名人的活动大多并不局限于故乡,否则未必能产生全国性或世界性的影响。近代大多数绍兴名人往往外出求学或创业,从此在外地活动。这正是绍兴对中国、对世界的贡献,也是绍兴的骄傲。由于他们与绍兴的密切关系,如都有一段在绍兴的经历,都受过绍兴地理环境和文化传统的影响和熏陶,或许还在绍兴留有遗迹、遗物、后裔,今天的绍兴人会倍感亲切,对青少年更有激励作用。

二是在绍兴创造了感人业绩的外地名人。他们来自天南海北、四面八方,或许只在绍兴居留了一段时间,或许终老于绍兴,但他们感动中国的业绩是在绍兴创造的。绍兴今天所拥有的物质文明或精神文明,离不开他们的贡献，绍兴将他们视为自己的一部分是理所当然的。当然，他们同时也是故乡的骄傲，就像东汉时出任合浦太守的孟尝，一直得到合浦当地和故乡上虞民众的纪念。

三是原籍绍兴的名人，尽管他们出生于外地，主要在外地活动，甚至从未回过绍兴。按照中国的传统，祖籍是不能改变的。即使从现代科学出发，这类名人与绍兴的关系也非同一般。从遗传学的角度说，他们的家族基因是代代相传的，如果其中有以往绍兴人特殊的基因或基因结构，在他们身上也依然会保持着这类生命密码。他们的家庭往往或多或少保持着绍兴的地方文化特色，对他们的生活方式、思维模式、价值观念具有一定的影响。

与本地有关的名人、伟人越多，他们的事迹影响越大，自然越能增强本地人的自豪感。另外，由于年代久远，史料缺乏，或者名人的经历比较复杂，要确定一位名人属于哪里，本来就不是一件容易办到的事。近年来，出于提高本地知名度、扩大旅游资源、促进招商引资等方面的考虑，争抢历史名人的现象层出不穷。其实，在史料有限的情况下，倒不如双方或多方先平心静气地挖掘、收集与名人有关的史料，调查相应的遗址遗物，共同纪念。说到底，名人能起多大的作用还取决于现有的条件。否则，即使是毫无争议的名人故里或留下业绩的地方也未必能接待多少游客，招到多少商人，引来多少资金。但如果挖掘和扩大与本地有关的名人是为了弘扬他们的业绩，发扬传统，激励民心，那就不妨多多益善。像本书那样说明收录的标准，就不会有争名人之嫌。

我祖籍绍兴，出生于浙江吴兴县南浔镇（今属湖州市南浔区），12岁时又迁居上海，对故乡绍兴只有5岁时留下的少许印象。但绍兴和南浔留给我的不仅有父亲一辈子不改的绍兴方言和生活习惯，我自己很难消除的乡音影响和童年记忆，更有从事历史地理研究后了解的两地的历史文化，特别是它们人文荟萃的辉煌昔日。

在研究地理环境的影响时，人们往往过多地注意自然因素，忽视了在特定自然环境下形成的人文地理因素的影响，这就不能科学地解释，为什么在大致相同的自然环境中会产生如此丰富多彩，甚至截然不同的文化现象。例如，中国南方像绍兴那样山清水秀、像南浔那样水网纵横的鱼米之乡并不少，文化的发达程度却有很大差异。明清以降，人口稠密，地少人多，依靠农业生产无法供养本地人口，人们不得不外出谋生，但谋生的途径却迥然不同，或经商，或求学，或当官，或游幕（当师爷），或做乞丐，或为盗匪，或流落他乡，或迁居海外。其中当然不乏自然因素的影响，但更多取决于当地或家庭的传统。同样，从外地迁入这些地方的人，固然必须适应当地的自然环境，但要创造业绩，还得顺应当地的人文条件，并受惠于民众的配合支持。

因此，感动中国的绍兴名人之多有其必然性，也是一种值得研究的人文地理现象。由此得出的历史经验将有益于优良传统的传承、精神文明的建设和可持续发展。

2009 年 6 月于上海

《南浔名人》序

"人杰地灵"这个词，我的故乡南浔是当之无愧的。幼时在家乡，就不时在师长口中听到一个个他们引为自豪的名字。到我从事历史地理研究后，往往会发现在历史上举足轻重，或在某一领域做出杰出贡献的人物是南浔人。尽管我没有做过具体比较，而且人物也很难用数量或其他指标来比较，但南浔属于全国名人"等级"和"密度"较高的镇之一，是毫无疑问的。另外，自南宋建镇以来，除去战乱阶段外，南浔一直是全国最富庶的镇之一，这也是不争的事实。

2003年新设的南浔区，辖南浔、双林、练市、善琏、旧馆、菱湖、和孚、千金、石淙9个镇和1个省级开发区，几乎囊括以往的吴兴县，这些地方近千年来均属富裕发达的鱼米之乡，历史上的名人更如群星璀璨。

究竟是地灵而产生人杰，还是因人杰而地灵？这是很多哲学家、历史学家、地理学家、文化学者长期争论的话题。我的看法是，地理环境固然是人类一切活动必不可少的基础，但只要不超越地理条件的极限，人类就具有相对无限的创造力。特别是人类的精神生活和人文活动，往往不需要或很少消耗自然资源。而长期形成的文化传统也会产生滞后效应，使某种文化在不利的物质条件下也能持续一段时间。所以在基本相同的地理环境中，完全可能产生不同的人文现象，同一种文化也会出现不同程度的差异。就杰出人物而言，固然与他们的来源，即不同人群的遗传基因有关，也受到他们所处的自然地理环境的影响，但人文因素如社会风尚、家庭教育、学术传承等也起了很大的作用。

以南浔为例，它之所以"人杰"，"地灵"固然是重要原因，但"地"不仅仅是自然环境，也包括在这一特定的自然条件下当地的先民所造就的人文条件。与此同时，"人杰"也使"地"更灵。例如，明清以来南浔就以盛产蚕丝著名，但与江南其他市镇相比，并不具有压倒性的优势。使南浔的蚕丝业在近代崛起的根本原因，是当地的商人得风气之先，及时将内销转为外贸，并根据国际市场的需要改良生产，才在短时间内积累了大量财富。而致富后的商人又将部分财富投入文化、教育、学术、艺术、公益，也投入政治。南浔在富甲天下的同时，出现了一大批政治家、军事家、教育家、科学家、人文学者、书画家、藏书家、作家、艺术家，在中华人民共和国成立前后都拥有一流大学的校长、教授，在国共两党中都有重要人物、高级干部，这绝不是偶然的。

南浔因地灵而人杰，人杰而地更灵，地灵而人更杰，相得益彰。南浔区政协编纂的《南浔名人》提供了具体而生动的例证，也可作为未来文化建设和全面发展的借鉴。

这本书收录的名人中，也包括个别反面人物。我认为，这同样是很有意义的。反面人物之所以有名，自然与他的活动能量和产生的影响有关，这也是值得研究的现象。从有益于世道人心出发，自然应该大力宣扬表彰正面人物。但多数名人不可能是完人、圣人，只要在某一方面做过突出贡献，就值得记载和肯定。一个具有相当高智力和相当大能力的人最终走向反面，也足于警戒后人。

南浔区政协完成了一项很有意义的任务。我有幸参与一些讨论，提供了一些建议，在本书问世之际，谨以此就教于读者。

2009 年 5 月

《中国世界遗产影像志》前言

1972年11月16日，联合国教育、科学、文化组织在巴黎召开第17次会议，通过了《保护世界文化和自然遗产公约》(后文简称《公约》)。根据《公约》的规定，世界遗产是指被联合国教科文组织和它所属的世界遗产委员会确认的人类罕见的、目前无法替代的财富，是全人类公认的具有突出意义和普遍价值的文物古迹及自然景观。

《公约》规定，属于下列各类内容之一者可列为文化遗产：

文物：从历史、艺术或科学角度看具有突出的普遍价值的建筑物、碑雕和碑画，具有考古性质成分或结构、铭文、窟洞及联合体；

建筑群：从历史、艺术或科学角度看在建筑式样、分布均匀或与环境景色结合方面，具有突出的普遍价值的单立或连接的建筑群；

遗址：从历史、审美、人种学或人类学角度看具有突出的普遍价值的人类工程或自然与人联合工程以及考古地址等地方。

联合国教科文组织为《公约》制订的补充文件《实施〈保护世界文化和自然遗产公约〉的操作指南》(简称《操作指南》)，规定凡提名列入《世界文化遗产名录》的文化遗产项目，必须符合下列一项或几项标准：

1. 代表一种独特的艺术成就，一种创造性的天才杰作；

2. 在一定时期内或世界某一文化区域内，对建筑艺术、纪念物艺术、城镇规划或景观设计方面的发展产生过重大影响；

3. 能为一种已消逝的文明或文化传统提供一种独特的至少是特殊

的见证；

4. 可作为一种建筑或建筑群或景观的杰出范例，展示出人类历史上一个（或几个）重要阶段；

5. 可作为传统的人类居住地或使用地的杰出范例，代表一种（或几种）文化，尤其在不可逆转之变化的影响下变得易于损坏；

6. 与具有特殊意义的事件或现行传统或思想或信仰或文学艺术作品有直接或实质的联系（只有在某些特殊情况下或该项标准与其他标准一起作用时，此款才能成为列入《世界文化遗产名录》的理由）。

中国目前拥有世界文化遗产31项（截至2024年7月为40项），其中"莫高窟"符合全部6项标准。

《公约》规定，属于下列各类内容之一者可列为自然遗产：

从审美或科学角度看具有突出的普遍价值的由物质和生物结构或这类结构群组成的自然面貌；

从科学或保护角度看具有突出的普遍价值的地质和自然地理结构以及明确划为受威胁的动物和植物生境区；

从科学、保护或自然美角度看具有突出的普遍价值的天然名胜或明确划分的自然区域。

《操作指南》规定凡提名列入《世界自然遗产名录》的文化遗产项目，必须符合下列一项或几项标准：

1. 构成代表地球演化史中重要阶段的突出例证；

2. 构成代表进行中的重要地质过程、生物演化过程以及人类与自然环境相互关系的突出例证；

3. 独特、稀有或绝妙的自然现象、地貌，或具有罕见自然美的地带；

4. 尚存的珍稀或濒危动植物物种的栖息地，是生物多样性的真实体现。

《操作指南》还规定了每个自然遗产项目必须符合的"整体环境"条件：

1. 必须包含自然生态关系必备要素的全部内容或者绝大部分内容；

2. 必须有相当充分的地域面积，能够自我维持生态平衡；

3. 必须具有维护物种延续的生态系统；

4. 濒危物种遗址应具备濒危物种生存所需的条件，特别要保护迁徙性的物种种群；

5. 遗产所在地必须有令人满意的长期立法调节，以做到制度化的保护。

中国目前拥有世界自然遗产 10 项（截至 2024 年 7 月为 15 项），其中"三江并流"符合全部 4 项条件。

同时符合文化和自然两方面的因素和内容，既符合文化遗产的标准，也符合自然遗产的标准的，可列入世界文化与自然双重遗产。中国目前拥有 4 项。

世界文化遗产和自然遗产是自然和人类共同的杰作，有幸保留到今天并被人类发现和认识的更是可遇不可求的奇迹。

成为世界自然遗产的地质、自然地理或生物结构无不经过漫长的演变，少则以万年计，多则以亿年计。尽管它们的同类曾大量存在，甚至广布全球，但绝大多数已变化消失，或者没有能够形成如此独特的景观或群落。在地球 50 亿年的演变历程中，能够孕育出被列为世界自然遗产的景观的概率微乎其微。

自从产生了人类社会后，人类对自然环境的影响也不可避免。尽管世界自然遗产基本都是自然本身演化的结果，但其最终的形成往往也离不开人类的影响。正面的影响是，人类的及时发现和保护，使它们不至于向着发育或消亡的方向继续演化，至少放慢了演化的速度。消极方面的影响则是，某些濒危的自然景观或生物群落正是人类活动的产物。

人类对它们的发现、认识、研究、确定和珍惜，也经历了一个漫长的时期。从早期的恐惧或对抗到逐渐的敬畏、规避、亲近，人类无意识的反应发展为自觉的观念。但只有当人类拥有观察、探测、记录、接近地球上任何地点的手段和能力时，全部业已存在的自然遗产才有可能被发现并列入《世界自然遗产名录》。

世界文化遗产更是人类借助自然环境创造的杰作，其中大部分还是在生产力和科学技术水平低下的条件下，或者是仅仅依靠手工和简单的工具创造出来的。尽管大多数遗产的创造者当初就希望他们的产物能长久存在下去，但他们主要还是为了满足当时特殊人群的物质或精神的需要，而不是为了这些产物今天能成为遗产。沧海桑田，天灾人祸，有意无意（包括以往破坏性的保护、修缮和重建），最重要、最辉煌、最宏大、最繁华、最富贵、最有吸引力的文化遗产往往最先受到破坏，或者被破坏的次数最多，破坏得最彻底。因此，文化遗产只是无数同类中硕果仅存的幸运者。

而且，与自然遗产相比，它们更面临着来自自然和人类两方面的威胁。现有的世界文化遗产绝大多数产生于工业化以前，无论是文物、建筑群还是遗址，构成它们的物质主要是石料、木材、砖瓦、陶瓷、金属、矿物、纸张、纺织品、动植物制品等，很难在自然条件下长期保存。

文化遗产属于不同的人群、民族、国家、文化，出于不同的审美情趣、政治理念、意识形态、价值观念、特殊崇拜、宗教信仰，最易在人类的群体冲突中成为破坏目标和牺牲品。即使因对其他群体有利用价值而得以幸存，其最富特色的部分往往也会被改变或消除。文化遗产一般可以部分或全部被移动、拆除、毁坏，增加了在战争、冲突和动乱中被盗窃、劫掠、破坏的可能性。就是在平时，也往往是盗匪的目标。

正因为如此，世界文化遗产、自然遗产和文化与自然双重遗产是地球和我们的祖先对我们最有价值的恩赐，是全人类的财富，也是我们对子孙后代最有意义的馈赠。

中国疆域辽阔，地形复杂，山河壮丽，景观丰富，历史悠久，人口众多，文化发达，历来是个多民族、多移民、多产业的国家，大自然和祖先给我们留下了类型和数量都居世界前列的自然遗产和文化遗产。

但毋庸讳言，由于近代的科学技术和经济文化的落后，特别是"文化大革命"的破坏，中国没有及时参与申报和保护世界遗产的行动。1972年联合国教科文组织通过《保护世界文化和自然遗产公约》时，中国的"文化大革命"还没有结束。在改革开放后，一批专家学者走出国门，其中就有不久前刚去世、享年 102 岁的中国科学院院士侯仁之先生。侯先生告诉我，在美国参观一所大学时，校长向他展示该校收藏的文物，他看到玻璃盒子里装的是从北京城墙上拆下来的城砖。作为北京城的研究者，他完全明白，彻底拆除北京城墙是"文化大革命"的"成果"。正是侯仁之先生从国外带回了世界文化与自然遗产的信息，并以全国政协委员的身份与其他几位委员一起提案，建议中国加入《公约》，促成中国在 1985 年成为该《公约》的缔约国，并且在 1987 年第 11 届世界遗产大会上将故宫等 6 项列入《世界遗产名录》，到 2013 年中国已经拥有 45 项（截至 2024 年 7 月为 59 项）世界遗产。

设立《世界遗产名录》最根本的目的是保护，正如《公约》所明确的，是"注意到文化遗产和自然遗产越来越受到破坏的威胁，一方面因年久腐变所致，同时变化中的社会和经济条件使情况恶化，造成更加难以对付的损害和破坏现象"；"考虑到任何文化或自然遗产的坏变或丢失都有使全世界遗产枯竭的有害影响"；"考虑到国家一级保护这类遗产的工作往往不很完善，原因在于这项工作需要大量手段而列为保护对象的财产的所在国却不具备充足的经济、科学和技术力量"。因此，《公约》要求缔约国"应通过一切适当手段，特别是教育和宣传计划，努力增强本国人民对本公约第一和第二条中确定的文化和自然遗产的赞赏和尊重"；"应使公众广泛了解对这类遗产造成威胁的危险和根据本公约进行的活动"。

旅游、考察和探险无疑是直接了解世界遗产的有效途径，能激发人们对它们的热爱、赞赏和尊重，提高人们保护世界遗产的自觉性。中国的世界遗产不仅是中国人民最主要的旅游目的地，也是世界人民向往的旅游胜地。改革开放以来，越来越多的中国人成为各国世界遗产的游客，今天世界上任何一处文化或自然遗产都已不乏中国人的足迹。

但过度的旅游开发、过多的游客对世界遗产造成的破坏日益严重，一些遗产项目不得不实行严格的人数限制和参观时间、进入范围的限制。这就意味着，世界总人口中能够走近这些世界遗产的人是极少数，而且会越来越少。由于经济能力、身体条件、社会环境等方面的限制，多数人不可能参观大多数世界遗产。另外，如果缺乏必要的历史、文化、艺术、科学等方面的知识和欣赏能力，即使身临其境，也未必能认识世界遗产的价值，达到赞赏和尊重的目的。而自然遗产的观赏无不有最佳的季节、气候、时间、位置、角度、距离、光线、气温等苛刻的环境条件，能够获得最佳效果的人微乎其微。不少自然遗产范围广阔，即使多次进入也难以穷尽。

现代科学技术和专业人士已经能为我们提供古人梦想中的"卧游"，即足不出户就能通过视觉和听觉器官全方位获得旅游目的地的信息。专业摄影不仅可以从数百、数万公里外俯瞰地球的每个角落，还能捕捉到稍纵即逝的影像，精细展示美妙的微观世界，或者聚焦、定格在一个最佳的瞬间——百年一遇、千年一遇，甚至是绝无仅有的景观。前人留下的照片尽管拍摄的质量未必尽如人意，有的已印象模糊，却为我们留住了历史——显示了已经变化的自然景观和已经消失的人文景观。

这本《中国世界遗产影像志》精选了800多张由优秀摄影家拍摄的照片，包括历史照片、美术作品、地图和图表。这些照片全方位显示了中国45处世界遗产的最佳景观。专家的说明介绍了相关的历史和文化背景，相应的科学知识和研究成果，扩展了读者的视野，更便于读者从时间、空间和人类历史的广度认识世界遗产。

如果你已经到过某处世界遗产，你肯定能从书中发现比你记忆中更好的视觉效果，或许你会开始新的追求。

如果你还没有到过某处世界遗产，你一定会感受到它惊人的魅力和巨大的吸引力，你的追寻会有更具体的目标。

如果你暂时没有去某处世界遗产的条件，那么就慢慢观赏这些照片吧。如果你再读读相关的文字，也许你能获得身临其境的人也无法享受到的乐趣，因为你的想象和赞赏不受时间和空间的限制。

2013年12月1日

《世界探险史》再版序

人类早期的探险活动大多出于生存的需要，但也与某些人与生俱来的天性有关。随着社会生产力的发展和人类自身的进步，人类已经不满足于简单的生存，而是要追求物质和精神上更大的享受，进而达到政治、军事、经济、文化、宗教等各方面的目的，这就需要不断扩大自己的生存空间和活动范围，获得更多的土地、资源和人力，历史上的重大探险成就或地理大发现，无不是从这些目的出发的，也因这些目的而成功。

人类的起源，无论是一元说还是多元说，即无论认为仅起源于东非，还是认为同时起源于包括今中国在内的世界上若干地点，都只是地球上的极小部分。是无数次的迁移才将人类送往世界各地，最终形成现在的人口分布格局。出于生存目的的迁移，特别是早期的迁移，往往是自发的、盲目的，具有随遇而安的特点，人们会在完全不了解外界情况时就外迁，进入能够生存的地方后就定居下来，一旦人口增加，或生存环境恶化，就会继续这样的迁移。出于发展目的的迁移就不同，一般都是发生在了解目的地的情况以后，是为了追求更理想的自然或人文环境。这类迁移往往会以对某一地区的调查考察为前提，尽管其中绝大部分没有留下文字记录。

与此同时，人类天性的好奇和某些个人的特殊情趣，驱使一些人临时离开自己的居住地，去体验外界的生活，享受旅行的乐趣，探索自然的奥秘。随着人类知识的积累和传播，特别是在现代科学形成以后，自觉的科学考察和探险应运而生。物质条件的改善和科学技术的进步，也使完全出于人文精神的探险成为可能。

由于自然地理环境的差异，不同人群向外界开拓的需求是不同的。越是生存条件差的地方，当地人越具有外向开拓的意识，也具有更强的探险精神。相反，地理环境优越地区的人群，特别是当他们的生产方式适应自然环境时，往往安土重迁，缺乏向外探险和开拓的精神与实践。外部条件也起了很大的作用，如果在当时可能到达的距离和范围内无法找到更合适的生存环境，开拓者就不得不改变方向，甚至放弃新的努力。纯粹的探险者或许乐此不疲，功利的探险者却会铩羽而归。

东亚大陆为中国早期历史提供了充分的发展空间，蒙古高原、欧亚草原、戈壁沙漠、青藏高原、横断山脉和太平洋、印度洋既形成了天然的地理障碍，也成为广阔的回旋余地。所以从总体上说，古代中国人缺少外向发展的需要和动力，但在局部地区和特殊条件下，却不乏探险和开拓精神。在中国内部，复杂的地理环境和始终存在的人口压力使大批开拓者和探险家应运而生。相传以黄帝为首的部落和部落联盟的活动范围已经很大，早期的大小国家都经过多次迁移，夏、商以经常性的迁都对付天灾人祸，"筚路蓝缕，以启山林"成为先民探险和开拓的真实写照和可贵传统。可以肯定，中国历史上曾经出现过无数探险家，只是没有留下具体的记载。

不容否认，一部分探险家的活动完全是为了满足统治者的贪欲，出于某一人群的私利，是为侵略、扩张、殖民、掠夺等罪恶目的服务的。但在客观上还是导致了新的地理发现，改变了人类历史的进程，尽管也使人类付出了过大的代价。

可以毫不夸大地说，人类的历史就是一部探险史和开拓史，探险家为人类在物质上和精神上的进步做出了巨大贡献。但是，绝大多数探险活动已经作为开拓史和发展史的一部分而难以区别，绝大多数探险家本来就是无名英雄，早已湮没在历史的尘埃之中。正因为如此，要编写出一部人类探险史实属不易，其重要性也不言而喻。

苏联历史地理学家约瑟夫·彼特洛维奇·马吉多维奇所著的《世界

探险史》（原名《地理发现史》）出版至今虽已近半个世纪，但还是影响最大的同类著作之一。正如译者指出的，这本书也有夸大俄罗斯人在地理探险和发现中的作用，粉饰沙皇俄国对别国的侵略和掠夺的缺点，而对其他国家的一些著名探险家和旅行家则有所忽略，如对中国的郑和、徐霞客居然毫无涉及，其他方面遗漏的就更多，如中国历史上对黄河源的探索等。这固然是作者受到俄罗斯至上和西方中心观念的影响，但也与他对中国的历史文化了解有限有关。总的说来，这还是一本值得读的世界探险史。在无可替代的情况下，此书的再版实属必要。

不过我还是希望，中国探险史能早日问世。到那时，无论由谁来写世界探险史，其中有关中国的内容必定更加丰富正确。这本《世界探险史》的再版，也是一次推动吧！

2006 年 4 月

梁二平《谁在地球的另一边：从古代海图看世界》书后

2007年，深圳市盐田区文化局举办首届海洋文化论坛，邀我参加。在会上，主办方提出了建立一个海洋文献馆的动议。我自然非常支持，但也不无顾虑。盐田区虽得滨海的地利，但毕竟属新建城市，没有什么历史文献的积累，即使要收集已经出版的海洋论著也会相当困难。而一些珍稀的海洋文献大多已为其他公私藏家收藏，文献馆的馆藏如何获得？

出乎意料的是，一年后，就在第二届海洋文化论坛召开时，作为海洋文献馆的第一步——古代海图展就正式面世了。原来在确定建立海洋文献馆的战略后，盐田区文化局就独辟蹊径，先从复制展览世界各国的著名海图开始，从扩充公众的海洋知识，增强公众的海洋意识着手，以普及为主，逐步积累。

我有幸先睹为快，在揭幕前参观了展览。尽管没有原件原物，但要将这么多散处世界各地的海图复制汇集起来，并不是一件容易的事，也得耗费大量的人力物力。其中不少展品都是按原色等大复制的，而以往我只是在有关论著上看到过大大缩小了的照片或某一片断。有的是久闻其名，却从来没有机会见到。公众的欢迎程度可想而知，在简短的剪彩仪式结束后，就见到如潮的观众涌入会场，饶有兴趣地欣赏这些从未见过的形形色色的海图。

不到一年，我又收到梁二平先生配合这次海图展的新书——《谁在地球的另一边：从古代海图看世界》。原来他在忙于策划展览的同时，就已开始了相关背景资料的收集和整理，既具体介绍这些海图，又告诉读者这些海图背后的故事，以及这些故事构成的世界历史。

与这些海图一样，书中的内容基本上都是作者收集整理的，并非作者的新发现或新创造。但对大多数读者来说，却是以往不注意、不知道的，也是一般的教科书和历史书所忽略的。尽管本书以海图为纲，却是一部可以轻松阅读的简明的世界航海史。

近年来，越来越多的国人将目光投向海洋，关心中国航海史的人也越来越多。于是，对中国古代究竟是一个大陆国家还是海洋国家，中国古代究竟是封闭的还是开放的，经常会出现激烈的争论。双方都能举出不少论据来证明自己的观点，但往往没有深入探讨原因所在，也缺乏与世界上同时代其他国家或地区的比较。其实，就中国而言，不同的阶段、不同的地区之间是有很大差别的。例如，自先秦至西汉，我们可以发现不少先民航海的记录，《汉书·地理志》记载的航海路线已远达东南亚和今印度、斯里兰卡。但有些阶段几乎找不到远航的史料。又如，同样是沿海地区，福建人的航海热情远高于浙江人、江苏人。我们还不得不承认这样的事实，即使是在来自阿拉伯和南亚、中亚的"番商"大量聚居于广州、泉州等地时，前往这些地区贸易的中国人仍几乎为零。

其实，人类的本性并没有什么区别。在没有机器动力船舶、航海充满风险的情况下，纯粹从事航海探险的人是极少的，绝大多数人只是以航海作为谋生的手段。一个地区、一个国家，如果不是因为陆地的资源匮乏，无法供养本身的人口，或者受到海外财富的诱惑，是不会轻易放弃在陆地的生产和生活的。在中国内陆的土地和资源足以供养全部人口的条件下，在海外的多数地区并不比中国先进时，怎么能想象中国的统治者会致力于向海外扩张，有多少中国人会对航海感兴趣或主动移居海外呢？很多人至今不理解，为什么我们今天引为自豪的郑和七次下西洋，在当时却得不到大多数人的支持，甚至连档案都会被忧国忧民的大臣所销毁。

所以，当你发现梁二平这本书所引述的海图都不属于中国，所讲述的故事的主角都不是中国人时，完全不必惊讶，而应该认真思考。其实，就连保存在《武备志》中的《郑和航海图》也明显受到阿拉伯人的影响，郑和船队的航路并没有超出阿拉伯人航海的范围。

  历史不能改变，未来可以追求。但这种追求应该建立在了解真实历史的基础上，读这本书，有助于认识这一点，或许这正是作者出版此书的目的。

2009 年 7 月 26 日

蒋高明《以自然之力恢复自然》序

我与蒋高明先生素不相识，但当我在《南方周末》读到他答记者问的报道《造林防沙实际无效，徒劳背后有多少利益驱动》和相关报道后，却产生了强烈的共鸣，于是写了一篇《三北防护林，我们还要交多少学费》，发表于《东方早报》：

> 十多年前，我因经常随侍先师谭其骧先生，有机会听到他与黄秉维先生聊天。他们是相交数十年的老友，无话不谈；又都是中国科学院学部委员（院士），同属地理学部，自然会常涉及专业。
>
> 有一次，黄先生问先师："某某写文章，说西北古代都是森林，连黄土高原上也是森林，靠得住吗？"先师说："史料往往很简单，得作科学解释，都是森林恐怕未必。"他举毛乌素沙漠的变迁为例，说沙漠其实早已形成。黄先生又说，地理学界的意见是黄土高原古代不可能有茂密森林，现在根据这样的观点盲目造林，认为可以在西北恢复森林，是很危险的。
>
> 我感到闻所未闻，又向他求教。他说："很简单，树木只能涵养水分，但本身要消耗水分。在干旱地区种树，非但种不活，还浪费了水，有时越种越破坏环境。"我说这样重要的意见应该写文章多宣传，或者向中央报告。他听了后苦笑："最多写写小文章吧，没有地方发表的，人家也不会听。"我更惊奇了，因为黄先生是我国最有影响的地理学家之一，长期担任中国科学院地理研究所所

长，当时还任全国人大常委会委员，难道连他的意见都无法发表，发表了也不受重视？

但事后我发现的确如此，除了偶然在科普类杂志中见到黄先生的短文外，听不到黄先生的意见，而黄先生反对的观点和做法却铺天盖地，充斥于从专业到普及的各类刊物和各种媒体，形成国家方针政策，变为庞大持续的各种工程。

通过对历史文献的研究和对现状的观察，我完全赞成黄先生的观点，近年来多次发表意见，认为对西北地区环境的变迁要作全面分析，植树造林要因地制宜，有些地方不能退耕还林，只能还草，有些地方连草都还不了，只能还荒。如果说，历史上的环境变迁过于专业，社会上一般人不易明白，植树造林的实际效果却是大家看得到的，特别是基层的领导干部，难道不知道吗？但我不明白，为什么他们的积极性那么高？例如，据报道，某区在中央规定的退耕还林、还草基数上又层层加码，以至该发给农民的补贴也发不出。读了《南方周末》7月22日的报道《造林防沙实际无效，徒劳背后有多少利益驱动》，才知道原来有那么多科学以外的原因。

中科院植物所的专家在内蒙古正蓝旗浑善达克沙漠腹地用最简单的方法使4万亩沙漠重新变为草场，长出了近1米高的青草，而他们与当地牧民只做了一件事——将这片已经退化了的草地封育起来，防止牲口进入破坏。科学家们得出的结论是"种树不如保树，种草不如保草"。但在这以前，他们却是在那里层层建防护林带，建人工沙障，种柳树、榆树，还搞飞播撒山杏、沙棘和沙柳种子，花了五六十万却一事无成。

科学家们原来不知道有这样的方法吗？我看未必，接受记者采访的蒋高明博士就提到，树木消耗的水分远大于草本植物和耐旱的灌木，黄秉维院士当年就形象地称之为"抽水机"。而且他们采取的方法在国外早有成功的先例，两周前我在英格兰西南就看到这样的照片，如今植物茂密的石灰岩山岭曾经是濯濯童山，羊群在啃食稀疏的小草。而当地采取的唯一措施，也只是封山禁牧。

既然如此，为什么政府还要投入数以百亿计的巨资，建造被科学家称为"无效"的三北防护林呢？一句话，是利益驱动。蒋高明说："群众明知道树木不能活，为什么还要种？一是上面要他们种，二是种了有好处。现行政策强调退耕还林，还林有钱，还草没钱或者钱很少，这样，老百姓当然会选种树了。一些地方领导最热衷造林工程。我们在调查中发现，某些草原上的林业局将一株不足1.5米的樟子松报价300元！这些树木后来大部分死了，找谁算账去？治沙造林给地方财政带来的实惠不言而喻。"

而且，即使勉强将树种活，也是以透支水资源为代价的。一小片树林成活了，更大范围内却连草也长不好。我们常常能看到显示三北防护林成果的照片或电视片，但见绿树成荫，成排连片，倒也不是假的。不过正如科学家所说，往往是将投入的资金集中到几个容易通过验收的项目点上，这些点占不到治理区域面积的10%！这小块地方即使治住了，而大面积的退化依然在进行，这就是出现"边治理、边退化""治理赶不上退化"的根本原因。因此，科学家建议，停止无效的三北防护林建设。

如果将已经投入的数百亿当作"学费"的话，这笔学费实在太昂贵了，何况相当多的学费白白糟蹋，甚至入了私囊！这样的学费无论如何不能再交！如果对黄秉维先生的意见和科学家的实践还有怀疑，不妨抓紧时间进行研究论证，在这方面交些学费倒是应该的，而且也花不了多少钱。

不久后，我接到《新京报》编辑曹保印的电话，告诉我蒋高明先生准备就这一主题出一本书，希望我能写一篇序。得知蒋先生这本书是报道中涉及的主题的扩展，我欣然同意，尽管我知道我的专业知识不足以对这样一项科学研究的成果做出恰当的评论。以后蒋先生与我通过两次电话，却还没有认真交流的机会。

不过粗粗读了蒋先生的书稿后，我更坚定了原来的信念。但我并没有更多的话要说，只能重新发表当时的文章，作为对蒋先生新著的推介。同时我要补充几句话：

在干旱地区或牧区能否实行人工造林，人工造林能否产生相应的效益，牧区的生态如何修复，涉及的科学原理并不复杂。像黄秉维先生生前告诉我的原理，我相信稍有自然科学知识基础的人都能明白。之所以变得不明白，甚至对科学实验的结果视而不见，对十分明白的道理充耳不闻，显然是有科学以外的原因。正因为如此，坚持进行科学实验，尊重实践结果，敢于说真话，不仅需要科学精神和学术良心，还需要社会责任感。蒋先生这样做了，又将他的理念、实验和结果记录下来，用普及的方式写书出版，是难能可贵的。如果他的书能有更多的读者，特别是如能引起相关的主管部门和官员的注意，他的价值就绝不在一篇专业论文或一本专著之下。

2007 年 7 月 22 日

孔子应该是怎样的

——读钱宁新作《圣人》

像我们这些生于 20 世纪 40 年代的人，大概很少没感受过孔子的影响。记得幼时在江南小镇上生活，经常听到成年人说一句话："孔夫子不说隔夜话。"镇上人、乡下人言谈中提到"孔夫子"的就更多，并且都是将他视为典范和圣人。甚至提及阳具时也以"孔夫子"为例，在他们的心目中，孔夫子应该样样都行，那玩意自然也不例外。以后到了上海，进了中学，日常生活中几乎听不到"孔夫子"了，但语文课本中还有《论语》片段，历史书中还提到孔子与《春秋》，称他为"教育家""思想家"。特别是毛泽东的著作中特别强调"从孔夫子到孙中山"都需要总结继承。只是到"文化大革命"期间"批林批孔"，孔子就成了彻头彻尾的反面人物，成了林彪的祖师爷。"孔老二""孔丘"取代了"孔夫子"和"孔子"。我作为一名中学教师，不仅自己要积极投入革命大批判，还要在课堂内外发动学生批判。那些学生出生在 20 世纪 50 年代后期，又长在城市，原来根本不知道孔子是什么人，但"毛主席指向哪里，红卫兵小将就打到哪里"，反正像批刘少奇、林彪、"帝修反"一样就行了。我所在区一位年长的劳模在批判大会上怒吼："孔老二，你这只黑甲鱼！你要让我们劳动人民吃二遍苦，受二茬罪，我们绝不答应！"不知她以前听到过"孔老二"没有？上海的《学习与批判》杂志还刊出过一篇《孔丘传》，不仅强调孔子的反动一生，还提到孔子是没落的奴隶主贵族的私生子,自己也属"早婚"。本以为经过这番扫荡,孔子在民间的影响大概不复存在,谁知上星期搬家时,几位二十出头的民工见到我一箱箱的书时,脱口而出说了句:"孔夫子搬家都是书。"问他们哪里人,都来自重庆市万州农村。看来当年貌似深入彻底的"批林批孔"和"评法反儒"运动并没有能清除农村中"孔夫子"的形象,"礼失求诸野"真是至理名言。

不过这20多年来,孔子的形象早已变得越来越高大神圣了。每当我读到那些吹捧得近乎肉麻的语言,听到有些人像当年颂扬领袖一样赞美孔子时,老实说,我一句也不会相信。幸而自己还读过些孔子的"原著",自以为知道一些孔子的史料,不至于受他们愚弄。但当成群游客在孔庙中看到孔子一身天子冕旒服饰时,真有人以为他是一位皇帝。最好笑的是,举行"祭孔大典"时一大群穿着清装的男女向孔子献舞,要不是他老人家的观念与时俱进,知道现在要讲民族平等的话,早就像当年执政时那样一声令下,将这些"夷狄"都灭了。

孔子究竟应该是什么样的?恐怕很难有一致的说法。一方面,史料有限,而且从他当"圣人"起,有关他的全部记载就都非同一般,不知经过多少次提炼和发酵了。另一方面,各种人都要根据自己的意愿和想象塑造孔子、改造孔子。像历代帝王总觉得只有让孔子当上皇帝,才能显示自己对他的尊敬,或者他才有当皇帝老师的资格。今天某些口称信奉马克思主义的人坚称孔子思想与马克思主义暗合,大概也是这个道理。

所以我听说钱宁写了本孔子的书——《圣人》,着实为他捏了把汗。我对他的《秦相李斯》十分欣赏,听说那本书销路也不错,莫非他自我感觉太好了?须知孔子可不比李斯那样能编出那么多故事,能将情节和感情写得那么生动!弄得不好雅俗都不讨好,左右全得罪遍,说不定会让"孔教会"、哪一代衍圣公或圣人嫡裔告上法庭。但当《圣人》在手并读了几章后,我完全放心了,也很佩服钱宁的见解和手笔。我曾将《秦相李斯》称为我心目中的历史小说,现在我要将《圣人》所塑造的孔子称为我心目中的孔子。当然这首先应该属于钱宁,正如他自己所说:"孔子让我感动。读司马迁《孔子世家》时,看他经历了许许多多失败后,仍不肯放弃,心中有一种莫名的感动,几乎不在乎他到底要坚持什么了。"圣人首先是一个人,一个为后人所感动的人,而不是至高无上的君或无所不能的神,钱宁书中所写的孔子就是一个活生生的人。

钱宁的文笔平实而淡雅,需要慢慢品味。所以此书不能当急就章看,不要指望下面会出现什么高潮或突变。其实看了前面几章,孔子的结局已完全可以预料,何况多数读者对孔子并非一无所知。但我相信多数读者还会看下去,这就是钱宁的本领——他善于用自己的感动来感动读者。大概害怕有些读者没有读完的耐心,钱宁会不时插入几句时尚或另类的话,或者是并无恶意的调皮话。他自称是"开了一些现代玩笑",实际是将当代一些流行词语用于孔子时代。这在历史传记中是不容许的,但在文学作品中却完全正常,运用得体的话还能产生意想不到的效果。比如孔子时代的一些典章制度、政治事件、思想观念、思维方式,以至人际关系、伦理道德、日常生活,要在学理上解释明白是相当困难的,在文学作品中尤其如此。但如果能用一个读者熟悉的词或现象替代,不仅便于理解,而且给读者留下了很大的想象空间。当然这种借用不可能完全确切,但这正体现了作者的创意,有的显然是作者的率性所为,这正是文学作品的个性和魅力。

不过我还是要提醒读者,对文化毫无兴趣的人最好不要看,完全只图情节而没有感情的人不看为宜,因为看了也是白看。

2004 年 7 月

陆剑《好个新世界——南浔邱氏百年往事》序

晚清至民国南浔的富豪号称"四象八牛",但具体哪四家属象,哪八家为牛,由于当时还没有公认的"排行榜",说法略有不同,不同阶段也有升降变化。如邱家,一度跻身"四象",但多数时间稳居"八牛"。时至今日,"四象八牛"中多数家族及其成员因其在近代经济、文化、艺术、政治、社会诸方面的辉煌业绩和重大影响备受重视,论著迭出,有的成为学术界的热点,有的拥有很高的知名度。而邱家却长期被冷落,就是在南浔本地也鲜有人知,外界更是如此。上海还有不少人知道,当年的百乐门舞厅是南浔顾家所建,前些年舞厅重建开业时,通过媒体的传扬更广为人知。但上海很少有人知道新世界是南浔邱家所创,2005 年改建后的"新世界城"开业时似乎也没有旧事重提。

一个原因是邱家没有出过像张静江、刘承幹、庞莱臣、张葱玉那样的名人,或留下嘉业堂藏书楼、小莲庄、张氏故居群那样的全国重点保护文物,近年也没有举办过像叔蘋奖学金(顾家)、刘湖涵教育基金那样的慈善事业,更主要的还是邱家留下的史料、遗迹、遗物太少,或者说还没有人致力于对邱家史料的收集、整理和研究。终于见到了南浔青年文史学者陆剑编著的《好个新世界——南浔邱氏百年往事》一书,读后才了解邱家的往事同样精彩,其贡献和影响并不在其他家族之下,称得上是一头壮牛。

陆剑的新著不仅填补了这一存在已久的空白,更为近代经济史、社会史、文化史、上海史、南浔地方史和浔商群体的研究提供了新的资料。这对于一位生于另一个时代、与邱家没有任何渊源和交集的年轻人来说实属不易。他历经 8 年，遍搜各种可能的资料来源，无论是原始文献、档案材料、文书、契约、家谱、传记、日记、信函、照片，还是新闻报道、商业广告、启事、电话号簿、账册、遗物、遗址等，可谓巨细不遗。其间他还专程到我曾任职的复旦大学图书馆，从刘氏嘉业堂旧藏中获得重要资料。更可称道的是，为弥补资料不足，也为了留下真实的记录，他多次采访了邱家硕果仅存的三位亲历者——邱国瑞、邱国盛和邱国骅先生，抢救了珍贵的口述历史，并且在书中公布了原始记录的主要情节。

还应特别感谢邱家的后人，他们不仅提供了大量家族收藏，其中大多是存世的唯一来源，还客观、理性地讲述他们先人的事迹，对并不光彩的另一面也不加隐讳。正因为有了他们的配合和理解，陆剑在书中也写了当年在上海和南浔轰动一时的邱承虎遗产承继之争，邱冰壶纳比他年长 11 岁的上海名妓林黛玉为妾又被骗钱财的荒唐事，还写了邱家在那个时代与各种政治势力错综复杂的关系，还原出一个更加真实的邱家，也使浔商群体的形象和内容更加丰富。

在将浔商与徽商、晋商做比较研究时，我曾提出这样的看法：

> 浔商的发展继承了徽商、晋商成功的经验，即开发了最合适的商品——蚕丝，并根据国际市场的需求加以改善；占有最合适的市场——上海及发达地区，并进而扩大到国外。但又有新的发展，即充分发挥了文化的作用。
>
> 浔商的文化不仅有深厚的传统底蕴，又并非简单默守"儒商"成规，并非"儒"与"商"形式上的结合，而是一种新的商业文化。因而浔商不仅在相当长的一段时间内保持着经济优势，还积极支持革命，顺应历史潮流。一旦弃商从政、弃商从学，同样能取得成功，达到一流水准。

陆剑的书也给我提供了更多例证：邱家由蚕丝贸易起家，并将这一商品开发至极致。邱家的产业始终以上海为主场，在乱世中选择上海定居。邱家出过清朝官员，攀过将相高枝，与民国政要有密切关系，在中华人民共和国成立不久的1950年，邱寅叔等就为抗美援朝购飞机、捐款。邱寅叔在新政权下生活了21年，在"文革"期间以91岁高龄去世。他的外甥、"四象"之一刘家的刘承幹，中华人民共和国成立后就将藏书楼献给国家，在上海安度晚年，享年82岁。著名收藏家李荫轩（李鸿章侄孙）夫人、邱莘农之女邱辉，在"文革"结束不久后就将价值连城的青铜器捐赠给上海博物馆，当她年过八旬回国定居时，连住房都没有着落，却能安之若素，活了整整100岁。邱家的后人中有中国科学院院士邱大洪，还有数十位大学教授、高级工程师、高级经济师、主任医师、一级美术师、军旅画家和成功的企业家。

所以我也要将此书推荐给浔商群体的研究者。

2017年9月22日

《中国琉球文献史料集成》序

"琉球"一名始见于《隋书》，但大量汉文史料的形成和流传是在明洪武五年（1372年）琉球入贡后。由于被日本吞并前，琉球的全部或一部分始终是中国的藩属，加上琉球与周边地区长期处于汉字文化圈，最正式、最重要、数量最多的史料都是用汉字记录的，成为传世琉球史料中最大、最主要的部分。这些汉文史料主要是在中国、琉球和日本形成的。琉球被日本吞并后，所存汉文史料为日本所有。

复旦大学出版社已出版《琉球王国汉文文献集成》，汇集了琉球人用汉字编著或刊印的汉文史料。明清档案中的史料已有台湾联经出版公司的《明清档案》，中华书局等出版社的《清代中琉关系档案》（一至七编），中国第一历史档案馆整理的军机处档案、内阁题本等，以及台北故宫博物院整理的各种档案等，琉球编辑的《历代宝案》正在整理并将出版。随着这部《中国琉球文献史料集成》的问世，有关琉球的汉文文献史料收罗殆尽，世人将可查阅全部汉文琉球史料。

《中国琉球文献史料集成》汇辑历朝出使琉球记述，包括出使琉球记录及有关琉球的地志、史志16种，诗文集6种；历朝有关琉球的专著，包括经部1种，史部正史类5种、别史类2种、杂史类2种、奏议类1种、地理类22种、职官类1种、政书类6种、子部2种；《明实录》《清实录》及《筹办夷务始末》中的相关史料；散见于史书、专著、诗文集、笔记、档案中有关琉球的记载论述，包括唐代3种、明代44种、清代42种。要将分散在浩如烟海、数以万卷计的中国古籍中的相关史料辑录出来，不仅需要持之以恒的苦功、大海捞针的技巧，更需要敏锐的鉴别能力，尤其是对一些并非直接却有价值的史料。如《清实录》卷帙浩繁，琉球史料仅是其中极小部分，且大多散见于各年，编者逐年钩稽罗列，形成完整的官方记录。

查阅和理解琉球历史文献，除需具备一般阅读中国古籍的能力外，还必须了解、掌握其特殊用词用语、书写格式、相关习俗制度等。根据我有限的查阅范围，就曾发现其中有些汉字的含义和用法是琉球、日本所特有的，有的则是著录时就存在或在流传过程中产生的讹误。涉及礼仪、祭祀、出使、朝贡、爵职、姓氏、文书、方言、地名、用具、习俗、物产、航海、气候、水文、船舶等方面的词汇和句式，如仅根据一般通用的含义和解释，非但不能正确理解，有时连句子都点不断。《中国琉球文献史料集成》虽不可能一一做出注释，但已经以不同版本做了校勘，采用新式标点做了整理，为读者扫清了大部分障碍。

在中日关系和东亚格局的研究中，琉球史料有其不可替代的作用。尽管琉球早已被日本吞并，第二次世界大战早已结束，美国已将冲绳的行政管辖权"归还"日本，但琉球历史依然是一个相当敏感、错综复杂的问题。无论是着眼当前，还是面向未来，历史事实总是绕不过的前提。《中国琉球文献史料集成》为我们了解、理解这段历史提供了极大的便利，贺圣遂、李梦生等先生多年的编校之劳和这项重要成果理应得到格外重视和充分肯定。

2018 年 6 月

《图溯上海》序

古人有"左图右史"或"左右图史"的说法，都说明"图"与"史"同样重要，或者"图"是读"史"不可或缺的工具。此"图"也包括直观的图画，但主要还是指各类地图。至迟在东汉，地方史志已经被称为"图经"，可见"图"（地图或插图）和"经"（文字记载）具有同样重要的地位和功能，甚至可能是以"图"为主体，"经"是用于说明或解释"图"的。

无论是手绘摹制还是雕版印刷，地图或图画的流传都比文字更加困难，所以现存的名为"图经"的地方史志基本都已有经无图。就是本该有图，或者图名已见于目录的地方志，往往还是缺了地图。其中大部分本已有图，只是因为雕版印刷的困难而被删除了，或者在重印时因原板损坏而简略了，因为补刻图板毕竟不像补刻文字那么容易。另一部分我怀疑当初虽已列入目录，却根本没有完成。

地图对于了解和理解历史涉及的空间内容的重要性不言而喻，但大多数现存方志中的地图质量很差，既不用经纬度，也不设比例尺，甚至不讲方位，没有图例，只是一幅写意景物图。受到版面尺寸与印制条件的限制，直到清末民初，各地已经问世的新式测绘地图一般也没能被收入地方志。

另外，中国的政治传统将地图列为皇家珍藏、朝廷机密、权力象征，外界无法利用，民间收藏属非法违法。长期以来，在世界测绘史上具有里程碑意义的地图只有其历史性的学术地位，却发挥不了应有的研究和应用价值。如康熙《皇舆全览图》完成后，有机会查阅观赏的大臣屈指可数。齐召南的《水道提纲》出版后，读者无不惊叹他记述的精确胜过亲历，其实他这些知识都来自《皇舆全览图》，他从史料收集到的资料也都通过了这份地图的验证。而参与此事的法国传教士将康熙赐给他们的《皇舆全览图》副本带回法国，献给国王，不久就在法国公开出版，在欧洲广为流传。日本人获得这本地图后，加上他们自己调查所获内容，编成大比例尺的军用地图，用于侵华战争。可见质量高、信息丰富的地图流传和应用的社会效益，很大程度上甚至可以超过其本身的存在价值。

因此，"左图右史"的传统能否真正起作用，能否发扬光大，关键在于是否有高质量的地图，以及这些地图能否得到恰当的利用。由复旦大学中国历史地理研究所与上海市测绘院合作完成的地图集《图溯上海》就是这样一项能使"左图右史"的传统得到充分发扬光大、服务于学术界和社会各界的新成果。

上海市测绘院经过多年的积累，收藏了一批极为珍贵的近代上海地图，其中包括行政区划图、租界图、区域图和各种专业地图、测绘原图，无疑是研究上海地方史和各种专业史、近代城市规划建设、自然环境变迁的重要资源，也是地图史、测绘史进程中的重要实物。库藏的区域地图有524卷，其中清代8卷、民国时期63卷。最早的区域地图是《上海县城厢租界全图》，编制于光绪元年（1875年），至今已有140多年。库藏的专题地图696卷，其中清代2卷、民国时期7卷，最早的专题地图《黄浦江总图》是1923年浚浦总局编制的。

复旦大学中国历史地理研究所长期从事中国历史地理和地图测绘史的研究，对古地图和历史地图的鉴定、评估、考释、研究积累了丰富经验。安介生教授、傅林祥教授和他们指导的研究生从上海市测绘院的收藏中精选出101幅最有代表性、信息量最大的地图，逐幅评估研究，撰写校释介绍文字，内容包括：整理和诠释图例，评价地图绘制的技术水平与特征，整理和研究地图上的地名和相关信息，并编出地名索引，说明和阐发地图的历史社会文化背景。

这项合作成果可谓珠联璧合，珍贵的馆藏得以发挥其不可替代的专业价值，结合专家专业性与普及性的阐述可以最大限度地为专业人士和广大公众所利用。为此我着重予以推介，是为序。

2019 年 3 月

《清朝地图集》序言

中国地图的文献记载可以追溯到三四千年前，1986年在甘肃天水发现的4块松木板上绘制的7幅地图已经有约2300年的历史。3世纪后期裴秀绘制的18篇《禹贡地域图》是目前所知最早的历史地图集，而先师季龙（谭其骧）先生主编的《中国历史地图集》集20世纪中国历史地理学及相关学科之大成，至今还是世界上最权威的中国历史地图集。地图编制与地图学研究薪火相传，绵延不绝，历久弥新，发扬光大，又增添了侯杨方教授编制的《清朝地图集》。

《中国历史地图集》的时间跨度逾4000年，有行政区划要素的地图覆盖从秦至清的2000多年。限于篇幅与实际需要，每个历史时期只能选择一个标准年代，至多再增加一两幅有代表性的不同年代的总图。以第8册的清时期为例，只能用两幅全图，分别画出嘉庆二十五年（1820年）、光绪三十四年（1908年）的疆域政区，分幅图画出嘉庆二十五年的省级政区。对于清朝这样一个历时200多年，曾经拥有1300多万平方公里疆域，又经历了3000年未有之大变局的重要阶段，两幅总图与一套标准年代的分幅图显然无法满足相关学术界和公众的需要。如果将《中国历史地图集》比为中国的通史，当然还需要有各个历史阶段的断代史和各个地区的区域史，再加上各种专门史，方能全面详尽地显示中国的历史。历史地图集同样如此，在《中国历史地图集》的基础上，还应该有断代的历史地图集、分政区的历史地图集、城市历史地图集和各种专题历史地图集。以往一二十年间，已有多种省区与城市的历史地图集和专题历史地图集问世，断代历史地图集还只有民国和近代的。《清朝地图集》的出版不仅填补了这一重要阶段的空白，也对其他断代历史地图集具有探索和示范作用。

清朝疆域、政区研究的新成果，相关史料、档案的收集和整理，清末民初地图系统完整的发现，都为清朝地图的研制提供了丰富的资源，而地理信息系统（GIS）的应用使绘制地图手段变得精确便捷，杨方教授欣逢其时，《清朝地图集》得以捷足先登自非偶然。

杨方教授更幸运的，是此项目得到了唐仲英基金会的大额资助。长期以来，唐仲英先生捐巨资支持中国的教育事业。他深感人文社会科学对中国未来的重要性，对中青年学者主持的高水平项目单项的资助额高达数百万人民币。《清朝地图集》项目的完成再次证明了唐仲英先生的远见卓识和正确决策，也使曾经参与基金评审的我倍感欣慰。

2018 年 5 月

《槜李诗文合集》序

嘉兴古称槜李，直至清代，还沿用为嘉兴的别称、雅称。这部《槜李诗文合集》就是自古至清末嘉兴一府七县传世诗文的汇编。

一个地方在历史上的重要性，主要取决于该地的政治、经济和文化地位。

自秦朝推行郡县制并实行中央集权制度，一地是否设置行政区域，行政区域的等级、辖境、稳定程度、存在的时间，治所的实力和影响，与相邻政区、上级政区及朝廷的关系，一般即其政治地位所在。

周敬王二十四年（公元前 496 年），越国在槜李战胜吴国，槜李因此为史籍所记录，成为嘉兴地区迄今有确切年代可考的最早的地名之一。如果说这还带有一定的偶然性，那么到秦朝已设置了由拳、海盐两县，就足以证明这一带开发程度的成熟和在会稽郡中的地位。但秦汉期间此两县所处的江南（江东）还属于未得到充分开发的落后地区，"江南卑湿，丈夫早夭"，这里的"江南"虽主要是指今长江以南的湖南、江西，但长江下游的南面更甚。两县离会稽郡的治所吴县（今江苏苏州）虽近，却远离首都咸阳、长安，处于全国的边缘。从海盐县的得名看，这里显然是海盐产地。但食盐的产量取决于人口的需求，由于这一带处于经济活动和商业网络的末端，其地位远非后人想象得那么重要。

东汉末孙氏割据江东，进而建立吴国，定都建业（今江苏南京），拉近了两县与政治中心的距离，加上南迁人口的需求，刺激了这一带的开发和发展。由拳县的南境和海盐县的西境被析置为盐官县，这不仅是县级行政单位的增加，而且从"盐官"的命名可以看出其特殊意义。可以推断，孙吴政权在这个新县中设置了管理和经营盐业的官员或专门机构，说明当地盐业已纳入孙吴政权直接管理，营销区和销量都已扩大。黄龙三年（231年），县内"野稻自生"，被吴大帝孙权视为祥瑞，改由拳为禾兴。无论野稻自生真有其事，还是人为制造的"祥瑞"，都反映了当地稻作农业的发展。而能够得到君主的格外重视，正说明当时对扩大农业生产的迫切需求，也证明发生此事的地方因靠近政治中心而易引起高层的关注。赤乌五年（242年）禾兴改名嘉兴，更说明此事在当时的持续影响和孙吴政权重视以稻作为主的农业生产的象征意义。东晋、南朝定都建康（建业改名），且持续200多年，嘉兴一带已被视为"三辅"（西汉时首都长安周围三个朝廷直属政区），其近畿地位更加巩固。

隋朝一统南北，全国政治中心又回到长安，但大业六年（610年）重浚江南河为嘉兴提供了新的机遇。江南河北起镇江，经嘉兴南至杭州，镇江以北又经江都（今江苏扬州）而入邗沟，过淮河经此前大业元年（605年）已开通的通济渠直达洛阳。此前嘉兴只是江南水网中一个枢纽，此后已成为南北交通要道上一个重要节点。便利的交通运输条件使朝廷加强了对江南的粮食和物资的征收，也增加了江南进一步开发的压力和动力。唐天宝十年（751年）析嘉兴县东境与海盐县、昆山县部分辖地置华亭县（治今上海松江），就是顺理成章的结果。

唐朝后期，朝廷对江淮和江南的依赖性越来越大，北方文人对江南的赞誉声也越来越高，越来越具体。"江南好"的景观描述虽集中在杭州，但江南的实际概念无疑兼指与杭州毗邻地区，包括嘉兴一带在内。五代吴越割据，杭州成其国都。后晋天福三年（938年），于杭州、嘉兴间置崇德县。天福五年（940年），吴越王钱元瓘奏请置秀州，辖嘉兴、海盐、华亭、崇德四县。吴越此举无疑是为了增加自己辖境的建置，但入宋后秀州并未撤并，说明秀州本身已足以承担州级政区的功能。五代后期或北宋初，在华亭县境内的上海浦畔形成一个聚落，得名上海。北宋天圣元年（1023年），上海已成为繁荣的集市、酒交易的中心，因而设置了专征酒税的上海务。

南宋以杭州为行在所（临时首都），这是嘉兴距首都最近的阶段，也是空前的发展繁荣阶段。"天上天堂，地下苏杭"，曾属苏州、地处苏杭之间的秀州自然也在"天堂"的范围。南宋庆元元年（1195年），因宋孝宗诞生于此，秀州升为嘉兴府。嘉定元年（1208年）升为嘉兴军节度，显示其近畿大州的地位。

元灭南宋的过程中，江南未发生多少战事，入元后依然是全国经济重心所在。杭州虽失去政治中心的地位，商业、服务业也不无影响，但仍属经济发达地区。嘉兴府则因受影响较杭州小，地位反有所提升。元至元十四年（1277年），所辖华亭县另置为府（次年改称松江府），辖境缩小逾半，但此前一年已升为嘉兴路总管府，隶江浙行省，政区级别与地位并未有影响。

明太祖建都应天府（今南京），洪武（始于1368年）初将嘉兴划归京师（首都北迁后改称南京、南直隶），这是嘉兴首次也是唯一一次成为首都直属区，最贴近全国政治中心。但因浙江辖境太小，洪武十四年（1381年）嘉兴府又改隶浙江布政使司。但嘉兴府的繁荣并未受到影响，其所属四县的户口、赋税已高于平均水平。宣德四年（1429年），析嘉兴县西北境置秀水县，五年（1430年）析嘉兴县东北境为嘉善县，析海盐县置平湖县，析崇德县置桐乡县，形成一府七县的格局，延续至清末。自此，嘉兴府在浙江省的地位一直仅次于省会所在的杭州府。清嘉庆二十五年（1820年），嘉兴府的户数、丁口数、田亩数、额征田赋各项都高于杭州府。道光二十三年（1843年）上海开埠，并迅速发展为中国和东亚最大的工商城市。嘉兴又因与上海距离近，水陆交通便利而受益，获得新的发展机遇。

一个地方的文化进步的水平，长时期而言是与经济同步的。但具有全国性影响的人物和一流成果，特别是文学艺术，则取决于能否出现并造就天赋高的人物。这些人或系本地产生，或出现于移民及其后裔之中。自两汉之际、东汉末三国、永嘉之乱后至东晋南朝、安史之乱至五代、靖康之乱至元朝，一次次的人口南迁中大批素质较高的人口迁入南方，包括嘉兴在内的江南是主要受益地。定居在嘉兴的北方移民，在一个经济繁荣、生活安逸、文风蔚然的环境中子孙繁衍，科第连绵，产生更多的官员、学者、文人，也有更多著述诗文传世。

一个地方的学术文化成果能否最大程度地保存至今，还有赖于前人的收罗汇集，出版传播，尤其是本地先贤持续不懈的努力。所幸嘉兴代有贤人，传统不绝。现存宋元方志不足百种，其中就是《至元嘉禾志》32卷。明天启年间（1621—1627年），海盐知县樊维城主持编刻的《盐邑志林》创汇刻邑人著述之先河，成为我国现存最早的一部郡邑类丛书。明清两代更注重汇编地方文献，嘉兴府有康熙年间沈季友辑《槜李诗系》42卷，又有《续槜李诗系》40卷、《槜李遗书》26种；平湖有《当湖文系初编》；海宁、海盐有《海昌丛载》《海昌六先生集》《武原先哲遗书》等；至于乡镇、家族之诗文汇编更不计其数。光绪《嘉兴府志·经籍志》收录历代邑人及寓贤著述就有2201家，著作4486种。1937年王蘧常《补续许氏嘉兴府志经籍志初稿》又增加作者92家，著作287种。

沈季友所辑《槜李诗系》42卷，后收入《四库全书》。胡昌基所辑《续槜李诗系》40卷，在其卒后70余年，宣统三年（1911年）由邑人葛嗣浵、金兆蕃等资助刊行。王成瑞所辑《再续槜李诗系附鹦湖词识》，于前年古籍普查时方发现，现藏于上海图书馆。

光绪年间，陈其荣曾辑《槜李文系》60卷，未成。忻虞卿辑汉代以降嘉兴府属七县邑人著作，共得作者1237人，文章1907篇。1921年起，先后由葛嗣浵、张元济、金兆蕃主持，续编增补《槜李文系》，辑成80卷，计作者2354人，文章4041篇。原稿在抗战期间被日伪劫掠，历尽艰险而幸存，现收藏于上海图书馆。

在上海图书馆和国家图书馆出版社的支持下，嘉兴市图书馆将《槜李诗系》《续槜李诗系》《再续槜李诗系》与《槜李文系》合为《槜李诗文合集》，影印出版。300年来梦想竟成，2000载间诗文毕集，欣逢改革开放盛世，终成文化建设硕果。

2019年7月

扬子江水利系列刊物

——近代长江档案文献的珍藏[①]

长江古称江、大江,"江"曾经是长江的专称,至迟在西汉初年,已有"长江"的名称,以后逐渐成为长江的通称。隋唐时在扬州城南长江边有渡口扬子津,此后人们将今镇江以下长江称为扬子江,并沿用至近代。西方传教士来华后,误以为扬子江是长江的全称,将长江译为扬子江(Yangtze River),在清末和民国期间为中国官方和民间所采用,或者与长江一称并用。

尽管长江是中国最长的河流,先秦时已与河(黄河)、淮(淮水、淮河)、济(济水)一并列为"四渎",但从未有过系统的测量测绘,更未做过规划、管理、整治、建设。虽然《史记》有《河渠书》,《汉书》有《沟洫志》,从西汉至清的朝廷职官中都有主管河渠水利的官员,但却从来没有一个专门负责管理长江、黄河等单独一条河流的水道、水利的专门机构。

近代以来国家积贫积弱,无力从事调节与疏浚,导致长江水利存在诸多弊病。1921年12月,北洋政府成立扬子江水道讨论委员会,主要从事长江水利勘测,"举凡雨量之多寡、水流之缓急、长江之宽隘高低,皆一一予以记录"。到1929年,已测定吴淞口至宜昌的长江干流和武汉

[①]《长江档案》(全十册),南京出版社,2024年。——编者注

一带的若干支流共 1770 公里，其中误差仅 31 厘米。沿途设立固定水准标点 541 处。为测定流域的雨量，一方面，委托各地天主堂代测，由上海徐家汇天主堂协助汇总；另一方面，由测量队陆续自建雨量站等。至 1928 年，已在湖北设流量测站 11 个，在湖南设 5 个；在湖北设水尺站 16 个，在湖南设 2 个；在四川、云南、贵州、陕西、湖南、湖北、江西利用天主堂设立雨量站 16 个，在湖北自设雨量站 2 个。

1928 年 5 月，南京国民政府将扬子江水道讨论委员会改组为扬子江水道整理委员会，隶属于交通部。1935 年 4 月，合并改组扬子江水道整理委员会、太湖流域水利委员会、湘鄂湖江水文总站为扬子江水利委员会，并在南京设立水文总站。1947 年 6 月，扬子江水利委员会改名为长江水利工程总局，是今水利部长江水利委员会的前身。

鉴于扬子江水道讨论委员会时期仅刊布年终报告，达不到广泛宣传、促进水利的效果，扬子江水道整理委员会于 1929 年初决定发行月刊。据刊物卷头语，"本刊编行目的：一在报告本会平时重要工作，使社会洞悉扬子江近年水道状况，实有急切整理之必要；一在介绍关于世界治水学说，与夫扬子江整理计划，以供国内外从事水利工程家之参考。故本刊任务，一方面为报告实际的工作，另一方面为注意学理的探讨，是行政与学术二者并重，则与其他刊物性质略有不同"。

刊物出版后，受到时局变迁、机构调整等因素影响，其名称、刊期、编辑机构和地点多有变化：1929 年 1 月至 1930 年 12 月，交通部扬子江水道整理委员会在南京编辑出版《扬子江水道整理委员会月刊》12 期；1931 年 3—12 月，编辑出版《扬子江水道整理委员会季刊》4 期；1933 年 3 月，编辑出版《扬子江季刊》1 期，6 月编辑出版《扬子江水道季刊》1 期；1936 年 5 月至 1937 年 6 月在南京，1938 年 10 月至 1940 年 10 月在重庆，扬子江水利委员会编辑出版《扬子江水利委员会季刊》14 期；1947 年 1—4 月，在南京编辑出版《扬子江水利季刊》2 期；1947 年 7 月至 1948 年 10 月，长江水利工程总局在南京编辑出版《长江水利季刊》5 期。

这些刊物刊登了有关长江流域的不少重要论著、译述、学术演讲稿、调查勘察报告、业务概要、工作大纲、测量工程和方法，涉及长江流域的地质、地貌、水文、水电开发、水利工程、泥沙、航道等方面，具有重要学术意义和应用价值。

如连载于《扬子江水道整理委员会月刊》第 1 卷第 1—3 期的丁文江著、汪胡桢译的《扬子江下游之地质》，是当时国内外首部以英文发表的对长江下游地质研究的著作，并且已经下延到历史时期，其中《有史期内扬子江三角洲之发展》是对长江下游地区历史自然地理和人文地理的研究成果。

长江上游的水力发电当时已引起官方和学者的注意，并已勘测出葛洲坝和黄陵庙两个备选的建坝地点。如《扬子江季刊》所刊宋希尚《测勘扬子江上游水力发电之概况》已勘定："查葛洲坝位于黄猫峡下游二公里，南距宜昌海关六公里，坝基系砾岩，虽其地质结构有待钻穴探验，但扬子江甫出峡门，葛洲坝适当其冲，数十百年来卒未改变其形状，环境地势平坦，约高于宜昌海关水尺呎零点四十九呎，形成勾股，弦接大江，长约四千呎，面积约六顷，不惟可利用作滚水坝，而坝之西边顺接扬子江，安设电厂，亦甚相宜。""至若黄陵庙，则距宜昌上游约七十里腰站河一带，有花岗岩低峦多处，皆有用作滚水坝之可能。此次初勘所选地点在黄陵庙附近，以与葛洲坝计画相互参证。"《扬子江水道季刊》所刊《扬子江上游水力发电测勘报告》则记录了 1932 年 10—11 月，恽震、曹瑞芝、宋希尚率领的勘察队的勘测结果："本队觅得地点二处：一在宜昌市上游四海里之葛洲坝，一在上游二十二海里之黄陵庙附近。葛洲坝恰处大江出宜昌峡之下口，地作岛形，下为石灰砾岩，形势平坦，工作便利，江面较宽，约二千呎。黄陵庙在宜昌峡之上口，其地总名为腰站河，上自崆岭滩，下迄南沱，江势开阔，远非峡中可比。巨石错落高下，散布于江之北岸，所谓黄陵花岗岩者，面积极广，地质学家公认此段为峡东背斜之中心。花岗石质极坚固，以之为建坝之基础，最合理想。"同时附有葛洲坝、黄陵庙照片 21 张，保留下两处的原始地形地貌。

刊物的一些调查报告和数据还扩大到当时长江流域的社会、经济、人文各方面。如《扬子江季刊》刊有白郎都的《民国二十年之长江水灾》，用翔实的数据记录了1931年长江流域各地的受灾情形；《扬子江水道整理委员会月刊》第1卷第3期所刊工务处《扬子江濒江各县之调查》对九江县的调查相当全面，包括概况（面积、户口、河流、财政、重要商业、大镇、交通运输、风俗民情、教育、名胜古迹及附录）、土地房舍情况、特产、工业、商业、入口出口货物、堤工、水灾、水利、雨水、潴水处所、修治意见等内容。

刊物的"行政"部分包括文牍选载，如部令、会令、呈文、函电，还有《章程规则》《经费概算》《会议记录》《职员表》等。如《职员表》载有从主任委员到全体工作人员的姓名、字、年岁、籍贯、简明履历；《经费概算》列入月度经费以下的全部概算，包括委员公费、技术委员会从主任委员到书记的俸薪、总务处等从处长到书记的俸薪、公役的工食、办公费，各测量队从总队长到事务员的俸薪、测夫等工食、办公费、出巡费，技术委员会技术室等从总工程司到事务员的俸薪、公役的工食、办公费，以及节留费（特别开支）等。这些都是扬子江水道整理委员会等机构的重要史料和数据，足以弥补其存留档案的不足。

70多年过去，完整收藏这批扬子江水利系列刊物的单位已经为数不多，且查阅不便，其重要价值得不到充分发挥。南京出版社慧眼识珠，现将中国国家图书馆、南京图书馆所藏刊物原大影印出版，保存文献，方便读者，促进科研，造福学林，其意义自不待言。

2023 年

孙俊《战国秦汉西南民族地理的格局与观念研究》序

历史民族地理是历史地理的一个分支，其研究对象与当代民族地理并无二致，即民族及其相关要素的空间分布与变化。但由于历史地理研究时间段是历史时期，所以有其特殊的难点。

首先，"民族"是一个近代才产生的、富有中国特色的概念，现行的民族划分和识别更是直到 20 世纪 50 年代才形成的。如何将古代见于记载或流传下来的种族名称转换成今天法定的民族名称，即使不是完全不可能的，也是极其困难的。因为古书中记录的这些名称，大部分是由"戎""狄""蛮""夷""越""苗"等用于表示非华夏族系的名词构成的，一部分是由大小不同的地名构成的，往往很难判断它们是否构成一个族群，或者属于同一族群。

一个比较简单的办法，是完全采用原始史料中使用的族群名称。但这样做的科学性同样无法得到保证。因为存世的史料，特别是早期的史料，完全是出于华夏族系用汉字的记载，无法判断所记的族群名称究竟是其自称，还是华夏或其他族群对他们的称呼。即使是其自称，无论是音译还是意译，都难以肯定是否正确，是否是同名异译或异名同译。同一个族群在不同的时间、空间被使用不同的名称，被当作不同族群的例子比比皆是。

其次，研究当代民族地理的基本手段是田野调查和实地考察，只要工作做得足够深入和细致，几乎没有解决不了的问题。一时解决不了，可以先充分记录，积累资料，创造条件；自己解决不了的，可以邀集同行，或提交给相关学术界，或在现场讨论研究。但要研究历史民族地理，特别是早期的民族地理，在文献资料以外几乎找不到可靠的根据。对于未留下遗迹、遗址、遗物的古代族群的迁移和分布，田野调查和实地考察都无能为力。考古发掘和研究的成果往往能起决定性作用，但这样的成果与古代的实际存在相比只是凤毛麟角，而且带来很大的偶然性。因为古代的存在能够保存下来的只是其中极少数，而其中被发现或发掘的又为少数，得到认定并能做出精确结论的就更少了。

至于涉及民族和国家的观念、思想的研究，更难在文献记载以外找到根据。在没有文字证据的情况下，考古成果至多能在生产和生活方式、原始崇拜、祭祀活动等方面提供一些不确定的信息。而汉字记录下来的内容，更多是基于华夏本位的价值体系，由华夏（汉族）选择、加工甚至曲解、编造才形成的。如对夷夏之辨的强化，对戎狄蛮夷的贬斥和丑化，对蛮夷"恭顺""向化"的夸张，对蛮夷地区、羁縻政区、土司辖区"归顺"的程式化和理想化等，都不能简单地认定为可靠的史实。

所以，尽管老一辈的历史学家、历史地理学家早就指出民族史和历史民族地理的重要性，历史地理学界一直希望能构建和发展历史民族地理这个分支，但依然无法填补这一领域在时间、空间和内容上的空白。

正因为如此，孙俊的《战国秦汉西南民族地理的格局与观念研究》称得上是一项新的探索，具有创新意义，值得重视。

战国秦汉有关西南民族的史料本来就有限，新出土、新发现的史料中也少有涉及，且已被现有研究论著罗掘尽净。作者又做了一次彻底的搜罗整理，旁及调查报告、口碑记录、地方文献、汉译彝文资料，又从考古成果中梳理图像资料。对现有成果，作者也一一研讨，巨细靡遗。再借鉴、融合地理学、历史学、民族学、形象史、概念史等领域的研究方法，在前人的基础上又进了一步。

作者揭示了在战国秦汉西南地区，族群演进具有族群性、区域性双重特征，并在中华民族"多元一体"态势下存在区域性与整体性协同演进的特征；中华民族"多元一体"演进的区域性与整体性协同受地貌、气候条件的影响；汉族群体分布格局的形成既受移民因素的影响，又受巴蜀土著群体华夏认同的影响；民族地理观存在由族群与方位搭配的族群政治地理空间模式向族群与政区搭配的族群政区地理空间模式转变的过程；族群地理空间的建构是以"大一统"多民族国家建构为导向的，并体现出结构化、秩序化特征。作者还得出了西南区域范围内中华民族"多元一体"演进的"自觉"阶段应始于战国时期的结论。

尽管其中一些说法的证据还显得单薄，尽管这一结论还需要更多的理论和实际的支撑，但本书无疑是一项探索性、创新性的成果。对于一位刚进入历史地理领域的年轻学者，在博士论文阶段就完成了本书的基础，更是难能可贵的。所以我相信这只是作者对历史民族地理研究的开端，有理由、有信心期待他的新成果。

2021 年 8 月

《看见金山书系》序

我 1945 年出生于浙江省吴兴县南浔镇（今属湖州市南浔区），1956 年迁居上海。幼时在长辈的言谈中就听到过"金山卫"，而单独提"金山"时，却往往是指《白蛇传》中的"水漫金山"。在少年时代的上海生活中，听到说到的"金山"往往也是指江苏镇江的金山和金山寺。初中时学"乡土地理"，知道上海市辖有金山县，但从来没有机会去。最远的一次活动是随老师参观新建的"闵行一条街"，离金山县境还远。20 世纪 70 年代我已是中学教师，看到建设金山石油化工厂的报道，还在政治课上向学生做过介绍。以后上海人提到的金山，往往就是"金山石化"的简称，而不是金山县本身。由于枫泾镇地处沪杭线上，又是沪浙交界，知名度一向较高。但不少人不知道它是金山县的属地，或者误以为它是金山县的驻地。

1978 年我考取复旦大学历史系的研究生，入谭其骧先生门下研习历史地理，1982 年继续攻读博士学位。在完成课程和学位论文之余，自然会留意上海本地的历史地理，方发现金山的特殊地位。1985 年，在协助先生选编他的个人论文集《长水集》时，我认真学习他自 1960 年至 1982 年先后发表的《关于上海地区的成陆年代》《再论关于上海地区的成陆年代》《上海市大陆部分的海陆变迁和开发过程》及《〈上海市大陆部分的海陆变迁和开发过程〉后记》；又了解到 1972 年 7 月，为论证金山石化厂选址，先生专门去金山嘴、青龙港西盐场、金卫公社等地考察，结合文献研究，得出"金山卫这一带的海滩继续处于成陆过程,非但不会被海潮冲塌,还会不断淤积成新的土地"的结论,为金山石化厂建设用地的确定提供了重要依据,并已为这一带多年的海陆变迁所证实。1992年,在选编先生的遗著《长水集续编》时,我编入了《海盐县的建置沿革、县治迁移与辖境变迁》和《评新编〈金山县志〉》二文。先生在文中明确指出:"秦置海盐县,县治故址在今金山县张堰镇南……这是金山县境内也是全上海最早的一个县治。""金山县得名于金山。金山本是陆上一山,后来沦入海中。""历史时期上海的海陆变迁是正确理解上海自然地理演变过程的一个重要方面。"

1991年10月14日,就在他最后一次发病前三天,先生在给他指导的博士研究生靳润成的信中写道:

> 《明史·地理志》将卫所分成有实土、无实土两种。实际所谓实土卫所,指的是设置于不设州县处的卫所,无实土卫所则指设于有州县处。前者因无州县,故即称其地为某某卫、某某所,后者即以某州某县称其地,因其地绝大多数土地人口皆属于某州某县也。但有一小部分土地人口是属于卫所的。如今之上海吴淞江以南,明世置松江府领华亭、上海、青浦三县,另有金山卫、南汇所、青村所置于华亭、上海境内,故此一卫二所即便不作为实土卫所,但此一卫二所下还辖有隶于卫所的军士及其所垦土地,并非真正无土。

这一段话对明代四大卫之一的金山卫指明了实质。

先生的这些重要指示和研究成果,使我对金山区(县)的历史自然地理和人文地理状况有了比较清晰的认识,逐渐理解金山在上海市历史地理地位的重要性。

远古时代的太湖是一个海湾,后来长江南岸的沙嘴自西北逐渐向东南延伸,到达今天杭州湾的位置后,受到强潮流的影响,折向西南推进,最终与钱塘江口的沙嘴连成一线,将太湖与海洋隔开,沙嘴的外缘形成新的海岸线。当时沙嘴外的海水清而深,生长着大量介壳类生物,强烈的波浪将泥沙和介壳类生物堆积在沙嘴的边缘，逐渐形成一道高于最高潮位、高出地表的天然堤。当堤外形成新的土地，并有了人群定居后，那些人就可以看到这样的景观——一道绵延不绝的"冈"。只是由于本地人觉得天然如此，习以为常，外来人到得很少，还没有记录传播的能力，或者没有能留下记录，所以直至北宋郏亶的《吴门水利书》和朱长文的《吴郡图经续记》中才出现"冈身"这个词。在以后范成大的《吴郡志》、淳祐《玉峰志》、绍熙《云间志》和各种太仓州志、嘉定县志、松江府志中还出现了"五冈""三冈"，如"沙冈""紫冈""竹冈"等不同名称，且所指不同。

据谭其骧先生推断，在松江（今吴淞江故道）以北并列着五条冈身：第一条即最西一条相当于太仓、外冈、方泰一线，第五条即最东一条相当于娄塘、嘉定、马陆、南翔一线，在太仓境内东西相距约8公里，东南向渐次收缩，至嘉定南境减为6公里。松江故道以南并列着三条冈身：第一条相当于马桥、邬桥、胡桥、漕泾一线，第三条相当于诸翟、新市、柘林一线，宽度一般不过2公里，狭处仅1公里半，南端近海扩展至4公里左右。

1959年在冈身地带的马桥发现了马桥遗址，证明这一带最晚在4000年前已经成陆。在冈身的漕泾镇沙积村高宅基做了碳-14同位素测定，结果显示其年代距今6400±100年，应属冈身中最古老部分。而目前上海市的最高点——杭州湾中海拔103.70米的大金山岛，当时还与陆地连成一片，离此也不远。

在冈身以内，迄今已发现了崧泽遗址、福泉山遗址，证明6000年前的先民就生活在这块土地上，并且已形成早期聚落和文化。但这些遗址和其他同样属马家浜文化或良渚文化的遗址并没有延续发展下来，都由于至今我们还没有完全了解的原因中断了，消失了。

位于金卫镇查山东麓长春村的查山遗址证明，在商周时期这里已有比较密集的人类活动。在山阳镇戚家墩村发现的遗址证明，这里的聚落自春秋战国延续到西汉。到战国后期，冈身的南端和冈身外新成陆的土地上已经形成一些聚落，使秦朝得以在此设置海盐县，治所即在今金山区张堰镇南。从这个地名可以推断，这一沿海地带盛产海盐，而海盐县治应该是一个盐的集散地，因而能形成当地最大的聚落，成为这片土地唯一的，也是最早的县治。

三国孙吴定都建业，东晋和南朝定都建康，都在今江苏南京，海盐县与政治中心的距离缩短了，海盐产的盐也会有更重要的地位。南朝梁天监年间（502—519年）分海盐县东北境设置前京县，应该是经济地位加重和人口增加的结果。梁中大通六年（534年）分海盐县东北境设置胥浦县，但到梁、陈之间就撤销，辖地划归前京县，说明建县的条件并不成熟，或者在梁末战乱中受到较大破坏。

海盐县始建时属会稽郡。东汉永建四年（129年），分会稽郡浙江（今钱塘江）以西地为吴郡，海盐县改属吴郡。在海盐县与地区中心、郡治吴县之间还有大片待开发的土地，在条件成熟时设置新的政区是正常的结果。唐天宝十载（751年），割海盐北境、嘉兴东境、昆山南境置华亭县，属吴郡（苏州）管辖。唐末五代，华亭县改属嘉兴（秀州）。

五代末、北宋初（10世纪中后期），在华亭县境内、吴淞江的支流上海浦旁形成一个聚落，因上海浦而得名上海。至迟在北宋熙宁十年（1077年），在这个聚落设置了一个主要征收酒税的机构——上海务。但这个聚落的名称还是称上海，上海务只是这个聚落中的一座建筑物或一片场地。南宋咸淳三年（1267年）或稍早，以上海这个聚落为基础设立上海镇。上海镇的辖区肯定要比上海这个聚落大，但具体范围已无法查考。

元至元十四年（1277年），升华亭县为华亭府，领华亭县。一年后，华亭府改名松江府。上海镇应属松江府华亭县。至元二十九年（1292年），分华亭县东北境五乡置上海县，县治即设于上海镇，辖境约相当于今黄浦区中原南市区浦西部分、闵行区原上海县部分、青浦区大部。到清道光二十三年（1843年）上海开埠，在上海县城（老城厢）外先后设置的英租界、法租界、美租界和公共租界（由英租界和美租界合并）形成上海这座近代城市的主城区，并扩大到华界——租界周围的老城厢、闸北等地。光绪二十四年（1898年），清朝自主开吴淞为商埠，吴淞一带渐成城市。1929年，上海市政府实施大上海计划（又称新上海计划），将江湾一带460公顷土地划为市中心区域，兴建新上海都市。

根据这些史实，我们可以明白上海市历史中的金山（县、区）与上海这座城市的关系和发展脉络。秦朝在今金山区域内设置的海盐县是今上海市辖境中最早的县，海盐县治也是迄今所知最早的城市。南朝梁天监年间分海盐县境设置的前京县和中大通六年设置的胥浦县居第二、第三，比其他县——无论是延续至今还是已被撤并的——都要早。所以，今金山区域应属上海市境内开发最早且设置县最早、最多的区域。唐天宝十载设置的华亭县，虽然也包括一部分由海盐县划出的土地，但主要是由吴郡发展分化出来的，尽管曾与海盐县同样归嘉兴（秀州）管辖，但到元朝升格为松江府后，就不再与海盐县属同一政区。上海、上海镇、上海县是从华亭县形成和发展出来的，与海盐县没有直接关系。所以我们应该肯定金山区域在上海市历史上的重要地位，讲清上海市辖境内的开发过程，可也不能简单地说"先有金山，再有上海"，或者将上海最早的聚落和上海镇说成是海盐县的产物。

但直到今天，不仅大多数上海人不知道这些基本史实，就是多数专业人士和一些学者往往也存在误解。正因为如此，金山区域的人文历史和历史人文地理在上海没有受到应有的重视，或者没有得到恰当的评价。有些长期不为人知，有些虽然已有相当高的知名度，却没有与金山联系起来。如南朝学者、文字学家顾野王，唐朝名相陆贽，唐代高僧船子和尚，宋代学者、诗人陈舜俞，元末文坛领袖杨维桢，明代书法家沈度，清代藏书家、出版家钱熙祚家族，清代数学家、天文学家、医学家顾观光；近代南社创始人高旭，"江南三名士"之一、诗人高吹万，书法家白蕉，天文学家高平子，围棋国手顾水如等；当代画家程十发，漫画家丁聪，还有全国人大常委会原副委员长朱学范、诺贝尔物理学奖得主高锟等。

所以当我获悉《看见金山书系》编辑出版的信息时，深感这是金山区也是上海市一项相当重要的文化工程，深为金山区的历史和文化庆幸，也为金山区的民众庆幸。特意写下这些话，作为对《看见金山书系》的期待和推介。

2022年10月

《湖州近代人物珍贵手札》序

近代湖州名人辈出,有国际或全国性影响的人物就举不胜举。这本《湖州近代人物珍贵手札》(以下简称《手札》)所收仅限于中国社会科学院近代史研究所所藏,但35位作者中有一流的政治家、思想家、学术大师、科学家、教育家、金融家、书法家、鉴赏家、藏书家,也有杰出的外交官、著名大学的校长、成功的商人、爱国敬业的高官,如国学大师俞樾,科学家和教育家任鸿隽,辛亥革命"首功之臣"陈其美(英士)和毁家纾难的张静江,近代法学奠基人沈家本,藏书家、嘉业堂主人刘承幹,抗日烈士、忠贞的外交官杨光泩,语言学家、燕京大学校长陆志韦等,每个人物都代表了湖州乃至中国历史的一个侧面。

正因为如此,尽管所收大多只是他们的短札散简,但片羽吉光,弥足珍贵,往往是中国近代史中重要篇章,时间跨度从清末至中华人民共和国成立前夕,或可补史料之缺,或可使史实更加丰富多彩,更为具体生动。

如清末刑部右侍郎沈家本致佚名函详细讨论了强盗、抢夺案适用法律的原理和演变,坚持"网开一面"的宽严结合原则,声明即将"参用西律"时"改而从轻"。此函还留下了"直隶一省每岁盗案约在四百起上下,正法之犯多至数百人"这样的史实。

陈其美致陈惠生的是一封100多字的短信,透露了他刚到神户时的窘迫。张静江致孙中山的长函,响应了孙中山对时局的宣言,表明坚持革命,严惩"违法叛逆之人"的决心;对附呈的陈英士最近遗函,要求"阅后仍为掷还,俾作纪念"。一封致佚名的短函提供了国民党党史的一个细节,寄特别区党部秘书处照片两张换发新党证,以及当时张寓地址。沈联芳致孙中山两函可充实护法战争的军事、政治和西南地区的实况。

张廷灏的4封信是国共两党的珍贵史料。张廷灏是中共早期党员,1924年毛泽东到上海任国民党上海执行部组织部秘书,兼文书科秘书、代理文书科主任,至7月辞去组织部秘书,即推荐张廷灏继任。第一封是1934年5月6日向组织部长胡展堂(汉民)"转总部诸先生"报告淞沪第六区区党部在复旦大学成立的情况,以及选出的5位常委名单和通过的3项决议。在张廷灏署名前的"秘书"两字被批示人划去,写上"应称常务委员"。写给"泽东同志"的一封信报告"宣言、党纲、入党表、特刊和信都收到",要求再寄20张志愿书,并表示"下学期只要能维持我的生活,极愿专为合作运动效力也"。另一封是写给"中国国民党上海执行部组织部"和"毛泽东同志"的,是对第一、二号通告的反应,报告第六区第二区分部"党员现有四十五人,尚有十余人欲加入而未有(志)愿书填,故未算入",要求再寄入党表等50份。

戴传贤(季陶)给吴稚晖的3封信中,2封都是4页、6页的长信,是在他为国民党执行委员会起草完宣言、训词、孙中山先生永久纪念会章程和中山先生著作讲演记录要目后南归前夕的辞行信,反映了孙中山逝世后国民党内部的复杂局势与戴的心态。

时任建设委员会主席的张静江致函蒋介石,要求对淮南煤矿与英、德合作设厂炼油项目进出口免税的优惠,而此项目成功后平时商用,战时可供军需,指出欧陆日本各国为谋石油自给不遗余力,中国不应忽视。时任中央大学校长的张乃燕,因国民党向南京特别市党部办理党员登记时因故未填全而被判定为"登记不及格"。他是张静江侄儿,就直接上书"介石世叔",要蒋"督核主持"。

国民政府主计长陈其采的辞职呈文楷法工整,后面有主席林森的亲笔批示:"辞职毋庸议,再续假两星期静养。"

潘公展有3封信是写给胡适的,一封是咨询投考北大,或清华官费留美空额的办法，二封是寄送译稿请教翻译出版事宜的。其中一封用的是潘自制的信笺，两个对开红框中是"毋忘五月九日国耻纪念"十个大字和"公展"署名小字。另两张用的是上海市北公校的信笺，这是我高中的母校，见到后特别亲切。但另几封信中的潘公展就判若两人，特别是那封以上海市教育局用笺写给"介公委员长"的长信，对蒋介石密电查问《晨报》一篇"指责外交当局"的评论，用极其卑微委婉的语句向蒋介石解释："《晨报》立场在表面上为股份公司一普通之报纸，而实际上又尽人皆知，为与中央有相当关系之报纸，故立言似尤应慎重，顾到各方，既欲尽其献曝之忱，又须不违中央之意，而同时仍拟设法避免机关报之名称，故苦心设计，始有此较为婉陈之评论……字里行间为中央话说，向社会譬解者，另用红笔标明。凡此诸句均为苦心斟酌之处，使读者无形中觉得华北谈判并非不当，并非不可谈判，以减轻中央所负之责任耳。"他信誓旦旦："总之，《晨报》决秉一贯主张，在钧座指导之下发表议论，而同时力避机关报之形式，以增效率。"请求"尤盼钧座对于内外大事应予立论之方针，时时密电先示，俾有遵行"。

杨光泩在担任外交官前，曾出任英文上海《大陆报》总编，一个月后就发现这个"党国对外宣传之唯一喉舌机关"经济支绌。估计是他向相关部门求助未得要领，只能将要求补助国币叁千元的报告直接打给"国民政府军事委员会委员长行营蒋"，不知是否有下文。

实业部长吴鼎昌在1937年8月16日报告行政院长："纱布交易所查办案，八日奉面谕，立即通知徐恩曾兄分别电告驻沪查账人员即行结束，遵办矣。"看了吴鼎昌所附"公务员涉及嫌疑之点"7张密件，蒋介石显然不满，写了一段批语："所谓盛家者，只有盛五少姊与盛七少姊，而事实与盛男老七盛升颐无关，可以断言也。中正。"

交通银行董事长钱新之给蒋介石的报告是以治病为由请示辞职，也提醒蒋注意，"沪上情况日非，金融枢纽，关系商民生计、抗建前途至大且巨，未可以撤退了事"。

中统局长徐恩曾给中央秘书长吴铁城的密信足以演绎为一部电视剧：香港站报告有一位"陈季博同志"有意回到内地，中统局寄去国币二万元接济。但因香港站被敌方破获，这位陈同志也被牵连传讯，被迫出任香港区政所中央区长。日本华南海军武官府又让驻澳门的肥后武次大佐邀他来访，试探"和平空气"。徐恩曾请示，是利用陈到澳门的机会劝他回归内地，"脱离虎口"，还是让他继续留在香港，"与敌周旋，借为工作上之掩护"。徐恩曾另附4封信报告许汝为（崇智）在香港因拒绝与日方合作，经济困难，要求予以接济。在其中一封上吴铁城批示："先函杜月笙，问许汝为处有无经常接济，其数目多少，再拟报请总裁。"

陈立夫回复北平图书馆馆长袁同礼（守和）的一封信也有故事，袁的原信是从香港写给在美国的胡适的，估计是胡适转给了时任教育部长的陈立夫。当时北平图书馆有一批善本寄存在上海租界，为避免一旦日军进入租界可能造成的损失，胡适与美国方面商定，运往美国国会图书馆保存，但海关总税务司英国人梅乐和不肯发给放行证，已与美方拟定办法，请胡适在美国协助解决，并希望胡适为北平图书馆争取美国援助团体的资助。陈立夫的复函称：已呈孔副院长，奉复函"为避某方注目，可先分批运港、菲，再行转美。经已急电总税务司，仍遵前电饬放"。"某方"显然是指对这批善本虎视眈眈、随时可能进入租界的日本侵略者。

朱家骅给胡适的4封信都是公事，请他挂名出席世界青年大会中国代表团的赞助人，出席联合国教育文化大会（联合国教科文组织前身）并代理总代表一职以及经费拨发、对外口径一致等事。另一封则是向胡适倾诉他辞任教育部长苦衷的私函。

奉化溪口是蒋介石故乡，1949年初蒋介石宣布下野后又回到溪口，当地的水利工程惊动了著名水利学家、水利部政务次长沈百先，一份由他起草的《溪口镇附近水利工程初步计划节略》于当年2月20日呈报"总统蒋"，还附有设计草图。除由浙江省政府与"中央"拨款外，还拟动用水利示范工程处、浙江水利局和淮河工程总局。不过由于时势变动，这份计划始终只是计划。

国民党陆军一级上将胡宗南用钢笔在两张纸上写给"经国弟弟"的信，一则感谢他"冒了危难，飞临了西昌"，吹捧"以忠实、坦白、不保留的态度，督责诸同人，这对我们幕僚的启示，非常伟大"；二则向他催促赶快运送许诺的一个师武器。

这批信札中写给胡适的最多,有35封,这是因为胡适留存大陆的书籍文件大多由中国社会科学院近代史研究所收藏。"北大三沈"之一的沈士远写给胡适的4封信都是白话,但格式脱不了传统,偶尔还用了文言。另一位沈尹默留下的是一首两页白话新诗和一张从日本寄给胡适的明信片,是用钢笔写的白话。陆志韦给胡适的信是给《独立评论》投了一篇《闲话数学教育》,用的是燕京大学的西式信笺,是用钢笔写的。右上方居然还用小字加着:"如有违碍忌讳处,不妨删改,您可作主。"

任鸿隽在日本留学时写给胡适的信还是用文言,但以后写给丁文江的一封信与写给胡适的三封信都是白话,所附的几首诗词全是旧体,写给孙洪芬谈公事的一封信依然用文言。任鸿隽给丁文江的信说明胡适与他在某一问题上与丁产生严重分歧:"你那样的生气,使我大吃一惊。我立刻写了一信与适之,请他转寄与你看看。适之今天把信退回,说不能转寄,并且劝我不要打笔墨官司。我想笔墨可不必打,像你这样严重的责备,设如我不说几句话,弄个明白,既无以对朋友,亦无以对自己。现在我把寄适之的信给你看,也许可以消一消你的气。匿怨而友,古人所耻。你若觉得我还有什么不对,请直捷爽快的写信告诉我,则感激不尽。再则我们写这些信,完全是私人关系,与公事无涉,特此声明。"众所周知,他们之间保持着终身友谊,但在原则问题上互不相让,又公私分明,显示了真正的君子之交。

钱玄同给胡适的几封信中,1920年12月19日的一封是专门讨论学问的:"你对于《春秋》,现在究竟认它是一部什么性质的书?你在《哲学史》中说《春秋》不该当它历史看,应该以《公》《穀》所说为近是,它是孔子'正名'主义的书;后来你做北大《国学季刊宣言》,对于清儒治《春秋》而回到《公羊》的路上,认为太'陋'了,并且和治《易》回到'方士'的路上为同等之讥评。"认为他前后不一,又说明自己"主张你前一说而略有不同",要求胡适直接答复。

俞平伯写给胡适的6封信都是有关介绍学生到北大旁听、送稿子、约会、考试安排、解释不应聘原因等教务与学术问题,其中1946年7

月 31 日推荐废名任教北大的信不仅内容具体，理由充足，并以工楷缮写，似正式公文，内称："冯（废名本名冯文炳）以事变之年，以母丧返里，后避兵乡间，教书为活，去年始迁回黄梅城内，于旧京前迹颇致怀想。窃惟废名畸行独往，斯世所罕，其学力如何，当为先生所深察。近闻其于忧患之中，完成其生平最得意之《阿赖耶识论》（仅有稿本，平尚未得读，闻与其同乡熊十力之《新唯识论》之旨相反也）。是文哲二系均可任课。或教授不易位置，总须专任，否则其生计将无法支持也。"废名因此被北大国文系聘为副教授。

35 人中大多不以书法著称。即使是书法大家沈尹默的两件，也是写于早年，其中一件还是用钢笔写的明信片。这些信函中没有刻意创作的书法作品，但书法水平几乎都在常人之上，不少堪称精品。写这些信函时，作者多数还是青年，部分属中年，查他们的履历，都没有专门研习书法或从事艺术创作的经历。这说明他们的书法水平，除出于天赋外，是严格的家庭传承和良好的基础教育的结果，这也显示了湖州深厚的文化底蕴。

我虽出生于吴兴县南浔镇（今属湖州市南浔区），从小听着长辈"四象八牛七十二墩狗"的自夸，但 12 岁就迁居上海，留下的印象只是贫穷的家庭和衰败的市镇。虽然我从小喜欢看书，记忆力也较强，但直到改革开放，有关南浔、湖州的历史、文化看不到什么书，只是高中时在旧书摊买到过《适园丛书》《嘉业堂丛书》各一册零本。只是在从事历史地理和历史研究后，故乡的历史风貌才越来越亲切，往事和人物才越来越丰富而具体。有幸先睹《手札》，使我增长了新知识，加深了对故乡历史文化的了解。

由此我想到，旅居台湾、港澳和海外的湖州乡亲和他们的后人，大多年纪比我还轻，他们长期远离故乡，有的还从未回来过，对故乡的了解恐怕不会比我多吧。如果让他们看到《手札》，今后再出版些类似的书，他们一定会乐意阅读欣赏，一定会感到祖辈前贤音容宛在，家山故园相去不远。

2020 年

《南风浔韵——门楼里的家风》序

中华文明肇始之初,家庭家族就是其最基本的单元,个人则是家庭、家族的细胞。修身,齐家,治国,平天下,就是文明进程中的必然程序,也是全社会维持稳定和谐不可或缺的基本步骤。个人的修身只有通过齐家的整合,方能形成社会健全的单元,才能成为治国的积极因素,进而实现平天下的崇高目标。

家族血统的延续依靠人口繁衍,因而孟子有"不孝有三,无后为大"的论断。而家族精神的传承则依靠家教家风,必须通过家族内部的教育、训导、奖励、感化、熏陶、规范、警戒、惩罚等一系列措施,才能使家族长期累积形成的生活方式、行为规范、礼仪秩序、风俗习惯、是非标准、伦理道德、价值观念得到延续,并不断优化提升,与时俱进。除由家族的长辈和先进身体力行、言传身教,家族内部相互督促、潜移默化外,还需要根据本族的特点和要求制定家训、家规、家法。这些家训、家规,或张悬于厅堂卧室,或镌刻于墙壁碑石,或刊印于族谱书籍,或由族人子弟朝夕诵读,或由乡贤耆宿纳入乡规民约,或由官府甚至朝廷表彰推广,通过行政措施甚至法规法律予以保障。

家风、家规的形成和实施在中华文明进程中发挥过重要作用,是中国传统文化不可分割的一部分,也是值得我们珍惜的一份遗产,至今仍有积极作用。家风、家规中的精华,是今天进行家庭教育、倡导优良社会风尚、推动精神文明建设、增强文化软实力和坚定文化自信的重要资源。习近平主席强调"注重家庭、注重家教、注重家风",指示"广大家庭都要弘扬优良家风，以千千万万家庭的好家风支撑起全社会的好风气"。

南浔为千年古镇，处太湖之滨，是鱼米之乡、蚕桑之地，秉华夏文化、江南风韵，历来经济繁荣，工商兴盛，人文蔚然，名家辈出，近代更以"四象八牛七十二墩狗"的巨额财富和一批文化、经济、科技、政治的杰出人物而名闻海内外。南浔这些富商大户，并非世代簪缨，也不是靠祖传家产，大多是在上海开埠后将江南传统的蚕桑丝绸生产和贸易转化为资本主义工商业和对外贸易致富而兴盛的。中国传统文化、江南文化和商业伦理的精华与现代的契约精神、职业道德、开放意识在他们身上比较完满的结合，显现出富而好义、富而有礼、富而崇文的特色。在他们的家风、家规、家训中，除了中国传统的伦理道德和价值观念外，还增加了要求子弟学科学、学外语、求新知、顺潮流等全新的内容。这些家风、家规、家训及其对家族和社会的效应，广泛见诸文献记载，也体现在他们的住宅园林和生活环境，以及以文字、图案、工艺、装饰、布置、建筑构成的和谐安逸的风尚和氛围。如今，"旧时王谢堂前燕"已经"飞入寻常百姓家"，但寻常巷陌中依然可见流风余韵。

我出生于南浔镇宝善街，虽然12岁就迁居上海，但始终关注着故乡的一草一木。在从事历史地理研究后，南浔、湖州、江南也一直是我的研究领域。自幼耳濡目染，文献考证与社会调查所得，我发现南浔这些家族的家风、家规、家训并非徒具形式或教条，其制定者、守护者、传承者绝非口是心非，而是知行合一，身体力行，其家风、家规、家训蔚然成风，发扬光大。在中国翻天覆地的变化中，一直闪耀着人文的光辉。在改革开放的今天，依然不失其社会价值。

翻阅这本由摄影家马俊拍摄、作家陆士虎撰文的《南风浔韵——门楼里的家风》，我仿佛又回到了儿时的南浔，仿佛看到了这些门楼中的景象。陆士虎兄是我小学同窗，又与我同龄，他的文字源于深厚的生活和丰富的情感，给我们展示了图像后面跨越时空的现实，与照片相得益彰。他们让我为此书的问世写几句话，我欣然从命，是为序。

2019年9月于上海浦东寓所

《民国才子张乃燕》序言

我出生在浙江吴兴县南浔镇（今属湖州市南浔区）。那是一个盛产传奇人物的地方。但到我12岁离开家乡时，这些人物给我的印象，只是老人们在茶余饭后留给我们的或真或假的故事和似是而非的传说。其实，对市井平民来说，镇上顶级的名人不啻天上神仙，谁也不知道他们的真面目，何况他们的主要活动场所并不在故乡，而是在上海、杭州、南京，甚至在国外。不过，有几点我至今记忆犹新，如老人说张静江家的钱花不完，都给了孙中山；张静江是蒋介石的把兄弟，蒋介石常到张家去；张家的小姐像法国人一样，长得漂亮，说一口洋话。虽然镇上的巨富有"四象八牛"，虽然"四象"之一的庞家拥有的庞滋德药店与我家一墙之隔，但我听到最多的还是张家。

在我从事历史地理研究之后，对南浔以往这些名人才逐渐有所了解。近年来偶涉徽商、晋商兴衰的原因，又注意到了家乡南浔这些名人。无论是徽商还是晋商，或者其他商帮，以至今天的企业家，无不以儒商为荣，甚至以儒商自居。但稍加分析就不难看出，真正够得上儒商的人只是凤毛麟角，而绝大多数成功的商人都是先商而儒，即在发财致富后才以各种手段戴上一顶儒的帽子，或者披上一身儒服或官服。而其中能得到儒界认可的人却屈指可数，至多只是在家谱或方志中留下一串虚衔，成为今天地方上的旅游资源。

但浔商却是不多的例外——"四象八牛"几乎个个称得上是儒商，并且在儒商两道都能令人刮目相看，经商可以积下数百上千万资产，业儒能够成为国内一流学者，有的还能走向世界。他们的后代更是人才辈出，教授、院士、校长、科学家、学者、外交官、收藏家、鉴赏家，大多成为各界翘楚、学术泰斗。

这种现象看似偶然，其实有其必然。江南人文荟萃，有千年不绝的文脉；一向经济发达、商业基础深厚。南浔地近上海，得开放风气之先。这些家族有良好的家风和教育，并且能与时俱进。例如在教育子孙读书的同时，也要求他们学习外语，面向世界。可惜的是，中华人民共和国成立前不具备普遍发展这样一类新儒商的环境和条件，直到中国改革开放后才有可能。

宋路霞教授所著的《民国才子张乃燕》所介绍的张乃燕（字君谋，1894—1958年）博士就是其中一位杰出的代表，是著名教育家、化学家、中央大学首任校长、外交官……不同的身份构成了他丰富多彩的传奇人生。

自然，比其名气更大的是他身后的庞大家族——民国元老张静江家族。一个半世纪以来，这个在中国江南和民国史上留下诸多传奇的海派大宅门，几乎就是一部民国史的浓缩。张乃燕是张静江的侄子，他的父亲张弁群是张静江的哥哥，开明绅士，同盟会会员，曾参加过孙中山先生领导的民主革命（张乃燕的父辈一半以上都是孙中山先生的追随者），还是一个极富传奇的环球旅行家，在100多年前的晚清时代，在男人还拖着长辫子的时代，就已经自费周游世界了。

张乃燕是张家第三个周游世界的人，第二个是他的四叔张墨耕（张家企业张恒源盐公堂后期的掌门人）。与他的父辈不同的是，张乃燕是为了读书和考察世界战争而走向世界的。这在张家是个另类，在中国知识分子中也是一个另类。

张乃燕早年在湖州南浔正蒙学塾读书，中学时代就读于杭州府中学堂，后在苏州东吴大学肄业。1912年加入国民党，1913年春天赴欧洲留学，先后在英国伯明翰大学、伦敦帝国理工学院、瑞士日内瓦大学研习化学，获硕士学位。1919年，他已发明6种新化合物，并撰写了论文《磷与对硝基甲溴苯丙烯酸之研究》，获日内瓦大学理学博士学位，同年冬天回国。

他在欧洲留学的第二年，爆发了第一次世界大战；在大战结束后的第二年返回中国，在欧洲经历了第一次世界大战的全过程。他曾利用假期，赴法国巴黎学习法文，去瑞士的皱里克（苏黎世）学习德文，还自学过日文，加上在东吴大学就打下的良好的英语基础，共计擅长4种外语，这为他从事科学研究、广泛涉猎各国史乘、研究国际政治和战争提供了有利条件。大战刚一结束，他就迫不及待地穿梭于刚刚过火了的战场，收集资料，拍摄照片，研究动态。所以，他能以一个理学博士的资格，撰写出第一部《世界大战全史》、《世界大战史》（合著），后来又撰写了《罗马史》《希腊史》等史学著作，不能不令人抚卷长叹！

回国后，张乃燕原本想从事化学工业，鉴于国内当时的条件无法施展其才能，乃转入教育界。1919年冬在上海复旦大学教授物理学，1920—1922年任北京大学化学系教授，同时兼任北京高等师范学校（今北京师范大学）和北京工业专门学校教授，皆授有机化学。在授课之余，撰成了属于他的本职工作的《有机染料学》一书，并为北京大学化学系撰写教材《欧战中之军用化学》和《药用有机砒化物》，均由北京大学新知书社于1921年出版。

1922年冬天张乃燕因父亲病重，南返伺候汤药。这期间，世界著名科学家、相对论发明者爱因斯坦博士来到上海。他此行是应日本有关方面的邀请前去讲学，在上海是路过和顺访，所以在沪时间很短。第一次是1922年11月13日，船到上海，活动一天后第二天乘原船去日本。第二次是在日本讲学7周后，于12月31日回到上海，在上海待了两天，元旦那天举行了讲演，于1月2日乘船返回欧洲。11月13日晚，湖州著名人士王一亭先生经蔡元培先生介绍，在家设宴招待爱因斯坦夫妇，张乃燕与王一亭是同乡，又精通英语、法语、德语，还是理学博士、大学教授，正值他从北京返沪，于是被请来参与对爱因斯坦夫妇的接待。他的父亲和叔叔张静江与王一亭均是多年朋友，还是同盟会中的革命战友，彼此间都知根知底。张乃燕在那天的晚宴上用德语向爱因斯坦夫妇致欢迎辞，并与他们合影留念，在爱因斯坦1922年元旦的演讲后，还向他讨教了相关问题。

1923 年，张乃燕当选为浙江省教育会会长，同时兼任浙江省立工业专门学校化学教授。1924 年，孙中山先生以大元帅名义出师北伐，任命张乃燕为广州大本营参议。很快孙中山莅沪，张乃燕未及赴任。1925 年，孙中山先生赴北京，任命张乃燕为顾问，张乃燕再次北上。不久孙中山先生逝世，张乃燕又回到上海。1925 年任上海光华大学教授，讲授科学史。

1926 年 1 月，张乃燕任广州国民政府参事、教育行政委员会委员，同年任国立广东大学（今中山大学）工科学长。这年冬天，他的祖父张宝善在上海病逝，作为长房长孙，他立即又回到上海。

1927 年春天，国民政府在南京成立，张乃燕被任命为江苏省政府委员兼教育厅厅长，同年试行大学区制，又被任命为国立第四中山大学（1928 年改名为国立中央大学）校长，以校长名义管理区内一切教育行政。1929—1930 年，两次兼任浙江省县长考试典试委员。1931 年调任浙江省政府委员，同年当选为国民会议代表。1932 年 1 月调任建设委员会副委员长。1933 年 5 月，出任驻比利时王国特命全权公使，于 1935 年辞职回国。

回国后，张乃燕厌倦官场恶习，不再出仕，隐居上海，学画山水。1947 年曾在上海中国画院举办个人画展。1958 年夏天因脑出血在上海延安西路 399 号寓所逝世，享年 64 岁。张乃燕著述甚多，除了已刊印出版的著作，还有未刊稿本《使西历聘纪详》（毛笔字手稿本），还辑有《安心室印集》印谱三部。

综述张乃燕博士的一生，我们看到了一位正直、执着，以天下为己任的民国知识分子可敬可爱的形象。或也可以看出，地域的、家族的传统和文化，在一个人成长过程中所发生的巨大影响。

宋路霞教授潜心研究近代人物，成果丰硕。近年留意南浔历史和文化，实在是家乡之幸。这本《民国才子张乃燕》资料翔实，图文并茂，脉络清晰，使张乃燕其人其事得以流传，使浔商现象和南浔历史文化广为人知。翻阅之余不胜欣喜，非常乐意向读者推荐。

2010 年 6 月

《国立中央大学首任校长张乃燕博士文献资料汇编》序

我虽出生于浙江吴兴县南浔镇（今属湖州市南浔区），但进小学时已在1949年后，儿时并不知道"四象八牛"为何物。高中时对文史产生兴趣，一度以略高于废纸价格购得《南林丛刊》《适园丛书》两册残本，但对故乡历史与前贤的嘉言懿行仍一无所知。直到1978年师从先师季龙（谭其骧）先生攻读历史地理，始稍涉江南历史文化，渐知南浔先贤旧闻。迨近代南浔研究蔚为显学，学术会议频繁，研究论著迭出，国民党元老张静江、文物鉴定大家张葱玉已广为人知，方知南浔至今引为自豪的三位大学校长（中央大学校长张乃燕、燕京大学校长陆志韦、北京大学校长张龙翔）中的张乃燕正是张静江的亲侄、张葱玉的叔父。直到读了宋路霞教授所著《民国才子张乃燕》一书，才了解张乃燕先生不仅是开创性的教育家，还是一位科学家、外交家、史学家、画家。我对这位同乡前辈更加景仰，也希望对他与他的历史贡献做更深入细致的研究。

即将由东南大学出版社出版、由张乃燕先生哲孙文嘉先生所辑的《国立中央大学首任校长张乃燕博士文献资料汇编》（以下简称《汇编》），正适应了相关专家学者、研究人员的需要，也为公众全面了解张乃燕先生的生平和事业提供了丰富的内容。《汇编》分为8章，分别收录了张乃燕赴欧洲留学时期相关的证书和博士论文，任校长时期发行的书刊，任校长时期签发的学业证书，建造中央大礼堂等文函资料，任外交公使时期的相关资料、著作，所撰序、题名等书籍，书画和收藏品，以及其家庭社会生活和相关凭证。附有编者所撰《张乃燕传略》。

翻阅目录，我发现这些文献资料的意义和价值已经超出了张乃燕本人，有的或许是中国教育史、外交史、文学史、近代史上独一无二的重要史料或原始记录。如有关全国教育会议、大学院、中央大学的文献资料，或许适足补相关部门档案之缺。其中建造中央大学大礼堂的资料相当完整，张乃燕、朱家骅两位校长与公和洋行往来信函就有74件。又如在他1933—1935年出任驻比利时公使期间曾在孟买访问泰戈尔，在梵蒂冈会见教皇庇护十一世，会见希腊教长福锡阿期二世，访问土耳其总理伊斯美巴萨，更有在罗马与黑杉相（墨索里尼）对话的记录。他未刊的8册《使西历聘纪详》记录了从香港出发，经苏伊士运河至威尼斯，经巴黎至比利时赴任的经历，也有访问考察意大利、梵蒂冈、圣马力诺、希腊、土耳其、保加利亚、南斯拉夫、罗马尼亚、匈牙利、捷克、奥地利和德意志的记录。在同时代的中国外交官与中国人中，大概不会有同样的著作传世吧！其中4册藏于上海图书馆，其余4册由文嘉先生收藏。颇感意外的是，张乃燕曾用英文创作的戏剧《长恨歌》，《汇编》中有完整的54节目录。他曾让女儿将剧本带往美国出版，虽最终未能如愿，但他开创式向外传播中国传统文化的初衷与融会中西文化的能力不得不令人钦佩。

多年来，文嘉先生承张氏家风，续南浔文脉，锲而不舍，收集乃祖遗文、遗墨不遗余力，终克有成。我为张乃燕先生与张氏家族庆，为文嘉先生庆，亦为南浔历史与文脉庆。

是为序。

2019年岁末

《中国近代史地文献丛刊》总序

在传世的最早的书籍中，大多属历史文献。儒家经典《尚书》中的《禹贡》篇是传世最早的地理著作，《山海经》中的《五藏山经》也是一部地理书。但晚清与民国年间的历史、地理类出版物具有特殊的重大价值。

从学术发展史上说，这是一个承上启下的阶段，也是中国现代历史学和地理学形成和起步的阶段。

作为中国最悠久和最受重视的学科之一的历史学，在接受了西方传入的历史学理论、学科构建、学术规范、研究和教学方法后，形成了中国现代历史学。

地理现象的记录和研究尽管也发轫于华夏文明的早期，但地理一直没有形成一门独立的学科，只是作为史学的附属或者读史的工具。所以直到编纂《四库全书》，四部中只有史部，只是在史部下设置"地理"类。而且，中国古代的"地理"往往又写成"地里"，其意义并不等同于现代地理学意义上的地理（geography）。西方的地理学知识和理论，从明朝中期由利玛窦等传教士陆续传入，但直到清末民初，比较完整的现代地理学才在中国形成。

这就意味着，这一阶段的历史、地理类出版物是中国现代历史学和地理学的基础读物和第一批成果。尽管用今天的标准看，其中有的还相当幼稚简陋，有的甚至有不少错误，有的早已过时落后，但它们曾经起过的作用和历史地位不会改变，都有保存的必要和利用的价值。

它们的问世和传播还拥有前所未有的优势。这些书籍大多数已经用白话文撰写，而不是传统的文言文，因此更易普及，社会也有更大的需求。当时基本都已采用新式的机器印刷，出版周期短，售价低，借助邮政和现代交通运输手段发行范围广，传播速度快。一些此前的善本、珍本、稿本也能以影印或排印的方式出版发行。由于新式教育制度将历史、地理列为学科，大学设立历史系、地理系或研究院，教育行政部门统编、各学校或个人自编了各种教材，一部分书籍被选为教材或教学参考用书，通用教材往往有空前的发行量。

在此以前，世界历史、外国历史、史学理论、国际历史学界状况和学术动态在中国几乎是空白，世界地理、外国地理、地理学理论、国际地理学界状况和学术动态、考察报告、探险记录、游记也很少传入中国，到这一阶段被大量翻译出版，包括一些历史、地理的经典著作和最新成果。在地理类出版物中，翻译本或译述本占了相当大部分。

但由于种种原因，自20世纪50年代以来这些书大多没有再版重印，少数得到再版重印的书也未必能保存原貌。存留至今的原书有的已成为图书馆的孤本秘籍，大多因纸张已变得脆弱甚至碎裂，经不起翻阅复印，图书馆往往不再出借。

而在历史学界、地理学界，由于原书不易查找，或者被有意忽略，这一阶段往往成为学术史上的空白，甚至还有学者因为不了解早已存在的学术成果而做着无效的重复劳动。

所以，为了保护文化资源、保存历史信息并有利于学术研究，尽可能多地搜罗原书，按原样影印出版，不仅十分必要，而且相当紧迫。

越生文化慨然承担这项意义重大、功德无量的"中国近代文献保护工程"，与浙江大学出版社通力合作，出版其中的历史类、地理类书籍，我与同仁受命编辑，谨述缘起为序。

2021年3月12日

《中国黄河文化大典》序

5000多年前，在中华大地形成了裴李岗文化、仰韶文化、良渚文化、红山文化、马家窑文化、大汶口文化、龙山文化等众多的文明雏形，考古学家形象地将它们比喻为满天星斗。但最终能延续并发展成中华文明主体的都集中在黄河中下游地区，这绝不是偶然的。

黄河中下游绝大部分属于黄土高原和黄土冲积平原，地形平坦，土壤疏松，大多为稀树草原地貌，是早期农业开发极其有利的条件。在尚未拥有金属农具的条件下，先民用简单的石器、木器就能完成开垦荒地、平整土地、松土、播种、覆土、除草、排水、收获。

黄土高原和黄土冲积平原地处北温带，总体上适合人类的生活、生产和生存。5000年前，这一带的气候正经历一个温暖期，3000年前后有过一个短暂的寒冷期，然后又重新进入温暖期，直到公元前1世纪才转入持续的寒冷。因此在5000多年前，这一带气候温暖，降水充沛，农作物能获得更多热量和水分，物种丰富，让这片土地成为当时东亚大陆最适宜的成片农业区。

这片土地是当时北半球面积最大的宜农土地，足以满足不断扩大的农业生产和持续增长的人口的需要。在这片土地中间，没有太大的地理障碍，函谷关、太行山以东更是连成一片的大平原。黄河及其支流、独立入海的河流、与河流相通的湖泊，形成天然的水上交通网。交通便利，人流、物流和行政管理的成本较低。这样的地理环境，使一些杰出人物萌发统一的理念，逐步形成"大一统"观念，由政治家付诸现实。

这一片土地成为"大一统"观念的实践和基础,"中国"的概念由此产生,并逐步扩大到整个中国。

中华文明的起源和早期发展阶段,呈现出多元格局,并在长期交流互动中相互促进、取长补短、兼收并蓄,最终融汇凝聚出以二里头文化为代表的文明核心,开启了夏商周三代文明。黄河文明是早期中华文明的核心和基础,黄河中下游地区是中华文明的摇篮,黄河是中华民族的母亲河。

中国历史上的统一时期,政治中心都在黄河流域(包括历史时期黄河改道形成的流域)。宋代以前,全国的经济中心和大多数区域经济中心都处于黄河流域。春秋战国时的黄河流域是文化最发达的地区。儒家学说的创始人孔子是鲁国曲阜(今山东曲阜市)人,他曾周游列国,晚年回到曲阜,致力于儒家典籍的整理和教学,他的众多学生主要来自鲁、卫、齐、宋等国,他的主要传承人孟子、曾子等也都在这一带,齐鲁地区是儒家文化的中心。战国时百家争鸣,几种主要学派的创始人和主要传播地区也集中在黄河流域。墨家创始人墨子(墨翟),道家创始人老子,道家学派代表人物杨朱、宋钘、尹文、田骈、庄子,从道家分化出来的法家慎到,战国中期产生的黄老学派,荀子(荀况),法家商鞅、韩非等,以及其他各家的代表人物,都不出黄河流域的范围。

秦汉时代,黄河中游已是名副其实的全国性政治中心,其影响还远及亚洲腹地。黄河下游是全国的经济中心,是最主要的农业区、手工业区和商业区,黄河流域的优势地位由于政治中心的存在而更为加强。两汉时期见于记载的各类知识分子、各种书籍、各个学派、私家教授、官方选拔的博士和孝廉等的分布,绝大多数跨黄河流域,"关东出相,关西出将"的说法反映了当时人才的分布高度集中的实际状况。

从590年隋朝统一至755年安史之乱爆发,黄河流域又经历一个繁荣时期。隋唐先后在长安和洛阳建都,关中平原和伊洛平原再次成为全国的政治中心。唐朝的开疆拓土和富裕强盛还使长安的影响远及西亚、朝鲜、日本,成为当时世界上最大、最繁荣的城市。尽管长江流域和其他地区已有了很大的发展,但黄河流域在农业、手工业、商业以及国家财政收入中还占着更多的份额。唐朝这一阶段的诗人和进士主要分布在黄河流域,显示出文化重心所在。

从河源到出海口,亿万中华各族人民在黄河流域生活、生产、生存。他们或农,或牧,或工,或商,或狩,或采;或住通都大邑,或居茅屋土房,或凿窑洞,或栖帐篷,或依山傍水,或逐水草而居。他们的方言、饮食、服饰、民居、婚丧节庆、崇拜信仰,形成丰富多彩的地域文化。

总之,中华文明的源头就是黄河文明,就是中华民族的先人在黄河流域创造的,中华民族最早的生活方式、生产方式、行为规范、审美情趣、礼乐仪式、伦理道德、价值观念、意识形态、思想流派、文学艺术、崇拜信仰,都是在黄河流域形成的,或者以在黄河流域所形成的为主体,为规范,然后才传播到其他地区。

黄河,不愧为中华民族的魂。

大量历史事实足以证明,黄河曾经哺育了华夏民族的主体,曾经哺育了中华民族的大部分先民,她的儿女子孙遍布中华大地,并已走向世界各地。

夏朝的建立和长期存在形成了由各个部族融合成的夏人,他们又称诸夏。在商周时代,人口的主体是诸夏,他们被美誉为"华夏"("华"的本义是花,象征美丽、高尚、伟大),以后常被简称为夏或华。华夏聚居于黄河流域,通过周朝的分封和迁移,扩散到更大的地域范围,并不断融合残留的戎、狄、蛮、夷人口。到秦始皇统一六国时,长城之内的黄河流域,非华夏族都已被融合在华夏之中。

秦汉期间,华夏人口从中原迁入河套地区、阴山南麓、河西走廊、长江两岸、巴蜀岭南、辽东朝鲜。在两汉之际、东汉末年至三国期间、西晋永嘉之乱后至南北朝后期、安史之乱至唐朝末年、靖康之乱至宋元之际,一次次大规模的人口南迁使华夏人口遍布于南方各地。一部分人口主动或被动迁入匈奴、乌桓、鲜卑、高句丽、突厥、吐蕃、南诏、回鹘、契丹、渤海、党项、女真、蒙古、满族的聚居区,在与这些民族融合的同时,传播了华夏的制度、礼仪、文化、技艺、习俗、器物,扩大了中华文明的影响范围，促进了中华民族大家庭的逐渐形成。到了近代，成百万上千万的移民闯关东、走西口、渡台湾、迁新疆，开发和巩固了祖国的边疆。至 20 世纪初，从黄河流域迁出的人口与他们的后裔，已经遍布中国大地。

在向各地输出移民的同时，黄河流域也在大量吸收其他地区的移民，特别是来自周边地区的非华夏移民。匈奴、东瓯、闽越、乌桓、鲜卑、西域诸族、突厥、粟特、吐谷浑、吐蕃、党项、高句丽、百济、契丹、奚、女真、蒙古等先后迁入黄河流域，这些民族的整体或大部分人口在这里融合于中华民族的主体之中。

尽管今天全国各地的汉族人口并非都来自黄河流域，在南方一些地区和边疆地区其实是世代土生土长的人口占了多数，但绝大多数汉族家族，甚至一些少数民族家族都将中原视为祖先的根基所在。显然他们所认同的不仅是血统之根，更是文化之根，而这个根就在黄河之滨、黄河流域。

黄河，不愧为中华民族的根。

黄河流域有世界上黄土覆盖面积最大、覆盖最厚的黄土高原，本身植被稀少，经农业开发和人为破坏，加剧了水土流失。黄河中游降水往往集中在夏秋之际，在局部时间和地点会将大量泥沙冲入黄河，使河水含沙量达到世界之最。泥沙淤积在下游河床，形成高于两岸地表的"悬河"。一遇大水就泛滥成灾，决溢改道，黄河成为世界大河中改道最频繁、波及范围最大的河流。

这条哺育了中华民族的母亲河，也曾经使她的儿女子孙历经磨难，黄河的安危历来是国运民瘼所系。"海晏河清""黄河清，圣人出"，是从帝王到庶民的千古期盼；但面对现实，多少人不得不发出"俟河之清，人寿几何"的浩叹。大禹治水的成果奠定了华夏立国的根基，历代治黄的成功保障了中华民族的繁衍。从《尚书·禹贡》到历代《河渠志》、各地的水利志，从《水经注》到《水道提纲》，从贾让的"治河三策"到潘季驯的"束水攻沙"，从"导河积石"到《河源纪略》，从金匮石室的秘籍档案到野老村夫的私人记录，历代治黄留下皇皇经典和浩如烟海的史料。

黄河作为一条饱经忧患的河，凝聚了中华民族的苦难和与苦难的奋争。"黄河宁，天下平"，历朝历代都将治理黄河作为兴邦安民的大事。特别是1949年以来，中国共产党领导人民开展了波澜壮阔的治黄实践，取得了举世瞩目的伟大成就。黄河文化经久不息、历久弥新，是中华文明的重要组成部分，是中华民族的根和魂。习近平总书记强调，要深入挖掘黄河文化蕴含的时代价值，讲好"黄河故事"，延续历史文脉，坚定文化自信，为实现中华民族伟大复兴的中国梦凝聚精神力量。

水利部领导有鉴于此，成立以党组书记、部长李国英为主任的编纂委员会，组织专家学者、水利部门领导和专业人士编纂《中国黄河文化大典》，举凡河流与人类文明之关系，黄河文明与其他河流文明之异同，黄河及其流域之自然地理和人文地理，黄河何以为中华民族之魂与根，黄河文化之内涵、外延、特色和变迁，历代治黄之实录、经验和教训，新中国治黄之巨大成就和未来展望，黄河流域生态保护和高质量发展的理念和实践，黄河文化之传播与弘扬，史籍文献、档案资料、旧典新篇、巨著零札，无不广搜博引，严选精编。

盛世修典，功在千秋。我忝为编纂委员会学术顾问，得参与其事，躬逢其盛，曷其幸哉！是为序。

2023年1月

山东人民出版社《微阅读》序

山东人民出版社准备为当代一批杰出的学人编一套《微阅读》，以极有限的篇幅高度浓缩，向读者提供他们论著中的精华。命我作序，我欣然应命。因恐我杂事多会延误，又为了节省我的时间，编者特意帮我拟了个初稿。写得很好，但毕竟不符合我的语气和笔法，直接采用的话对不起钟爱这套书和我的读者，还得自己写。

但拟稿中有一段话深获我心，正是我想说的：

"微阅读"的微还是"见微知著"的"微"。知识爆炸带来的结果是道术将为天下裂，各学科的人们都以为掌握了真正的智慧，其实我们都在盲人摸象，认识到的不过是细节和局部。当然我们也不能因此鄙视细节，关于细节的认识也有高下之分。如果我们能够汇聚各个学科最具智慧的学者的思想菁华，耳朵、鼻子、尾巴……各种关于细节的真知灼见组合起来，也有希望形成近乎完整甚至完美的知识图谱。帮助大众在零散的时间里，随便翻翻，接受各个学科真正有见识的学者的智慧熏陶，是我们努力推出的"微阅读"的初心。

幼时读"盲人摸象"的故事，第一印象是讥笑盲人的无知，以偏概全。以后再回想起来，觉得该讥笑的是引导盲人去摸象的非盲人。明明知道这几位盲人的脑子里没有对象的全貌的印象，却要让他们在只摸了象的某一部位以后判断象的模样。即使这是在做一个实验，也是有违职业伦理的。如果真是想让盲人通过摸象来了解象的模样，完全可以先告诉他们象的整体应该是什么模样（当然得用他们已经具备的具体概念），或者做一个象的模型先让他们触摸，然后再让他们摸真的象，并随时告诉他们正在摸的是象的哪一部位。

面对人类迄今为止形成的空前庞大复杂的学科框架和知识体系，面对这头无比巨大的象，我们这些自许为某一方面或某几方面的专家，或者是被谬称为"百科全书式学者"的人，充其量不过是摸象的盲人，摸得到的部位甚至还不如那几位盲人之一。即使是在社会科学和人文学科领域，我们对新出现的或自己不熟悉的学科和分支，认识和理解的程度也未必比摸象的盲人高明。时至今日，谁也不敢再存"上知天文，下知地理""无所不知，无所不晓"的奢望，只是希望无论整体还是局部，都能有人为我们提供微缩的"象"，让我们能对它的基本模样一目了然，然后根据需要去摸这头"象"的某一部位，不至于犯以偏概全的错误，又节省宝贵的时间和精力。

设身处地为我们的读者着想，如果你发表自己的论著是为了让更多的读者了解，为什么不主动提供这样一头微缩的"象"呢？杰出的学人往往涉足多个方面，非专业的读者自不用说，就是对某一方面的专业读者，也会遇到本专业以外的门槛。即使是本专业的读者，有这么一头"象"也能起引导和检索的作用，绝对有益无害。

《微阅读》就是作者主动提供的自己主要论著和成果的一头微缩"象"。无论采取什么方式节选或记录，都是经过作者本人认真审定的，这就保证了这头"象"与原样比例准确，惟妙惟肖。完全可以避免由他人进行微缩时可能出现的偏差和误解，保证微缩品的原汁原味。如果作者在微缩的过程中擦出新的火花，出现新的升华，或消除了原有的瑕疵，相信也是读者的幸运。

另一点我趁此机会要说明的意见，就是要客观理性地对待碎片和碎片化。

对于知识、信息碎片化的过分指责，我一直不以为然。因为在"学富五车"的时代，可以要求想当学者的人将这五车书看完，至少将其中有关的书全部看过。到了今天，稍有常识的人就不会再提这样的要求，神经健全的学者也不会给自己定下这样的目标。我们接受的本专业以外的知识和信息，几乎全都是碎片。一个学科、一个分支或研究方向、一项研究成果，如果不向公众或非专业读者提供碎片，等于将他们都拒之门外。各类辞典、工具书提供的都是碎片，但就是专业人员，相关的工具书、辞典也不可或缺，何况非专业使用者？

《世说新语》所收都是典型的碎片，我从年轻时就喜爱。但到目前为止，从来没有从头到尾读过一遍，今后也不会。有的碎片已读过多次，有的至今未扫上一眼。有的碎片我已作为证据用之于专业论著，有的碎片被我当成人生的感悟化之于生活，有的碎片如同古董可供不时玩赏，也有的碎片被我视为糟粕不屑一顾。

我主编的《中国人口史》六卷是我与同仁对人口史用力最勤、产出最丰的一项成果，虽敝帚自珍，但我有自知之明，估计全世界从头至尾认认真真看过一遍的不会超过一百人。即使是我们的同行，包括我们的研究生，认真全部看的也只是相关的卷和章节，其他部分都是需要时才查阅的。所以我不仅乐意读者阅读或使用这部书中的碎片，还主动向读者提供各类各种碎片。以中国人口史为题材，我写过几本小册子和不少单篇文章、邮件，还有答复网友的微博、私信。

现在成问题的，是大量看起来像碎片的东西其实是废品，是垃圾，甚至是毒剂。像充斥于网络的"历史""揭秘""秘闻""真相"之类长篇短节，有的东拼西凑，有的胡编乱造，有的随意解构，有的错字连篇，甚至蓄意造谣，散布流言，渲染色情。这些所谓"碎片"，连无害的底线都保不了，当然应在清除、销毁之列，岂能用它们代表真正的碎片？所以我们在肯定碎片的作用时，也应随时帮我们的读者和网友将垃圾从碎片中区别出来，清理出去。

肯定碎片的功能，绝不是夸大碎片的作用，更不是提倡碎片化。碎片化是指碎片的滥用，特别是在系统学习和学术研究中以碎片取代、消解原始文献和基本结论。如我们要学习和了解中国历史，至少要读一本高质量的《中国通史》，再多、再好的碎片也替代不了。即使编一本小学的中国历史课本，编一本供青少年阅读的中国历史故事，也要保证它们的系统性、代表性和价值观念的正确，绝不能用一些貌似闪光的、吸引人的碎片组合。在学术研究中更要自觉防止和抵制碎片化，即使是研究一个小课题，也要把它当作一个整体，并置于更大的整体中穷尽原始文献和数据，关注其存在的特定时间和空间范围，才能产生有益于学术的成果。

如果诸位作者道兄同意我这两点看法，那么就请读者诸君对这套《微阅读》做个鉴定吧。

庚子年夏至日于上海浦东寓所

《悦读南浔》序

我于1945年出生在南浔镇（今属浙江湖州市南浔区），虽然在1956年就迁居上海，但经常返回故乡，对南浔的情况一直关注并了解。从事历史地理研究后，曾将南浔镇作为研究和教学的案例，撰写过相关文章，也就相关内容做过讲座，带领国内外学者去南浔做过调查考察，还多次给研究生讲过南浔的历史和文化。近年来，我还读过好几种南浔本地学者的论著，为其中几种做过序，写过书评。我自以为对南浔的了解已经相当全面，比较深入，所以在收到《悦读南浔》书稿时，以为不过是一本普通导游书，并没有引起我太多注意。但在翻阅以后，却发现此书值得读，不仅适合一般读者，也能吸引像我这样的"老南浔""悦读"。

首先因为本书的"南浔"是以今南浔区为范围的，不仅包括南浔镇，还遍及南浔区所辖的2个街道和其他8个镇。尽管自2003年设区至今已近20年，但一说到南浔，往往还限于南浔镇，而不是南浔区。本书《浔贤》一章中就载有菱湖镇的抗日爱国烈士杨光泩、菱湖镇的"国宝守护神"徐森玉、菱湖镇的现代书法大家沈尹默、双林镇的著名书法家费新我、双林镇的《经济日报》原常务副总编辑罗开富、和孚镇的中国地质事业创始人之一章鸿钊、菱湖镇的中国近代科学奠基人之一任鸿隽、双林镇的新中国首任林垦部部长梁希、双林镇的中医药界一代宗师叶桔泉、双林镇的三峡工程设计师钮新强；名商巨贾中有菱湖镇的黄佐卿、杨信之，和孚镇的朱五楼，双林镇的莫觞清、蔡声白、蔡崇信，以及和孚荻港的章荣初。第三章《浔景》中介绍的主要景区，包括其中的国家重点文物保护单位，半数我还没有去过。第六章《浔味》介绍的美食中，我也有几种尚未品尝。

其次，本书的构成、写法、文笔真值得"悦读"。应该说，其中大部分内容我很熟悉，有的还做过研究，查过不少资料，但读到本书中的相关部分，还是觉得清新可读，引人入胜。一些民间传说虽未必有确切史料根据，但反映了民间对圣贤的崇拜和对美好生活的向往，作为民风民俗、民间文化，具有自然的魅力。本书称得上老少咸宜，雅俗共赏。

再者，本书篇幅不大，却能适应各方面需要。既可作为轻松了解南浔区的历史、文化和现状的快餐，也是南浔区自我介绍的名片。既能引起外地读者兴趣，当作实用的导游手册，也可作为本地导游的素材，发掘出更多的潜在资源。

这些读后感不敢自私，写出来与读者共享，也作为对本书的推介。

2022 年 10 月

张建智《西塞山前白鹭飞》序

张建智兄的新书《西塞山前白鹭飞》付梓前命我作序,作为订交20多年的友人我自不敢推托。翻检目录,有些文章以前看过,本想再拣几篇未看过的读一下,以便序文中增加些内容。岂料看了就不能自已,连看过的也全部再看了一遍,至此已不担心没有话写。

我一直认为,一本书、一篇文章要吸引读者,题目很重要。因为除了那些全国性、全球性的名人、名作者、名学者外,除非是出于研究、学习或特殊目的非看不可者,读者当然会根据书名或文章的题目决定是否有兴趣看,是否值得看,而不是只看作者是谁。

我还是小学生时,从初中的文学课本上读到张志和的《渔歌子》,记住了"西塞山前白鹭飞"的名句。但直到成人后才知道,西塞山就在我的出生地浙江湖州,却从来没有机会一睹它的真容。这个书名自然会吸引我迫不及待地打开书,并直接找到这篇文章,看能否满足我的需求。

文章的题目也是如此。收入本书的文章,从题目看到的名字就有巴金、茅盾、殷夫、阿英、莫言、章克标、木心、吴藕汀、庞元济、张葱玉、周有光、章开沅、沈家本、张静江、戴季陶、宋美龄,古人有颜真卿、叶梦得、董说,外国人则有瑞典王子罗伯特·章、荷兰使者韩克思。题目中的"王老",果然如我猜测的,就是王世襄。书写或回忆这些人物的文章如何会不吸引读者?而有资格、有条件书写或回忆这些人物的,天下又能有几人?书话栏目,题目中出现的是"宋版书",也就是最高等级的古籍版本，吸引力不言而喻。

　　第二个标准，自然是文章的内容。题目再吸引人，如果一读正文就空洞无物、不知所云，或者强作高明、故弄玄虚，或者佶屈聱牙、晦涩艰深，或者玩弄辞藻、堆砌铺张，要不是为了研究或批判，谁也不会乐意看下去。还有些作者倒是满腹经纶，或有讲不完的故事，可是写出来的内容却一再重复，或者就是一篇人物传记，也会使读者大失而望。而建智兄写人物，篇篇都有新的内容。凡他有亲身经历或直接交往的，必有细致精确的叙述，足以补其正传之阙漏。凡是根据史料、间接经历或本人资料写的，必有独特的视角或新的观点。

　　建智兄年龄与我相仿，一直工作和生活在浙江湖州，但他写的人物遍及各地，大多年长于我辈二三十岁甚至数十岁。这得益于他长期在政府部门从事对外联络工作，更是他长于交际、敏于观察、善于思考、勤于记录的结果。有些人物，我结识交往的时间比他长得多，但看了他的文章，发现他了解得比我多，观察得比我深，获得的机会也较我多。有的人物，建智兄与他仅有一次邂逅，甚至没有什么交谈，但所写内容同样给我留下清晰的印象。我相信，对有些长期存在于公众之外、如今早已逝去的人物，建智兄的文章或许就是他们留给后人的唯一记载。

　　所以我对建智兄还有更大的期望，希望在《西塞山前白鹭飞》以外还能看到更多风景。

2021 年 11 月

宋昌斌《中国官制漫谈》序

宋昌斌兄将《中国官制漫谈》的书稿发给我，要我在前面写几句话。我们是复旦研究生同学，以往还有过愉快高效的合作——在我主编的《千秋兴亡》（后多次再版）中有他写的一册，我自然义不容辞。为此我想先翻翻，找点下笔的内容，谁知一看就放不下鼠标，看完时已过午夜。读到会心处，难忍一笑；读到痛恨处，不禁切齿。其中有些现象或故事我早已熟悉，但经昌斌兄这么一写，更觉生动深刻。其中的佳句隽语，可入《世说新语》；而种种劣行怪象，比《官场现形记》还入木三分。本来只是想为老朋友尽一次义务，现在已是不吐不快——即使他没有要我写，我也要写下我的读后感，与读者分享。

《中国官制漫谈》写得亦庄亦谐，可雅俗共赏，但绝非戏说小说，一言一事皆有根据，重大言论、情节、数据都有史料可查。当然，昌斌兄毕业于复旦大学研究生院，是法制史专业的硕士，受过严格的学术训练，具有相关领域的广博知识和扎实理论基础。但要做到言必有据还是相当困难，因为"官"涉及的范围实在太大，"官"的历史几乎就是整个中国社会的历史。尽管《二十四史》中一般都有"官"的专卷，如职官志、循吏传、酷吏传，都有最大的"官"——皇帝的本纪和各类官的典型的专传，但仅仅有这些资料是绝对反映不出"官"的全貌的。散在各种典籍、史料中的有关官的资料，没有长期、耐心、敏锐、精确的收集、整理、鉴别、应用，就无法形成本书的框架和内容。

要真正理解这些史料更难。一方面，与"官"相关的词汇、术语、标准、格式等，除了通用的含义外，往往有其特殊的意思。而这些解释或传承，历来都是靠口耳相传，或用内部的方式传达的。时过境迁，外人、后人往往百思不得其解，千方百计难以圆其说。我在研究人口史时就发现历代所载户、口、人、丁等单位在大多数情况下根本不是真正的家庭、人口或一定年龄层的人口。读了何炳棣先生的书才豁然开朗，原来这些单位在与赋税制度挂钩的情况下，不过是种赋税单位或额度，如一个丁就等于多少两银子、多少文铜钱、多少尺布、多少石粮食，甚至可以精确到小数点后的十几位。而且，同一单位在不同地区、同一朝代的不同阶段，又会有相差悬殊的数额。昌斌兄《中国官制漫谈》涉及的范围不知要广多少，其难度不可同日而语。

找不到任何史料的官和官场，应该比找得到的更多。因为任何朝代、任何衙门、任何官员、任何制度、任何事件，都不可能将全部事实记载下来。而已经形成的史籍、档案资料又都不可能完整地保存下来，有的早已销毁散失，有的一直深藏不显。但官场是延续的，人心是相通的。后世的官和官场中，肯定可以找到前世的官和官场的遗迹。今天的官和官场，必定能显示过去的官和官场的原形。还是以人口为例，30年前我在撰写《中国人口史》时了解到，在人口普查数据以外，我国曾存在三套统计数，分别出于商业部、公安部和国家计生委。一般商业部的数字最高，国家计生委的数字最低，公安部的数字持平。没有经验的人难以理解，我们这些过来人就知其必然。那时一家一户的全部票证如粮票、油票、肉票、糖票、布票等不下数十种的票证都是由商业系统按人头发的，人数多对公私都有好处。而国家计生委的业绩就体现在人口自然增长率的降低和人口总数的下降，统计得越少越有利。如某县曾被评为全国计生先进单位，以后发现居然隐瞒了不少新生人口。不过这一点也难不倒昌斌兄，因为他"在官场浸润几十年，有许多切身体验。对官制以及相关制度，也多有涉猎"。而且他多年在省级的综合部门任职，自然比多年甚至一辈子局限于一个单位的人强得多。

要同时具备以上三方面优势的人本来就如凤毛麟角，昌斌兄又是在

"业已告别官场、心智平静下来后,对官场更有一种近感其细、远观其巨的度量",本书无愧为"作者毕生经历和沉思的产品"。

还要我絮叨什么?一读为快!

2021 年 6 月

《小天下·中华文明》丛书序

这套丛书命名为"小天下",自然是出于孟子的话:"孔子登东山而小鲁,登泰山而小天下。"孟子的意思很明白:登高才能望远,才能望遍。就是孔子这样的圣人,也必须借助高度,才能超出正常视力的极限。如果只登上高度有限的东山,至多只能看到鲁国的全貌;只有登上当时人心目中的最高峰——泰山,才能阅尽天下。

时至今日,我们早已明白,孔子、孟子心目中的最高峰——泰山离地球上的最高峰差距甚大,就是能登上珠穆朗玛峰,能看到的也只是地球这个"天下"的极小部分。只有登上宇宙飞船,并且还得借助特殊的工具,从外太空才能看到地球的全貌。孟子此话的哲理完全正确,古今不易。所以我们编这套丛书的目的就很明确——为我们的读者提供登上东山、泰山,以至珠穆朗玛峰的阶梯,使他们能不断扩大视野,一步一步"小天下"。

我们主要的读者对象,是高中生和大学一二年级学生,或相应文化程度的青年,也就是说,这套书是适合他们的阶梯。

"书山有路勤为径,学海无涯苦作舟",韩愈这两句话流传了一千多年,一直是激励青年刻苦求学的名言。但到了今天,光靠勤和苦已经攀不上书山、渡不过学海了。因为这座书山过于高大,并且每时每刻在增高扩大;这片学海过于浩瀚,并且分分秒秒在拓宽加深。如果一味只讲勤和苦,以一个人有限的时间、精力和生命,也许只是在山麓徘徊,在海滨徜徉。唯有找到了阶梯,又具备攀登的实力,发现了渡船,又有了正确的导航，方能如愿以偿，接近顶峰，靠近彼岸。

人类积聚到今天的全部知识和学科，基本可以分为两类——人文和科学。我们提供的阶梯也就包含这两个部分，有的书侧重于人文，有的书基本内容是科学，有的书两者兼顾。但无论哪一种，都不是哪一门学科知识的简单延伸或扩大，都不是某门课的教学辅导书或什么解题宝典，而是人文与科学的结合。我们的读者，无论他们今后从事何种工作，选择什么专业，发挥哪方面的作用，在社会上处在什么地位，都需要奠定这两方面的基础。就人文而言，重要的是通过哲学、历史、文学、艺术、美学等学科的学习，确立基本的价值观念、审美情趣、生活方式、理想信念，而不仅仅是具体的知识。就科学而言，重要的是通过对自然科学、社会科学主要领域的学习，掌握基本的逻辑推理、归纳综合、思维分析的能力，而不仅仅是具体的概念。

正因为如此，我们的选题并不对应高中、大学的课程，也不求覆盖全部学科，而是选择了一些关键性、综合性，特别是我们的读者最需要的一些专题，陆续出版。首批的各卷专题分别是国家、民族、军事、商业、思想、文学、艺术、民俗，后续各卷将分批出版。"小天下"的阶梯将不断升高，不断增宽。

我们的作者都是优秀的学者、教师，尽管他们自己未必达到一流水平，但丛书要求他们必须应用本专业、本领域的一流成果、权威结论，还要求他们用读者喜爱的表达方式、能明白的语言，像老师与同学们谈心聊天那样。我们更希望在这套书问世以后，作者能走进校园，走向社会，与读者们交流，了解他们的需求，听取他们的意见，不断修订完善，使"小天下"的阶梯愈益精良坚实，也使阶梯的使用者持续增多。

2021 年 6 月

读《齐梁文化研究丛书》

位于常州市武进区的淹城遗址,始见于东汉袁康《越绝书》,是江南地区现存最完整的春秋时期城池遗址,总面积达65万平方米。周灵王二十五年(公元前547年),吴王余祭封季札于延陵,延陵成为今常州地区明确见于记载的最早的封邑。

但吴国的政治中心一直在吴(今苏州市城区),以后越灭吴、楚灭越、秦灭楚,直到西汉、东汉,这一格局始终没有改变。江东(江南)地区的行政中心长期都在吴。秦和西汉时期,吴县是会稽郡(辖境约有今长江以南、镇江以东的江苏省,上海市,浙江省大部和福建省)的治所,东汉是吴郡(辖境约有今长江以南、镇江以东的江苏省,上海市,浙江省杭、嘉、湖地区)的治所,自然也是这一广大区域的政治、经济、文化的中心。

而今常州市域长期以来处于郡、州、府一级行政区域的边缘,虽在西汉期间设置了毗陵县,但远不如郡治吴县。《汉书·地理志》称毗陵"江在北,东入海",说明毗陵当时还是濒江近海,位于自然条件不利的地方。毗陵以北已是长江口,潮汐可影响到今扬州一带,境内北部的土地成陆未久,易受海潮威胁,开发程度很低。东汉末年,江淮间与北方移民迁入江东,以后孙吴政权建立,移民主要定居于都城建业〔今江苏南京市城区,西晋末建兴元年(313年)改称建康〕和吴郡的郡治吴县一带。孙吴置毗陵典农校尉,治所就设在毗陵县,可见毗陵有大量空地或荒地,有足够的土地可供开发或集中安置大批军民。西晋改毗陵典农校尉为毗陵郡，但郡治却设在秦朝就设置的丹徒县（今镇江市京口区丹徒镇），显然毗陵的发达程度和办公条件还不如丹徒县。西晋灭吴后，还将吴国的宗室、大臣、大将、江南土著大姓北迁，毗陵虽未必直接受到影响，但不可能逆势发展。

4世纪初永嘉之乱爆发后，大批北方移民南迁。永嘉五年（311年）后建邺（后改称建康）成为晋朝实际上的政治中心，宗室贵族、文武大臣、北方的世家豪族都以建康及其周边为迁入和定居的目标。由于建康北濒长江，西南和南面是丘陵地带，所以丘陵以东的平原成为移民集中定居地。在今常州市范围内就有好几个专门为北方移民设置的侨郡、侨县：南兰陵郡，辖县兰陵、承、合乡；南东莞郡，辖县东莞、莒、姑幕、盖；临淮郡，辖县东阳、海西、射阳、淮浦、淮阴、长乐、盱眙、淩；淮陵郡，辖县徐、司吾、阳乐、广阳、下相；南彭城郡，辖县彭城、吕、武原、杼秋、僮、下邳、北淩、傅阳、蕃、薛、开阳、洨。另外还有南清河郡、南平昌郡、南济阴郡、南濮阳郡、南泰山郡、南鲁郡等，很可能也设置在常州一带。

定居的移民中就有晋淮阴令萧整，在永嘉之乱后迁入南兰陵郡兰陵县，实际居住在晋陵郡武进县的东城里。到南朝宋元嘉四年（427年），萧整的曾孙萧道成诞生，萧氏已成为南兰陵的大族。至南朝宋昇明三年（479年），萧道成代宋建齐，南齐中兴二年（502年）年萧氏族人萧衍代齐建梁，至梁太平二年（557年）为陈取代，萧氏统治南朝78年。在此期间，南兰陵既是皇族故里，也是萧氏宗族聚居和活动的地方，密迩首都建康，俨然帝乡京畿。加上萧氏宗族人才辈出，名动海内，著述丰富，人文蔚然，极一时之盛，南兰陵也是文化中心。

另外，北方南迁的移民家族经过100多年的繁衍，已经枝繁叶茂。在移民后裔聚居的地方，他们已成当地人口的主流和大多数。他们所传承的来自中原的文化也已成当地的主流，并为土著所接受。随着人口增加，土地得到充分开发，手工业、商业随之繁荣，这些地方也成为经济发达地区或经济中心。

所以齐梁时期是常州历史上的高峰，就其对中国历史和全国范围影响而言，称得上是常州最辉煌的时代。齐梁历史和文化是常州重要的精神财富和文化资源，具有无可替代的价值和作用。常州市政府一直高度重视对这一历史时期文化的研究，早在2008年就成立齐梁文化研究课题组，联合国内高等院校、科研机构的专家学者和上海古籍出版社、上海辞书出版社，共同对齐梁文化进行发掘研究，已取得丰硕成果，从2015年起先后编纂出版了《齐梁文化研究丛书》17部专著，是迄今为止国内外齐梁历史和文化研究的集大成者。

相较于以往对齐梁历史和文化的忽视和研究不足，庄辉明教授的《南朝齐梁史》、龚斌教授的《南兰陵萧氏家族文化史稿》、刘志伟教授等所著的《齐梁萧氏文化概论》、张敏教授编著的《南兰陵萧氏著作综录》，或是相关领域迄今最完整深入的研究成果，或填补了该领域长期存在的空白，或是一种开创性成果，都具有重要的学术意义和应用价值。曹旭教授等的《齐梁萧氏诗文选注》虽属选本，却选录了萧氏作者31人、诗文300多篇，覆盖面最广，代表性最强，在注解上也有不少新意创意。庄辉明教授主编的《齐梁文化辞典》，首次以工具书的形式，全面系统地对南朝齐梁文化进行了总结，内容涵盖齐梁时期的历史、地理、风土人情、传统习俗、生活方式、文学艺术、科技成果等方面，是思想性、科学性、资料性很强的专业工具书。

在萧氏人物中，以往仅梁武帝萧衍、昭明太子萧统有专传、评传，这套丛书中增加了萧纲、萧绎、萧赜的评传，庄辉明所著的《萧衍评传》、陈延嘉等所著的《萧统评传》也不因袭前人，无论在史实的钩稽还是事实的评价上都不乏新的发现和新的观点。

《昭明文选》《玉台新咏》《金楼子》是古代文学经典，也是齐梁文化的代表作品，虽已有大量研究论著，像《昭明文选》已有全文译本，但本丛书中的三种译注本注重通俗普及，更适合普通读者的需要。在版本选择上，这些译注本也具有后发优势，有条件选择最优版本，保证译注质量。

这套丛书的出版也是常州市文化建设的重大成就，并为常州市精神文明的建设提供了新的资源。一方面，对本地丰富多彩的历史文化的深入了解有利于提高民众的文化自信和自豪感。另一方面，植根于本土的文化、在本土产生的文学作品彰显了本土独特的地域品格，对民众有很大的亲和度，有更强的吸引力，并进而让民众对中华民族优秀的传统文化有更具体的了解和更深入的理解。

十多年的辛勤努力已经结出硕果，我欣喜获悉，在常州市委、市政府的支持和指导下，课题组的延续和新的发展已经有了切实保证。常州大学已经成立齐梁文化研究所，设立齐梁文化论坛，建立齐梁文化研究文献中心，并将进一步扩大和加强与海内外相关专家的合作。我相信，常州齐梁历史文化研究的第二批成果指日可待。

2021 年 11 月

新闻和文学作品能成为历史吗

——向继东《善待肉身》序

老友向继东兄一批旧作拟结集出版，命我作序。这些文章大多我以前读过，有的是发表之初就读了，有的是此后在网上看到，但也有一部分是这次才看到的，却有似曾相识的感觉。我想，这是由于在以往这二十多年间我与他有过相似的处境或相同的感受，自然会引起共鸣。

继东兄一直在媒体工作，从本职退休后又应聘于出版社，我与他的结识和交往也是通过他的约稿、组稿。不过，当初他约我写的并非我从事研究的专业，并非因为我大学教授或历史地理学者的身份。如果不是因为我没有全身心专注于正业，在专业和校园之外写些文字，发点议论，表个态度，我们是不会有订交的机会的。但现在要为他的作品作序，我想还应该从我的正业出发，从历史和历史研究的角度发表一点意见。

继东兄这些作品，都属时评、议论、杂文、散文、回忆，不出新闻和文学的范围，那么它们与历史和历史研究有什么关系呢？

正好上月有一本媒体人写的讲三国的书要我写序，我写了一段新闻与历史的关系，也适用于此，先抄录如下：

> 记录并探求事物的真相，是新闻与历史最大的共性。新闻的记录和探求对象是刚刚发生、依然存在或正在进行的事物，所以以

现场实地即时的观察、记录、报道为主，查阅以往的记录，了解历史背景为辅。历史是记录和总结过去已经发生并有了结果——永久性的或阶段性的——的事物，自然只能以搜集、鉴别、整理迄今为止已有的记录和史料为主，相关地点的考察调查为辅。新闻求快求新求具体，信息来源越密切越接近越好。历史要等待事物的结束，至少要告一段落，或进入稳定状态，要讲究信息的正确和完整，要与记录的事物保持一定的距离——时间、空间、利益、情感上都要有最低限度的距离。

所以，新闻与历史之间的差异并不仅仅在于时间。"昨天的新闻就是今天的历史，今天的新闻就是明天的历史"（我看到继东兄一篇文章中也引了这句话并赞同）这句话至少是相当片面的，因为并非所有的新闻都能成为历史，甚至可以说，绝大多数新闻是不可能成为历史的。因为绝大多数新闻记录或报道的，只是一个大事物的某一个点、某一侧面、某一过程、某一阶段、某一个人、某一个群体。即使是综述性的、总结性的报道，由于时间、空间距离太近，也不可能真正做到全面、完整。而且，任何新闻报道都离不开新闻人的观察和记录方法、意识形态、价值观念、个人和群体的利益，不可能做到完全客观公正。有的新闻只有一定的时效，过了时就没有任何价值。有的新闻本来就是出于某种目的而制造的假象，在真相大白后就起不了作用。而历史就是对过去有意识、有选择的记录，即使对已经证明是正确的新闻，历史的记录者和历史学者也必然会根据自己的历史学理论和方法、价值观念、族群和国家利益、信仰作出选择，决定取舍。

那么文学及文学作品呢？

文学是用语言、文字表现、创作的艺术作品，属语言艺术，与历史有本质的区别。从时间上说，历史记录的是过去，必须与现在保持一定的距离；而文学并无时间的限制，可以是过去，也可以是现在，还可以是将来。历史是后人对过去有意识的、有选择的记录，但记录者的主观目的是记录真相，是追求真实。文学是作者的创作，需要作者的想象力和个人情感，需要艺术性的虚构。即使是纪实性的文学，也必须运用艺术性的表现形式和手段，并不要求每一个细节都有事实根据。历史小说更需要虚构，否则凭有限的史料如何编得出引人入胜的情节、震撼人心的故事？至于"历史"，只是小说的修饰词，是作者的自我定位或主观感觉，并没有客观的标准，更不需要历史学家认定。一位写帝王故事的作家声称他查遍了史料，写的每一个细节都有根据，那是因为他还不懂什么是史料，或者以为白纸黑字就是史料。果然有一次他接受采访时狠批宋朝的腐败，举的就是《水浒传》中的例子。《史记》的文学色彩备受文学家赞誉，被称为"无韵之《离骚》"，但史家质疑的正是司马迁那些绘声绘色的细节描述以及似乎身临其境的记录。

中国历来有"文史不分""文史一家"的说法，我的理解，并不是说文学与历史没有区别，或者文学与历史就是一个整体。这里的"文"主要不是指文学作品，而是指文学及文学史的研究，并泛指人文和学术研究，这些方面当然与历史或历史研究有共性。另一层意思，是学者往往集文史于一身，这在现代学科体系产生之前是很正常的。即便如此，学者自己对文学和历史还是分得很清楚的，班固编纂《汉书》时会辑录有史料价值的文学作品，但不会用创作《两都赋》的思路和手法撰写《高帝纪》或《扬雄传》。

近年流行一种说法"文学即历史"，还有些人指责历史学者对文学作品的历史学价值重视不够，没有注意从文学中发掘历史资源，显然是混淆了两者的区别。任何时间、任何条件下的文学都不应该也不可能等同于历史，但文学中可能包含着记录历史的内容，譬如其中的写实部分，或者从其中复原、重构的事实片断，可以当作史料。在原始史料不复存在的情况下，或许是今人能够找到的唯一史料，弥足珍贵。在其他史料还存在的情况下，可以增加一重证据，或者可用于证伪。但这是不得已的，因为更全面确切的史料已不存在，而且只限于文学中的写实部分。如果对这部分是否写实无法证实，那还是于事无补。用于证史则是锦上添花，是在史实已基本得到肯定时再增加一重证据。如果没有这个前提，仅仅依靠这类证据是证不出完整的史实的。

气象学家竺可桢在研究古代气候变迁时苦于历史时期根本不存在仪器观测到的气候数据，就应用物候学的原理，在古代文学作品中找到了不少证据。但他引用的并非"燕山雪花大如席"或"春风不度玉门关"这样的描写，而是"某月某日（某地）初雪"，（元大都）"清明时节杏花开"，"三月四日江南春，村村插秧无朝昏"，诸如此类能复原出具体时间地点的物候的可靠记录。唐朝韦庄的《秦妇吟》是著名的写实史诗，自然可以用以证史，但并不等于这首诗的全部内容、每句诗句都可用作史料。历史学者绝不会根据"内库烧为锦绣灰，天街踏尽公卿骨"判断内库中被烧毁的是哪些纺织品，数量有多少；也不会据以计算到底有多少公卿是在天街上被杀，公卿的骨骸覆盖了天街面积的几分之几。

这样说来，是不是新闻和文学完全与历史无缘呢？绝非如此。

能够反映真实的自然现象、社会现象和人情人性的新闻和文学作品，有可能直接被载入历史，或者被历史学者选择为史料。而只要有一定的代表性，这些作品本来就是新闻史、文学史记载的对象，是新闻史、文学史的基本史料。更重要的是，这些作品中蕴含的真实的精神、情感、价值观念、信仰，将不受时间和空间的限制，对人类社会产生永久的影响，渗透在历史之中。

想到这些，我为自己给继东兄的作品写序找到了正当的理由。

2022年5月4日于疫情封闭中的上海浦东寓所

文如其人，书如其人

——读来学斋《学斋集》

初次结识来学斋兄时，他从郑州大学历史系毕业不久，任职于洛阳市的方志办。前些年应洛阳市领导之邀去讲学，得知学斋已调任中共洛阳市委市直机关工委书记。在我担任全国政协第十二届常委期间，又听说他担任了洛阳市政协专委会的专职主任。去年收到他已退休的邮件，今年初就读到了他这本文集《学斋集》。翻阅照片和目录，我的第一感觉就是文如其人，书如其人。"学斋"是他的大名，也可理解为书房、教室、学习的场所；《学斋集》是学斋所写文章的选集，也可以理解为他在学习场所取得的成果的汇集。实际上还不止这些，《学斋集》还是他在人生这个大课堂的感悟心得的汇编。

学斋在方志界工作了28年，从一般工作人员到领导，到全国地方志系统先进工作者"十佳"，在《学斋集》中编成相应的"方志探微""史海泛舟""资源开发"和"资政服务"四个部分，分别体现他在方志学界的工作业绩、研究成果和地方志本身的存史、资政功能。

1984年，全国修志工作起步不久。记得1983年4月全国地方志规划工作会议在洛阳召开，我随先师谭其骧先生赴会。全国和各省市方志办和地方史志协会的领导，朱士嘉、侯仁之、董一博等专家到会，但我印象中，洛阳本地还没有什么专家学者参与。4月26日上午谭先生在洛阳玻璃厂礼堂做"地方志与地方行政区划"的报告，由河南省方志办杨静琦主任和洛阳市方志办主任主持，听众上千人，大多数是外地与会人员。所以学斋到洛阳报到时，方志办和修志工作都属草创阶段。而学斋本人在郑州大学历史系本科，也没有专门受过方志学或修志方面的专门训练。但通过刻苦学习钻研和踏实深入的工作实践，学斋不仅很快适应了方志工作的需要，掌握了基本的专业知识和工作手段，而且取得了令人瞩目的业绩。

收入"方志探微"部分的一组文章，最早发表于1991年，分别对洛阳历史方志的纂修做了概括的论述，对历史文化名城志书编写的两个基本要求提出了自己的见解，对编写人口志、城市人口志内容记述的要点、人口篇记述人口自然构成内容以及从人口学把握人口篇的质量提供了自己的经验和建议，对《洛阳市志·人口志》《偃师县志》《洛宁县志·社会志》做了客观精到的评价，为《石家庄村志》等写了画龙点睛的序言。尽管学斋一直自谦只是一个普通的地方志工作者，但这些成果足以使他无愧为地方志的专家。

收入"史海泛舟"部分的一组文章，最早发表于1989年，分别对正史中的洛阳史料，东汉洛阳的对外文化交流，隋唐洛阳的外商活动，洛阳古代的地图学、冶金业、出版业，洛阳历代的人口发展做了论述。其中有些方面，以往从未受到史家的关注，是他从浩繁的史料中细致钩稽、严密考证、重构复原的结果。这些成果足以使他无愧为洛阳地方史的专家。

1991年，洛阳市地方史志编纂委员会发起组织对洛阳与丝绸之路的研究，学斋做了大量工作，做出重大贡献。他与同学薛瑞泽在《洛阳日报》发表《应重视洛阳与"丝绸之路"的研究》一文，洛阳市方志办在全国范围内组稿征文，从中精选了33篇论文，编为《洛阳——丝绸之路的起点》，1992年由中州古籍出版社出版。此书由李学勤作序，作者包括韩国磐、王育民、朱绍侯、王云度、高敏、唐嘉弘、苏健、方酉生、孟世凯、刘铭恕、袁祖亮、王子今、张乃翥、刘光华、李玉昆、陈炎、徐连达、王文楚、林梅村等各领域的知名专家学者，是当时丝绸之路起点研究中最重要的文集，产生了重大影响。此书出版后，学斋和他的同事又广泛邀请、征集学术界的评论。陈桥驿、傅振伦、安作璋、邹逸麟、陈绍棣、王兴亚、张步天、刘宝才、赵吉惠、于希贤、张文立、曲英杰、程有为、臧知非等专家都撰写书评，我也在学斋的一再敦促下写了题为《丝绸之路研究新成果的汇集》一文。他们还征集到季羡林、周一良、田居俭、彭卫、黄烈、王克芬、黎虎、朱龙华、张泽咸、林甘泉、朱大渭、来新夏、田余庆、郦家驹、史为乐、王天奖等专家学者的评论信函，真是集一时之盛。

此后，洛阳市方志办又与中华书局在《文史知识》杂志联合举办"河洛文化专号"，邀请张岱年、刘家和、韩国磐、罗宗强、陈桥驿、朱绍侯、李民、李学勤、史为乐、衷尔钜、沈福伟等著名学者和长期从事相关研究的专家30人面向更广泛读者撰写专文，传播河洛文化的知识，扩大河洛文化的影响。

1991—1996年，洛阳市方志办创办的《河洛史志》刊载各类文章500余篇，作者包括傅振伦、赵光贤、何兹全、史念海、来新夏、陈桥驿、李学勤、林甘泉、韩国磐、朱绍侯、高敏等全国知名学者，还有一批杰出的中青年学者，以及日本的池田温、妹尾达彦、成家彻郎教授，保持经常联系的史志界专家学者有150多人。

发表在《中国地方志》（1996年第1期）上的《学术·编纂·服务——吸收学术成果拓展服务领域的修志路子探索》一文，就是学斋对这学术、编纂、服务三项工作和《洛阳市志·文物志》编纂的经验总结。正如学斋所说："靠什么赢得如此众多的专家学者撰稿呢？除上面所说洛阳的历史文化优势外，还加上我们对事业的执着追求和一颗赤胆诚心。"我与学斋素不相识，就是通过他恳切而频繁的来信，由相交而相知。那些年，全国各地的方志办及其编纂人员与我们研究所及我个人联系的很多，我也应邀参加过各种会议，评审过好几种新方志，为几种志写过序，也撰写过几篇论文，但联系、参与最多的还是洛阳市方志办和《洛阳市志》，这无疑是因为有学斋在。但我只是他们工作的百分之一，从《情系甲骨著春秋——访著名古文字学家胡厚宣》《傅振伦与〈洛阳市志〉》《斯人骤仙逝，览物情伤摧——深切缅怀著名历史学家、古文字学家李学勤先生》和《高山仰止,景行行之——棠棣缅怀著名历史地理学家、"郦学"泰斗陈桥驿先生》4篇中可以看到,学斋都不止一次向他们虚心求教,或登门拜访,或就地采访,或信函往复,在完成工作任务的同时,获得了这些顶级专家面授的机会,逐渐进入地方史志专家的行列。

在2011年12月25日召开的纪念洛阳市社会主义新方志编纂工作开展三十周年的大会上,学斋代表洛阳市方志办做题为《盛世修志三十载,硕果累累满枝头》的报告。这30年,学斋参与了27年。他提到,洛阳的地方史志工作和修志人员"从零起步","经过三十年的修志实践,如今已经成为起来一支思想好、业务精、作风硬,能够胜任地方史志工作的专业队伍"。他自然没有提到自己,但他正是其中的一员,并且已经成为他们的业务骨干、带头人和领导。

随着工作岗位的转换,学斋的"学斋"到了市委机关、市政协专委会,我们同样读到了学斋的工作经验、实践记录和学习心得。他的"学斋"还开在社会和家庭,以孝子、慈父、挚友、同志的身份写下真切的文字。他《忆父亲》一文感人至深,催人泪下,令人久久不能忘怀。

学斋虽已退休,但"学斋"如旧,我自然在期待第二部《学斋集》。

2022年

何以端《琼崖古驿道》序

《史记·夏本纪》记述了大禹治水成功后，舜治理天下的制度：

> 令天子之国以外五百里甸服：百里赋纳总，二百里纳铚，三百里纳秸服，四百里粟，五百里米。甸服外五百里侯服：百里采，二百里任国，三百里诸侯。侯服外五百里绥服：三百里揆文教，二百里奋武卫。绥服外五百里要服：三百里夷，二百里蔡。要服外五百里荒服：三百里蛮，二百里流。

这样规范的制度不可能是4000多年前的事实，明显出于后世文人的美化，却揭示了远古时代统治者无法克服的困难——长距离交通运输，所以只能根据与"天子之国"的距离划定不同的贡献标准。在离王城最近的五百里范围的"甸服"之内，按距离分为五级标准：一百里之内将收获的庄稼全部交纳，二百里之内只要交谷穗，三百里之内交谷粒，四百里之内交粗粮，五百里之内交加工好的粮食。距离越远，对贡献物品越讲究分量轻、体积小，以降低运输成本。五百里以外就分封给诸侯，第二个五百里以外只须加以绥抚，再以外就属尚未开化的"要荒"之地，不必治理，听其自然。这一统治原则可以得到史实证明，西周时的贡献制度的确是按离王城的距离划分的，如已经出了"甸服"范围的楚国，固定的贡品只是象征性的"包茅"。

实际情况不可能如此规范，交通运输的难易程度不仅取决于距离，还与道路的状况有关。但在生产力低下的条件下，道路的开辟和维护需要耗费大量人力物力，为获得远距离的贡赋而开辟、维护道路会得不偿失，统治者不得不根据交通运输条件来确定贡赋的等级和实物，这在分封制度下不失为一种现实的选择。尽管驿传制度可以追溯到周代，《周礼·遗人》也有具体的内容，"凡国野之道，十里有庐，庐有饮食；三十里有宿，宿有路室，路室有委；五十里有市，市有候馆，候馆有积"，但因为天子并没有与各级诸侯保持经常性联系的需要，这样完善的设施至多只存在于王都附近，只是一种完美的设想。

秦始皇起实行中央集权制，政令的上通下达，信息、人员、必要的物资在朝廷、郡、县之间的流通成为帝国运行维持的必须保证，从首都到郡治、县治的驿道成为帝国的血脉，每一个县治都不可或缺。秦朝延续的时间虽短，但很快在六国原有道路的基础上建成全国的驿道网，并且通过"车同轨"的政令规范了道路的宽度，通过驰道的建设提高了主干驿道的质量。汉承秦制，经过扩充完善，已经形成覆盖全境的驿道和驿传系统，并随着中央集权制的不断强化而延续到清朝。

如果说在分封制条件下，道路制约了贡赋范围的话，在中央集权制条件下，行政区域的设置，特别是县的设置决定了道路的存在和走向。任何一个县的设立和存在，都必须以有通向郡（府、州、道、路、省）治道路为前提。一个新设置的县治，如果还没有与郡治连通的道路，除非能即时修通，否则就避免不了被撤并废置的命运。王朝的行政区域设置到哪里，驿道也必定要通到哪里。

汉武帝开疆拓土，汉朝在河西走廊、朝鲜半岛和西南夷地区都设置了几个新郡。但在西南夷的郡属于"初郡"，按照司马迁的记载，对这些郡"以其故俗治，无赋税"。一个重要的原因，就是这些"初郡"所在地环境闭塞，地形复杂，一时无法开通驿道。既然派不出足够的行政人员，政令不能上通下达，只能让当地部族"以其故俗治"；物流成本太高，即使征集了赋税也运不出来，还不如"无赋税"。由于在西南夷筑路极其困难，耗费巨大，成了一个劳民伤财的工程，汉武帝好不容易才修成干道，没有办法再扩展到边远地区，那些初郡不久都被撤销了。

即使是不设置正式行政区划的边疆地区，如果想真正取得控制权，就必须有交通线的保证。汉宣帝神爵二年（公元前 60 年）设置西域都护府，尽管对西域各国也是"以其故俗治，无赋税"，却重视利用已有的道路系统，掌握着各国的户口数、胜兵（适龄兵役人口）数，因而有效地控制着西域。在《汉书·西域传》中可以看到，如"大宛国，王治贵山城，去长安万二千五百五十里。户六万，口三十万，胜兵六万人。……东至都护治所四千三十一里，北至康居卑阗城千五百一十里，西南至大月氏六百九十里"。西汉末西域都护府撤销，东汉期间三通三绝，控制不了西域的道路系统，也丧失了对西域的控制权。清朝统一后，在东北、伊犁、外蒙古都不设置州县政区。特别是东北，自沈阳以北基本是无人区，但从北京通往这些将军衙门的驻地的驿道、台站完整无缺，随时维护，保证了政令传递、人员来往、物流畅通，也保证了国家统一。

驿道的距离必须与治理的要求相适应，在具体的地理环境中，郡、县的幅员要与驿道的距离相适应。驿道的距离过远，不仅维护成本过高，而且无法满足行政人流和物流的需要，必然影响治理效率。东汉永兴二年（154 年）巴郡太守但望上疏，巴郡"境界南北四千，东西五千，周万余里"，"远县去郡千二百至千五百里，乡亭去县，或三四百，或及千里。土界遐远，令尉不能穷诘奸凶。时有贼发，督邮追案，十日乃到，贼已远逃"。请求将巴郡一分为二。直到明清，幅员过大，距离太远，也是分县或设置新县的常用理由。

在研究中国交通运输历史时，我们会惊叹驿道系统的完善、合理、稳定，其实每一条延续使用的驿道都是无数次试错的结果。可以肯定，绝大多数驿道都是在原始道路的基础上形成的，而原始道路的走向本来就是先民不断试错的成果。驿道也会在使用的过程中，根据人流和物流的需要不断改善优化，如路面的拓宽、加固、硬化、铺装、美化，对桥梁、码头、尖站、仓房、馆舍不时维修改建，如由渡船改为浮桥，建为木桥、石桥，加上护坡、护栏。一旦因天灾人祸受到破坏，或人流、物流剧增而无法承担，必定会重建或增建、改线、改道。由于从秦朝到清末，使用的交通工具都是人力或畜力，没有质的变化，驿道设施始终适应，驿道系统十分稳定。

汽车进入中国后，各地最早的公路几乎都是利用驿道，因为驿道的基础和相关设施只要稍做加固和拓宽就能符合公路的标准，唯一的大工程就是要将原来的阶梯桥梁改建成平桥，但路线基本不变。我在课堂上曾经告诉研究生，要复原古代的驿道、官道、主要交通路线，只要找到当地最早的公路就可以了。

至建铁路时，由于火车的转弯半径大了很多，路轨的坡度不能太大，路基的宽度、承重都得增加，线路必须裁弯取直、切岭展坡、架桥穿隧，不仅不能沿用原来的路线，往往还不得不破坏原来的路基或设施。到了高速公路、高速铁路时代，所有的路线都已重新规划。加上史无前例的大规模基建，除了个别已列为文物或得到特别保护的古代道路，曾经遍布全国的驿道已湮没殆尽。

交通运输历史的研究者和地方学者曾试图利用地方史志的资料复原古代驿道，收效甚微。因为有关驿道的记载虽然不少，表面看来也很具体，但大多只是从某驿（站、铺）至某驿（站、铺）多少里这样的流水账，相当一部分还只是照抄旧志。当这些作为坐标的驿（站、铺）名大多已经无考时，这些驿道的走向就无法复原。方志中的地图本来就只是不讲比例尺的示意图，有的甚至连方位也不讲究，对复原驿道起不了什么作用。

所以，当友人介绍何以端先生寄来他的《琼崖古驿道》书稿后，我就急切读完，对何先生的成果十分钦佩。

何先生广泛收集各种史料和口碑资料，从方志、正史、实录、专著、档案，到传教士、官员、游客的旅行记，本地人士的口述和一些内部资料，查阅了各种地图，包括一些单位的大比例尺内部用图，对海南岛驿道的相关资料，无论直接间接，都做了分析研究，从中辨证是非，解析疑难，钩稽隐情，复原史实。更可贵的是，何先生对驿道遗址逐段进行实地考察，有的地段做过多次考察，不仅印证了前人的记载，发现了已经湮没的古迹、故道，还纠正了一些长期沿袭的误解。得益于他对当地风土人情、方言习俗的广博知识，他在深入调查中从大量已经本土化了的地名中复原出原始地名，为古驿道建立了正确的地理坐标。

这项成果还具有抢救性的意义。何先生的考察研究大多赶在大规模的基本建设展开之前，留下了目前已经消失的历史原貌，也发现了一些历尽沧桑的古驿道遗存，为文物保护提供了依据，扩大了乡土历史和旅游开发的资源。

何先生并非专业研究者，也没有受过正规的专门训练，但他的书不愧为一种高水平的考察研究成果。我与何先生素不相识，至今未有交流机会，但看了他的书，感到有义务介绍给大家，乐意写上这些话。

2022 年 4 月 2 日

杨煜达主编《中国千年区域极端旱涝地图集》序

1989年3月13日,在中国社会科学院召开的《中国历史地图集》正式出版大会上,先师谭其骧先生讲话时指出:《中国历史地图集》的完成固然是中国历史地图史上一项空前的成就,但严格说来,还只是一个开端,因为它仅仅是一部以疆域政区为主的普通地图集。要真正称得上完整的"历史地图集",就应该包括历史时期自然、经济、政治、军事、民族、文化等所有资料可据且能够用地图表示的地理现象,只有等这部地图集完成了,绘制中国历史地图的事业才能算大功告成,或者说告一段落。

先师的遗愿,大部分已经通过《中华人民共和国国家历史地图集》的编纂和出版得以实现。由他主编、由中国地图出版社和中国社会科学出版社于2012年出版的《中华人民共和国国家历史地图集(第一册)》就包括民族、人口、都市分布、城市遗址与布局、气候、自然灾害(水旱灾、蝗灾、地震)等图组,在即将出版的第二、第三册中,还会包括远古遗址、夏商周、疆域政区、文化、农牧业、工矿业、近代工业、交通、战争、地貌、植被、沙漠等图组。应该说,先师提出的"称得上完整的历史地图集"的标准,即"应该包括历史时期自然、经济、政治、军事、民族、文化等所有资料可据且能够用地图表示的地理现象"的这些地图,基本都已包含在这些图组中了。

那么,绘制中国历史地图的事业是否算大功告成,或者说告一段落了呢?显然还没有。从1982年底《中华人民共和国国家历史地图集编纂委员会成立、先师出任总编纂开始，他就一直在规划设计各个图组和具体图目，希望它们能够覆盖历史人文地理和自然地理的各个分支和各个方面，希望它们能显示中国历史地理学研究已达到的最高水平。从1987年至1990年，他陆续审校已经完成的图幅，并与图组组长和部分作者研讨，经常感到其中一些地图，特别是历史自然地理方面的地图没有达到他预期的目标。他完全了解，这些地图的作者都是国内有代表性的一流专家，他们采用的、依据的是该领域最高水平的研究成果，但精确的原始数据和资料的空白无法填补，实时实地的观测和考察不可重复，时间和空间的历史缺憾难以弥补，只能寄希望于未来中国和世界历史地理学和相关学科研究有新的突破和进步。

以气候图组为例，包括中国气候统计特征、近2000年来中国旱涝气候分布、近2000年来每200年中国旱涝气候分布、近500年来中国旱涝频率、近500年来每25年中国旱涝频率、中国旱涝气候分区及分异界线等123幅地图和10幅图表。作者查阅西汉前期至明中期（前137—1470年）的文献1531种、32251卷，摘录有关记录3万条；查阅明中期至民国时期（1470—1949年）地方志和各类史书，摘录有关记录20万余条；查阅清乾隆朝至民国时期（1736—1949年）的档案和有关报纸，从21万件奏折中摘录9.1万件，记录57.2万余条，查阅民国档案5000余件和7种报纸1.3万余份，记录1万余条；合计81.2万余条，逾千万字。但是作者面对的是三个无法逾越的障碍：一是我国大部分地方到1950年才有连续的仪器测量记录（器测数据），此前几乎没有可以直接量化而又比较准确的数据；二是1950年前的资料记录虽浩如烟海，却是随机形成的，存在着大量时间和空间的空白，具体到某一站点，很难形成连续的、比较准确的数据；三是这些记录几乎都是非量化的，或者只有很不规范、未必准确的简单数字，大多还是间接的描述，如何将它们转化为科学的、可量化的指标，并准确地显示于地图上，目前还没有学术界公认的有效途径和规范标准。

在可以预见的未来，第一个障碍是无法克服的，任何站点都不可能出现时空转换，让仪器能观测记录到1950年前的数据。只有个别保存完好的遗址，能用现代仪器复原出原始数据，如青海喇家遗址。但这样的机会是可遇不可求的。第二个和第三个障碍虽然也无法克服，但并非无可作为。文献资料虽收罗殆尽，但还有新发现或被鉴别出的可能。而随着科学技术的进步，数据处理、量化、形成图像等方面还有改善优化的余地。不懈努力的结果，或许能迎来实质性的突破。

杨煜达教授主编的《中国千年区域极端旱涝地图集》就是一项卓有成效的新成果。

在《中华人民共和国国家历史地图集（第一册）》气候图组和本地图集问世之前，以地图方式显示历史气候研究成果的标志性成果，无疑是中央气象局气象科学研究院主编的《中国近五百年旱涝分布图集》（以下简称《五百年图集》）。42年后完成的本地图集在此基础上创新提高，有了显著的进步。

首先，时间跨度由500年扩展到了1000年，起点从明成化六年（1470年），提前到了北宋咸平三年（1000年），往后延伸到2000年。在新识别的1000—1470年中，共新增11 312个有效的分级数据，主要分布在华北和长江中下游地区。在这两个区域58个站点27 260个应有数据中，有效级别数据占38%左右，基本保证了这两个区域极端旱涝事件的均一识别。一般来说，年代越久，时间越早，能收集到的数据越少，总体质量越差。如就数据的重要来源——地方志而言，宋元时期留下的不足100部，而存世的明清、民国地方志超过8000部。而要收集、鉴别、利用这些数量少、质量差的数据，并保证结果的准确性，自然需要更严谨的研究过程、更敏锐的鉴别能力、更细致的判断标准和更新颖的技术路径。

其次，充分利用当代历史文献收集、整理和出版的新成果，在资料的发掘和利用方面大大超越了前者。如张德二主编的《中国三千年气象记录总集（增订本）》收录的地方志达7713种，作者除了据原书抽样核查了20%外，还根据《中国地方志联合目录》补充了其部分遗漏。其中对西南地区就补充查阅了488种地方志，增补旱涝史料456条。

作者利用了复旦大学中国历史地理研究所积累的元代以前文献中的

气候记录3万余张卡片。这是1990年由已故的满志敏教授组织本所同仁集体完成的，我也承担了《史记》《水经注》等部分。当时还没有相关的数据库和数字化文本，也还没有使用电脑，我们都是一页页翻检原书，一条条抄录在卡片上的。

作者还利用了中国科学院地理科学与资源研究所和中国第一历史档案馆整理出版的《清代奏折汇编——农业·环境》、水利电力部水管司科技司和水利水电科学研究院主编的《清代黄河流域洪涝档案史料》、骆承政主编的《中国历史大洪水调查资料汇编》及一些省出版的洪涝调查资料，对其中重要的、决定性的资料一一核对原文。这些不仅增补了新的资料，如《四川两千年洪灾史料汇编》中收录的四川、重庆两地的洪水碑刻即增补史料287条，而且对定级起了决定性作用。如《五百年图集》郧阳站点宣德元年（1426年）未定级，据同治《郧阳志》载宣德元年"七月，汉水涨，均州、郧县沿江居民漂没者半"，给该站点定了级。《重修盩厔县志》卷八《杂记·祥异》载康熙四十九年（1710年）"秋大旱，禾不登"，用于判断该年西安站点的定级。据《四川两千年洪灾史料汇编》重庆市合川区临江场的碑刻载"成化八年（1472年）五月，大水至水（此）"，确定该站点定为1级，而《五百年图集》缺。万县（今重庆市万州区）增加了嘉靖三十九年（1560年）的3条资料："嘉靖三十九年庚申年，水安（淹）在此处。"（水位167.82米）"大明庚申嘉靖三十九年七月二十三日，大水到此。"（水位155.98米）和"嘉靖三十九年七月二十三日水迹。"（水位155.61米）因而将《五百年图集》中此站点当年级别调整为1级。

近10年来，作者还查阅了1000多种清代日记，其中约300种有气候记录。并开发了"天气日记数据库"，收录相关史料近20万条，有的对一些年份旱涝定级发挥关键作用。如《翁心存日记》对道光二十年（1840年）、道光二十九年（1849年），《管庭芬日记》对道光三年（1823年）水灾等级的判定不可或缺。

再次，研究方法取得进步。如根据历史文献资料"记异略常"的特点，设计了分阶段、分级判定的办法，并根据大致相同的概率密度进行筛选，构建了正史体系与方志体系史料间及与器测资料间可以比较的平台，从而成功均一识别了华北和长江中下游地区千年尺度上发生概率在10%的极端旱涝事件，华南地区和西南地区则均一识别到1470年。

利用《中国历史地图集》《中国行政区划通史》等成果，编制了详细的站点政区沿革表，更精确确定了各站点的空间范围，为分层设色表达灾害空间范围及差异提供了必要条件，也大大提高了旱涝定级判断的准确性。

在图面显示上，作者增加了站点分级设色的表达方法，优化了旱涝等值线的表达方法。《五百年图集》依然采用经验绘制方法，本地图集则采用了径向基函数（RBF）插值法对站点空间数据进行计算生成等值线。在计算过程中，变站点城市法为站点区域中心方法，自然更符合历史记载的本意。

站点定级方法虽仍沿用《五百年图集》所确定的五级分类法，但补充了若干定级标准，结果更加细致合理。

本世纪初，我在《中国历史地理学的发展基础和前景》一文中指出：

> 自上世纪后半期以来，地球上出现了气候的急剧变化和不少自然灾害，大多数地方的环境趋于恶化，最近在中国北方出现的罕见的沙尘暴和各地普遍的春季高温更使人们对未来的气候和环境变迁充满了困惑和忧虑。世界上其他地方的人们也在为未来担忧，而科学家的预测莫衷一是。科学不是算命，不能未卜先知，科学的预测只能建立在大量实践和科学规律的基础之上。但人类认识规律需要相当长的积累，如对一种地理现象的变化规律的了解，都需要一个比较长时段观察。如果不做长时段的研究，就要总结它的规律，来预测它未来的发展趋势，那是非常危险的，或者说是完全不可能的。

> 不幸的是，人类用现代的科学仪器来观测气候，如气温、风向、风力、气压、降水等，到现在最长只有170多年，能积累那么

长年代资料有站点在全世界只有50个，其中的90%集中在西欧。也就是说，如果我们完全依靠现代科学仪器积累起来的气候资料，那最多只能研究西欧四十几个点不到200年间的规律。而且影响气候变化的各种因素的变动周期或长或短，如太阳黑子变化是11年一个周期，而气候冷暖的变化却有几十年、几百年，甚至几千年的周期。从现有的资料分析，上一世纪的气温的确呈上升趋势，但仅仅100年的资料能证明是一个完整的周期吗？谁能肯定100年后气温是继续上升，还是又将进入一个新的周期，或者进入一个下降阶段呢？退一万步说，即使这170年的资料能够提供西欧地区的规律，也不可能解决全世界的问题。至于我国，能够积累100年以上现代气候观测资料的点也屈指可数，大多数县级观测点的资料是从1958年后开始的，比研究西欧的条件更差。幸运的是，依靠中国丰富的历史文献和各种信息，历史地理的研究可以为人类提供更长、更多的气候变化状况，有可能使我们了解更多的规律性。当然，科学家也可以利用孢子花粉分析、土壤沉积物分析、生物种类、碳[14]断代、考古发掘等方法来获得气候资料，但在信息的延续性、广泛性、精确性方面，与文献记载是不可同日而语的。

2000年，我在云南大学召开的中国历史地理国际学术讨论会上做《面向新世纪的中国历史地理学》的主题报告时，杨煜达还是云南大学的研究生，但在会后不久，他就成为本所的博士研究生，师从邹逸麟教授，于2005年获得博士学位，他的学位论文被评为"全国百篇优秀博士论文"。之后他曾作为"洪堡学者"去德国图宾根大学进行合作研究，取得重要成果。更使我欣喜的是，他的研究成果，特别是这部《中国千年区域极端旱涝地图集》给我当年的判断提供了新的有力的支持，使我更坚信中国历史地理学可以对世界未来和人类命运做出独特的不可替代的贡献。

2023年1月

张子欣书读后感言

去年 5 月 4 日，收到一封邮件，发件人署的是以往未见过的"邺叟"。打开后，上面写着："我是张子欣，原在邺城遗址工作。临漳县文物保管所原所长。1987 年 4 月谭其骧老先生考察邺城遗址，咱们见过面。先生题词，你我在场。"这使我想到了 35 年前的往事：

1987 年 4 月 17 日，我随先师谭其骧先生去河南安阳市出席安阳古都研讨会。18 日上午开幕大会，当天下午和 19 日、20 日两天做实地考察。19 日上午考察邺城遗址，先师的日记上记着："上午赴邺城遗址，登金凤台，题词。"

张先生请人将他保存的这张照片扫描发来，照片上先师题词将毕，正持笔稍息，左边的我似乎在为他移动纸张，右边那位与我年龄相仿的应该就是张先生了。看了照片，我原来已模糊的记忆逐渐清晰。那天刚到邺城遗址，地表已见不到任何邺都气象，失望之余来到建在金凤台遗址上的文管所，听了介绍，才稍有点邺都的现场感。

由此与张先生建立了联系，得知张先生长我一岁，自 1982 年秋进临漳县文物保管所工作，1983 年 10 月起参与中国社科院考古研究所与河北省文物研究所联合组成的邺城考古队，考察邺城遗址，直至退休后还在从事邺城的研究。张先生还将最新写成的《邺西十里，漳水北转》发给我，说要我"指教"。我对邺城从无研究，更未做过考察，只是不敢拂张先生的好意，只能说"容稍后拜读"。但等读了张先生的《自序》，我就意识到，推介这本书是我应尽的义务，就像当年我斗胆为前辈张之先生的《安阳考释》作序一样，是完成先师的遗愿。

20世纪80年代，先师首倡"七大古都"说，将安阳列入七大古都之一，一个重要的依据，就是"殷和邺都是安阳的前身，安阳继承殷和邺成为河北平原南部太行山东麓的都邑。所以追溯安阳的历史，应该肯定它是公元前14世纪至前6世纪中国史前期重要古都所在地之一"（《中国历史上的七大首都》，载《长水集续编》，人民出版社1994年版，第29页）。同时先师又指出："安阳之所以30年代以来长期没人提起，一则当由于偶然的疏忽，再者则由于殷邺久已为废墟，近今的安阳又不是一个著名的大城市，一般人往往着眼于今天的大城市谈古都，就难怪数不上安阳了。而我们现在之所以要改提包括安阳在内的'七大古都'，这是因为谈古都首先应着重历史上的实际情况，不应以古都的后身今天的城市的大小为取舍的标准。在6世纪以前的二千年中，殷邺应该属于第一等古都，由于近一千四百年来没有再成为都城，所以在整个中国史里便只能列为第三等古都了。"（《中国历史上的七大首都》，载《长水集续编》，第36—37页）但当时有关邺城的研究成果几近空白，所以他在安阳期间，平时与相关学者交往交流时，无时不以邺城为念。在安阳市的论证会上，先师希望当地学者特别要加强这方面的研究，充分利用当地的条件，将文献研究与实地考察结合起来，用历史事实来重现安阳古都的风采，让世人了解安阳。

张先生"生于邺，长于邺，生活在邺，工作在邺。安有不挚爱故乡之理？""伏而读邺书，举头悟邺事，昼有思，夜有梦，口讲手摸皆邺也。"从1983年献身邺城遗址考察和研究至今，退休后仍乐此不疲，数十年间，完成有价值的文章数百篇。张先生虽只在1987年4月19日见过先师一次，但我在为张之先生所写的序文中所引先师的说法对他影响很大："这段话正好说到我的心里，对我启发很大。"可以说，他是自觉响应先师的号召，并且交出了出色的答卷。

所以我相信，我对张先生这本书的推介符合先师的遗愿，先师在天之灵必感欣慰。

2023年4月19日

什么样的城市使生活更美好

——建筑·民居·文化

2010年上海世博会的主题是"城市,让生活更美好"。这句口号的英文是"Better City, Better Life",两者之间还是有意境上的差别。英文的原意是有了更美好的城市,才能有更美好的生活。或者说城市越美好,生活才能更美好。而中文却会给人错觉,只要是城市都能使生活更美好,或者是所有的城市都能给人以美好生活。当时我就发表过这样的意见,目的就是希望不要产生这样的误解,应该特别强调更美好的城市才是更美好生活的前提和保证。

美好城市的标准是什么?不同的文明、不同的时间和空间条件下会有不同的标准。中国古代的首都气势恢宏,规模巨大,中轴线完整,但西汉的长安城几乎没有民居的位置,连贵族高官也得住在城外的陵县。唐朝的长安城内只有两个封闭式的市场,全部民居集中在一百多个坊内,坊门定时启闭。明、清的北京城内,除了内城、外城的街道,几乎没有任何公共空间。这样的城市,是帝王的豪宅、神祇的殿堂、权力的标志、艺术的奢侈、财富的堆积,却从来不是民众的美好城市。

上海的开埠虽出于帝国主义的侵略目的,但作为一座现代都市,始终具有公共性的发展理念和趋势。1949年后,特别是改革开放以来,"人民城市人民建,人民城市为人民"的理念得到确立,深入人心。使上海更美好,完全是为了使这座城市的居民能过上更美好的生活。

美好城市有很多标准，我认为，建筑和民居是两个基本的重要因素，而美好的建筑和民居都离不开美好的城市文化。

现代城市的公共设施和公共空间是靠建筑承载的。标志性建筑不仅是城市的物质基础和地理标志，也是城市文明程度和文化特色的显示，和文化人物同样是城市文脉的传承。上海"万国建筑博览会"的特色既体现文明互鉴、美美与共的价值观念，也展示了上海人海纳百川、建设世界卓越城市的不懈追求。

民居是城市居民的基本需求，也是地域文化的主要方面。恩格斯将马克思的唯物史观总结为"人们首先必须吃、喝、住、穿，然后才能从事政治、科学、艺术、宗教等等"。城市居民"吃、喝、住、穿"的主要场所就是自己的居所。100多年前，租界当局面临大量人口涌入、人口密集、土地狭窄的紧迫状况，从英国引进了连排式民居的概念，起到了节约土地、容纳更多居民的作用。但为了适应江南文化和富裕、小康家庭的需求，民居前面的公共草地被改成了一个个私密空间——围墙中的小小"天井"，配上厚重的黑漆大门，还增加了后门，以区别前后门的不同功能，维护居所内部的等级。这种外来的建筑形态很快发展为本土化的民居主体——石库门，至今还是海派文化引为自豪、视为宝贵遗产的要素。以后形成的新式弄堂、西式公寓、工人新村、高层住宅、连排别墅，凡是能够持续存在和发展的民居形态，都是满足居民物质和精神需求的产物。

在世博会召开后的12年间，上海的建筑和民居有了新的改善和发展，为使生活更美好发挥了更大的作用，其中就有万科的参与和努力。《上海共生》的问世，显示了万科的理念和贡献。

2023年8月

《粮食的故事》序

人类从产生之日起就离不开食物。在还不具有生产能力的情况下，人只能利用天然的植物、动物或矿物。随着人口的增加，天然食物的不足驱使人迁移扩散，走向世界各地。

在经过无数次的试错后，在一个相对稳定的空间范围内，当地的人类群体找到了若干种最合适的天然食物，主要是某些植物。以后，有人发现明年在同一块地方会长出同样的植物；也有人发现上一年无意中掉在地下的植物颗粒长出同样的植株，又结出了同样的颗粒。于是这群人开始有意识地保存这类植物的种子，来年种入地下，栽培成熟后收获更多种子，作为自己的食物，逐渐形成栽培农业。在大致相同的地理环境中，完全可能有不同的天然植物被发现并栽培。但随着人群间交流和物资交换，在漫长的优胜劣汰过程中淘汰了多数较差的品种，余下比较优良的品种为更多人群所接受，播种范围不断扩大，形成当地，甚至一个国家、一个大陆的主要粮食品种。

考古学家已经在一万多年前的遗址中发现粮食种子，并且已证实了栽培农业的存在。原始部落或群体中出现阶层和专业分化的前提，就是有了供养这批人的粮食。政权和专职军队更需要有一大批脱离生产的人员，这些人员的存在和扩大同样取决于这个政权能否生产出或筹集到充足的粮食。

从这一意义上说，人类的历史离不开粮食，人类与粮食的关系就是历史不可或缺的重要篇章。

相传夏朝建于公元前 21 世纪，大禹的儿子启由此变禅让为世袭，开创了"家天下"。小麦正是 4000 年前由西亚两河流域传入的，两者在时间上的重合显然绝非偶然。小麦的引种必定使夏人拥有更多优质粮食，供养包括军人在内的更多专职人员，也使掌握小麦征集和分配权的统治者拥有更大、更强的权力。和原有本土作物相比，小麦的大规模引种和栽培更需要组织管理，需要更多的实施、管理人员，推动了政权的强化和行政体系的完善。

在古代的战争中，粮食与将士、武器同样重要，甚至比将士、武器更重要。断绝对方的粮食供应，或销毁对方的粮食储备，一直是克敌制胜的上策。大规模屠杀俘虏和平民，往往是战胜一方缺乏粮食的结果。汉高祖刘邦在总结他"所以有天下"的经验时，就充分肯定萧何"给馈饷，不绝粮道"的功绩。

在大规模战乱后，经常出现人口大幅度下降，甚至减少一半以上。但在冷兵器时代，战争直接致死的人数毕竟有限。而战乱造成田地荒芜，粮食减产或绝收，存粮被毁，交通断绝而无法输送，行政解体丧失赈济功能，导致多数人口因饥饿或营养不良而缩短寿命、丧失生育能力或死亡。

帝王在建国定都时，粮食供应总是一项重要的甚至是决定性的因素。长安作为首都，在抵御外敌、制约内部两方面都具有无可比拟的优势，但由于关中本地的粮食产量有限，能否保证粮食供应成了关键。当时粮食的主要产地在关东，运往关中最便利的途径是黄河和渭河，却都是溯流而上，特别是要通过黄河三门峡天险，异常艰险，代价极大。隋唐后粮食主要产地逐渐南移至江淮之间和江南，而随着人口的增加，长安对粮食的需求量更大，保障粮食供应始终是朝廷的头等大事。每当关中粮食歉收，漕运量无法及时增加，皇帝就不得不率领百官和百姓到洛阳"就食"（就地获得粮食供应）。唐朝以后，首都再也没有回到西安，五代和宋朝都选在洛阳以东的开封，尽管开封在军事上的不利形势早就显现，但开封与江淮间便捷的水运条件能保证稳定的粮食供应显然是决定因素。而元、明、清能将首都建在本地缺粮的北京，就是因为有了京杭大运河，能够每年将数百万石粮食从江南运来。

民以食为天，"天子"自然不得不关注"食"的生产和供应。宋真宗时福建引入早熟耐旱的"占城稻"。大中祥符五年（1012年）江淮大旱，朝廷下令从福建装运3万石占城稻种分发。占城稻在江淮引种的成功，逐渐导致东南各省普遍栽种，提高了粮食的总产量，并得以供养北宋末年创纪录的1亿人口。

16世纪起传入中国的美洲粮食作物番薯（红薯）、玉米、土豆（马铃薯、洋芋）、花生，因其在南方和西南丘陵山区广泛的适应性而迅速普及，由此增产的粮食满足了日益增长的人口需求，终于在19世纪50年代人口达到4.3亿这个史无前例的高峰。但由于土地利用几近极致，连以往从未开垦的陡坡地、边坡地、山尖地、溪谷滩地都已栽种这些作物，原始植被被清除殆尽，破坏了生态平衡，造成严重的水土流失，加剧水旱灾害。

粮食与人类、人类社会的关系如此密切，而我们对粮食的了解却相当有限。就是对几种最重要的粮食品种，我们往往也只知道它们的现状，或者我们自己的食用方式。泰山出版社有感于此，决定邀请王加华教授主编这套《粮食的故事》丛书，请相关的专家学者，给大家讲讲主要的粮食品种的前世今生。

粮食的前世比它的今生长得多，一般比人类的历史还长。它们在地球上产生，随着自然环境演化，是无数早已灭绝的同类中的幸存者。由于粮食的前世还没有受到人类因素的影响，我们无法了解它们的具体故事，只能用生物学、遗传学、古地理学尽可能复原这一漫长过程。

粮食的今生是在与人类发生关系以后，人们将它们栽培、驯化、移植、改良、嫁接、杂交、转基因，以适应人们对它们的质和量的需要。由于它们成了人类生活的一部分，也成了人类历史的一部分，得到了人类的研究和记录，它们的故事丰富多彩，生动有趣。

本书就是要讲粮食前世今生的故事，希望读者朋友喜欢。

2022年元旦

《陈桥驿学术论文选编》序

为纪念陈桥驿先生逝世五周年，颜越虎研究员和范今朝教授主持编辑了《陈桥驿学术论文选编》，命我作序。我不胜惶恐，因我虽一直自认为陈先生私淑，却从未登堂入室，岂有此资格？但二君坚持，以为我较先生其他弟子年长，受教于先生时间最长，且曾面聆历史地理学界老辈对陈先生学术成就的赞誉。我不敢推却，只能勉为其难。好在《陈桥驿学术论文选编》中将刊载越虎兄2006年所作的《陈桥驿教授访谈录》，陈先生对其学术与人生自述甚详，我只要利用此机会将我的亲历与私见公诸于世即可。

第一次见到陈先生的名字是在读研究生时，我在教师阅览室找参考书，发现一本小册子署着这个熟悉而又陌生的名字——我从小就看过赵匡胤在陈桥驿黄袍加身的故事，但见到这是一本书的作者还是第一次。再一找，发现他的书很多，覆盖面很广，给我留下深刻印象。不久在谒见季龙（谭其骧）先师时，就问起陈先生。先师告诉我陈先生是杭州大学地理系的副教授（不久就晋升为教授），"他能干得很，下次开会你就可以见到他了"。先师又说："陈先生真是自学成才的，你得好好向他学。"入学不久，先师给我们上课。在介绍学术动态和学术成果时，他特意以陈先生对宁绍平原的研究为例，证明历史文献与实地考察相结合就能填补空白，取得重要成果。以后我还听到过谭师对这项成果多次赞扬。

1981年5月，我第一次以助手身份随侍先师去北京开会，中国科学院学部委员大会结束后转至香山别墅参加中国民族关系史研讨会。26日下午，陈先生在开幕式结束后赶到会场，此后至30日这几天里，先师与陈先生，还有王钟翰先生、程应镠先生等每天都会在晚餐后散步，或来住室内叙谈。我随侍聆听，学术人生、嘉言逸闻，每多闻所未闻，应接不暇。那些年先师外出开会、讲学、主持或参加答辩会、召集科研项目会议、调查考察等活动很多，最多的一年有13次，我都陪同随侍，而其中差不多有一半是陈先生也参加的，加上他每年还会来上海或复旦大学多次，我受教的机会就更多了。

20世纪80年代初百废待兴，也青黄不接，历史地理学界还靠先师（1911年出生）、侯仁之先生（1911年出生）、史念海先生（1912年出生）三位元老掌舵，而出生于1935年前后的一代都还是讲师，副教授也是凤毛麟角，介于两代之间且年富力强的陈先生（1923年出生）经常起着独特的作用。无论是历史地理专业委员会恢复活动，《历史自然地理》的编撰，《历史地理》的创刊，还是第一次国际会议的召开，陈先生不仅大多参与，除做学术指导外，还起着联络、协调、应急的作用。经常听到先师与中国地理学会秘书长瞿宁淑在商议中说："把桥驿找来。""这件事得找桥驿办。"

1982年，历史地理专业委员会委托复旦大学举办第一次中国历史地理国际学术研讨会，我受命协助先师联系邀请和接待国外学者。那时我从来没有与国外学者有过直接联系，基本不了解国际学术界的情况，更没有出过国，与欧美学者的联系主要根据侯仁之先生提供的信息，而与日本学者的联系就靠陈先生的帮助。陈先生得风气之先，已经与国外学者有了频繁交往，不仅情况熟悉，而且有良好的人际关系。在陈先生的帮助下，邀请的三位日本学者海野一隆、斯波义信、秋山元秀都是日本历史地理和地理学界老、中、青三代一时之选，全部顺利到会。要不，这次国际会议就名不副实了。

从1982年起，陈先生就一直在努力促成先师出访日本，并通过斯波义信教授等积极争取，终于申请到日本学术振兴会的资助，大阪大学邀请先师于1986年9月至11月做两个月的学术交流。先师在东京、大阪所做的学术报告盛况空前，在日本史学界引起巨大反响。当时历史地理学界的几个协作项目，如《中国自然地理·历史自然地理》的编纂，到了收尾阶段，往往都会请陈先生出场。

历史地理学的发展过程中，经常会出现一些新的分支、新的成果，往往得不到及时的评价和肯定。陈先生既有广博的知识和卓越的见解，又有促进学科发展、奖掖后进的热忱，总是及时大力支持。《中国历史地图集》公开出版后，主管部门希望组织撰写高水平的评论，商定请蔡美彪先生、陈先生等人。尽管陈先生正忙于为他的《水经注》研究成果定稿，但他很快写出洋洋万言书评，在《中国社会科学》发表。

我选定历史人口地理的研究方向后，即向陈先生求教，尽管这并非他以往的专长，他还是凭借他扎实的功底和对国际学术动态的了解，指出应检索的资料范围和应关注的学术动态。陈先生是我的硕士论文、博士论文的评审人，并在1981年10月8日、1983年8月13日专程来复旦大学参加答辩会。拙著《中国移民史》《中国人口史》出版后，陈先生都曾做过鉴定和推荐。

陈先生著作等身，在历史地理、人文地理、《水经注》研究、地名学、地方志、绍兴历史文化等领域都有重大影响，为什么未能当选中国科学院院士呢？我因随侍先师，了解1991年推荐评选的全过程。因有保密规定，我一直不能公开，29年后应该可以解密了。

1991年，中国科学院院士增选，在国家教委系统，陈先生获杭州大学推荐。3月20日，教委在北京大学召开评选会，地理组由北大、南大、复旦7位院士组成，先师和侯仁之先生在内。3月22日下午投票，包括陈先生在内的18人获得推荐。6月24日中国科学院在北京京西宾馆召开评选会，地学部地理组也是7位院士，包括先师与侯仁之先生。在审议时就有院士提出，陈先生的论著很好，但应该到文科去评。先师做了说明，无人继续提出异议，小组投票无否决票，陈先生进入下一轮。26日下午地理大组31位院士投票，得4票以上者进入下一轮地学部，陈先生获2票落选。我知道其中1票是先师投的，但不知另一票是否侯先生所投。两年后院士再次增选，先师已归道山。1998年起，侯先生已成为资深院士，不再享有推荐权和投票权。

这不仅是陈先生的遗憾，其实也是历史地理学科的憾事，至今更难走出窘境。尽管历史地理学界已经取得共识，历史地理学是地理学的分支；尽管中国地理学会早在20世纪60年代初就筹备成立历史地理专业委员会，1978年后历史地理专业委员会一直正常活动，成员规模不断扩大；尽管先师与侯仁之先生的学术成就为地理学界所公认，特别是先师主编的《中国历史地图集》获得中国科学院的特别奖；但地理学界和地学部的院士们并没有真正认可中国历史地理学科的地理学属性。如果说陈先生还因为一直在地理系工作，一直参加地理学会的活动，有一部分纯地理学的成果，还能获得院士提名推荐，并进入学部投票阶段，史念海先生就因一直在历史系工作，被视为历史学家，从未获得过提名推荐。那位院士认为陈先生应该到文科去评，不幸的是文科至今没有恢复院士制度。而在地理学内部，即使因侧重点不同而不能入选科学院院士，还有其他途径。1991年教委评选时，陈吉余先生落选，理由之一是他的成果理论性稍逊，但他在1999年当选为中国工程院院士。陈先生、史先生就没有那么幸运了。学位制度设立后，经国务院学位委员会审定，历史地理在历史学定为二级学科，但在地理学连三级学科都没有列上，北大的历史地理博士点只能列在地理学的人文地理分支下面。作为中国高校设置历史地理学科的首倡者和奠基人、长期担任北大地质地理系主任和中国地理学会副理事长的侯先生闻讯震怒，上书教育部抗议，结果毫无音讯。

近些年来，随着一些了解尊重历史地理研究成果的老一代院士的离去，多数院士已经连历史地理论著也看不懂了，历史地理更加被边缘化。那年《中华人民共和国国家历史地图集》第一册参评政府奖，评审会上竟有院士提出：地图上凭什么这样画，我们怎么知道就是对的呢？要不是周振鹤教授等历史地理学界的评委做了说明，就有落选之虞。

在1991年后，陈先生一如既往献身学术，服务社会，培育人才，奖掖后进，不遗余力，《陈桥驿学术论文选编》所收好几篇重要论文就是在 1991 年后发表的。读了《陈桥驿教授访谈录》，我才找到了答案。陈先生说：

> 就我和人类历史及人类社会的关系来说，我是一个很大的"负债户"。因为人类历史和人类社会为我提供了一个伟大的知识海洋，让我毕生沐浴在这个深深的海洋之中，取之不竭，用之不尽。而我留在这个知识海洋之中的，仅仅是一滴微不足道的水滴。人类历史和人类社会哺育我的何其多，而我报答它们的却何其少。对于我来说，我所从事的教育与科学研究工作，既是我的职业，也是我对人类历史和人类社会应尽的义务，是我偿还"债务"的唯一方法。所以，我的工作在我看来已经成为一种习惯、一种乐趣、一种寄托。

有这样一种胸怀和追求，陈先生和他的著作必能不朽！

2020 年 4 月

李大海《文本、概念与政治过程
——金元明清时期政治地理新探》序

2004年夏,我去乌鲁木齐参加历史地理年会,第一次见到李大海,那时他还是陕西师范大学历史地理专业的研究生。去年我去中山大学历史系(珠海)讲学,他已是那里的副教授。不久前他发来一部书稿——《文本、概念与政治过程——金元明清时期政治地理新探》,要我作序。见证了他学术上的成长过程,翻阅过这部辛勤耕耘的成果,我自欣然应命。

作者的研究主题是"金元明清时期政治地理",所以在《导论》部分详尽地讨论了与此相关的"历代政区""历代行政区划""历史政区地理""历代政区沿革""沿革地理""沿革地理学""历史政治地理"等术语的学术含义和学科意义,特别是对沿革地理中的疆域政区和河流水道两大要素与历史地理学的人文地理和自然地理之间的演变传承关系做了细致的分析和论述。作者从三部传统经典《尚书·禹贡》《汉书·地理志》和《水经注》的学科属性和学术路径入手,厘清它们与历史人文地理和历史自然地理的关系,复原它们与两者的衍变过程,重构历史地理的学科发展史。引用三位学科奠基人谭其骧、侯仁之、史念海和前辈学者邹逸麟、周振鹤、唐晓峰等人的相关论述,深入讨论由沿革地理至现代历史地理学的发展路径。还对照西方著名地理学家哈特向、安德鲁·H. 克拉克、H. C. 达比、阿兰·R. H. 贝克等人的理论和观点,论证了两个不同渊源的知识体系在现代历史地理学的融合。

我一直认为，无论研究哪一个学科的哪一个分支、哪一个具体的方面，确定它的学科特性，明确它的涉及范围和学术规范，回顾它的形成和发展的过程，进行必要的理论阐述，是一个必不可少的前提——证明研究者已经了解或者已经整理出相关的学术史，他才能明确进一步研究的意义和可能性。李大海撰写的《导论》对"历史政治地理"学术史的追溯和归纳，都达到了新的深度和广度，自然为他的"新探"打下了坚实的基础。

但与大多数历史地理研究者一样，他多少忽略了中国传统的"地理"与西方或现代地理学的"地理"之间的差别。中国古代的"地理"一词，见于《易·系辞上》："仰以观于天文，俯以察于地理。"孔颖达疏："地有山川原隰，各有条理，故称理也。"主要是指山川地形地貌及它们的分布规律，并不是现代地理学（geography）的概念——地球表层的各种自然现象和人文现象以及它们之间的相互关系和区域分异。据我所知，是当初日本学者翻译 geography 时，首先采用了"地理"这两个汉字。这样的译法虽便于中国人接受和理解，却使大多数人形成这样的误解，即 geography 完全等同于中国古代的地理、地理之学，而不注意两者之间存在明显差别。其实，用现成的汉字词翻译西语词，看似贴切，实际都存在这样的问题。例如以"经济"译 economy，以"革命"译 revolution，都已与原词意义不同。但这类词用得普遍，绝大多数人都记住了被译词的本意，早已忘了或根本就不知道汉字词的原意。"地理"与 geography 的意义接近，反而容易混淆，以致专业人士都往往会忽略。我想，作者如果能充分注意到"地理"与 geography 的差别，相关的论述一定会更加严密，做到无瑕可击。

多年前，我曾与周振鹤先生讨论过历史政治地理与历史政区地理的区别，我们的共识是，政治地理的研究对象应该包括各种政治要素，而不仅是政区或政区制度一项。尽管作者的研究还未涵盖各种政治要素，但在研究政区沿革演变时已注重从制度入手，特别注意复原实际运作的制度，以个案、特例为突破口重构制度主体。本书第一章围绕该如何解读《元史·地理志》至元十六年（1279年）"改京兆为安西路总管府"，以及与之对应的《元史·世祖纪》至元十五年（1278年）"改京兆府为安西府"、至元十六年"改京兆为安西路"这三条史料展开。为什么同一个政区在同一年份、在同一部正史中出现了三个不同的专名——"安西路""安西府""安西路总管府"？通过梳理清代考据学者对三条史料解读的差异，以及今人模棱两可的接续阐释，引出重新探讨这些基本的地志史料含义的诉求。第一章第二节利用元人文集、碑刻资料，首次引用元人王利用的《大元故京兆路知府刘侯神道碑铭并序》等材料，就事论事地考证出金元之际（13世纪上半叶）陕西关中地区行政区划的最大变革是，金代总管府路（高层政区）下有首府和各州（统县政区），首府及州下领县的等级体系，到元世祖即位初期，转变为行省（高层政区）下领各路（统县政区，领有直属县），路下再别领散府和州（也算统县政区），路、府、州都领县的等级格局。其中的关键变化有两个：一是省取代路成为高层政区；二是原金路下的首府到元代在无形之中消失了（正史地志难以反映出来的变化），这直接导致路接替原来的首府，成为领县的政区单元（成为统县政区），这正好与其被省所取代的历史过程相呼应。这也证明了，像行政区划这样一种涉及全局的、与一个朝代相始终并经常跨越朝代的制度，无不存在时间与空间上的局部变化，也是相关各种政治要素相互影响、形成合力的运作结果。

无论是上编的"文本新释"，还是中编的"概念重构"，作者都从揭示文献的细微差异入手，以大量案例比较归纳，不满足于质疑纠错，而是采用各种方法，论证或解释文献的真实内涵，从制度层面重构史实。如《元史·世祖纪》中一段话，被断为"其散府州郡户少者，不须更设录事司及司候司。附郭县止令州府官兼领"，因此一直被理解为两件事：户口少的散府州郡不再设录事司及司候司，州府官兼领附郭县。以后一句话为依据，学术界和各种通论性著作、通用教材中都沿用各州的附郭县晚至明洪武初年才被统一裁撤。作者在研究中发现，忽必烈在至元初年（1264年）就曾大量裁撤附郭县，《元史·世祖纪》的记载本身无误，问题出在后人对原文的误断，原文应为"其散府州郡户少者，不须更设录司及司候司、附郭县，止令州府官兼领"。"附郭县"应前属,"不须更设"的机构即包括"附郭县"在内。这一延续数百年的误读误解迎刃而解。有了理论上、方法论上的探索成果和坚实基础,下编的"政区考证"水到渠成,顺理成章。

大海对这项研究成果的目标是一部专著,而不是论文汇编,尽管他自知本书目前的结构和内容还不够完善。有了他这样的学术追求,我深信在本书问世后,不久就会有更符合他目标的再版或新版。

2023 年 10 月

《陈桥驿致靳生禾手札集（附致寒声信）》序

收到赵柱家先生寄来的《陈桥驿致靳生禾手札集（附致寒声信）》（以下简称《手札》）打印稿，命我作序。陈桥驿先生和靳生禾先生都是我尊敬的前辈，照理我是没有资格作序的。但他们都已归道山，目前相关的专业范围内直接受过他们教益且与他们有较多交往的人已屈指可数，我算是比较年长的。就凭这一点，我就不便也不敢推却了。

《手札》收录了陈桥驿先生致靳生禾先生的信89通，起于1984年2月14日，迄于2014年3月28日；即自陈先生61岁至91岁，历时30年1个月又14天，其中最后一封信写于距陈先生离世不足一年时。又收录了致寒声先生的信7通（包括合写给寒声与靳生禾两位的信1通），起于2004年5月19日，迄于2009年元宵。

这些信件的存在，显示了陈先生的热忱、勤奋和机敏。

编注者在第一通书信的注中称："从内容看，两人交往已深，应不是陈、靳二先生交往的第一封信。"不过据我所知，尽管此信未必是他们交往的第一封信，但他们应该相交未久。因为陈、靳两位先生结缘应始于靳先生为《山西大学学报》约稿和陈先生为靳先生推介他撰写的论文。我还记得，陈先生向先师季龙（谭其骧）先生介绍靳生禾先生是在20世纪80年代一次外出开会期间，当时陈先生称他为"新发现的一位历史地理学者"，可见相识未久。其实这正反映了陈先生对人的热忱，即使是素不相识的人或还不知天高地厚的年轻人的来信，陈先生也会迅速回信。那时经常听先师赞扬："桥驿回信真快！"他发出相同内容的征询信件，陈先生的回复一般都是最快的。对我们这些学生，陈先生也有问必答，回信又快又详细。

这89通信中，写于1984年2月14日至12月的有11封，其中最频繁的两次是1985年10月和1989年6月，不到一个月的时间内都有3封。从信中内容可以看到，陈先生的这些信有的写于出国数月刚刚返回时，有的写于出席两会的繁忙公务间，有的写于结束高级职称评审会的"隔离"（评审会期间断绝与外界的一切通信联系），有的写于旅途。还有的信是在陈先生本人正经历不幸或遭遇困境时写的，尽管字面上显得风轻云淡。如他提到"大女儿家遭回禄"，实际上这次大火不仅将他女儿家全部财产焚毁，而且使他寄存在女儿家的祖传文物和他毕生收藏的字画全部付之一炬，损失无可估量，造成他内心难以治愈的创伤。他提到"内人记忆力衰退实已有三四年，而去年起病情加重"，实际陈师母患阿尔兹海默症已相当严重，完全不认人，家人一不留神就会走失，以至于陈先生只能陪她迁入乡居。

这89通书信只是陈先生在同时期写的至少数以百计的信中的一小部分，如他给先师的信，应该更多。这些年里，他出版的由他撰写、点校、翻译或主编的论著有50余种，《陈桥驿全集》14册，达2160万字，大多数是在其间完成的，有一年他为别人写的序就有14篇。何况他还要出席国内外的学术会议，到国内外长期或短期访学，参加各级各种学术评审和职称评定会、研究生论文评阅和答辩（包括我的硕士、博士学位论文），出席全国人大、省政协会议，接待国内外来宾，指导研究生和国内外访问学者，指导和参与故乡绍兴的各种文化活动。对一位年过七旬的老人而言，这不能不说是一种奇迹，一项很少有人能超越的纪录。

学人间的通信自然是以问道论学、讨论学术问题和办理相关事务为主。在这些信件中，我们可以看到陈先生与靳先生讨论《〈穆天子传〉若干地理问题考辨》，评价岑仲勉的《黄河变迁史》，谈论"夏商周断代工程"，整理《水经注·金石录》《水经注·文献录》，出版《〈水经注〉研究》《郦道元与〈水经注〉》《郦道元评传》《水经注校释》，编纂《中国地名掌故词典》《水经注全译》《郦学札记》，请靳先生承担《水经注》中山西省河流的注解工作，筹备在山西召开的历史地理学术讨论会，办地理培训班，寄赠刊物论文，索取《山西地图》刊物，为主编《当代中国五十名城》《历史地理》《中外城市研究》约稿，介绍招收历史地理专业研究生的考试科目，介绍与日本、美国学者的交往，介绍出访日本、加拿大、美国的情况和印象，内容相当丰富，从一个侧面反映出20世纪八九十年代历史地理学界活跃的思想和丰硕的成果。

这些信件也涉及靳先生的高级职称评定、工作调动、职务安排、住房分配、老年丧偶和再婚、儿子赴美国留学、论著的发表和出版，陈先生和夫人的健康状况、女儿家的火灾、繁忙中的烦恼，以及学术腐败、出版难、提升职称中的矛盾、知识分子待遇低、行政部门工作效率差等，诸如此类。当时社会和中老年知识分子不可避免的日常。从这一角度看，这些信件不失为可信的鲜活史料，足以丰富正史的记载。

据赵柱家先生介绍，这批信件是两年前他从一位旧书从业者那里寻获的，这才有了今天此书的问世，真是万幸！不知陈先生后人处是否还存有靳先生致陈先生的信件，如果今后能将两位先生往复的信件编在一起，一定是一件更珍贵的史料。

癸卯清明于上海浦东寓所
据光明日报2023.12.29版

《陈桥驿书信选》序

陈桥驿先生逝世后，他的论著已被编为《陈桥驿全集》14册，由人民出版社于2018年出版。但《陈桥驿全集》未包括他一生留下的海量的书信，当时还来不及收集整理。今年初，山西的赵柱家先生将通过书商收集到的陈先生致靳生禾函89封、致寒声函7封，编为《陈桥驿致靳生禾手札集（附致寒声信）》，这是我所知第一种陈先生的书信汇编。现在，为纪念陈先生100周年诞辰，颜越虎、范今朝、徐建春、周复来从征集到的陈先生信函中选出致19人的122封，编为《陈桥驿书信选》，即将出版，命我作序。

作为一位杰出的地理学家、郦道元和《水经注》研究专家、地方志专家、终身教授、绍兴文化名人，陈先生的通信对象自然以学术、教育、方志、文化、出版界为主，内容涉及历史地理、地方史志、地理研究和教学、郦道元和《水经注》研究、地名学、地方志编纂、浙江和绍兴历史文化等很多方面，也提及相关的学术活动、学术机构、科研项目、人事关系等方面，还反映了当时学术界、教育界难免不遭遇的职称评定、项目申报、招生、调动、出国、待遇低、出版难等状况，不仅是陈先生学术成果的一部分，也是这个特定时代的学术史、文化史、社会史的具体而生动的史料。

书信选中有12封信是写给先师季龙（谭其骧）先生的，时间从1973年至1991年，即陈先生50岁至68岁间、谭先生62岁至80岁间。而我从1978年起成为先师的研究生，1980年起受命当他的助手，看到这些信件，其中的内容历历如在目前。陈先生与先师并无师承关系，但从20世纪50年代相识后，一直执弟子礼甚恭。先师对陈先生的学术成就、治学精神、办事能力赞赏有加，在他承担的科研项目中委以重任，对陈先生的学术成就界以厚望。每遇历史地理专业委员会、《历史地理》刊物、国际会议与国际交流、"中国历史自然地理"编纂、《中华人民共和国国家历史地图集》编纂等方面的急事、难题，往往会想到请陈先生救急纾难，陈先生一般也会在第一时间回复响应。20世纪80年代国门初开，陈先生得风气之先，率先走向世界，多次出访日本，与日本学术界建立密切交流合作关系。1982年，复旦大学首次召开中国历史地理学术讨论会，三位应邀参加的日本学者都是通过陈先生介绍和联络的。陈先生力促先师出访日本，多方联系介绍，选择最合适的条件，最终由斯波义信教授申请到日本学术振兴会的资助，于1986年9月赴日本做两个月的访问交流，取得丰硕成果，在日本学术界产生重大影响。这是先师一生唯一的学术出访，他的另一次出国是1976年受复旦大学党委的派遣以中国教育代表团团员的名义出访罗马尼亚。

本书中最多的一部分，是姜竺卿先生提供的49封信，时间跨度从1973年至2000年，而其中48封集中在1973年至1981年间，最密集的是1978年有16封之多，2月、3月各有三封，2月2日上下午各有一封。姜竺卿和陈先生有何特殊关系？如此密集的通信所为何事呢？其实姜竺卿只是杭州大学地理系在"文化大革命"期间招收的一名"工农兵学员"，1970年至1973年在校，从第一封信看到，1973年他已在中学教地理课。对于这样一位在校时并无深交的普通学生，只是因为他好学上进，陈先生关怀备至，对他的进修、查阅资料、工作调动、报考研究生、合作研究、申报项目等都有具体的指导和帮助，还关心他建造新居、结婚、事故受伤和康复，可谓无微不至。"文化大革命"结束，学校工作渐复正常，陈先生一度希望他能调入杭州大学，得知他想报考研究生，又建议他报考谭其骧教授，并帮他了解情况，提供帮助。谭先生突发重病，一度病危，陈先生及时通知姜竺卿，让他另做打算："假使在目前这样的情况下，你不愿再去复旦，那么，你可以到杭大来，因为今年我不招研究生，我们可以先调你来（或者是借你来，若调有困难的话），协助我搞点历史地理的筹备工作，明年起正式成为杭大的研究生。"得知谭先生康复有望，仍按原计划招生，又立即让姜竺卿准备应试，并帮他分析形势，坚定信心。姜竺卿最终落选复试，陈先生当天下午就给他写信："这一件事，对你我二人都是一种打击。但愿你经得起，咬紧牙关，再苦干一年，明年到杭大地理系来。"次年姜竺卿报考杭州大学陈先生的研究生，3月18日，陈先生就给他写信，介绍情况，分析形势，让他做正确选择。4月19日的信中又对他备考提了建议。7月19日，在获悉姜竺卿因政治、英语两门公共课成绩不及格而无法录取时，又立即写信鼓励他："对于你，应该经得住这种考验，埋头苦读，因为经过两度考试，说明基础确实有不足之处。在地理学领域内，你的面还可稍稍宽一些。希望在埋头苦读的基础上，写出有一定水平的论文和专著，我将会尽我的力量帮助你解决发表和出版的问题。……这可能就是你一生中坏事变好事的关键，发愤苦读若干年，以抵于成。仅仅从你有志于学这一点，我就会尽一切可能支援你的。"对姜竺卿来说，两次考研失利无疑是不幸的，但能够遇到这样热忱负责的老师却是最幸运的。

据我所知，与陈先生通信的对象中，有此幸运的并不止姜竺卿一人，不仅有学生、青年，甚至有素不相识者。

本书最简单的两封信：一是2004年6月28日致海盐县史志办公室的王健飞，指出打印稿中"SKinner"中的"K"应小写；二是2009年7月25日致慈溪市史志办公室的章银舫，是补充打印稿中一个漏字（"著书立说"漏了个"立"字），陈先生时年86岁。陈先生治学行事的严谨态度于此可见。

本书收入的最后一份手迹，是陈先生2014年4月30日致张步天，时年91岁。可以看到，字迹清晰，行云流水，一气呵成，与二三十年前无异，足见陈先生依然有旺盛的精力。

尽管本书收录的信件只是陈先生全部书信中极小的一部分，但在一定程度上可以增加《陈桥驿全集》的内容，丰富陈先生的遗产，是对陈先生百年诞辰的纪念。感谢颜越虎等四位完成了一项非常有意义的工作！

2023年10月

"戈十八"感言

——代《成年礼：戈18》序

2006年5月，我应复旦大学管理学院之邀，与杨帆一起，带领5位学员参加首届"挑战戈壁"（"戈1"，该赛全称为"玄奘之路国际商学院戈壁挑战赛"）。当时，除复旦管院外，参加的只有长江、北大、清华、交大共5所大学商院的百余人。但到了今年的第18届（"戈18"），复旦管院参加的就有108人，时至今日，18届"戈赛"一共吸引了83所商学院前后参赛，参赛总人数达到87 000人。

记得在"戈1"赛程的第二天，也就是正式比赛的第一天，面对队员平均体重200斤、事先又未做过任何体能训练准备的事实，我和杨帆与大家商定，复旦队的目标是全队安全到达终点，不争任何奖项。最终如愿以偿，组委会为我们度身设置了一个"全员参与奖"。

而这次"戈18"，复旦队在竞赛中获得女子A+青年组冠军、男子A+大师组季军、男子A+青年组亚军和季军，A队获得EMBA组卓越奖；在"影像"赛中获得最佳人气奖、最佳团队风采奖、最佳创意奖；在"公益"赛中获得公益励行院校奖；在"团队"赛中获得沙克尔顿奖、最佳组织奖；在表演中获得"歌声嘹亮"大赛冠军；可谓全面丰收，硕果累累。

18岁成人，"戈18"成人，复旦管院的戈友成人！10月3日晚上，当我在"戈18"大营的帐篷中，在"戈赛"发起人曲向东、复旦首届戈友黄明和众多戈友的见证下切开生日蛋糕时，线下线上的戈友齐声欢呼——这是胜利的喜悦，成人的自豪，也是对未来的向往，对前程的自信。

成人，自然不单是身体，而应包括心智、人文。当初"挑战戈壁"选定这条路线，就是因为这是玄奘取经极其艰难的起点。我在"戈6"营地给复旦戈友讲的也是"玄奘为什么西行"。我在"戈18"营地讲的是"信仰、好奇心、健康"——健康是达到信仰的基础，好奇心是持续追求信仰的途径，而信仰才是一个人，以至全人类的追求和归宿。

浏览复旦管院"戈18"纪念画册，写下这些话，与各位共勉。

2023 年 10 月 31 日

《光明之城》不"光明"

今年初,上海人民出版社寄给我新出版的《光明之城》,希望我能对这本颇有争议的书发表一点看法。因不久前去台湾访问,不仅文章来不及写,连座谈会也没能参加。不过我一直在思考一个问题:这本书究竟是否具有史料价值。我越来越倾向于否定,近来我更坚决认为,《光明之城》不"光明",至少在目前它没有作为史料的资格。

开始我仔细地看这本书,特别是对照了国内一些学者发表的不同意见。由于有些方面早已超出了我的学识范围,实在难以做出自己能说服自己的判断。但后来我又仔细看了李学勤先生写的《导读》,豁然开朗,得出了现在这样的结论。

其实道理很简单,因为据《导读》的介绍,此书至今还是来历不明,除了这位编译者之外,没有任何信息。

"编译者大卫·塞尔本是有许多作品的学者,生于伦敦,从小学习希腊文、拉丁文,在牛津大学攻读法学,成绩优异。他曾在美国芝加哥大学和印度新德里'发展中社会研究中心'工作,并于牛津的拉斯金学院任教达20年,现居于意大利中部的古城乌尔比诺。"(《导读》,以下引《导读》者不再一一注明)我们对塞尔本先生的学者身份和语言、法学和社会学方面的学识当然不应怀疑,但他对书中涉及的中国历史、哲学、社会、文化究竟有多少了解?对书中出现的黄帝、皋陶、汉武帝、司马迁、王莽、汉明帝、老子、孔子、曾子、孟子、杨朱、韩非、杜甫、李白、王安石、朱熹、陈亮等,加上他自己承认还有许多辨识不出的原名，他到底译对了多少？在没有办法做任何核对，没有任何其他人参与的情况下，我们凭什么相信他？如果现在发表的文本根本就是译者的误读或误译，我们却将它当成信史，去纠正或推翻现有的历史，岂非铸成大错？

更大的问题是，世界上只有译者塞尔本先生一个人可以证明原书的存在，《光明之城》的写本至今还只存在于他的描述之中。"据说，他是在 1990 年，从一个造访他在乌尔比诺的家的客人那里，初次获知这一写本的存在的。那年 12 月，他在马尔凯大区某地的藏家手里，见到了这部写本。此后，塞尔本用了几个月的时间，说服藏家，允许他在藏家本人监督下检视和试读。直到 1991 年 9 月，经过长时间讨论与公布写本有关的种种问题之后，塞尔本终能在藏家的房子里仔细研译这部写本。塞尔本对藏家的姓名和地址讳莫如深。他说，这是出于藏家和他的约定，因此写本的来源和所有权都不清楚，书中没有写本的照片，也没有完整成段的原文。……写本如何流传下来，不能完全知道。……至于《光明之城》写本为什么长期秘藏，是没有人知道的问题，塞尔本以为是由于写本的宗教内涵。"

当然我们不应该怀疑塞尔本先生的道德，不能随便怀疑他作假，但是我们不得不质疑这一神秘而漫长的过程。从"作者"雅各·德安科纳 1290 年"写"下这些东西，到塞尔本见到它们，中间长达 700 年，谁能保证没有篡改或作伪？写本如何、何时到了藏家之手？藏家是什么身份？谁能保证写本到藏家之前不被篡改，或者不是假货？谁能保证藏家本人不是作伪者？现存的写本究竟是不是 700 年前的原物？如果不是，这个写本产生于何时？这些都是无法回答的问题，我们只能相信塞尔本一个人。即使我们完全相信塞尔本的人格，也无法轻易相信他的学术判断力。君子可欺以其方，要是他被藏家或什么人蒙骗了呢？哪怕有第二个人能够看一下写本原件，也能够多少证明一下塞尔本的说法，可惜连这也没有。冒如此大的风险来承认这本书的史料价值，值得吗？应该吗？

而且，根据塞尔本的说法，藏家的隐秘也是没有理由的。如果说是出于宗教的原因，如今早已消除。如果真有不便公开的原因，为什么经不起塞尔本的劝诱？如果是有道义上的原因，现在岂非已经违背？如果这本写本是用不光彩的手段获得的，现在也已经为世人所知。如果是为了钱，更只要直截了当提出来就可以了。再说，来源不能说，全文不能公布，代表性的照片或一段原文总能公布吧！世界拍卖的不少宝物都没有公布藏家的姓名和来源，但从来没有不让别人看到原物的，更不用说应该先公布照片或详细的说明。如果全世界的学者都一致抵制这本书，或许还能迫使塞尔本或藏家披露真相，可惜大家太天真了，先让塞尔本获得了充分的效益，这方面的压力已经有限。

要是此事发生在中国，一位并非历史专业的学者出版了一本从未见于著录的 700 年前的史书稿本，他对书的来源和收藏者秘而不宣，也不发表任何原文和照片，历史学界会接受吗？我们会承认这本书的史料价值吗？我可以肯定，不会。历史学研究一条最基本的原则，就是史料必须可靠，尽可能有第一手的来源。难道洋学者就可以不遵守学术规范？记得在国内出现"新发现的《孙子兵法》"一类伪作时，学术界的态度都相当明确，我希望对来自外国的"新发现"也应该用同样的标准、同样的态度。

要是这本书的内容是否定马可波罗的记载，是描述泉州如何荒凉黑暗，说泉州人如何保守落后，中国学者是否还会有那么大的热情？其实，我们的态度应该是同样的，而且对这样一类渲染"光明"的书更要特别谨慎。这些年，我们常看到一个什么发现将中国历史或发明提前多少年的报道，事后却往往不知所终。但却从来没有见过某一发现将中国的历史或发明推迟了多少年，如果真有这样的事，其实也是历史研究的重要成绩。这种现象反映了我们对中国历史一种不健康的心态，我希望这种心态不要影响到对《光明之城》的评价。

或许有人担心，这样做会不会冤枉了塞尔本先生。我以为不会，因为我们只是不相信、不采用这本书，只是迫使他拿出证据来，这完全是正常的学术规范的要求。或许有人认为，这本书里有不少新鲜的内容，不用可惜。但出处不可靠的史料，越是新鲜，问题越大。再说，如果是仅见于这本书的内容，充其量只能是个孤证，还是需要有其他史料印证，暂时不采用不会造成十分大的影响。中国历史研究能做的工作很多，何必急于从这样一本来历不明的书中找史料呢？

我并不反对翻译和出版这本书，它可以供专门研究有关历史的人辨别真伪，也可以当小说看，但在它的来源和真实性问题解决之前，绝对不能作为史料。

2000 年 7 月

愿阁楼里永远有这盏灯

——读沈昌文《阁楼人语》

沈昌文先生的《阁楼人语》出版后,虽未引起纸价上涨,却也成为一时话题。但我在粗粗一翻后就搁在一旁,因为自以为当年看《读书》时,其他文章或许会漏掉,沈先生的编后记是绝对要看的,有时还看过不止一遍,而王蒙先生的序和沈先生的自序也早已认真拜读过了。直到为了写这篇文章,才重新读了一遍,发现自己的想法并不对。本书所收沈先生的编后记,第一篇发表于1984年第一期,最后一篇是在1996年第一期,历时12年,而我关注《读书》是在1987年后,所以有不少精彩的文字还是第一次见到。而在事过境迁后读当时的言论,其中大部分已由时间判定了是非优劣,更显出作者的真知灼见,自然更有意义。

记得第一次见到沈先生,是在先师谭其骧先生一位亲戚家。先师那位亲戚是评论外国电影的专家,沈先生与她谈的也是这方面的话题。后来得知沈先生是三联书店的老总,以为他的专业也是外国电影或外国文学。再次遇见时沈先生赠给先师一册杨宪益的《译余偶拾》,我也叨光获赐一册。沈先生与我谈及此书中涉及的一些问题,我才发现他对中国历史的一些看法也很内行。不久,沈先生就带信给我,要我给先师主编的《中国历史地图集》写一篇书评,在《读书》发表。先师得知后,鼓励我写,他以为这套地图集虽然已有不少评论和介绍,但关键的几点还没有讲清讲透,希望我利用这一机会明确提出来。当时我对《读书》了解不多，虽然尽量将文章写得可读易懂，但还是心存疑虑，不知道沈先生是否会采用这样一篇基本属历史地理专业范围的文章。结果沈先生很快将此文发在《读书》的首篇，在知识界产生颇大的反响，以后多次被引用。这使我很佩服沈先生的眼光，因为即使是深通历史地理的人，也未必了解知识界的需要，并且敢组这样的稿。等到我对《读书》每期必读时，还看到更多在我的知识范围之外的文章，但同样有兴趣读，并且读得下去。

待与沈先生稔熟后，每次去北京，或是他来上海，几乎都有机会参加他安排的饭局，不仅能享受美食，更能瞻仰前辈风采，结识良师益友。为了这些聚会，沈先生照例忙于张罗，从清晨开始打电话，提前到餐馆确定菜单，但一到开席，他一般只是洗耳恭听，偶尔谈些趣闻逸事，或"内部消息"（至多只是出版界或文化圈内），也是有问方答。沈先生交游之广罕见其匹，这类饭局称得上是群贤毕至，少长咸集，并且兼收并蓄，不问门第出身，也不问左中右，高人、异人、奇人、凡人都有。当然饭不能白吃，沈先生手下的女将再来很客气地催稿时，就不好意思推却或拖拉了。

沈先生自称办杂志是"出于无能"，当然不无自谦的成分，却道出了一位杰出主编的真谛。对于这样一份以知识界和文化精英为主要读者的刊物，所刊内容涉及天文地理，古今中外无所不包，纵然真正组织起一个庞大的编委会，大概也难以自称"全能"。但沈先生与他的几位同事能将《读书》办得很"全能"，自然得益于他们善于利用知识界的各种力量。

沈先生的第二个信条是"无为"。我的理解，所谓"无为"实际只是有所不为，即作为主编，所作所为不能超过"编"的底线，而将发言权完全交给作者和读者。在1984年第一期的编后记中，沈先生就明确提出"知识分子——我们的对象"：《读书》的读者对象是中等程度及以上的知识分子，我们首先要考虑这些读者的需要。"（引文未专门注明者均出于沈书。以下同。）这样的话，在改革开放以前谁敢公开说？就是在现在，有哪几家杂志真正办到了？有些杂志虽然打着为知识分子的旗号，实际不过是几位知识分子的同人杂志，编者就是主要作者，自然不能反映知识分子的全貌，也无法为大多数知识分子所接受。

与此并用的，就是沈先生的第三个信条"无我"。我并不主张任何杂志主编都应如此，但像《读书》这样一种杂志，主编的"我"即使不能做到"无"，也应该尽量少，而把发言权留给作者。不仅如此，编者的取舍标准不应该是自己，而是广大读者。中国的知识分子有多种声音，多种需要，沈先生主编的《读书》也有多种声音。就像沈先生所说，"思想、观念的交锋，往往亘续几年、几十年，而且此伏彼起，一时难定胜负，尤难决定谁是盟主"。尽管它们之间有很大的差异，甚至完全对立，但在"无我"的沈先生的调理下却能在一种平和的气氛中争论，就像在《读书》举办的"读者服务日"或沙龙中边饮茶、喝咖啡，边聊天一样。"在本刊言，'费厄泼赖'一条仍为首务。"要是沈先生非要将他的"我"强加在《读书》或读者头上，那么这本杂志早已不存在了。

这位"三无"主编在该"有"的时候却是无微不至的。如为了将《读书》办得"好看"，让有限的篇幅包含更多生动活泼的内容，或者说有更大的信息量，沈先生曾经做过很具体的规定。如在《读书》五周年过后的1984年第六期，他以《小文章》为题写了一篇编后记，提出："品书录和寸言：这无非是想用简短、精要的文字，对新书作一初步品评。着重写某一文献，不求全。品书录勿超过一千五百字，寸言一般为三几百字。……读书小札：读新书或旧籍后生发的感想，并非书评。希望写得生动、精悍，篇幅勿超过二千字。"到1987年第十期，沈先生的编后记又以《短些，再短些》为题，认为"回顾《读书》八年多的历程，文章也是越来越长。上期我们谈到读《读书》的'姿势'，有人读后相告：贵刊一九七九、八零、八一年尚可'卧读'，此后实在困难了"。

针对某些霸道的、形式主义的宣传方式，沈先生冷静地责问"何必大声"？明确指出"把编辑当成宣传亦有弊端"："你自己说不问政治，人家一分析，你明明白白确确凿凿，代表了某家某派利益。人家的分析有时会比自己原先思忖的还要明晰、透彻，会令你头皮发紧，全身痉挛，乃至血压上升，心肌梗塞。"有过"文化大革命"经历的人，不知还记得当年这种"大声"否？但这种现象不是以新形式重新出现的，"在实际工作中，常常遇到的一个语言形式上的要求是：必须大声。凡所宣传的，尤其是被称为'主旋律'者，要用大声嚷、唱、咭、叫……然后寰宇皆闻，然后心满意足"。

虽然沈先生的文字写得不温不火，明白如话，但字里行间还是可以看出他为《读书》的生存和发展使出的浑身解数。不过限于编后记的篇幅和当时的形势，他每每点到即止，不了解实情的人是难以理解的。所幸沈先生在《自序》中稍为多透露了一些，如其中胡乔木给《读书》投稿一段就可备掌故。

当年沈先生以"阁楼人"自况，但这小小的阁楼中的灯光那么亮，又照得那么远，或许是他始料所不及的。正因为如此，我和很多读者、作者一样，还在怀念这间阁楼中的灯，愿它永远燃烧着。

2004 年 2 月

连清川《曹操的自白书》序

一二十年前结识连清川兄时,他是媒体人,记不得是为了采访还是约稿。数年一瞬而过,再至上月时收到他的邮件,已是要我为他的新作《曹操的自白书》作序,原来他已从媒体人转变为历史人,至少已兼有历史写作者的身份了。

虽然盛情难却,我心里却毫无把握,万一他的书写成媒体评论,或者写成戏说,我这序该如何写?不过在读完他的自序,又抽看了部分书稿后,我放心了——至少清川兄明白历史与文学的区别,已经阅读了大量研究曹操的论著,尽最大努力查阅了相关史料。

毕竟清川兄不是历史学的科班出身,对于曹操这样一个重要而复杂的历史人物,两三年的研究时间也远远不够,我还是有几点与他不尽相同的看法,需要在将这本书介绍给读者的同时做个交代。

在自序中清川兄提到,"最近这些年里,为历史人物翻案的书籍汗牛充栋",而他"无意为曹操翻案"。显然他还不了解为曹操"翻案"的背景,对"翻案"的概念不免受到流俗的影响。

1959年,翦伯赞发表《应该替曹操恢复名誉》,郭沫若发表《替曹操翻案》,先师谭其骧先生就指出:"说是替某人恢复名誉,应该此人的名誉一向很糟,才谈得上恢复。说是替某人翻案,无论正翻反也好,反翻正也好,总得新的评价和旧的评价完全相反或基本上相反,才算得上翻案。"他指出,自古及今,虽然有很多人说曹操坏,却也有不少人说他好,也有人在某些方面认为他好,同时又在某些方面认为他坏的。即以近几十年来所出版的历史教本而言，一般对曹操的评价并不特别坏，范老范文澜的《中国通史简编》和吕振羽的《简明中国通史》都是骂了他的，但那只是把他作为汉末军阀的一员骂了而已，实际上对他的评价远在孙权、刘备之上。此外，中华人民共和国成立前后还有些专论曹操的小册子和论文，虽立场和观点各有不同，但结论大致都是肯定多于否定。既然过去人们对曹操的评价不全是否定的，也有肯定的，那么我们今天要肯定曹操，怎能说是替他恢复名誉，替他翻案呢？至于小说戏剧里的曹操，那是另外一回事。小说戏剧确是只有说曹操坏，没有说他好的。小说戏剧里的曹操是否应该写得、演得和真正历史上的曹操一样，那又是历史小说、历史剧是否定要符合历史事实的问题，不是翻案不翻案的问题。

先师的话已经说得很明白，很完整，就历史研究或历史普及而言，曹操无案可翻。所以在一本普及性历史著作中，作者按自己的研究结果和观念叙述即可，不必顾及并不存在于历史研究领域中的"旧案"，也不必刻意批评驳斥在非历史领域和民间对曹操的各种恶评。

清川兄称，"记者的职责从来都是寻找真相，尽管价值评判有时候也是重要的，但是真相才是我们最终的取向"。我非常赞赏这种求真的态度，这与我们历史学者的追求完全一致。但我必须指出，记者所寻求的真相、对记者寻求真相的要求，与历史学者追求的真相和对历史学者追求真相的要求，还是有区别的。因为记者追寻的是新闻，新闻只能是某一事物或人物发展的阶段性结果，只能是表层的、阶段性的、相对的真相。而历史学者追求的历史事实，应该是深层的、全过程的、绝对性更强的真相，或者说终极真相。但另一方面，记者有条件、有可能进入或接近现场，接触和采访当事人，而历史学者基本没有这样的条件，只能依靠记者们留下的新闻和其他能收集到的证据。至于记者对这一事件所做的评论和预测，对历史学者毫无意义，因为预测是否准确已有事件发展的结果证明，所反映的是记者本身的能力，所做的评论也只显示其本人的价值观念，而这些都不是历史学者复原或重构历史事实所需的。

裴松之注陈寿《三国志》引用的材料，追根溯源，大部分出于当时的"记者"采访、记录、报道的新闻，但已经经过不同历史学者的整理和研究。所以对同一事件、同一个人，往往有两种或多种不同的说法，甚至大相径庭，截然不同。

例如，对吕伯奢事件，清川兄的书中引述了三种说法：

一是曹操带着几个人，经过了老朋友吕伯奢的家。吕伯奢正好不在，他儿子联合家里其他人，要劫夺曹操的财物，偷他的马，曹操亲手杀死了其中几个人。

二是曹操夜宿吕伯奢的家里，晚上听见锅碗瓢盆的声音，误以为是兵器的声音，认为吕伯奢想要杀了自己去给董卓邀功，于是当晚就把吕伯奢和他的儿子、仆人杀了个干干净净。

三是曹操在吕伯奢家住了一夜，就赶紧上路继续逃亡。

第一种说法出于裴松之引王沈《魏书》："伯奢不在，其子与宾客共劫太祖，取马及物，太祖手刃击杀数人。"其中是否包括吕伯奢的儿子、吕伯奢有几个儿子并未说清，但肯定没有杀吕伯奢。第二种说法出于裴松之所引郭颁《世语》，原文是"太祖过伯奢，伯奢出行，五子皆在，备宾主礼。太祖自以背（董）卓命，疑其图己，手剑夜杀八人而去"。写明吕伯奢不在家，五个儿子在家，曹操亲手杀了八个人，未写明其中几个是吕的儿子。这种说法的另一个版本出于《太平御览》卷三百四十二引孙盛《魏氏春秋》："伯奢不在，家人为供，王闻其食器声，疑其图己，夜手剑杀八人。"同书卷九十三所引《魏书》基本相同，只是称"其子八人"。第三种说法见《太平御览》卷四百七十八引《魏国统》"太祖过故人吕伯奢也，遂行"，丝毫未提及曹操杀人的事。

在当时的条件下，最早报道这一事件的"记者"不可能到达现场，甚至不可能采访到吕伯奢本人和任何亲历者、目击者。即使他们一意追求真相，记录下来的内容也与真相相去甚远，所以出现不同的说法是完全正常的。后世以至今天的历史学者更绝无接近现场的可能，也不能指望发现新的证据或史料，只能对现存的说法做分析研究。在无法复原或重构真相的情况下，历史学者出于自己的追求和职责，至少应该证伪、证误，明确指出哪些不是真相，而不能随心所欲，也不能草率疏忽。

从这一要求看清川的写法，一方面他根据现存史料列举了三种不同说法，而没有随意做结论，这符合历史学者的做法。但另一方面，却没有严格引述史料，甚至对重要情节擅自改写，完全不符合历史学者的规范。如第二种说法称"于是当晚就把吕伯奢和他的儿子仆人杀个干干净净"，就完全出于自己的想象或误读。因为无论《世语》《魏氏春秋》还是《魏书》，都明确说明"伯奢出行"或"伯奢不在"，所以，不管是新闻写作还是历史写作，在任何情况下都切不可在此处进行任何改动，认为曹操连吕伯奢都给一齐杀了。（经葛剑雄老师指正，此处已改正为"曹操于是当晚就把吕伯奢的家人杀个干干净净"。——作者注）

当然，清川在引述这三种说法时，都称之为"传说"，而在自序中说："作为一个记者出身的作者，我所能保证的是，这本书里的每一个字，我都力争做到有据可查。对于引用的一些野史和传闻，我也都用明显的字样，例如'据说''据传闻'等，给出标示。"既然如此，就得照"据说""据传闻"的原样，而不能因为这些本来就是传闻而添油加醋，耸人听闻。

在自序中清川强调"这是一本非虚构作品，其中的许多内容，是我个人的猜测、分析和推理。毕竟，曹操的时代离我们已经将近两千年了，许多史料和细节，早就已经湮灭，永远不可能还原，可是这也许正是历史的一部分，它给我们的留白，恰恰是让我们自己去选择，去决定，我们要如何看待历史，以及我们要如何用历史来定义自己"。

我赞赏他严肃真诚的态度，但还是要指出历史写作必须严格区分历史事实和历史观念，也即历史中的科学与人文这二者之间的区别，而不能有任何混淆与人为改动。历史事实属科学，只有一个事实，有标准答案，例如曹操究竟有没有杀吕伯奢、究竟有没有说过或表达过"宁我负人，毋人负我"、此事发生在何时何地，尽管我们或许永远无法找到证据，复原真相，但历史事实都是客观存在，不应该也不可能"让我们自己去选择，去决定"。但对此事及"宁我负人，毋人负我"的观念，以及对曹操这个人物的评价，"我们如何看待"，本来就没有标准答案，当然可以而且应该"由我们自己去选择,去决定"。"用历史来定义自己",我的理解是如何从历史吸取经验或教训,获得灵感或启示,从而找到或看清前行的路,引领自己和他人走向未来,那更是属于人文,近乎历史哲学。对于一般历史学者来说,是一个难以企及的目标。

时下流行的"非虚构作品",包括清川这一本自定的"非虚构",严格说来还是属于"主观非虚构"。而要达到客观的或实质上的"非虚构",即准确重构历史事实,极其困难,几乎不可能成功。像这本书中不少内容,就是出于清川"个人的猜测、分析和推理"。问题是,将近1800年前的人和事,仅凭两三年间的阅读研究,以及整个当代中国几十年内积累的知识和社会经验,如何能完全猜得对、析得清、推得合理呢?即使他在某一方面做到了,又如何得到验证呢?

我读过的最高水平的"非虚构"历史书,是罗新《漫长的余生》一书中对传主王钟儿生平的描述和重构。有关王钟儿的直接记录和原始史料只是一篇数百字的墓志,但作者的全部"虚构"都有扎实的研究基础和确切的史料根据,并且采取非常严谨的态度和方法——对某些缺失只是提供相当接近的类比,绝不轻易断言完全相同或足以取代。这固然是因为作者本身就是这一段历史研究的一流专家,也因为他有幸获得一些宝贵的替代性史料——与王钟儿同时代同类人物的墓志。

我自然不应用如此高的标准苛求于清川,但还是要提醒他"主观非虚构"与"客观非虚构"的区别和"客观非虚构"的难度,更期待他的作品会越来越接近"客观非虚构"。

这些就是我将这本书推荐给读者的理由,不知清川兄以为然否?

2024 年 7 月于香港中文大学(深圳)

读研究生的书

家山何止大槐树

——安介生《山西移民史》序

在中国移民史上辐射范围最广、影响最大的一个移民发源地，大概要算山西洪洞大槐树了。"问我祖先来（故乡在）何处，山西洪洞大槐树。"这两句流传了数百年的民谣，在华北的老一代中几乎是尽人皆知的。随着华北人口的外迁，大槐树移民的后裔又扩散到全国各地。有学者考证，"洪洞古大槐树移民"分布在11个省、市的227个县。

有关大槐树的传说、故事、民谣等口碑资料，足以编成一部多卷本的大书，有关族谱中的记载也不胜枚举。对大槐树移民史实的研究，早在清末民初就引起了学者的注意，近一二十年来的成果更多。由于这是山西移民史中至今影响最大的事件，自然也是安介生这本《山西移民史》中重要的一章。据他综合前人成果和自己考证的结果，从明朝洪武二十一年（1388年）至永乐年间（1403—1424年），由官方征发或组织的山西移民就远远超过百万，他们的足迹遍及今北京、天津、内蒙古、河北、山东、河南、安徽、江苏等地，而自发性的和永乐以后的移民也大量存在。经过数百年的生息繁衍和再迁移，要说当年山西移民的后裔遍及华北以至全中国实在并非过分。尽管这些移民的故乡实际包括山西各地，但洪洞大槐树是移民迁出地的象征，已成为山西移民后裔心目中的故乡。

不过，大槐树移民影响再广、意义再深，也只是山西移民史的一部分，而整个山西移民史所必须研究和论述的空间和时间范围自然要大得多，所以才有必要写这部《山西移民史》。而作者之所以要选择这个题目，我想他不仅是为了回报山西对他的养育之恩，而且是因为山西在中国移民史上有特殊意义，地位重要。

通过作者的论述，我们可以清楚地了解到，山西历来是重要的移民输出地。从秦汉以来，每次大规模的人口南迁，如东汉末年和三国时期、"永嘉之乱"至南北朝、"安史之乱"至唐末五代、"靖康之乱"至元末，都有大批山西人外迁；而自明朝以来，无论是"大槐树移民"，还是近代向内蒙古、东北和其他边疆地区的移民，山西人都占有重要地位。

山西同时也接收了大量外来移民，从夏、商、周时代频繁迁入的部族、封国和宗族，从汉代开始的少数民族内迁，南方居民被强制北迁，北魏时大规模移民于代地，直到近代，大批外来移民在山西定居，与本地人融为一体，成为山西人的重要组成部分。

由于山西处于传统的华夏（汉）与非华夏相交的区域，也由于山西的地形地势在华北和全中国所拥有的战略地位，山西移民史还具有两个最显著的特点：

一是大量内迁的少数民族和外来民族以山西为归宿，不仅成为中华民族大家庭中的一员，而且绝大多数最终融合于汉族。举凡中国历史上主要的少数民族，如狄、戎、胡、匈奴、越、羌、鲜卑、羯、氐、丁零、高车、柔然、高丽、奚、西域诸族、突厥、回鹘、沙陀、党项、契丹、渤海、女真、蒙古、回、满等族，都曾迁入山西，有的就是在山西融入汉族的。今天的山西人如果追根溯源，完全可能远及蒙古高原、中亚草原、咸海之滨、恒河流域。

一是每当分裂或战乱时期，山西往往成为中国北部的战略要地或政治重心，因而既吸引了大量外来人口，也成为大批难民的庇护所，从而出现一个经济文化相当繁荣的阶段。如北朝后期，晋阳具有举足轻重的地位。金元之际，山西是北方经济文化最发达的地区。元末明初，山西是北方唯一能够大量输出人口的省份。这些当然是长期吸纳、融合外来移民的结果。

正因为如此，研究山西移民史的价值已经超出了它的地域范围，这部《山西移民史》的价值也不会局限于山西一省。

历史是人创造的，是人口在时间和空间中活动的结果。文化是以人为载体的，主要靠人口的流动来传播和发展。从这一意义上说，移民是人类历史上最重要的活动。我在《中国移民史》第一卷（福建人民出版社，1997年）的《导论》中指出：没有移民，就没有中华民族，就没有中国疆域，就没有中国文化，就没有中国历史。正是基于这样的认识。

对整个中国如此，对一个省、一个地区更是如此。试问，如果不了解本地人口的来源和去向，又如何能全面了解和正确理解本地的历史和政治、经济、文化、社会、民族等各方面的状况？除非一个地方完全处于封闭之中，但这样的地方毕竟有限吧！

据我所知，尽管地区性、阶段性的人口迁移史作品已有问世，但以一个省为地域范围的移民通史作品尚未出版，所以当安介生先后完成了以山西移民为研究对象的硕士、博士论文以后，我就鼓励他在此基础上撰写《山西移民史》。经过两年多的努力，他终于在今年上半年完稿。而从他开始研究山西移民史算起，差不多已经有七个寒暑了。对于负有一定指导责任的我来说，自然不应该对本书的质量发表先入为主的意见，我要说明的只是：作者治学的态度是严肃认真的。

我强调山西移民史的价值，强调移民史研究的重要性，并无抬高这本书的目的，也不是出于专业的偏爱。十多年来，我在与同仁合作研究中国移民史的过程中，深感与其重要性与广泛性相比，我们的学力和精力都太有限了，尽管我们出版了六卷本的《中国移民史》，但就通史而言，遗漏和空白还相当多，错误更难以避免，何况更加具体深入的区域研究！所以我们期待着更多的同行，特别是青年学者来从事移民史研究，希望有更多的省、地区性移民史问世。

在世界历史上，中国的移民数量之多、距离之长、范围之广、影响之大，都是绝无仅有的，与目前我们对移民历史的研究还远不能相称，成果还太少。全社会对移民历史关注不够,这是主要原因。

家山何止大槐树?麻城孝感乡、宁化石壁寨、江西瓦屑坝、苏州阊门外、南雄珠玑巷、山东枣林庄、南京杨柳巷、南昌筷子巷……无不是千百万移民后裔梦魂萦绕的故园家山。黄河长江、中原大地、西域东海、北疆南岛,中国历史上一千多万平方公里的疆域,又有哪里没有渗入中华民族这棵参天大树发达的根系?

相信中国移民史会越来越受到重视,《山西移民史》也会如此。

1998 年 9 月 8 日于英国剑桥

创建考古地理学的有益尝试

——高蒙河《长江下游考古地理》序

先师季龙（谭其骧）先生主张历史地理学的研究阶段应限于历史时期，晚年更具体说明，应该是从人类使用文字并留下记录开始。我有幸聆听过先师的阐述：

> 从历史地理学的学科特点说，它应该区别于古地理和今地理。在人类没有产生前以及人类还没有进入文明社会的阶段，是古地理的研究范围。而当代的地理应该由今地理加以研究。从基本的研究方法而言，古地理阶段没有任何文字记录，只能通过实地考察的办法复原当时的地理景观和地理要素，只能通过文字考释以外的办法。今地理则完全可以作实地考察，自然应以实地考察为研究的基础和主要途径。

我对先师这段话的理解是，无论是研究古地理、历史地理，还是今地理，其科学原理是完全一致的，但获取资料和数据的途径不同，因此学科特点和研究方法也有差异。而历史地理之所以要借助历史学的研究方法，主要原因还在于它离不开历史文献。正因为如此，先师不赞成将历史地理的研究时段上推至第四纪，因为那时不存在文字记载，如果要研究的话只能用文献以外的手段，那就与古地理研究无异，而历史地理研究的长处却无用武之地。

从我给研究生开设"历史地理学的理论和方法"一课起，我一直采用这样的说法：历史地理学研究的阶段应该从文字的使用并留下记录开始。但在三年多前，我指导的博士生周筱赟在听课后向我提出，为什么一定要有文字呢？文字以外的资料如符号、图画，或实物是不是也可以作为研究的依据？我觉得他的话有道理，就做了纠正，将"文字"改为"信息"，自然可以包括文字及文字以外一切能够记载或传达某些内容的素材。以后我与筱赟合著《历史学是什么》一书时，就采用这种说法。

这门课我是每年都开的，在以后讲到这部分时，我总觉得在历史地理与古地理之间还需要一种过渡。在人类使用文字之前的相当长一段时间内，已经进入文明社会，不仅留下了文化遗址，还留下了大量实物，也包括符号、图案、图画等。这些信息一般直接用于地理学研究，也难以用历史学的方法进行解读和分析，主要还是运用考古学的方法，才能复原当时地理环境。所以，在历史地理学与古地理学之间应该有一门考古地理学。但我对考古学知之甚少，也缺乏学科理论的积累，对建立中国考古地理学心有余而力不足。

恰好本校文物与博物馆系的高蒙河副教授在职攻读博士学位，选择历史地理为研究方向。蒙河在吉林大学时是与我同出先师门下的王妙发师弟的同学，与我实际也是同学。但因专业的关系，我只能忝为导师。不过，这也给了我更多的机会，增加考古学知识，了解考古的新进展。与蒙河的深入讨论，也使我对中国考古地理学的确立和发展更有信心。我认为，以蒙河的学术基础和考古实践，加上这几年在历史地理学方面的努力，最有条件为创建中国考古地理学做出贡献，因而希望他以此为博士论文的主题。

即将出版的这本书，就是蒙河的博士论文。在答辩时获得很高评价后，蒙河又做了全面修订，增补了最新的资料，质量又有提高。本书是考古学、历史地理学和相关学科交叉与综合的成果，由于蒙河在考古学方面有深厚的理论基础，也有丰富的实践经验，又在历史地理学方面接受了较系统的训练，自觉地融会各学科的优势，解决学科的理论和实际问题，因而能从更新、更全面的角度提出"考古地理"的新概念，富有创新意义。他还注意吸收最新成果，如运用DNA检测等方法验证和解决以传统方法无法确认的疑问，是有益而成功的尝试。本书的主要论据汇集了迄今为止全部考古成果，资料扎实，数据准确，分类恰当。

竺可桢生前曾将气候变迁的研究划分出一个"考古时代"，但尚未形成一门新的学科。本书的完成和出版有望填补这一空白，为中国考古地理学的建立打下一块基石。由于我对本书负有一定的责任，又寄望于这门新学科，所以写上这些话，愿为此目标与蒙河共勉。

2004年7月23日

张根福《抗日时期浙江省人口迁移与社会影响》序

1997年，当我主编的六卷本《中国移民史》出版后，一位友人曾问我："你们已经将中国移民史写了那么多，你们的学生还有什么好写？"我告诉他，且不说这部书中还存在的错误和遗漏，就是从内容和形式上说，这只是一部移民通史，不能代替其他断代史、区域史和专门史。以中国之大、年代之长、区域之广、移民之多，不知还有多少书好写。

令人欣慰的是，在过去这几年中，中国移民史的研究越来越受到学术界和社会上的重视，也吸引了更多的青年学人。在我指导过的博士研究生中，就有多位是以移民史或历史时期的人口迁移为研究方向的。安介生博士出版的专著《山西移民史》就是在他博士论文的基础上写成的，张根福博士即将出版的新著《抗日时期浙江省人口迁移与社会影响》也是以他的学位论文为基础的。

虽然两者都是以一个省为论述的地域范围，但前者是一个省自古至今的通史，后者却涉及抗日战争这样一个很短的阶段。前者是以移民为研究对象，后者则是包括移民在内的全部迁移人口。正因为如此，后者必定应该更加深入，更加注重于微观研究。

从另一方面说，这本书也是抗日战争史和浙江地方史的一部分，因为本书所论述的内容本来就应该是抗战史和地方史不可缺少的一部分。抗战期间的人口迁移数量多、范围广、情况复杂，对当时的政治、军事、经济、文化、社会各方面都有重大影响。就有关抗日战争历史的研究成果而言，已经发表的论著不能算少，但对此期间的人口迁移，往往只有一般性的描述，大多只注意其政治意义。根据我有限的见闻，除了对战时的陪都重庆外，对一个省的人口迁移做如此详尽而深入的研究尚未见到先例。

尽管抗日战争去今未远，但由于战时的特殊环境，许多人口迁移没有留下相应的记载。而天灾人祸，岁月沧桑，更使本来就不多的史料所剩无几。这方面的研究之所以存在诸多空白，资料的缺乏也是主要的原因。而作者充分发掘、收集和运用了目前可以找到的档案材料、报刊资料、公私记载、各种地方史和专门史，在此基础上，对抗战期间浙江省的人口迁移（包括省内、省际）做了相当详尽的论述，举凡人口迁移的背景、原因、数量、分布，迁移人口的籍贯、性别、年龄、职业，难民的安置和救济等都已尽可能做了复原。对迁移人口中的特殊群体，如政界、教育界、文化界、工商界、金融界的情况，还做了更具体的分析。对于迁移人口对迁入地和迁出地在政治、经济、文化、社会等各方面的影响，也有客观的分析和总结。在作者选定这个题目时，我曾担心他找不到起码的资料，或者无法做深入细致的分析，但他最终完成的博士论文超过了我的期望。

中国移民史的研究只能说开了一个头，就是抗日战争期间的人口迁移也才开了一个头。类似的研究，完全可以以其他省区为范围来做，有的省区肯定会有更丰富的内容。但这不会影响本书的价值，第一步毕竟不是容易的。

在本书出版之际，根福要我写上几句话。作为曾经负有指导之责的教师，我是不应推却的。不过我还有一点私心，因为根福以浙江人身份研究浙江，获得博士学位后又返回浙江服务桑梓，而浙江也是我的故乡，我自然更乐意促成本书的问世。

2001 年 3 月 24 日

苏新留《民国时期河南水旱灾害与乡村社会》序

历史时期的水旱灾害对中国的自然环境和社会变迁具有重大影响,从历史自然地理和人文地理两方面进行综合研究,是历史地理学的学科理论和研究方法的一部分,也具有相当重大的现实意义。

但这方面研究的难度很大,要取得可信可靠的成果并非易事。

要研究今天的水旱灾害,一般不存在资料和数据上的困难。对一次水灾或旱灾的时间和空间范围、灾情的大小和造成的影响,可以找到各种精确的数据和具体的记录。现代科学技术已经使人类能够对这些灾害进行全方位的跟踪观测,各种仪器仪表会自动进行收集和记录。即使发生在人烟稀少的地区,也可以通过卫星遥测,还可以在灾后进行实地考察。但对发生在古代的水旱灾害,除了极少数有遗迹可寻,时间比较接近的可以通过社会调查获得一部分口述资料外,主要只能通过历史文献来复原。但在一般情况下,历史文献的记载是相当粗略的,而且往往存在不少错漏,更缺乏必要的数据。由于原始记录者大多不具备专业知识,了解的范围也很有限,后人很难在不同的记录间进行比较或做量化分析。例如,同样的"大旱""大水",完全可能代表着相差很大的灾情。而"旱"与"大旱"之间,往往未必有太大的区别。很多资料或许不愧为优秀的文学作品,但从历史或历史地理的研究看,却缺乏科学价值。如"赤地千里""遍地白骨""哀鸿遍野""饿殍载道""万不存一"等词句固然给读者留下了深刻的印象,但要据以确定真正的灾情却无从入手。

　　另一个难题就是如何区别自然与社会因素，即分清哪些是天灾，哪些属人祸。但实际上，自从有了人类社会以后，严格意义上的天灾就越来越少了。而且，天灾之所以得到记录，主要的原因还在于它对人类社会的影响，无论是直接的还是间接的，物质的还是精神的。否则，纯粹的天灾是不会引起人们的注意，更不可能得到认真、详细的记载。中国的史料中之所以多水旱灾害的记录，就是因为受到季风气候的影响，中国的主要农业区历来水旱灾害频繁，这些灾害曾经对中国社会造成巨大的破坏，给民众留下惨痛而深刻的记忆。正因为如此，一次灾害是否能得到记录，或记录是否详细准确，往往不在于本身，而是取决于它对社会的影响，如发生在什么地方、什么时候，影响了什么人，损害了谁，甚至是谁想掩盖它，或谁想利用它。

　　到目前为止，绝大多数水旱灾害还是无法避免的，也不可能完全地、精确地做出预测预报，人类所能做的只是防范趋避，消除或减少灾害所造成的损失。人类的防灾减灾也的确起了很大的作用。同样的自然灾害往往会出现完全不同的结果，生命和财产的损失可以相差悬殊，连受影响的时间和空间范围也会有很大区别。所以对水旱之类自然灾害的研究不能局限于灾害本身，而应结合人类活动，兼及灾害直接和间接引发的社会变迁。否则，就连灾害本身都无法正确复原，更无论其演变的规律。

　　河南地处中原，人口稠密，民国时期水旱灾害频仍，与各种社会矛盾交织，以"水旱蝗汤（当地军政长官汤恩伯）"著称。加上耕地和资源有限，人口压力严重，生态环境脆弱，灾害对社会的影响尤为突出，河南是本领域典型的个案。民国期间的资料相对完备，而且去今未远，可以通过书面记录以外的手段进行研究。新留选择这一课题，显然不仅是出于对生于斯、长于斯的家乡的深情，也是在充分了解情况、进行可行性分析的基础上做出的理性选择。

　　作者比较详细地分析研究了现有成果，收集了档案、地方志、各类论著、报刊资料、碑刻、文史资料（以回忆录为主）以及调查资料，以文献研究与田野调查相结合，辅之以比较研究、图表分析等方法，论述了民国时期河南省水旱灾害概况、其地区的变动和趋势，考察了社会对灾荒的应对机制、灾荒期的乡村民生，研究了灾荒打击下的乡村经济和灾荒造成的各方面后果。对我在前面提到的种种困难，作者既面对事实，适可而止，也提出了一些弥补的办法。对不同时期、受到不同政治立场和现实利益影响的史料或回忆，也能注意加以分析，摒弃了不实内容。课题在作为博士论文通过了答辩后，作者又根据有关评审专家的意见做了修改和补充。本书的出版为这一领域的研究增加了一项新的成果，所以我乐意将它介绍给学术界的同行和广大读者。

2004 年 6 月

葛庆华《近代苏浙皖交界地区人口迁移研究：1853—1911》序

1986年，我在翻译何炳棣先生的《1368—1953中国人口研究》一书时，他提到的一个重要史实给我留下深刻的印象：在太平天国战争后的半个世纪里，仅河南光山一县就向苏南、浙西、安徽和江西近六十个地方输送了一百万以上的农民。南京城太平天国以后的人口中有十分之七来自安徽和湖北，除此之外的整个江苏西南地区实际上是河南的"农业殖民地"。由于河南移民占统治地位，该地区的耕作方法、社会习俗和妇女服饰都已改变。20世纪一位学者在南京附近编成了一本豫南民歌选集。

这使我想起了出生地浙江吴兴县南浔镇（今属湖州市南浔区）的情况：幼年在镇上生活时就注意到镇上不乏外来移民的后代，来自本省绍兴、宁波和安徽徽州等地的移民集中在镇上，一般从事商业；而来自苏北、河南等地移民则聚集在镇外，从事一些本地人不愿干的行当。我的父亲迁自绍兴，母亲一家则迁自徽州，都属于太平天国战后的移民或其余波。

1996年秋，我与日本大阪大学文学部的滨岛敦俊教授等人去浙江长兴县调查，发现一个十分有趣的现象：该县县城一带的人口主要是来自周围的移民，离县城稍远的丘陵地区是来自浙江南部和河南的移民，而离县城最远的山区基本上都是原住民，这一格局是太平天国战争结束后才形成的。

以后又与滨岛先生谈起嘉兴一带的渔民,他们也是太平天国战争后移民的后代,所以保持着与当地农民不同的风俗习惯,供奉的偶像也不同。

当时我已基本完成了《中国移民史》第一、二卷的撰稿,在导论部分对太平天国战后的移民已有所涉及。这一阶段的内容属于由曹树基兄撰写的第六卷,他对太平天国战争对移民的影响也做了大量论述。但限于体例和篇幅,作为通史的《中国移民史》虽多达六卷,却还包括不了这些内容,更无法做更深入的论述。

我知道,以中国移民史内容之广泛、影响之深远,一部通史是远远不能包罗的。若要对阶段性的、地区性的、专门性的移民历史做研究,只能寄希望于各种专门史和各种专著,而中国移民史的研究也需要大批专门人才。所以这些年来,在我指导的博士和硕士研究生中,相当一部分就是以移民或人口迁移作为选题的,我的影响自然起了很大的作用。令人欣慰的是,经过诸位同学的努力,这些涉及山西、山东、河南、安徽、江苏、浙江移民历史的论文完成得相当出色。经过进一步补充和提高,安介生的《山西移民史》、张根福的《抗日时期浙江省人口迁移与社会影响》都已经出版,现在葛庆华的《近代苏浙皖交界地区人口迁移研究(1853—1911)》在上海市出版基金的资助下也将出版了。

让庆华选择这样一个博士论文题目,或许不无我对故乡的偏爱,但更多的还是考虑到它的意义。不管人们对太平天国的历史意义如何评价,太平天国战争对中国人口造成的空前损失及其所产生的巨大影响是无法否定的,在完成了《中国移民史》和《中国人口史》后,我更坚定了这样的看法。江浙皖三省相接地区不仅是人口损失最多的地区之一,也因其人口稠密、经济发达又毗邻上海而对中国近代的历史进程起着重要作用。这一研究的价值无疑可超出移民史本身,而对研究者来说,也能得到比较全面的训练和提高。

尽管太平天国战争去今不过一百多年,涉及的地区离上海也不过数百里,但研究的难度还是相当大的。

首先是缺乏基本的数据。除个别特殊情况外,太平天国前后的人口数据还停留在户籍登记阶段，一般与实际人口数都有一定的差异。对战争期间的人口损失和战后的人口流动，本来就缺乏详细的数据，又混杂了大量片面的、夸大的、歪曲的记载。所以往往不是毫无数据可查，就是矛盾百出，令人难以置信。因而要推算或估计出一个比较可信的数据来很不容易，但离开了基本的数据，移民规模和意义就难以成立。

其次是资料分散和缺漏。除了少数比较集中的资料来源外，一般都分散在地方志、文集、类书、档案、笔记、书信、日记、报纸之间，查阅量很大，并且如大海捞针，未必有收获。还有一些完全没有文献资料可考的区域或年份，只有通过实地考察、口头调查或同类比较等方法，才多少能弥补一点空白。

再者是如何正确把握移民史研究的深度和广度。移民史涉及的范围很广，影响几乎无所不在，但毕竟还有主次轻重之分。既不能将什么现象都看成移民的产物，又不能无视移民产生的影响。这就要求研究者不仅能比较完整地占有史料，掌握基本史实，而且要进行合理的分析，得出客观的结论。

对庆华来说，还有一个特殊困难：他一直生活在山东，来复旦没有几年，连上海话都不能完全听懂，更不用说听江浙皖的方言，而调查中接触的大多是只能讲方言的老人。

如何克服这些困难，只有作者明白其中的甘苦。至于这些困难克服得如何，研究的成果达到何种水平，我想这本专著就是最直接的证明，无须我再赘言了。我想特别强调两点：一是历史地理和专门史的研究必须重视实地调查和考察，庆华在研究的过程中遇到过不少在史料中毫无头绪可寻的问题，都是通过实地调查才得到了答案；二是在近代研究中应该重视报刊资料，特别是在江浙一带，未见著录、分散在各地的近代报刊还有不少，这些报刊记载的内容非常广泛，也非常具体，是很宝贵的史料。

由于我对这篇论文负有指导之责，所以在它出版之际有义务做一介绍。如果论文中还存在什么问题，自然也难辞其咎，请读者批评指正。

2001 年 8 月 28 日

王卫东《融会与建构——1648—1937年绥远地区移民与社会变迁研究》序

1997年，我与吴松弟、曹树基合著的《中国移民史》出版时，曾有学生问我："你们已经出了《简明中国移民史》，现在又出了六卷本的《中国移民史》，今后我们还能写什么呢？"我告诉他，且不要说我们的书中还有不少疏漏，也免不了很多需要不断纠正的错误，就算它是一部合格的移民史，也只是出了一部通史，还需要有中国移民的断代史、区域史、专门史。就是通史，也应该不止一部啊！以中国移民历史的年代之久、范围之广、数量之大、形式之多、影响之巨、贡献之伟，应该研究而尚未研究的专题不知有多少，还怕没有内容可写吗？

此后我指导的博士生中，有好几位选择移民史为研究方向。考虑到博士研究生时间有限，一般都以某一区域或某一阶段为研究范围。正因为如此，他们的研究都相当深入细致，他们的成果足以弥补《中国移民史》的不足。已经出版的有安介生博士的《山西移民史》、葛庆华博士的《近代苏浙皖交界地区人口迁移研究（1853—1911）》和张根福博士的《抗日时期浙江省人口迁移与社会影响》，都是在他们博士学位论文的基础上撰写成书的。即将出版的王卫东博士的《融会与建构——1648—1937年绥远地区移民与社会变迁研究》也是其中之一。

中国移民史的研究领域尽管极其广阔，但博士论文作为一项阶段性成果，还是要选择恰当，方能取得预期的效果。当然，最重要的着眼点应是学术价值及对本学科发展的意义，但也得兼顾个人的基础和兴趣、现存史料的多寡、实地考察的条件——毕竟是要在两三年内完成并通过答辩的。介生选择了山西，根福选择了浙江，自然是因为都是他们的家乡，既有桑梓之情，也便于调查考察。介生钟情于古代，特别是北朝史、民族史，所以确定为前期（博士论文完成后再扩充为通史）。根福有近现代史的基础，故集中于抗战期间。大学毕业前一直生活在山东的庆华将研究区域放在苏浙皖交界地区，多少受到我的影响，因为在研究移民史和人口史的过程中，我发现这一地区在太平天国战后的移民有一些以往所没有的特点。加上我自幼生活在该区域的边缘，我的个人经历和见闻多少能给他一些帮助。至于卫东选择绥远地区，又以清初至1937年为研究阶段，我更看重这一选题的意义。

中原对绥远地区的移民，可以追溯到先秦时期。早在公元前4世纪末，赵武灵王就将大批人口迁往那里，并设置政区。秦、汉以来，多数中原王朝设有政区，移民不绝。即使在分属不同政权的明时期，在蒙古俺答汗的招纳下，依然有大批汉人迁入土默特川垦殖和定居。但自清初至1937年，绥远地区与内地同属一个政权，长城内外合为一家，延续近300年，这是中国史上从未有过的，而且绥远地区的移民还有其他一些前所未有的特点。绥远移民的高峰及主体出现在清末和民国前期，即自光绪初开始的70余年间。其间，中国的人口总数已经突破4亿，最终逼近5亿，绥远移民的主要输出地山西等省都已承受着巨大的人口压力。这些移民不仅出于自发，而且得到政府的政策支持和法律保障，比较顺利地完成了承垦、升科和定居的过程，当地也迅速建立起以农业人口为主的行政区，并最终建省。还应该看到，当初的绥远移民面临的矛盾也是空前的。俄国对内外蒙古垂涎已久，在一手策动外蒙古"独立"后，对内蒙古并未置之度外，自然不希望有利于中国抵制分裂的内地移民源源而来。日本帝国主义一直将分化直至占有内蒙古放在与满洲同样重要的地位，侵占东北后进而染指内蒙古。绥远地区的民族构成由以蒙古族为主变为以汉族为主，产业构成由以牧为主变为以农为主，宗教信仰由以藏传佛教为主变为兼有佛教、道教、天主教，并形成了一个新的口外晋绥文化区。

正因为如此，作者并不满足于对移民从迁出到定居的过程的重建，也不局限于对移民来源和数量的考证，尽管要完成这样的重建和考证也非易事，但作者进而将视野扩大到移民对绥远地区经济和社会结构的变迁、语言文字和风俗习惯的变迁的影响，而以移民与当地民众的融合、移民文化促成新文化的形成为归结，绥远省的建立就是这次移民取得圆满成功的标志。

至于这本书的学术水准和对中国移民史研究的贡献，当初参加论文评阅和答辩的专家已经给予很高的评价，不必由我画蛇添足。卫东在获得博士学位后进入出版界，曾编辑《历史地理》和其他历史地理著作，同样学有所用。不过站在移民史研究者的立场，我还是希望他能在此书的基础上继续努力，毕竟中国移民史研究还有那么多的空白。

2007 年

杨蕤《西夏地理研究》序

1955年2月，先师季龙（谭其骧）先生应召赴京，承担"重编改绘杨守敬《历代舆地图》"的工作。当时，无论是主其事的吴晗和范文澜["重编改绘杨守敬《历代舆地图》委员会"（简称"杨图"委员会）负责人]，还是先师本人，都以为花一两年时间，最多三四年就能完成这项由毛泽东亲自交下的任务。但开始不久，先师就发现，杨守敬的《历代舆地图》（以下简称《杨图》）是无法轻易重编改绘的。原因之一，就是《杨图》只画了历代中原王朝，甚至连中原王朝的边疆地区也没有画全。中国的历史是由中国各民族、各民族建立的政权和各族人民共同缔造的，只有中原王朝的疆域而缺少边疆政权、少数民族政权的疆域，就不能称之为中国历史地图。

但要弥补这个缺陷却相当艰难，因为编绘历史地图的主要依据是文献记载，而这些边疆的或少数民族的政权大多没有自己的原始文献，不少民族当时还没有自己的文字，往往只在汉文史料中留下间接的、零星的记录。有的虽然还有其他文字的记载，但离最低限度的史料要求还有相当大的差距，仅仅依靠这些有限的史料显然是无法编绘成稍微精确一点的历史地图的。好在这项任务是毛泽东下达的，所以有条件调动学术界的全部人才和成果。"杨图"委员会先后调集各领域、各地的一流学者，承担边疆地区和少数民族政权图幅的编绘，如南京大学韩儒林等，中央民族学院（现中央民族大学）傅乐焕等，云南大学方国瑜等，中国科学院民族研究所冯家昇等和近代史研究所王忠等。尽管这些专家的研究成果代表了相关研究领域的最高水准,但与中原王朝和汉族地区的历史地图相比,大多比较简略,有的还有大量空白。一个重要的原因就是相关的史料实在太少,这些地区或阶段的历史地理研究无从入手。

在《中国历史地图集》公开出版时,先师在序言中提到它的两项主要不足,其中之一就是:"古代城址有遗址保存到近现代,曾经考古、历史、地理学者调查考察过而写有报告公开发表或见于有关著作,我们得据以在今地图上正确定位的,只是极少数。极大多数城邑只能根据文献上'在某州某方向若干里'一类记载定位,因为既没有现成的调查考察报告,又不可能付出大量时间去做这种工作,因此,图中的点线和历史上的实际位置有误差的,肯定不在少数。特别是古代的水道径流、湖泊形状等,更难做到正确复原。"先师所指,主要还是已在《中国历史地图集》的地图上做了记录、定了点的,而边疆地区、少数民族政权范围内的大量地理要素却连点也定不了,更不可能得到记录,其中的自然地理要素当然就更难以描绘了。正因为如此,先师认为这些"不是在短时期内所办得到的","这将伴随着我国历史学、考古学、地理学、民族学等学科的发展而逐步得到改正补充"。

26年后的今天,随着历史地理学与相关学科的进步,一批具有学术水准、有创见、有基础扎实的论著已经或将要出版,先师的遗愿正在逐步实现。杨蕤所著《西夏地理研究》就是这样一项成果。

此书是杨蕤在其博士学位论文的基础上修订增补而成的。对本书最恰当的评价,就是论文答辩委员会的评语。作为他的导师之一,我自然勿需赘言,只想补充几点:

尽管这是杨蕤的博士论文,但他在入学前的学习和工作中早已留意西夏历史地理,注意收集资料,做过实地考察,并能充分利用考古成果,所以有较长时期的积累,非一般学位论文可比。

杨蕤的另一位导师是著名的西夏学专家李范文教授。由于杨蕤原在李先生指导下工作,入学后又能随时得到李先生教诲,不仅得以运用西夏学的最新成果,而且能及时利用存世的西夏文史料——尽管仅是吉光片羽,却弥足珍贵,无可替代。

两年多前杨蕤获得博士学位后,即返回宁夏工作,继续从事西夏学和西夏历史地理的研究。我们有理由相信,本书不会是他的最终成果,西夏历史地图有望画得更加充实和准确。

2008 年 2 月于上海雪夜

胡云生《传承与认同：河南回族历史变迁研究》序

《传承与认同：河南回族历史变迁研究》是胡云生博士在复旦大学历史地理研究中心完成的博士论文。在此基础上，经他充实、修改成为一部学术专著，即将付梓面世，可喜可贺。云生博士要我在前面写几句话，作为他的博士生指导老师，我自然无法推却。

回族在中国是一个很有特色的民族。一是人口众多。目前回族人口将近1000万，在55个少数民族中排名第三位。二是分布广泛，从塞北大漠到南疆海岛，从雪域高原到东海之滨，都可见到回族同胞的身影。三是形成时间较晚。无论将回族的形成时间定在元代还是明代，都比中国境内的多数其他民族要晚。四是回族完全是移民的产物，要是回族的祖先不迁入中国，就不会形成这样一个民族。正是回族这些不同于我国其他少数民族的特点，给回族研究提出了许多有价值的问题。

记得先师季龙（谭其骧）先生曾说过："以中国疆域之辽阔，要想一动手就写好一部完整、全面的中国历史地理，大概是不可能的。只有先从区域历史地理入手，一个地区一个地区地先做好具体而细致的研究，才有可能再综合概括成为一部有系统、有理论的中国历史地理学。"同样，对于回族史的研究来说，也应该从基础着手，即由区域史、专题史而建立整个回族学研究的基础。有了扎实的基础区域史、专题史研究成果，整体性的研究成果才有可能出现。

当然，区域研究、专题研究和通史性的研究往往各有利弊：即使是高质量的通史性研究，也会不够深入，会忽略一些重要的细节，犹如枝叶零落的大树，缺乏郁郁葱葱的感觉。而区域或专题的研究又容易将自己封闭起来，把握不住整体方向，缺乏与相关领域的沟通，将视线局限于狭小的范围，满眼尽是繁茂的枝叶，却看不到主干。不过比较而言，通史性的研究要求更高，风险也更大。如至不自量力，率尔操觚，或许能形成皇皇著作，却难免累累错误，甚至只能成为学术垃圾。但如果先从一个较小的空间或时间范围入手，或先选择某一方面，所获成果即使尚未臻成熟，却能解决一些实际问题，至少也能积累一批资料。

正因为如此，在云生向我提出以河南回族为博士论文的研究方向时，我犹豫再三，曾劝他改变。尽管我对回族史所知有限，但在研究中国人口史和移民史时也断断续续有些接触，知道相关学者对回族的起源和形成见仁见智，分歧颇大。而直接的史料相当缺乏，未必有多少开掘的余地。回族区域史研究还存在一些学术之外的困难，云生并非回族，如何克服民族与区域的障碍，深入回族民众，倾听他们的声音，理解他们的心态？

但云生的坚定执著与百倍信心，使我逐渐消除担心。在了解他的阶段性成果后，我转而鼓励他继续努力。

河南省是中国仅次于宁夏和甘肃的第三个回族人口大省，加之地处中原，是华夏文明的发祥地之一，传统文化根基深厚。基于这一特定的人口、地理、文化背景，梳理河南回族的发展演变过程，探讨回族与汉族的族际关系、伊斯兰教与儒家文化的碰撞与交融等许多学术问题，无疑增加了该书的选题价值与现实意义。云生生长于河南，从1988年进大学起就开始接触、收集河南回族的资料，在此后的10余年间，对河南100多个县进行了田野调查，收集到了大量的乡土资料，陆续发表了多篇有关回族的学术论文。他最终能完成这篇博士论文，并且超过了我的期望，还得力于他这两年间的勤奋学习和深入调查。因而无论在资料的发掘，还是在理解的深入方面，都有了长足的进步。

云生的博士论文是从回族形成与族源多元性、农商相结合的经济形态、回族伊斯兰教的内部运作机制、涵化中的汉文化作用等四个方面展开的，力图避免单从回族的角度或仅从回族外的视野探讨河南回族社会的历史变迁，借助历史地理学的理论和方法，通过对回族在河南土著化、本土化过程中所展现出的现象进行分析研究，探讨影响河南回族社会历史变迁的因素，特别是伊斯兰教、汉文化、国家政权在其中的作用，并进一步分析对回族认同的意义。他力图全方位地展现出河南回族的"中原特色"，但并不限于中原，如对回族认同的讨论实际上是立足于全国的。

这本书问世时，作为指导教师，我本不该对本书做出先入为主的评价，但有一点是可以肯定的：这是目前为止关于河南回族研究最为详尽的成果。至于本书是否达到了作者预设的目标，相信学术界自有公论。这只是希望，作者以本书作为一个新的起点，对区域回族史研究做进一步的探讨，并期待着他的新成果。

2007 年 4 月 30 日于上海

郑发展《民国时期河南省人口研究》序

30年前，我完成了博士论文《西汉人口地理》，承蒙人民出版社垂注，得以在1986年问世，成为中国大陆正式出版的第一篇人文社科类的博士论文。现在我学生的博士论文已出版了十多篇，他们都要我作序，我觉得作为导师义不容辞。而郑发展的《民国时期河南省人口研究》恰恰也是在人民出版社出版的，更使我不胜今昔之慨。

我在先师季龙（谭其骧）先生指导下撰写博士论文时，还没有考虑过此后的研究方向。但正是这一选择，使我走进了研究中国人口史的隧道。20年后与同人合作完成了六卷本的《中国人口史》，本以为到了隧道的出口，却发现前面依然是新的隧道和峡谷。所以当我的学生在选择研究方向时，我会告诉他们，《中国人口史》只是一本通史，充其量只是构建了一个框架，还需要大量的专门史、地区史、阶段史方能充实完善。《中国人口史》存在的错误和缺陷也需要有人去发现和纠正，而他们更具备这样做的条件。一方面，该书的作者都是我的同事学友，且多数在同一单位，便于他们随时请教或质疑，而这一过程既有利于他们自身研究能力的提高，也可避免理解上的偏差。另一方面，博士论文只能是一项有限度的目标，最适合完成一项阶段性的成果。

我还鼓励他们选择自己最熟悉的地区，如故乡、长期居住地、工作所在地，以便收集资料，进行社会调查。对中国人口史研究而言，这两点尤其重要。任何量化的研究都离不开数据，特别是可靠、精确的数据，对中国人口数量的研究更是如此。但直到20世纪初清朝宣统年间进行全国性的人口调查，中国才第一次有了基本符合现代人口调查要求的全国和分地区人口统计数据。而此前形形色色的民数、户籍、户口、人户、人丁、丁口、实在人丁等，都是出于征集赋役、行政制度和治安管理的产物，绝大多数不能包括全部人口。即使到了民国年间，定期的人口普查和抽样调查也未形成制度，现在的数据既不精确，更不完整。由于种种原因，就连这样的数据往往也没有得到收集和整理，幸存的材料有的至今深藏在档案之中，有的散落民间。要正确理解这些数据，离不开对当今社会的深入了解，掌握直接和间接的、书面和口头的相关材料，而本地人在本地做社会调查自然更为有利。

正因为如此，我赞成郑发展选择以民国期间的河南人口为研究对象，并且寄以期望。发展生于河南，长于河南，华东师范大学毕业后回河南工作，并以郑州大学副教授身份在职攻读博士学位，研究河南有天时、地利、人和之利，也理所当然。但他要完成这项任务也不容易，因为他本科毕业于政教系，依靠自学方入人口史之门，攻博期间仍需承担教学和行政工作，人到中年也难免家务之累。所幸通过本人努力，师友帮助，家人支持，他的博士论文得以顺利通过答辩。经过多年增补完善，终于问世。

对发展博士论文的评价，答辩委员会已有定论，自不必由我赘言。对答辩委员会指出的不足之处，他已尽力做了弥补，读者自可明鉴。我也不说希望他继续努力之类的套话，因为实际上他现在的工作并非人口史专业。但我还是寄希望于有志于人口史研究的学者和学生，中国人口史研究不仅需要民国期间的河南这一部分。

写完这段文字时，我正乘坐飞机飞越太平洋返回上海。每次在飞机上写毕一篇或一段文章时，总会庆幸航程的缩短。但想起尚未完成的题目，又希望时间能延长，期待着下一个航程。飞机刚穿越国际日期变更线，来时"赚"到的一天又失去了。天道无私，谋事在人。

2013 年 4 月 23 日

路伟东《清代陕甘人口专题研究》序

我与曹树基、吴松弟合著的六卷本《中国移民史》出版后，我有的研究生曾认为，写学位论文不能再选移民史的题目了。我听到后告诉他们，这完全是误解。首先，《中国移民史》是一部通史，不能代替断代的、分地区的、分专题或类型的专门史。中国移民历史的内容极其丰富，绝非一部中等篇幅的通史所能包括。很多内容在通史中不得不有所紧缩，甚至无法提及，但在专门史中却可以有相应的地位。其次，《中国移民史》完成于十几年前，国内外不少新的研究成果还未能吸取，有些重要的史料也未能收集和采用。此书的修订再版尚无计划，新的专题研究正是使它能得到完善提高的机会。更重要的是，我们的研究带有开拓尝试性质，错误在所难免，空白也有不少。今天的研究水平比我们当初已进了一步，超越我们理所当然。

十多年来，在我指导过的博士生中，已有多位选择移民史作为研究方向，并在博士论文的基础上完成与出版了专著。现在路伟东在博士论文基础上完成的专著《清代陕甘人口专题研究》也要付印了。这些专著和近年来出版的其他移民史专著一样，不仅大大丰富了中国移民史研究的成果，而且也为写出更高质量、更大篇幅的中国移民通史准备了条件。我在编纂《清史·户籍人口志》时，就吸收了这些新成果，其中王卫东与路伟东的著作是概述内蒙古与西北地区移民的主要参考书。

和其他作者一样，路伟东的研究有扎实的前期准备，充分了解学术史，重视前人的研究成果，正视存在的不足。从 20 世纪 30 年代《禹贡》半月刊所刊西北史地的论著和资料、白寿彝主编的《回民起义》、马长寿主编的《同治年间陕西回民起义历史调查记录》,以及《青海回族调查资料汇集》《甘肃回族调查资料汇集》等,至80年代以降王希隆的《清代实边新疆述略》及《清代西北屯田研究》、蒿锋《清初关西地区的开发》、张丕远的《乾隆在新疆施行移民实边政策的探讨》、成崇德的《清代西部开发》、王国杰的《东干族形成发展史——中亚陕甘回族移民研究》、薛平拴的《陕西历史人口地理》及《明清时期陕西境内的人口迁移》、秦章永的《甘宁青地区多民族格局形成史研究》、王天奖的《清同光时期客民的移垦》、钞晓鸿的《晚清时期陕西移民入迁和土客融合》等,都收集无遗,充分吸收。既避免不必要的重复,又能认准开拓的余地。

　　移民史研究离不开必要的史料,但以往官方的记载往往只限于官方实施或认可的移民,或者大规模的、集中性的移民。非官方的记录虽范围较广,又往往只涉及若干片断,既难全面,亦多矛盾。民间口耳相传,内容丰富,却缺乏准确的记录,以致不绝如缕,或者以讹传讹。本书所论述的相当一部分史实已是一百多年前的往事,作者自然无法亲自调查到有价值的口碑资料。所幸前辈学者马长寿等人在半个世纪前在陕、甘、宁、青等省区做过调查,留下了宝贵的记录。尽管这些资料并非藏之名山的宝书秘籍,大多已为前人所利用,但只要运用规范的研究手段,持有正确的历史观念,加上作者独特的视角,还是可以发前人所未发,在一定程度上重构或复原移民的史实。

　　例如,作者对清代陕甘地区的人口管理制度,尤其是回民人口的管理制度进行了深入的分析,对人口西迁中的一个经典个案,即雍正年间敦煌移民以及移民管理制度"农坊制"进行了系统的研究。对"农坊制"中人口统计意义上的"户"逐步演化成一个纳税单位的过程、原因进行了详细的阐述和分析。

　　又如,以往一般都认为清代对少数民族人口并无专门的统计,因此不存在准确的少数民族人口统计数,对见于史料的"回籍"亦语焉不详。作者在研究中发现,"回籍"的主要作用是界定涉回案件中回民的族属身份,"回籍"的产生与涉回法律条文的制定具有相关性,形成时间大约在乾隆中叶。回民户籍信息只记载于州、县一级的地方保甲册中。保甲册的编制,视各地回民人口具体情况而定,既有单独编列者,亦有与汉族混合编列后又在回民人口部分加注特殊标记者。由于司法审判中辨别回民族属身份的工作主要由州、县、厅这一审级执行,地方保甲册中的回民户籍信息没有上报的必要,也缺乏上报的机制,因而没有显示于更高一级的官方户口统计数据中,这是导致清代回民户籍信息失传的主要原因。

再如,作者调查到甘肃省图书馆地方文献部藏有宣统人口普查中甘肃分村户口数据汇总的底本,即"地理调查表"的原件,虽然内容多有残缺不全,但仍保留了超过半数的调查数据,提供了当时若干府、州、厅、县、县城及城镇、乡村的历史人口统计资料。通过对这些数据的分析,可以重新审视宣统年间这次人口普查数据的真实状况和历史价值。尽管无法就此改变对中国历史上首次真正意义的人口普查的整体性评价,至少可以证明在局部地区称得上是一次高质量的人口普查,尤其是置于一百年前的中国。

我还应特别说明路伟东此书来之不易。2000 年他在本所研究生毕业,获得硕士学位,当时在学术上已崭露头角,在《近代史研究》发表了《1860—1864 年天京的粮食供应》一文。考虑到他对电脑和新兴的信息技术饶有兴趣,并已掌握了一定技能,我们将他留在所内任职,负责所内电脑的维护和网站建设。当时,作为教育部首批重点研究基地,复旦大学历史地理研究中心已经率先在全体成员和研究生中普及电脑运用,搭建了自己的网站——禹贡网,迫切需要一位专业管理人员。他不负所望,曾随我去美国印第安纳大学参加 ECAI(数字化文化地图行动委员会)的专业会议,并接受培训,以后又参加过 ESRI 中国公司的专业培训,获得 ESRI 认证的 Introduction to ArcGIS 和 Advanced Analyst With ArcGIS 专业证书,还为研究生开设了"历史地理信息系统""GIS 与历史地理研究"等课程,对本所的国际合作项目"中国历史地理信息系统"(CHGIS)和国庆六十周年成就展示项目做出贡献。但他并没有停止学术追求，2005年起在职攻读人口史专业的博士学位，终于在获得博士学位后完成了这部专著。他获得博士学位的时间固然比同学晚了多年，但在实际工作中掌握了先进的信息技术，并能熟练地运用于历史地理研究，成为目前人文社会科学研究中迫切需要的复合型人才。正因为如此，我对路伟东的希望，不仅是在这两方面分别能继续进步，还希望取得将两方面或多方面结合起来的新成果。

2018年

孙宏年《中越关系研究（1644—1885）》[①] 序

历史时期中原王朝与藩属国关系的演变、与此相关的疆域变迁，是历史政治地理的重要内容，也是中国传统的沿革地理的组成部分。但自 20 世纪 50 年代以来，历史地理学者往往视为畏途，改革开放以来情况尚无改观。固然，这方面的研究前人已做过不少，因而不易取得新的成绩，但更重要的还是政治上的障碍——一旦涉及现实需要，历史事实也会变得非常敏感。有时学者辛辛苦苦完成的论著，得出的结论，却因不合时宜而被束之高阁，或者只能作为内部流通，无法为学术界与社会所利用。因此，这一领域的研究水平，大多还停留在半个世纪以前。有的则因某种权威说法公布于前，尽管未必正确，却再也无法改变。对国内学者或外国政府的错误说法，也难以做出及时和有效的批驳。这种状况不改变，学术自然无法繁荣，但国家利益受到的损失更大。没有实事求是的研究，不首先查清史实，不了解中国与邻国关系和边界的形成和演变过程，如何能制定出正确的政策，采取适当的措施，维护国家利益和睦邻关系？

以中国与越南的关系为例。20 世纪 50 年代初，中国一位国家领导人访问越南时，曾亲自去河内的"二征王庙"祭拜，并称中国古代曾侵略越南，对此应表示歉意。这位领导人的做法显然是受到某一种《中国通史》的影响，因为该书的作者认为，历史时期的中国疆域应以今国界

---

① 此书 2006 年由黑龙江教育出版社出版，出版时名为《清代中越宗藩关系研究》。——编者注

为限。据此，东汉初设置在今越南北方的交趾郡就成了外国，伏波将军马援出兵前往平定二征姐妹的反抗就成了对邻国的侵略。实际上，不仅交趾郡，就是更南的九真和日南二郡（至今越南中南部）当时也是汉朝的疆域，马援出兵充其量只是统治者镇压民间的"起义"或"叛乱"。直到公元10世纪越南脱离中原王朝自立，并成为中国历代的属国，两国间才建立起一种宗藩关系——既不同于中国内部中央与地方的关系，也有异于现代独立国家间的关系。但由于过于突出"政治需要"，片面强调"古为今用"，在中越关系处于"同志加兄弟"时，历史地理研究就不能讨论两国学者间的分歧，尽管在某些方面一直很尖锐。而当两国交恶时，似乎以往二千多年间只有冲突和战争。

正因为如此，当孙宏年提出以中越关系为博士论文的题目时，我着实为他担心，深恐难以把握，或者完成后无法发表。但随着他研究的深入，我越来越放心，因为他收集的史料相当全面细致，对已发表的国内外研究成果也了如指掌，论证的过程都以事实为根据，得出的结论具有说服力。以往我对中越关系和中越边界并未做过专门研究，但在随侍先师季龙（谭其骧）先生时，多次聆听先师在审定《中国历史地图集》过程中所做教诲，得知先师十分重视戴可来先生对中越关系和中越边界方面的见解，并有幸见过戴先生。因此我让宏年去郑州大学向戴先生求教，并请戴先生评审宏年的博士论文，得到了他的好评，在答辩时也顺利通过。

毕业后，宏年去中国社会科学院中国边疆史地研究中心工作，研究之余，继续修订和完善博士论文，终于形成《中越关系研究（1644—1885）》这本专著。在本书问世之前，宏年要我写几句话，因此我做了上述说明。

近年来，中越两国领导人已经形成"结束过去，开创未来"的共识。历史学者的任务虽然是"记录过去"，但同样是为了开创未来。因为只有了解过去的事实，才能总结历史的经验和教训，开创未来才有坚实的基础和正确的方向。因此，对中越关系过去的研究不会因为现实的变化而失去意义。

2005年3月27日

夏增民《儒学传播与汉晋南朝文化变迁》序

22年前,先师季龙(谭其骧)先生在复旦大学主办的国际中国文化学术讨论会上做了题为《中国文化的时代差异和地区差异》的报告,他指出:

> 姑以"中国文化"专指汉族文化,汉族文化几千年来是在不断演变中的,各个不同时代各有其不同体貌,也不能认为古往今来或整个封建时代一成不变。中国文化各有其具体的时代性,不能不问时代笼统地谈论中国文化。
>
> 姑以"中国文化"专指历代中原王朝境内的文化,任何王朝也都存在着好几个不同的文化区,各区文化不仅有差别,有时甚至完全不同。因此,不能把整个王朝疆域看成是一个相同的文化区。也就是说,中国文化有地区性,不能不问地区笼统地谈论中国文化。

正因为如此,无论我们研究哪一种文化或亚文化,都必须在时间上、空间上做出限制,不能笼统地泛指某种文化。同样,如果我们要完整地、全面地认识某种文化的话,就必须充分注意到这种文化从形成以降的时间和空间变化,也即它的时代差异和地区差异。这正是历史文化地理研究的课题——在不同历史时期各种文化地理要素的空间分布及其变迁。

从理论上说，文化地理应该研究所有的文化要素，包括在"文化"这个概念下的全部内容。即使按照狭义的文化，或将文化集中在精神领域，也包括很多分支。即使在资料非常丰富的今天，要做到巨细靡遗也不是一件容易的事。而在史料缺乏的情况下，尽管我们知道当时的确存在某种文化现象，却也无法进行复原和研究。所以研究历史上的文化，往往只能选择其中若干主要的、有代表性的要素。由于受到原始资料的制约，在选择这些要素时，不仅要考虑必要性，还必须顾及可行性，即是否能收集到最低限度的资料。

所以，更深入的研究还得从具体的文化分支做起，或者集中于某种文化类型、某一文化要素。这类研究与对文化地理的整体研究的关系，就像专门史与通史的关系一样。要是没有专门史研究的基础，是写不出一部像样的通史的；但要是缺乏对相关阶段通史的理解，专门史的研究也难以具有理论深度和全局观念。

有鉴于此，夏增民选择了历史学术地理作为研究的方向，在此基础上完成了《儒学传播与汉晋南朝文化变迁》。但这项研究又不局限于历史学术地理，如果说儒学传播主要是儒学这种文化类型在一个特定的时间范围内空间分布的变化，那么文化变迁更强调在这一时间范围内不同时间之间的差别。关于这一点，先师在为卢云《汉晋文化地理》一书所写的序言中曾经指出："文化地理学研究，不能把目光仅仅局限在文化现象本身上，还必须与政治地理、经济地理与自然地理密切结合起来。如果没有一份正确的历史时期的政区地图，就无法确切地进行文化要素的区域统计，更无法制出文化分布图来。同样，如不了解各地区的自然条件、经济类型，对文化的区域特征及其兴衰变迁也无法做出科学的解释。历史地理学本身就是一个相互密切关联的系统，只有对历史时期各类地理要素有了相当深度的理解，才有可能科学地揭示人类文化与地理环境的相互关系。此外，社会学、文化人类学、民俗学的成果与方法，对历史文化地理研究也有重要的借鉴意义。"读过本书的引言就能感到，作者在研究的过程中已经自觉地遵循了先师的教导，充分运用了多视野、多学科的研究手段，因而在已有成果的基础上取得较大的进步。

先师将卢云的《汉晋文化地理》称为"国内第一部历史文化地理方面的专著",是一项"创造性工作"。同时他也"希望能有更多的同志投身于这一领域,从古代到现代,从中原到边疆,把各个时期各个地区的文化面貌理清楚,把文化区域的历史变迁搞明白,这样,科学的历史文化地理学一定能建立起来"。可以告慰先师的是,包括本书在内的不少专著、论文的发表已经大大丰富了中国历史文化地理学。就内容和阶段而言,本书与《汉晋文化地理》不无重合,但就儒学传播的研究而言,无疑比卢书更加深入具体,反映了学术的进步,自然也是对卢书开创之功的发扬光大。

本书的研究没有包括北朝,我想无非是三方面的原因:限于作者的时间,史料不足,儒学传播对北朝文化变迁的影响较小。但对一个历史阶段同时存在的空间范围来说,这总是一个缺陷,但愿在不久的将来能得到弥补。

2008 年 2 月

吴滔《清代江南市镇与农村关系的空间透视——以苏州地区为中心》序

认识吴滔以前我就看过他的论文,已经有了相当深的印象。因此当他成为我指导的博士研究生后,自然对他寄以更高的期望。

我出生于浙江省吴兴县南浔镇(今属湖州市南浔区),到12岁时才迁至上海。尽管在故乡生活的时间不长,但毕竟有直接的体验。通过与生活在附近乡村的亲友的交往,对乡村的情况也有所知。在20世纪50年代初,江南的乡村还比较闭塞,古风犹存,所以我后来每每读到明清时的记载,颇有似曾相识之感。"礼失求诸野",江南市镇和乡野的经历使我比生活在城市的同龄人更易理解已经消失的"礼"。记得先师季龙(谭其骧)先生每每谈及江南旧事,我往往能联系到自己的见闻。为此先师颇为感叹:"你知道的事情比你的年龄要大一代,这就是生长在小地方的好处。"唐长孺先生是江苏吴江人,南浔嘉业堂主人刘承幹是他母舅。他曾长期在南浔生活,并在南浔中学教过历史。1982年夏天,我接连随侍先师出席教育部和国务院学位委员会的学科评审会,前后二十多天。唐先生得知我长在南浔,顿时将我当成忘年的同乡。顷刻之间,我仿佛回到了儿时的江南,听长辈说着开天遗事。

吴滔入学以后,除了课程之外,我对他的帮助实在有限。一则因为我杂事多;二则是我认为像他这样基础好的人完全可以让他自由发展,不必过多干预,读博士学位只是给他一次更好的发展机会。但在我们次数并不太多的谈话中,却几乎每次必谈江南。其实江南不是我研究的重点，有关的文献资料他看过的比我多得多。我告诉他的是，根据自己经历和见闻所了解的江南，在这方面，年龄的优势无疑在我。我还告诉他一些书本上不齿记录或士大夫不屑留意的琐事，我以为这些事实不仅在日常生活中一直在发生作用，并且经常是社会稳定或保守的因素之一。

我提醒他注意地理因素对江南社会的延续和发展的作用，这些作用不是抽象的，而是实实在在地影响甚至左右着日常生活，并进而反映在政治、经济、文化、社会、环境等各方面。例如江南的水网地貌和平坦低洼的地形，为工业化前的社会提供了最便捷廉价的交通运输条件，并且早已形成公共交通系统。达官贵人、地主富商可以通过私家船舶进行"门对门"的来往，就是没落的士大夫和穷人，也完全可以通过"航船"来往于城乡之间。我还特别解释过"航船"，因为儿时见过、坐过，我相信明清时早已存在，因为那时南浔的人口往往比中华人民共和国成立后还多。搭乘"航船"极其方便，即使不是本村人或熟人，量力付几文钱就行，偶尔不付钱也照乘不误。这些可用以理解城乡日常关系的细节，光看书未必知道，也未必能把握。我不时和他谈到，同样的自然环境下，文化和传统会起很大的作用，因为人们对某种地理环境的利用，只要没有超出它的极限，就能产生相对无限的创造力。明清时的江南，有的是那样一些具有创造力的人，因为他们已经有了高水准的文化和各种地方的、家族的、社会的传统。所以我鼓励他尽可能多地做实地考察，还要尽量到一些相对边远闭塞的地方去，发掘一些别人没有注意到的因素。是否闭塞的重要标准是通公路的时间，一般来说，通得越晚，古物古风保存得越好。

我提醒他的另一件事，是江南保存的历史文献，特别是散落民间的文献比想象的还多。我举南浔镇为例，凭我儿时记忆，尽管谈不上家咏户诵，但识文断字的人的确相当普遍。其间正好我另一位研究生去湖州调查，发现了一种20世纪30年代一位老师带领小学生做的南浔调查记录，其类别之细、数字之精、水平之高绝不输于现在的专业调查。中华人民共和国成立之初，镇上还不止一家印刷所，有的还不止一台圆盘印刷机，寻常百姓婚丧喜事、日常生活的不少文书都是铅印的，我亲眼看到过这类铅印的喜帖、讣文、广告、账册、日记本等。据我所知，不少镇都曾有过本地的报纸杂志，本地人出版的著作也不少。尽管经过近代一次次天灾人祸、政治运动的扫荡，散落民间和虽收藏在公家至今却未被利用的文献资料肯定还不少。因此我鼓励他花更多的精力深入县城乡镇，肯定会大有收获。

但等到他决定以明清江南研究作为博士学位论文选题时，我却颇有忧虑：前人已产生这么多的论著，又是当今的显学，你还能有多少创新或突破？再说，博士论文有规定的年限，不可能随心所欲、竭其所能，题目过大了完不成，过小了又显示不出真本领。尽管我知道他不会改变，还是一再劝他要慎重。

果然，在他的论文进行答辩时，尽管评委诸公一开始就肯定"你和他们（指其他博士生）不是一个数量级的"，甚至有人自谦"这不是答辩，是同行请教"，结果却责难苛求，评分连优都没有达到。这对吴滔无疑是个意外的打击，我表面是对他大度地劝解，心里也不无疑虑：诸公难道要用教授的水准来评博士论文吗？

所幸吴滔果然不负诸公的苦心，从答辩至今的六年间从未间断过在江南的调查，到中山大学做博士后和任职后也没有停止。他的博士论文也没有匆匆出版，而是不断地修改、补充和完善，终于形成这本《清代江南市镇与农村关系的空间透视——以苏州地区为中心》。所谓"十年磨一剑"，如果从最初的设想开始，吴滔花的功夫已不止十年了。其实，吴滔对这本书还是有不满之处，他新的调查计划并没有随此而中止。如果不是现实确有需要，吴滔或许还会推迟出版，继续修改下去。

作为他当初的导师，我特别要感谢中山大学的陈春声教授、刘志伟教授和他们的研究团队，不仅在吴滔毕业之际热情接纳他去做博士后研究，而且慷慨无私地帮助他继续做这个并非本单位重点所在的题目，并亲身参与吴滔的实地考察，传授他们丰富的田野调查经验，使吴滔的江南考察开了新境界。我感慨吴滔的幸运，也对中山大学这种优良的学术传统和踏实学风不胜敬佩。

至于这本书的学术质量如何，究竟是否有所创新，有所突破，我没有多少发言的资格，还是留给同行和读者吧！

2009 年 11 月 20 日于奥克兰旅次

胡云生《中国共产党巡视制度研究（1921—1949）》序

汉武帝元封五年（公元前106年），经过几次成功的开拓，汉朝的疆域北至阴山，南至今越南中部，东至朝鲜半岛中部，西至今甘肃敦煌，全国设置了百余个郡级行政区。三年前，又堵塞了泛滥23年的黄河决口。两年前，汉朝的军队进入西域，攻破车师国，俘虏了楼兰王。汉武帝连续多年在国内巡游，上一年北巡，当年又南巡至九嶷山（在今湖南宁远县南），又北至琅琊（今山东青岛市东南）。就在这一年，汉武帝设置了一个史无前例的职位——部刺史，并且任命了首批13位刺史，命他们立即行使职权。从此这成为一项经常性的制度，一直延续到东汉。

原来汉武帝发现，在如此广阔的疆域内，朝廷要同时管理全国百余个郡级单位，往往力不从心。特别是对这百余个郡级行政机构的长官，无法了解他们的实际政绩和个人操守，更难进行有效的督察。但如果要在郡以上再增加一个管理层级，就需要增加大量人员和开支，成本太高。所以他将全国除首都周围朝廷直属的几个郡级政区外，分为十三部，每部由朝廷直接任命一名刺史，前往该部巡视督察。

刺史有明确的职责范围，总的任务是"周行郡国，省察治状，黜陟能否，断治冤狱"，即普遍巡视每一个郡级单位，考察了解行政治理的状况，根据官员的能力提出提拔或黜退的意见，审定纠正冤狱。但对巡视的范围严格规定为"六条"，不属"六条"的事不许巡视。第一条,"强宗豪右田宅逾制,以强凌弱,以众暴寡"(强势宗族和土豪超标准占有田地住宅,仗着人多势众欺凌弱小)。第二条,"二千石不奉诏书遵承典制,倍公向私,旁诏守利,侵渔百姓,聚敛为奸"(年俸二千石的郡级长官郡守、都尉违背诏书,不遵守法律制度,假公济私,曲解诏书牟利,损害百姓利益,非法敛财)。第三条,"二千石不恤疑狱,风厉杀人,怒则任刑,喜则淫赏,烦扰刻暴,剥截黎元,为百姓所疾,山崩石裂,妖祥讹言"("二千石"不认真审理疑难案件,草菅人命,发怒时滥用刑罚,高兴时任意赏赐,用苛刻繁琐的手段剥削搜括百姓,激起民愤,伪造灾异,虚报祥瑞)。第四条,"二千石选署不平,苟阿所爱,蔽贤宠顽"("二千石"选拔任命不公正,对亲近的人降低标准,堵塞贤能的出路,包庇纵容坏人)。第五条,"二千石子弟恃怙荣势,请托所监"("二千石"子弟依仗势力地位为下属走后门要官谋利)。第六条,"二千石违公下比,阿附豪强,通行货赂,割损正令也"("二千石"违法降低标准,依附讨好豪强,接受贿赂,破坏损害制度)。

对刺史和职权还做了"位轻权重"的制度安排:一方面给予最大的权力——直接向皇帝奏报,给"二千石"们极大震慑;另一方面只给他们定六百石的级别,相当于一个大县的县令。让县级官员巡视"省"(郡)级官员,防止他们干预正常行政,或越俎代庖直接处理地方事务。而且规定刺史不能有固定的驻地,必须轮流到部内的每一个郡、国(王国,行政首长由朝廷任命,相当于郡守)巡视。

由于西汉留下的史料有限,对于这项制度的实际执行情况和效果没有留下具体的记载。但从它一直延续到东汉后期才转化为一级地方行政区划看,显然行之有效。唐朝的颜师古在为《汉书》做注释时,还能从《汉官典职仪》这本书上找到"六条问事"的完整条文,足以证明这项制度在当时的重要性,并且已经形成比较具体的规章制度。正因为如此,这项最早的巡视监察制度实际上为历朝历代以不同的形式沿用,成为中国传统政治文化的资源和遗产。

善于将马克思主义的普遍真理与中国革命实践相结合的中国共产党,同样善于对传统文化取其精华弃其糟粕,总结历史的经验和教训,一贯重视党内的巡视和监察,并且形成严密的制度和执行机制。中共十八大、十九大以来不断创新和加强的巡视监察制度,就是"领导全党进行伟大的自我革命,实现自我净化、自我完善、自我革新、自我提高"的战略设计。

但直到读到胡云生所著《中国共产党巡视制度研究(1921—1949)》[含附录:《中国共产党巡视制度文献辑要(1921—1949)》《中国共产党巡视员名录(1921—1949)》],我才知道中共在建党伊始就建立了党内巡视制度,并且在处于秘密状态、地下斗争、最艰难的条件下也得以坚持。这弥补了我对中共党史了解的一个空白,也加深了我对中共之所以能发展壮大成为人类有史以来最强大的政党的原因的认识。

历史学者的直觉告诉我,这是一本开创性的著作。经过检索,果然在中共党史著作中,以往还没有研究巡视制度的专著;附录的两份资料也是迄今为止最完整的汇编,其史料价值不言而喻。据我所知,作者为了做好这项探索性、开创性的研究,做了认真扎实的学术准备,从2007年至2017年底,从全国各地党史办、档案馆、图书馆、私人藏家等处收集到2000余册、29 000万字的民主革命时期党的历史文献资料。他利用业余时间,披沙沥金,涵化整合这些资源中的学术信息,在全面研读文献的基础上辑录整理出巡视史料90万字,以编年体形式撰写成《中国共产党巡视制度文献辑要(1921—1949)》。2016年初至2017年底,在收集整理历史文献的同时,考订梳理出377名民主革命时期巡视员名录,并对其巡视情况予以立传,其中中央巡视员80名、地方巡视员297名,写成《中国共产党巡视员名录(1921—1949)》,共30万字。2015年以来,他在前期基础上几易其稿,完成该研究的核心成果——《中国共产党巡视制度研究(1921—1949)》。

胡云生在河南大学求学时,曾在穆德全先生指导下研究民族史。硕士生期间,他的学术兴趣在明清经济史、民族史。就业后在人事部门工作,对人才资源、人才战略等问题亦有较深涉猎。以后考入复旦大学中国历史地理研究所,在我指导下攻读博士学位,顺利通过论文答辩,获得历史学博士学位。毕业后回故乡河南,一直在党政部门,从事纠风纪检、监察巡视工作。当时我不无惋惜,深恐他学非所用。但实际上他在繁忙的工作之余,从未放弃学术研究,每年至少发表一篇有质量的论文,2007年还与我合作撰写出版了《黄河与河流文明的历史观察》一书[此书英译本将由施普林格(Springer)公司出版],又以整整十年的业余时间,完成了这项研究,比之于专业研究人员毫不逊色。现在我相信,云生在人生道路上做了正确明智的选择,《中国共产党巡视制度研究(1921—1949)》一书出版将是一个新的起点。

2020 年 4 月

吴轶群《清代新疆边境地区城市对比研究——以伊犁、喀什噶尔为中心》序

这是吴轶群 13 年前完成并通过答辩的博士学位论文，现在经过她的修订即将出版。以往我指导过的博士学位论文正式出版，都曾由我作序，这次也不例外。

13 年前完成的论文，现在再出版是否还有意义呢？我同意作序的前提当然是还有意义。对作者本人而言，或许只是作为一种人生的纪念。但对出版社而言，应该是考虑到此书的学术价值和社会效益。

这篇论文研究清代新疆边疆城市，以伊犁和喀什噶尔为中心做比较研究。一般来说，10 多年间会有新的研究成果问世，而且质量会不断提高，但对新疆的历史和历史地理的研究是个例外。并非相关的研究人员水平不高，或者努力不够，而是因为新疆古代留下的可作为研究依据的史料实在太少。吴轶群选择论文题目时，我与她讨论过多次。我本来希望她扩大研究的时间和空间范围，但在了解了基本史料的时空分布后，我不得不遗憾地放弃了自己的建议。

新疆自古以来就是中国的领土，在新疆生活的各族人民从来就是中华民族大家庭的一员，新疆的文化一向是中华文明的一部分。但同时我们也应看到历史的另一面：尽管公元前 2 世纪张骞的足迹已经到达新疆，汉武帝派遣的使者和军队已经穿越新疆进入中亚，尽管公元前 60 年汉朝已经设置西域都护府，对新疆实施行政管理，拥有对新疆的主权，但直到清朝最终完成统一之前，中央政府对新疆的统治并没有完全

延续，更没有普遍深入。这固然与新疆特殊的地理条件有关：距中原路途遥远，交通联系困难，运输成本太高；境域辽阔，人口稀少，无法进行有效的内部管理；当时的地理障碍难以克服，相当大部分区域不适合人类生存。但中原王朝与汉族的前身华夏诸族本身的局限性也必须正视，这些才是造成历史另一面的根本原因。

中华文明形成发育于黄河中下游地区，植根于这片当时地球上面积最大的宜农区域，从一开始就具有鲜明的农业特色。以后的中原王朝无不视农业为根本，以农立国。一方面最高统治者以天下共主自居，以为"普天之下莫非王土"，但另一方面又认为只有适合农耕的土地才值得辟为疆域，加以管理开发。从西汉到清朝前期，这种观念根深蒂固，所以对在当时条件下不适合农耕的边疆地区，即使已经纳入本朝的疆域，也当作蛮荒之地，长期不设置正常的行政区划，不移民，不开发。加上在沙俄和帝国主义入侵之前，中国的周边一直没有强邻，对边防的重要性也毫无意识。西汉以后的几次开疆拓土，都是反击外来入侵的延续，而不是主动开拓的结果。

由于华夏诸族在各方面的相对优势，早在春秋时代就形成了"华夷之辨"，强调"夷夏大防"。中原的华夏视周边的其他民族为夷狄，以致产生"东夷""西戎""北狄""南蛮"的说法。尽管华夏从来不辨血统，只要夷狄主动"向化"，接受华夏文化，就能"由夷入夏"，但与生俱来的文化优越感使他们认为除华夏以外所有夷狄都尚未开化，还不具备接受华夏文化的基本条件。所以除了少数主动来学习的夷狄，如来唐朝的日本学生、学者，从来没有主动向华夏以外传播自己的语言文字和文化。就是在中原王朝内部，直到清初改土归流前，也没有在土司地区和少数民族聚居区教汉字、推汉语、办学校、行科举。

正因为如此，在清朝乾隆二十四年（1759年）最终平定天山南路，实现国家统一之前，从公元前60年以降的1800多年间，历代中原王朝除了做过几次规模有限的军事屯垦外，没有进行过有实际意义的移民，也没有主动传播华夏文化，推广汉语，留下的汉文史料相当少，无法据以进行稍为深入细致的研究。有的重要史料，只能从入侵者、殖民者或外国人的记录中寻找。

吴轶群的研究只能从清代做起，严格讲只能从18世纪中叶做起，实在是不得已的，但这也说明了这类研究的必要性。与新疆在中国历史和地理中的重要地位相比，现有的研究成果是很不相称的。既然客观条件无法改变，只有研究人员尽最大的努力，相关的研究成果才能多多益善。

至于吴轶群这篇论文的质量如何，达到何等水平，我也根据为研究生写序的惯例，不赞一词。按复旦大学研究生院一贯的规定，在论文答辩会上，导师只能旁听，不能宣读自己的评语，不能发表任何意见。在答辩委员会讨论投票时，导师必须退场。目的是让答辩委员会在不受导师的影响下写出评语，评定等第。我同样不应该影响读者们自己对这篇论文做出评价。

2020年6月

王大学《明清"江南海塘"的建设与环境》序

记得我读研究生不久,先师季龙(谭其骧)先生谈及撰写论文。先师说:写论文,选题很重要。题目选得不好,花再多功夫也做不出好结果。他举例说,同样研究长江河道的变迁,如果选中游,或许能发现不少问题,写出高质量的论文。但有人选了下游马鞍山到南京一段,这一段河道本身变化不大,即使作者尽了力,还是做不出什么结果,自然写不成高质量的论文。

这使我明白了一个道理——写论文和研究还是有区别的。研究可以有目标,却不必也不能规定具体的成果。研究下来可能会有肯定或否定的结果,也可能什么结果也没有,什么结论都无法做。但写论文就不同,因为并非所有的研究都能写成论文的。要是什么结果也没有,什么结论都没有办法做,还写什么论文呢?

拿学位论文来说,现在一般都强调要有新意,有创造性。当然能达到这样的水平最好,但至少也得通过论文显示作者已经掌握的基本理论和概念、研究方法和能力、具体成果和水平。我将博士论文戏称为博士生的"高级技巧表演",原因就在于此。这并不是说博士论文不需要有创造性,或者不讲学术质量,而是要强调博士论文基本的、有限的目标——必须在规定的期限内写出足以证明作者是否达到学位培养水准的论文。因而,选题的重要性不言而喻。我认为选题应不大不小,太大了涉及范围太广,不能穷尽,难以深入,也无法在两三年甚至三四年内完成;太小了就不能比较全面地显示作者已具备的能力和已达到的水平。

自从 1989 年我单独指导研究生至今，我都让他们自己确定选题。非到不得已的情况，我不会提出我的建议。因为只有学生自己选定的题目，才能充分考虑自己的优势和不足，扬长避短，才会有足够的自信和兴趣做下去，才有可能达到较高的水准。还得做些调查了解，看看是否有最低限度的史料，已有研究成果留下多少发展余地。有几次学生自己选的题目被我否定了，在说明理由后，新的题目还是让他们自己选。这些年被评为优秀的和陆续出版的博士论文，都是由作者自己选题的。

现在，王大学的博士论文《明清"江南海塘"的建设与环境》经修订后即将出版。翻阅一过，更使我深信选题的重要性。

作为一篇历史地理学科的博士学位论文，江南海塘这一研究对象有丰富的研究领域，涉及历史自然地理和人文地理很多分支。海塘的建造、维护、废弃、重建必须顺应海陆变迁，抗御常规或异常的灾害；必须具备必要的人力和物力，获得基本的建筑材料，还需要有相应的精神支撑；建造和维护的过程既要有行政权力的保证，也要有民间的合作和官民的互动。另外，明清以来的江南是中国经济文化最发达的地区，文献资料丰富，保存相对完好，海塘研究所涉及的方面大多能找到相应的资料，甚至还有记载详尽的档案和描述精细的地图，可谓得天独厚。更加幸运的是，这样一个重要的选题，此前的研究还很有限，留下了相当大的发展空间。

不过，要将选题的优势变为成功的现实，就取决于作者的努力。我另一位学生曾经选了一个很有发展潜力的题目，在调查考察中也发现了大量尚未引起重视的原始资料，可惜因为种种原因而放弃了。而王大学从硕士生期间开始，始终以江南海塘为研究目标，锲而不舍。为了进行比较研究，他不仅研读了英国历史地理学家达比的论著，还利用我访问诺丁汉大学之机，找来了英国研究泰晤士河堤岸的博士论文。为了不漏掉一条史料，他曾请本所的台湾硕士生在台北的图书馆借书核对。至于论文的质量如何，已有进行评阅的诸位导师和答辩委员会全体导师做了结论，各位读者也可做出评价。

王大学出身农家，却有志于学。2000 年春我去河南师大讲学，他当时是历史系的学生。回来不久我就收到一封来信,正是他听了我的报告后写来的。在信中,他表达了报考研究生的愿望,也谈了对现实的困惑。我给他回信,肯定他的志向,鼓励他树立信心,也谈了一些具体看法。据说得知他报考我们所研究生时,有的老师还以为他异想天开,但考试的结果是他如愿以偿。如今,他已获得博士学位,成为复旦大学中国历史地理研究所的讲师,承担了重大的研究项目。他当初的追求已经成为现实,希望他确立更高的目标,持续地追求下去,这就需要他在学术研究和人生道路上不断确定新的选题。

2008 年 10 月

王加华《被结构的时间：农事节律与传统中国乡村民众年度时间生活——以江南地区为中心的研究》序

最新的考古研究成果足以证明，中国农业文明的形成比文字记载的历史更早。至迟在公元初，中国已是世界上农业生产规模最大的国家，供养了6000万人口。19世纪前期中国人口突破4亿，这些人口也是完全由本国生产的粮食和食物供养的。相比之下，先民对农业和农民生活的记录和研究就相当有限。这是由于真正了解农业生产和农民生活的人基本不具备记录的能力，而绝大多数知识精英却不愿或不屑了解和研究农业和农民。所以尽管传世的古代农书中不乏具有当时先进水平的杰作，但很多重要的内容仍然是空白。

以农事节律为例，早在先秦时期就已受到重视，并且逐渐形成了以天象、气候、自然因素与农事相结合的授时节点——节气。在春秋战国时就形成了仲（中）春、仲（中）夏、仲（中）秋和仲（中）冬四个日子的名称，日历中有了固定位置。经过不断的发展和完善，到秦朝（公元前221—前207年）和西汉（公元前206—公元8年）前期，形成了二十四节气的名称，确定了它们在天文历法中的位置。西汉太初元年（公元前104年）邓平、落下闳等人制定的《太初历》中已采用二十四节气，此后的历法一直沿用。从二十四节气的名称就可以看出，它们都显示了某种气候、景观、概念、特征，能够方便地被用作农业生产的节点、日程、指导、警示，都与特定的农事相联系，如耕耘、播种、除草、间苗、整枝、施肥、除虫、收获等。甚至直接与某种作物的各种作业相联系，如稻、麦、豆、小米、高粱、蚕、油菜、茶、漆、蔬菜、水果、花卉等。尽管节气的确定主要是以黄河流域的气候与自然环境为基础的，但只要根据本地的实践和经验在时间上略做调整，就能适应黄河流域以外的地区。实际上，节气在中国古代获得极其广泛的重视和运用。与节气相关或从节气产生的民谣、谚语、民歌、口诀、诗歌、绘画等得到广泛传播，成为指导农业生产的诀窍和日常生活的经验。

虽然自先秦至汉代，传世的《夏小正》《吕氏春秋·十二纪》《礼记·月令》《淮南子·时则训》《四民月令》等书中都有农事节律的记载，但内容比较简略，一般限于中原地区，而且并未随着农业本身和社会的发展而进步。我想，这是由于要了解并记载农事节律，比一般记载农业生产更需要深入实际，而且不能局限于一时一地。由于从事农业生产的人基本不具有记录和研究的能力，而具有能力的人不愿意或不可能进行记录和研究，所以中国以往各地长期形成的农事节律大多没有得到正确具体的记录，更缺乏必要的研究。

直到 20 世纪五六十年代，农事节律仍未引起政府主管部门和相关专家学者的重视，因而在规划和指导农业生产时不尊重农事节律，甚至完全不顾农事节律。如在江南农村强制推广三熟制，实际效益并不好，而农民花费的劳力和投入的农本增加，特别是改变了长期形成的合理的农事节律，所以遭到农民和基层干部的反对。他们一种形象的说法是"三三见九不如二五得十"，即三熟的产量加起来不过是九，而两熟种得好就有十。在"农业'大跃进'，产量'放卫星'"时，更完全不顾农事节律和农业生产规律，鼓吹"人有多大胆，地有多大产"。钱学森以著名科学家的身份，计算出光合作用可以使粮食亩产达到多少万斤，即使不考虑其他方面的因素，至少也是不了解、不尊重农事节律的结果。

所以当王加华确定以江南的农事节律作为他博士论文的选题时，我非常赞成，唯一的担心是能否找到足够的史料以及他能否顺利进行调查考察。我知道加华大学毕业前一直生活在山东，研究生期间也生活在一个普通话与山东话的环境，不知道他能不能听懂江南老人的方言。所幸江南不愧是中国近代经济文化的发达地区，加上加华的勤奋，收集到的直接和间接的史料足以复原基本的农事节律和农民的日常生活。普通话的普及也使他不难找到方言翻译，顺利地采访了一些经验丰富、见闻广博的老人。最终他的博士论文如期完成，获得答辩委员会的好评。

在此基础上，加华又将研究范围扩大到时间的概念，从时间的角度研究农事节律和农民日常生活中的时间分配，并且获得教育部人文社科基金的资助。他利用去韩国访学的机会，比较了中韩两国乡村民众年度时间的生活结构，使研究更加深入。

加华要我为本书的出版写几句话，有感于这项研究的意义和加华的努力，我有义务向读者做以上的介绍。

2015 年 8 月

郑维宽《清代广西生态变迁研究——基于人地关系演进的视角》序

随着人类对未来环境变化越来越强烈的关注，特别是"全球变暖"的观点越来越强势，对环境和气候变迁的研究成为一门显学。但是迄今为止的成果不仅不如人意，而且往往受到更多的质疑，或者不能留下多少经得起时间检验的价值，尽管有些"引用率"或"影响因子"的数字还相当可观。一个重要的原因在于，多数研究不是真正的科学探索，而是根据一个事先设定的结论或主题进行验证。例如，研究气候变迁，只是寻找与"全球变暖"正相关的因素，对史料做有利于这一结论的解释，而置逆相关的因素于不顾，或者曲解史料。研究环境变迁的一般都遵守一个模式：古代因人口稀少或人类活动影响微不足道而拥有良好的生态环境，以后随着人口增加而逐渐变差，工业化和现代化造成环境恶化。

当然，这类研究先天不足，客观上存在无法逾越的障碍，因为人类用科学仪器观测气候和环境变迁的历史太短。温度计一类气象仪器的实际应用不过160年，而世界上拥有160年延续记录数据的只有50个点，其中45个集中在西欧。历史上经常拥有超过1000万平方公里疆域的中国一个也没有，最早的气象站——上海天文台还不满140年。即使那些有160年数据的地点，与数百年甚至上千年的气候变化周期相比，连半个周期的数据都没有，要推测未来的长远变化趋势有多少把握？

研究生态环境的变化同样有这样的困难。如要考察人与自然的关系，人口数量是不可或缺的，但在实施人口普查之前这恰恰是一个难题，中国大多数地方要到 1953 年第一次全国人口普查时才留下确切的分地区人口统计数。又如对植被的类型和分布的正确了解只能以实地科学考察为根据，但对半个世纪以前的了解只能通过数量相差悬殊、质量迥异的文字描述。至于对自然灾害的记录，更多是根据它对人类社会的影响、被影响者所做记录以及这些记录的完好程度。根据这些记录重建或复原的自然灾害的时空分布自然与实际状况相差甚大，甚至根本矛盾。

中国或许是一个例外，因为从 3000 多年前的甲骨文开始，中国拥有基本延续的历史记载。特别是明清以来，遍及县级政区的地方文献和大量民间记录保存了极其丰富的资料。就 160 年之前的气候与环境记录而言，中国无疑是世界上最丰富、时空分布相对最广的国家。但这并不意味着，这些史料或数据能够原封不动地加以运用，或者可以直接作为科学研究的结论。就拿我比较熟悉的户籍登记数而言，尽管看起来精确到个位数，甚至不可思议地精确到十几位小数点，但在多数情况下与实际人口数有很大的差异，甚至与实际人口数量完全没有比例关系。有的记录在局部范围内非常精确，但用之于讨论全局却必须非常谨慎。例如，明清以降对某次地震的记载非常具体，可以精确到死伤人畜的数量、损坏房屋的间数等，对地理景观的改变也有很具体的描述，但就全国范围而言，却有大片空白，本来应该、实际也是频繁发生地震的青藏高原几乎找不到相关的记录。

我这样说，并不是认为我们应该在这些与人类的今天和未来有密切关系的科学研究面前畏难止步，而是希望更多的人努力攻克这些难关，踏踏实实逐一解决具体的难题。例如，如何将史实中纷繁随意的词汇与今天的科学术语和规范词汇对应起来，如何对文字描述做尽可能的量化分析，如何平衡或调整不同参照系产生的记录，如何弥补或替代时间或空间上的缺陷。

正因为如此，当郑维宽与我讨论博士论文题目时，我还是赞同他的选择，以清代的广西作为研究生态变迁的对象，这样一个二三百年的时间、20多万平方公里的空间、文献资料相对充足而研究成果相对缺乏的客体，有可能在几年时间内取得有价值的成果。加上维宽已在广西工作多年，并有机会进行广泛的实地考察。尽管清代离今天已有百年之遥，但那时的自然地理环境还有遗迹可寻。在一些比较偏僻、人类活动的影响较小的地方，甚至还能见到二三百年前的原貌。作为一个研究样本，清代的广西还有一个特点——有相当多的瑶族等少数民族聚居区。在人地关系中是否存在民族差异，不同民族的生产和生活方式对生态环境的影响有什么差别，也有望从这项研究中找到例证。

这样的目标不算太高，但也不低。这样的成果积累多了，再来研究关乎全人类的大课题时才会有更坚实的基础，才不会沿用以主流自居的谬误，或重复那些永远不会有结果的预言。一个个地区、一个个阶段的研究做好了，全国性的研究方才不至于出现过多的空白。

现在，维宽已经完成这篇论文，并且顺利通过答辩，获得博士学位。经过修改补充，这本专著也将出版。当初他从西南师大（今西南大学）硕士研究生毕业时，我曾希望他能来我们研究所继续学习。得知他决定到广西工作，还颇感遗憾。现在看来，在工作一段时间后再进入大学从事教学与科研，未始不是一种更现实的选择，否则，维宽就写不出这篇论文，广西就没有这项新科研成果了，历史地理研究的区域性特征就不会那么鲜明。我为维宽庆幸，为广西庆幸，也为历史地理学科庆幸。维宽要我为他的书作序，我义不容辞，写了这些话，与维宽共勉。

2011年元月4日于羊城旅次

李强《伪满时期东北地区人口研究》序

合适的选题是一篇论著或一项研究成功的前提，而发现并确定这样的选题本身就是前期研究的成果。所以我在指导博士研究生的过程中，一般都让研究生自己找值得研究的问题，确定论文的题目。因为在这一阶段，他们必须广泛涉猎相关的论著，充分了解已有的研究成果，密切关注最新的学术动态，发现有价值的研究课题，研究可能的突破口。如果经过努力还是找不到合适的题目，不得不要我来出题目的话，说明这位学生的研究能力和判断能力低于一般水准，或者是由于受到学术以外的原因影响而没能得到发挥。

所谓合适，一方面是具有一定的学术价值——对一篇学位论文或一项研究课题来说，这无疑是第一位的。即使是应用性较强的课题，离开了学术，或者连学术上也站不住脚，无论它对现实有多大的意义，或能获得多大的经济效益，充其量只是一个策划方案。另一方面，还应该对主观和客观条件做出如实的评估。就客观条件而言，必须具备最基本的资料或数据来源，或者有可行的调查计划，有可靠的技术路线和验证手段。就主观条件而言，必须在时间、精力和能力各方面达到最低限度的要求。

李强的博士论文《伪满时期东北地区人口研究》就是他经过复旦大学中国历史地理研究所历史地理专业硕士和人口史专业博士生阶段的学习，经过自己的努力找到并确定的题目。在中国近代人口史上，这一时间和空间范围具有特殊的意义。众所周知，日本帝国主义发动"九一八"事变后，很快占据了整个东北，并扶植溥仪建立伪满洲国，实行殖民统治。作为一个资源丰富、土地肥沃，主要由移民及其后裔构成的新开发地区，其人口状况发生了急剧的变化。大批中国军政人员及其家属撤离，不甘做亡国奴的同胞逃亡关内，持续多年的"闯关东"移民潮遽停，但不久又重新出现。出于最终将东北变为日本一部分的罪恶目的，"拓殖满蒙"的移民计划强力推进，数以万计的日本移民以"开拓团"的方式渗入东北和内蒙古。出于殖民和掠夺需要形成的工矿业和城市的畸形发展，很大程度上改变了原来的人口分布和人口结构。总之，这是一个非常值得研究但迄今为止还缺乏研究的领域。

更幸运的是，在这一时空范围内，存在着一些同时代其他地区所没有的、相当精确的调查统计资料。近代人口史研究主要的困难，就是在没有实施人口普查前，缺乏精确的人口统计数和相应的人口指标，几乎不可能进行基本的量化分析。即使勉强做了，也无法找到有效的验证办法。但在东北，由于日本帝国主义侵略扩张的需要，产生了大量精确的人口和社会调查统计资料和数据。早在"九一八"事变之前，日本的"南满洲铁道株式会社"（简称"满铁"）就设置调查部，在东北和中国其他地方进行了极其广泛的社会调查，收集整理了超出一般人想象的资料和数据，至今仍是研究中国近代社会无法逾越的数据库。伪满洲国进行的类似调查，还保留有"康德七年临时国势调查"资料、"关东州国势调查"资料和《满洲帝国统计月报》等。由于"满铁"资料的跨度超出20世纪30年代，还可以进行前后比较研究。

当然，要将选题和研究条件的优势变成事实，产生预期的有价值的成果，关键还在于作者，李强能够完成这篇论文绝非偶然。其实他毕业于武汉大学电子通信专业，完全是出于个人的兴趣才成为历史地理专业的硕士生，并继续攻读人口史博士学位。但理工科的科学训练使他具备了很强的数理统计和分析综合能力，一旦与人口史和历史地理专业结合，就如鱼得水，在枯燥的数据和杂乱的资料海洋中自得其乐，孜孜不倦，厥有所成。

现在李强的《伪满时期东北地区人口研究》获得"高校社科文库"的资助，即将由光明日报出版社出版。写上这些话，既作为对李强与此书的介绍，也愿以一得之见供研究生同学诸君参考。

2012年6月15日

谢湜《高乡与低乡：11—16世纪江南区域历史地理研究》序

十二年前，陈春声教授向我推荐他的高足谢湜来复旦大学读研究生，同时声明只是"留学"，毕业后要回中山大学服务。我欣然接受，因为我对春声兄的推荐绝对信任，而且我一向以为学术乃天下公器，人才为社会共有，何必一定要将优秀人才留在身边，当作私产？复旦大学研究生院也十分支持，根据谢湜的成绩记录与面试结果录取为直接攻博研究生，当时这项制度还在试验阶段。

直博生不需要写硕士学位论文，所以谢湜入学不久就得确定研究方向，并为写博士论文做准备。我历来都是让研究生自己找研究方向和论文题目，即使认为不合适，也只是说明道理劝他自己改变。我以为，这一过程本来就是研究生对相关的学术史和学术动态全面了解和准确理解的结果，也是对自己的学术水平和研究能力准确评估的结果。以往由于国内图书馆收藏有限，资讯不发达，加上很多学术刊物，特别是国外和港台的刊物查阅困难，收集资料要耗费研究者大量时间和精力，或者最终也无法收集齐全。但现在已不成问题，尤其是对善于利用数据库和网络资源的年轻学人来说，这一过程不但相当便捷，而且可以随时跟踪，及时掌握最新动态。但这并不意味着降低了对选题的要求，相反在资料齐全的条件下，对分析判断能力与自我评估能力的要求无疑更高了。

尽管我完全相信谢湜的选题能力，但得知他决定以江南为研究对象时，仍不无担忧。江南研究是长盛不衰的一门显学，已有的论著汗牛充栋，新出成果依然大量涌现。就历史自然地理而言，对江南影响最大的是水文、水系，其次是气候、灾害、海陆变迁等，但现存史料几乎被罗掘一空，实地考察也难有新的发现。就历史人文地理而言，政区、城市、乡镇、经济、人口、产业、文化、社会、宗教、风俗等大多也已有专题论著，或已为历史学、经济学、社会学、人类学等学科的成果所涵盖。如果不找到一个恰当的切入点或突破口，很难写出一篇有创新意义的论文。而如果选择一个全方位的研究领域，又非三五年内所能完成。我们做过多次讨论，除了议论相关史料和前人的观点、结论外，我还根据自己幼时在江南水乡——浙江省吴兴县南浔镇（今属湖州市南浔区）的生活和见闻介绍具体情况。我直接和间接的印象反映了20世纪四五十年代的江南还停留在工业化和城市化以前，一定程度上保持着明清以来的古风，多少能弥补文献的空缺。

经过一段时间的探索和实践，谢湜确定从高乡与低乡的比较和关系入手，对11—16世纪的江南做区域历史地理研究。听了他思路清晰的叙述和分析，我已经完全放心了，预期将产生一篇优秀的博士论文。

所谓"高乡"和"低乡"，主要是指太湖以东平原上两种不同的地貌。六七千年前，长江口南部上下两段沙嘴合拢，形成古海岸线，并逐渐形成地势稍高的贝壳沙堤，古人称为"冈身"。随着海平面的升高，海水的侵入与地面沉降的复杂作用使冈身两侧的陆地高程产生了差异。尽管二者的相对高度一般只差一二米，有些地方还没有那么明显，但早在北宋时，水利专家就注意到了高乡与低乡的差别，这也一直是江南水利史的研究对象。谢湜的研究并不止步于此，而是充分发挥历史地理、经济史、社会史、环境史、文化人类学等多学科的综合优势，由水文因素入手，进而对水利、土地利用、产业开发、聚落分布、市镇兴衰、政区沿革、倭乱海防、赋税制度、市场格局，包括这一地区的分县、迁治、并县、卫改州等特殊现象，都做了精确的论述。区域历史地理研究贵在从诸多地理要素中找出关键性的因素，并始终关注其实际作用。在论证地理要素对特定的社会、经济、政治、文化等方面的影响时，既不能视而不见，也不可简单推理，甚至人为造就因果关系。这就需要吸收中外历史地理和相关学科的理论和实践成果，构建自己的理论体系，形成适合本课题研究的思路和方法，尽可能占有全部直接和间接的史实，深入实地考察，收集民间的、零散的书面和口头资料，才能恰如其分地做出合情合理的解释。

作为一项阶段性成果，谢湜的博士学位论文备受好评，并获得全国百篇优秀博士论文提名。此后他继续这项研究，虽然身处岭南，却几乎每年都要深入江南，或田野考察，或收集资料，或访学开会，终于完成了这部可以作为区域历史地理研究范例的专著。但学术无止境，所以我还有两点希望：一是能否继续探讨高乡、低乡因素的人文影响，如民风民俗、地方文化、人口素质等方面，或许客观上并没有多大影响，或者已无踪迹可考，但这也是有益的结果；二是能否将这一套研究路径和方法移植于其他区域，如岭南某一亚区。以谢湜的学术根基、勤奋学风和旺盛精力，我相信是值得期待的。

2014 年 11 月 9 日

张宏杰《曾国藩的收入与支出》[①] 序

六年前，经人介绍，张宏杰以邮件与我联系，希望能来我们研究所学习。不久，他利用到上海的机会来见我，经过交谈，我发现他对历史的一些见解相当深刻，求学的目的也很明确。他原来学的是财经专业，毕业后在银行工作，为了个人兴趣，不惜从银行辞职，近年来已出版多部普及性历史著作，很受读者欢迎，当地一所大学为他成立一个研究所，聘他为所长。在看过他的部分作品后，我认为他写的虽然不是正规的学术论著，但显示的学术能力并不在专业研究者之下，甚至揭示了一些专家未曾注意到的现象。我又征求了几位对他有所了解的教授的意见，都认为他已经有很好的基础，并有发展潜力，我决定招收他为博士研究生。

但在如何录取时却遇到了障碍，宏杰只有本科学历，所学专业又与历史地理无关，他从未发表过专业论文，已出版的书都属通俗读物，与教育部规定的招生标准相差太大。所幸复旦大学已着手改革招生制度，允许部分导师对特殊人才可以要求"特招"。于是我运用"特招"权——先将他的材料和几位教授的推荐意见上报，获得同意后由我按正常招生科目给他单独命题和考试，报研究生院批准录取。

[①] 此书 2015 年由中华书局出版，出版时名为《给曾国藩算算账：一个清代高官的收与支（京官时期）》和《给曾国藩算算账：一个清代高官的收与支（湘军暨总督时期）》。——编者注

宏杰没有辜负我们的期望，尽管历史地理专门的课程大多是他从未接触过的，但通过刻苦努力，他顺利地修满学分，成绩基本都是优秀，并且又有新作问世，发表专业论文也达到研究生院规定的标准。但在确定他学位论文题目时，又颇费踌躇。本来我希望他能写一篇历史地理专题的论文，我相信他能够写好。但对刚进入这一领域的他，得从研究学术史，熟悉学术动态，搜集基本史料，扩大查阅范围一一做起，不仅需要更长的时间，而且很难显示他已有的水准，而且他今后的研究兴趣和发展方向也不是历史地理。当然我相信他通过努力是能够写出合格论文的，但既然撰写学位论文的目的是证明研究生的研究能力和水平，为什么不能用其所长，在历史学一级学科更宽泛的范围内选择课题呢？于是我们商定，不受二级学科专业的限制，可以根据他的学术旨趣和已有条件选择，最终确定研究曾国藩的经济生活。

这个题目实际很有意义，因为尽管研究曾国藩的论著已经很多，近年来更已成显学，但涉及他的经济生活的却不多，并且还没有深入具体可作为定说定论的著作面世。而这方面不仅是全面了解和评价曾氏所不可或缺的，也是解开晚清政界经济生态和行政制度实际运作之谜的一个窗口、一把钥匙。本来我还想让他将研究范围扩大到湘军的经济状况，但这个题目显然需要长期研究，非博士阶段所能完成，只能留待今后。

宏杰再次不负众望，他的学位论文顺利通过评审和答辩，并被评为优秀。评审专家与答辩委员会的意见与我一致，只要论文选题的学术意义与论文本身的学术水平达到标准，应该允许并鼓励博士生在更大范围内选题，甚至可以跨学科选择。宏杰的成绩使我庆幸自己没有滥用宝贵的"特招"权，更为宏杰具备了更扎实的基础，能够更自如地追求自己的理想而欣慰。果然，我得知他的新著产生了更大的影响，他频频在主流媒体讲述历史，发表评论。

但宏杰并不以完成了博士阶段的学习为满足，他选择了继续深造，向清华大学历史系申请博士后研究，并获得秦晖教授的指导，在博士论文的基础上完成了这部新著。

这部著作的学术价值如何，读本书的绪言和结论就能明白。本书的质量如何，有兴趣的读者也可自己判断，不必也不应由我给读者造成先入为主的影响。利用这个机会，我想再说几点感想。

第一，相比我们这一代来说，宏杰是幸运的，他成长于改革开放的中国。否则，他只能一辈子在银行工作，不可能跨界从一个金融企业进入大学。想业余学历史、写历史也未必有成功的可能，因为在阶级斗争天天讲的年代，以他作品的"叛逆"气质，很可能成为大批判的靶子，甚至因此而成为阶级敌人。即使作品没有问题，也必须出身"红五类"、本人政治合格并经单位领导批准才会被出版社接受。所以在层层束缚之下，宏杰这样的人极有可能被埋没终生。还得感谢改革开放以来研究生招生制度的改革和学校的特殊规定，才使他能被破格录取。我曾听已故的遗传学家谈家桢院士说过一个观点：从遗传学的角度分析，天才与人口是有比例关系的，中国大多数人口在农村，所以农村儿童和青年中有大量潜在的天才。可惜他们中的绝大多数没有被发现，或者虽然被发现了却没有接受高等教育或发挥其天才的机会。由此我想到，社会上像宏杰这样的人才自不在少数，如何让他们今后更好地人尽其才，这应该是大学和我们这些导师的责任，也是政府和社会各方面应尽的责任。

第二，培养博士生的目的是什么？不应局限于本专业、本单位、本系统，而应该为全社会、全人类着想。实际上，我指导过的博士生、我们研究所的毕业生，留在本单位或从事历史地理专业研究的人反而是少数，多数是在其他高校、研究机构、出版部门、媒体、党政机关、企业等从事科研、教学、行政及其他各种业务。但他们都认为，博士生期间的训练和积累使他们获益匪浅，他们已有的业绩也足以证明这一点。所以我们对生源的关注还应更广，在保证质量的前提下，门还应开得更大，给予与宏杰类似的人更多机会。

第三，受过专业训练、具有专业学位或高级职称的人员固然应该以撰写学术专著为主，但同样应该重视学术普及。这两项工作能同时承担固然最好，但也可以有合理的分工，即有少数人可以专门从事学术普及，使本学科、本专业的成果能够更有效地影响和引导社会。学术著作本身也应考虑必要的、可能的普及性，一篇论文、一部专著，如果能让本专业以外的科研人员、专业人士有兴趣看并能看懂，何乐而不为？当年《万历十五年》曾经使中国史学界耳目一新，并在史学界以外赢得了更多读者，近年来史景迁的著作也产生了很大影响。完全具备学术基础的中国学者，为什么不能在普及性上做更大努力，多写一些更易普及但绝非戏说的历史著作？

愿与史学界同仁共勉，也寄更大希望于宏杰。

2014年8月

马孟龙《西汉侯国地理》序

翻阅马孟龙即将出版的《西汉侯国地理》，往事历历在目。

2007年孟龙报考我的博士研究生，口试时我对他的印象很好，虽然他本科毕业于一所升格不久的地方大学，并且是中文专业，但感到他思路清晰，有自己的见解，认定是可造之材。岂料他笔试成绩很差，英语更差，离录取线甚远。我怀疑自己的判断能力，就找他了解，方才得知他虽然硕士阶段报的是历史地理专业，入学后该校却因没有找到合适的导师，让他改学其他专业，实际他根本没有学过历史地理。我又比较详细地询问了他各方面的情况，特别让他谈了他已发表的一篇论文的思路和感兴趣的问题，更坚定了原来的看法。这样的人才放弃了实在可惜，正好我承担的《中华大典·历史地理典》有工作要做，就邀他来上海边做些辅助工作，边备考。但我知道，即便他能尽力学习，也不可能在短期内达到常规录取的标准。在校研究生院的支持下，我为他单独命题，特招录取，在次年春季入学。

不过应该承认，孟龙此后的进步还是超出了我的预料，特别是在博士生期间就能写出好几篇高质量的论文，能在权威刊物发表，现在又完成了这部专著，其水平远在一般博士论文之上。

入学不久，孟龙就提出，要以西汉侯国为研究方向，作为博士论文的选题。这也出乎我的意料，因此我力劝他改变方向。因为我知道，从清代杰出的史学家钱大昕以来，包括先师季龙（谭其骧）先生在内的诸多学者都曾对此做过研究，发表过不少论著。特别是周振鹤师兄的博士论文《西汉政区地理》中，相当大的篇幅就是研究西汉侯国，并且由此得出了不少重要结论，成为这篇论文的坚实论据。我也知道此后出土的或新发现的文书提供了新的史料，但我以为至多只能做些充实补正，纠正若干局部的错漏，难道还能做成一篇博士学位论文？但孟龙信心十足，滔滔不绝地申述自己的理由。我听下来觉得他有些道理，就嘱他先写一篇出来看看。初稿写出后，我觉得确有新意，但因自己长期未注意这方面的成果，判断不准，嘱他向振鹤师兄求教。就这样，孟龙一发不可收，连续写出了几篇，或颠覆了长期沿用的成说，或将一些一直以为无序可循的排列理出了头绪，或填补了某一缺漏。至此我已完全不担心他能否完成论文，却也没有想到最终能形成这样一部立论严谨、内容全面、新见迭出的专著。

季龙先师一直激励我们："在历史地理研究中，我应该超越钱大昕、王国维，你们应该超过我。"孟龙的新著必能告慰于先师。

能超越前人，固然是后学努力的结果，但也离不开学术界以至整个社会的进步。例如，要是没有2002年湖南里耶秦简的发现，即使穷尽秦汉史料，也至多只能对今湘黔一带的秦郡数量和名称存在疑问，却无法断定会有洞庭、苍梧二郡。至此我才体会到先师在论证秦郡数量时持不确定态度的高明之处。相信孟龙一定会明白，《西汉侯国地理》得益于前贤的成果和新出土、发现的史料，是一个时代的产物，却绝不是终结，因而迟早要被超越。如果是被孟龙自己超越，并且是在不久的将来，岂不更好！

2013年10月

《成蹊集》[①] 序

1964年我高中毕业，尽管此前已经因病休学一年半，但报名高考的体检还是没有通过。考虑到我患的肺结核不是短期内可以完全治愈的，而参加工作的条件却能符合，班主任老师劝我报名接受师资培训——为解决师资紧缺，上海教育学院（今华东师范大学）试办一年制的师资培训班，直接到中学培训实习。知道我还没有放弃上大学的目标，他又劝我选择英语教师，以便工作后有较多时间保持自觉。他自己是语文教师，他告诉我，每星期要批两个班级的作文，连业余时间都没有。就这样，从1964年9月开始，我成了上海教育学院师资培训班的学员，被安排在我母校市北中学培训实习。实际上，我们连教育学院的门也没有进过，只是由闸北区教育局的人事科长给我们做了一次报告，提了具体要求。到1978年，上海教育学院同意给这批培训班学员补发大专一年的学历证明。那时我已经成了复旦大学的研究生，觉得没有必要，所以始终未领。

1964年10月起，我与另一位培训学员在市北中学外语教研组的办公室里放了一张课桌，每人有一位教初一英语的教师作为指导教师，跟着她们备课，写教案，批改作业，听她们和其他老师的课，在她们面前试讲。还在初一一个班级跟着班主任老师实习，协助组织班级活动，做

[①] 此书2019年由复旦大学出版社出版，出版时名为《成蹊集：葛剑雄先生从教五十五年誌庆论文集》，由本书编委会编。——编者注

学生教育工作。

一个意外的机会使我提前走上讲台，有了第一次上英语课的经历。11月初，教初三英语的老师突然请病假，没有人代课，教研组长是我高三的英语教师，知道我的英语基础，要我去代课。时间太紧，根本来不及备课，他同意我不上新课，将这节课改为复习。我在学生们的异样目光中走上讲台，因为我比他们大不了多少，读高中时这个班的不少同学就认识我。好在英语的课堂用语我已很熟练，马上就进入正常的复习课。进入提问练习阶段，我按课文内容问了问题：你经常去图书馆看书吗？一般多长时间去一次？当时提倡"精讲多练"，每个问题都会指定一排学生依次回答。轮到一位认识我的学生时，不知是为了出我的洋相，还是给我捧场，他没有按常规回答Yes，而是说No，然后马上问我："老师，近视眼英语怎么说？"幸而我知道，但我没有直接回答他，而是用英语问："为什么你现在要问这个词？这个词与回答我的问题有关系吗？"因为当时规定，英语课上无论老师还是学生都要尽量讲英语，我也想给他出点难题，让他因回答不清楚而知难而退。他大概也做了准备，马上用英语回答："我想讲'因为我是近视眼，医生让我少看书，所以我不去图书馆'。"这时我才告诉他答案，这次意外有惊无险地过去。如果从这次上讲台算起，到现在整整55年了。

1965年7月培训结束，我被配到新建的古田中学工作，8月5日去该校借用的闸北区和田路第一小学校舍报到。按现行人事制度，我的工龄和教龄都是从这一天算起的，也已进入第55年。

1978年9月，我被录取为复旦大学历史系的研究生。但按当时的政策，我是属于"在职"，人事关系还是在原来的中学，工资待遇不变，还是在中学领，只有研究生的书报津贴由复旦大学发。所以我的工龄、教龄是连续计算的，虽然在这三年间我完全是在学，而不是教，更没有在原单位从教。

1981年底我研究生毕业，根据刚实施的《中华人民共和国学位条例》首批获得历史学硕士学位，留复旦大学工作，这时我的人事关系才转到复旦大学，成为复旦大学的教师。但从1980年起，系里已安排我担任导师谭其骧先生的助手,已经承担研究生学业以外的工作了。留校不久,首批博士研究生招生,因为我作为谭先生助手的工作不能中断,须保持复旦大学教师的身份,1982年3月我被录取为在职博士研究生。到1983年8月通过博士论文答辩,在此期间我的确是以工作为主的,通过课程考试、写论文基本是利用业余时间,是名副其实的"在职"。

1982年6月,经教育部批准,复旦大学历史系的中国历史地理研究室设置为中国历史地理研究所,成为专业研究机构。此后除试验性地招过两届本科生外,都只招研究生,是全国首批历史地理硕士学位点,谭其骧教授是全国首批历史地理博士生导师。留校工作后,我先后为历史系、经济系本科生开过历史人口地理、人口史、历史地理的选修课,在本校和外校做过很多学术讲座。1989年9月我招收了第一位硕士研究生,同年被校学位委员会确定为博士生副导师,协助谭其骧教授。1991年10月谭先生突患重病,失去工作能力,他的一位博士生由我代行指导,在他逝世后通过博士论文答辩。1991年5月我晋升教授,1993年增列为博士生导师,开始招收博士生。1996年我担任所长,见几位新晋升的副教授招不到硕士生,而完整地培养完一届硕士生是当时晋升教授、增列为博士生导师的必要条件,我就要求两位已被我录取的硕士生分别改投两位副教授同仁,并建议甚至规定本所博导只招博士生,以便让硕士生导师能及时具备培养硕士生的资历,并各尽所能,各得其所。所以此后我只在特殊情形下招过两位硕士生,一位是因为在入学一年后的双向选择中未选到合适的导师,一位是想招他的导师没有名额,只能将学生挂在我的名下。到目前为止,由我指导完成学业的博士研究生42名(其中有2名因个人原因肄业)、硕士研究生10名、在学博士生4名。接受过合作研究的博士后6人,均已出站。还接受过几位访问学者、进修教师。得知将在年底办理退休手续,从今年起我已停止招生。

我自己是"不拘一格"的受益者,又有导师谭先生和他的老师顾颉刚先生垂范,我在招生、教学过程中注重学生的实际能力,鼓励他们自由创新,欢迎他们批评讨论,希望他们能超越自己。我的硕士生、博

士生、博士后的前期专业，有历史、地理、中文、社会、宗教、思想政治、考古、文博、财政金融、电子通信、电子工程、规划、设计、古建筑等，有来自地方院校、三本学院，还招过一位只有财政金融本科学历的博士生。感谢校研究生院给我的特招权，使我能自主录取那些本来连复试资格或报名资格都没有的考生。我从来不指定研究生的研究方向，一般也不为研究生出学位论文题目，只是在他们征求我的意见时提出一些建议。令人欣慰的是，经过刻苦努力，其中3位同学的博士论文被评为"全国百篇优秀博士论文"，1位同学的论文获得"全国百篇优秀博士论文"提名，6位同学的论文被评为"上海市优秀博士论文"。

从年初起，就有同学提出要为我从教55年做点纪念，我以为等到60年时再办不迟。后来得知年底将要退休，知道今年就是工龄、教龄的终点，不妨与同学们一起做一回顾总结。于是有了编一部能集中反映同学们学术成果的论文集的建议，并使这本书最终问世。

命名为《成蹊集》自然是出于"桃李无言，下自成蹊"，只是此"桃李"溯源植根于先师季龙（谭其骧）先生，他的老师顾颉刚先生、潘光旦先生、邓文如（之诚）先生、洪煨莲（业）先生等，他的同门师友史筱苏（念海）先生、侯仁之先生、周太初（一良）先生、王钟瀚先生等。我和同学们正是在这片茂盛参天的桃李下瞻仰感悟，切磋琢磨，徘徊反侧，欣然会意，奋力前行，才成其蹊者。

是为序。

2019年10月

张靖华《湖与山：明初以来巢湖北岸的聚落与空间》序

2006年秋，我收到南京工业大学建筑与城市规划学院硕士生张靖华发来的邮件，他就在安徽巢湖北岸发现的一些村落和建筑形式的特点与移民的关系提出问题。我与他并不认识，更不了解他的具体情况，但感到他注意到了一种我们在移民史研究中苦于找不到实例的现象——建筑和聚落形态与移民的关系，因此立即给了他回复，肯定他的思路，并鼓励继续深入研究。经过多次邮件往返，2007年4月10日，他发来一篇论文《"九龙攒珠"——巢湖北岸移民村落规划与形成背景初探》。5月1日，我将提了些修改意见的论文发回给他，并指出："我以为，一个重要的不足，是没有讨论水塘，而这是'九龙攒珠'模式中很重要的部分，或者说是核心。水塘是天然的还是人造的？还是利用自然地形半人工的？究竟有什么优点？除了排水外还起了什么作用？为什么到清代建新村时依然采用这样的模式？为什么这样的模式能够维持数百年？这是非常值得研究和总结的，也是这一模式的亮点。如有可能，务请补充。"到2009年6月，张靖华已完成他的硕士学业，他的硕士论文《"九龙攒珠"：巢湖北岸移民村落的规划与源流》也将由天津大学出版社出版，要我写几句话。我欣然同意，写道："要复原或重建中国的移民历史，仅仅依靠文字记载是远远不够的，还需要充分利用文字以外的信息。移民的过程也是文化传播的过程，民居是移民所传递的重要文化信息。但对移民内部的差异与建筑物的研究大多停留在非专业水平，而出自建筑、聚落、环境方面的研究又往往忽略文献记载和历史背景，因而像本书这样成功的尝试难能可贵。"

张靖华的研究兴趣并未因这篇论文的出版而中止或转移，相关研究在继续，7月间又发来邮件问我重要的移民源江西瓦屑坝的相关问题，8月间还转达了鄱阳县湖城建设办公室邀我承担瓦屑坝研究课题的信息。我告诉他："这些课题都需要做大量调研，完全依靠文献解决不了问题，而我近期不会有空，所以无法承担。"2010年7月12日，他给我发来邮件："我们在巢湖的研究仍在进行，对一些涉及社会学和建筑学交叉领域的问题，我很想在以后的学习中继续深入研究。但苦于周围学习的条件不够，因此很想了解复旦大学历史地理研究所这边的情况，不知道先生这边是否欢迎建筑学专业出身的我来继续升造？如果可以，大概需要怎样的准备？盼望先生给以指导和答复！"我自然很欢迎，告诉他我们研究所招生从来不讲究原来的专业或研究方向，我已毕业的博士生中有电子工程、通信等专业的。只要考试合格，建筑学专业不仅不会是障碍，而且还有其他专业所不具备的优势。但由于他已工作，加上个人的原因，当年未能如愿报考。到2012年2月，张靖华报考我的博士研究生，并在当年7月被录取。经过5年的学习和研究，他的博士论文于2017年6月通过答辩。又经过一年多的修订，形成这部专著《湖与山：明初以来巢湖北岸的聚落与空间》。

与9年前的硕士论文相比，尽管还沿用了"巢湖北岸"这个概念，但即使就空间范围而言，也已有了质的扩展，涉及该区域的山系、河湖与地质构造。就时间而言，尽管重点是明初以来，但还是追溯了巢湖演化的两种学说，由秦汉而唐。就内容而言，尽管依然包括对"九龙攒珠"这一移民与建筑形态关系的更深入的研究，但已很大程度地扩展到建筑空间、移民与社会、聚落形态与市镇演变、交通和商品对市镇建筑空间的影响，尝试提出聚落更替的更新理论及计算公式，并对现实的发展和规划提出建议。

我曾与张靖华讨论过他此书的学术旨趣与追求，得知集中于两个方面。

一、社会和建筑的关系。

建筑空间与社会活动之间有着极为密切的关系。长期以来，建筑学的研究，由于对于技术数据的过分倚重，二者的有机联系常被割裂。对传统建筑、聚落空间的研究往往只是对结构、造型、色彩的总结、概括，对其背后的形成、影响要素难以触及。实际上，建筑和社会高度重合，互相影响，彼此促进，共同发展。社会是建筑产生、发展和演变的巨大动力。真正意义上的建筑产生必然和社会的产生同步，而建筑空间的发展也必然与社会的运动同步。对于建筑的认识和研究，只有建立在对其背后产生的社会因素的理解基础上，才能真正把握其本质。这是由于：一些建筑现象产生的原因，如本书所研究的"九龙攒珠"聚落在巢湖北岸的建立，本质上是明初移民社会形成的结果，而建筑现象的流布、发展、演化，又和人口发展、社会的变迁密切相关。不能理解社会对于建筑发展的直接性作用，在很大程度上，就很难真正对聚落和建筑进行有效的分析。

从另一方面来说，建筑对社会的反作用同样存在。建筑在很大程度上可以被视为人类社会在空间的反映。这种反映存在于微观、中观、宏观。在微观上，可能体现为个人、家庭活动对单体建筑外观、结构、陈设的影响，在中观层面可能体现出家族或其他社会组织对聚落空间秩序和发展方向的形塑，在宏观层面则可能体现为更大规模的社会和人口流动过程中建筑思想、技术与文化的流传。从这个意义上说，建筑本身可以成为解读、理解、观测某一时期人类社会活动的指标，它常常是异常敏感的。单体空间的材料对比、造型差异可能代表其背后的经济、技术、文化差异，相邻聚落的空间关系可能反映不同家族群体的经济冲突、社会矛盾，相邻区域的建筑空间的差异则有可能是不同社会环境、管理制度、生产方式所导致的。甚至可以认为，建筑本身就是人类社会的空间化。

二、社会学与区域更新。

建筑活动和人类社会的这种彼此依存、互相制约的关系，使得在区域更新的具体工作中，不能完全脱离对于社会的研究与关怀。事实上，冰冷而僵化的，以建筑的改造来代替社会发展的思想，已经在现实中导致了十分严重的后果，大量的城镇"千城一面"，古镇索然无趣，老街上假古董、劣货充斥，证明在实施过程中，确实存在着某种将建筑的改造等同于综合发展的错误思想。这一思想的背后，有体制性的因素，如文化、建设主管部门在行业管理、协作方面的不协调、不对称，高校和科研机构中社会学研究与现实实践之间的脱节，以及自某一时期以来产生的社会学者与建筑学者之间无法真正对话和互相协作的现实困境。这都为在区域更新发展与乡村振兴进程中，如何将人的发展与建筑的发展真正协调起来，将社会的进步与物质的进步统一起来，提出了更复杂、更艰巨的任务。

为了改变这一现实困境，除了学科层面的交叉合作以外，机制性的创新显然也迫在眉睫。一方面，需要在现实工作中创造机会，使得社会学与建筑学的融合工作真正发生，社会学者真正参与建筑与聚落更新的实践；另一方面，体制性的创新与行业的打通，才能有效地改变上述问题。

正因为如此，张靖华的成果不限于本书的具体内容。至于本书是否达到了他的目的，还得请读者们审阅评价。

2019 年 5 月 12 日

鲍俊林《15—20世纪江苏海岸盐作地理与人地关系变迁》序

由我指导过的博士论文出版时，作者和出版社都会邀我写一篇序，我无不欣然应命。对出版社来说，或是出于资助出版的基金的规定，或是希望我的序有助于此书的发行。对作者来说，既是出于对导师的尊重，也希望我的推介能使此书更受学术界和读者的重视。而我之所以从不推辞，并乐意写，首先认为这是导师应尽的责任。博士论文在通过答辩后，经过作者的修改、补充、完善，最终能作为一种专著公开出版，自然应该对学术界、本专业和社会起一定的作用。但博士论文的选题大多相当专门，或者冷僻、抽象，以致责任编辑经常会要求作者另拟书名，或者找几个有吸引力的词做书名，而将原来的题目当副标题。就是一二百字的内容简介，也未必能让本专业以外的读者理解。导师不妨在序言中客观地说明这本书的意义和作用，使需要的或有兴趣的读者及时发现。

不过我从来不在这类序中对那本书本身做评价。作为对博士论文负有指导责任的导师，应该与作者一起接受读者的检验和考评，而不是做自我评价。而且，在这篇论文通过答辩时，答辩委员会已经有了评语；出版社或基金也是在评审的基础上才确定出版的。所以我要说的话，不是赞扬这篇论文质量如何高，写得如何好，而是利用这个机会说一点与作者和论文有关但在书中看不到的内容。

从我自己当研究生，写硕士、博士论文到现在已有三十多年了，从我指导研究生写论文到现在也有二十多年了。我一直认为，选题很重要，或者说是成功的前提。撰写学位论文是一个有限目标，研究生必须在有限的时间内完成。如果有志于将某一领域的研究作为自己的终身追求，那么这只是一个开端，或者是一项阶段性成果。所以博士论文的题目最好要选不大不小的，太大会受到时间、精力、资料、考察、实验等各方面的制约，不大可能在规定的期限内完成；太小了又难以显示自己具备了独立研究的能力和成果。如果选题能够利用已有的基础或条件自然更好，如有收集资料、实地考察的便利，使自己的知识和资料积累获得应用，及时吸收某项新成果或某类新资料，在自己原有基础上拓展、深化、提高等。

选题的过程应该由研究生自己完成，导师只能做些引导，提供些建议，或在条件成熟时予以肯定或否定。首先研究生必须掌握本学科本专业的基础理论、学术规范和基本研究方法，其次还得了解相关领域的学术史和最新动态，再则要评估客观和主观的条件和可能性。如果这些过程都认真做了，即使原来设想的题目被否定了，也不失为一次探索和深化的过程，离合适的选题又近了一步，时间和精力不会白费。

但鲍俊林在本科和硕士生阶段都不是学历史地理，刚入学时对历史地理的了解完全出于自学和个人兴趣，所以他的选题过程比其他同学更长、更艰难。开始他想研究一个较大范围的历史地理，并且包括自己的家乡在内。我让他查阅已发表的相关论著，了解已有的成果，并提醒他要做面面俱到的历史地理研究是不可能的，只能集中在若干方面、某一更小的空间和更短的时间。

历史地理的研究对象是历史时期的地理现象，由于这些现象中的绝大多数，特别是其中的历史人文地理现象已经不复存在，不可能直接进行实地考察，只能依靠前人直接或间接的记录。这既是历史地理学的一项优势，同时也是局限。一般来说，如果找不到最低限度的史料，相关的地理现象就无法复原或重构，更难进行定量分析。在选题过程中，鲍俊林对历史地理研究这一特点也有了更深刻的理解。

当他最终确定以《15—20世纪江苏海岸盐作地理与人地关系变迁》

为题时，已经完全离开了最初设想的时间、空间和研究范围，却已经完成了基本的准备工作，并得以扬长避短。也正因为如此，他不仅能从容地完成论文，而且找到了突破口，取得创新。

例如，前人的研究都以为"海势东迁"是导致淮南盐作衰退的主要原因，但在深入分析了自然和人文诸方面要素后，鲍俊林认为，盐作环境变化的本质是卤水和荡草资源数量与地理分布的变化，"海势东迁"并没有减少卤水和荡草资源，并不会妨碍盐业生产。盐业生产和管理不适应这种变化，盐作的生产方式和分布没有随着海岸的快速淤涨做相应的调整，这才导致了盐业的衰退。

又如，他之所以选择15—20世纪作为研究阶段，是因为这一阶段的江苏海岸经历了世界罕见的快速淤涨变化。这样一个淤涨、演替、蚀退的复杂过程，为人类大规模的盐作、垦殖、筑堤提供了舞台，也为人类如何适应自然环境的不断变化，协调各类活动创造了正反两方面的条件。在此前提下，他对这一特定时空范围内的人地关系的研究，有望并且实际上已经取得比前人更深入、更合理的结论。

题目小些是否会影响论文的质量，或限制了学术潜力的发挥呢？这取决于本人的学术旨趣或人生的追求。如果本来就打算在获得博士学位后从事其他职业，那么已经如愿以偿，大功告成了。如果有志于继续从事学术研究，那这项阶段性成果就是一个很扎实的基础。鲍俊林在撰写博士论文的过程中，还有一些新发现，初步形成了一些新观点，我告诉他论文的内容不宜再扩充，可以留在以后做更从容的研究。他也意识到对海陆变迁、人地关系等方面的研究仅仅依靠史料是不够的，还必须运用自然地理的理论和研究方法，而这正是他急需补充和提高的。

南京大学地理与海洋科学学院博士后流动站满足了他的愿望，2014年博士毕业后，他就在高抒教授的指导下，以博士论文的研究为基础，撰写了长时段海岸开发与环境适应方面的研究成果，也获得了多项科研资助，并已有英文论文发表在国际 SCI 刊物上。所以在本书问世时，他取得更重要的研究成果是指日可待的。

2016 年 2 月，丙申年春节假期

鲍俊林《气候变化与江苏海岸的历史适应研究》序

未来全球气候的变化关乎人类命运，却是当今科学家最大的难题。影响气候的因素难以计数，既有自然的，也有人为的；既有地球本身的，也有地球以外的；既有现实产生的，也有历史累积的。而要准确预测未来就更难，因为预测未来的前提是了解过去，但人类用仪器观测气候的年代（即"器测时期"）还不满 200 年，并且 90% 的观测点都集中在西欧。显然，依据如此有限时间和空间内的数据，是不可能精确测定以往长时段的气候变化周期及相关数据的，更难掌握其变化的规律。

我国杰出的气象学家竺可桢，充分应用我国地方志中的资料、古籍中的物候资料、考古发掘和研究资料，对以往 7000 年间的气候变化做了推测和论证，取得重要结论。但由于其中绝大多数资料无法精确量化，其代表的时间和空间范围也难以准确复原，由此得出的结论只能是粗略的、宏观的，目前也无法得到验证。

尽管当代的学者已将直接、间接的史料收罗殆尽，尽管科学技术的进步又提供了一些量化或复原的手段，但在可以预见的将来，精确的观测数据如此巨大的空白还是无法填补。但这并不意味着这项研究只能就此终结，特别是由于它对人类的未来是如此重要，即使仅从科学家的良知出发也不能放弃。

所以，一直有研究者在另辟蹊径，从小尺度的、微观的、间接的、非量化的切入点着手，逐渐接近目标。鲍俊林多年的研究成果《气候变化与江苏海岸的历史适应研究》就是其中之一。

人类的生活、生产和生存离不开特定的气候环境，离不开在这一环境下形成的特定的生存空间。在生产力不发达的前工业化社会，气候的局部的、微小的变化都会直接影响人们的生活、生产、生存方式，而人们为了适应这样的变化，不得不自觉或不自觉地调整自己的生活、生产、生存方式。不同的生活、生产、生存方式对气候的变化有不同的敏感度，某些方面会特别敏感，甚至形成直接对应。重构和复原这些活动的变迁，等于复原了这一特定时空范围内的气候变化，有时甚至可以做到比较精确的量化。这样的研究也有利于我们全面、正确地认识人地关系，发现先民适应气候和环境变迁的智慧，为未来人类社会与气候变迁的适应提供有益的经验。

鲍俊林以江苏海岸带的低地区域为样本，考察近一千年来的海陆变迁。通过对人类由盐业向农业转化过程的重构，勾稽盐业生产、滩涂利用、海堤修筑与维护、海岸开发等因子与海平面升降、潮灾之间的复杂关系，这一区域在中世纪暖期和小冰期背景下百年尺度的差异化过程和演进机制，一定程度上显示出气候变化在这一特定时空范围内百年尺度的变化幅度。

进行这项研究并取得如此突出的成绩不仅要做深入细致的文献资料搜集、鉴别、归纳，还必须反复进行田野调查，更需要运用多学科交叉研究，所幸作者在博士研究生期间接受了历史地理学的系统训练，还在华东师范大学河口海岸学国家重点实验室博士后流动站得到高抒教授的悉心指导，这使他能奋力站到学术前沿。作为他的博士生导师，我为他在短期内能取得这项重要的新成果而欣慰。作为"未来地球计划"中国国家委员会委员，我为中国的青年学者对人类的未来做出新贡献而自豪。

2021 年 6 月

《环湖名镇长临河》序

我与张靖华的联系开始于2006年秋,不过一直是通过邮件。那时他是南京工业大学建筑与城市规划学院的硕士生,因在安徽巢湖北岸发现一些村落和建筑形式的特点与移民史有关,来征求我的意见。这样的交流一直没有中断,经历了他完成硕士学业,出版硕士论文《"九龙攒珠":巢湖北岸移民村落的规划与源流》,直到2012年7月被录取为我的博士研究生。经过5年的学习和研究,他的博士论文于2017年6月通过答辩,又经过一年多的修订,出版了专著《湖与山:明初以来巢湖北岸的聚落与空间》。

在这十几年间,张靖华研究的空间范围都集中在巢湖北岸。经常看他的文章,与他讨论,我也逐渐熟悉了这一带的地貌和景观,却一直没有实地考察和感受的机会。尽管其间他曾邀请并安排我去,我也有几次到了最邻近的合肥,但至今未能成行。看了他的《环湖名镇长临河》书稿,我却有亲历其地的感觉,对某些细节甚至比耳闻目睹还印象深刻。

这自然不是偶然的。首先,靖华描述的是他的家乡,是他从小熟悉、热爱的地方,有的地方还是他祖辈的出生地。有些景物来自他儿时的清晰记忆,但早已不复存在。有的却是近年刚出现的,早年离乡的人也不会知道。

更重要的是,他受过多学科的专门训练,除了在博士、硕士研究生阶段的历史地理学、建筑学以外,他还应用了规划学、景观学、环境学、社会学、人类学等多方面的知识和观察手段。例如他通过文献考证，查清了一些遗物遗址的来历，纠正了民间的传闻。这些，就是一辈子没有离开过家园的长寿耆老也讲不清楚。又如他通过实地考察，恰当地解释了一些没有文字记载的文化现象，并且发掘出今天还有积极意义的文化因素，用之于文物保护、环境修复、发展文化旅游产业、新农村建设。由于在这十几年间他还考察过安徽、江苏、江西不少古村和聚落，积累了丰富的知识和信息，他善于比较，容易在细节和一般人容易忽略的方面发掘出内在的价值，丰富了这片土地的潜在资源。

但使这一切得以完整、传神地记录下来，无疑是他对这片土地和乡亲强烈的使命感与责任心。亲情、乡情、学术旨趣、日常生活的融合升华为对家乡的奉献，靖华在长临河镇挂职分管文化旅游的副镇长，并且开发出新的文化旅游资源，设计了一条长达 42.3 公里的步道，其南半程曲折蜿蜒，具林泉雅趣，覆盖了长临河最优质的山水自然景观，也是历史上淮军及其家族集聚的谷地。这条步道已经建成，初步发挥的效益已超过原来的期望。所以这篇书稿也可以看作靖华的述职报告。

本书的出版不仅可以使更多人了解这片土地，吸引更多的人到那里去旅游、居留、开发，可以使本地人重新认识本土价值，提高文化自信和幸福感，还能够为历史地理、乡土聚落和相关学科的研究提供一个多学科结合、田野考察、实践应用、为现实服务的样本，尽管它并不是按照规范撰写的学术报告或研究论文，但其普及的作用绝不在学术论著之下。

至于我本人，还是希望有机会带着这本书，沿着这条步道，亲近这片土地，观赏山水林泉，体验风土人情，给靖华这本书做出更确切的评价。

2021 年 3 月 12 日植树节

王大学《政治、技术与环境：鱼鳞大石塘形成史的考察》序

先师季龙（谭其骧）先生在 87 年前写过这样一段话：

> 因为历史是记载人类社会过去的活动的，而人类社会的活动无一不在大地之上，所以尤其密切的是地理。历史好比演剧，地理就是舞台；如果找不到舞台，哪里看得到戏剧！（1934 年 2 月 22 日《禹贡》半月刊《发刊词》）

历史地理学就是要研究、复原和重构在特定时间中的这个舞台，但这个舞台不仅是指"大地"即自然地理环境，还包括在"大地"上活动的人以及他们对"大地"的影响——人文地理现象和要素。

在人类刚出现在这个舞台上时，人能够演的剧完全取决于舞台所能提供的条件。但随着人类生产力的进步和文明程度的提高，人类逐步具备了给这个舞台拓展空间的能力，配备灯光、音响，架设布景和设备，这些都成了舞台的一部分，并且随着后人的需要不断演变，成为演剧不可或缺的条件。当人类还处在蒙昧时代时，他们既没有改变或改善这个舞台的能力，或许他们根本还没有这样的意识，所以他们对舞台的作用和影响可以忽略不计。但到了人类进入文明阶段以后，任何剧所依托的舞台已经都离不开此前的人对舞台留下的影响，而他们本身演的剧又或多或少、不可避免地对舞台产生新的影响。

所以，从历史地理角度研究某一历史现象，不仅要研究这个舞台本身，即已经存在的自然地理和人文地理的环境和要素，还应该研究这一现象，即正在演的剧对舞台的影响——产生了什么新的人文地理要素，改变了哪些已有的自然地理和人文地理要素，改变到什么程度。

12年前，王大学在博士论文的基础上，完成了专著《明清"江南海塘"的建设与环境》（上海人民出版社，2008年），已经从历史自然地理和人文地理各方面对"江南海塘"做全方面的研究。他即将出版的专著《政治、技术与环境：鱼鳞大石塘形成史的考察》将这种研究理论和方法运用得更加深入细致，提高到了新的水准。

建筑和维护海塘的主要目的是阻挡或调节海潮，而海潮对当地社会的作用虽主要取决于自然因素，但也不免受到已发生的人类活动的影响，如已有的堤坝、闸门、航道等人工设施，滩地的利用方式和程度，人为造成的入海泥沙量的变化等。即使是当地建筑的第一条海塘，也不能不顾及这些人为因素。

建筑和维护海塘的必要性和采用的标准，也不仅取决于自然条件，更决定于人类社会的需求。类似的例子在中国历史上曾多次出现，如黄河泛滥决口改道后，社会正常的需求是尽快堵口修堤，使黄河回归故道。但西汉元光三年（公元前132年）黄河在濮阳瓠子（今河南濮阳县西南）决口，向东南泛滥。执政的外戚田蚡因自己的封邑在河北，河道南移对自己有利，却以堵口未必顺应"天意"为由，听任河水泛滥。明清时京杭大运河与黄河直接相交，运河常有缺水之虞，但每当黄河泛滥决口，必定使运河水量充沛，而一旦堵口，运河水量不足，直接影响到当年漕运，所以朝廷往往决定在漕运未完成前推迟封口。前者完全是出于私利，后者却是两害相权取其轻，因此决策前考量的因素很多，既有黄河、运河、气候、水文、地形等自然因素，也有国用、财政、仓储、粮价、运力、人力、物资、技术等人文因素。而决策的过程和结果又受制度、体制、治乱、部门或地方利益、官场潜规则、主持官员的地位和能力等因素的制约，最后还得由皇帝宸衷独断。

建成的海塘效益如何也不是一个简单的客观事实或具体数据。首先，这要看预期的目标是什么，因为不同年代、不同地段、不同情况下规划设计的海塘有不同的目的。其次要看它的实际效益，而不是地方官奏折中的描述、文人学士的颂扬或贬斥，或当时调查收集的"民意"。最终还得看它的长远效益，这在当代是无法准确分析和预测的，只能留给后世。至于这条海塘系统以外的因素，例如它在整个国家中的重要性的变化，管理和维护海塘的机构的地位，海塘所在地区的政治、经济地位，外患内乱的影响等，常规的评价系统是无法覆盖的。但这一切都是在自然环境不发生急剧变化的前提下起作用的，只要某一自然要素发生超常规的变迁，稳定的评价体系也就不复存在。

即使是纯粹的工程技术问题，也不可能仅仅按照科学的原理和技术的规范解决。前期调查、考察、测量、估算的情况和数据本身就会受到自然和人文各方面的影响，这样的结果又未必能如实或全部提交给主管官员和工程技术专家，最终的决定权却是皇帝或得到皇帝信用的某个完全不具有工程技术资质的人物。

如果这项工程特别受到皇帝重视，所有这一切还会与国运兴衰、天命所系联系起来，而拥有解释权的一般是与工程本身毫不相干的人，或者就是皇帝自己。大小臣工只能小心谨慎，揣摩圣意，敬奉天命，而置实际情况于不顾。

王大学将这些因素归纳为政治、技术、环境三方面，都一一做了深入的分析研究，从而将对鱼鳞大石塘历史的复原和研究提高到了新的水准。

有关鱼鳞大石塘的文献资料相当丰富，部分信息还可以通过实地考察获得，前人的论著也相当多，各个方面都已涉及，但综合性的、高水平的成果还少见。所以我对此书的问世倍感欣慰，也深信这并非王大学海塘研究的终点。

2021 年 8 月

安介生《中国历史民族地理》序

1955年，先师谭其骧先生受命"重编改绘杨守敬《历代舆地图》"。工作进行未几，即发现如按此做法已不符合时代需要。原因之一，《历代舆地图》所绘限于历代中原王朝或正史所及，无法显示历史时期中国的全部疆域，不足以反映中国各族人民共同缔造历史的过程。此后，以范文澜、吴晗为首的重编改绘杨图委员会研究决定，不再限于重编改绘杨守敬《历代舆地图》，而是新编一部自原始社会至清时期的包括历史时期中国全部疆域的中国历史地图集。

经过内部出版和全面修订，至1982年出版的《中国历史地图集》（1—8册）已经包括历史上由少数民族建立的政权和边疆地区的政权，而未建立过政权的民族，只能在地图上用其名称显示其所处大致方位或范围。由于史料缺乏，有些甚至完全空白，所以即使这些政权被列入，往往也无法画得精确详细。

《中华人民共和国国家历史地图集》自1983年开编，编委会即决定设立民族图组。编委翁独健先生指导，由中国社会科学院民族研究所一批学者承担，最终编成26幅显示中国古代少数民族分布和迁徙的地图，编入第一册，于2012年出版。在图稿付印前，编委会曾要求每幅图上的作者署名一般不超过3人。但民族图组是唯一的例外，这些地图上的署名都是8—9人。作为编辑室主任，我曾与作者协调，得知由于每位作者的研究领域都集中在一个或相关的若干个民族，要在全国范围内显示所有少数民族的分布和迁徙，只能采用集体合作的办法。由于当时还没有一部历史民族地理可做参考，要保证这些地图的质量，舍此别无他途。

但直到20世纪末，尽管中国已不乏权威的民族学、人类学、民族史、历史人文地理论著，尽管这些论著中也涉及部分历史民族地理的内容，但还没有出版一部比较系统的历史民族地理著作。这固然与人文地理、历史人文地理长期不受重视，甚至一度被批判取消有关，但主要原因还是研究的难度。

历史民族地理研究的对象是历史时期的民族和相关的要素，研究的主要内容是它们的空间分布形态及其演变的规律。由于这些要素在近代以前的状况基本已经无法通过田野调查和实地考察来了解，只能依靠直接或间接的文献记载。这些民族的绝大多数一直没有自己的文字，或者在有限的文字记载中并无多少可信的史料。汉文史料虽多，但集中在曾入主中原或建立过政权的民族，或者集中在某些人物、事件，其他往往只有片言只语，或者出于传闻臆断，或者自相矛盾，甚至完全空白。

但无论从构建中国历史地理学的学科体系出发，还是为了适应学术进步和社会发展的需求，中国历史民族地理这一学科分支都是不可或缺的。1999年12月，教育部首批全国重点研究基础——复旦大学历史地理研究中心成立后，即确定了撰写中国历史地理学系统著作的目标，并成功申报为教育部人文社科基金资助的重点项目。其中的《历史民族地理》由安介生教授承担，经多年努力，顺利通过验收鉴定，于2007年由山东教育出版社出版。作为第一本中国历史民族地理专著，此书备受历史地理学界和相关学术界的关注，在获得一致好评的同时，也收到了一些批评和建议。为此，介生教授又进行了全面的修订和增补，形成这个百万字的新版，已列入国家"十三五"出版规划，并获国家出版基金资助，即将由齐鲁书社出版。

介生教授之所以能完成这一艰巨任务，关键在于最终找到了穿越险阻的途径，使历史民族地理研究最大的难题迎刃而解。

一般认为，与研究当代民族地理相比，研究历史民族地理的主要困难有三：一是部族归属难定，二是迁徙过程不清，三是分布范围不明。

其实，其中最重要的是第三项，如果第三项解决了，其余两项或可暂且搁置，或可留待今后。史料中出现过的部族名称的确很难与今天通用的民族名称挂钩，或者按今天的标准分门别类。实际上今天的民族识别与划分的标准，本身就存在争议。而从古代某一个或若干部族演变为今天某一民族的过程往往相当复杂，是多次分化和融合的结果，简单采用今天某一通用族名既无把握，也不科学。倒不如直接使用当时的部族名称，在有确切证据或有充分把握的情况下适当注明。迁徙的过程虽然重要，但每次迁徙的结果无不反映于分布。只要把某一部族在不同年代的分布地点和范围查清了，即使对其间的迁徙过程一无所知，也能根据宏观的、微观的历史地理状况和历史背景做出大致的推测。

介生教授认为，以地域为范围来对各个民族进行归类研究，是最为科学而合理的切入路径。而归类的依据，则是通过对历代疆域建设与民族地区政区建置的梳理与分析，充分展现中国古代民族发展的空间维度。的确，在尚未真正统一的邦国时代或分封制阶段，一个农耕的或半农半牧的部族，当其人口和实力增加到一定程度就会建立一个国或被封为一个国。牧业部族如果人数和活动范围达到一定大的范围，也会得到相邻国的记载。在秦朝统一后，一个地方如果正式设置了行政区域，并能保持稳定，就意味着诸夏（华夏、汉族）已经占了多数，在其境内的其他部族已属少数且将因迁出或被融合而逐渐消失。仍以非诸夏少数民族人口为主的地方，或者不会设立正式行政区域，或者被设立特殊或临时行政区，如西汉的县级政区中就明确"蛮夷曰道"，称为道的县肯定是以"蛮夷"人口为主的，可以视为"蛮夷"分布区。同样，唐宋的羁縻府州，元明清的土司，清朝在西北、蒙古的将军辖区和理藩院管辖的地区，在它们被撤销或消亡之前都可以视为某一或某些部族的聚居区。所幸中国历史政区地理的研究成果相当丰富，特别是《中国历史地图集》提供了权威的、全面的政区背景，所以介生教授充分利用历史政区地理的研究基础与成果，尽可能地展示民族地区政区建置的特点及其演变的曲折过程。再参考这些地区的户籍人口统计资料，比较全面客观地反映各个历史时期民族的分布状况。

这次修订中，介生教授增加了一节台湾历史民族地理，使历史时期中国的概念更加完整。在每一章前增加了结论，是对于各个历史时期宏观的把握以及学术研究发展的分析，也是对该时期民族发展及分布状况进行宏观思考与研究的成果。这无疑使本书的《导论》形成的理论得到更广泛的支撑，其学术价值得到应有的提升。

本书对中国历史地理学的贡献和对历史民族地理的开创之功无须赘述，但这一艰难浩繁的课题，离完整、完善、完美自然还有很大的距离，相信介生教授不会就此止步，也寄希望于与他志同道合的学术同仁和他培养的年轻学者。

2019 年 1 月

《从金山到上海：金山区历史地理研究》序

地理学是一门以空间为研究基础的科学，而空间是由具体的区域构成的，所以地理学的研究是建立在区域研究的基础上的。历史地理学同样如此，而区域研究尤其重要。因为历史地理——特别是历史人文地理——的信息和资料来源主要是文献记载，而不是实地观测所得。即使是实地观测所获得的信息，也只有与相关的历史文献结合，才能得出正确的结论。由于工业化以前不具备大范围、宏观的观测条件，稍为准确的文献记载只能是区域性的、小范围的、微观的。正因为如此，历史地理的研究只能从区域、个案的研究做起，才能使大空间尺度的、宏观的研究有扎实可靠的基础。现有的大范围的、宏观的研究成果是否准确，也必须经过区域研究成果的检验。

有些特殊的地理要素、地理现象存在的空间或时间范围都很小，只存在于某个区域之中或某个历史时期，在现当代的地理研究和历史地理的总体研究中很难涉及，更不易深入，却可以成为区域历史地理研究的重点和特色，具有标准和典型的意义。

但与现当代地理学相比，区域历史地理研究难度更大，甚至完全没有可能。现当代的区域地理研究，一旦确定了区域的空间范围，就可以去那里做考察观测，收集信息。随着科学技术的进步、研究手段的更新、物质条件的改善，地球上几乎没有不能考察观测的区域，也就是说没有不可能研究的区域。但某一区域的历史地理能否进行研究，能否取得预期的成果，则取决于这一空间范围内是否存在最低限度的历史文献资料和能显示以往的地理环境、要素的遗物、遗迹、遗存。从全国范围来看，多数地区不具备进行区域历史地理研究的条件，已有的区域历史地理研究成果中往往还存在不少空白，原因就在于此。

另外，有些区域的自然地理环境和要素本身变化不大，历史时期的人文地理要素类型单一，内容有限，或者根本不存在什么历史人文景观，现当代的地理研究足以显示这一空间范围的时间变化，因而缺乏专门进行历史地理研究的必要性，做不出什么有意义的成果。

安介生教授和他的研究团队选择金山区作为区域历史地理研究的对象，是出于相当准确的学术判断，也可谓十分幸运。

金山区地属秦代海盐县地，是今上海市辖境中最早的开发地区之一，既有多样的历史人文地理要素和景观，也存在比较丰富的历史文献资料。其中明代设置的金山卫，是当时全国四大卫之一，虽无"实土卫"之名，却同时具有一定的行政管辖职能。金山区虽以沿海冲积平原为主，但也存在湖沼洼地、湖积平原、潟湖平原、潮坪和剥蚀残丘等不同的地貌单元。特别是受到长江口和杭州湾江海之汇的交互影响，在历史时期的海陆变迁相当明显，而且既有由海变为陆，也有由陆沦于海的现象。在一个数百平方公里的区域内，集中了这样典型的历史人文地理和自然地理景观已不多见；又具备通过文献资料进行研究的条件，就更罕有其匹。

更幸运的是，先师季龙（谭其骧）先生做过原则性的或具体的研究，可作为进一步研究的导向和基础。早在1935年，谭先生就发表了《释明代都司卫所制度》一文，奠定了明代都司卫所研究的基础。1991年10月14日，就在他最后一次发病前三天，他在给他指导的博士研究生靳润成的信中写道：

> 《明史·地理志》将卫所分成有实土、无实土两种。实际所谓实土卫所，指的是设置于不设州县处的卫所，无实土卫所则指设于有州县处。前者因无州县，故即称其地为某某卫、某某所，后者即以某州某县称其地，因其地绝大多数土地人口皆属于某州某县也。

但有一小部分土地人口是属于卫所的。如今之上海吴淞江以南，明世置松江府领华亭、上海、青浦三县，另有金山卫、南汇所、青村所置于华亭、上海境内，故此一卫二所即便不作为实土卫所，但此一卫二所下还辖有隶于卫所的军士及其所垦土地，并非真正无土。

而对包括金山区在内的上海地区的海陆变迁，自1960年至1982年，谭先生先后发表过《关于上海地区的成陆年代》《再论关于上海地区的成陆年代》《上海市大陆部分的海陆变迁和开发过程》以及《〈上海市大陆部分的海陆变迁和开发过程〉后记》。1972年7月，为论证金山石化厂选址，谭先生还专门去金山嘴、青龙港西盐场、金卫公社等地考察，结合文献研究，得出"金山卫这一带的海滩继续处于成陆过程，非但不会被海潮冲塌，还会不断淤积成新的土地"的结论，为金山石化厂建设用地的确定提供了重要依据。谭先生的结论已经为这一带40年来的海陆变迁所证实。

这项研究始终得到金山区档案局的鼎力支持。秦骞局长始终热情关怀，积极鼓励。档案局方面不仅为课题组提供了充足的研究经费，还为收集资料、田野调查、实地考察提供了诸多便利。档案局方面热情而认真的态度让复旦大学课题组的师生深受感动，这也为课题组研究的顺利完成提供了保障。

当然，要将正确的选题、历史资料和前期成果的优势转化为最终的研究成果，还需要研究团队的开拓创新和持之以恒的努力，《从金山到上海：金山区历史地理研究》一书就是最好的证明。此书不仅是金山区迄今为止最完整的历史地理记载，也为区域历史地理研究提供了范本。读后欣喜，是为序。

2022年5月

胡列箭《广西瑶人分布（1644—1955）》序

胡列箭的《广西瑶人分布（1644—1955）》在复旦大学博士学位论文的基础上，经修订增补，即将由西安地图出版社正式出版。他要我写一篇序言，作为曾经负有指导责任的导师，我自然义不容辞。

当初他与我讨论论文题目的选择时，最担心的就是有关广西瑶人的论著已经不少，在没有新史料可以发现，田野考察也很难增加新材料的情况下，如何能写出新意，在前人的基础上有所进步。所以我要他特别注意，研究解释一些长期沿用的似是而非的说法，如由于封建统治者长期实行民族歧视的政策，包括瑶族在内的少数民族的人口越来越少，分布地区越来越小，少数民族的文化特色越来越少。

通过认真搜集和分析理解史料，运用历史地理学、人口学、社会学、人类学等多种学科方法，结合实地考察，他的论文找到了比较全面正确的答案。

旧时代固然一直存在民族歧视，统治者固然始终实行民族歧视的政策，但具体做法和实施手段的强度并非一成不变，对少数民族的人口数量、人口分布和文化传承这三方面的影响也不完全相同，甚至并非完全是负面的。

广西瑶族在明清时期究竟有多少人，并不是一个单纯的人口统计问题。在瑶族人口未被纳入编户之前，他们的人口数量不可能出现在官方的户籍中。在他们自己的聚居区内，在他们的家族部落中也不会有精确的人口总数。即使有，也不会留下文字记录。所以出现在方志或地方史料中的瑶族人口数字，都是出于粗略的估计，甚至是毫无根据的臆断。纳入编户的瑶族人口，一方面难免不被将"户"和"口"变成赋役单位，而不是真正的一家一户或几人几口；另一方面，也完全可能被登记为"民"，而不再是"猺"（当时写法）。即使到了户籍登记已经相当接近实际人口数的乾隆后期，要在户籍统计数中分辨出哪些是已经被登记为"民"的瑶族人，也是毫无办法可想的。

因为中国历来并不以血统区分民族，而是以文化，即生产方式、生活方式、行为规范、价值观念等方面进行区分。少数民族既可以被强制汉化，也可以通过自觉或不自觉的认同被承认为汉族。南方少数民族在体质特征方面与汉族差别不大，大多已从事农业生产，或兼作农耕，一些人能操当地汉族方言，所以比较容易选择同化或被同化。而一旦他们被纳入编户，登记为"民"，与汉民之间仅有的一些差别也会很快消失。

在民族歧视严重存在的年代，大多数少数民族人口，特别是在与汉族杂居的地方，都会自觉不自觉地认同汉族。王钟翰先生曾告诉我，在他的家乡湖南东安，"苗""瑶"可以用作骂人的词，意即像"苗""瑶"一样野蛮、蛮不讲理，如"你这个人好苗！""你好瑶！"王先生出生于1913年，1934年入北平燕京大学。说明到20世纪30年代，尽管国民政府行政院在1939年颁布训令，此前广西省政府也已在1934年采取消除对少数民族歧视的措施，但社会上依然公然歧视瑶人、苗人，何况此前的明清时代！在这种情况下，只要有可能，没有多少人会拒绝摆脱"瑶""苗"身份的。其中的上层人物或已有了经济文化基础和社会地位的家族，更会通过修家谱、认宗亲等方式，证实自己的汉族血统和中原祖籍。

另外，正如胡列箭所发现的，在一些州县辖境之外、土司管辖地区、尚未开发地区，那里的汉民也会被混同于瑶。传统的瑶人聚居区内的汉民和其他少数民族，也会一概被当作瑶人。而在改土归流设置州县后，经过户籍登记，这部分非瑶人大多会被区别出来，这样就产生了瑶人锐减的假象。

所以，对瑶族人口数量的变化，不能仅仅看统计数字。如瑶族人口数的下降，就有多种可能：瑶族实际人口数的下降，原来被当作瑶人统计的非瑶族被区别出来，瑶民被登记为了汉民，瑶人迁离了该政区。同样，瑶族人口数的增加也有多种可能：瑶族实际人口数的增加，非瑶族人被当成瑶人并纳入统计，有瑶人从外地迁入。关于非瑶族人被当成瑶人统计，我以前没有见到过确切的记载，但看到过这样的例子：改土归流后，当地土著在一段时间内还可以不当差，所以此前已迁入的汉民也登记为土著。有些汉民在当地居住已久，举止言行已与土著无异，地方官不加区别。联想到现当代设置民族自治政区时当地少数民族人口大幅度增加，一些汉族家庭为享受少数民族优待，千方百计变更民族成份，这种现象可以想象，当古已有之。

民族人口研究的前提是民族识别，要研究明清广西瑶人的分布，首先就要将瑶人从明清时期的广西人口中区别出来。其次是估计出这些人口的数量，在此基础上确定他们所处的空间范围。有了《中国历史地图集》和我们研制的"中国历史地理信息系统"（CHGIS），这最后一项工作已不再困难，但前面的各项依然存在无法消除的障碍。就是在当前，要将某一民族的识别和认同完全以遗传基因和血统为标准，也不可能完全做到。

因此，我认为胡列箭的研究已经尽了最大的努力，在前人的基础上有了明显进步，值得肯定。

2022 年 11 月

侯杨方《重返帕米尔：追寻玄奘与丝绸之路》序

"丝绸之路"的名称虽然1877年才由德国地理学家李希霍芬创造，但这一道路系统实际早已形成，对其在今新疆和中亚部分的明确记载则见于两千余年前的《汉书·西域传》："自玉门、阳关出西域有两道。从鄯善傍南山北，波河西行至莎车，为南道；南道西逾葱岭则出大月氏、安息。自车师前王廷随北山，波河西行至疏勒，为北道；北道西逾葱岭则出大宛、康居、奄蔡焉。"

这段简洁全面的文字明确记录了汉朝时名为"西域南道""西域北道"的交通干线，以及所经的重要地标。除了众所周知的玉门关、阳关外，最重要的地标就是葱岭，即今天的帕米尔高原。葱岭是两条干线的交会处，其重要性不言而喻。这个名称在古籍中长期沿用，但具体状况往往语焉不详，或者显得神秘莫测。显然，在传世的有限记录中，多数并非亲历者的实录。就是亲历者，部分也是出于估计、推测、臆断、耳闻，甚至纯属想象。

现在帕米尔高原分属各国，边境管控严格，当代人不易走遍整个高原，更难以精准复原通过葱岭的古代交通路线的具体走向，它经过哪些山口、哪些河谷。曾经过葱岭的张骞、法显、宋云、玄奘、高仙芝、马可·波罗等人经历过何种险阻，目睹过哪些景象，我们只能凭或多或少的文字记载推测和想象。

侯杨方教授自2013年4月首次登上帕米尔高原，就确定通过实地考察和文献研究精准复原丝路的宏大目标。迄今为止，这项考察已经进行了十几次，他的足迹遍布了境内外整个帕米尔高原，几乎踏遍了所有重要的丝路山口和河谷，所经之处都有精准的 GPS 定位与轨迹记录，并拍摄了大量的照片、视频。

每次考察前，他都阅读、钻研大量古今中外文献、地图，然后在现场考察检验、复原重建，在此基础上写就此书，用文字、地图与图像呈现给大众一幅帕米尔丝路的生动画卷。

在帕米尔丝路中，玄奘《大唐西域记》中的记录最完整翔实，最符合当时的地理状况，是精准复原丝路的主要线索。本书用真实的影像与实地考察的体验，重新诠释、还原了《大唐西域记》中帕米尔部分的真实情景以及玄奘的切身体验，而不仅仅是文字的校注、词句的解释和意义的疏通。

翻阅此书，我真羡慕侯杨方这代人的际遇。要不是改革开放，要不是国家对科研和高校的重视和投入，要不是科学技术的飞速进步，何来这样的机会？1982 年 9 月，我与周振鹤作为首批博士研究生，经学校特批去新疆考察，在公安部门办了三次边境通行证，从喀什搭乘货运车到塔什库尔干塔吉克自治县，又花 80 元（相当于我一个半月的工资，当时真担心这笔钱不能报销）租了县邮电局的一辆小吉普车才到了红其拉甫山口，终点只能在中巴界碑。我们唯一的装备就是从系里借的一台普通照相机，而我那时根本不会使用，多亏周振鹤给我留下几张黑白照片。

我也佩服侯杨方的勇气和毅力。他初登帕米尔高原时已 42 岁，比我到红其拉甫山口时还长了 5 岁，但体力充沛，精力旺盛，决心更大，信心更强。看了他与向导合骑一匹马冲过激流，成为考察队中唯一到达乾隆纪功碑遗址的一段记录，我不禁自问：要是我在现场，会冒这个险吗？尽管我曾是侯杨方博士研究生的导师，尽管我也号称到过地球的"四极"（南极、北极、阿里高原、乞力马扎罗山），但在这方面只能自叹弗如。也正因为如此，我相信本书只是他同类著作中的第一本，绝不会是最后一本。

庚子年端午节于上海浦东寓所

刘春燕《茶：一片树叶的社会生命》序

二十年前，刘春燕以《茶叶历史景观——生产、流通、消费、文化》的博士论文通过答辩，获得历史学（历史地理专业）博士学位。现在，她最新完成的一部书稿《茶：一片树叶的社会生命》展示在我的电脑屏幕上，等待我作序。我一直将为自己指导的研究生的学位论文作序视为指导工作的延续，当作导师应尽的义务。但对他们毕业以后完成的著作，我并没有作序的义务，而是要看我是否有兴趣，还得看它的质量是否达到了我心目中的标准。所以当春燕向我提出要求时，我告诉她得给我足够时间，容我看过后才能决定。但在看完后我没有告诉她我的决定，而是直接写下了这篇序文。

我已经记不得她那篇博士论文的具体内容，但我确信她的新著绝不是前者的内容扩充，而是基于创新的研究方法和体系。

对同一事物或人物，依据不同的学科理论，采取不同的研究方法，自然会产生不同的成果。尽管其基本事实、数据和时空概念并无二致，显示效果却可以有很大的差异，甚至给人不同的感觉。以茶叶为例，在科学的范畴中研究，是将茶叶完全当作一种物质，在各相关学科——如生物学、化学、农学、生态学、遗传学、医学、药学、营养学等——领域内，或者是多学科结合，根据各自的原理和规范进行研究并得出结论。在人文范畴中研究茶叶，是将茶叶当作人类文明和人类社会发展过程中的一种因素，研究它在人类文明的不同阶段、不同场合所起的物质和精神的作用，与人类的个人或群体、社会形成的关系和影响。

用生物学研究茶叶，要从茶这个物种的形成过程开始。从历史学研究茶叶，是从人类发现和利用茶树、茶叶开始，研究茶叶的生产、加工、管理、流通、储存、销售、消费、税收、贸易等活动的过程和变迁，以及人们的饮茶方式、场所、器物等，由此形成的文学、艺术、观念、意境、情境等构成的茶文化的形成和变迁过程。从地理学研究茶叶，就是要研究茶叶和上述与茶叶相关的各种要素的空间分布。如野生茶树、茶种的分布，栽培茶的起源地及其传播范围，不同茶树类型、茶叶品种的分布，茶叶的产地、加工地、行销区、消费区的分布，茶叶的运输和贸易路线，茶文化的区域特征和空间分布，不同区域的自然条件的影响。从历史地理学研究茶叶，是要研究历史时期的茶叶和茶文化地理，以及上述与茶叶相关的人文、自然要素的空间分布及其在时间序列下的变化。这里所指的历史时期的起点，是当地开始种茶、采茶、加工茶、饮茶、销茶、形成茶文化的时间，而不是当地开始有文字记录历史的时间，因此并无统一的起讫点，中间也未必延续，一切都应从实际出发。

用生物学研究茶叶属于科学范畴，茶叶纯粹是作为物质。从历史学研究茶叶，涉及科学与人文两个范畴，既有物质也有精神。从茶树、茶叶的利用、生产、加工等到饮茶方式、场所、器物等都有具体的事实、人物、实物、数据等，是客观存在。但构成茶文化的文学、艺术、观念、意境、情境等，却属于人的精神生活，如果没有被记录下来，就会随着相关人物或群体的逝去而消失。而且即使在当时也不会有一致的评价和标准答案。用历史地理学研究茶叶，必须综合运用历史自然地理和历史人文地理。如茶叶的栽培、传播、生产、加工、流通、储存、消费、贸易，无不与气候、地形、地貌、土壤、水文等条件有关，茶文化也难免不受这些条件的影响。但主要还是运用历史人文地理的方法，着重研究涉及的经济、产业、赋税、制度、交通运输、城市、人口、商业、民族、文化、宗教、艺术等因素。由于迄今为止中国历史地理学没有历史社会地理这一分支，实际包含于历史人文地理之中，往往因此而对社会地理有所忽略。

当年撰写博士学位论文时，刘春燕"对茶叶的研究兴趣出于经济目的，想要弄清楚哪些因素决定了茶叶经济的兴衰，如何才能振兴中国茶叶经济"。但在以往近二十年间，她"获得了许多社会学、人类学领域专家学者的指导，学习、思考与交流的学术探索环境"，已经自觉地从社会学、人类学的视角，运用社会学、历史社会地理学的方法，对同一片茶叶进行观察、分析和思考，自然取得了新的成果。

正如她所指出的，茶叶并不是人类维持生存的必需品，其苦涩的味道对人类产生的吸引力极为有限，采摘茶树叶子制作饮食也只是区域性的偶尔现象。茶叶从被发现，作为蔬菜、药物被利用，再转而成为日常饮料的过程十分漫长，本来就是一种复杂的社会现象，是人类社会活动的产物，因而也随着时间、空间、物质、精神、个体、群体的演进而变幻。无论是茶叶的诞生、茶饮的兴起，从唐朝后期开始出现的繁荣和商品茶的兴盛，还是从南宋以后茶的衰落，以至茶饮淡出了日常生活，到明代中叶后茶饮和茶业的复兴，都不是用单一的因素所能解释，或用哪一种学科的研究所能解决的。将这一片茶叶置于最广阔的领域，做多角度、全方位、长时段的观察、分析和记录，才能重构其历史事实，确定其社会属性，揭示其文化本质，刘春燕在历史学、历史地理学的基础上，拓展到社会学、人类学、历史社会地理学，正是她的优势所在和成功的关键。至于本书引述的详尽、分析的细致、推理的严密、文字的可读和结论的可信，读者自能体会，无须我赘言。

不过作为她曾经的历史地理研究方向的导师，我还有更大的期望。如果用历史社会地理学的要求来衡量，本书对所涉及的各种社会现象和社会要素的空间分布及演变的考察和研究还显得不足。或许这正是她下一个目标，那我们就共同期待着。

十多年前我参观伦敦最大的一家茶叶商店，发现在两层楼面陈列销售的茶叶商品中，中国产的茶叶只放了一个柜台，只有四个品种，其余几乎全部是锡兰茶和印度茶。回国后我查了相关资料，了解到当时全世界茶叶出口量最大的是斯里兰卡和中国，但斯里兰卡产的锡兰茶的产值差不多是中国茶的一倍。看来刘春燕当年"如何才能振兴中国茶叶经济"的愿望还有现实意义,那么这本书提供给我们的,不仅是茶叶的历史、茶叶的地理、茶叶的故事和社会学、人类学中的茶叶,也应该包括历史的经验和教训。

2024 年元月

悠悠我思

抵抗外敌入侵是中华民族的光荣传统

——在"传统文化与民族精神"论坛的主旨演讲（记录稿）

当我得知我有这样一个机会要在这里发表一点我个人的意见，在面对这样一个主题，我就想到了：是什么支持着我们这个民族、这个国家走过了几千年那么艰难的历程，成为今天世界上这样一个伟大的民族、伟大的国家？为什么一次一次的朝代更迭、一次一次的家破人亡、一次一次出现的倒退和破坏，没有阻止我们这个民族的进步、我们这个国家的发展？其中一个很重要的原因，是我们具有一种抵抗外敌、坚决捍卫自己的家园和自己生存发展的权利的光荣传统。我们中华民族有和自己的敌人血战到底的气概，有自立于世界民族之林的能力。今天，我们纪念抗日战争暨反法西斯战争胜利七十周年，就更加深刻地体会到，这样一种民族精神，通过我们传统文化的传承和弘扬，的确起了决定性的作用。

但是另一方面，我们也不能否认，在国内、在知识界始终存在着那么一股小小的逆流，他们就是通过一些似是而非的谬论，通过一些经过包装的、打上新名词的汉奸言论，在起着破坏的作用。先师谭其骧先生曾经告诉我，在"九一八"事变以后，北平城里面就流传着这么一种谬论，说日本人进来怕什么，整个中国让日本人占了，咱们就把日本中国化了，还有的人鼓吹将来要世界大同了，国家取消了，不一样嘛。这种谬论到今天还有市场，有的人批评我们是民族主义，要用所谓的天下主义来代替民族主义。我们爱国、爱自己的民族，我们坚持自己的价值观念，他们就批判，认为这是逆时代的潮流，要我们洞开大门，放弃我们自己的传统。比如当我们说中国历史上曾经出现过这样的现象：任何军事上的征服者最后都成为文化上的被征服者。的确，这是客观事实，但却被这些人所利用，"既然如此，那么就让他们征服吧"。还有人说："中国就是殖民太少了，全殖民了就好了。"

我觉得这些论点，它既不符合历史事实，也不符合人类共同遵循的行为准则和伦理底线，更不利于我们这个国家未来的发展。首先，我们要用历史唯物主义的观点来看待历史。战争的确给人类，包括给我们中华民族，造成过巨大的损失，但是任何战争在当时的条件下是有正义和非正义之分的。现在一些民族成了中华民族大家庭的一员，但在当时是利益对立的民族。少数民族的确有生存的权利，有反抗当时汉族、外族等统治民族对它的欺凌和压迫的权利，但是，凡事都有一个度，当他们攻打华夏的领地，当他们已不仅仅是为自己争取生存的权利，而是要破坏、损害他人的生存权利的时候，战争的性质就变了。所以不能因为今天女真人的后代和汉人成了一个民族，就指责当初岳飞抗金，也不能因为满族今天成了中华民族的一员，就肯定吴三桂，否定史可法，这个界限是不能混淆的。

其次，这些论点不符合历史事实。的确，抵抗战争曾经给我们这个民族造成惨重的损失，从表面上看，也许屈膝投降能够换来一时的安定。但是，这个损失一方面是不可避免的，另一方面，也正因为有人坚持抵抗，奋战到最后，给了发动战争的民族以深刻的教训，才迫使他们在以后进入中国中原地区，在他们以后的执政中尊重中国的传统文化，接受中国的传统文化，中国的传统文化才得以延续。如果一味地屈膝投降，让他们不付任何代价就能够达到目的，那么根本就谈不上以后怎么样接受传统文化，使他们成为文化上的被征服者。

比如说蒙古人入侵金朝的时候，当他们进入中原，曾经有人向统治者建议："汉人无补于国，可悉空其人以为牧地。"建议把汉人都赶光，将农田全部变成牧地。但是正因为以汉人为主的北方民族继续抵抗，也同时因为南宋的存在，使蒙古统治者看到了农业文明的优势，看到了中国传统文化的力量，看到了接受这样的文化、接受这样的体制对他们自身统治的好处，所以才减少了初期的屠杀，才开始接纳汉人中的优秀分子。等到元朝要平定南宋的时候，它发出的诏书已经提出要保护农业、商业，实际上已经接受了这个体制。这是坚持抵抗促使他们向一种先进的文化、先进的体制转化，这个代价是值得的。

又比如说满族进关伊始，他们的确采取了很残暴的政策，包括发生在我们上海嘉定、扬州的残酷杀戮。正是明朝遗臣遗民的坚决抵抗，特别是对自己传统文化誓死的捍卫，使满族统治者认识到这种文化、这种体制的力量。所以以后为了稳定统治，满族统治者几乎全部接受了中国的传统文化，以至于到清朝修自己历史的时候，提出将那些卖国求荣投降清朝的人归入《贰臣传》，尽管这些人对于清朝满族的统治有很大的贡献，但是乾隆皇帝认为他们"大节有亏"。坚持抵抗的明朝臣子则进入《忠臣传》、各地方志，跟随他们的百姓进入《义民传》，随同他们牺牲的妇女被称为"节妇"。所以，尽管当时满族取代了汉族的统治地位，朝代更替了，但是中国的传统文化得以继续弘扬、继续发展。

所以我们说，军事上的征服者最终成为文化上的被征服者，是需要有人去做出牺牲的，是需要有人去坚持和弘扬这些传统文化的。在欧洲，外族入侵的时候，没有出现像中国这样的一种持续的抵抗，所以整个欧洲一度进入黑暗时期。到了今天，天下主义、世界大同已经成为我们美好的理想，但是它需要全人类共同努力，既然说是天下主义、世界大同，就不可能单独在一个国家实现，所以在这个目标实现之前，我们要继续坚持弘扬这种可贵的民族精神，要继续抵抗一切外敌的入侵，无论是物质的，还是精神的。

2015 年 10 月 15 日

成都，成"都"？

在中国的七大古都（西安、洛阳、北京、开封、南京、杭州、安阳）和省会以上城市中，成都虽不能算历史最长，但也名列前茅。有两个特点是其他任何城市都不具备的：2300多年来从未改名；城市的位置基本没有变化。

如西安建城的历史可以追溯到西周，但那时的名称是丰、镐（镐京），秦国和秦朝的都城名咸阳，西汉新建的是长安，五代后长安成了一个县名，明朝设西安府，"西安"作为城市的名称沿用至今。在此过程中，这些都城的城址有过很大变动，大多是新建。

又如北京，起源于蓟，春秋战国时是燕国都城，汉朝置蓟县，以后先后称广阳（广阳国都、郡治）、幽州（州治）、范阳（节度使），辽朝建为南京，金朝建为燕京，元为大都，明为京师，亦称北京，清朝沿用。民国时期称北京，1928—1949年改称北平。

周慎靓王五年（公元前316年），秦国派张仪、司马错出兵攻蜀，蜀王被贬为侯。周赧王元年（前314年），秦国封公子通于蜀，以张若为蜀国守（行政长官），并从秦国移民万户于蜀。周赧王五年（前310年），张仪与张若建成都城，长十二里，高七丈。成都城以国都咸阳为样本，由两个相连的城组成，少城是成都县治所在，内城有盐铁市场，以民居为主。

2323年前，一座与国都相仿的新城拔地而起，并且被命名为成都。但由于它一直远离中国的政治中心地带，所以从来没有成为真正的"都",却多次充当了割据政权的都。王莽覆灭后,他所封的"导江卒正"(相当于蜀郡太守)公孙述割据益州,自称蜀王。东汉建武元年(25年),公孙述在成都称帝。但到建武十二年(36年)成都就被汉军攻破,公孙述受伤身亡。成都当了公孙述12年的"国都",付出了惨重的代价,"宫殿"被焚毁,城内一片残破。

221年,刘备在成都即帝位,建国号汉,史称蜀汉。263年,魏军兵临城下,后主刘禅投降,蜀汉亡。这次成都当了42年的"国都",但蜀汉疆域不足"三分天下有其一",国力更差。

晋永安元年(304年),巴氏首领李雄在成都称王。306年称帝,国号大成。至338年李寿改国号为汉,史称成汉。至东晋永和二年(346年)桓温伐成汉,李势降,成汉亡。这次成都的"国都"史是43年,但控制范围比上一次更小。

唐末,王建据有东川、西川,受封为蜀王。907年,后梁代唐,王建在成都称蜀帝,史称前蜀。后唐同光三年(925年)灭于后唐。但西川即为孟知祥所占,934年孟知祥称帝,建都成都,史称后蜀。至宋乾德三年(965年)灭于宋。成都作为割据之都前后有近60年,但控制范围只有四川、重庆大部,湖北西北部,陕西南部和甘肃东南部。

但是至少在法律上和理论上,成都当过15天全国性的首都。那是在唐朝天宝十五载(756年)的六月,在安禄山叛军突破潼关后,唐玄宗匆匆逃出长安,前往成都。尽管玄宗的太子(唐肃宗)已于七月十二日在灵武继位,改元至德,并已以皇帝的身份发号施令,但消息还没有传到成都,玄宗自然仍以皇帝自居,如在八月初二下令大赦天下。在国内,由于大多数地方的官民也未得到肃宗继位改元的消息,还将玄宗所在地定为"行在所"(临时首都),继续使用天宝十五载的年号。如北海太守所遣录事参军第五琦到成都奏事,向玄宗建议,派他往江淮征收财赋。玄宗大悦,封第五琦为监察御史、江淮租庸使。但到八月十二日,肃宗的使者到达成都,玄宗接受当太上皇的事实,但他还规定"四海军国事,皆先取皇帝进止,仍奏朕知;俟克复上京,朕不复预事"。十八日,玄宗才正式派韦见素等奉传国宝玉册往灵武传位。成都失去"行在所"的地位，灵武成为全国一致的"行在所"。但在名义上，到次年十二月玄宗回到长安前，成都还分享临时首都的功能，因为全国的军国大事还要到成都报告或备案。尽管情况特别，但成都的确当过15天的临时首都，在一年多的时间里在名义上是两个临时首都之一，总算应验了当初成"都"的命名。

当然，这与成都本身的自然和人文条件无关，实际上成都在不少方面优于其他古都，只是它的地理位置远离中国的政治中心带。在唐朝以前，统一朝代的政治中心一般都在长安—洛阳。五代起东移至开封，元以后北移至北京，离成都更远。就是在南北对峙的分裂时期，南方的政治中心一般在南京，偶然在今湖北鄂城（武昌）和湖北江陵，因为无论是从自身的安全还是从北伐收复失地出发，都只能将首都设在长江下游，否则在当时的交通运输条件下就无法顾及南方大多数地方了。抗战期间，中国政府西迁，选定的陪都是重庆。这固然与重庆易防守的地形地势有关，但更多的还是考虑当时的主要战场在东部，沦陷的国土也在东部，战时首都不能离得太远。而且长江水道是主要的运输途径，重庆这方面的优势无可取代。即使不得已时继续西迁，蒋介石选定的目标也是西康，而不是成都。因为成都的天然屏障是四川盆地四周的高原和山脉，敌方一旦进入盆地，成都是无险可守的。

这些条件都注定了成都只能当割据者的首都，或者西南的区域性都会。其实这倒是符合命名者的初衷，因为那时连秦国也不过是七个诸侯国中的强者，所谓"都"，不过是一个诸侯国之都。而成都之"都"，应该是首都咸阳之外西南地区的都——蜀都。

大概那几个割据政权的统治者也深谙此道，所以都比较本分，除了诸葛亮一直以攻为守，六出祁山，一次次主动挑起与曹魏的战事，其他统治者一般都安于割据。并且除第一位割据者公孙述一味迷信符谶，始终以为自己是皇帝命，顽抗到底外，其他如蜀汉、成汉、前蜀、后蜀的末代君主都很识时务，全部俯首投降。无论如何，这都减少了对成都的破坏。

不过，到了统治者或叛乱者、入侵者完全不顾民生、丧失理智时，纵有天府之国的资源和充足的人口也经不起残酷的杀戮和彻底的破坏。在宋末元初、明末清初的大战乱中,成都几度濒于毁灭,居民死亡、逃亡殆尽,甚至老虎白昼出没于城市废墟。所幸在巴山蜀水的滋润下,源源不断的移民筚路蓝缕,重启山林,成都得以恢复,并更加兴盛。

元朝以后中国的政治中心一直在北方,统治者对以成都为中心的四川割据或抵抗的能力记忆犹新。本来秦岭是中国南北的天然分界线,也是主要行政区域的天然界线,从秦汉以至北宋,在今陕西和四川的政区都是以秦岭划分的,但元朝将这条界线南移到汉中盆地以南,目的在于打破四川对北方的壁垒,以便中央政权能够通过汉中盆地有效地控制四川。张献忠等未能在四川形成割据局面,这样的制度安排也起了一定的作用。

明清时,四川与云南、贵州同属行省(布政司),成都与昆明、贵阳的政治地位并无二致。但由于四川充足的财力和人口,对贫困的云贵有"协饷"(财政资助)的义务,实际地位要高得多,俨然是西南的中心。中华人民共和国成立后,成都曾长期驻有大军区司令部。到20世纪60年代,成都是"三线建设"指挥中心,还是西藏的大后方,地位举足轻重。

改革开放以来,中央与地方之间的事权划分日趋合理,但建立在中央集权基础上的区域中心地位也随之弱化以至丧失。重庆直辖市的设立无疑对成都提出了新的挑战,而新兴产业的优势也使天府之国的资源和人力优势相形见绌。如果说以往2300年间的成都之所以成"都"主要是来自中央政府的授权的话,今后能否成"都"将主要依靠经济、文化、民生。

汶川大地震曾经使人们对成都的安全产生怀疑,实际上,根据地震史的记载,尽管四川是中国地震最频繁、破坏性最大的区域之一,成都城区(不包括今成都市所辖市县)却是比较安全的。这也是成都之所以成"都"的理由,还是未来成"都"的保证。

2008年10月

地名、历史、文化

——2015年5月28日在《光明日报》"光明论坛"的演讲

"地名"以外的地名

地名不仅是一个名称所代表的空间范围和时间范围，还存在地名本身以外很多方面的内容。我们现在讲地名的时候，往往忽略了它们的时间意义和概念，因为从空间范围讲一个地名，无论点还是面，都是通过地理坐标，用具体界限划定的。但是任何一个空间范围其实都与一定的时间范围相联系，这个时间范围有的长有的短，在这个时间范围里面又与很多地名以外的事物和因素相联系，所以地名除它们的本意之外，还有其历史、文化、社会、民族等各方面的意义。

早期的地名实际上反映了族群分布，尽管我们对它们的具体内容还不了解。如商朝人，几乎将所有做过都城的地方都称为"亳"，早期迁移到的地方也命名为"亳"。又如，山东好几个地方地名都带"不"（音夫），其实这也是反映某一个族群的流动或者分布的特点。再如"姑"字，江南有好几个地名有这个字，最著名的是苏州，被称为姑苏。对"姑"字以前有几种望文生义的解释，但我的老师谭其骧先生认为"姑"没有具体意义，只是越人的发语字。但这类地名的存在反映了某支越人的分布。再如敦煌，从汉朝开始就有人根据汉语解释"敦煌"二字的含义，后来日本学者指出敦煌不是来源于汉语，而是来自当地民族的语言，汉字是采用音译，所以不能按字面解释。不仅敦煌，我国西北地区还有很多地名，当汉人记录下来时已经无法考证它们的含义，但都反映了古代西域一些族群的分布，以及族群的影响。在这些方面我们目前研究还很不够，将来或许能通过这些地名破译民族成份的密码。

早期的地名后来成为国名，成为朝代的名称，其实开始往往是指具体的地方，例如秦、汉、魏、晋、宋等。以"汉"为例，来源于汉水，因为有了汉水，才有了汉、汉中等地名。刘邦的封地在汉中，成为汉王，以后他建立的朝代就是汉朝。因为汉朝在中国历史上有重大的影响，基本上奠定统一中国的疆域，所以这个民族主体被称为汉族。因为开国皇帝或者统治者往往会把这些地方作为发祥地，这些地名经历具体的事件后发展成国名，以后成为朝代名称。

地名的迁移也反映着人口迁移或民族的迁移。比如汉高祖刘邦的祖籍是丰县（今江苏丰县），他父亲长期生活在丰县。刘邦做皇帝以后将父亲接到关中，尊他为太上皇。太上皇却闷闷不乐，表示住在关中不开心，因为听不到乡音，看不到邻里斗鸡遛狗，吃不到路上卖的饼。于是刘邦下令将丰县居民全部迁至关中，为他们建一座新城，完全模仿、复制丰县。据说复制非常成功，移民将从家乡带来的鸡、狗放在城里，都能找到原来的窝。这座新城被命名为新丰，就这样，丰县的地名被搬到关中。像这样的例子历史上不止一个，所以我们往往能看到早期地名从北方搬到南方，从中原移到边疆。

北京郊区有很多以山西州、县或者小地方命名的地名，是因为明朝初年有大批山西移民，整体迁到北京郊外，所以留下很多山西地名。但是这样一种地名搬家也出现过败笔，我认为最大败笔是乾隆皇帝把西域改名为新疆，"新疆"原指在贵州境内一片少数民族居住的地方，后来被设置为几个县，所以当地称之为新疆。乾隆年间，天山南北路平定之后，西域被改称为新疆，以后建省时也用了这个名称。这当然是乾隆皇帝为了宣扬他的赫赫武功。尽管这不会改变新疆自古以来属于中国的历史事实，但还是授人以柄，增加麻烦。外国有人攻击我们，说中国到乾隆年间才占有新疆的，因为你们自己都承认新疆是你们新的疆土。其实清朝学者已经发现漏洞,所以他们解释为"故土重新",但这也可以解释为左宗棠从阿古柏叛乱中收复新疆。这至少是改地名的败笔,如果沿用西域,与两千多年前一致,岂不更好!

还有很多地名本身就记录了一段历史,最典型的,是今山西、河南两个县的名称:闻喜和获嘉。闻喜本是西汉河东郡的曲沃县,汉武帝经过时获悉平定南越叛乱的喜讯,即改名闻喜。当汉武帝行经河内郡汲县新中乡时,又传来了发动叛乱的南越丞相吕嘉被俘获的消息,即下令在此新设一县,命名为获嘉。类似地名还有很多,每个地名都记录了一段历史。

又如重庆本来叫恭州,南宋绍兴三十二年(1162年)宋孝宗的儿子赵惇受封为恭王,恭州成了他名义上的封地。至淳熙十六年(1189年)赵惇继位,按当时惯例将自己的封地升格为府,命名为重庆府,重庆由此得名。所以有很多地名,如果仔细了解研究一下它的来历,往往就是对本地历史的重要记载,有的甚至是很重要的篇章。

同样,地名在对外关系上也有表现。最典型的是解放时被称为镇南关的地方,为了表示与越南的友谊而改名睦南关,以后为了突出与越南"同志加兄弟"的亲密关系又改为友谊关。20世纪80年代,我去友谊关考察,越南大炮把友谊关屋顶打穿的洞还在,那时候看到友谊关这几个字感到啼笑皆非。但是最近去的时候,不仅友谊关楼已经修好,而且我已经能够站在新划定边界线上照相留念了,现在至少这个关的确是友好的。

地名在民族关系上也有表现。如曾被称为绥远的地方,解放后我们改称为呼和浩特,又如乌鲁木齐原名是迪化。有的不一定改,却反映了民族关系的历史事实。清朝实行改土归流后,新设了一批府级政区,在命名上都看得出,比如湖北恩施,所辖县原来都是土司统治,新设府县被看成朝廷施的恩。

还有很多纪念性质的地名,从最早将黄帝陵所在地称作黄陵,到近代全国各地很多以"中山"命名的地点——比如中山路、中山大道、中山公园,广东香山县改为中山县,现在叫中山市。国民党政府为了表彰卫立煌，曾在安徽六安县金家寨设立煌县。抗战胜利后台湾光复，各市都有马路改名为中正路，上海的爱多亚路也改名为中正东路。台北有罗斯福路，解放后东北的城市中有斯大林大街。还有颂扬性的名称，并不太明显，实际上大家都明白，比如说中共一大会址的地方，原来是望志路，是用法国人的名字命名的，解放不久改名兴业路。这些地名有些存在时间很短，有些持续至今，这就反映出不同时期政府与民众的意志和情感，也反映出被纪念者的影响程度。

有一些地名反映一个阶段或一段时间的观念和价值趋向。比如民国年间冯玉祥主政河南时设博爱县、民权县，台北市有忠孝路、信义路、仁爱路等，各地有不少地名以自由、民主、和平、幸福、解放、复兴、建设等命名。

有的地名是地理环境的反映，这类地名在研究历史地理时很有意义。有的是当初概念与今天不同，有的当初是对的，但现在地理环境发生了变化。这也是有规律的，比如河南与河北划分是以黄河为界，但也可发现，河南省有一些地方跨到黄河北边，所以地名本身归类是一回事，但以后发生了变化，这变化恰恰为我们研究历史上地理环境变迁提供了根据。

还有一些地名体现了近代殖民的历史。帝国主义侵入我国后，一些地名发生了变化，比如东北的一些地名，在俄国入侵之后被换成俄国地名；香港被英国占据后，很多英国地名就被搬到了香港。比如香港的太子道，就是因为1922年英国王储爱德华到访，之后才将一条街道改名的。又如上海的戈登路（今江宁路），就是当时为了纪念参与镇压太平天国的英国人戈登。霞飞路是用法国著名将领的名字命名的，解放后为纪念淮海战役改名为淮海路。

总之，地名如果只是记录它所代表的空间范围，那么它是纯粹的地名。实际上，地名所包含的内容非常丰富。

"中国"称谓的变迁和含义

"中国"这两个字最早发现是在一件青铜器上，考古学家称之为"何尊"，它是1963年在陕西省宝鸡县被发现的。尊上面有铭文，铭文上面出现两个字，就是我们现在看到最早的"中国"二字。铭文中叙述了这样的大意："武王在攻克商朝首都后，举行了一个隆重的仪式向上天报告，'我现在占有了中国，准备把它当作自己的家，并且统治那里的民众'。"

"中""国"这两个字最早都是象形文字。"中"本来是一面特殊的大旗，是商朝人为召集他的部队和民众集合用的标志。由于集合时这面旗帜总是处于中间，以后就衍生出"中心""中央""最重要的"等意义。

"国"（繁体写成"國"）也是一个象形文字。中间的"口"表示人，有几个口就是几个人，所以称为人口。"口"下面的一横杠表示一片土地，无论生活或生产都离不开自己的土地，所以还得有人拿着"戈"守卫。为了更安全，需要在四周筑上一道城墙。所以国实际上是有围墙围起来的，有人守卫的一个居民点、一个聚落、一座城，古代又称国。

"中国"的含义就是在很多国里，处于中心的、最重要的国，这就是中国。商与西周的国都很多，春秋初期还有一千多个。在这么多国中间谁有资格称为"中国"呢？只有最高的统治者，比如说商王以及后来的周王，他们居住的地方才有资格称为中国，"中国"是天子所在的国。

但东周时天子的地位名存实亡，各诸侯国间相互吞并，国的数量越来越少，国土却越来越大。到战国后期，只剩下秦、楚、齐、燕、韩、赵、魏七国和若干小国，所以诸侯都开始以中国自居。公元前221年秦始皇统一六国，建秦朝，称皇帝，自然也自称中国了。以后历代王朝都自称为中国，迁入主中原的少数民族，或者与中原关系密切的政权也都自称中国，中国概念从一个点扩大至整个国家，甚至包括边疆的少数民族的政权。比如契丹人建了辽朝，到辽朝后期，也认为自己是中国的一部分。南北朝时，南朝、北朝都称自己为中国，而骂对方是"索虏""岛夷",隋、唐统一以后它们都成了中国的一部分。"中国"实际上成了这个国家的代名词,但各朝都有自己的国号,如清朝称大清、大清国。

1912年中华民国建立,开始有了"中华"和"中国"两种简称,以后基本上人们习惯使用"中国"。

在古代,中国的民族含义等同于华夏诸族或者汉族,与之对应的称呼是"蛮""夷""戎""狄",比如"南蛮""东夷""西戎""北狄",或者"蛮夷""夷狄"。文化上的含义也只指华夏、汉族的文化,不包括其他民族。今天的中国当然应该包括组成中华民族的各族,而广义的中国文化也应该包括56个民族的文化。

历史上,中国的地理概念往往等同于中原,但这个中原并没有明显界限,并不一定就是河南省,甚至更大范围,都可以称为中原,如山东、山西、陕西、河北、安徽等地。

"中国"两个字从3000多年前发展到今天,与中国的国土、人口、民族、文化、历史密切相关。中国所蕴含的意义,不是简单以多少万平方公里或者地理坐标所能诠释的,是一部活生生的国家和民族发展史。

"北京"的演变

以北京为例,"北京"这个地名我们可从两方面分析。一是北京这一块土地的名称有过哪些变化;二是"北京"这两个字在历史上曾经代表过哪些和多少不同的空间范围。

北京这个地方最早能找到的地名是燕和蓟,在周武王封燕以前,"燕"这个地名已经存在了,又称为蓟。到秦汉时,出现了广阳郡,郡是县以上一级政区,在汉朝郡与国并行,所以一度被置为广阳国。附近两个与广阳郡关系密切的,一个是渔阳郡,一个是涿郡。所以,也有用渔阳、涿郡来代表北京的说法。东汉以后又出现了幽州,燕国还曾被称为范阳郡、范阳国,燕国后来一度又出现燕郡,这些名称都是交替出现的。"燕"实际上最早是燕城,以后有燕国,有燕郡,涿郡更靠近原来的蓟县。到了金朝，北京这块地方被称为中都大兴府，后来又有了大兴县。元朝时被设为大都路，成了首都。

明朝地名变化最为复杂，但奠定了今天北京的基础。明初设立北平府，后因明成祖迁都，把北平府改成顺天府。在一级政区（相当于今省级）设了北平布政使司，当时南京被称为京师。迁都到北平以后，北平改称为"京师"。但因为原来的京师还保留首都地位，为与北方的京师加以区别，称其为南直隶、南京，京师就被称为北京。清朝官方一直称现在的北京为"京师"，周围的行政区为直隶，但无论官方或民间，习惯还是称北京。清朝废南京，改南直隶为江南省，以后分为江苏、安徽两省。民国初，北京继续作为首都而存在。1927年，南京成为首都。1928年，北京改名北平。1949年，中华人民共和国首都定在北京，北平改称北京。

从曾经的一个小诸侯国、居民点，发展成为区域性中心和重要军事基地，又成为另一个非汉族政权的都城，到现在成为国家首都。北京地名的演变反映出这座城市的发展过程，实际上是一部北京的开发史、政绩沿革史和社会变迁史。

全国各地曾出现的"北京"

"北京"作为地名，曾经在全国很多地方出现过，北至今天的内蒙古，南至江苏都用过。为什么北京这个地名曾经用于全国各地？既然称之为北京，相应地肯定有南京等地。这说明在历史上，特别在分裂时期，政治中心往往并不固定在一个地方，反映地名地理的坐标也在变化。坐标体系中，比如中心城市发生变化，那么，相应的中心位置，以及相应中心的地名也会发生变化。

历史上，有据可查的最早使用"北京"两个字的是西晋时的江南人。当时，他们称洛阳为北京，这种叫法不是正式名称，正式名称叫作洛阳。在江南地区，特别在原吴国，洛阳被称作北京，既因为京城在北方，还包含着是北方政权的"京"的意思。

真正把"北京"当作政治中心的做法，源于十六国的赫连勃勃称统万城（今陕西靖边白城子）为北京。他在势力扩张到关中、占领长安后，在长安设南台，即在南方的政府机构，把统万城称为北京，是正式的都城。

北魏从平城（今山西大同）迁都洛阳以后，因为平城是故都，一度称之为北京。这是相对洛阳所处的南面而言，对原来首都的尊重，以满足一些贵族老臣对旧都的眷恋，所以称之为北京。

到了唐朝和五代的后唐、后晋、后汉三代，都称晋阳（今山西太原）为北京。唐朝还存在南京、东京、西京的建置，因为唐高祖李渊从晋阳起家，所以称之为北京。五代的唐、晋、汉的统治者也是从晋阳起家的，所以晋阳继续拥有北京的称号。

金朝入主中原，把原来辽朝的临潢府改名为北京，就是今天内蒙古的巴林左旗。后来以中京大定府为北京，在今内蒙古宁城县西北。因为当时金朝政治中心内迁，相对而言，这些地方成了北面，才有了北京的称号。

明朝曾一度将开封府命名为北京。朱元璋建都南京以后，深知南京位置偏南，希望在北方找到一个能够长期建都的地方。他一开始中意开封府，将其升格为北京。后来，却发现从南方通往开封的水路淤积，水量不足，无法保证粮食的运输，最后不得不放弃。永乐年间，北平府改顺天府，这时北京的概念才和今天的北京城联系起来。

中国历史上出现过很多北京，都是因为出现过或同时存在南京的缘故。明朝迁都后的北京正式名称叫京师，但因为两京并建，只能用南北加以区分。要是没有这个情况，宣德正式迁都后就不会再有南京，也就不会有北京，更不可能到清朝还继续称北京。1928年北京改成北平后，当时的居民往往继续称北京，而不用北平。这足以证明历史地名具有非常强的生命力，也有非常强的滞后性，一些地名的正式名称反而不如俗称，部分习惯称法能够得到延续。

从一个地名——北京的变迁，理解北京这两个字代表不同的地名、不同的地理坐标。这说明地名除了本身所应有的代表的空间范围概念以外，在不同的时间范畴里，有复杂、深刻的含义，值得我们重视和研究。

更换地名、行政区划的乱象

现在社会上出现一种随意更改地名的现象，中断了历史的延续。一些地名，特别是县名和县治所在，从秦汉时期沿用到现在，2000多年来不仅名字没有改，地点也未曾发生变化。但是，其中的一些地名被莫名其妙地改掉，从此就消失了，与历史上的政治、经济、文化、民族或一些大事件联系在一起的地名也消失了。近年来，一些地方又盲目恢复古地名，却往往张冠李戴，移花接木。从更改、消失再到恢复的过程，总是会产生许多麻烦。比如，沔阳是从南朝就存在的地名，迁都后设置过郡、县、州、府、镇，但到1986年，沔阳县被撤销，建仙桃市。而仙桃此前只是县治所在镇的名称。荆州市一度改成荆沙市，后来又恢复。襄阳与樊城改称襄樊市，现在又恢复成襄阳市了。一些地名本来是历史上非常重要的，或者跟一些非常重要的历史有关，直到现在还没有恢复。与此同时，任意恢复古名的情况也有很多，也产生很多后遗症。

在行政区划调整中人为取消了不少旧地名，随意简化县级地名，甚至民政系统中无法再登记原来的籍贯。我本人从小登记出生地为浙江吴兴县南浔镇。现在已经没有吴兴县，只有吴兴区。但吴兴区不包括南浔镇，南浔镇隶属于湖州市南浔区。不过，"吴兴"这个从三国时就出现的地名总算保存下来了，而更多的古地名却消失了。

更改地名，对个人和社会而言都有割断历史的危险。后人也不知道你到底指的是哪里，现在争夺历史名人故里，很多现象很可笑。其实有些古地名在今天什么地方是很清楚的，但频繁的区划调整、地名改变给一些人可乘之机，人为制造很多矛盾。本来，大多数行政区划的调整只要改通名就可以了，用不到改专名，但是为了表示是新地名，或者为了提高影响，故意将专名更换。这不应该，也是很可惜的。随着一些专名的消失，跟它们有关的历史文化也将湮没。

目前的行政区划名称也是相当混乱。中国历史上曾经用过的行政区划通名很多，为什么现在不能做到将统一的名称代表一种区划？例如，市既可以代表省级的直辖市，也可以指地级市，还有县级市。我们为什么不能下决心统一规划行政区划通名？非但没有做这项工作，还不断出现新的混乱，如区，已经有了省级的自治区、地级的直辖市区和县级的市辖区，现在又出现了副省级的综合开发区，地级或县级的开发区、新区，还有矿区、城区、郊区。

用景点名称取代政区名称是造成地名概念混乱的又一做法。最典型的就是把徽州改黄山。如今，外地人如果说去黄山，本地人就会询问你：是要到黄山山下去，还是去老屯溪？同样的，都江堰、井冈山等变成了政区名，很容易与真正的景点混淆。

用景区名取代原来政区名称的一个理由，是改名后促进旅游开发，增加地方收入，这种说法完全是欺人之谈。如张家界，要是没有被确定为世界文化遗产，没有大规模的开发和投入，仅凭改一个名，就能增加十几个亿的收入吗？商业因素的冠名做法，也是地名更换的一大原因。在市场经济情况下，我并不反对适当采用商业冠名的形式改变地名。而前提是应该坚持原有地名必须保留。现在往往因为商业利益，永久性地把地名改掉了，不应该也不合法。正确的做法是根据出资的多少，确定新地名的使用期限，而不是永久性的改变。

一些外国地名在中国的滥用也应引起我们的注意。有人曾要求禁止在中国使用外国地名，我并不赞成，适当使用外国地名是可以的。比如，已经成为当地历史的外国地名应该保留，在一些开放城市适当增加一些以外国人名、地名命名的地名也并无不妥。但将一些地方命名为风马牛不相及的外国地名，不仅缺乏严肃性，还容易引发其他国家的不满。随意把别国地名拿过来命名景点、小镇，侵犯了他人的地名占用权。而滥用外国地名只能够反映出命名者的价值观念混乱，或者高估这些外国地名的价值。例如，一些新建的楼盘、新开发的小区钟情于使用外国地名以显示"档次"，这种做法，地名管理部门应该严格控制。

我经常问学生，你是哪里人？他们往往只告诉我是某市人，只讲到地级市一级。我问是哪个县（区），他们才告诉我。为什么不说全？他回答怕你不知道。介绍籍贯的传统做法是到县一级，如果不这样做，长此以往，中国人的地理知识将会越来越贫乏，地理知识不仅需要在课堂上的学习，它的传播和巩固需要日常真正的使用。如果，我们接触地名越来越单一、笼统，势必造成大家地理知识越来越贫乏。

总而言之，我感到地名是我们历史和文化宝贵的遗产，因为任何地名的产生，一般都反映出当时这个地名出现、存在和延续的一些因素，而不仅仅是作为一个地理的坐标。规范地名的使用和地名的文化建设的立足点就是传承文化和历史。而在这个过程中，地名资源将能够为我们今天和今后所用。

2015 年 5 月

文化在新城市中的作用

——在西咸新区五周年国际论坛上的演讲

各位，我想从文化的角度发表一点我个人的意见。刚才听了刘世锦先生、樊纲先生的发言，我觉得他们讲的和我要讲的文化的发展，其实很多方面都是相通的。实际上他们的发言已经为我要讲的做了非常好的引导。

我讲的第一点，就是我们要明确文化建设的目的和目标。现在一讲到文化建设，很多人想到的，就是要搞几个标志性的建筑，就要把它作为城市或者地方的一张名片，就要走向世界。我觉得这是本末倒置，因为文化建设根本的主要的目的，就是要使我们这座城市、这个地区所有的居民都得到文化的享受，都能够有利于提高他们整体的文化素质，给他们提供物质和精神的需求。一句话，文化建设首先是本地本身，而不是作为一个橱窗，更不是作为一种商品。正因为这样，我们对文化建设就要像国家推行义务制教育一样，就要像提供普遍性的社会保障一样，要使这个城市的每一个居民，包括流动人口、外来人口，都得到文化服务、文化享受。要建一些基本的文化设施，像刚才领导讲到那个规划，多少米就要有一块绿地，就要有一个公园，我们要做到多少米就要有一个文化设施，多少人就拥有一项文化服务，使他们能够得到普遍的文化享受。在这一点上，应该是普惠的，应该有一个基本的标准。在这个基础上面，我们建的那些高端的文化设施、标志性的文化设施才有它存在的意义，也才有它合适的基础。我到一个城市去，当地的官员让我参观他们新建的大剧院，我当时就感到奇怪，我说你这个大剧院要建那么大的台干什么？有这个必要吗？我看这个比例有点失当。他们给我讲，开两会的时候这个做主席台就正好。如果只是为了开两会，有个合适的会场就可以了，建什么大剧院呢？还有一些地方建了很大的歌剧院，很大的图书馆、博物馆，但里面空空如也，经常是用作他用的。有的号称世界最大的博物馆，其实相当一部分是没有东西展示的，不像博物馆，不过是一个展览馆。这样的文化建设到底能够起什么作用？就像樊纲刚才批评的，这么大的土地用在这上面，它的功能是什么？

我们的文化建设应该打破城乡的界限，未来新型城市的内部不应该有这个区别，所以在文化建设、文化水准上面完全是应该整体化的、城乡一体的。其实汉朝、唐朝的时候，长安的文化并不是集中在城市或城墙里面。比如说汉朝的时候，长安城里面能够提供住宿的住宅面积相当有限，当时的一些官员贵族，大多数恰恰是生活在长安以外的，当时叫做陵县——依托皇帝的陵墓建的一座座县城。当时著名的"五陵"，不仅贵族、名流、富豪人口集中，而且在文化上引领长安的时尚。唐朝的时候，长安一带发达的文化有些不是在长安城里面，有些甚至在终南山，在蓝田，在那些官员名流的别墅区。历史上这个"关中"，是一个大的范围，它在文化上是一体的。我们今天讲一个新区，它的文化不应该仅仅表现在这些标志性的建筑物，或者是以少数精英为代表，而应该是比较均衡分布在它的整个辖区，具有整体的高水平基础，这是我们在文化建设上面应该注意的第一点。

第二，要善待在我们这个地区的历史文化遗产。这一点是毫无争议的。西咸新区作为原西安市、咸阳市的一部分，在中国，至少是在唐朝安史之乱以前，是文明、文化最集中的、最核心的、最有代表性的、最先进的地区，所以留下了无数的历史遗迹、遗址，留下了非物质文化遗产，形成了丰富的地域文化和民俗文化。对这些遗产我们首先需要的是保护、保存，而不是一味强调对它们的开发利用，或者把它们仅仅作为旅游的资源或者文化产业的资源，因为这些资源是不可替代的、不可复制的。如果我们不注意保存，它们很快就会消失，留下的最多只是一个遗址或者是一个假古董，所以保护、保存是第一位的，是不需要区别它到底代表先进还是落后，今天是积极的还是消极的，即使今天看来是腐朽的、反动的，但它曾经也是我们这个民族、这个地区的历史不可缺少的一部分，我们也需要保存下来，让我们子孙后代能够了解。以前有一些有争议的遗物、遗址，人们的争论还没有结束，它们就已经倒塌了，毁坏了，消失了，这是很可惜的。但是我们在弘扬、传承、利用的时候要加以区别，有些只要能保存就让它保存，非物质文化只要有传承的人，通过这些人带徒弟、招学生一代代传授就可以了，没有必要再弘扬它，或者再扩大它。有些是我们需要今后加以运用、推广、弘扬的。正如当年毛泽东所指出的，对传统文化我们要取其精华、去其糟粕。比如说我们丰富的民俗文化、地域文化，应该承认其中一部分的确是消极的，一部分在今天只会起反作用，这些我们也要保存下来，但是不能够凡是传统文化，凡是地域文化、民俗，我们今天都要加以利用，甚至弘扬。即使对其中精华的部分，我们也要积极地进行现代化的转换，因为根据马克思的历史唯物主义，由于具体物质基础的变化，再先进的古代文化、传统文化，也不可能在今后继续得到发展，只有通过转换，适应今天和未来的社会，才会有强大的生命力，这跟我们绝对的保存一点不矛盾。同时我们还应该看到，人类的物质条件可以不断地发展、不断地进步，但是人类的精神境界、精神生活并不始终是在进步的，而且也不是说新产生的一定就能超过以前的。人类一些杰出的天才，他们所达到的智慧，所达到的精神境界，也许在相当长的时间里面不可能超越。这些年我们对传统文化的研究已经证明了这一点，古人的一些生活方式、一些思想境界，包括智慧，可能我们以前还没有充分的理解。所以我觉得我们要珍惜历史的物质的、非物质的遗产，同时在应用的时候要加以选择区别。关键在于我们能不能加以创新，在未来的城市发展中发挥应有的作用。

第三，怎样扩大城市的影响力？城市本身的经济实力是它基本的要素，但是要扩大城市的影响力就离不开文化。但文化不能仅仅靠营销，靠制造舆论，或者不顾自己的条件，强制地输出。真正的文化影响力要通过文化产业、文化服务产生。今天的世界已经不像当初那样可以用暴力、用强硬的经济实力来推广某一种文化，传播某一种宗教，今天只能靠别人自己接受。所以你必须把符合你的价值观念、你需要传播扩大的文化，通过文化产业变成一种文化产品或文化服务。今天世界上讲软实力，往往是看你这个国家、这个地区能够生产出多少种电影、电视、音乐制品、游戏软件，提供多少包含有你自己文化因素的高质量的文化服务。在这方面我们特别要注意全面地、正确地理解历史的经验和教训。我们现在一讲到汉朝、唐朝，都要片面地夸大汉唐的雄风、遗风。讲到唐朝，往往凭自己的想象，把唐朝塑造成一个全面开放的社会，好像这就是我们今后发展的方向。其实唐朝留给我们的不仅有经验，更有教训，因为从本质上讲，唐朝是开而不放，传而不播。的确，唐朝吸引了大批境外的人口，长安长住的外国人的确非常多。唐朝也吸收了很多外来的文化，到今天我们还在受惠。但是我们如果全面了解史实，就可以明白，这些人都是主动来的，外来文化包括佛教、基督教、伊斯兰教，还有中亚、西亚的文化，都是人家主动推销传播进来的。唐朝没有派出任何一个人到外界去考察了解人家的文化，根本不允许本国人外出。唯一的例外就是玄奘这样出于宗教的虔诚去印度取经，但是要知道玄奘去取经还是非法闯关的。另一位杜环之所以能到阿拉伯，是因为在怛罗斯之战中当了俘虏。

　　唐朝文化的外传都是人家来学习的结果，日本人、朝鲜人都是自己主动来学习的。唐朝从来没有主动派出一位文化教师或文化使者，更没有在国外办过一所孔子学院。所以在没有人来学的外国，就没有唐朝文化的影响。今天如果我们还是这样做，能做到真正的开放吗？如果你考察与唐朝同时代的世界历史，能找到多少唐朝的影响？我最近到中亚走了两个星期，这是我第二次去，但是很遗憾，我们在那里看不到中国古代文化曾经的存在，唐朝文化的影响微乎其微。原因就是唐朝尽管曾经把它的疆域扩展到阿姆河流域、咸海之滨，但时间很短，既不向那里移民，又不传播自己的文化，还认为那里的人是蛮夷，不配当天朝的臣民，更不配接受华夏文明。

今天要积极地扩大我们的文化，扩大我们这个城市的文化影响，但是不应该也不可能采取历史上某些宗教、某些文化采用的暴力手段或经济压力。所以我们今天要大力发展文化创意产业，努力扩大文化服务，要把体现我们的价值观念的文化，融化在具体的文化产品和文化服务中间，使各界能够愉快地接受，和风细雨，潜移默化，使我们的价值观念、我们的文化得到传播和推广。

我相信西咸新区的文化建设一定会在这几个方面取得创新，取得突破，不仅惠及西咸新区所有的民众，也将使我们全国人民、世界人民受惠受益。

2019 年

惟有人文足千秋

我们"玄奘之路"的车队到达吉尔吉斯斯坦的伊塞克湖以后,基本上沿着当年玄奘的路线西行,进入费尔干纳盆地。在托克马克附近,我们来到碎叶城的遗址。这个面积达 35 公顷的遗址曾经是唐朝的碎叶镇,是著名的"安西四镇"之一,一度也是安西都护府的驻地,管辖着天山山脉南北的广阔疆域。当我们的车队经乌兹别克斯坦,穿过铁门关,由铁尔梅兹进入阿富汗,又从开伯尔山口来到巴基斯坦的白沙瓦时,我们的行程还没有超出唐朝极盛时的疆域——唐朝疆域的最西界一度到达咸海和阿姆河之滨。不过,唐朝的势力并没有能在这一带久留,尽管波斯的内乱给唐朝提供了向西扩张的机会,但漫长的交通补给线使处于巅峰时期的大唐帝国也不胜重负,力不从心;而新兴阿拉伯帝国的军队更是势不可挡。怛罗斯一战,唐朝名将高仙芝的六万大军全军覆灭,从此唐朝退守葱岭,再也没有西扩的机会。要是没有吐蕃的崛起,成为唐朝与阿拉伯人之间的缓冲区,阿拉伯人饮马秦川也不无可能。

以往国人习惯于说一个地方"自古以来"就是中国的领土,例如碎叶城地处原苏联、今吉尔吉斯斯坦境内,既然碎叶城曾是唐朝安西都护府和安西镇所在,那么这一带自然"自古以来"就是中国的领土了。其实,"自古以来"与直到近代或今天是两回事,要不,今天中国的西界岂不是也要划到咸海去了吗?唐朝也不完全等同于中国,否则,今天中国境内有些地方就成了外国。实际上,一个地方可以从本地形成国家或隶属于一个国家开始,直到近代或当代都没有改变,但更多的地方是已经历了多次改变，历史却不会倒退到开始的年代，曾经管辖过那个地方的国家也早已烟消云散。

拿我们所经过的地区——吉尔吉斯斯坦、乌兹别克斯坦东部、阿富汗和巴基斯坦北部来说，历史上已经历过几次大的变化，不止一次被外来的民族或本地的其他民族所征服，当地的文化也不止一次被外来文化所取代，相互间的影响更是难以条分缕析。举其大者，公元前6世纪的波斯帝国已经占有这一带，并东扩至帕米尔高原；公元前4世纪，来自希腊的亚历山大军队曾经越过开伯尔山口，统治过北印度；公元6世纪前后突厥人曾以这一带为中心建立过强大的帝国，而唐朝于7世纪中叶攻灭西突厥后一度成为这里的主人；随后崛起的阿拉伯帝国又将势力范围扩展到帕米尔高原；蒙古铁骑于13世纪横扫欧亚大陆，成吉思汗的子孙完全控制了这片土地，但不久被具有突厥和蒙古血统的帖木儿所取代；而当年沙皇俄国扩张和英国的殖民又重新划分了这一带的版图。

今天要完全复原历史时期的疆域变迁，即使一流的历史地理学家都会感到困难。当初不可一世的君主、威震世界的征服者，最多只留下了豪华的陵墓。但我们却随处可以感受到一些不可磨灭的影响：波斯语是阿富汗的官方语言，三分之一的阿富汗人和上千万巴基斯坦人至今说波斯语系的普什图语；在吉尔吉斯斯坦的比什凯克人文大学，师生们与我们一起用汉语吟诵李白的诗篇《将进酒》；碎叶城出土的中文石碑，至今陈列在博物馆中；怛罗斯之战的唐朝俘虏掌握的造纸技术，不仅为阿拉伯人所学习，也传入欧洲，影响世界；突厥人的石像面对着天山，附近耸立着早期清真寺的高塔；规模宏大的佛寺遗址恰似玄奘的描述，精美的佛像和艺术品令人目不暇接；希腊文明的痕迹无所不在，更是早期佛教艺术的基础。作为历史地理学者，我完全明白，这些文化大多并非发源于本地，它们的被接受也并非出于土著居民的自愿，有的甚至伴随着激烈的战争和残酷的杀戮，双方都付出过惨重的代价。但一旦它们被接受，就会长期延续，即使在遭受毁灭后，还会顽强地存在于其他文化之中。而军事上的征服者却一次次成为文化上的被征服者，甚至连本民族也被消解于其他民族之间。征服者和统治者会被推翻，会随着时间而消逝，但不论出于何种原因而被传播的外来文明，却大多有踪迹可寻，并且植根于民众，与山河同在。

我们在荷枪实弹的士兵保护下来到阿富汗北部马扎里沙里夫市的会议室里，看到了被称为民族英雄的马苏德的画像，但挂在一起的其他三幅画像，却分别属于心理医生、哲学家和诗人。这更使我相信，惟有人文足千秋。我只是希望，未来的世界能让文化更自由地传播，尤其是在这片土地。

2006 年 11 月

行政区划的合理和稳定是国家长治久安的基础

自公元前3世纪以来的中国历史证明，行政区划的合理和稳定是国家长治久安的基础。

自秦朝以来，最稳定的政区单位是县。尽管部分县级政区在某些阶段曾使用过侯国、道、邑、厅、所、监、设治局、厂、场等名称，但绝大多数单位始终称为县。而且县的数量的增减与疆域范围、人口数量、土地开发、经济总量保持着适当的关系，两千年来大约只增加了3倍。有一些始置于秦朝、西汉的县，名称、治所、幅员、隶属，直到清末几乎没有变化。县是国家治理的基本单位，无论是实行两级制还是三级制，上一级或二级政区都离不开县的支撑，政令的上通下达，赋税徭役的征收，法律的实施，地方治安的保障，户籍的登记和上报，土地和自然资源的开发管理，农业生产和其他产业的维持和促进，水利和公共设施的兴建和管理，都需要由县级政府执行落实。县域范围过大，会影响治理效能，增加行政成本，甚至留下行政空白；划得太小，也会浪费行政资源，助长怠惰官风，或者烦扰百姓。县治的选择如有不当，不仅会降低次序，增加开支，还会贻误政军大事，影响大局。

从秦始皇推行郡县开始，郡级政区的名称虽然被改称为州、府，但以这一级政区统县的制度一直延续到清末，郡（州、府）县两级政区体制始终是全国行政区划的主体。从西汉中期开始，为适应疆域扩大和中央加强对地方行政管辖的需要，在郡之上设置了以监察为主的州刺史部，形成虚三级，至东汉末州成为实际政区而演变为实三级。此后，全国性的行政区划在实三级与虚三级间变换，但到元朝建立行省制就稳定为实三级，直到清末。

自金末出现行省雏形，至元朝正式设置行中书省（行省），成为国家一级政区，沿袭至今。清朝继承了明朝的两京（京师、南京）十三布政使司（行省）体制，分江南（原南京）为江苏、安徽，分湖广为湖南、湖北，由陕西分置甘肃，所有的省都存在至今，大多数省会未变，省界未改。初期的行省是中央政府（行中书省）的派出机构，中央各部门的职能在行省一级都有对应的主管机构或官员，并非只是任命一位全权全职的行政长官，兼顾了条和块的职权和功能。因而行省制度一方面进一步加强了中央集权，另一方面又有利于省级政区独立对辖境内实施全面治理。省的设置、省界的划定、省会的选择必须综合考虑政治、经济、军事、社会、文化、历史、民族等人文社会因素，也要顾及山脉、水系、水文、地势、气候、灾害、物产等自然因素，兼顾历史、现状和未来，反复权衡利弊，做出慎重决断。

这些行政区划制度和政区单位能长期存在和稳定延续，证明它们具有内在的合理性，适应了历史时期中国的政治、经济、文化、社会各方面的需要，具有良好的行政效率，也得到了当时政府和民众的认同和维护。

相反，一些统治者或泥古不化，或好大喜功，或出于一己私利和眼前利益，或不顾实际形势，轻易改变政区制度，置废行政单位，变易政区地名，不仅破坏行政效率，影响国计民生，而且造成社会动乱，加速崩溃覆灭。

如王莽执政后，政区制度全面复古，政区名称全部改变，甚至朝令夕改，变化无常。有的地名在短期内改了5次，以致在公文上要一再注解说明。为了满足他拥有"四海"的私欲，强令在人烟稀少、本由羌人拥有的青海湖畔设立西海郡，侵犯了羌人的利益，激化了民族矛盾。甚至不惜人为制造更多"罪犯"，以增加强制迁往西海郡的移民数量，激起民众更强烈的反抗。

又如南北朝后期，双方为了吸引收买对方降臣降将，提高他们的级别和地位，在沿边新设、增设了大量州（一级政区），以便让他们能当上州级行政长官。正常情况下，一个州至少要辖几个郡，一个郡至少要辖几个县。由于郡县数有限，这些州往往只能分到一个郡，有的郡下面没有县，甚至出现了一个郡同时归两个州管辖的"双头郡"，或者实际只有一县之地的州。这无疑造成行政成本激增，政令紊乱，地方负担沉重，民不聊生。西晋末，全国只有21个州，170多个郡；而南北朝后期，各方合计已有300多个州，600多个郡。州—郡—县三级制已名存实亡，终于为隋文帝所废，改行州—县两级制。

新中国成立以来，特别是改革开放以来，经济的发展、社会的进步、行政制度改革的深化，对行政区划的改革提出了新的要求，国家已对行政区划制度进行了必要修订，对一些行政区域做了调整。但历史形成的行政区划和制度依然是宝贵的历史经验和财富，为了国家的长治久安，现行行政区划应保持总体稳定，对行政区划制度的改变和行政区划的调整应十分慎重。

2018年10月

人文学科的科学与人文

一、文史如何相通

学术界一直有"文史相通"的说法，我没有查到此话的最早出处，不知道始于何时，但以往常听老师前辈这样说，或者说成"文史不分家"。年轻时以为"文史"就是指文学和历史，以后才明白不是那么简单。

如清人章学诚著有《文史通义》，这里的"文史"都是就史学而言。章氏认为史学包括史事、史文、史义，"文史通义"的大意就是通过对史书和史文的研究达到通晓史义的目的。所以这里的"文"是指历史文本和所记的历史事实，而不是指文学。

我理解"文史相通"中的"文"，并非仅指文学，而是泛指人文、文化。古代中国没有现代的学科分类，《四库全书》的经、史、子、集四部，除了史部以历史为主，其中三部都可以概括为"文"。所以"文史"实际上是指所有的人文学科，这在中国传统文化中毫无疑问。就是在今天，中华书局的《文史》和上海古籍出版社的《中华文史论丛》刊登的文章并非只限于文学和历史，而是涵盖传统的人文学科。我注意到，《文史哲》的宗旨是"传承本土人文研究的学统"，即不限于文学、历史和哲学，也是指传统的人文研究的全部内容。

在传统文化中，"文史"二字的涵义是不成问题的。但到了近代学科体系中，"文史"具体对应哪门或哪几门学科，就需要特别加以明确了。前几年有人提出要设立国学一级学科，要设立国学博士、硕士学位点，就遇到这个问题。无论是教育部的学科设置，还是国务院学位委员会的学科分类，都按照现代学科的标准，无论几级学科，都没有"国学"这一门。另一方面，"国学"涵盖文学、历史、哲学等学科的古代部分、传统部分，却不是这些学科的全部，更没有涵盖全部人文学科。硬要在两套不同的学科体系中采用同样的标准，自然会左支右绌，无法自圆其说。

现在又提出要建立新文科，我认为前提是要说清新在哪里，有了具体目标，才谈得上建设。我国现行的"文科"，实际包括人文学科和社会科学，或者称为哲学社会科学。无论是人文学科还是广义的哲学，都属于人文，与社会科学是完全不同的概念和体系。以往主管部门往往不顾两者的明显差异，使用统一的"文科"标准。例如在项目申报或评奖时，专门有一栏要评价其"社会影响"甚至"经济效益"，而无论是人文类还是社会科学类。我在参与评审人文项目或论著时，总是非常为难，如果如实填写的话，只能写"没有"，至多写"极少"。但要这样写的话，岂不是降低了它的总体评价！如果其他人不是按实际情况评价，我这样评岂不是断送了这一项目的胜出可能？我不明白，"新文科"的"新"是要体现在打破人文学科与社会科学的界限呢？还是要在两者内部重新划分学科？或者兼而有之。如果要完全新构建一个学科体系，是根据什么理论、什么原则、什么标准？

二、科学与人文如何结合

多年前，周振鹤教授提出"历史在科学与人文之间"的说法，我深韪是言，得到很大启发。此后我经常引用，并一直在思考两者的关系及其对学科分类和学术研究的影响。

科学是运用范畴、定理、定律等思维形式反映现实世界各种现象的本质和规律的知识体系。它的基础是物质，是一个整体，人类按研究的需要才划分出不同类型的科学和各门学科。

人文是人类社会的文化现象，本身也是一个整体。人类出于训练、学习和研究的需要，才将它划分为不同的类型，产生了不同的学科。严格意义上的精神文化的基础是精神，但物质文化离不开物质基础。

物质是客观存在，既可定性，也可定量，所以科学有唯一正确的答案或结论，可以检验，也可以重复。但精神出于人的意识，没有客观的定性或定量标准。在可以预见的未来，也不可能通过科学手段定性或定量，或者可以正确地存储、记录下来。所以人文现象不可能有唯一正确的答案或结论，无法重复，更难验证。

精神是人类特有的产物，又因具体的人的个体而异。由于迄今为止，还没有科学的、客观的手段加以感知和记录，即使是本人的精神，也只能通过自身的动作、语言、文字等信息来显示、表达、传递，但本人未必能做到随心所欲、恰如其分、准确解释。而他人，即使随时保持着近距离、密切、详细、即时的接触和记录，也绝对无法保证与本人完全一致。何况现代人文学科的研究对象基本都是过去存在的精神现象，岂能找到唯一的答案、相同的结论？又怎能重复和验证呢？

正因为如此，现代人文学科，都包括人文与科学两部分。作为研究主体的精神部分属于人文，但我们已经无法直接感知、记录和研究这些精神本身，只能借助前人记录的文本，以及这些文本中涉及的人和物，总之是通过物质而不是精神，这无疑属于科学。

以历史学和历史研究为例。以往存在过的人物、他们的生卒时间和地点、他们的事迹和遗迹遗物、他们的作用和影响、因他们而产生或消亡的物质，有关这一切的直接、间接的记录及其文本；以往存在过的事物、其存在的时间和空间、其演变过程及遗存、其对人类社会的作用和影响，有关这一切的直接、间接的记录及其文本；都是物质，都属于科学，都可以用通行的科学方法进行研究，存在唯一的正确答案。只要具备必要的条件，也可以得到验证。

即使对过去一些最机密、最敏感的人和事，事实和结论只有一个，之所以成为千古之谜，甚至永远无法解答，都不是因为科学因素，而是人文因素。例如，一片土地应该归属于哪个国家，只要证据还存在，无论是当事国家的历史学家，还是其他国家的历史学家，如果采用科学的研究态度，得出的结论也应该是相同的。但对这个结论是公开还是保密，抑或是销毁；是全面公布还是片面公布；是肯定还是否定；是正确解释还是断章取义；就取决于国家利益、价值观念和利害关系，都属于人文，与科学无关。如果毫无证据或证据太少，就由推理或臆测得出的结论，或者仅仅通过电脑程序、IT技术、大数据得出的结论，即使是出于杰出的历史学家或天才的科学家，由于目前无法重复或验证，还是不能被承认为科学。最多作为"猜想"，而猜想只有百分之百得到验证，并形成相应的理论和方法，才可能被承认为科学。

而对这一切的评价，对它们涉及的精神部分，对历史价值观念和历史哲学，都属于人文，没有必要也不可能找到唯一正确的结论或答案，人类群体与个别之间都可能会有差异，甚至截然不同。

同样，文学、哲学、美学、艺术等一切人文学科无不如此，都是有科学与人文两部分。它们所涉及的人物、事物、文本、实例等，本质上都属物质，都属科学，都适用于科学研究的理论和方法，都有唯一正确的答案或结论。但对这一切的评价，对它们涉及的精神部分，包括价值观念、道德伦理、意识形态等，就属于人文，不适用于科学的标准和方法。

就是社会科学与自然科学，尽管它们的主体是科学，也不能缺少人文。譬如政治学、经济学、法学、社会学、人类学的研究对象，都包括相关的人物、思想、制度、理论、观念、历史等，无不包括科学与人文两部分。就是纯粹的自然科学，如物理、化学、生物等，如果涉及它们的历史、人物、事件等，也还离不开人文。

人文是整体，并无学科之分，无须人为"打通"，也无法"通"——不存在标准答案或唯一正确的结论。科学是由具体的个体构成的，个体之间都存在差异，科学越发达，个体划得越细，差异也越明显，答案或结论也越精确具体，涉及的知识和信息随时都在爆炸性地增长。从这一角度说，在科学内部，相互之间是无法"打通"的。即使是最杰出的天才人物，也不可能真正成为无所不知、无所不包的"百科全书"。

倡导科学与人文的结合，在科学家、专家学者中提倡人文精神，并不是要打破科学与人文的界限，实际上也不可能打破，而是要让人文精神体现在科学家、专家学者本身的价值观、人生观、世界观，体现在对研究成果的评价和运用，体现在本人对社会、对国家、对人类的贡献。

基因编辑的原理和技术是科学，有标准答案，没有国家、民族和群体间的差别。但如何评价、运用这项成果，主要根据价值观念、伦理道德、法律法规、公序良俗，属于人文，不同的国家、民族、群体甚至个体在不同的时间、地点都可能做出不同的判断和决定。

像哈佛大学等世界名校，都要求本科生阶段必须学习好几门人文课程，不管你学什么专业。在这些人文课程的教学中，从来不要求联系本专业的实际，也从不考虑是否有利于学生今后具体的专业学习和研究。这些课程的目标显然是为了提高学生的人文素质和增加人文方面的基础知识，以利于他们形成正确的价值观念、历史观念、科学态度、职业道德、审美观念、生活情趣，教学成果主要体现在学生们自身的人文素养和他们今后通过科学技术对社会和人类的贡献。

三、儒家思想与儒家社会

1989年12月21日，先师季龙（谭其骧）先生在"儒家思想与未来社会"国际学术讨论会的闭幕式上发言，他指出："儒家思想是发生在二千四五百年前的一种学问，当时社会不管是封建制也好，奴隶制也好，领主制也好，总而言之，与现在大不相同，与未来更没有什么关联。儒家思想是历史上的一种思想，我们只能把它摆在思想史中去研究，历史地对待。孔子以后，历代都有儒家思想的发展，比如两汉的经学、宋明理学，我们都应针对当时社会的情况来研究、分析。在当时的社会背景中，分析它们到底是先进的还是保守的，革命的还是反动的。"

有的人听了以后，认为先师是在批判和否定儒家思想，其实他的主要观点是要将儒家思想与社会实际区别开来，即儒家思想不等同于儒家社会。而这一点恰恰是被不少学者混淆或等同了，有意无意地认为凡是儒家思想成为主流或独尊的年代，当时的社会就已是儒家社会，儒家思想已经转化为社会存在和社会现实。然而持这样观点的人往往只研究哲学史或思想史，却没有认真研究过相应阶段的历史，甚至根本不了解这一段历史。

儒家思想本身属于精神范畴，对它的理解和评价属于人文，但记录儒家思想的文本是物质，属于科学。对儒家思想的理解和评价没有标准答案，不同的人之间不可能完全形成共识。但对相关文本的解读包含科学部分，离不开文本，必须符合公认的基本概念和逻辑推理关系。至于儒家思想中有多少成分已经转化为社会实践，在当时整个社会中占据了什么地位，有多大比例，这个社会能不能称为儒家社会，都是存在，属于科学，必须通过历史研究，特别是社会史的研究，找到确切的证据。不能认为文本就反映了社会现实，更不能将文本当成社会存在的证据。

正是基于对中国历代社会的深入理解，先师认为："无论是从孔子以诗书礼乐教三千弟子以来的二千三四百年，还是从汉武帝'罢黜百家，独尊儒术'以来的二千年，还是从宋儒建立理学以来的七八百年，儒家思想始终并没有成为任何一个时期的唯一的统治思想。两汉是经学和阴阳、五行、谶纬之学并盛的时代，六朝隋唐则佛道盛而儒学衰，宋以后则佛道思想融入儒教，表面上儒家思想居于统治地位，骨子里则不仅下层社会崇信菩萨神仙远过于对孔夫子的尊敬，就是仕宦人家，一般也都是既要参加文庙的祀典，对至圣先师孔子拜兴如仪，更乐于上佛寺道观，在佛菩萨神仙塑像前烧香磕头祈福。"（见《中国文化的时代差异和地区差异》，《长水集续编》，人民出版社，1994年，第176页）

遗憾的是，那些不赞成先师观点的人，从来没有对这些事实提出过相反的证据，或者提出过他们自己对自孔子以降的中国社会的实际状况的看法，而是一味强调对儒家思想的颂扬，或者坚守"学科"界限而不越雷池，只讨论哲学、思想。但要真是如此，他们又有什么资格讨论古代社会，甚至想当然地肯定古代社会就是儒家社会呢？

郑和下西洋的科学问题

自从梁启超重新"发现"郑和，肯定郑和是中国最伟大的航海家以来，研究郑和下西洋的论著不计其数，近年来更成为一门显学。

郑和七次下西洋是历史事实，郑和及其随员其人其事、船队的规模、携带的物资、航行的路线、到达的地点、停留的时间、与当地人的交往、产生的影响、留下的直接和间接的记录等都是客观存在，对它们的研究属于科学。可是迄今为止，有关的科学研究少得可怜，在很多方面几乎是零。

譬如郑和乘的"宝船"、船队的数量、人数是客观存在，标准答案只有一个，但由于原始档案早已被销毁，有关记载中的数字一直有争议。但现有的争议局限于文本本身，比较倾向的看法是有关尺寸的文字不见于马欢的原始记录，而是后人篡入的，所以并不可靠。但是直到国家隆重纪念郑和下西洋600周年，直到今天，这些数字还在作为事实而被普遍使用，并以显示明初造船和航海成就之伟大。

中国科学院院士、船舶力学的权威专家、上海交通大学杨槱教授在2004年就告诉我，木制船舶龙骨绝对不可能超过100米，造不出符合"宝船"尺寸的船，而且按这个尺寸的长宽比例，造出来的船是无法在海上行驶的。他还告诉我，此前他已发表过论文，可是赞成"宝船"尺寸的人置若罔闻，照样坚持旧说。当时海峡两岸的学者曾策划按此尺寸模拟造一艘"宝船"，由于种种原因而流产。南京倒是造了一艘，可惜只是模型，不能下水航行。

其实，以今天的科研水平和物质条件，即使不按等大模拟造一条"宝船"，也完全可能进行相关的科学研究。人文学者不懂科学技术，就要听科学技术人员的意见，接受科学研究、科学实验得出的结论。我们提倡科学与人文结合，不是要求人文学者都懂科学，或者科学家都了解人文，实际也不可能做到。而是科学与人文、科学家与人文学者相互尊重，科学方面听科学家的，人文方面听人文学者。至少不能对同一问题的另一方面也懒得了解，或者超越自己的研究范围和能力，越俎代庖，对另一方面妄言妄断。

2021年2月

为什么要报考历史专业

如果问你为什么喜欢看历史书，你可以回答因为喜欢，或者因为有趣；但如果问你为什么要报考历史专业，你的回答就不应该只是喜欢或有趣。因为报考历史专业与看历史书不同，如果只是想看历史书，或者历史书有趣，完全可以报考其他专业，以后在课余、业余时间也能看。在大学毛入学率还不到40%，大学也不属义务教育的条件下，考大学需要经过激烈的竞争，上大学得花不少钱，个人和家庭总得考虑一下是否必要。大学毕业后还有择业竞争，一般来说，所学的专业与就业有比较直接的联系，未来若干年内就业压力还会存在，选择专业时不能不考虑这一因素。所以，不能仅仅为了兴趣而报考历史专业。

那么，什么样的人适合报考历史专业呢？我认为有两类人：一是希望并且有条件从事历史研究的人；二是希望并且能够将历史作为工具运用的人。

第一种人当然是以喜爱历史为前提的。如果到了高中毕业还对历史没有兴趣，更不喜爱，何不早些改变？但仅有兴趣不够，还得看是否有基本的条件。每个人有不同的天赋，除非有特殊的、不得已的原因，都应该用其所长。如果自己把握不准，可以请熟悉自己情况的老师、长辈、朋友分析一下。如果想从事历史研究，光读本科是不够的，最好接着读研究生，毕业后争取在研究型大学或研究所工作。

但专业研究是艰难的、寂寞的、枯燥的，有时甚至会很痛苦。特别是像历史这样的传统学科，要想取得突破性的成绩并不容易。新发现的或得到解读的文献史料、遗址遗物可能提供前人未见的证据，借助新的科学原理和技术手段也可能破解前人无法解决的难题，但多数历史学者没有那么幸运，期望值不能太高。在本科阶段还要做语言和相关学科专业知识的准备，如准备研究中国史的要能熟练阅读文言文，即使是研究近代史，要知道民国年间大量文书、函电就是用文言写的。准备研究外国史的，除了要学好通用的英语、法语等，还得学好对象国的语言。这些都需要较长时间，到研究生阶段再学往往太迟了，或者时间不够了。有志于研究专门史的，最好利用本科阶段学习相关学科，如文化史、经济史、宗教史、民族史、外交史等，都需要掌握相应的基本理论和基础知识。在此过程中如果感到力不从心，尽了努力还是适应不了，不如改变目标，成为运用型的历史学者。

即使是最富裕国家的历史学家，也不可能仅仅依靠学术成就成为富翁。他们能过体面的生活，有受人尊敬的社会地位，却不可能获得多少财富。就是在知识产权最值钱的国家，纯学术著作也不可能拿到多少版税。除非你能写发行量大的畅销书，参与制作以历史为题材的影视娱乐产品，或从事以历史为资源的商品交易和市场活动。一句话，想发财致富而又有这样能力的人，还是别选择当历史学家。如果对历史有兴趣，尽可在发财后当作业余爱好，或者用钱购买历史类的服务。

第二种人是通过接受大学的历史专业训练，将历史作为未来的运用手段，或者作为提升自身素质的一部分。这部分人在大学毕业后主要选择与运用历史知识有关的职业，如历史教师、历史编辑、文博档案、文化传播、文化服务、文秘等。所以除了要学好历史，也得打下与自己目标相关的基础。如当教师应有良好的表达能力，当编辑应具备文字功底，文化传播自然要掌握传播理论和手段，否则到时未必如愿以偿。近来历史专业的毕业生经常在就业率中垫底，一个主要原因就是他们在校期间没有做好提高运用能力的准备，所以对这些岗位缺乏竞争能力。其实，随着现代服务业、新媒体、文化产业、网络经济等新产业的发展，对历史运用的需求是相当广泛的。

有些人原来是以历史运用为目标的，但以后兴趣提高了，发现了自己的潜力，也不妨调整目标，毕业后继续读研究生。但因为怕找不到工作而临时起意，即使侥幸考上了，也会读得很辛苦，前程也未必美好。

如果将读历史专业作为提高自身素质的途径，也应全面考虑自己的条件，如今后的谋生手段，对拟从事职业的适应性，进一步发展的方向等，不能盲目模仿或攀比。

已故国家副主席、"红色资本家"荣毅仁是圣约翰大学毕业生，读的是历史系。作为荣氏家族的第三代传人，自然不需要也不会考虑毕业后的出路，荣家看重的是圣约翰大学的声誉和毕业生的综合素质。他们更明白，荣毅仁需要的是驾驭全局的能力，而不是具体的管理手段和技术水平。如果是一个小企业主家庭，恐怕不会让子女上学费昂贵的大学，学对他们的企业没有直接用途的专业。

历史专业和历史学的训练，无疑会给予每一位认真的接受者重大影响，至少是潜移默化的作用，也会影响其逻辑推理、分析等综合能力，影响其人生观、价值观和世界观。但这类影响因时而异、因人而异，往往是可遇不可求的。

所以，以提高综合素质为目的的历史专业学生，不应拘泥于具体的历史知识，不要停留在史料的阅读和记忆，而应加深对历史理论、历史观念、历史规律的理解，也可对不同的研究方法做些尝试。

2015年6月

科学、人文与跨界融合

——在上海自然博物馆"跨年论坛"上的演讲

跨界的类型多种多样,有些界限可以跨越,并且一直在跨,有些却跨不过去。

科学到底能不能跨界?譬如人们最关注的,科学和人文的跨界,到底能不能跨?答案是未必可跨。因为科学和人文完全是两个不同的范畴,两者之间找不到更多的共同性,却有很多差异性。科学的基础是物质,是现实的存在,而人文的基础是精神。从目前我们人类的认知来看,物质和精神之间是无法跨越的,因而科学和人文也是无法跨界的。现在人们通常所说的跨界,往往只是学科内部的跨界。

另外,还有一些跨界是自然而然的,比如时间、四季轮换等一些自然现象,这些界限是不需要人类刻意去跨的。2000年12月31日24点,我和我的队友站在南极乔治王岛上面的长城考察站,庄重地等候着那一个"千年之交"时刻的来临。然而等它真正到来的瞬间,一切毫无变化,它就那么悄无声息地过去了。这个"千年之交"的跨越,就是那么自然而然。我曾经写过一篇文章,罗列了历史上那些跨世纪或跨千年的事情,发现有的"界"根本没有变化。但是有的"界",变化却很大,说明人类社会的这些变化与时间的"界"无关。

那么,学科之间的跨界呢?随着科学的发展、技术的进步、人类知识的积累,加上人类强烈好奇心带来的探究欲,关于学科的跨界已经数不胜数。比如,我所从事的历史地理学。我的老师谭其骧先生,最早是历史系的，后来在燕京大学跟着顾颉刚先生做学问，大家都称谭先生是历史学家。但是他在 1980 年就当选为中国科学院地理学部委员，现在叫作中国科学院院士，也就是大家也认为他是地理学家。有的人就觉得很奇怪，历史不是文科的吗？怎么就当了院士了？也经常有人在问，历史地理学到底是文科还是理科呢？其实答案很简单，历史地理学其实就是历史学和地理学的学科跨界。那么这个学科的跨界是怎么实现的呢？历史地理学研究历史时期的地理，从这方面来看，它是历史学范畴的，依靠的材料、方法都是历史学的，但同时它又研究地理，就需要懂得地理学，用到地理学的原理来解决问题。这样，就自然而然地跨界了。比如，谭先生从研究纯粹的历史到后来研究中国传统的沿革地理。沿革地理主要研究人文地理，但在发展到历史地理学的过程中就自然而然扩展到了研究历史自然地理。

但是，经常有一个误解，就是把文科、理科之间的跨界称为科学和人文的跨界。这是绝对错误的。科学和人文是两个概念，准确地说，"人文"应该叫"人文学科"而不是"人文科学"。首先，人文和科学是两个不同的范畴，正因为它们范畴不同，他们的性质、研究方法、判断标准、应用领域都是不同的。科学要讲究证据，任何科学结论必须是可重复的、可检测的，讲求精确性。科学肯定有唯一的答案，如果没有唯一的答案，就是还没有研究成功。但是人文没有唯一答案，不同的价值观、不同的信仰，可以对不同的事物做出完全不同的判断。信仰是不需要讲理由的，不需要求证的；而科学必须讲道理，必须有证据。其次，人文和科学，在方法上也不同。科学上常常需要有怀疑精神，但是人文能怀疑吗？举个例子，宗教徒会怀疑上帝，怀疑真主吗？我们应该怀疑社会主义核心价值观吗？当然不能。人文讲究的是感悟和践行，讲究一种永恒的追求，并不是一个有限的目标。所以人文追求的最高境界就成了信仰。但科学的任何概念都是建立在事实、数据等唯一的标准之上的。

人们一定要走出这个误区，科学和人文本身是没有办法结合的。奥本海默研究原子弹的原理，换一个人去做，得出的结论也是一样的。人文则体现在对科学的应用中，怎样将科学和对社会起的作用结合。所以科学和人文的结合，体现在科学家怎么去追求人文精神，体现在科学家在运用他的成果的时候是出于怎样的价值观念，体现在科学家对科学成果的人文意义做出什么样的判断。比如说转基因、基因编辑、人工智能，假设和人文结合一下，研究出的结果并不会不同。但是这些科技的成果该怎么应用？这个时候就需要用到人文精神、伦理道德、价值观念。

现在很多人片面地认为，科学和人文的结合体现在研究的过程中。这是错误的。我们历来都听到这样一句话："科学是没有国界的，但是科学家是有国界的。""科学没有国界"，说明它跟人文本身是毫无关系的，但是"科学家是有国界的"，就体现在每个科学家必须要有正确的价值观念，有人文情怀、家国意识。以前有人提出过这样一个质疑：工程设计里的建筑设计，这里面不是涉及很多人文吗？这个不就是科学和人文的结合吗？这其实是一种误解。对于一座建筑的好坏美丑的判断是出于人文的，就要按照人文的原则去判断，其中是不涉及是非对错、没有标准答案的。研究一座建筑中用到的色彩，它的结构、光的折射度、色差等，这些是科学范畴内的。但要评价这座建筑美还是丑，高雅还是粗俗，色彩是否宜人，那就属于人文，不必要也不可能有统一的标准。所以就此具体例子而言，也不存在科学和人文的结合。

我们今天强调科创，倒是既有科学，又有人文。科创本身，从科学来讲，有很多先进指标。从人文来看，就是体现在我们科创是为了什么？用什么价值观念引领或评价？科创对我们人类社会起什么作用？我们今天无论是从事人文，还是科学，或者科创等一切活动，都必须注意自己的价值观念、信仰，注意自己的人文精神！

2023 年 12 月 31 日

问题意识、创新精神、学术规范
——学术写作的基础

今天我要给大家讲一讲有关学术写作的基础。我本人在求学阶段并没有接受过这方面的专门训练,主要是通过自己平时的阅读、实践和积累慢慢领悟到的,所以完全是一种个人的体会,供大家参考。

我认为学术写作的基本要求体现在三个方面:问题意识、创新精神、学术规范。

一、学术写作的类型和目的

对于大学生来说,首先要明白哪些内容属于写作。

第一类是作为一种学术训练,比如摘要、读书笔记、学术的记录稿整理以及对专业资料的翻译(包括外文互译和文言文翻译)。摘要的目的是考察我们读书能否真正抓住要害,从而将书中最主要的内容进行概括。读书笔记是为进一步研究做准备,其内容可以是对一本书的理解重点,也可以是对某些观点的怀疑或是一种新的假定、设想。记录稿的整理要求记录要点并抓住基本的观点,这实际是训练我们学术总结和逻辑推理的能力。此外,对专业资料的翻译不同于一般的文学作品翻译,需要结合专业知识,所用术语应符合专业规范。

第二类是在第一类基础上的进一步加工,其形式包括书评、学术评论、学术综述、专业会议的纪要等。书评不在于过分注重书本身的内容,而更强调自身的学术思考和学术研究范围。学术评论的角度不在于语法、词句或辞藻如何,而主要是从专业内容上切入。对专业成果的综述需要我们具备基本的学术鉴别能力,在综述中突出重点,并从各方面做出评论。专业会议纪要的内容包括会议背景、会议取得的成果或存在的不足,特别是要体现这次会议在学术上有何推动和进步。

第三类是译注、译述和译著。译注并不只是简单的解释,而是在翻译内容的基础上,为了适合读者的需要,涉及了另外一些基础的研究,并在这些基础上进一步深化或泛化。所谓译述,不是逐字逐句地翻译,而是在翻译过程中重新参与内容的组织,其形式类似书评或综述。译著与一般的翻译相比有很大区别,它需要在翻译的基础上加上必要的注释,甚至需要在翻译过程中指出原著本身的问题,并在著作或评论中将这些问题处理好,一本优秀的译著往往被认为是在翻译的基础上进一步提高、完善的著作。

第四类是调查、考察报告,包括在人类学、社会学、考古学中有很多规范的田野报告、发掘报告,这些报告需要带着学术问题和要求去进行。以调查为例,即使是资料性的调查或问卷调查,也不能只是简单地记录结果,而是要在记录结果的基础上进一步分析研究。比如写问卷调查的报告,既要依照学术规范将相关结果记录下来,同时也要根据规范对这些资料的学术价值、真实性和正确性做出评估。

第五类是注释。注释除了扫除影响读者理解的基础性障碍以外,更主要的是进入书的内容中,对内容进行疏导,而不是仅仅局限于解释某个读音、字义或是地名。有时候为了帮助读者理解几条原文,可能需要找到大量证据。此外,古人著书或写文章常常喜欢用典,我们如果不了解这些典故,就不能明白其中的涵义,这就需要通过注释来说明。一篇优秀的注释很能体现一个注释者的学术水平,因而这也可以看成一种学术写作。

第六类是论文、著作,这也是最规范、最典型的学术写作。其学术写作的性质并不在于篇幅的长短,以论文为例,即使是一篇很短的小论文,也称得上是学术写作。著作当然更应该如此。

在学术写作中还有一点也很重要，那就是文字语言必须使用规范的学术用语，这就要求正确使用甚至尽量避免使用或掺杂文言、外文、方言、口语、俗语和网络语词。文言文有它特定的使用场合，即主要限定在古代史、古代文学这类专业，除此之外，很多当代的规范词是无法用文言表达的，滥用文言反而会引起别人的误解。引用外文必须要有规范的、对应的中文翻译，尤其要注意外国人名、地名一般都有固定的中文词对应，不能仅根据发音，更不能随心所欲乱译。方言一般仅限于文学作品中被用来反映人物或地方的特色，所以除非是专门为了讨论方言而举例一些方言，通常情况下都是要用标准的、通用的语言文字。口语、俗语因为带有感情色彩而容易引起别人的误解，因而在正规的学术论文中也不能使用。网络语词往往因为缺乏生命力而容易在一段时间内发生词义的变化，或者因没有稳定的词义而产生歧义，或产生误解，如果滥用就会影响到文章的整体评价。

二、问题意识

所谓学术写作的问题意识，就是思考写作的问题从何而来，进而也就是思考我们学术写作的目的是什么。一般而言，我们学术写作的目的都是要在这一领域有所进步、有所提高。而如何提高、如何进步、如何取得新的成果呢？这个基础就是对已有的成果、已有的记录进一步发现它的问题。所以我们首先要会质疑。

那么如何质疑呢？

质疑不是凭空想象，一般而言我们可以通过对比和溯源的方式来质疑。对比的方式是这样的：如果两篇文章的结论有较大差异，那么可以将二者对比；在对比中既可以对两篇结论都怀疑，也可以只怀疑其中一篇。通过对比，往往能进一步找到怀疑的根据。溯源就是去追溯它的根源。比如当我们对一个人们都默认的说法进行溯源时，或许会发现原来这个问题从来没有被认真研究过，亦即这仅仅是前人一个偶然的说法而非研究成果，那么通过这一溯源，我们的问题意识就有了。

另一种方式是通过检索。对于前人的成果我们不能随便怀疑，而需要提供怀疑的根据，那么就需要通过检索。在检索之后，我们会知道对于同样的问题现在已经有了多少种说法，如果能将所有的说法都找到，那么我们的质疑就有了依据，从而可以进一步做深入的比较。

还有一种方式是从概念、逻辑推理以及常识的角度来质疑。关于概念，无论是一篇文章还是一篇学术报告，甚至是一条注解，如果它里面的一些基本概念与我们所了解的不一致，或者是违背了这些概念的惯常用法，那么其中肯定隐含着问题，我们就可以从这里入手去质疑。逻辑的理论实践发展到现在已经很丰富，如果我们看到的一个问题或一段文字不符合现在已经公认的逻辑推理关系，那么就可以对它的逻辑推理进行质疑。在常识方面，如果我们看到的一个说法违背了常识，那么只有两种可能：一种可能是它犯了常识错误，另一种可能是我们的常识不具备这样的知识。对于后者，我们就不能轻易质疑。

举例来说，我们在历史研究中常常需要将史书中的年代换算成现在的公历，而公历的年份与农历不是完全对应的。比如以前在大家的常识中，1911年辛亥革命之后清朝就结束了，但在公历上这两件事实际并不在同一年，辛亥年是宣统三年，溥仪退位于宣统三年十二月二十五日（农历），换算成公历是1912年2月12日，也就是在1911年12月31日之后清朝政府还持续了一段时间。

一个人必须要有怀疑精神，但是如何将质疑进一步提升为一种真正的问题呢？这就需要用到以上这些方法，先自己对质疑做一个判断，如果有道理，就可以以此为切入点进一步进行学术的整理、研究。

在质疑的基础上，我们还要充分发挥想象力。一个没有想象力的人是很难在学术上取得突破的。虽然想象不等于事实，但却可以在质疑的基础上开拓自己的思路，所以想象实际是问题意识的延伸部分。当然，想象并不直接就是结果，它还只是一个出发点，从想象到结果仍然需要一个过程，而这个过程的实现就建立在平时积累的学术基础上。想象的范围既可以限制在本专业内，也可以跨越专业的界限，而这就涉及多学科的交叉。总之，想象是在问题基础上的更进一步。

但是我们要注意，问题意识一定要强调可行性，亦即有限目标。我们现在无论是做导师布置学术方面的作业，还是自己写一篇阶段性的论文，或者是将来做毕业论文，都必须是一个有限目标，不能是无限的。当然，我们也可以在一个长期的目标里面，有一些阶段性的目标。有些学生其实很有潜力，但是经常好高骛远、追求完美，定的目标不是有限目标，那么即使问题意识再强、想象力再丰富，最后也都不可能有正常结果。

怎样来确定有限目标呢？根据有多方面，包括自身的学术水平、可支配的时间以及得到资料的可能性等。但是我认为最简单的办法就是根据资料。如果你对自己的能力有信心，教师也认为你这个题目可以做，那么在此情况下怎么来确定目标呢？基本前提就是做任何研究都必须要能够穷尽文献资料。如果关于这个题目在这段时间内做不到穷尽文献资料，那就证明目标定得太高，而必须要将它缩为一个小目标。调整、缩小了目标，就可以在有限的目标内达到高质量的完成。如果不顾实际情况，不及时调整目标，不是一个有限目标，先不论完成的质量如何，甚至可能根本完成不了。

三、创新精神

在有了问题意识并找到了文献之后，要怎样来创新呢？所谓创新精神无非是以下这些方面：

第一是要求"异"。我们平常讲"求同存异"，但在做研究的角度，恰恰只有"异"才能创新。对于我们同学来说，不同的阶段有不同的要求，但是最基本的要求就是求"异"。不能最后得出的成果跟前人完全一样，至少要求得一点异。创新有大有小，有形式上的，也有实质上的。这个差异能够体现在结论上当然是最好、最创新的，但是论证过程的差异或者表现方式的差异也是一种创新。相反，"同"就很难创新。即使是"大同"，也要找出"小异"来。

第二是要求"争"。也就是要争论、争辩。顾颉刚先生写过一句很重要的话："真出于争。"意思就是真理出于争论。但是争不是无谓的争论，而是要针锋相对，亦即针对同一事物、结论或命题，要以不同的意见去争辩，这样才有创新意义。顾颉刚先生甚至说过："让我们永远地争下去吧！"对学术真理、正确结果的追求，很多都是通过互相争论实现的。学术就是这样，要求争，在此过程中没有教师与学生的分别，大家在学术上是平等的，而创新很大程度上就是要求争。

第三是要求"全"。这就要求我们的学术目标应该是全的。比如已经有三种办法证明了这结论，现在我又找到一种新的方法，那么这在某种意义上也是一种创新。再比如别人将这方面的资料已经收集了99%，那么我们可以去收集这最后的1%，并将其纳入学术体系，这样就全了。当然，求全没有绝对的限度，这就像我们追求一个绝对的真理，我们只能越来越逼近，而不能真的说已经什么都全了。不过从另一个角度看，这个求全的过程实际也是我们越来越接近那个真理、真相的过程。

第四是要求"新"。求新在本质上并不一定要有另外一个事物或另外一个结论，我们也可以用新的方法来求证、论证，或是将这个结论采用一种新的表达方式使它更加完善。当然，能够整体求新是最理想的，不过我们也可以逐步地、部分地求新，或是在具体的程度、形式上求新。某种意义上，创新、求新在本质上是一样的。我们必须要求新，一味守旧、完全维护旧的方式，是谈不上创新的。

第五是要求"远"。要为未来的发展方向保持远见。有些创新可能目前还只是一种丰富的想象力，还无法得到验证，但是有与没有这种想象力是完全不同的。求"远"实际上就是对已有成果（包括自己的和别人的）的未来的发展和成长空间留有余地，并有一个比较合理的估计，作为自己的发展方向。

在学术上特别是学术写作上的创新精神，我自己的理解就是从这五个方面去追求。

四、学术规范

在学术规范方面我们要注意些什么呢?

第一条也是最重要的一条就是要尊重前人的、已有的成果,包括尚未正式发表的。为了达到学术写作的目的,我们首先需要了解前人已经有的成果,并在了解之后充分地尊重。由于缺少这种意识,有些人无形中就会违反这个规范。当然这一点在中国还有它特定的历史背景。一方面是因为中国以前长期没有知识产权的概念,并且知识成果还不能换来名誉地位,特别是不能换来经济利益,那么对于一个学者来说,他所关心的就是自己的成果能不能被别人知道,能不能得到别人的承认,因而往往会将自己的成果假托为某一个圣人或名人之作,而这其实也就是不尊重自己的学术成果,当然就更不懂得尊重别人的学术成果。正因如此,中国也就缺少一种符合现代学术规范的传统。另一方面是因为以前知识、书本的流通很困难,在没有发明、普及印刷术之前,书的流通都是靠手抄,而且中国也长期没有公共图书馆。由于这些条件限制,很多学者做学问都是凭记忆,所以一直到清朝乾嘉时期,一些很有名的学者,他们文章里的很多引文都是凭借记忆而写的,而无法像今天有书籍核对,这样有时候就会将前人的文字与他自己的文字混在一起,其实也是一种不规范。在有了公共图书馆和书籍的流通,能够随时查阅文献的情况下,这条学术规范才能真正确立起来。我们今天要特别注意,任何学术写作,最重要的规范就是要尊重前人的、已有的成果。

第二条是要尊重本学科、本专业、本机构既定的学术规范。除了普遍的学术规范以外,每个学科、每个专业甚至每个机构都有一些高于一般学术规范的规范,这就像是我们的行规和职业道德一样。以前我们提到上海的海派文化时主要是讲它海纳百川,其实它一个最重要的优点就是上海地区普遍的职业道德、职业精神。这种职业道德、职业精神往往是高于法律的,有些事虽然法律上没有规定不能做,但是从职业道德的角度是不能做的。我们的学术规范也是如此,比如我们谈论一个单位或院系的良好学术传承时,其中就包括它高于一般学术规范的规范。此外，我们的一些专业也有自己的传统和规范，而这些也往往高于一般规定。比如以前著名的考古学家、中国社科院考古所所长夏鼐先生就规定，考古研究所的人不允许收藏古玩，因为只有这样才能保持学术中立，才能超脱利益。在学术上我们一定要注意，在做学术研究、写学术论文时，一定要保持价值中立，那些与自己利益有关系的，无论是精神的还是物质的，都要避免。

第三条是要求内容、行文不能涉及学术以外的部分。比如不能对批评的对象进行人身攻击，不能涉及他的私生活。我们今天的学术写作，即使是写一篇书评，也只能限定于与学术有关的方面，要意识到学术写作的主体一定是学术的。如果学术以外的东西掺杂进去，这不仅不会加强你的学术地位，反而会影响你的学术地位和学术成果。

第四条是引文与注释必须坚持原始、直接、精确。所谓精确，就是减少不必要的引文，并对必要的引文保证其准确性。客观来讲，现在很多学者的引文都是炫耀性的，而不是必要的，这反而会招致批评。其次是引文一定要找原始的、直接的，找不到原始的一定要注明是转引自某人或某文的。这一点上大家一定要严格注意，否则一方面容易因为二手资料的错误影响论文的整体评价，另一方面更可能蒙上学术不端的恶名。当然能找到原始的、直接的引文最好，如果有时候实在困难找不到，或者时间来不及，那么就老老实实做好说明。这样既体现了学术上真诚的态度，也可以避免因为个别因转引造成的错误影响到自己的学术声誉。

最后一条是署名和鸣谢。现在常常会有人在鸣谢中列举很多名人或权威人士，但实际上不是真正为了表示感谢，而是利用这个名单抬高自己。所以这不是礼数周到，而是一种学术不端。署名中的问题更多，很多学术不端行为就体现在署名上。我们发现有不少教师会在学生的文章上署名，这中间有两种情况。一种情况是，教师署名是为了帮助学生投稿过关，因为相对来说教师具有更高的权威和影响力。但是在以前不规范的时候，通讯作者可能会在完全不知情的情况下就被署名，从而对通讯作者产生不好的影响。现在执行规范标准之后，这一点有所改善。另一种情况是，导师贪图名誉，借助学生的文章来增加自己的成果，抬高自己的声望，不负责任地随便署名。这种情况如果发生，我希望同学们一定要抵制。署名实际上是体现学术成果的记录，包括它的排序也反映了参与者在此成果中的贡献度，所以一定要根据实际情况。既不要无原则地谦让，也不能不经过导师同意就主动将教师作为第一作者署名。在署名和鸣谢上，我希望大家一定要洁身自好。

  以上就是我所想到的，结合自己的一些经验教训以及感想，如果有讲错的地方，请大家批评指正，谢谢。

2004 年

《逝年如水——周有光百年口述》读后

去年1月,在恭贺周有光先生108岁寿辰时,我写过这样一段话:"天之降大任于斯人,必受以优秀遗传基因,使之健康长寿,智力超常;须自幼接受良好而全面的教育,使之具备全面优良素质,掌握古今中外知识;给予历史机遇,既使其历尽艰辛,又获得发挥其智慧才能的机会。更重要的是,本人在大彻大悟之后,能奉献于民众、国家和全人类。古往今来多少伟人天才,具备这四方面条件者罕见记载。而周先生不仅具备,还创造了新的纪录。"

这本《逝年如水——周有光百年口述》(以下简称《口述》),就是一项新的纪录。

《口述》的基本内容,是根据周先生在1996—1997年的口述录音整理的,在2014年补充了一段"尾声"。周先生口述时已91岁,但他所说的内容并不止这91年,也追溯他的家世和见闻。而在补充"尾声"时,周先生已是109岁,称之为"百年口述"名副其实。

周先生的长寿、完成口述时的高龄、高龄时的记忆和思维能力世所罕见,这部回忆录内容的丰富程度在中外名人中是少有的。涉及的重大历史事件,包括五卅惨案、救国会、抗日战争、西迁大后方、民主运动、国共合作、太平洋战争、二战胜利、战后美国、思想改造、文字改革、汉语拼音方案的制定、"大跃进"、人民公社、"文化大革命"、"五七"干校、尼克松访华、唐山大地震、改革开放、早期国际交往、《中国大百科全书》的问世、国际标准化组织的活动等,涉及的国家与地区有日本、美国、英国、法国、意大利、波兰、苏联、缅甸、新加坡，以及中国从东北到西南、西北到东南与香港等。涉及的人物有吕凤子、屠寄、刘天华、刘半农、孟宪承、陈训恕、张寿镛、胡适、沈从文、尚仲衣、陶行知、梁漱溟、聂绀弩、陈光甫、章乃器、赵君迈、吴大琨、沙千里、宋庆龄、胡子婴、邹韬奋、宋子文、张充和、卢作孚、翁文灏、何廉、梅兰芳、吴蕴初、杜重远、许涤新、陶大镛、徐特立、黄炎培、常书鸿、向达、李方桂、赵元任、罗常培、老舍、杨刚、刘尊棋、刘良模、范旭东、袁水拍、潘汉年、村野辰雄、李荣、桥本万太郎、倪海曙、叶籁士、马寅初、叶圣陶、丁西林、胡愈之、陈毅、林汉达、姜椿芳、钱伟长、吉布尼（Frank B. Gibney）、梅维恒（Victor H. Mair）、傅汉思（Hans H. Frankel）、爱因斯坦等。

　　长寿的人未必经历丰富，经历丰富的人未必长寿，长寿而又经历丰富的人未必愿意并能够将其经历记录下来，周先生口述的价值不言而喻。

　　记录历史事件，发挥主导性或决定性作用的人，处于重要或关键地位的人，亲身经历或掌握原始资料、证据的人，他们的作用是不可替代的。但他们往往有自己的政治立场、价值观念、切身利益，或为了保守机密，或出于法律限制，往往不愿或不能说实话，甚至自觉或不自觉地编造谎言，制造假象。局外人、无关者和普通人既无利害冲突也无顾虑，可惜他们了解的内容太少，一般不具备记录的自觉和能力，如果不具有一定的判断和正确立场，往往只留下片面的，甚至极端的印象，出于他们的回忆很可能以讹传讹，南辕北辙。周先生的优势正是介于两者之间，除了汉语拼音方案的制定和相关的文字改革工作，他都不属于这些历史事件的主角或主要人物，但他又一直以一位爱国者的忠诚、学者的睿智、知识分子的良心起着力所能及的作用，或者以锐利的目光、缜密的思维、细致的分析、客观的立场观察和记忆。因此他的回忆兼有两者之利，而能避免双方之弊。

　　周先生对一些重大事件或人物的回忆只是从自己的亲身经历或见闻出发，而不求全面完整，也没有什么个人追求，更不会制造什么轰动效应。我亲炙周先生的教益和见闻中，有些或许更重要的内容，或许更能显示周先生本人的影响和作用的事，并没有出现在他回忆中。就是他谈及的部分，也只涉及主要方面。如在口述中他只谈了一次与爱因斯坦的聊天，实际不止一次。他曾告诉我，那时爱因斯坦觉得无聊，很愿意与人聊天，所以在首次见面后，他们又聊过几次。周先生说："因为是他无聊才找我去的，所以后面几次谈了什么我早已忘了。"周先生绝不会因为爱因斯坦是世界名人，就会详细讲述无关紧要的内容。又如"反右"，是"文革"前中国政治生活中一件大事，也是知识分子刻骨铭心的记忆，但周先生因从上海调入北京、从经济学界转入新成立的文字改革委员会，无惊无险，因此他的讲述只用"不是一个重点单位，但是也必须按照比例划百分之几的右派，因此划了几个青年"一笔带过。章乃器是他的老朋友，周先生说："章乃器是抗日战争之前、抗日战争期间公认的上海左派。可是'反右运动'就定了他是右派。"周先生去看望戴着"右派"帽子的章乃器，由于不知房号，在一幢八层公寓中一间间敲门，直到最高一层时才找到，"他开门出来，跟我都相互不认识了"，淡淡几笔再现了当时残酷的现实。

周先生当时的口述并非为了出版，主要是为了让后代和亲属们更多了解自己一生的经历。因而有些我听到过的人和事就没有提到，如与周恩来等人的交往、"文革"中的"反动言行"等，这是很可惜的，现在已无法请周先生自己补充了。也正因为如此，除了附录中的一篇短文和两篇采访稿外，周先生的口述主要是讲他的经历和涉及的人和事，对自己的看法、建议、观念、思想并无专门的介绍或阐述。所以要了解周先生的学术贡献和思想观念，特别是他在90岁后不断思考和探索的新思想、新成果，还是要读他的相关论著。

在该书的"尾声"中，周先生说："我的口述史并非是一个完美、完整的作品。但我觉得出错是正常的，批评可指出作品的错误，还可以增加作者与读者的交流，我提倡'不怕错主义'，反对的意见或可成为成功的基础。所以我不仅不怕别人提出批评，相反更希望听到不同意见。"

我有幸受教于周先生已经 33 年了，深知周先生的态度是真诚的。直到前几年趋谒时，他都会拿出打印好的新作或他感兴趣的材料："你看看是不是有道理。""我能看到的材料太少，你大概已看过了。"尽管周先生是罕见的人瑞，但他绝不希望，我们也完全不应该将他当成神。周先生的期望是，他的口述"能让更多人关心中国的前途和历史，从中辨识出谬误和光明"。坦率地提出不同意见，认真纠正一位百岁老人回忆中难免的错漏，就是对周先生最诚挚的尊敬和最热情的祝福。

2014 年 5 月

《中华人民共和国国家历史地图集》第一册问世

自从芬兰于1898年出版了世界上首部国家地图集以来,全世界已有约80个国家编纂出版了自己的国家地图集。

国家地图集是系统反映一个国家的自然、经济、人口、历史和文化全貌的综合性地图集,可以为经济建设、科学研究和文化教育提供全面系统的参考图件,因此也是衡量一个国家科学技术水平的标志之一。正因为如此,发达国家一般早已出版了国家地图集,并且会定期或不定期地修订。

20世纪50年代,中华人民共和国成立伊始,百废待兴,国家地图集的编纂就被提上议事日程,并且于1956年正式列入国家《1956～1967年科学技术发展远景规划》,确定按普通、自然、农业、历史四个专题分卷出版。尽管受到60年代初国民经济困难的影响,率先编纂完成的《中华人民共和国自然地图集》还是在1965年正式出版,到"文化大革命"期间编纂工作才全部停顿。1981年,经多位全国政协委员联名提案,国家决定恢复国家地图集的编纂,并根据实际情况和需要,增加了经济专题。到20世纪末,普通、自然(经修订)、经济、农业四个专题地图集先后完成编纂和出版。

1982年12月《中华人民共和国国家历史地图集》(以下简称《中国国家历史地图集》)编纂委员会在北京成立,由中国社会科学院副院长、著名法学家张友渔任主任,由中国科学院学部委员(院士)、复旦大学中国历史地理研究所所长、著名历史地理学家谭其骧任副主任兼总编纂，副主任还包括中国社会科学院考古研究所所长夏鼐，中国科学院学部委员、北京大学地理系主任侯仁之，陕西师范大学副校长史念海和中国社会科学院民族研究所所长翁独健。编委中有中国社会科学院历史研究所所长林甘泉、近代史研究所所长余绳武、宗教研究所所长任继愈、科研局学术秘书高德研究员，中国科学院地理研究所黄盛璋研究员，国家藏学中心邓锐龄研究员，杭州大学陈桥驿教授，复旦大学邹逸麟教授等，几乎囊括了历史地理学界和相关学科研究机构负责人和学术权威。数百位专家学者承担了编纂工作，或参与协作。1983年8月在浙江莫干山召开第一次编务工作会议，确定了编纂条例，任命了各图组负责人，讨论了部分样图，编纂工作全面启动。到90年代初，进度快的图组已基本完成初稿，但有的图组因前期成果有限，或工作量太大，人员不足，计划一再推迟。1991年10月，总编纂谭其骧先生突发脑溢血，丧失工作能力，于1992年8月去世，计划因此延至此时。编委会决定不再设立总编纂，由林甘泉、高德、邹逸麟组成助理小组，代理总编纂工作。张友渔去世后，由中国社会科学院副院长王忍之继任编委会主任，其间一度由中国社会科学院副院长汝信署理。

2012年，《中华人民共和国国家历史地图集》第一册终于由中国地图出版社和中国社会科学出版社出版，第二、三册的编稿和设计也基本完成，只待清绘制印。但半数以上的编委已经去世，其中包括硕果仅存的编委会副主任、享年102岁的侯仁之院士，在世的编委最年长的92岁，最年轻的我也已69岁。三人助理小组平均年龄超过80岁。

这项工作之所以要花费那么长的时间，主要是因为它的艰难程度和巨大的工作量。不少人以为既然已经有了《中国历史地图集》，再编《中国国家历史地图集》就会轻车熟路，这是由于不了解两者的差别。实际上，《中国历史地图集》是以疆域、政区为主的"普通地图集"，而《中国国家历史地图集》是真正意义上的综合性历史地图集，包括远古遗址、夏商周、疆域、政区、民族、人口、文化、宗教、农牧、工矿、近代工业、城市、都市分布、港口、交通、战争、地貌、沙漠、植被、动物、气候、灾害等20个图组，1300多幅地图和相应的表格、说明等。显然，这绝不是数量的扩大或重复，而是研究领域的拓展和质量的提高。

除疆域、政区等少数图组有较成熟的研究基础或资料相对集中外，其他大多数图组都缺乏前期研究成果，往往只能从头开始。与编绘现当代地图不同的是，现当代地图一般都有现成的数据和资料可以利用，即使发现缺漏错讹也能通过实地测量、考察或搜集资料加以弥补校正，历史地图却只能从浩如烟海的史料中寻找证据。即使有幸找到遗址、遗迹或遗痕，也得进行艰巨的复原和重建，方能在地图上得到正确的显示。写论著可以用比较模糊的描述，编入历史地图的每个地理要素都必须确定其时间、空间和数量（或等级）的范围。例如要画一幅当代的植被分布图可以利用卫星遥感照片、航拍照片、实测结果、调查资料，必要时还可临时补充或核对，而要画出不同历史时期的植被分布地图，就只能依靠分散的原始资料和有限的研究成果。中国科学院地理研究所已故研究员文焕然从 20 世纪 50 年代初就开始研究珍稀动物的分布，在史料中大海捞针似的收集资料。但直到他去世，有些种类还无法成图。例如，史料称"古时""南方"或"楚地"有某种动物，在地图上如何表示？画在哪个时代？标注在什么空间范围？我国古代的农业史料堪称丰富，农史研究成果也不少，但要据以编纂历史地图却远远不够。为此，负责农业图组的史念海先生从培养人才着手，招收了一批博士生，每人做一个历史时期的农业地理，完成了一批断代农业地理研究成果。为了保证质量，直到年近九旬，史先生都坚持亲自编图。

由于基础研究不受重视，"大干快上"，急于求成，政策导向不利，这类长期集体项目一度陷于困境。不少学科分支或备受"文革"摧残，人才青黄不接，或刚刚建立，中青年骨干急需提升职称，竞争基金和奖项，争取学术地位，对这类二三十年不出成果、个人作用难以区分的项目自然无法全力以赴。最致命的打击则来自经费短缺，实际上绝大多数图幅已由我（编辑室主任）与图组组长一一审定签发，第一、二册图集已经编定时，设计制印的经费却已山穷水尽。忽有某文化企业家愿意赞助，条件之一是要交他的企业出版，国家出版总署破格批准。但不久该人出走境外，经费完全断绝。后由邹逸麟等全国政协委员提案，全体编委联名致函国家领导人，后期工作方得以继续。

中国历史悠久，史料丰富，延续时间长，覆盖范围广，历史地理研究具有独特优势，已有成果涉及自然、人文各主要分支，这是其他国家所无法具备的。如欧洲、北美的历史地图最多编至二三百年前，且只能以人文地理为主，而中国可编至二三千年前，且包括自然地理。如气候变迁地图能显示长时段的变化，而器测数据和现代观测记录不足200年，较完整的记录只限于很少地点。毫无疑问，《中国国家历史地图集》在世界上拥有领先地位，有望对人类做出独特贡献。

2015 年 2 月

不同文化应该相互理解和欣赏

不同的文化应该共存共荣，这已经成为越来越普遍的共识。但实际并不那么乐观，总有一些人喜欢以自己的文化为中心，根据自己的价值观念和评价标准来衡量其他文化，以自己的好恶决定对待其他文化的态度。还有些人的确能以平等的态度对待其他文化，但主要是出于道德观念或外交礼仪，内心却并无这样的观念，或者仅仅是出于政治目的和实际利益的需要。因此，不同文化平等相处的前提是自觉的、正确的观念，即充分认识到不同文化存在与发展的合理性。

世界上一切文化都是人类的不同群体在生存繁衍的过程中逐渐形成和变化的，都是在不同的地理环境下形成的生产和生活方式，以及在此基础上产生的习惯、规范、观念和思想。因此，在不同的地理环境下形成不同的文化，人们因生活和生产方式不同而产生文化差异，是不可避免的，也是完全正常的。

在以往一万年至五千年间，在中国这块土地上就形成了不同的早期文化，如满天星斗，交相辉映。随着为了生存、发展而进行的迁徙、争斗、交流、融合，最终形成了以黄河流域为主体，以农业文明为基础的华夏文明，并最终覆盖了东亚的汉字文化圈和中国的汉族聚居区。

华夏文明的基础是农业文明，在此基础上形成的各种文化之所以能够长盛不衰，延续至近代工业社会，就是因为地理环境提供了充分的条件，也因为它们适应了生存在这一环境中人群的需要，并且能够通过不断的调整和发展适应社会的需要。由于这一农业区域辽阔的地域和优越的条件，这种文明在东亚以至当时的世界处于先进的地位。直到近代，尽管北方和西北的牧业文明可以凭借本身的军事实力进入中原，成为军事上的征服者，但最终无不成为文化上的被征服者——如果它没有及时退出的话。

但与此同时，在蒙古高原、西域（今新疆和中亚）、青藏高原也形成了适应各自地理环境的牧业文明或农牧兼有的文明，尽管因自然条件的制约，其规模和影响远不能与华夏农业文明相比。二千年前的有识之士就认识到不同文明适应不同地理环境的本质，相互间难分优劣，不可替代。

在这些不同文明的共处过程中，无论是人口的自由迁徙和物资的互惠交流，还是武力争夺和血腥杀戮，客观上都促成了文化上的相互学习。华夏文化中的音乐、舞蹈得益于西域文化，"胡服骑射"学自北方牧业民族，由席地而坐到使用坐具也是受到牧业民族"胡床"的启发，甚至连妇女的贞节观念和婚姻制度也离不开牧业民族的影响。另外，源于农业地区的茶一旦传入牧业地区，就成为牧业民族不可或缺的重要物资，饮茶成了牧业社会日常生活的一部分。

由于以往数千年间人类还不具备克服地理障碍的能力，不同文化之间长期缺乏或很少有交流的机会，在一个文化区域内往往形成某种文化的绝对优势，加剧了文化之间的差异。对自身文化过度的自尊自信，也会导致对其他文化的歧视漠视。反而是一些相对贫困、资源匮乏的群体，会更迫切地突破地理障碍，寻求新的物质文明和精神文明。

历史上的冲突和仇杀、战争和毁灭，从根本上说，是利益争夺的结果。但不同文化的群体间的冲突，也出于相互之间的无知和误解，有其文化根源。一种文明的兴衰或许只是地理因素的影响，但一种文明迅速取代另一种文明几乎都是通过暴力和战争实现的。

时至今日，不同文明间的了解已经不存在物质方面的障碍，先进的信息产业和发达的市场经济已成为物质文明传播的最有效的途径。世界上绝大多数人已经认识到人类存在着共同的价值观，不同文化间具有一定的共同性，不同的只是显示或表达的方式。另外，任何个人和群体都有权保持自己的文化和信仰,这已经成为公认的政治伦理和价值观念。

因此,不同文化之间首先要相互了解,在此前提下应该相互理解,相互欣赏,尽可能发现对方的长处,了解它形成、发展和延续的原因,吸取其中对自己有益的因素。展示自身的文化也是出于这样的目的,只有在对方需要学习时才予以传播,提供便利。

中国文化有"己所不欲,勿施于人"的优良传统。但不可否认,"夷夏之别"的观念也根深蒂固,因而对自己的文化采取"传而不播"的政策,即可以接纳外来人员学习中国文化,却不鼓励甚至禁止向外传播中国文化。其实质固然有不强人所难的一面,但更多是出于对其他民族的轻视、歧视和蔑视,认为他们尚未开化,不配接受教化。即使是在本国内部,对少数民族聚居区,也要到了改土归流、设置州县后,才推广儒家文化和科举制度。

在今天,这种心态的残余依然存在,有些人还坚持认为中国文化优于其他文化,东方文化优于西方文化。即便是"己所欲"也不能强加于人。不同文化之间应该各取所需,自由吸收,在对方需要的前提下给予帮助,才能达到共存共荣的结果。特别是处于强势地位的文化,更应该尊重处于相对弱势地位的文化,帮助它们得到延续,为它们的发展留有余地。

我们还应该认识到,文化的创造与传承都离不开人的作用,而人的天赋往往能突破物质条件的限制,天才人物和某种精神文明所达到的高峰或许在可以预见的未来都无法超越。每个民族都可能拥有天才人物,如果客观条件适宜,他们的作用得到充分发挥,就有可能形成这样的高峰。最杰出的文化成果,特别是艺术作品,都是天才与信仰结合的产物,往往独一无二,是可遇不可求、可望不可即的。其中的幸存者是全人类的瑰宝,具有普遍性的价值。对它们的价值和意义,或许我们今天还不能理解,但通过相互交流,至少能使我们了解更多。

我来自上海,而上海是近代中国最早、规模最大的开放城市。自1843年开埠以来,城市人口主要由移民构成。来自国内各地和世界各国的移民,特别是其中的高层次移民(包括来自俄罗斯的一批杰出的艺术家和学者）带来了各自的文化，如海纳百川，在共同的生存和发展中形成了集古今中外之长的上海文化和艺术。西方的音乐、舞蹈、戏剧、美术、电影，与中国传统的、民间的艺术交相辉映，相得益彰，产生了新的形式和内容。这些不仅丰富了城市生活，开阔了市民的视野，提高了市民的文化艺术素质，扩大了城市的影响，使上海在中国和世界更具吸引力，也使上海人更善于理解和欣赏其他文化。

经过改革开放洗礼的中国人民正以更加开放、包容、热切的心态接纳世界上不同的文化和艺术，相信一定能够得到世界各国人民的理解和响应。

2012 年 10 月

己所欲，如何施于人？
——中国文化如何走向世界

"己所不欲，勿施于人"，体现了古代的君子推己及人的美德。在共同的价值观念或文化认同的前提下，人们"欲"或"不欲"的标准基本是一致的，所以己所不欲是绝对不能施于人的，而己所欲就应该积极主动地施于人了。

到了今天，特别是面向世界，共同的价值观念或文化认同的前提并不普遍存在，更多的还是不同文明的碰撞和不同文化的摩擦，或者是不同生活方式和兴趣爱好的并存，因而推己及人的美德延伸到了更大的范围，被赋予了新的内容，即己所欲是否必定要施于人？又该如何施于人？

在中国开放之初，国人对来客无不盛筵款待，而且按照传统的待客方式，不停将各式菜肴夹入客人的餐盘，甚至直接放入饭碗。来自东亚的客人无不连声称谢，即使对某些食物并不喜欢，也不会有所表示。来自西方的客人往往会直率地表示够了，或者说"不，谢谢"。但主人往往不加理会，认为只是客人的客套，继续增添客人已表示不需要、不喜欢的食物，力劝甚至强制客人享用。有的客人觉得不可思议，认为主人完全不尊重他的人权。由于不了解、不尊重文化差异，过分的热情好客换来的是误解和不满。

时至今日，这类具体的、细节性的文化冲突基本已成过去，即使偶尔发生，也会很快化解。但在对文明、文化整体性的认识上，不少人还停留在当时的水平，还是习惯于用自己的标准和观念对待他人，因而往往要将己所欲强施于人。

在论述"一带一路"倡议与中国的对外政策时，习近平主席一直强调"文明互鉴"。不同文明之间应该互相借鉴，重要的前提就是认识到其他文明有值得肯定、需要学习的部分。但互鉴是建立在自觉自愿的基础上的，不应该是单方面的强势推行，或过分热情赠予。己所欲不等于人所欲，在没有了解他人的意愿时，不能随便施于人。

中国人对外界的另一个误解，是夸大了古代中国在世界上起的作用和对外影响。中国以往的历史往往不涉及外界，满足于自娱自乐，不愿甚至不屑于了解外界。例如，中国确定的先进标准，只是根据个别人的赞美或描述，而不是基于广泛的比较和精确的统计。由于地理环境的封闭和阻隔，在大航海时代之前，东方与西方之间的相互了解都很有限，仅仅根据个别学者的主观判断、旅行家的片面观察，再加上选择性的应用，由此得出的结论是经不起检验的。迄今为止还没有发现玛雅文明与中国文明有什么联系或相互影响，二者是无法比较的，不存在哪一个更先进的问题。中国的汉朝、唐朝虽然与罗马同时并存，但目前也还没有发现它们之间有实质性的交流，彼此之间也没有什么影响。从这一意义上说，罗马和汉、唐都不具有真正的世界性。

比较而言，古代中国更缺少传播推广自己文化的愿望和动力。因为中国长期以"天下之中"自居，一方面认为"天朝无所不有"，在物质上无求于人；另一方面又认为华夏（汉族）以外的人都属蛮夷，只有接受中华文明才能由"夷"入"夏"，由野蛮转化为文明，但这只能出于他们的主动，如朝鲜、越南、日本那样主动学习，而不应也不必由中国去传播推广。中国历史上从来没有在外国办过一所孔子学院，也没有主动向外国派过教师，就是在国内的少数民族聚居区，也要到改土归流以后才开始办学校，开科举。16世纪以降，迁往海外的华人已经开始形成自己的社区，但直到清末，他们还得不到祖国的承认和保护，更不可能获得来自祖国的文化资源，加上他们中的绝大多数文化程度很低，或者根本不识字，不具备传播文化的能力。即使在东南亚一些国家，尽管华侨、华人在总人口中占很大比例，但中国文化从来没有成为这些国家的主流。

因此，今天中国文化走向世界的第一步，是深入了解其他国家的文化，了解其他文化与中华文化的差异，特别应该关注和发现有哪些值得我们学习、借鉴。同时积极但适度地展示、介绍自己的文化和价值观念，回答外界的疑问，消除别人的误解。只有当别人需要时，才可以施于人，并且要与对方商量，如何有效地施于人。

同样，我们也希望其他文明、其他文化、其他国家也采取同样的态度，不要像某些人那样，始终将自己的标准和观念当作"普世"的，甚至唯一的，以此来衡量中国的一切，或企图以此来改变中国。

已故著名学者费孝通先生说过："各美其美，美人之美，美美与共，天下大同。"如果大家都能坚持"己所不欲，勿施于人"的底线，又遵守"己所欲，慎施于人"的原则，那么我们离这一境界又近了一大步。

2017 年 9 月

是什么导致传统文化断裂

任何一种文化都离不开它的载体,都是通过载体得到保存、延续和传播的。最重要的载体当然是人,是创造或掌握这种文化的人。特别是在文字和书面记录相当困难的条件下,人作为文化载体的作用无可替代,甚至是唯一的。俗文化的载体是一个群体,除非遭遇特大的天灾人祸,一般不至于灭绝。雅文化的载体往往是少数人,甚至只有个别人,如果这些人失去了或被剥夺了传播能力,这种文化有可能断裂,甚至从此消亡。但只要人还在,哪怕只有个别人幸存,这种文化仍有可能得到延续。中国历史上有不少雅文化都因为传承者的丧失而成为广陵绝响,但另一些雅文化不绝如缕的现象也屡有发生。

如秦始皇焚书坑儒以后,规定以吏为师,禁止百姓收藏图书。学者逃亡山林,有的儒家经典未能保存下来,只能靠口头传播。汉惠帝时取消了禁止百姓收藏图书的法令,儒家学者才开始在民间传播学说,但由于原书没有完整地保留,只能长期依靠口头流传。济南人伏生原来是秦朝的博士,秦始皇禁书时,他将《尚书》藏在墙壁间。伏生在战乱后回家,发现遗失了几十篇,只剩下29篇。好在伏生还能背诵记忆,传授给学生。汉文帝时,伏生已年过九十,行动不便,朝廷只能派晁错到伏生家学习继承。伏生讲一口齐地方言,又口齿不清,只能让女儿传达,但晁错说的是颍川方言,还有二三成的意思不明白,只能根据自己的理解记录。要是没有伏生,或者没有晁错的记录和传播,《尚书》的传承就会出现断裂。

在古代中国，另一个重要的文化载体是文献记载，主要是书籍。如果唯一的一种文献或书籍遗失了、毁灭了，又没有像伏生那样的人留作载体，那它所记录的文化也会随之断裂以至灭绝。而这样的事在以往2000多年间何止万千！

在秦始皇的焚书和禁书后，又经历了秦汉之际的大乱，先秦形成的典籍大多损毁，经过西汉时一次次的征集和重编，到西汉末年才形成由刘向、刘歆父子编成的《七略》，共7类、33 090卷。王莽覆灭时，宫中图书被焚烧。东汉光武帝、明帝、章帝都很重视学术文化，好在民间有不少收藏，经过多次征集，皇宫中石室和兰台的藏书又相当充足。于是将新书集中在东观和仁寿阁，分类整理，目录编成《汉书·艺文志》。可是到董卓强迫汉献帝西迁长安时，军人在宫中大肆抢掠，将用缣帛写成的长卷当作帐子和包袱，但运往长安的书籍还有70余车之多。以后长安也沦于战乱，这些书籍被一扫而光。

经曹魏收集散在民间的图书，加上西晋初在汲郡（治今河南卫辉市西南）古墓中发掘出来的一批古书，又恢复到29 945卷。但不久八王之乱和永嘉之乱爆发，首都洛阳饱受战祸，成为一片废墟，皇家图书荡然无存。

东晋初只剩下3014卷，此后北方的遗书逐渐流到江南，到宋元嘉八年（431年）已著录了64 582卷。齐朝末年，战火延烧到藏书的秘阁，图书又受到很大损失。梁初整理图书，不计佛经共有23 106卷。由于梁武帝重视文化，加上江南维持了40多年安定局面，民间藏书大量增加。侯景之乱被平息后，湘东王萧绎（即以后的梁元帝）下令将文德殿的藏书和在首都建康（今南京）收集到的公私藏书共7万余卷运回江陵。加上他的旧藏，达到空前的14万卷。但到承圣三年十二月辛未（555年1月27日），当江陵城被西魏军包围时，萧绎下令付之一炬。这一损失无法估量，因为直到唐初修《隋书·经籍志》时，著录的书籍才89 666卷。

唐朝以后，虽然由于印刷术的逐渐普及，多数书籍有了复本，民间的收藏增加，在天灾人祸中得以幸存，但还是有大量孤本秘籍失传了，或者被蓄意毁灭了，由它们承载的文化也随之湮灭。

在这一漫长的过程中，记录文字的材料发生了根本性的变化，由甲骨、金属、石料、竹简、木简、缣帛，变成了以纸为主。文字本身也发生了很大变化，由甲骨文、金文、篆书、隶书，变为以楷书为主，辅以行书、草书，并且不断产生一些被简化了的"俗字""俗体"。但只要记录得到保持，文化就不会断裂。即使是3000多年后重见天日的甲骨文，经过专家的研究，也大多得到解读，使后人由此获得商代的大量信息。

至于有一些文化已被历史所淘汰，自然不会再有传承它们的人。但只要相关的记载还在，后人还是可以了解的。例如汉族妇女缠足的现象已经消失，但通过五代以来所谓"金莲文化"的记载，我们可以了解它的状况和影响。又如科举制度废除后，会写八股文的人越来越少，现在大概已没有高手了。但由于有关科举的史料和八股文都很丰富，研究科举和了解八股文并不困难。

2013年8月

存在与影响：历史上的中外文化交流对"一带一路"建设的启示

我这几年在研究历史地理、中国史和相关的历史时，有一个很深的体会，可以说到目前为止，我们中国人自己研究历史还停留在自娱自乐的阶段，基本上很少客观地分析中国历史、中国的传统文化在世界上的地位，在很大程度上就是简单地罗列，哪一阶段、哪一年中国产生了什么、发生了什么事件，似乎这就证明这些都已经在世界上产生了影响。现在中国人已经走出去了，在座的各位都已经有了走出去的机会，现在我们的信息也畅通了，那么请问大家，在今天我们所了解的外国文化中，有多少是受到中国古代文化影响的呢？今天世界上存在的制度文明，有多少中国的成分？很少。而且有时候我们把一种片面的认识当成全面，比如说，我们认为东南亚受中国的影响很大，而事实是不是这样呢？实际上中国文化在东南亚中的影响主要是在华人里面，像印度尼西亚、马来西亚甚至包括新加坡，他们的宗教主要是伊斯兰教，影响他们的文化主要是穆斯林文化，而不是中国文化。新加坡的政治制度、主流文化究竟是受英国制度、西方文化影响大呢，还是受中国文化影响大呢？

所以，我们首先要考虑的一个问题当然还是中国文化本身的优势，但是存在就是影响吗？并不是。

一种存在本身有时间和空间的范围，这必然会制约他人。但是它的影响的大小或是否存在，就不仅仅取决于它本身了，而要看到它与被影响者的关系。比如血缘、民族、语言、宗教、信仰、政治、利益等，比如在同一血缘或同一民族间会克服时间和空间的障碍，会产生较大的影响或保持较长久的时间。又如，同一种语言是最有利的传播媒介，同一种文字更能突破时间和空间的界限。宗教可以跨越时间与空间的影响，一旦形成了信仰，就可能产生非理性的结果，不能用常理和逻辑来推断。政治与利益就更不是用时间与空间可以衡量的了。此外，还要考虑到影响者与被影响者之间的时间与空间的距离，因为对同一因素而言，正常的影响力还是与时间、空间的距离成反比的。

我们也不能主观地认为，在中国已经消失了的文化肯定对周边国家产生过什么样的影响，相反，有些在国外保存的而在中国已经消失了的中国文化会反过来影响中国，就是孔子所说的"礼失求诸野"。例如，从诸夏、华夏开始一直传承到近代的某些文化，对近在咫尺的少数民族都没有什么影响。但明朝灭亡后，朝鲜人却以宁死也不抛弃祖宗衣冠的态度抵制清朝剃发易服的命令，造成的结果是在中国已经绝迹的"汉家衣冠"却保留在朝鲜半岛。再者，还要考虑到文化影响者本身的传播态度和能力，是认真的、积极的，还是随意的、消极的，甚至是防范的。例如宋朝禁止向契丹、西夏出口书籍，更不会主动传播文化，结果契丹、西夏都制定了自己的文字，连佛经也得以从汉文翻译为西夏文，同时代宋朝的文化在契丹和西夏产生不了什么影响。

此外，还要考虑到文化传播的手段与途径。在现代传播手段发明和运用之前，文化的传播只能通过人、文字和具体的物品。如果没有人和具体的传播物，即使处于同一时代，不同的文化之间也不可能有交流和影响。今天我们有了互联网，有了密集的人际交流，但是我们不能用现代化的手段来想象古代，不能说汉代的文化肯定影响了罗马，反过来也是如此。

正因为如此，我们就必须要了解中国古代文化的基本特征。

一方面，由于地理环境的障碍，中国文化远离其他发达的文明。如果我们把今天所遗留下来的古代文明做个比较，绝大多数都可以找到它们之间的相互关系，但是只有美洲的玛雅文化与中国的文化很难找到与其他文明之间的联系交融，就是由于地理环境的障碍，在当时几乎是不可逾越的。历史上有好几次外来的文明到了中国的边缘，但是最终几乎都没有传播进来，能够过来的往往很少。目前能找到的汉代与罗马的交流，就是"眩人"，即今天所说的杂技演员来过，但连具体人数也没有。即便像史书所载，将他们当作罗马派来的使者，他们对文化交流能起到多大的作用？留下多大影响？同样的道理，中国的文化也很难突破地理环境的障碍。正因为这样，中国的文化基本上是独立发展起来的，一直到近代以来才受到外来文化的冲击与影响，在这以前更多的是在物质上吸收外来的文化，精神上基本是独立发展的。所以在晚清时期，有很多文人志士才会感叹，中国遇到了"三千年未有之大变局"，这个大变局不是仅仅指坚船利炮、声光电，更是指意识形态、文化、制度之类主体上的冲击。

另一方面，中国由于周边隔绝及自身优越的地理环境，所以在孔子时代就产生了强烈的"华夷之辨"，认为华夏优于蛮夷，蛮夷还没有开化，等同于禽兽。夷要变夏，就必须要接受华夏的文化礼仪，反过来如有华夏放弃了自己的文化传统，则可以由夏变夷。所以"华夷之辨"始终是根深蒂固的，在政治上，主张"非我族类，其心必异"，对夷人保持着防范的心理。如果认为夷人还有可取的话，那是因为他变成了夏的结果，而不是夷人本身。同时，古人还认为"天朝无所不有"，无需依赖外人，所以对外来文明的态度，统治者往往是出于不得已才容忍，或者完全出于个人的精神追求和物质享乐的目的，如长生不老、求仙、纵欲。所以直到清朝乾隆晚期，中国只接受朝贡贸易，而正常的对外贸易只能停留在民间或者走私，甚至需要通过外力干预才能改变。

所以，中国文化的传统历来是开而不放，传而不播。我们现在往往赞扬汉唐如何开放，但事实上是开而不放，打开一扇小门允许西域南海诸国、日本、朝鲜、越南、琉球等人进来，但目的是让他们来朝见或学习中国的礼仪文化，而不是与他们交流，更不会向他们学习。古代的中国从来不会主动去外界学习他国、他族的文化，截至目前笔者尚未在历史中发现过这样的例子。唯一的例外，是出于宗教的目的，比如法显、宋云、玄奘等到印度去取经。因为中国人不认为、不相信在中国之外还有能与中国相称的文明，更不会有值得中国学习的文明。此外，中国人也不认为有向外传播自己的文化的必要，因为境外都是蛮夷戎狄，不仅非我族类，而且尚未开化，也不愿接受教化，不配学习中国文化。朝鲜、越南、琉球等藩属国则因曾为汉唐故土，或长期向化，已被视同中国文化区域，日本则一直被列为外国，官方或正常情况下不会主动去传播中国文化，鉴真和尚是应日本之邀去弘扬佛法，其他成果都是副产品。朱舜水留在日本是因为明朝覆灭，他作为遗民回不了国。近代以前，中国从来没有去外国办过一所孔子学院，现在能够找到的古人在国外传播文化的例子，除宗教原因外，往往都是出于不得已或者是偶然的原因。

即使是在国内，儒家文化也仅仅停留在精英、统治者和制度层面，没有深入民间。所谓儒家学说深入民间，这是学界所制造的假象，是儒家学者自娱自乐。中国农村绝大多数人都是文盲，连《三字经》《百家姓》这些普及型的读物都不会看，谈何儒家文化？儒家文化和皇权也局限于华夏（文化）地区，在行政上，少数民族聚居地区大多属"羁縻"性质或由土司统治；在文化上，一般都听其自然，并因属"蛮夷"而不施教化。像云南、贵州、广西、四川、湖北、湖南这些地区往往经过"改土归流"以后，才开始办学校、兴科举，儒家文化才传播到了少数民族地区，但一般也只限于上层及迁入当地的汉民。在这之前，只有个别积极"向化"的土司才会主动学习儒家文化，但往往要经过向官方争取才会破例去传播。

在境外，中国文化的传播限于朝鲜、越南、琉球等通用汉字的地域和华人聚居区。不少人以为中国文化在东南亚的影响很大，其实从来不是如此。由于早期的中国移民基本都是底层贫民，从在当地定居并形成社区开始，一直处在本地文化的包围之中。加上历代统治者根本没有保护侨民的意识，反而视海外华人为不忠不孝的叛逆、盗匪，甚至在他们遭受殖民统治迫害杀戮时也无动于衷，更不可能在文化上给予他们支持。中国的统治者连帮助自己的侨民学习中国文化的意识也没有，岂会去向他们的所在国传播中国文化？因此，华人、华侨要进入主流，必须接受当地的文化，甚至皈依当地宗教。20世纪50年代后，由于中国不再承认双重国籍，华人绝大多数选择加入当地国籍。在大多数国家，华人不得不改用当地姓氏，华人教育被限制或取缔，只有少数华人还能坚持写汉字，讲中文。

所以我们要清楚的是，在世界各平行发展的文明之间，文化未必是相互影响的，不能仅仅根据空间、时间相近的因素来推断。比如，中国的造纸术早在公元2世纪就成熟了，但是直到公元8世纪才传到外界，才被阿拉伯人所掌握。751年唐朝大将高仙芝率领的几万军队在怛罗斯（今哈萨克斯坦江布尔）被黑衣大食（阿拉伯阿拔斯王朝）军队打败，大批唐军被俘，其中就有一批造纸工匠。他们被带到巴格达，阿拉伯人通过他们学会了造纸，并传播到各地。从此，中国的造纸技术完全取代了古埃及流传下来的莎草纸制作。要不是这个偶然因素，中国造纸技术的外传或许还要晚很多年。若中国积极主动传播自己的文化、技术，今天在世界的影响肯定会大得多。类似的例子还有很多。

今天我们讲"一带一路"对文化的影响，要明确以下四个方面：

第一，"一带一路"不是张骞通西域。西汉张骞出使西域主要是出于政治、军事的目的，其最大的贡献就是中国拥有了新疆和中亚，难道在今天我们提出"一带一路"，是还想拥有什么地方吗？第二，"一带一路"不是丝绸之路的延续与再造。丝绸之路主要的动力不是在中国而是在外国，是中亚、西亚，是波斯、罗马需要中国的丝绸，而不是中国需要把丝绸推销出去。中国历来没有通过外贸来盈利的观念，丝绸之路真正的利益既得者是中间的商人。第三，"一带一路"不是郑和下西洋。郑和下西洋也是出于政治的目的，至少主要是为了宣扬国威，或者是为了加强永乐皇帝的政治合法性，而我们今天的时代不需要这样做，不应该这样，也不可能这样做。第四，"一带一路"不是新马歇尔计划。二战结束后，欧洲人接受美国提出的马歇尔计划是没有选择余地的，只能接受，而今天要不要接受"一带一路"，很大程度上是取决于对方。"一带一路"光有中国的积极性和努力是不够的，还要使对方愿意合作，并保持下去。

所以我们中国文化交流的历史、文明的历史进程，带给我们更多的是教训，而不是经验。归纳起来，我认为首先应该全面地开放，其次应该积极地、客观地对外介绍和传播中国文化，让外国人能够更加全面地了解中国文化。与此同时，对外国先进的文化，中国应当主动地吸收。在今天的世界上，再想用和平的方法直接传播意识形态和信仰，是不可能的。世界上多数人已经有了自己的宗教信仰和价值观念，并且绝大多数人处于"水深火热"之中或饥寒交迫，除非通过武力强制的手段或者高价收买，才可能改变其中的小部分人。历史上意识形态和宗教的传播，除了出于对方的需要以外，无不通过暴力、战争、经济手段，而这样的时代已经一去不复返了。

我们今天讲"一带一路"的文化建设，主要还是要依靠文化产品与文化服务，我们的创意应该体现在这些方面。如果能使这些文化产品和文化服务有更多的中国元素，中国的价值观就体现其中了。如果对方购买了我们的文化产品，接受了我们的文化服务，实际上就程度不等地受到了中国文化和中国价值观的影响。这是和风细雨，也是别人心甘情愿接受的。就像今天的美国人、日本人、韩国人，如果他们一本正经地来中国传播他们的文化、意识形态、价值观念，我们肯定会抵制，甚至连门都不让他们进，但是大片、美剧、电玩、绘本、"韩流"滚滚而来，观众、粉丝、好奇者会争先恐后花钱，一遍遍看，一遍遍玩。

一方面，文化只有转化为产品和服务才能形成软实力，才能服务于"一带一路"。另一方面，"一带一路"的优先和重点地区大多有与中国不同的文化和宗教信仰，如巴基斯坦。如果我们一味强调文化的意识形态、价值观念、中国特色，连交流的作用也未必能达到，甚至会引发文明冲突，破坏大局。

2016 年 5 月

古代地图上的"中国"

有关地图测绘的记载,最早可以追溯到夏代。相传东周时珍藏在周天子宫中象征九州的九鼎,已经将各州主要的地理要素铸在鼎上,具有原始地图的功能。现存最早的地图实物,是1986年在天水放马滩一号墓中出土的7幅绘在松木板上的地图,大约绘制于战国秦惠王后期(公元前4世纪末)。而显示范围更大的地图,则是1973年在湖南长沙马王堆三号汉墓中发现的一幅绘在帛上的地图,其主区包括了今天湘江上游潇水流域、南岭、九嶷山及附近地区。这些区域性的地图,无论是传世的,还是仅见于记载的,都比较精确具体,因为它们都有具体的功能和直接的用途,甚至事关国计民生。例如,刘邦抢先占据秦朝首都咸阳后,萧何深谋远虑,立即接管秦朝的地图与档案,使刘邦了解《史记》中所记载的"天下厄塞,户口多少,强弱之处",而其中大部分信息显然来自地图及其附录。这一传统为后世的同类地图所继承,所以,《中国古代的地图测绘》中提到,在采用现代制图技术之前,无论是以"计里画方"绘成的地图,还是山水画式的写意地图,制图者的主观意图总是希望显示实际的地形地貌、人文景观以及它们之间的关系,至多对其中某些要素做些夸大或缩小。

如果画一张全国地图或"天下"地图,就必须服从"天下"的观念——"溥(普)天之下,莫非王土","中国"居于"天下之中"。本朝或前朝的疆域政区都要一一画出,但"天下"的边界是画不到的,本朝或"中国"以外的属国、蛮夷、化外之地、要荒之地就可以随意处理了。

既然非声教所及，不画也无所谓，如果画了也无不妥，总不出"天下"的范围，恰好可以说明王朝的影响无远弗届。例如，汉武帝听取使者张骞的汇报后，获悉黄河发源于于阗（误以今塔里木河为黄河上游），即"案古图书"（查考古代地图及附录文字），将源头的山脉命名为昆仑。当时今塔里木河流域还不在汉朝的管辖之下。又如，唐贾耽绘《海内华夷图》，"中国以《禹贡》为首，外夷以《班史》(《汉书》)发源"，包括"左衽"（非华夏诸族）地区。按其比例尺计算，该图的范围东西有三万里，南北则在三万里以上，都已超出了当时唐朝的疆域。再如，《混一疆理历代国都之图》（现藏于日本龙谷大学）于明建文四年（1402年）以李泽民《声教广被图》（1330年前后）和元末明初名僧清濬的《混一疆理图》为底本绘制，《大明混一图》（现藏于中国第一历史档案馆）也属同一系统。《大明混一图》不仅几乎包括整个亚洲，而且也画出了非洲。"混一疆理"不过是"天下"的同义词。

此图的绘制在郑和航海之前，所反映的地理知识显然来自元朝与蒙古汗国时代，也包括阿拉伯人的地理发现，但画入"大明混一"之图显然被认为是理所当然。直到清乾隆二十五年（1760年）至二十七年（1762年）间画成的《乾隆内府舆图》还是如此，该图西面画到了波罗的海、地中海，北面画到了俄罗斯北海。尽管在清朝疆域以外没有标出多少地名，却依然体现了乾隆皇帝与臣民的天下观念。正因为如此，这类地图被历代统治者视为重要的"政治符号"，被赋予"皇帝受命于天，奄有四海"的象征意义。

这些官方绘制的地图，被当成国家重宝、皇室珍秘收藏于金匮石室，其内容也被蒙上神秘色彩。如果说，"春秋笔法"（在记述历史时，暗含褒贬的文章写法）是历代官修正史的传统逻辑，那么，在全国性的或天下的地图编制过程中，"春秋绘法"的事例更加不胜枚举。

可以说，中国古代的这类官方地图完全可以自娱自乐，秘而不宣，以致外界既没有看到的机会，更不可能也不敢加以评论。

2021年5月

移民史研究的精细化和地域化

——2016年7月21日在重庆荣昌填川移民文化学术研讨会上的发言（记录稿）

我要讲的题目，是移民史研究的精细化和地域化。

为什么要讲细化呢？因为我自己是有体会的，当我们开始研究中国移民史的时候，研究到"湖广填四川"，那时遇到的难题就是能够利用的资料太少，正史上找不到几条记载，能够找到的相关论著也很少。所以我认为，尽管今天已经有了很多论著问世，但是对这么一次在中国历史上有非常大的影响的，在世界史上也少有的大移民，还远远不够。

我们现在一方面应该是把它细化。怎么细化呢？比如首先在时间上，不是"湖广填四川"这样一个漫长的阶段都适合每一次具体的移民的，究竟这次移民是从清朝初年算起呢，还是要从明朝算起呢？某一支具体的移民也是如此。实际上这一方向的移民早就存在，本身有一个时间的进程。又如它是什么时候结束的？要不要延伸到今天？这是在时间上面的细化。

那么在空间上面呢？也是如此。以前一个传统的说法是，江西填湖广，湖广填四川，但实际上就在四川定居或转迁的人口来讲，他们不仅仅来自湖广，还来自更多的地方，而且这个移民的迁移过程，并不是说直接从始迁的地方，就定居到了某一个地方。不久前陈世松先生把他的大作先发给我看了，实际上就有一个问题，我们以前一般认为移民要有集散地，最后才有定居的地方，实际上真正仔细观察研究，这一过程要细化，不是那么简单的。

我没有深入地研究，很可能有一些移民是在荣昌定居多少年后，然后再从荣昌向其他地方迁移，那么荣昌就不是简单的集散地。它也许可以说是上一次移民的集散地，却是下一次移民的出发地。那么第二次或第三次移民在迁到其他地方的时候，他们所携带的文化、所起的作用，跟当初从湖广或者从其他地方直接迁过来的移民已经有了区别，已经包含了在荣昌接受或形成的其他文化因素。

因为有一天我们所称的非物质文化遗产，它也许在迁移过程中已经本土化，然后再传播出去，所以不是简单的集散地就能涵盖一个地方的内容的。而且我们还发现，到了清朝中期，有些早期的移民又迁走了，有的中途就回去了。所以对空间范围来讲也是要细化的，而不是简单地套用传统模式，或者局限于"湖广""四川"两个概念，各地起到的作用实际上是不同的。我在广东参加讨论南雄珠玑巷移民时也遇到这样的问题，广东有些地方的移民也不是直接从传说中的珠玑巷迁来的，大多数是来自某一个地方，实际上这些地方可能是移民的集散地，也可能是定居后再迁出的地方。

从具体的移民事件来讲，也需要细化，因为实际上移民的情况是相当复杂的。在四川还有这样一种现象，甚至在彝族里面也有，即明明不应该是移民的人，也说自己是移民后裔。我在其他移民地区的研究中也碰到这个问题，这实际上反映了一种文化上的从众心态，也反映了在移民与土著之间、汉族和少数民族之间，始终存在着文化上、经济上、政治上，以及心态上的不平衡，所以才可能出现这样的现象。所以有些移民的出发地也好，聚居地也好，更多的不是一个历史事实，而是一种文化的趋向，或者被说成一种文化的符号，这些也需要细化。总而言之，我觉得我们这个移民史要深入，那么一定要细化。

除了细化外，还要地域化。为什么地域化呢？我在读初中时对四川的移民有了第一个印象，因为语文课本上面有朱德写的回忆他母亲的文章，里面讲到他家祖上是"湖广填四川"过来的。在我对移民历史稍有了解后，我感觉到"湖广填四川"不是写一本书或几卷书就能记载的，它是我们中华民族一首伟大的史诗，应该有无数的著作，有大量的记载，应该建很多博物馆，很多纪念碑，才足以记载下来，传之后世。当初重庆湖广会馆建博物馆的时候也找过我，还有几个地方他们都找过我，但是大家遇到的最大问题，是史料在哪里，具体的记录在哪里。实际上，通过地域化的研究就能在很大程度上解决这个问题。因为早期的移民绝大多数是不识字的，是底层的贫民，所以他们具体的行为，他们所产生的影响，更多的不是保存在官方的史料或者文字记载中，而是保留在民间社会，保留在当地。所以如果不是根据一个地方实际还存在的文化，实际还存在的遗物、遗址，以及口耳相传的这些记录来研究，你就没有办法客观地全面反映出大规模、持续多年的、对社会深刻影响的移民。而且各地还存在着非常大的地域差别，有些地方可能只是个移民的集散地，或者移民只是路过，但是有些地方实际就是一个新的移民的出发地。还有些地方则完全是由移民形成的，没有移民就没有这个地方。这些你一定要找书面记录，找官方史料是找不到的，所以一定要通过地域化的研究，充分运用社会学、人类学、地理学、考古学、民俗学等各方面研究手段和办法，才能够揭示出这些事实。而且地域化的研究对当地的影响最大，更容易受到当地民众和政府的重视。今天大家都在说要记住乡愁，乡愁是什么？乡愁就是人对故乡的感情。故乡的感情来自哪里？就是故乡的传统、故乡的文化。如果根本不了解这些，那就是伪乡愁，那就是假的。通过在本地踏踏实实地做一些地域化的研究，就有可能取得这些方面的成果。现在要复原和保护非物质文化遗产，要弘扬本地民间的优良文化，都离不开深入的研究。在荣昌，在重庆，在四川，影响最大的就是这次移民。

这两个方面，我认为是我们进一步开展移民史研究的关键。

最后，我想顺便谈一下上午参观考察的一点体会。非物质文化遗产与移民有密切的关系，有的就是移民带来的，但是它与移民出发地的非物质文化遗产又有很大的差别，它经过这么长的时间已经本土化了。现在从政府到民间都出于好意，想保存这些文化遗产，我认为一定要区别清楚，保存与利用开发是两回事。

我们现在都很重视一个地方的文化软实力，但要明白，不是存在的文化或文化遗产就是文化软实力。关于这一点，我专门与软实力理论的创始者、美国哈佛大学的约瑟夫·奈（Joseph Nye）教授讨论过。他说，你们中国的文化应该是很大的软实力来源，可是你们没有把它变成文化产品。我很赞成，说还应变成文化服务，他也赞成。你看看世界上统计的那些软实力排名中，中国排在很后面。什么原因呢？今天世界的文化产品中，中国提供了多少？很少。我们不仅落后于英国、美国，连日本、韩国都不如。我们的非物质文化遗产里面是可以开发出很多文化产品的，这些文化产品能销出去，销到外地、外国，才能形成软实力，既能获得利益，又能传播文化。文化产品和文化服务需要创新，不能照搬非物质文化遗产，但保护时必须严格按照原汁原味，延续传统，不容许有任何改变。政府和社会就要保证必要的条件，不能让传承人自谋出路，自负盈亏。所以保存与利用两者应该严格区别开来，那么我们本地的非物质文化遗产既可以得到保存，又可以在未来的建设发展中起到文化软实力的作用。

2016 年 7 月

我对海派文化的几点看法

海派文化的研究已成一门显学,对海派文化及其研究成果的应用也方兴未艾,对海派文化的基本概念还有厘清的必要。

作为一种地域文化,即一个特定的空间范围内的文化,海派文化的形成和发展限于一个特定的空间范围。而一种地域文化之所以能够成立,就在于它与此地域范围之外的文化存在着明显的差异。

就历史阶段性而言,一种地域文化也限于一个特定的时间范围,因为它不可能自古至今都存在,或者都不发生变化。一般来说,它只能产生在它与周边其他地域文化的明显差异形成之后。而一旦它与周边地域文化的差异消失,它作为一种地域文化也就不复存在。

正因为如此,海派文化不等于上海文化。

就时间和空间范围而言,上海文化只能产生在上海这个地域概念形成之后,并且随着这一概念空间范围的变化而变化。当上海刚形成一个聚落时,它是华亭县的一部分。即使以后有了上海镇,镇辖范围内形成了一定的文化特色,也只是华亭文化的一部分,至多称之为华亭文化的一个亚区。到元朝设置上海县,尽管其辖境扩大,已足以形成自己的文化特色,但也有一个产生和发展的过程。设县之初,境内的文化肯定与所属松江府的其他县的文化差异很小,即使到了开埠前的清朝中期,上海县境内的文化特色依然与松江府属或苏(州)松(江)太(仓)道内其他县相似,未必形成独特的文化。

现在有学者强调这一阶段上海文化的市镇、商业、港口、贸易、沙船、江海关等特色，其实除了江海关的设置得益于上海在其管辖范围（从浙江乍浦至江苏连云港）地位适宜外，其余各项都不是上海的专利，而是长江三角洲和江南长期发展的结果。另外，即使在上海县境内，市镇与乡村之间的文化差异远大于上海与周边县之间的文化差异。如果可以将当时上海县境有代表性的文化称为上海文化，就应该包括市镇文化和乡村文化两个方面。同样，1927年上海建市后，市辖区的范围都包括一部分镇、乡、村，而不仅有租界和都市。至1958年上海市扩大至原江苏省松江地区，形成郊区10县，6000平方公里的辖境中大部分是乡村和海岛。即使这些地方越来越多地受到由上海中心城区辐射而来的都市文化的影响，但直到今天，二者的差异依然很大，并且会长期存在。如果讲上海文化，难道能不包括都市文化以外的文化类型吗？

海派文化最大的特点是强烈而丰富的外来文化因素，而在1843年开埠以前，西方文化和异域文化是不可能大规模进入的。利玛窦与天主教的影响范围有限，而且并没有延续。而要是没有租界形成后各地移民的大规模迁入，并持续百年，本地文化也不可能代表中国文化的先进水平，海纳百川也无从谈起。抗战胜利后，日本侨民被遣返，一部分欧美侨民与犹太人迁离。1949年上海解放后，大部分外国侨民、犹太人、俄国人陆续迁离，上海与台湾交通断绝，与香港的人员来往和文化交流受到严格控制。1958年后，外地户籍已不能自由迁入上海，海派文化中的外来因素已成批判肃清对象，至"文化大革命"扫荡尽净。因此海派文化的存在时间，只能是在1843—1949年，此后只是海派文化的残余阶段。

作为一种都市文化，海派文化的载体是城市，其地域是英租界、法租界、美租界和以后的公共租界，以及相邻的华界中南市、闸北、西区的城市部分。这一区域是逐步扩大的，如越界筑路实际扩大了租界的范围，1927年后实施的大上海计划建成了江湾地区的新城市。但也有缩小，如日本侵略军的轰炸和破坏使闸北大片街道和建筑物成为废墟，以后成为外来贫民聚居的棚户区。

海派文化也影响到这一空间范围之外，如苏南、浙北（西）的一些城镇，对上海的时尚亦步亦趋，唯海派马首是瞻。有些地方被称为"小上海"，不仅在于工商经济发达，也在于文化上的相似性。但这些地方还谈不上是完全的海派文化区，也还够不上是海派文化的文化岛，毕竟当地文化还是主流。

在海派文化区内部，也存在着区域性特色和差异。以虹口地区为例，公共租界北部与相邻华界融为一体，一度是左翼文人、革命作家、文学青年和相应活动场所会聚之处。由于日本侨民聚居，日本文化、风俗和生活方式的影响也较大。而有些地区集中了欧美、俄国、犹太与中国的上层人物，西化程度高，本土文化影响有限。上海的产业分布、职业结构、移民定居、外侨聚居、建筑类型、通用语言或方言，都有很强的地域性，这就决定了海派文化区内各个亚区的文化特色。

海派文化产生在这样一个特殊的时代和环境，免不了存在其消极的一面，甚至在当时就有其糟粕。海纳百川，泥沙俱下，在一些行业、人群、区域形成积淀。"海派"一词在当时就不完全是褒义，在有些场合就是贬义。譬如学术界有京派、海派之争，互不相能，但整个学术界更多肯定京派。称某人"海派"，往往是华而不实、有名无实、只图表面，甚至是招摇撞骗的代名词。如对某些"海派教授"的描述，就是说中文离不开英文，做学问剪刀加浆糊，西装笔挺，皮鞋铮亮，左手斯的克（手杖），右手大皮包，派头十足，出入舞厅戏馆，兼营股票黄金。

所以今天上海的文化建设，发展上海文化，形成上海精神，对海派文化是取其精华，弃其糟粕，绝不是全盘继承。即使是还适用于今天的那部分，也应与时俱进，不断更新与创新。即使还是用"海派文化"这个名称，那也应该是新海派文化，或者是 21 世纪的海派文化。

2016 年 9 月

释"小官巨贪""清水衙门"

这几年媒体不断刊出新闻,并且一次次刷新纪录:某处长家里抄出上亿现金,某村官一下子贪了几个亿,还有某大学招生办主任的赃款有好几千万。于是人们感叹"小官巨贪""清水衙门不清",或者觉得不可思议,更有人据此得出结论:"蚊子、苍蝇比老虎更厉害""高校成了腐败重灾区"。

其实贪污之能否得逞、赃款之多少,与职务高低、官阶大小、衙门是否清水,并无直接关系,更不成比例,古今中外莫不如此。真正起作用的无非权、钱两项——实际权力有多大,实际能支配的钱是多少。只要存在着不受监督的权力,又有不受审计的财源,就存在着贪污的可能,而贪污额的大小正是与这样的权力和财源成正比的。

在特殊条件下,实际掌握权力的大小并不与职务、职权、级别一致。中国历史上一度操控国柄的是名义上的奴才太监,而理论上的最高统治者——皇帝却成了毫无实权的傀儡。现在有些处长、局长、董事长、部长的权实际掌握在妻子、情妇、秘书或者某一下属或后台手中,那些人名义上不是官,更不是大官,却是真正的权力所在。

同样,同一职务、级别的官在不同部门、不同阶段或不同制度下,能够掌握、动用的财源也可以有悬殊之别。有的部级领导一年能支配的钱不过数十万、数百万元,但什么级别也没有的村主任掌握的土地收入就有上亿甚至几十亿元。1996年我当了复旦大学中国历史地理研究所所长,行政级别属正处,学校拨给所里归我支配的经费是每年8000元,到了实施"211计划",我管的经费超过100万元。2007年起我当了图书馆馆长,行政级别还是正处,但管的经费有2000多万元,最多的一年超过5000万元。

但在财务制度严密、审计手续严格的条件下,即使行政主管批了经费,财务也可以拒绝付款;即使钱已经花了,审计人员也会提出追究。而在支付手续规范的条件下,超过一定数量就不能用现金支付,整个流转过程都有案可据,有账可查。

前些年一度盛行"发红包",参加一次研讨会、论证会、评审会、发布会、座谈会,或连名称也没有的什么会,无论是参加者、发表意见者、宣读论文者、主持会议者,还是记者、摄影者,或莫名其妙进入会场者,都能拿到一个数目不等的、密封或敞开的信封,一般其中都有若干张百元大钞,称之为论证费、咨询费、讲课费、稿费、交通费、辛苦费或什么费,既不需要签名,一般也不会有人当场打开清点。有次我与本校某教授参加同一会议,到家后接到他的电话,问我刚才会上收的信封里有多少钱。我还来不及打开,立即数清后告诉他,他说他的信封中缺了一百元。以后遇见他时想起此事,问他有何结果,他说经查询,主办方已补给他。由此我想到这可是个大漏洞,如果经办人每人都少放一二张,而有的单位会议频繁,每次发放数额颇大,积少成多,不当官的人也能贪污一大笔。但这个漏洞并不难补,现在发钱都得登记身份证,通过银行转账,要贪污就没有那么容易了。

衙门是否属"清水",首先要看有多少"水",其次得看"水"是否"清"。以前人们心目中的清水衙门,大多是指那些无钱无势的部门,并且又是正人君子、书呆子集中的地方,如某些不经管钱财、不负责审批或处理的政府部门,礼仪性的、安置性的办事机构,学校、学术团体等。但今非昔比,有的单位的"水量"已不小,如大学的预算都已上亿元,甚至几十亿、上百亿元;如招生部门表面无"水",却能以权换"水","水源"充沛;有的社团办了"三产",进出的钱远远超过正常经费。至于是否"清",并非决定于这些单位的大多数人,而是具体管"水"的人。由于这些单位长期无"水"、缺"水",往往不引人注目,无人监督。而且在这些单位，管"水"并非主业，多数人不懂或不重视如何管"水"，反让贪污分子有机可乘。像大学中的基建、采购等部门或人员，长期处于边缘，领导和师生对他们的业务大多并不了解，也缺乏监督的意向和能力，一旦"水"多了就容易出事。

另一类清水衙门不清只是假象，如政协领导或委员涉贪涉腐的报道时有所闻，连全国政协也有两位副主席、多位委员被查，有人就认为政协也不是清水衙门。其实到目前为止，这些人被查处的原因都产生在调入政协之前，与政协无关。正是调入政协取消了他们的权力、断了他们的财源，才扫清了查处他们的障碍。

所以"小官巨贪""清水衙门不清"虽往往出乎善良人的意料，却不能因此而得出小官皆贪、小官更贪、"蚊子比老虎更厉害"或"清水衙门都不清"的结论。是否属"重灾区"是比较而言的，要做数量和比例的分析，不能凭印象和个案。归根到底，权力不论大小，都应该关进"笼子"；钱财无论多少，都必须在阳光下流动。

2016 年 4 月

择校与"学区房"

择校的意思就是选择学校,但在当今中国,主要是指在中小学阶段为子女选择学校。由于不想"输在起跑线上",如今的择校已提前到选择幼儿园。

只要学校之间存在差距,选择较好的学校就是人之常情,贩夫走卒,达官显贵,毫无例外。中国人择校,外国人同样择校。所不同的是,不是所有的人想择就择得了。有些人要费九牛二虎之力,甚至为之倾家荡产,最终也未必如愿。有人却不必亲自过问,就能随心所欲。当关系、权力的作用受限时,买"学区房"就成了不二法门。一旦教育行政部门要改变规则,已购的学区房不能通向中意的学校,自然会引起有关的家庭的恐慌和愤怒。

择校并非中国特有,只是在中国更有特色而已。哪些国家、什么时候不再需要择校呢?无非要两方面条件:一是公立学校之间差距很小,不值得刻意选择;二是家长和学生相当理性,会选择真正适合自己的学校。这两点恰恰是中国目前最缺乏的。

中国现在实现九年义务制教育,小学、初中都属这一阶段。义务制教育是免费的,花的都是纳税人的钱,理应公平,各校的条件设施、师资水准、教学质量等应该大致相同。但实际上,城乡之间、地区之间、各校之间相距很大,名校、重点学校、实验学校与普通学校间往往有悬殊之别。所以,我在多年前就建议国家制定并公布义务制教育的最低标准,各地各校必须达到,又建议将义务制教育的均衡发展放在首位。在均衡化还没有实现前,先采取一些措施缩小校际差距。如可以将名校、重点学校与周围若干其他学校划为一个学区,所有超出标准的设施在学区内共享,向其他学校开放;特级、一级教师在学区内流动,使每所学校都有他们开的课程;各校课余的兴趣班、辅导班、讲座、竞赛向全学区开放。与此同时,要将义务制教育的最低标准不断提高,完全淘汰那些长期无法达标的学校。如果绝大多数中小学都能达到高水平的均衡,择校的意愿和动力就会大大减少。

与此同时,国家应该允许并鼓励发展民办教育,包括允许民间资本办营利性的学校。在义务制教育阶段当然应该以公办为主,但只要国家规定的标准和质量能得到保证,即使学校是以营利为目的也未尝不可。家长选择这类学校完全是自愿付费,也减轻了义务制学校的压力,对其他学生无害有益。现在那些小留学生将成百亿元的钱送到外国,却未必能得到良好教育,为什么不能让他们在当地就能获得优质教育资源,把这些钱花在国内呢?

家庭方面也要学会理性择校,而不是一味追求名校。如果学校之间的差距缩小了,总体质量相差不大,就能显示出自己的特色。

家长应该根据孩子的特点、兴趣和家庭的实际情况,为他们选择最合适的学校。当中国成为发达国家时,估计也只需要一半大学毕业的人力资源,没有必要也不可能使每个孩子都将考大学、考名牌大学作为目标,所以为孩子选择学校时还应考虑考试成绩及智育以外的因素。一般来说,越是名校竞争越激烈,但并非每个孩子都适合激烈的竞争,也并非竞争越激烈机会越多。52年前我在一所重点中学实习,所教的初一一个班级中有20多位同学在小学当过大队干部,进了中学有的连小队长也当不上,也显不出什么优势。第二年我到一所新建的普通中学工作,当初一的班主任,全班学生中没有一个在小学当过大队干部,只找到一个当过中队委员的,于是只能找一位当过小队长的学生来当中队长,后来他当了大队委员,能力很强。如果当初他的父母让他硬挤进重点中学,恐怕只能垫底,反而不利于他的成长。

至于现在已经存在的"学区房",虽然大多出于民众自发,但政府也负有一定的责任。当这种现象出现并愈演愈烈时，教育主管部门并没有及时发出警示，也没有对可能调整入学办法的方案和时间表进行公示，至少是默许了"学区房"的存在，并在实际上保证了"学区房"与进入特定学校挂钩。另外，政府部门也没有对房产商炒作"学区房"进行干预，或者明确宣布房产商的"学区房"品种属非法广告，完全无效，提醒民众不要上当。有些地方甚至是政商一体，在新开发区、拆迁、棚改项目中大打"学区房"牌，以"学区房"引诱民众搬迁或接受不平等条款。既然政府和教育部门负有一定责任，就不能说变就变，损害部分民众的利益。同时应该有明确的时间界限，避免"学区房"延续。家长要学会自我保护，在没有政府明确承诺或有法律效力的合同的保障下，不要再冒险购买"学区房"。

家庭购房、租房时总得考虑孩子就近入学或有其他就学的便利条件，为此而多花些钱是值得的。如果这类房屋也可称为"学区房"的话，那么在任何国家都会存在，是完全正常的。

2015 年 12 月

仰望星空　依托大地

——复旦大学学生会"星空讲坛"5周年寄语

我有过两次极佳的机会仰望星空：一次是在摩洛哥南部撒哈拉沙漠的边缘，在行进的越野车上；一次是在西藏阿里高原，躺在帐篷旁的草原上。虽然都是前所未见的壮观，但后者更是空前绝后。不仅是因为地处海拔近5000米的高原，空气纯粹而稀薄，周围百里之内没有任何光源，而且我是躺在草地上观察欣赏，依托大地，随心所欲，可尽目力所及，更可引发无限的遐想。

在学生会学术部"星空讲坛"向我索稿时，我忽然想起仰望星空的往事，因为我觉得对"星空讲坛"的听众来说，不也是如此吗？这个讲坛的名称反映了同学们对知识、信息和精神财富的渴求，就像仰望星空那样，希望在这一过程中得到展望、启示、鼓舞、升华。讲坛为大家汇聚了灿烂的群星，但还是要依托大地才能获得最佳效果。

大地，就是扎实的知识基础。讲坛传播的大多是最新的信息、最浓缩的知识、最前缘的学科动态、最深刻的经验教训、最生动的人生感悟、最不易到达的境界、最吸引人的目标，但要是不具备基础知识，没有必要的前期准备和后续研习，不阅读基本的文献资料，不经过自己的思考、质疑和理解，那就只能停留在课余兴趣的层面，甚至与一般的追星无异。

大地，就是必要的科学实验和社会实践。现在绝大多数同学都是从学校到学校，从家门到校门，很少接触社会，更谈不上深入了解。即使是纯粹的科学研究和人文思辨，也不能完全脱离社会，因为其研究成果之是否有意义、是否取得进步，最终还是要运用于社会或为社会所检验的。对于人文社会科学来说，社会实践更是任何书本和间接经验所不能替代的。很多信息和知识永远不会被客观、如实地记录在文献中，只能靠自己了解和体会。而且同样的文字记载，包括音频、视频记录，对有不同的经验积累和社会实践的人完全可能具有不同的价值，结果自然也会不同。

求知和实践都要有长远的眼光和稳健的步伐。在知识爆炸和社会瞬息万变的今天，任何人都免不了有所选择，有所侧重，而不能再当百科全书，也不能事必亲历。但对已被多数人的经验证明了的必要的知识结构和实践能力还是应该尊重，努力具备。有些知识和能力或许今后的确没有运用的机会，但学习和掌握的过程实际构成了一个人整体素质的一部分，或者已经起了潜移默化的作用，使人终身受益无穷。

在"星空讲坛"创立 5 年、开讲 400 余期之际，我希望星空会更加灿烂，也希望每一位听众同学始终依托着大地。

2016 年

枫桥三贤文化馆后记

三贤文化馆建于枫桥，自然是因为三贤（王冕、杨维桢、陈洪绶）就出在枫桥。枫桥自北宋大观二年（1108年）置镇，现在还是绍兴市诸暨市所辖的枫桥镇，900多年来基本是一个县级以下的基层行政区。这样一个镇在元末至明代300年间出了三位全国知名、至今堪称一流的人物，自然是枫桥的光荣，是枫桥珍贵的历史遗产和重要的文化资源。

现在各地都重视历史名人和有积极影响的乡贤，但往往扩大地域范围，由县扩大到府州（市）、省区，甚至利用古代地名的模糊属性和史料、传说的歧义争夺名人。但三贤的籍贯和出生地记载处清清楚楚，就是绍兴府诸暨县枫桥，历来毫无争议。

三贤值得建专馆纪念，首先是因为他们对中华文明和中华民族做出的重大贡献，他们都是杰出的画家、书法家、艺术家、诗人、学者，他们留下的作品和遗物都是艺术瑰宝、文化遗产，已为国内外的博物馆、艺术馆和收藏家所珍藏。用数字化方式将它们集中展示，更易为公众所了解和感受。在三贤的故乡借助现代数字技术，高精度欣赏他们的作品，会有特殊的亲和感，更能感受他们所处的地理环境和他们的精神世界。

但绍兴人、枫桥人对三贤的纪念，更珍重三贤的贤。三贤留给我们的还有无与伦比的精神财富，他们无论隐居还是出仕，在籍还是流寓，对艺术还是人生，交流士林还是乡人相处，都保持着高尚的道义、纯洁的心灵、恬静的意趣、真诚的交流、平凡的生活、理性的处置，不仅是近千年来绍兴人、枫桥人仰止的高山，也是中华优秀传统文化中堪为景行的典范。三贤的艺术成就出于他们特殊的天赋和奉献，常人可望不可即，无法追踪仿效，更难超越。但三贤的贤却植根于中华传统文化和乡土民间，与今天的价值观念相融相通，我们每一个人都可以学习仿效，从寻常做起，积点滴而成就。

回想起我第一次知道王冕，向往他的故事，是在初中语文课本中读到《儒林外史》节选。不久前我去上海市金山区的吕巷镇，得知三贤之一的杨维桢曾流寓吕巷，被《吕巷文化志》列入当地文脉，流风遗韵，深远至今。当地领导和乡贤命我题词，我即抄录王冕的诗句"只留清气满乾坤"——吕巷人认为这正是杨维桢高尚人格的结晶。我在海外的展馆中也曾看到三贤的作品，足见三贤的影响远不止于枫桥、诸暨、绍兴。

三贤纪念馆的设置使枫桥又增加了一处胜迹，一处精神家园。无论是本地民众，还是外来游人，徜徉于绿水青山，乐享着升平富足，观赏三贤佳作杰构，感悟三贤人格情操，何其乐欤！曷其幸哉！

癸卯六月葛剑雄谨记

我对上海通志馆新馆的一点期望

欣闻上海通志馆新馆落成开馆,我期望新馆能建设成国内最完备的地方志文献馆。在纸本书籍时代,这只能是梦想;但在数字化信息时代,完全有可能实现。

"最完备"的具体要求是:

第一,全部传世的中国地方志的电子文本,包括已有地方志数据库尚未收录的、仅收藏于海外的、今后可能新发现的,至少要获得在馆内查阅的合法授权。

第二,上海市辖境内的全部历代方志及其全部版本,少数无原本者制作高仿真复制书。

第三,全部新修地方志,包括纳入国家二轮修志规划的县志、区志、市志、省志,以及各地自修的镇志、乡志、村志、校志、企业志和各种专业志,尽可能收藏原版原书,一时无法齐备者以复制书替代。

第四,20世纪80年代起由民政部主持编纂的各种地名志,包括未正式出版的内部本。

第五,上海二轮修志的全部成果和资料,包括正式出版的志书,以及内部审查交流的稿本、样本、评审意见、会议记录和纪要、领导讲话、文件、请示报告、工作条例、修改意见、校样、题词、原稿、相关报道等,应收尽收,使之成为研究上海新方志和二轮修志最完整的资料库、数据库。按不同授权向不同类型的读者开放。

第六,积累、收藏有地方特色的数据、文献、文物。20世纪80年代，曾在一位上海主妇处征集到一份26年完整无缺的原始"豆腐账"，它被评定为一级文物。类似的文献、文物应成为新馆长期征集和收藏的对象。日本的地方图书馆往往收藏有当年、几十年甚至上百年的详细物价资料，我在伦敦市政府机构中曾见到各种数据极其详细的上海年鉴，如平均每人每年看过几场电影、参观过几次哪一类展览会、非常住外国人平均停留的时间等。这些都应成为新馆积累、收藏的内容。

2022年7月

为南京拟《世说新语》推介

论文辞优美,简朴隽永,此书可谓篇篇珠玑,是文学中极品。所录虽为五六百位各类人物的细节或各种事件的片断,但兼收并蓄,往往能补正史之遗,且更率真传神。虽非哲学专著,妙语玄谈,虚实僧俗,寓意深刻,境界无穷。欲了解东汉至魏晋南北朝的历史和文化,理解相关人物的情趣和风尚,体会中国传统文化的恢宏和精妙,此书必读。若非有求知或研究的具体目的,此书最宜任意阅读,不必全读或按次序读,可不求甚解,随心所欲,心领神会,其乐无穷。

2015 年 4 月

藏书的归宿（一）

最近看到某君的大作，谈自己与他人藏书的归宿，透露出种种无奈和尴尬，颇有同感，也有个人的回忆和感受。

我第一次近距离了解名人学者的藏书在其身后的归宿，是1981年5月随先师季龙（谭其骧）先生在北京香山别墅出席中国民族关系史学术讨论会期间。5月28日上午，谭先生在会场开会，工作人员说有客来访。我陪先生回到房间，顾颉刚夫人与顾先生生前助手王煦华先生已在等候。顾师母路远迢迢，换几班车赶到香山，主要是为了请谭先生向中国社会科学院领导陈情。顾先生的藏书数量多、内容庞杂，其中不乏精品、珍品，但也有不少是图书馆的复本，没有收藏和保存价值。顾先生逝世后，家人决定将全部藏书捐给中国社会科学院，但希望能获得一定数额的奖金。社科院方面对捐赠一直持积极态度，但内部有不同意见：有人认为其中好书不多，不值得发多少奖金；顾先生生前所在的历史研究所有人认为，这些书太杂，相当一部分不适合由历史研究所收藏，应该由院里处理；还有的领导认为社科院大学者、名人捐赠藏书的不少，奖金发多少要注意平衡。

社科院方面非正式透露的奖金数额与顾师母的期望差距很大，并迟迟未做正式答复，顾师母很焦急。谈了一会儿，翁独健先生闻讯而来。翁先生当时是社科院民族研究所所长，他与谭先生都曾经是顾先生在燕京大学的学生，深知顾先生的学术地位和影响。在谈及有人提出"平衡"的主张，翁先生说："顾先生的贡献、顾先生的书不是多少钱能衡量的，也不是什么人可以比的。"最后，谭先生和翁先生让顾师母宽心，他们一定会尽力向社科院领导进言，争取奖金数额有较大幅度的提高。

以后谭先生先后向社科院副院长梅益、历史所负责人梁寒冰等谈过，他们都赞成奖金应该多发点，但也说明处理此事的难处。最终社科院发的奖金是数万元，这在当时已经是一个很大的数字，基本符合顾师母的期望，据说还是由主管社科院的中央领导胡乔木拍板的。

令人欣喜的是，不仅顾先生的藏书得到妥善保存，顾先生的遗著遗文和个人资料也能及时出版。更令人钦佩的是，顾先生的后人继承了顾先生实事求是、尊重历史、豁达大度的精神，将包括日记、书信在内的顾先生个人资料不加任何删节，全部如实公布。例如，顾先生日记中详细记录了他对谭慕愚（惕吾）女士单恋至老的细节，也有"文革"中家庭关系被扭曲以致在家中被斗被打的事实，还有对健在的名人的议论批评甚至詈骂的内容。

如今有些名人后人，对先人的藏书遗著视为奇货，漫天要价，视先人为摇钱树，千方百计挖掘、利用其价值唯恐不足，但对其个人资料中任何被他们认为不利的内容隐讳、删节、销毁，不得已问世时也大开天窗，动辄兴讼索赔，他们的先人地下有知，不知做何感受。而顾先生的藏书和遗著遗物已经有了最好的归宿，顾先生应能含笑于九泉了。

山东大学教授王仲荦先生去世后，王师母让他儿子找我，为了筹集出国留学的费用，他们想将王先生藏书出让给国外的机构，问我有什么办法。我告诉他，对文物级的书籍出口是有限制的。他说王先生的藏书中没有什么善本佳椠，只是收罗广，保存全，如有整套的学术刊物，不属文物。我与何炳棣先生联系，正好他从芝加哥大学退休后又受聘于加州大学尔湾分校（UC Irvine），如能说服该校买下这批书，既能救王家之急，也能为自己的研究提供便利，因为该校图书馆原来没有这方面的收藏。我提醒他，大批书籍的出口需要申报，没有政府批文不行，他说自有办法。王师母让人带信给我，事成后一定让他儿子来重谢，我说不必，为老师尽点力是应该的。

过了一段时间，我见到何先生，他告诉我王先生的书已经在尔湾分校图书馆上架了。我很惊奇，怎么这样快就办成了，他不无得意地说："我找国务院特批的。"还说他为王家要到了一个好价钱，对得起王先生了。过了很久，我与刘统谈及此事，他曾是王先生学生，还当过他助手，与王师母很熟。下一次刘统见到王师母，就问她为什么书卖了也不给自己打个招呼。王师母大呼冤枉，说书根本没有卖成，不信可以到书房看，还打开橱门："你看，不都在吗？"此事自然没有深究的必要，王师母如何说有她自由，但王仲荦先生的藏书早已到了美国。即使不是全部，也必定是其中主要的，否则美国人何至于出好价钱？

也有人对此持批评态度，认为再需要钱也不该将书卖给外国人，我也不该促成其事，我不以为然。这些书既不是文物，也不涉及国家机密，那就是普通旧书。有国务院批文，属合法出口。放在美国大学的图书馆里，得到妥善保管，并满足了何炳棣这样的专家和专业师生的需要，可谓物尽其用，岂不比长期搁置着强？至于为什么不卖在国内，那是因为当时大学、研究所、图书馆的经费太少，或者主管不重视图书资料的收集，知识分子的收入太低，才不愿买或买不起。要是放在今天，国内的收购价比国外高，或者早就有人上门求购，或者王家不卖书也有自费出国留学的能力，会出现这样的结局吗？

不过在当时，这件事还颇引人注目，尽管我从未宣扬，外界还是有不少人知道。稍后遇到中华书局的张忱石先生，得知武汉大学教授唐长孺先生生计窘迫，也打算将藏书出让，问我能否通过何炳棣先生联系美国的机构。原来唐先生一向没有积蓄，唐师母一直是家庭主妇，不享受劳保福利，患病后无法报销医药护理费用，唐先生负担不了，已影响生活，只能与吴于廑先生家合用一个保姆。唐先生在第一次定级时就是二级教授，属高薪阶层。但唐先生加入中共后刻苦改造，自律过严，认为不该拿这么多薪水，借调中华书局整理二十四史期间每月都自愿上交100—150元党费。到了物价上涨时，教授工资贬值，又遇特殊困难，就无可奈何。中华书局考虑到唐先生对整理二十四史和学术研究的特殊贡献，曾想给予补助，唐先生却坚决拒收。

唐先生是我尊敬的老师和乡前辈，自随侍先师后常有机会求教，又蒙他多次垂询。我出生于浙江省吴兴县南浔镇（今属湖州市南浔区），并在那里度过童年。唐先生虽是江苏吴江人，但南浔小莲庄和嘉业堂藏书楼主人刘承幹是他舅父，年轻时常住南浔，曾在南浔中学执教历史，我姨父是他学生。中华人民共和国成立后唐先生为在政治上划清界线，讳言与刘家的关系，也避谈南浔。改革开放后思想解放，晚年的唐先生抑制不住对南浔的怀念，见到我时经常会谈及，或问我南浔的情况："土地堂前面还有什么好玩的吗？""南浔还有桔红糕、寸金糖吗？"先师听了笑道："你以为他几岁了，这些旧事他能知道吗？"好在我还听老人说过，勉强能答上几句，多少解些唐先生的乡愁。有几次在京西宾馆开会，那时的会议开得长，十天半月都有。京西宾馆的房间里还没有彩电，只在长走廊两头各放一台。唐先生视力差，阅读不便，晚上常见他坐在电视机前，与其说看，不如说听着京剧，还合着节拍轻念浅唱，怡然自得。

那一阶段不时能听到老教授在经济上、生活上、工作上遭遇的困难，先师也在所难免，有的事我已写进了他的传记《悠悠长水》。但得知唐先生的困境，我特别感慨。尽管以这样的理由向外人求助实在有损国家体面，我也知道上次何炳棣先生促成王先生的藏书成交有偶然因素，但还是不得不求助于何先生。幸而突现转机，中华书局以预支唐先生一部旧稿稿费的名义给唐先生寄去一笔钱，而唐师母医治无效离世，唐先生不必卖书救急了。他在给中华书局感谢信中称自己"如贫儿骤富"，令人不胜唏嘘。

2016 年 5 月

藏书的归宿（二）

文人学者的藏书来之不易。季龙（谭其骧）先师的看法，一是要有钱，二是要有闲，还得有房。

抗战前在北平，他不过是以课时计酬的讲师，已经有三家书铺送书上门，需要的留下，每年到三节（端午、中秋、春节）时结账，不需要的到时还可退回。那时一节课的酬金5元，千字稿酬也是5元，老板不担心你付不起书款。到了1948年，他在浙江大学和暨南大学同时担任"专任教授"（专任教授薪水高，但一人不能在两校当专任，在暨南只能用谭季龙的名字），两份教授全薪只能供一家六人糊口，哪里还有钱买书？20世纪50年代初苏州古旧书源丰富，价格便宜，顾颉刚先生经常带章丹枫（章巽）先生去苏州淘书，章先生大有收获。先师也想去，却经常忙于教务与研究，以后承担《中国历史地图集》的编纂，更没有属于自己支配的时间了。

抗战前先师已经积累了一批藏书，成家后租了一处大房子，完全放得下。1940年去贵州应浙江大学之聘时，留在北平的家改租小房间，只能将大部分书寄放在亲戚许宝骙家中，新中国成立之初才取回。1950年到复旦大学后，藏书又不断增加。尽管1956年分到了最高规格的教授宿舍，有四大一小的五间房间和独用的厨房、卫生间，还是赶不上藏书增加的速度。"文革"期间住房被紧缩，1979年我第一次走进他的会客室兼书房，只见书架上、写字台上、沙发旁和茶几上到处是书，稍有空隙处都塞满了杂志，有时要找一本书还得到卧室去找。1980年上海市政府落实知识分子政策，先师迁至淮海中路一套新建公寓，三间住房合计59平方米，住着一家三代、一位亲戚和保姆共七口。他将最大的一间用书橱一分为二，里面约10平方米做他的书房兼卧室，外面的14平方米做会客室并放书橱，晚上还要供家人睡觉。另外两个房间包括儿媳的卧室也都放着他的书。但书不能不增加，他家不得已在阳台与围墙间小院内搭了一间小屋，放了10个书架。这小屋自然属违章建筑，也挡住了邻居院内的阳光，引起邻居不满，要求房管所下令拆除。先师无奈，除亲自登门道歉外，又将屋面拆至围墙以下，才把此事拖延下来。他逝世后，我和他家人清理他的藏书，发现小屋里阴暗潮湿，闷热难当，书架间挤得难以转身，一些书发霉生虫，粘连成团。先师生前经常感叹，要是有放书的地方，何至于有几部好书会失之交臂？

其实，藏书还得有另一个条件——贤内助，先师虽未直说，但在当他助手这十多年间我了解不少。先师在遵义时的助手吕东明先生生前告诉我，师母在与先师发生争执时，经常会拿他的书出气，甚至直接扔在门前河中。我不止一次听师母抱怨先师的钱都拿去买了书，弄得家里开销不够。其实先师买书大多是花工资以外的稿费收入，但在师母面前也得运用模糊数学。有一次与顾颉刚先生的助手谈及，才知道我们的太老师有相同遭遇，太师母甚至管得更紧。顾先生购书不仅得动用小金库，而且还不敢将大部头的书一次性取回家，只能化整为零，以免引起太师母注意后查问购书款的来历。

先师从来不把自己的书当藏书，只是工作用书，少数与专业无关的书也是为了"好玩"。他一直说："除了那部明版《水经注》，我没有值钱的书，不像章丹枫的书。"有的书买重复了，或者又有人送了，他就会将富余的书送掉。上海古籍出版社送了他新版的《徐霞客游记》，他将原来的一部送给我。有了《读史方舆纪要》的点校本，就将原有的石印缩印本给了我。他自己留的讲义、抽印本、论著，只要还有复本，也会毫无保留地送给需要的人。得知我准备撰写《中国移民史》，他就将自己保存了四十多年的暨南大学毕业论文手稿送给我。这份手稿封面上有周一良先生的题签，里面有不少导师潘光旦先生用红笔写的批条，中文中夹着英文，是一份珍贵的遗物，我将其归入本所已经设置的"谭其骧文库"。中华书局出了明人王士性的《广志绎》，他觉得此书重要，以前历史地理学界重视不够，专门向出版社买了几本送给我们。

先师的藏书中有半部六册《徐霞客游记》，那还是抗战前在北平时他的老师邓之诚（文如）先生送给他的。封面有邓先生的题识："《徐霞客游记》季会明原本。此本存六、八、九、十凡六册（九、十分上下），其七原阙。一至五册昔在刘翰怡家，若得合并，信天壤间第一珍本也。"70年代末，先师得知上海古籍出版社拟整理出版《徐霞客游记》，即将此书交给参与整理的吴应寿先生，供出版社无偿使用。正是以邓先生的题识为线索，几经周折，在北京图书馆找到了曾为嘉业堂收藏的五册季会明抄本。经赵万里先生等鉴定，这就是当初徐霞客族兄徐仲昭交给钱谦益，又由钱推荐给汲古阁主人毛晋的《徐霞客游记》残本，这部湮没了三百多年的最完整的抄本终于重见天日。与长期流传的乾隆、嘉庆年间的刊本相比，此后由上海古籍出版社出版的《徐霞客游记》字数增加了三分之二以上，游记多了156天（原为351天）。

1981年5月19日，先师将这六册书送给邓之诚之子邓珂，建议他将此书出让给北京图书馆，使两部残本合璧。王钟翰先生得知此事，颇不以为然，问先师："这是邓先生送给你的，为什么要还给他儿子？他儿子没有用，无非是卖几个钱。"先师答道："邓先生送给我，是供我使用的。现在新版已出，我不必再用这套抄本了，应该物归原主。如果真能由北京图书馆配全，不是更好吗？"不过，邓珂是否接受先师的建议，这几册书究竟能否与另一半合璧，就不得而知了。

1991年10月7日上午，我应召去先师家，他郑重地向我交代他的身后事，其中就包括对他藏书的处理。他说凡是所里（复旦大学中国历史地理研究所）有用的书可全部挑走，作为他的捐赠，剩下来的书卖掉，所得由子女均分。1992年8月28日0时45分，先师在华东医院病逝。1时20分，我在先师的遗体旁向他的长子转达了先师的几点遗嘱。

以后他的子女找我商量这些书的处理办法，因他们的意见无法统一，决定不向复旦捐书，但可以让邹逸麟（时任所长）、周振鹤（先师学生，我同届师兄）和我挑些书留作纪念。我当场表示，先师留给我们的纪念够多了，不需要再挑书，同时说明如这些书出售，我们三人都不会购买，复旦也不会买，以减少双方的麻烦。据我所知，他们曾请人估过价，打听过卖给外国机构的可能性，还接洽过几家机构，商谈过捐赠条件，但都没有成功。

几年后，我已担任研究所所长，先师子女终于取得一致意见，将先师的藏书捐赠给复旦大学，同时捐赠先师的手稿、日记、书信、证书等全部文件，条件是学校必须完整收藏，妥善保存。我立即向校方申报，提出具体条件，还建议发给家属20万元奖金，由学校与本所各筹措一半，都得到校方批准。但由于种种原因，学校这一半奖金拖了好几年才发出。学校图书馆大力支持，同意在完成编目入账后，将其中的古籍和专业书籍、刊物拨归本所集中收藏。由于先师家那个小间保存条件太差，又没有及时清理，放在那里的不少书已霉烂损坏，只好报废。

2005年复旦百年校庆前，光华楼建成启用，我们在西楼21层本所最大的一间房间（80平方米）设立"谭其骧文库"，除了收藏先师的书籍、文件、纪念物外，还集中了所里收集到的先师遗物，以及编绘《中国历史地图集》的有关资料、内部出版物和用品。

央视、凤凰卫视和上海电视台等曾先后就先师的生平、贡献和我们的师生关系采访过我，我都将拍摄地点放在这里。每当我谈及先师的学术贡献和嘉言懿行，追忆他树立的人格典范，重温他的教诲，经常禁不住会凝视他留下的遗产，抬头仰望他慈祥的遗容，总觉得他就在我身旁。

2016年5月

未建成的施坚雅文库

2006年4月7日，在出席美国亚洲学会年会期间，施坚雅（G. William Skinner）教授的友人和学生在旧金山一家餐馆聚会，庆祝他的八十大寿。事先我收到倡议邮件，欣然响应。举杯祝寿后，每人简短致辞。我说："第一次见到施坚雅先生，是1986年7月，在斯坦福大学他的办公室里。当时乐祖谋为我们合影，后来我太太见到这张照片，说：'看你只有人家教授的三分之二高。'我说：'能有他的三分之二就不错了。'实际上我到现在都在为这三分之二而努力。"引来一片欢笑，施坚雅先生也不禁莞尔。此前我们去加州戴维斯开会，施坚雅先生亲自开车将我们从火车站接至住地，去年还来上海访问，连续做了多场学术报告。在致答词时，他说即将退休，但会继续完成中国空间数据分析系统的研制工作。看到他神清气爽，精力旺盛，我们衷心祝他健康长寿，也祝这项已历时多年的科研项目顺利完成。

但在2008年8月12日，我收到了施坚雅先生群发的邮件：

我要直接告诉你们一个已经在小道传播的坏消息，我被诊断患了舌癌，不幸的是已至扩散阶段。目前在进行化疗，并取得了令人鼓舞的结果。我正抓紧时间完成我的研究项目和论文，并与家人、亲密的朋友交流。贤妻苏姗和女儿爱丽丝照料备至，儿孙们亦不时来省视。

9月20日又收到施坚雅的好友、哈佛大学的包弼德（Peter K. Bol）教授的邮件，施坚雅先生希望将他的西文书籍和刊物赠予复旦大学图书馆，问我是否愿意接受。同时他也提醒我，将这些书刊从加州戴维斯运至上海很不容易，并且需要一大笔钱，如果我愿意接受，得认真考虑如何解决。我立即回复同意，并请他转达我们对施坚雅先生的祝福和感谢，我保证会尽快解决运输问题。

10月26日，施坚雅先生去世，包弼德教授再次与我商议如何实现他的遗愿。11月11日，我确认复旦大学图书馆会承担将这批书刊运至上海的责任。我知道，这将包括书刊的整理和编制目录，装箱，运至集装箱码头，托运至上海，向海关申报，海关审批通过后提取，图书馆编目入库。这些环节缺一不可，每一环节都需要由专人办理，并得付一大笔钱。如要在美国将数千册多种文字的书籍和数十种刊物（估计）完成编目绝非易事，但如果没有一份详细精确的目录，就无法向海关申报。我咨询了美国图书馆的同仁，也联系过国际集装箱公司，即使愿意付高价，也没有哪一家公司能够承办全部托运、报关手续。

2009年1月12日，施坚雅的学生马克发来邮件，施坚雅的办公室是加州大学戴维斯分校为他租的，校方通知租期将至1月底截止，办公室中的书籍必须在月底前搬出。我心急如焚，忽然想到我馆进口书刊的代理中图公司在美国有派驻机构，或许有办法，就让编目部主任武桂云联系求助。虽然中图公司的驻美机构设在新泽西州，但仍愿意帮我们从加州将书运至东部，再以集装箱运回上海，并为我们办理报关手续。中图公司的慷慨支持解决了全部难题，我立即将这一好消息告诉马克，同时请他务必要求戴维斯校方宽限时间。

几天后，中图公司通知我运送办法，已委托运输公司在约定时间去戴维斯取书，但必须事先装箱，所需纸箱可以先送去。我与马克商量，如果请专人打包，得花不少钱，而且由于施坚雅先生生前来不及处理，装箱前还得做些清理。马克答允找学生利用课余时间来完成，但起运时间不得不推迟。得知施坚雅捐书的遗愿，戴维斯分校也同意将办公室保留至3月底。马克请了几位学生帮助装箱，到2月12日装完约80箱。

3月21日，我到达旧金山后立即给马克打电话，约定去戴维斯的时间，并请他为我预约会见施坚雅夫人苏姗教授。23日，马克开车来接我，到戴维斯后我们直接去施坚雅的办公室。全部书籍都已装箱，我与马克一一清点。马克说中图公司已派人来看过，约定时间后就会来运走。当晚，我们在一家旅馆见到苏姗教授，她请我们吃饭，为我订了当晚的房间，还预付了房费。我于心不安，再三表示感谢，她却说："我应该感谢你们，是你们帮我实现了比尔（施坚雅）的心愿。"她告诉我，家里还有不少书籍刊物，根据施坚雅的遗愿，这些也属捐赠的范围。我们约定，等她清理完后，再安排托运。

4月初，马克发来邮件，办公室的书合并为69箱，已由中图公司运走。5月15日，全部书籍运抵图书馆，中图公司代办了海关报关手续。

7月8日，苏姗告诉我，她即将卖掉现在的住房，希望尽快运走第二批书籍刊物。中图公司要她提供大约数量，以便安排装运。7月14日，苏姗发给我邮件，她无法估计书刊的数量，只能用尺量了排在书架上书刊的长度，共370英尺。我将此数字告诉中图公司，请他们据此安排运力。8月25日，从苏姗家中运出重约3吨共161箱书刊。这批书在10月底运至上海，11月16日运到复旦图书馆。

我在江湾分馆辟出专室，收藏施坚雅捐赠的全部书籍和刊物，准备建为"施坚雅文库"。我请苏姗教授提供施坚雅先生的照片，请包弼德教授提供施坚雅先生的生平事迹和论著目录，待布置就绪后正式举行一个仪式。得知我的计划后，苏姗教授却不以为然，她问："文库"起什么作用？是为了陈列吗？是将这些书当作纪念品吗？这不是比尔所希望的。比尔将这些书送给复旦图书馆，就是希望它们与图书馆中其他书一样，能够被复旦大学的师生很方便地阅读利用。如果他值得你们纪念，这就是最好的纪念。

我决定停建文库，待编码完毕后这些书籍刊物将全部向读者开放。苏姗教授非常高兴，她给我发来邮件："这真是一个好消息！我欣喜地获悉，这些书刊将被阅读和利用，就像比尔珍视它们一样被珍视，想到这点我笑逐颜开。"

  以后我陆续收到读者的邮件。一位社会科学教授说,他翻阅了施坚雅赠书,发现西文的人类学著作相当齐全,这批书的价值无论如何都不会被高估。一位研究生告诉我,有一本书他已找了多年,由于出版年代早,印数少,国内外大图书馆都无收藏,现在在施坚雅赠书中找到了。还有知道这批书来历的读者赞扬施坚雅先生的高风义举,建议我努力开拓捐赠资源。

  我突然意识到,施坚雅文库已经建成,它就在我们图书馆中,就在我们读者的心中。

2016 年 6 月

图书馆的难题

1985年我在美国哈佛燕京学社访学期间,正值图书馆年底处理复本图书。一大堆书放在那里任凭挑选,一般每本收一美元,有的几本收一美元,甚至一大捆才收一美元。我是第一次遇到这样的机会,等我下午去时,剩下的书已不多,不再收钱,看中的拿走就是。我挑了几本,居然有罗香林签名题赠的《兴宁语言志》。听说上午有更多的作者签名本,以前还有人买到过郭沫若等人的签名本。

以后与哈佛燕京图书馆吴文津馆长谈及,建议在处理复本时应保留作者赠书,而将其他复本清出。否则会影响作者向图书馆赠书,而且会被认为对作者不尊重。吴馆长赞成我的意见,答应下次处理时会给工作人员特别提醒,但他也坦率地告诉我,实际上很难避免。因为美国大学的图书馆一般一种书只购一本,为了延长图书的流通寿命,有精装本的都购精装本,没有精装本的也加工成精装。而中国作者的赠书大多是平装本,如果图书馆已经有同书的精装本,就不会再加工成精装。清理复本时由于时间紧、工作量大,往往雇非专业临时工,或由打工学生承担。他们遇到复本书时,肯定会留下精装本,处理掉平装本。其中多数人不懂中文,能识中文的也不会花时间仔细检查封面里面的内容。就是偶然见到有某人的题词或签名,又有谁能当场判断这本书的价值?

后来我与一位美国教授谈起,他并不认同我的意见。他认为,作者既然将书送给图书馆,就是为了给人看,给人用。既然图书馆有复本,与其留在那里没有人看,不进入流通,还不如卖掉或送掉,让这本书继续发挥作用。他反问我:"难道作者赠书的目的是将书永久留在图书馆作为自己的纪念品吗?"

所以当我在报上看到巴金捐赠给国家图书馆的外文杂志流失到市场的消息时,我怀疑是不是国图的工作人员也是将这些杂志当复本处理掉了。

1986年春,我在波士顿拜访潘毓刚教授,看到他家的一个大房间中密集的书架上都放满了书。他告诉我这些书都是别人捐赠给中国大学的,还得筹集运费才能运往中国。"你如果需要,自己尽量拿。你们学校的某某就拿了不少。"尽管当时国内很难获得外文原版书,但考虑到运费昂贵,其中又没有我需要的专业书,我还是谢绝了他的好意。实际上我已经有一大包书无法随身带走,回国前办了海运。

2007年,我当了复旦大学图书馆馆长,几年下来与国内外不少图书馆馆长有了交往,发现馆长们的最大一致性就是,没有一个馆长认为钱够了,也没有一个馆长认为房子够了。我会见哈佛大学图书馆常务副馆长(馆长年逾九十,属礼遇性质,不管事)时,说到我们馆实在太小,新书无法上架,"我有像你们怀德纳图书馆这样的大楼就好了"。谁知她马上说:"你大概好久没有去怀德纳图书馆了吧!你去看看,连走廊里都堆着书。"美国大学图书馆大多已设置远程书库,将闲置的或出借率很低的书籍调去,以缓解书库的压力。所以,除了坚持"零复本"原则外,也不轻易接受捐赠。了解这些情况后,我们馆与国外馆建立的交换关系都是各取所需,而不是单方面赠书。我自己也不再主动向国外图书馆赠书,在交往中至多赠送一二册估计对方还来不及订购的新版书,或者是经检索对方没有收藏的书,对方会将馆藏中我的书集中起来,让我签名留念。

当馆长的时间长了,我更明白,除了缺钱缺房外,中国的图书馆馆长在处理捐赠书刊时还有更多的难处和尴尬。

首先是接收的标准。国内的正式出版物自然没有问题,但非正规的或境外的出版物就麻烦了。不时有作者将自己的非正规出版物寄来或亲自送来,条件是给他发一张捐赠证书。本来大学图书馆应该兼收并蓄,多多益善。人家送了书,给一张捐赠证书或感谢信也完全应该。但有的捐赠者会以此为证据,证明其出版物的价值和地位——"已由复旦大学图书馆收藏",甚至还要求我与他合影为证。这类出版物如果只是质量差,或毫无用处,还只是浪费了图书馆的空间;如果不符合主流价值观或政治不正确,我这馆长日子就不好过了。

2004年,国际资深图书馆学家、曾主持过多家美国和欧洲东方图书馆的马大任先生在二次退休后,在美国发起"赠书中国计划",募集美国图书馆的复本书及私人捐赠的图书运往中国,送给中国的大学图书馆。我最后一次接待马先生时,他已年近九十,但仍然精神矍铄,热情感人。他身体力行,带领一批七八十岁的老人和志愿者,已经将几十个集装箱的几十万册图书运到中国。但我们双方都遇到了难以克服的困难,马先生的崇高目标和良好愿望变得有些渺茫。在美国,教授退休后大多愿意将自己的藏书捐掉,教授去世后家属子女也愿意将其藏书捐赠,但他们没有时间和精力整理分类,更不可能编出详细目录。图书馆乐意捐赠复本图书,但一般也没有经费提供包装运输,或者专门为此编目。马先生与他的同道尽了最大努力,包括亲自包扎整理,动员子女捐款,也只能将这些书从教授家或图书馆全部集中起来装箱运走,无法做任何清理分类。到了中国后得向海关申报,其中少数书是禁止进口的。退回还得花钱,也没有人接收,只能销毁。能够进口的书中还有一部分已经没有利用价值,如应用学科中一些旧版书、残缺破损书。随着高校图书馆采购外文原版书籍的增加和更多外版书在中国翻译出版,一些本来可以利用的书也成了复本,即使不收费用,图书馆也得考虑储存空间和收藏的成本。所以除了定向捐赠的书在报关后由接收单位自己运回外,其他书只能集中存放在青岛,让有兴趣接受的各馆自己去挑选,选中的书每本付8元成本费(报关、仓储等项)。加上人员的差旅费和书籍的运费,每本书的最终成本还会更高,这些书成了食之无味、弃之可惜的"鸡肋"。

几年前,本馆一位退休多年的员工拿来几部祖传古籍要求收购,他提出一个很低的价格,只想凑一笔钱为自己预购坟地。我请古籍部查了市场价,比他要的价高得多,建议他不要卖给我们,他却不愿意。他表示这些书是应该捐给图书馆的,实在是一时凑不满买坟地的钱,才希望卖些钱,但绝不会卖到市场上去。我觉得我们不能乘人之急以如此低的价格买他的书,应该在成全他捐赠愿望的同时解决他的实际困难。在学校的支持下，我们接受他的捐赠，同时给他发了一笔奖金。尽管奖金的数额超出了他的期望，但比市价还是低得多。

并非所有的捐赠都那么美好，有些就令人啼笑皆非。有一次我在书库里看到一批书，是一位已故教授的家属捐的。我粗粗翻了一下，竟没有什么像样的书，有的还是过了时的学习材料。原来家属已将教授藏书的大部分挑出来"捐"给其他部门了，这些是挑剩的。我批评了相关员工，为什么未经批准就接受了这样一批书！当废纸处理还增加我们的工作量。这未必符合这位教授的遗愿，但由于他生前没有做出处理，外人就很无奈，也不知内情，实际损害了他的清誉。

在国内外大学的图书馆中，我都看到过一些著名教授、学者留下的文库或特藏，完整地收藏着他们的藏书，有的还包括他们的手稿、书信、日记、笔记、照片、文具和纪念物品。我了解大概有三种情况，有的是本人或家属无偿捐赠的，有的是图书馆或某项基金购买的，有的是通过各种途径收集起来的。我很羡慕，尽管复旦校史上不乏名教授、一流学者、藏书家，却还没有能在我们馆中设置这样的文库或特藏。但我也预感不安，要是今后出现这样的机会，本校、本馆能有合适的场所、充足的资金和专门人员来建设和维护吗？另外，如果出现"供过于求"的状况，或者有人自不量力要给自己设文库、建特藏，有没有健全的评审制度加以鉴定或充足的理由予以拒绝呢？

我也要向藏书丰富的同仁、友人进一言，为自己的藏书落实归宿，最好在生前就做出明确决定。愿意捐的就像施坚雅教授那样无条件贡献，而不是将这些书当作自己的纪念品。想出售的就直截了当报价，本校买不起就卖给别人。只要不属禁止出口的文物，如果捐给外国能发挥更大的作用，完全可以捐往外国，本国卖不掉也不妨卖往外国，或者争取卖一个好价钱。总之，如果希望自己的藏书继续发挥书籍的作用，就让它们像其他书一样，无条件交给图书馆流通。如果要将自己的藏书当成商品，完全可以投入市场，光明正大地获得收益。至于这些书是否够得上文物、能否被后人当作纪念品，那还是让别人后人定吧。

2016 年 7 月

我为藏书找到了归宿

我自己购书是从读高中时开始的。但那时家里穷，父母根本不会给零用钱，只是偶然经手花一笔小钱时，父母会同意留下一二角尾数，积累起来也只能买一两本旧书。买得最多的是中华书局的活页文选和上海古籍书店卖的零本《丛书集成》，最便宜的五分、一毛就能买一册。也曾经在犹豫再三后花"天文数字"二元钱买了一册朱墨套印的《六朝文絜》，又以差不多的价格买了明版《陆士龙集》、清刻本《历代名儒传》等。这些书现在的身价早已以万元计了，这是当时绝对想不到的。即使想到了，我既没有更多的钱，比现在清高得多的我也不屑于为赚钱而买书。当时中苏关系还没有公开破裂，外文书店还有苏联出版的书，其中有中学英语课本和课外读物，都是精装彩印，每本只卖一二角钱，估计属"处理品"。我高一刚开始学英语，陆续买了好几本。1964年9月我第一次领到十几元实习津贴，回家的路上就在宝山路新华书店买了一套向往已久的《古代汉语》。1965年正式参加工作后，有了每月37元工资，以后陆续增加到48元5角、58元、65元，手里有了宽余的钱，自然想买书。可是阶级斗争的弦越绷越紧，旧书摊已经消失，古籍书店、旧书店可买的书也越来越少。到"文化大革命"开始，终于除了红宝书以外就无书可买了。我知道这几册古籍属于"封资修黑货"，还是舍不得扔掉，将它们塞在一只小藤箱底下，放在家里阁楼上最矮处。幸而我家不属查抄对象，这几册书躲过一劫。那些苏联英文书属"修正主义毒草"，找机会扔了。

"文革"期间天天要读毛主席语录，学《毛泽东选集》，我为了同时学英语，专门买了英文版《毛主席语录》《毛泽东选集》。当"批林批孔"进入"评法反儒"，荀子、韩非子、商鞅、王安石、王夫之、魏源等"法家""改革家"的著作和杨荣国、赵纪彬、高亨等人的书有了内部供应，"文革"后期，范文澜主编的《中国通史》重印发行。但直到1977年底，新华书店能买到的书还很少，《新华字典》《各国概况》等书我都是在出席上海市人民代表大会期间在会场内买到的。

1978年10月我成了复旦大学历史系的研究生，一方面是有了研究的方向，对专业书的需求更加迫切，购书目标也更明确；另一方面，每学期有20元书报费，在一部中华书局版《史记》定价10.10元的情况下，每年也可多买不少书。工作后工资不断增加，又有了稿费收入，科研经费中也能报销一部分购书款，尽管书价也不断涨，但大多数想买的书都能随心所欲。以后，相识或不相识的友人赠送的书、有关或无关的出版社和机构寄来的书也不断增多。当然，这类书不是白受的，或已经或将要回赠，或得写出推荐、评语或序跋，或因此而欠下了文债，但也有毫无缘由又无法退回的，结果都是藏书量大增。

30多年下来，我面临的难题已经不是买不到书或买不起书——当然只限于研究或兴趣所需的书，而是书往哪里放。1999年我迁入在平江小区的新居，有了一间37平方米的客厅兼书房，我的书基本上了书架。但好景不长，一两年后新来的书就只能见空就占。2004年迁入浦东新居，三楼归我所用，除了专用的书房外，辟了一个10平方米的小书库，客厅里还放了两个书柜和一排放大开本精装书及画册的矮柜，一些不常用的书只能留在旧居。2005年我们研究所迁入学校新建的光华楼，教授都有了独用的办公室；2014年我按资历搬入面积最大的一间；2007年至2014年我当复旦大学图书馆馆长期间，在图书馆有一间办公室，都被我日益扩张的书籍所占。不过，直到2010年前后，藏书多多益善的观念我还没有改变。

当了图书馆馆长后，我发现藏书没有地方放也是图书馆面临的难题，不仅像我这样馆舍面积本来就不足的馆长，就是我结识的世界名校的图书馆馆长也无不抱怨书库太小，新书太多。美国大学图书馆大多建了远程书库，并且越建越大，但面对信息爆炸形成的天文数字的书籍、刊物和读者无限的需求，还得另辟新路。

一是加速以数字化和网络资源取代纸本书籍和刊物，二是减少并清除无效馆藏，我们馆也是这样做的。以前报纸、学术刊物、论文集占了馆藏一部分，并且逐年增加，现在基本都已为数据库所取代，一般不再订纸本。由于价格原因不得不同时订的纸本报刊，使用后也及时处理，不再收藏。随着中文数据库的增加，一般书籍有一本就能满足流通的需要，完全可以减少以至消灭复本。除了有版本差异或收藏价值的书，其他的复本也及时处理。

由此我想到了自己的藏书，是否也应该同样处理呢？如原来我已买了一套《中国大百科全书（简明版）》以及《中国大百科全书》中的历史、地理等卷，2000年我去南极时带的是地理等卷的光盘，回来后再也没有用过纸本。一些卷帙浩大的工具书早已为目前网络或数字化资源所取代，检索之便捷、准确不可同日而语。如果从使用的价值看，占了一排书架的这些"大百科"和那些工具书已成无效收藏。早些处理，还能供他人使用，留到以后只能成为废纸。何况近年房价飞涨，再要扩大住房几乎没有可能，要增加居室面积，改善生活质量，及时处理无效藏书，不失为可行的办法。周有光先生的寓所只是一套小三居室，他在退休时就将自己的藏书全部赠送给原来供职的国家语委。他的书房兼卧室只有9平方米，唯一的书架也没有放满。但就在这间房间内，他以百岁高龄出了多种新著，他告诉我多数资讯是通过网络获得或核对的。

几年前有人告诉我，网上在拍卖我签名送给某学生的书，我一看果然如此，自然很不愉快。后来遇到这位学生，他主动称冤，说此书早已被一位同学强索而去，他也要向这位同学问罪。又有友人告诉我，潘家园出现了我签名呈送吴小如先生的书，当时吴先生还健在。原来这是他家保姆擅自将他一些不常用的书当废纸卖了，反正他也不会发现。我去西安参加复旦校友会时做了一场讲座，结束后一位听众拿了我的博士论文的油印本要我签字，并希望我写几句话。我很惊奇，当时只印了30

册，记得只给陕西师大的两位评阅老师寄过，如何会到了他手里。感慨之下，我庆幸这几本书有了一个好归宿，既暂时避免了当废纸的命运，也强似当主人的无效收藏。这更使我打定主意，为我的藏书早些找到归宿。

我将现有的书分了类，定了不同的处理办法。长期不用或与我专业无关的书立即处理，分批交给本所资料室，由他们决定是留在资料室，还是交给校图书馆，或者报废。自己只偶然用到，而对其他读者较有用的书，特别是新出的、多卷的、定价贵的，及时交给图书馆，以发挥更大作用。已有网络或数字化资源替代的书，也尽快处理。还要用的书，或还想看的书先留着，随着学术研究和写作的减少，或今后退休，再陆续交出。工作中会用的书，先转移到我办公室，便于以后交出。那些对我有特殊意义的书，我特别喜欢的书，几种现在够得上善本的书，数量有限，我会一直保留，等我完全无用时由后人处理。先师季龙（谭其骧）先生赐我的几册书，包括他的大学毕业论文手稿《中国移民史要》，将赠给本所的"谭其骧文库"，与先师的藏书、手稿、信函合璧。至于杂志，除保留刊载拙作的外，只拟留完整的《历史地理》和《中国国家地理》。以往在学校新收到书刊，我都带回家。现在先分类，大部分留在办公室或直接交出，不用的杂志送给学生。

一度犹豫的是如何处理别人赠我的签名本。今后作者或其后人得知，会不会感到不愉快甚至气愤？读者见到，是否会有不良影响？以己之心度人之腹，显然是多虑了，这些书如能为图书馆接收，自然比闲置在我书架上，或堆积在屋角落强。但我还是在对方的签名旁写上"转赠图书馆"，并签上名，或者补盖一个藏书章，使读者了解这个过程。

我决定不将书送给私人，包括关系亲密的学生在内，放在图书馆毕竟能使更多人受益。

原打算集中处理一批，发现分类并不容易，有的书拿在手里会犹豫再三，数量与重量也出乎意料。请所里雇了辆小卡车，只取走了一批画册与那部十大盒100册的《中国历史地理资料汇辑》。于是决定细水长流，平时陆续清理，每次去学校时带走一小拉杆箱。同仁在电梯中见到,常以为我刚外出归来,或准备出差。在办公室里积到够装一平板车,再让资料室拉走。只是自我当图书馆馆长的后2年开始,至今已有4年多时间,家中的书房与藏书室的利用空间尚未显著改善,看来得加快处理速度。

我还没有达到施坚雅先生的境界,但可以对得起自己辛辛苦苦积累起来的书和师友好意送给我的书了,它们已经或将要有更好的归宿。

2016年11月

童年生活中的江南"粪土"

李伯重教授《粪土与历代王朝兴衰的关系》一文中有关江南"粪土"的叙述勾起了我对童年生活的回忆,也可印证伯重兄所引的史料。

1945年我出生于浙江省吴兴县南浔镇(今属湖州市南浔区)宝善街,1956年夏迁居上海。因我幼时记忆力颇强,加上一个衰落中的市镇没有什么宏大题材,日常生活反能留下较深印象。

从近年发现的《南浔研究》(当时小学生在教师指导下形成的社会调查资料)原稿得知,20世纪30年代镇上已有几处公共厕所,但到50年代初每家每户还都使用马桶,倒马桶便成了家庭主妇或女佣的日常家务。不过,家里的女人不必亲自倒马桶,至多只要将马桶拎到家门口,因为每家的马桶早已由惜粪如金的农户承包了。每天清晨,都会由固定的农妇或她家的大女孩将马桶拎去,倒入她家的粪桶后再洗刷干净,送回原处。如果主人不介意,也可不必将马桶拎出,由农妇直接到房间取。但送回时都送在门口,还将盖子斜放,开着一半,一则告诉主人马桶已倒过,一则便于风吹干洗刷时弄湿的马桶沿,免得主人使用时不舒服。到80年代我第一次在广东的餐馆用餐,见友人将茶壶盖打开一半斜放在壶上,得知这是提醒服务员添水,不禁想起那时家门口斜放着盖子的马桶,差一点笑出声来。

也有讲究的主妇嫌乡下人洗得不干净,会自己拎到河边,用专用的马桶刷子再刷洗一遍。这种刷子一尺多长,用竹子劈成细条扎成,南浔方言称之为"马桶甩(音 hua)洗"。如果主妇抱怨,农妇会忙不迭地赔不是，保证第二天一定洗刷得更干净，因为怕失去一个粪源。我家自然也备有马桶甩洗，但母亲用的次数不多。南浔人在指责别人或自己孩子满口脏话时，会骂一句重话："嘴巴要拿马桶甩洗刷刷了。"

对农家来说，粪源就是肥源、财源，特别是承包马桶，更是固定的日常粪源，必须确保。按惯例，四时八节，农户都要给马桶主人家送时鲜蔬菜和自制食品，过年前送得更多，一般有新米、糯米、鸡蛋、鸡、肉等。农户自给自足，送的东西都是自己种的或自家地上长的，如有的农家有片竹子，就会送春笋、冬笋；有的农民会捕鱼抓虾，就送鱼虾。自制食品一般会有熏豆（毛豆煮熟后用炭火烘干）、风消（糯米饭摊在烧热的铁锅上用铲子压成薄片烘干）、年糕、粽子、炒米粉等。礼物的多寡虽与农户的能力及双方的亲疏程度有关，但主要还取决于粪源的数量和质量，人口多的人家不止一个马桶，量大；成年男性多，马桶中粪的含量高。以承包马桶为基础，双方往往会建立更加密切的关系。农户为巩固粪源，防止他人争夺，会尽力讨好主人。主人也会有求于农户，如家里有婚丧喜事要采购食品，到乡下上坟时有个歇脚地，孩子要雇奶妈或寄养，临时找个佣人或短工，出门搭个航船，都得找熟悉的乡下人帮忙。而来家倒马桶的人天天见面，联系方便，又信得过，往往认了干亲，相互以"干娘""过房女儿"相称，结成比一般亲戚还密切的关系。

当地习俗，男人除了使用外不能接触马桶，否则于本人与家庭都不吉利，拎马桶、倒马桶、洗马桶都是双方女人的事。承包马桶的农户一般离镇不远，都用粪桶将收集到的粪便挑回去，集中在自家的粪缸中。大多是由女人将空粪桶挑到承包户附近较隐蔽处，倒完马桶后由家里男人来将粪担挑走，也有女人自己挑回去的。有的农户承包的马桶多，或者路远，会搭航船回家，将装满粪便的粪桶挑到船上，放在后梢。为了不招致镇上人讨厌，倒马桶的人一般都起得很早，挑粪的人也尽量走偏僻的小路或弄堂。偶然见到直接将粪便装在船舱里的粪船，那是运公共厕所或学校等单位里厕所的，当然也需要预先订购。

不过到我离开南浔的前一二年，镇上有了"清管所"（清洁管理所的简称），并且出现了由清管所工人推着的统一式样的粪车，上门倒马桶的农妇消失了，居民自己将马桶倒入粪车或新建的公共厕所内。我父母在1954年就去上海谋生，我们姐弟虽还住在家里，却是由外婆来照料的，我已记不得来我家倒马桶的人什么时候开始不来了。现在想来，这大概是农业合作化的结果，粪源归集体了，农户自然不能再个别承包倒马桶。种田开始用"肥田粉"（化肥），粪肥独秀的格局改变了。

1956年我也到了上海，随父母住在闸北棚户区的一处小阁楼里。每天早上都会听到马桶车轧过弹硌路的声音，大弄堂里会传来"马桶拎出来"的喊声，母亲会随着邻居将马桶拎到粪车倒掉，然后在给水站（公用自来水龙头）旁洗刷马桶。有人在马桶中放一些毛蚶壳以便刷得更干净，于是传来特别响亮的刷马桶声。1957年我家搬到共和新路141弄，住在弄堂底，马桶车进不来，后来建的倒粪便站也在弄堂口，加上母亲早上要上班，只能将倒马桶包给一位大家称为"大舅妈"的中年妇女，每月付费1元。一次母亲与南浔的亲戚谈及，他们觉得不可思议，家里的马桶给她倒，非但得不到好处，还要倒贴钱，"难道收粪的不给她好处？上海人真门槛精！"

在南浔时，亲友和同学中没有大户人家，住房都不大，大多没有"马桶间"，马桶就放在卧室一角或蚊帐后面。我们从小被教的规矩是，到别人家里去时不要喝茶，尽量不要用马桶，特别是女孩子。只有过年可以例外，因为南浔过年待客时要上甜茶（放风消和糖）、咸茶（放熏豆、丁香萝卜干和芝麻），不喝是失礼的。有时小孩喝不完，大人会帮他喝光。但到乡下去就没有这样的限制，因为农家都欢迎使用家里的马桶，送肥上门。不用说亲友上门，就是路过的陌生人，无论男女老幼，只要说是"借你家解个手"，或"急煞了"，马上会延至马桶前。有的农妇还会热情介绍："这只马桶刚刚刷得清清爽爽""汰手水搭你放好了"。草纸当然会放在马桶旁。如果主人家正好有空，还会泡上茶留来客休息一会儿。如来客喝了茶，又及时转化为小便，那就上上大吉，一定会更热情招待。就是家中没有人，只要门没有关上，过路人也可以堂而皇之进屋使用马桶，主人回来绝不会怪罪。

为了广开粪源，乡村的路旁不时可见掩埋着的大粪缸，缸口高于地面，缸缘铺上一块木板，供过路人蹲在上面方便。有的还在上面盖上简易的稻草顶，为使用者遮阳挡雨；木板前方横一根竹木把手，以减轻使用者久蹲的疲劳，并便于结束后起立。但这类简易厕所总不会全部封闭，大多全无遮挡，使用者在内急时也顾不得那么多，所以我们在乡间行走时，不时从后面看到蹲客的半个屁股，或者见到撅起的屁股正在完成最后动作，早已见怪不怪。我们男孩小便时自然不愿站到粪缸上闻臭，随便在路边田头找个地方。要是给农妇看见，一定立即制止，并热情邀请："小把戏，乖，到这里来撒！"或者说："我这里有豆，撒好后拿一把吃吃。"如果有自己的孩子与我们在一起，必定招来怒骂："个青头硬鬼（音举），笨得勿转弯，还勿快点叫两个小把戏撒在自己田里！"

路旁随处可见的大粪缸固然是农家上好肥源，可换来满仓粮食，但也给路人与乡村本身带来很大麻烦。一是臭气熏天，因为粪缸都是敞开的，最多在上面盖一层稻草。特别是夏天，在骄阳下，粪缸中水分与臭气一起蒸腾，掩鼻而过也受不了。二是不安全，走夜路的人不小心跌入粪缸的事时有所闻。暴雨后粪水横流，农民在河里洗粪桶，造成河水污染，而农民为节省柴草，夏天一般都喝生水，用冷水淘饭。粪缸上苍蝇成堆，农民家中也满桌满灶。造成传染病流传，又得不到及时防治，常有农民不明不白"生瘟病"死掉。幼时常看到一群人抬着病人从乡下赶往医院，有时跟着去看热闹，不久就听到哭声震天，抬出来的已是一具尸体。

到上海后常在暑假回南浔，再到乡下走走，见露天粪缸逐渐消失，代之以公共厕所。镇上居民用上了自来水，有了集中处理粪便的水冲厕所，已有人家用抽水马桶。尽管镇上人家的马桶还沿用了很久，但农户承包倒马桶从此成为历史陈迹，只有我们这一代人还保留在记忆之中。

2016 年 3 月

乘飞机——当年的梦想与记忆

现在我几乎每星期都乘飞机，有时连续几天往返于机场，国内主要航空公司的里程卡都有，其中有两张金卡、一张银卡，累计里程早已超过 100 万公里。但乘飞机的梦我曾经做了二十多年，直到 1981 年我 36 岁时才第一次乘上飞机。

我读小学六年级前生活在浙江吴兴县的南浔镇（今属湖州市南浔区），"飞机"这个词是从课本上学到的，飞机的形象是在连环画中看到的。抗美援朝战争期间，听到空军英雄张积慧的名字和事迹，也听到了美国王牌空军驾驶员的飞机被击落的消息。偶然听到空中的响声，大家会跑出门看飞机，那时飞机飞得慢，一般都能看到它从上空飞过。有一次飞机飞得很低，可以看见机舱的模样，有人说是从嘉兴的军用机场飞过来的。

六年级起转学到上海，慢慢知道在龙华和大场都有飞机场，但一直没有机会去看一下。那时放电影前往往加映新闻简报，以后还有了专放新闻纪录片的红旗电影院。我喜欢看新闻片，经常会见到国家领导人与外宾走下飞机舷梯的场面，有时还会见到大型客机起降和领导人坐在机舱内的画面。特别是看周恩来总理访问亚非十多国的彩色新闻纪录片，见到他坐在舱内，旁边的舷窗外有旋转的螺旋桨和蓝天白云的景象，有时不禁做起了坐飞机的梦想——什么时候也能坐上飞机，哪怕只是在空中转一圈也好。

那时我们的印象中，乘飞机是领导人和外宾的事，与一般人无关。

直到我高中毕业后当了中学教师，接触到的人中间，无论是上级、同事、家长、亲友，还没有听说有谁坐过飞机。"文革"开始后，"红卫兵、革命师生大串连"中我到了北京、南京，有的同事和学生到了大半个中国。"清理阶级队伍"时我参与单位的"外调"（去外地、外单位调查），天南地北走了两三年，乘过火车、汽车、轮船、卡车、军用车、拖拉机、自行车，却从来没有动过乘飞机的念头，也不知道怎么样才能坐飞机。1969年夏天一位女同事得到在四川德阳的丈夫患病的消息，急于赶去，上海去成都的火车却因故停运，心急如焚。我们帮她打电话到民航站，得知上海隔天有飞成都的航班，票价116元，可以凭单位介绍信和本人工作证购买，原来革命群众（要是"阶级敌人"或"审查对象"肯定开不到单位的介绍信）有钱就能坐飞机。但当时上海的大学毕业生实习期满的起点工资每月58元5角，大学讲师是65元，一般青年工人是36元，这钱可不是轻易敢花的。果然，那位同事犹豫再三，还是舍不得花两个多月的工资坐飞机。

1970年，我工作的古田中学被闸北区革命委员会外事组选为外事迎送单位，在学生中训练组成一支腰鼓队。我因分管学生工作，经常作为带队教师之一执行任务。迎送最多的是西哈努克亲王，经常是在北火车站和沿途路旁。以后随着外宾的增多和这支迎宾队质量的提高，有了去机场的机会，并且往往会排在最重要的位置。

第一次近距离看到飞机降落是到虹桥机场迎接一个从南京飞来的南斯拉夫代表团，那天阴云密布，我们的队伍已两次排列在停机坪上，又两次拉回休息室。那时机场上一个下午没有一架其他飞机起落，候机室里也没有见到其他人。时近傍晚，终于见到一架双螺旋桨客机在远处着陆，并且滑行到我们面前。舱门打开后，放下一个小梯，外宾一一下梯。在一片鼓乐声和"热烈欢迎"声中，我的眼睛始终盯着那架飞机，因为这是我第一次与一架飞机离得那么近。

1971年10月，迎宾队奉命去虹桥机场参加欢送埃塞俄比亚皇帝海尔·塞拉西一世的仪式。在事先召开的领队会上听到介绍，这位皇帝的随员很多，其中有一位在代表团中排名第三的人物为他牵一条爱犬。我们向学生传达了这些内容，以免大家到时会大惊小怪。那天到机场后，发现到处是军人，而且都穿陆军服，连王洪文（时任上海市革命委员会副主任）也穿上了军装。事后才知道，因"林彪事件"，陆军接管了机场，而王洪文已被任命为上海警备区政委。

我们的队伍被安排在专机前面，我站的位置正对着舷梯。浩浩荡荡的车队直驶到专机前，我数了一下，足足一百余辆，大多是上海牌轿车。周恩来总理和塞拉西皇帝下车后，并肩步向舷梯，皇帝身后果然有人牵着一条狗。周总理陪同皇帝登上专机，张春桥（时任中共中央政治局委员、上海市革命委员会主任）、王洪文等站在舷梯前送行。车队上下来的众多人员全部登机后，周总理又走了下来，和张春桥讲了好一会儿话后才重新登机。那次是我离一架大型客机最近、观察时间最长的一次，可惜由于机舱门位置高，尽管一直开着，却看不到舱内的景象。

1978年10月我成了复旦大学历史系研究生，师从谭其骧先生，1980年下半年起学校让我当他的助手。谭先生在脑血栓形成治愈后不良于行，外出开会我得随从。当时教授出行乘火车可以坐软卧，乘船可以坐二等舱，按财务制度，我只能坐硬卧、三等舱。但如果谭先生乘飞机，我也可以陪同，这样就给我提供了破格乘飞机的机会。

当时购机票只能到陕西路民航售票处，而且只有中国民航（CAAC）一家，大多数航线是每星期几班，只有像北京、上海之间才每天有航班。我们得先到校长办公室开一张证明，带上自己的工作证，才能去购票。第一次乘飞机时是否由我自己去购机票，已经记不清了。但以后一般都是我去陕西路民航站购票，民航售票有代理是多年以后的事。

1981年5月13日，谭先生赴京出席中国科学院学部委员大会，他的日记中记录如下：

> 早五点一刻起床，五（点）半葛来，六点出租汽车到，出发赴机场。候车场遇刘佛年（华东师大校长）一行。七点许登机，卅五分起飞，九点十分到北京机场。地学部孟辉在场迎接，等行李，约一小时始取得。

由于是第一次乘飞机，我的印象也很深。早上 4 点一过就从杨浦区平凉路家中出发，转两路电车到淮海中路谭先生家。出租车是谭先生凭"特约卡"（当时出租汽车少，这是出租汽车公司给一些照顾对象的优先服务）电话预订的。那时去机场没有公交车，只能到陕西路民航购票处乘班车。虹桥机场只有一个不大的候机室，但因航班少，乘客都能有座位。我预先打听了乘飞机的手续，所以办登机牌，寄行李都还顺利。广播通知登机后，有人引导乘客由候机室出门，下台阶，乘上摆渡车，到停机坪的飞机前下车，再上舷梯进机舱。谭先生与刘佛年等人就是在上摆渡车前遇到的。谭先生右手拄着拐杖慢慢走，登梯时我得在左边扶着他。

　　这是一架三叉戟客机，中间是过道，两边每排各有三个座位。谭先生的座位靠窗，我的座位在中间，但他让我坐在窗口，自己坐中间，以便进出。我自然求之不得，坐定后就贪婪地看着窗外。飞机在滑行一段后加速，窗外的景物急剧倒退，突然窗外的一切向前倾斜，飞机腾空而起。这使我想起 5 岁时第一次乘轮船离乡时的情景，忽然见岸上的人后退了，才明白这是船向前移动的结果。那天天晴少云，飞行平稳，沿途的景观看得很清楚。因为时间不长，谭先生没有上洗手间，我的观赏一直没有中断。平飞后服务员送过一次饮料，每人发了一份糖果。我因为专注于窗外，喝了什么吃了什么都没有留下印象。

　　到北京后取行李花了近一小时。那时寄取行李都是手工操作，寄行李时服务员手工写行李牌，一块交给旅客，一块系在行李上。取行李时也得交验行李牌，然后才能一一取走。多数机场还没有行李输送带，是由行李车一车车运来，一车车卸下，再由旅客认领的。一些小机场上旅客等在飞机旁边，直接在卸下的行李中取走。那时旅客的行李也各式各样，皮箱、帆布箱、木箱、纸箱、包裹，什么都有，完全一样的箱子也不少，经常遇到行李牌脱落、行李散架或行李装错的事。很多人都是到出国时才买行李箱，我也是到 1985 年第一次出国时才买了第一个行李箱。

　　我随谭先生乘上中国科学院来接的小汽车，直驶京西宾馆。以后我自己乘飞机时都是坐机场的班车去民航售票处，开始时在隆福寺，以后迁到西单，再往后才有公交专线车。那时还没有机场高速公路，只有那条双车道的机场路通往东直门外，两旁是密密的杨树林。因为来往车辆有限，非但从不塞车，而且显得非常幽静。

6月1日从北京返回，据谭先生日记：

> 八（点）半出发，同车广东民所黄朝中，九（点）半许到机场，十一点餐厅吃饭，十二（点）半起飞，二点到合肥，二点四十分合肥起飞，三点二十（分）到上海，约四点到家。

我再乘电车回家，近6点才到，花了整整一天。这一天京沪间只有两个航班，因为我们是从香山别墅出发的，来不及赶早上一班，只能乘下午这班，得经停合肥。这是因为中国科技大学在合肥，科学家、教授经常要往返于北京、合肥间，但省会城市还不能天天有到北京的直达航线，京沪航线经停合肥是为了照顾他们。

因谭先生不良于行，不便下蹲，在旅途多有不便，为了缩短旅行时间，他一般都选择乘飞机，我因此获得更多乘飞机的机会，最多的一年有十余次，所以有了各种愉快的和不愉快的经验。

开始时最好的民航机是往返于京沪间的三叉戟，以后才淘汰，改为波音和空客。多数航线还用伊尔18、安24、安14等，后来又有了图154。伊尔18的噪声极大，特别是坐在第四排（或第五排）靠窗的座位，实际那个座位旁是没有窗的，又靠近螺旋桨，就像坐在一个铁箱里，一直伴随着震耳的噪声和剧烈的颤动，又看不到任何窗外的景象，实在难受。安24虽然较小，坐得却比较舒服，两排48座，过道一边两座，进出方便。飞行高度只有几千米，遇到少云时看地面一清二楚。缺点是航程短，当年10月17日随谭先生去西安，途中就停了两次，谭先生的日记有记录：

> 早五点三刻起，葛来，六点半出发赴机场。七点三刻起飞，八点五十到南京，机场休息半小时，大便。再起飞，十一点五分到

郑州，机场午饭。十二点起飞，一点二十到西安。

以后一次从长春回上海时，先乘安24，经停沈阳，再到北京，转机到上海。从乌鲁木齐去喀什时，也经停阿克苏。经停时如正值用餐时间，机场免费供餐。那次我们过郑州机场，就在候机室用餐。旅客不多，可二三人自由组合，送上四菜一汤和米饭馒头，不比一般餐厅差。较长航程又值用餐时间，飞机上也供餐，那时觉得比平时的伙食好。一般旅客对塑料餐具很新鲜，用完餐后都将匙、叉用餐纸擦干净后带回家。但碗盘是要再次使用的，有的旅客也悄悄留下，空姐在配餐时少不了一次次提醒，还得提高警惕，及时发现。首次乘飞机的旅客往往不敢吃饭，怕呕吐。实际上有人既不习惯又紧张，不吃不喝也会呕吐，那时坐飞机经常遇到坐在附近甚至邻座的旅客呕吐。1982年8月，我与周振鹤从上海乘飞机去乌鲁木齐，途中用午餐，坐在旁边的维吾尔旅客大概怕所供不是清真食品，直接递给我们。

20世纪80年代我刚开始乘飞机时，除了北京的首都机场外，一般机场离城市都不远，有的机场就在城边。记得有次从上海乘飞机去南京，降落在大校场机场，乘上来接的汽车，很快就到市中心的宾馆。那次去西安，飞机下降过程中在城楼掠过，马上就在跑道落地。首都机场的地点没有变过，离市中心最远，就是通过一条双车道的公路进城。但因为乘客有限，乘小车的乘客更少，非但从不堵车，在密密的杨树夹道中驶过时还觉得非常幽静。

但以后新建的机场离城市越来越远，兰州中川机场离城80公里，拉萨的贡嘎机场差不多有100公里。那时还没有高速公路，好像也没有出租车，即使有的话，我们也用不起。所以往返机场只能到民航售票处乘班车，或者从机场乘班车到售票处后再转车到他处。连同等候时间，一次至少要花三四个小时。这两个机场规定，如果乘上午的航班，必须在前一天下午乘班车到机场，在机场宾馆或招待所过夜；如果是乘下午的航班，也需要乘清晨的班车去机场，天不亮就得到售票处候车。有一次，兰州的售票处要求我们前一晚就要住在民航招待所，才能保证乘上第一班班车。这些宾馆或招待所无不质次价高，但因床位紧张，别无选择，乘客只能接受。这些费用都不包括在机票之内，我就遇到过有人在到达机场时才发现口袋里已经没有付住宿费的钱了。

贡嘎机场不仅离城市最远，而且海拔最高，气候条件最差，加上当时机场设施和客机的性能都比较落后，所以不得不采取特殊的登机方式。1987年夏天，我从贡嘎机场乘飞机往成都，在办妥登机手续后，全体旅客被要求携带全部随身物品提前在停机坪旁排队，席地而坐等候。等到达航班停下，旅客全部下机后，几位工人以最快速度做好清洁，等在舷梯口的旅客立即登机，工作人员不断催促，等最后一位旅客上机，舱门立即关闭，飞机就开始滑行。我当时不明白为什么如此紧张，后来才从一位机场工作人员处得知，由于贡嘎机场特殊的地理位置，经常为云雾笼罩，适合起降的窗口时间很短，如果停机时间长了，很可能丧失起飞时机。有时旅客提前坐在停机坪旁，却没有等到来的航班，因为飞机降不下来，不得不返航。也有时旅客虽抓紧时间登机完毕，气候条件却已经不适合起飞。

这种情况我以后又遇到过。那是2000年12月，我参加中国第17次南极考察队去位于乔治王岛上的南极长城站。我们最后一段航程是从智利的蓬塔阿雷纳斯乘智利空军的运输机去岛上的智利弗雷总统基地机场。由于岛上恶劣而复杂的气候条件和机场导航设施的简陋，适合起降的窗口很小、时间很短。据说有的旅客曾连续三天等不到唯一的航班起飞，也有的航班已经飞临乔治王岛上空，却因一直等不到这个窗口而不得不返航。这是常有的事，所以在出发前已经给我们打了招呼，当天不一定走得了，也不知道得等几天。我们很幸运，出发那天飞机按预定时间起飞，并且顺利地降落在基地机场。但到2月返回时就没有那么顺利了。那天长城站全站出动，因为中央慰问团乘当天航班到达，我们几个人乘此航班返回。我们一早就将行李集中，腾清房间供接待代表团。近中午时听到了飞机的轰鸣，又看到那架运输机在上空盘旋。可是等了好一会，渐渐听不到飞机声了，稍后机场传来信息，因无法降落，飞机已返回蓬塔阿雷纳斯。我们只好重新打开行李，还不知道第二天能否成行。中央慰问团往返于北京和南极，行程长，须多次转机，成员多，其中还有几位部级领导，遇到这种情况，考察站和驻智利的办事处应付不迭，束手无策，慰问团只能缩短在岛上的停留时间。此前我接待过韩国的科技部长，他也因为航班无法降落而推迟到达，只能在岛上停留几个小时，原定的访问计划取消，只能来站与我做简短交谈后就去机场。

在首都机场建成卫星厅（现在的第一航站楼）之前，全国的机场还没有使用登机桥或廊桥的。大一点的机场一般用摆渡车（但那时不用这个名称）将旅客从候机室送到航班的舷梯前，小机场就得从候机室走到舷梯登机。遇到寒暑雨雪或异常天气，这段不长的路也会有不小的麻烦。夏天气温高、阳光强，没有任何遮挡的水泥停机坪被晒得火热，脚踩着发烫，手扶舷梯栏杆也受不了。有的机场风特别大，不止一次看到有的旅客的帽子被吹跑，有位旅客拿在手里的登机牌被吹飞，差一点登不了机。有时摆渡车到了飞机附近，突降暴雨，旅客下不了车，只能在车上等候。有一次雨不止，大概飞机一时也不能起飞，摆渡车驶回候机室，让旅客下来等候。由于等行李时间长，有的旅客带的东西实在多，不少人都随身带着大包小包，为了登机后能有地方放，下车后就蜂拥而上，挤满舷梯。我陪谭先生乘机时，因他不良于行，我左手得扶着他，右手方能拿些随身物品。我们下车或从候机楼步出时都比较慢，被其他人一挤，每次都是最后登机，等我们到座位时，行李箱早已塞得满满的，冬天连脱下来的大衣都塞不进去。所以我宁可多花些时间等取行李，也要将一切能寄的行李物品托运。

那时的飞机起飞前不开空调，夏天进入机舱就像一个大蒸笼，旅客无不汗流浃背。就是春秋天，在阳光强烈时机舱内也会热不可耐。机上的小礼品往往就是一把小纸折扇，上面印着"中国民航"和"CAAC"的标志。旅客坐定，舱内一片摇扇声。待飞机升空，冷空气由座位上方行李箱旁喷出，形成一片白雾，舱内温度随之逐渐下降，却引起初次乘机的人的紧张，以为飞机漏气或出了什么问题。

继首都机场建成卫星厅后，一些大机场陆续建起了廊桥和登机桥。现在，除了省会城市以下一些航班少、客流小的机场外，几乎都有了登机桥。但遇到航班调配不正常或起降集中时，一些航班还是靠不上登机桥，只能在停机坪上下客，机场里称之为"远机位"。还有的航空公司为了节约开支，特意选择远机位，每个航班可以少付给机场费用。国内外一些大机场由于航班密集，或者为了便于旅客长距离往返于不同的航站楼之间，经常有一些航班要停在远机位。除了都提供快捷舒适的摆渡车外，有的还有更周到的服务。如巴黎戴高乐机场用的摆渡车很特别，可以用液压设备顶升到与机舱门对接，旅客直接步入车厢，客满关门后再降至平地，马上驶往对应的航站楼，旅客始终在"室内"，不受风雨寒暑影响。

但登机桥有一定的高度，只适合大中型飞机，小型飞机靠不了。旅客需要从登机桥旁的楼梯下到平地，或者到底层候机室，再乘摆渡车登机。美国的支线航班一般都使用小型飞机，都用摆渡车直接送到飞机前，舷梯很短，是从飞机上放下来的。旅客登机完毕，乘务员拉上梯子，关上门，飞机就滑行上跑道了。由于调度合理，效率高，又只有二三十位旅客，乘这类飞机比乘大飞机还省时省力。

"文革"期间我们到机场迎送外宾时，曾经规定一条纪律，机场里不许照相。这条规定得到百分之百的遵守，因为迎宾队的老师和学生谁也没有照相机，自然不会有人去机场照相。在我的印象中，1983年我开始乘飞机时，登机过程中也没有人照相，或许是因为乘客中带照相机的人不多，而有照相机的人大概早已拍过照了。不知从什么时候开始，在登机过程中照相的人多了，上了飞机照相的人就更多了。多数人请人为自己拍照，或者相互拍照，也有人专门从飞机照风景。初次乘飞机的人往往一登机就急着拍照留念，有一次见一位年轻人一上飞机就坐在头等舱座位上，空姐正要询问，却见他挥手示意，原来正由同伴为他照享受头等舱的照片。

我乘飞机都喜欢坐在靠窗一排，早期不能订座位，也没有选座系统，所以在办登机手续时总是要求尽量给靠窗座位，前后不论。等我有了照相机，如果预计能拍到好的景观，就提前做好准备。但从飞机上拍摄受多种因素影响，成功率很低，不仅需要天气晴朗，能见度高，还要有合适的时机、角度与光线。尽管如此，这些年来我还是拍到了长城、长江口、天山、富士山、阿尔卑斯山、塞纳河两岸、阿拉斯加海岸、盐湖、西雅图旁的雪山、大峡谷、芝加哥等城市鸟瞰，有的自以为相当完美。

有的机场是军民合用，往往不许旅客在机场照相，或者不许向某一方向拍照。国外机场也是如此，去年在非洲一个机场就见到这样的规定。2011年7月，我们从赫尔辛基乘飞机在俄罗斯的摩尔曼斯克机场降落，大概这个机场也有军用部分，所以下机前特别有人上来宣布规定不许照相。但这机场异常简陋落后，办入境手续的地方像库房，效率极低，等候时间很长，有人闲得无聊，还是照了相，实际根本无人管。

在1981年我刚开始乘飞机时，机舱内是不禁烟的，所以每个座位一旁扶手上有一个小格，推开上面的小盖就能放烟灰。飞机上发的糖果点心中偶尔还有香烟，是五支装的小盒，据说头等舱里每次都发香烟。后来改为将吸烟乘客集中在客舱后部，换登机牌时会问是否吸烟。既然允许吸烟，自然不能限制带火柴或打火机。外国航班开始禁烟后，中国民航容许吸烟还维持了一段时间，往返日本的航班因此增加了不少日本乘客。因为日本的航班已经禁烟，日本烟民为了在旅途能吸烟只能乘中国航班。即使在中国航班开始禁烟后，国内的候机楼一般还有吸烟室或吸烟区，而欧美的机场大多严格规定室内不能吸烟，朋友中的烟民在出国或国际转机时叫苦不迭，有的至今还不适应。

80年代乘飞机时几乎没有安检的概念，我记得在办登机手续的柜台旁有一张告示，说明哪些东西不能带上飞机，有时寄行李时会问一下是什么东西，但没有什么检查，更没有安检仪器或设备。对带茶水登机没有限制，那时还不太有保温杯，有的乘客拿着一个装满茶水的大玻璃瓶。以后开始有了对乘客和行李的安检，并且越来越严格，禁止的范围也越来越广。如饮料茶水，开始时只要当着安检员喝一口就能带入，以后大多完全禁止。

中国的安检特色还一度包括对乘客的限制。卓长仁劫机案发生后，民航规定乘客购票不仅应持有厅局级以上单位的证明，还必须由厅局长签名盖章。我们复旦大学出差乘飞机的人多，本来只要到校办开介绍信就可以了，这下子都得找校长谢希德教授签字，她不胜其烦，但又不能不签。好在实行不久就恢复原规定了。一时乘客大减，正好谭先生与我乘上海去沈阳的航班，飞机上几乎没有几位乘客。

最严格的安检还是"911"事件后的美国机场，包括飞往美国的航班。"911"事件后不久，我去美国，发现它的国内航班安检比国际航班还严格，航空公司提醒乘客提前两小时甚至三小时办登机手续，经机场前的路上会有对车辆和人员的检查，装甲车、荷枪实弹的特种兵、警察、警犬随处可见。等待安检的长队一直排到候机楼外面，误机的乘客和晚点的航班不时可见。安检的手续极其繁琐，对"特殊乘客"已无隐私可言。对行李稍有疑点，就会移到隔离区（乘客绝不许进入或靠近）彻底翻检，任何锁具封带一律打开，包装全部拆开。乘客取回箱包和凌乱的行李后，往往再也无法放入或关上，有些被撕毁精致包装的物品已不能再当礼品，我亲眼见到有人就扔进垃圾桶。轮到重点检查的人更烦，得带着随身物品随安检人员到一旁的隔离区或隔离室，先查遍全身，再远观检查随身物品。重点对象或随时指定，或在登机柜台上方告示牌上公布姓氏，乘头等舱、商务舱的也不例外。有一次我在几个航段都被抽到，不禁向警察抱怨，得到客客气气的回答："这是随机抽的，没有任何歧视。"不过实际上外国人、某些服饰相貌的乘客被抽到的更多。美国人对液体查得特别严，有一次我忘了将保温杯中的茶水倒干净，过安检取出杯子时才想到。刚想倒掉，安检员一把拦住，问里面是什么东西，我告诉他是茶，表示可以喝一口。他二话不说，取过杯子就往里走。等了好久才见他回来，将倒空的杯子还给我，显然是做了化验或鉴定。在中国机场，经过安检进入候机区后就不禁止带水了。由于国际航班供开水不足，乘客往往会泡上一杯茶带上飞机，多数国际航班是允许的，唯有飞往美国的航班例外，在登机桥前安排专人检查，对饮料茶水一律收缴或倒掉，最客气的做法也是倒掉水，留下茶叶。

经常听到乘客抱怨："看来不让我们乘飞机了。""干脆将机场关了，免得我们受罪。"但在行动上谁也不敢有丝毫不服从配合。只要想到恐怖活动的惨痛后果，再严厉的安检措施也不过分了。当我看到电视新闻中那架从波士顿洛根机场飞往西雅图的出事飞机，立即想到一个月前我正是乘这一航班由波士顿到西雅图转机回国的。听说上海一位教授全家就是9月10日乘同一航班离开波士顿回国的，要是晚一天，结果不堪设想。

除了受恐怖活动的影响外，乘飞机还是最安全的出行方式。每次空难后，同一航线、同一机型往往乘客锐减，有的不得不临时停飞。有的朋友问我："你怎么还敢坐？"当然有时是因为没有替代的交通工具，但我一直认为空难本身是极低概率的事故，而在空难发生后，同一航线、同一机型必定会采取更可靠的保障措施，应该比平时更安全。三十多年来，我的航程大概已超过100万公里，遇到过最紧张的经历还是剧烈的气流。印象最深的一次是1992年从昆明飞成都，开始时还只是剧烈抖动，不久就变成猛然大幅度上下起伏，机舱内一片惊叫。乘务员强作镇静，也掩盖不住紧张的脸色。刚安定下来，突然又感到更大幅度的下坠，接着又急速上升。终于等到飞机落地，大家如释重负，夜里躺在床上竟感到从未有过的疲劳。还有一次是在代表上海市出席全国政协大会的包机，遇到强气流时大家正开始用餐，这架空客大飞机上下起伏，放在餐桌上的饮料都溢出杯外，拿在手里也止不住。京沪航线极少遇到这样的情况，空乘人员不停地安慰乘客，但也不得不停止服务。这时我见机长从驾驶舱出来向领导汇报，已经申请升高，到万米以上就没事了。果然，飞机很快平稳，大家可以安心用餐了。

民航机座位上一直有安全带，起飞前空乘都会提醒乘客系上安全带。但一开始乘客往往不以为然，空乘也不严格检查。那时乘客中有不少是领导，空乘常用"首长"相称，也不敢检查。我就听到过邻座有人洋洋得意地说："我坐那么多回飞机，从来没有用过这玩意儿。"也亲眼看到有人将安全带放在腰间，却并不系上，等空乘一过就松开了。但那时在飞机升空改平飞后就可以解开安全带，并不建议乘客全程使用安全带，国际航班也是如此。以后出了几次因气流引起的大事故，如东航一架飞美国的航班在太平洋上空遇到强烈气流，飞机急剧下降2000多米，正在服务的空姐被撞成植物人，没有系安全带的乘客被抛上舱顶受重伤，飞机不得不紧急降落。外国航班也出过这类事故，所以现在的航班除了在起降时严格检查乘客安全带是否系好，还建议或要求乘客全程系安全带，有的国际航班还要求商务舱旅客在睡觉时将安全带系上，放在被子外面。2000年我从智利蓬塔阿雷纳斯乘智利空军的运输机去我国南极长城站所在的乔治王岛，舱内是几排长条凳，没有正规的安全带，但每人坐的地方两边都有帆布带，起降时可扎紧。去年乘东航刚使用的空客大飞机，头等舱内可并成一张双人床，我不知道两个人睡在那里是否需要分别系安全带，或许如此豪华的舱室已经另有安全设施。

这些年航班晚点成为媒体的热门话题，实际上航班晚点或临时更改起飞时间一直有，只是以前乘飞机的人少，航班更少，所以一般不会引起外界注意。1983年7月31日，我随谭先生从长春返回上海，航班原定7点50分起飞，经停沈阳，11点到北京，下午有好几个京沪航班，肯定能回到上海。我们起了个大早赶到机场，得知由于前一天飞机没有到，不能准点起飞，只能在候机室耐心等待。那时长春机场没有什么航班，等早上的航班飞走，候机室就只剩我们两人了。吃完早餐，以为等一会儿就能登机了，谁知吃过午饭还不知飞机踪影。直到4点半才起飞，5点1刻到沈阳，8点1刻才到北京。

虽然在沈阳机场也安排了晚餐，还不至于挨饿，但京沪最后一个航班已经飞走，连售票柜台也关了。那时没有手机，临时无法找住处。我打听到离机场最近的旅馆，先到那里订了房，再回机场接谭先生。第二天一早再去机场售票处，买到8点20分的机票，总算在午前回到上海。本来长春会议的主办方建议乘火车回上海，谭先生因为在火车上过夜不方便所以改买机票，结果比乘火车花的时间还多，人也更累，他在日记中感叹"弄巧成拙"。

另外两次则是遇到异常气候，属"不可抗力"，却被我遇上了。1988年冬天也是随谭先生由北京回上海，我们是傍晚的航班，虽然天气预报说晚上有雨雪，我们以为能赶在雨雪之前。到了机场才发现候机室里人山人海，由于北方已大范围降雪，很多航班晚到或取消。加上机场已降冻雨，跑道结冰，往南方的航班一时也难起飞。送我们的车已经离去，想回招待所也回不了，好不容易给谭先生找到一个坐的地方（不是椅子凳子），我守在柜台等消息。8点多登机，乘客们庆幸不已。机舱门关上后却不见动静，再等了一会儿听到广播，要求乘客全部回候机室等候。当晚肯定走不了，也没有任何工作人员来安排食宿，进城的班车已停开，偶然出现的一辆出租车立即成为人群争夺的对象。天无绝人之路，我遇到了同一航班的一位军官，他说有车来接他进城，但没有住的地方，我请他带我们到海运仓招待所，我们可以安排他住宿，我知道我们会议的房间还没有退，有好几间空着。机场路已经积雪，我们坐的车不止一次出现打滑，有一次已经绕了半个S，途中还看到有两辆车滑出路面，陷在雪中。回到招待所已过午夜，睡了几个小时又得不停地往机场打电话询问航班何时起飞。拨号后十之八九是忙音，偶然接通也无人应答，直到午后才得知第二天早上可到机场等候。第三天中午到虹桥机场，又遇到了难题，因为事先不知道到达时间，无法通知学校的车来接。机场出口处没有出租车，连公用电话也没有，只能扶着谭先生艰难地挤上民航班车，再改乘公交车回家。

　　三年前的初夏，我乘晚上的航班去合肥。候机室遇到一位朋友，他问我为什么不乘火车，我告诉他白天有事，而晚上没有动车，我还不无自信地说："还是乘飞机方便，不到一小时就到了。"刚与朋友告辞，就得到晚点通知，我并不着急，反正平时睡得晚，再晚到也不影响第二天上午开会。12点多飞机终于起飞，半小时后我发现情况不对，照理该开始下降了，怎么还不见动静。果然，空乘悄悄告诉我，因合肥雨太大，飞机降不了，决定改降武汉。在倾盆大雨中驶进武汉市内一家宾馆，上床时已是凌晨3点半。早上不敢晚起，吃过早餐就不时打听消息，等不及的乘客决定改坐动车，但后来又回来了，说是路上积水太深，汽车进不了车站。原定合肥的会是上午开的，是否赶得上对我来说已毫无意义，现在只考虑如何回家。下午3点终于坐上去机场的大巴，路上也是走走停停，有几处积水都是涉险而过，熄火的小车随处可见。办登机牌时得知，我们的航班还是飞合肥，而不是返回上海。我与柜台人员交涉，要求改签去上海的机票。我告诉他们，原来我订的是下午回上海的机票，现在再去合肥，说不定今天已经没有回上海的航班，得再等上一天，而东航正好有武汉飞上海的航班，为什么不能通融？实在不行，我就买一张去上海的机票，将其他两张票退了不行吗？我掏出证件："我是你们的VIP，让你们主管来，必须给我解决。"经过请示，总算同意给我改签上海。花了差不多30个小时，除了中间睡了三四个小时外，全部花在途中，却根本没有到过目的地，这是平生唯一一次，但愿是最后一次。

乘国外航班也经常遇到晚起飞，一般时间不长，往往到达时已基本赶回来，甚至会早到。即使时间长，乘客也波澜不惊，一则大家理解航空公司肯定有不得已的原因，二则一旦晚点都会有周到的安排。第一次遇到是在美国丹佛机场转机，一宣布航班要晚点一个多小时，就给每人一个密码，可以到旁边公用电话上打一次免费电话，另有一张免费饮料券。另一次由波士顿经西雅图、东京回上海，因东京大雪飞机改降大阪。当晚给全部乘客安排高标准食宿，提供免费国际电话，第二天在东京转机时每人发一张1500日元的免费餐券。还有一次是因为我所乘的前面航班晚点，没有赶上同一航空公司的下一程航班，除给我改签最近的航班外，还送了我一张一年内使用该公司航线美国国内任何地点间的往返票。当时我颇高兴，似乎因祸得福，实际上这张免票只能是一件纪念品，因为我一年内没有在美国因私旅行的机会，而有次想利用它节省因公出访经费时才明白，必须在美国国内办理手续，而且不能保证时间、航班是否合适。

从1981年至1985年，我以为机票都是一个价，也不知道还有不同的折扣。1985年6月我去上海民航买去纽约的机票，我按两张成人票、一张半票（二分之一）付款，却被告知钱不够，才知道我订的全票属于Y舱，是有折扣的，而为女儿订的儿童半票是全价的二分之一，不是折扣后的半数。从我家到售票处要换三次车，回家取钱肯定来不及，只能到附近谭先生家中向他借钱。到美国后才知道可以通过旅行社买机票，而价格五花八门，有各种选择。我让旅行社给我订由波士顿往返芝加哥的机票，收到多种方案。其中最便宜的不到一百美元，是从波士顿先飞达拉斯，再飞芝加哥，返程还得转一个地方，单程得花十几个小时。我选了直达的早班，价格适中，只是很早就得出发。如果选好的时段，价格几乎贵一倍。那时还没有互联网，好在美国打电话和开支票很方便，电话商定，将个人支票寄去，机票就寄来了。1986年6月回到国内，连电话订票的服务都没有，哪想到二十多年后也可以通过互联网在全世界找折扣机票了。

1981年从上海到北京的机票价64元，多年不变。第一次涨到90元，以后100多元，再以后我也记不住了。1988年，谭先生的老友、四川大学历史系的缪钺教授邀他去主持博士生答辩，并告诉谭先生已向系里申请到包括我的机票在内的经费。他们俩都已八十上下，多年未见，都盼着有这次机会。就在我准备购机票时，机票涨价的消息公布了，而且涨价幅度颇大。我与谭先生商量，川大历史系未必能按新价报销机票，不如主动提出不去，以免对方为难。果然，缪先生回信表示只能如此。我想，得知谭先生主动取消，川大历史系分管财务的领导一定如释重负。但谭先生与缪先生再也没有见面的机会，成为他们终身憾事。本来各单位对报销机票控制很紧，如只有教授可以，副教授以下都要特别批准。有一阶段机票的涨幅大，但高校的经费没有增加，对乘飞机的审批反而松了——只要有经费，助教都能报销。1996年起我当研究所所长，每年归我支配的经费是8000元，直接分了，教授每人300元，副教授以下250元，出差报告上随便你乘什么，照批不误。

现在的年轻人乘国际航班，主要关心的是行李是否超重，实在超重也不是付不起超重费。但二三十年前我们乘国际航班，超重费等于天价，所以在装行李时精打细算，随身行李用足政策，办托运手续时软磨硬缠，实在不行时还有备用方案——不是转移到随身行李，就是让等候在旁的亲友带回，付费是绝对舍不得的。

主要的麻烦还是买不到或买不起合适的箱包。1985年7月我们一家三口去美国，可以带六件行李，新买了一个行李箱，加上家里唯一稍大些的箱子，其他四件只能用纸箱。那时买不到封箱带，只能用行李带和绳子扎紧。国内买的行李箱很重，却不结实，最糟糕的是锁具，不是打不开就是锁不上。出国前得到警告，美国机场搬行李的工人都随手摔，必须加固加锁。但在纽约机场取行李时，还是有好几个箱子坏了，有两个已经散架。我有两个纸箱虽已变形，却没有散开。以后国内开始生产新款行李箱，有的还是中外合资企业引进外国技术或样品生产的。但由于品牌款式有限，同一航班往往有好几个颜色、款式相同的箱子。有的箱子没有放上明显的标志，经常发生相互拿错的事。1990年我与复旦大学历史系几位同仁访问日本，在大阪机场取行李时，一位同仁就发现自己的箱子已被取走。他次日参加会议时要穿的西服及日常用品都在箱子里，幸而机场的服务效率很高，经过查询，第二天早上就将行李送到我们住的旅馆。

行李没有装上所乘飞机，或者误送至其他目的地的事，我搭乘国内外航班也时有发生，所幸只遇到过一二次。印象最深的一次是与一位青年同仁由上海去美国印第安纳，在底特律转机，行李是托运直达的。但深夜到印第安纳波利斯机场时，等不到他的行李。我陪他到行李柜台查询，得知在底特律机场漏装了，已经转到第二天第一个航班运来。他首次乘国际航班就遇到这样的事，有点不知所措，值班人员一面道歉，一面宽慰他，第二天上午一定送到我们的住处，并且送上一个小包，里面装着一件T恤、一条毛巾和一套洗漱用品。

还差两个月就是我乘飞机35周年，"航旅纵横"上显示我自2011年以来乘了393次飞机，总飞行时长938小时40分，总飞行里程是524 450公里（不包括乘境外航班），还有10次未使用的航程。这一切不要说我年轻时的乘飞机梦中不敢想，就是40岁时乘上去美国的航班时也不会想到。既然梦想早已成真，为什么在有生之年不做更美好的乘飞机梦呢？

2016年3月

（2024年10月9日补记：刚才查了"航旅纵横"，到目前为止，我已乘飞机1197次，累计时长3474小时26分，累计里程2 101 583公里）。